日本漢学研究試論

――林羅山の儒学

大島　晃著

汲古書院

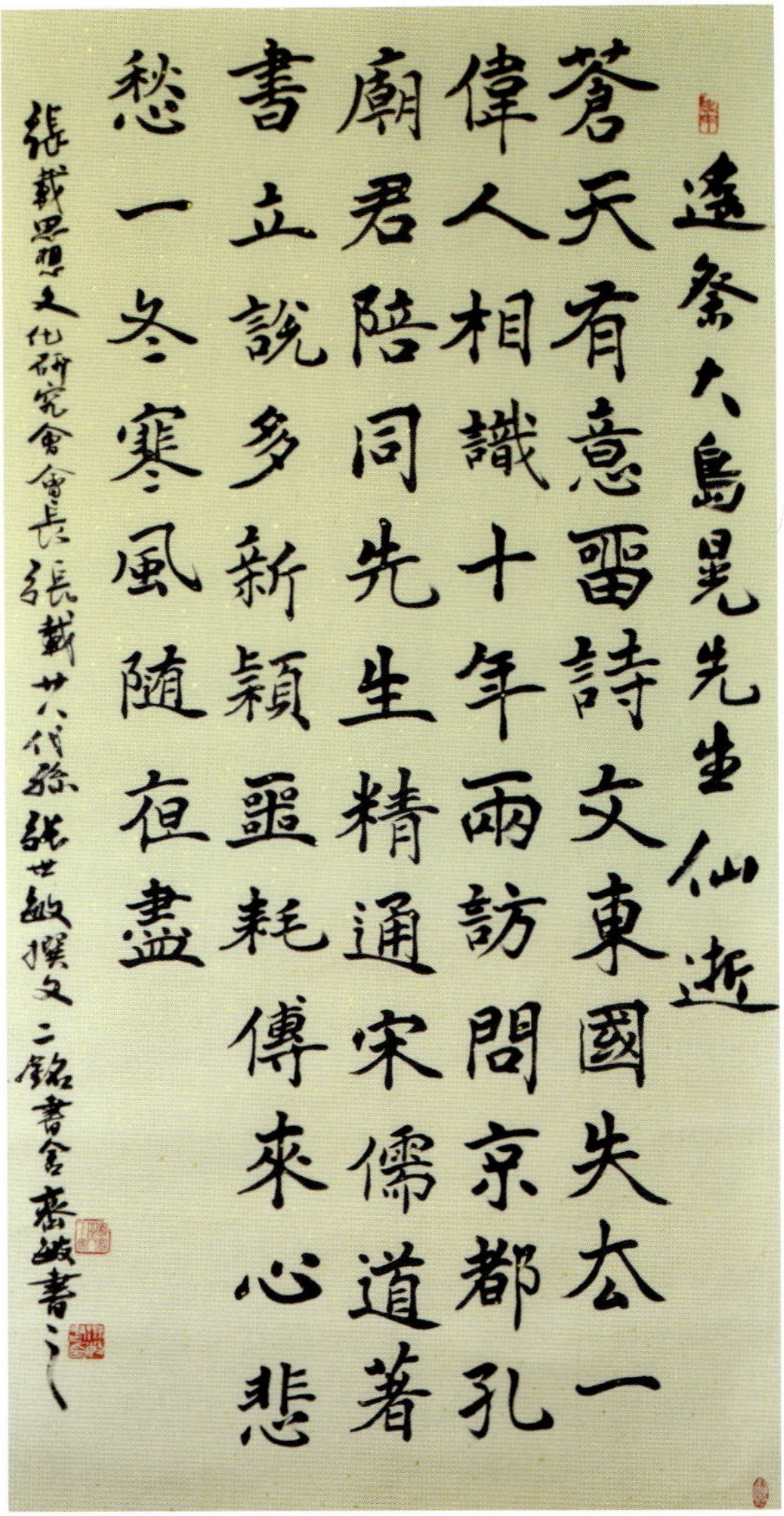
遙祭大島晃先生仙逝
蒼天有意留詩文東國失太一
偉人相識十年兩訪問京都孔
廟君陪同先生精通宋儒道著
書立説多新穎噩耗傳來心悲
愁一冬寒風隨夜盡
張載思想文化研究會會長張載廿八代孫張世敏撰文

張横渠裔孫第二十八代張世敏先生哀悼詩「遙祭大島晃先生仙逝」

まえがき

拙稿をまとめて出すように声をかけていただいて、数年いや十年以上になる。有難いとしながらも、自分の取組みのいずれもが途上にあるとの思いが強いまま、今に至った。実際、退職に伴って、所蔵の書籍・資料の整理を迫られてみると、相応の量として積み重っているものの、いざあらためて一から整理するとなると、とても簡単に収拾できるものではない状況にガク然とする。そのまま、自分の研究過程の有様として、再認識することになる。

これまで、尊敬する恩師・先学がその論考をまとめるのを目にしたり、時にそれに関わったりする機会ももった。一口にまとめると言っても、それぞれのこだわりがあり、個性も垣間見られて、一つ一つが学ぶことにつながった。その中で、福永光司先生が還暦を迎え、東大を退休される時に当り、ご自身でそれを自祝して『道教思想史研究』を出版される形をとったのが、強く印象に残ってきた。そのせいもあって、私自身、どこかで節目を迎える際、できればささやかな自祝の小著をまとめ、学恩を蒙った方々、お世話になった方々に捧げたいという思いだけは抱いてきた。

二〇一四年春から夏、思いもかけぬ病いをわずらって追い込まれ、幸いにして何とか命を得たが、公私に亘り多くの迷惑をかけた。加療の中で、関係者に対して、その恩を酬いる意味でも小著を出す思いを強くした。今般の本書を出すに至る経緯である。

私事ながら心配をかけた両親に親不孝を詫び、一日も休まず病院に通って支えてくれた妻や家族に感謝する。

日本漢学研究試論——林羅山の儒学　目　次

まえがき……i

Ⅰ　林羅山の「文」の意識

一　「読書」と「文」……5
二　藤原惺窩『文章達徳綱領』の構成とその引用書——『文章欧冶』等を中心に……29
三　文評——「左氏不及檀弓」の論……59
四　「書、心画也」の論……89

Ⅱ　林羅山の朱子学——『大学諺解』『性理字義諺解』

一　『大学諺解』の述作の方法と姿勢……123
二　『性理字義諺解』の述作の方法と姿勢……167
三　林羅山『性理字義諺解』と松永尺五『彝倫抄』……195
四　『性理字義諺解』と朝鮮本『性理字義』の校訂……209
五　朝鮮版晋州嘉靖刊本系統『北渓先生性理字義』五種対校略考……245
六　ハーバード大学所蔵朝鮮版『性理字義』——その林羅山旧蔵本説をめぐって……289

七　『性理字義』の訓点を通して見たる羅山・丈山の読解力……321

Ⅲ　日本漢学諸論

一　桂菴玄樹の四書学と『四書詳説』……355
二　江戸時代の訓法と現代の訓法……377
三　「なる世界」と「つくれる世界」――不干斎ハビアンの朱子学批判をめぐって……407
四　「芭蕉」という俳号をめぐって――漢文学雑考その一……425
五　浅見絅斎と日本儒学史研究……443
六　井上哲次郎の「性善悪論」の立場――「東洋哲学」研究の端緒……461
七　井上哲次郎の「東洋哲学史」研究……479
八　漢文学の在り方――その二重性……497
付　『漢文學　解釋與研究』編集後記……517

Ⅳ　先学の風景――人と墓

一　藤原惺窩……535
二　吉田素庵……539
三　堀　杏庵……545
四　松永尺五……553

五　鵜飼石斎……561
六　宇都宮遯庵……573
七　山井崑崙……585
八　羅山長子　林　叔勝……595
九　桂菴玄樹……609
あとがき……629
編集後記……635

日本漢学研究試論——林羅山の儒学

Ⅰ　林羅山の「文」の意識

一　「読書」と「文」

一

林羅山（一五八三―一六五七）が藤原惺窩（一五六一―一六一九）とともに江戸期の朱子学の基礎を築いたことは、その学問・思想を取りあげるに際して、諸家均しく認めるところである。ただそのことが朱子学の枠組に従った学説の検証に留まるものであったり、固定的な視点に立つものではあってはならないであろう。およそ朱子学といっても、朱熹（一一三〇―一二〇〇）以降の展開があり、中国のみならず朝鮮朱子学も関わることは言うまでもない。明代十六世紀に至るまでの学術のあり方を視野に入れることが求められるものである。朱子学の成立に至る北宋道学の歩みから考えても、少なくとも十一―十六世紀、六百年の学術の展開がすでに惺窩や羅山の前にあった。二人は基本的には我が国に受容された書物を読むことによって、その展開の諸相を窺い自らの思索の上によしとするものを主張していったものであった。

そもそも羅山、惺窩の学の称揚に当たっては、まずその博学と読書の広さが特記されている。林鵞峰（一六一六―一六八〇）は『林羅山文集』に序して、次のように記す。

天正慶長の際、北肉山人藤原歛夫、間出の才を抱き、中興の志を励ます。此の時に当たりて余の先考林羅山先生、敏捷絶倫、博学冠世にして、一たび山人に見ゆれば、則ち予を起こすの歎有り、又提学の称有り。是に於いて詩や文や之を草創し、之を討論し、之を修飾し、之を潤色す。加泊《しかのみ》ならず、四書六経の学特に此に勃起し、濂洛関閩の風始めて此に開示し、既にして山人簀を易へ、先生斯道を以て己が任と為して愈々之を発揮し愈々之を揚搉す。世を挙げて皆謂へらく、儒宗文豪詩傑悉《ことごと》く皆一人に備はると。亦た難からずや。恭《つつし》みて惟《おも》ふに先生の学は経を以て主と為し、程朱の書を以て輔翼と為し、これを歴史に攷へ、これを子類に参し、百家を網羅し、今古を収拾して、我が国史に該通す。乃ち稗官小説に至るまで亦た見ざる無し。曽て聞く、万巻を読まざれば則ち杜詩を知るを得ず。先生の詩に於ける亦た此くの如くなる可きか。昌黎の文は八代の衰を起こして、摧陥廓清の功有るなり。先生の文も亦た此の如くなる可きか。（原漢文。以下皆同じ）

嗣子として先考を顕彰する気味があるとしても、また詩文集たる文集の序文であるとしても、ここに示された評価の観点には看過し得ないものがあろう。儒宗とあるとともに文豪・詩傑としての面を備えていることを強調している。またその学が経学を主としその理解に当たって程朱学を取ったと言うとともに、史・子・集の書を網羅し、古今の書を渉猟して我が国史に通じ、小説に至るまで読破したことを述べて、その博覧振りを称えている。こうした評価は惺窩に対しても同様である。羅山の弟、永喜の手になる「惺窩文集跋」にも次のように言う。(1)

惺窩先生……九流七略、六芸百家、洎《およ》び我が国史家乗、及び西域迦維の書、南蛮耶蘇の法、書の読まざる無く、義の通ぜるざる無く、理の窮めざる無し。博聞強記、天下其の衡に抗する者無きなり。

この博覧強記はまさに読書人として期待されていたものであったろうが、当時においても特筆されるべきものであったことは疑いを容れない。このことは惺窩や羅山の学術を考えるとき、まず注目したいことである。

鵞峰の「羅山林先生集序」は寛文元年（一六六一）の文章であるが、その前年の万治三年（一六六〇）に鵞峰がその学風を述べた文章に「答童難」（『鵞峰文集』巻六十一）がある。鵞峰を主人として設定し、近侍する二童が眠っている主人の傍らで主人の学問を批判し、それに対して毛穎子（筆を擬人化することは言うまでもない）が二童の批判に反駁し、やがて目覚めた主人がさらに自らの立場を弁明する、というなかなか趣向を凝らした文章である。二童の批判は、主人の学問の有様が多岐にわたり雑駁で、「俳優」（主人に阿る者）「時世粧」（流行をよそおう者）のようだ、という点にある。

理学を談ずる人に逢ふときは、則ち程朱を説き、通鑑を読む人に逢ふときは、則ち歴代を説き、文章を好む人に逢ふときは、則ち韓柳と欧蘇とを説き、詩歌を好む人に逢ふときは、則ち李杜及び山柿を説く。至若《しかのみ》ならず、本朝の昔を問ふときは、則ち国史を談じ、中世の事を問ふときは、則ち源平の興廃を述べ、近世の事を問ふときは、則ち信長秀吉以来を語る。其の余、倭漢の小説、家譜、神仏、釈部、怪談、俗語等、某の席、某の人、接対差《たが》ひ有り。昨日の談、今日の談に非ず、今日の談、又は明日の談に非ず。

まさに羅山の博識、学問の広さを裏返した批判といってよい内容である。これに対する毛穎子の論駁は、博学の必要性と万巻の書に通ずる読書の強調である。それは鵞峰自身の学問・読書の営為に対する思いであるとともに、羅山のそれに重なり繋がる確信であったといってよい。[2] こうでなくては家風を継ぐことはできぬ、とここでは明言するのである。

書を読む者は、芸能の尤なり、事物の理備はらざること無し。今古の跡載せざること無し。孤陋寡聞なるときは、業を成すこと能はず。故に経史子集、渉猟せずんばある可からず。本朝に生まれて本朝の事を知らずんばある可からず。故に倭書も亦た読む可し。我が邦の古、四道の博士有って、各々其の門を立つ。故に其の業分つ所有り。今は則ち然らず。故に学に志す者、諸家に兼ね通ぜざるときは、則ち塞がる所有り。（中略）主人の如きは、則ち博く学び旁《あまね》く通ず。故に大小高下、問ふ所に随って答ふ。然れども其の際、諷諭の意無きに非ず。故に誾誾侃侃の言、如《ゆ》く所の者皆合ひ、夭夭申申の居、来り問ふ者皆悦ぶ。此くの如くなるざるときは、則ち公務を辨ずること能はず。此くの如くならざるときは、則ち家風を継ぐこと能はず。何為れぞ駁雑の疑ひ有らんや。

読書・博識を以て宗と考え、そうすることで公務すなわち幕府に仕える学者として役割を担い得るというのである。そしてまた、そうすることで家風すなわち羅山の興した学風を継承し得るというのである。これより約三年前、明暦三年（一六五七）一月のいわゆる明暦の大火の直後に、羅山は書庫の焼失に気をもみ、それが焦土に帰した報告を聞き、「多年の精力一時に尽く。嗚呼、命なり」と終夜嘆息嗚咽し、遂に明朝病床に臥して、そのまま四日後没したとされる（『年譜』明暦三年の条）。この羅山の『年譜』もまた鵞峰の手に成るものであるが、かかる逝去の記事はいかにも羅山の書物、読書に対する執着を象徴している。「答童難」が書かれてまもなく、鵞峰は法師に叙せられ、二年後には『羅山文集』を将軍に献じ、やがて家塾を弘文院と称すべく、弘文院学士の称号を与えられている。

「羅山林先生序」を「答童難」と併せてみるとき、それが羅山を表章するためのただの溢美の辞を属るものではなく、その学的立場を総括するものであることは、明らかであろう。

二

さて「答童難」においては、毛穎子の駁論に加えて、主人の発言を添えて締め括っているが、その中で『論語』雍也「君子博学於文、約之以礼」、「質勝文則野、文勝質則史、文質彬彬然後君子」に拠りながら、博文と約礼、文と質とを兼ね備えることを前提にして、次のような現状批判を行なっている。

今の学者、或いは高く性命を談じ専ら道理を説き、其の心以為へらく、程朱再び出づ、孔孟時を同じうすと雖も、吾が言を易へじと。然れども此れに問ふに史漢を以てするときは、則ち紀伝を分つこと能はず。此れに示すに詩句を以てするときは、則ち五七言を知ること能はず。抑々其れ約礼なりや否や。博文は能ち余知らず。果して其れ質、文に勝つか。何為れぞ其れ彬彬たらんや。或いは頗る詩文を嗜み、粗《ほぼ》史学を窺ひて、奇珍の書を尋求して、自ら以て博覧と為す。然れども一経に通ぜずして道学に晦し。豈に其れ約礼ならんや。文、質に勝つか。何為れぞ其れ彬彬たらんや。

そうして、かかる現状認識のもとに、これら偏った者との交わりを絶つことなく対応する姿勢には、二重の批判を免れられない点があるとしながら、自らは柳下恵の和（『孟子』万章下に拠る）を願うものだと弁明している。「先考（羅山）道学を興起し、四葉に歴仕し、文章闔国に行はれて、異域に施す」として、道学を言うとともに、文章つまり文、博文を決して忽せにはしないのである。このことは、博識・読書の尊重と相俟って、着目すべき点であろう。

いったい、江戸の文学を論ずるとき朱子学を以て儒学を代表させ、儒学の文学観をして朱子学（あるいは宋学）の文学観を取りあげることが多い。中村幸彦「幕初宋学者達の文学観」(3)は、惺窩や羅山ら近世初期の儒者たちの文学観を論じ、要を得た好論であるが、(4)羅山やその頃の人の読んだものの中で、宋学者の示す文学観の本筋として三つの筋をまず挙げている。一に載道説、周敦頤『通書』文辞第二十八に見える「文所以載道也」の命題で知られるものである。二に勧善懲悪説、朱熹の「詩集伝序」に見える詩論をして説かれる。三に玩物喪志の説、『近思録』巻二（『程氏遺書』巻十八・程頤と門人劉安節の問答）に「問ふ、文を作るは道を害するや否や。曰く、凡そ文を為るに、意を専らにせざれば則ち工《たく》みならず。若し意を専らにせば、則ち志此れに局《かぎ》る。……書（『書経』旅獒）に曰く、物を玩べば志を喪ふと。文を為るは亦た物を玩ぶなり」として、詞章の文の追究を戒めるものである。

この中、とくに三の文、文章に耽溺することを抑制する主張は、『近思録』巻二（『程氏遺書』三）「明道先生、記誦博識を以て玩物喪志と為す」ともあることから、右に見た羅山や鵞峰の学風には明らかにこれと齟齬する面がある。前の玩物喪志の説を展開する文中には、「今の文を為る者、専ら章句を務め、人の耳目を悦ばす。既に人を悦ばすを務むるは、俳優に非ずして何ぞ」という、俳優批判も見えている。二程は、儒者の学は道の体得を目指すものとして、当時の学者が文章・訓詁の学に耽ることを排斥するものであった。「今の学者に三弊有り。一は文章に溺る。二は訓詁に牽かる。三は異端に惑ふ。苟しくも此の三者無ければ、則ち将に何《いづ》れに帰せんとす。必ずや道に趨かんか」（『程氏遺書』巻十八）という程頤のことばは、その代表的な例であるが、こうした文・文章に対する姿勢をそのまま羅山は認め得たのであろうか。羅山の学問のあり方に即して、あらためてその「文」に対する意識、意義づけ方を捉えなくてはなるまい。

三

翻って、羅山は定められた学問読書の階梯を歩んだものではない。まさに自らの読書を通して確信し、打ち立てていったものである。(5) 慶長九年（一六〇四）二十二歳、羅山は惺窩の知遇を得た際、惺窩にそれまでの学問読書の由来を問われて、羅山は次のように答えたと伝える（『行状』慶長九年）。

某髫年偶々近世の小説を誦す。解する者以為へらく、此の語、蘇黄に出づ、其の句、李杜韓柳に出づと。李杜韓柳蘇黄の集を読むに至って、其の拠り用ゐる所、文選、史漢に渉る者夥し。史漢文選を読むに至って、其の率ひ由る所、皆上世の文字なり。五経を読むに至って、出処の此れより前なる無し。是に於いて豁然として其の衆説

　の郛郭為るを知り、浩然として其の斯道の基づく所を知る。聊か程朱の余教を慕ひ、孔孟の盛蹟を仰ぎ望む。

独自の読書の拡大ぶりを窺わせてくれるが、その書籍自体が整備されて閲覧、所蔵できたものではない。『年譜』慶長九年の条には、もともと家に蔵書はなかったが、貪欲に書籍を求めては読んで来た、それまでの既見の書目を載せている。羅山自ら作成したとされる目録中に見える書籍の総数は四百四十余部、この「既見書目」は彼の旺盛な読書の輪郭を示すものであると同時に、この時代の漢籍の受容や通行の有様を考える上で一つの手掛かりを与えてくれるものでもある。『行状』に記す羅山の読書遍歴を具体的に反映しているのであるが、さらに彼が目にした個々の書籍の実体を考えるならばいかなる点に気付くであろうか。二、三の書籍の例を手掛かりに考えてみよう。

小説の類に相当するものとしては、『張文成遊仙窟』（「既見書目」の示し方に従う。以下同じ）、『元稹西廂会真記』『長恨歌伝』『剪灯新話』『剪灯余話』等が見える。因みに『通俗演義三国志』もあるが史部関係の書籍の中に並べている。このうち、「近世の小説を誦す。解する者……」とあることから、『剪灯新話』に着目してみることにする。

本書は明の瞿佑（一三四一―一四二七）の伝奇小説集で江戸期の小説に与えた影響の大きさは贅言を費やすまでもないが、羅山が朱墨の点を加えた手校本が内閣文庫に現存する。末尾に「壬寅の冬十月初五、旅軒灯下に於いて朱墨の点を終ふ、書生林信勝之を識す」という跋語を記す（『羅山文集』巻五十四にも所収）ことから、慶長七年（一六〇二）羅山二十歳の時に読んだことが知られる。『年譜』に「今秋舟を泛《う》かべ西海を経歴し、肥前長崎に到る。寓居月を経て帰る」と記すことに照せば、或るいはこの旅先で読了したとも推定できる。本手校本は朝鮮刊本で、朝鮮に伝えられた『剪灯新話』に「滄州訂正、垂胡子集釈」と語義・事項にわたり注釈を加えて刊行された『剪燈新話句解』であった。滄州は朝鮮の尹春年、垂胡子は林芑のことで、注釈の作業を行なったのは林芑、尹春年はその有力な理解者であり、刊行に当たっての後援者という関係にあり、『句解』は一五六四年に刊行されている。羅山は本文に朱墨の点を付するとともに、巻首、巻末に瞿佑の「剪灯新話序」をはじめ、『剪灯新話』刊行に係る十種類の序跋を自らの手で鈔している。さらには巻末の終りには林芑と尹春年の題跋を鈔録している。羅山は序跋を闕いた本書を入手し、序跋の備わったテクストを参看して鈔出したと考えられる。我が国では朝鮮から伝来の刊本とは別に、いわゆる古活字本が作られ、慶安元年（一六四八）には和刻本が刊行されるなど、『剪灯新話』の受容については『句解』の存在を前提に考えなければならない。その点、羅山はその先駆的位置にあるが、とりわけ羅山が鈔録した林芑と尹春年の題跋は他の諸本にも見えぬことから、『句解』の刊行事情を知る上で貴重な資料となるものであった。[6]それとともに、林芑の「剪燈新話句解跋」は羅山の「文」の論に関わって行く内容を有するものであった。これについて後に取りあげることにする。

羅山の目にした書籍にかかる朝鮮本を多く含むことは、留意すべき点であろう。慶長八年（一六〇三）、二十一歳の手跋（『羅山文集』巻五十四「題撃壌集後」）のある『伊川撃壌集』の手校本（内閣文庫蔵）も朝鮮刊本であった。朝鮮本、すなわち朝鮮で翻刻された中国撰述の書籍及び朝鮮学者の撰述注解した書籍が羅山の修学においてどのように関わったかについては、朱子学関係の書籍を中心に阿部吉雄『日本朱子学と朝鮮』において考証されている。[7]しかし、羅山の蔵書のほとんどは前述の明暦三年の大火で焼失し、正保四年（一六四七）鵞峰、読耕斎に授け与えたものに伝わるだけとされる。『羅山文集』巻五十四、「題跋四」の末尾にも、

右、家蔵本、跋語有る者の標出右の如し。此の外丁酉の災に罹る所の蔵書、跋語有る者の多しと雖も、今考ふ可き無し。

と記しているが、朝鮮本を目にした可能性は、確認できているものよりもっと高いと考えられる。

四

次に先の読書遍歴にあった「李杜韓柳蘇黄の文」については、いずれも該当する書目を「既見書目」の中に見出し得るが、「柳文」の書目に関わるものとして、前の『剪燈新話句解』と同じ年の跋語を記す手校本が伝わる。内閣文庫所蔵『新刊五百家註音辯唐柳先生文集』、宋の魏仲挙編、明の嘉靖元年（一五二二）刊本である。その手跋には次のように記す（『羅山文集』巻五十四「柳文跋」）。

壬寅四月十日滴研の点を終ふ。誠に柳文に功有る者なり。之を善本と謂ふとも亦た得たり。時に余、弱冠の年なり。信勝記す。

羅山の研鑽ぶりとともに本書を読解したことの矜持と自負を感じさせる。文中の「滴研」とは、滴露研硃（朱）を約めた表現[8]、朱点を施すことを意味するが、唐の高駢の「歩虚詞」結句、「露を滴らし朱を研ぎて周易を点ず」の句に拠ると考えられる。高駢の「歩虚詞」は『三体詩』そして『古文真宝（前集）』に所収の作品である。『三体詩』『古文真宝』とともに、五山の学問のなかで講じられてきた詩文の選集であることは、周知の通り。やはり慶長七年二十歳の時に作られたとされる論辯の一つ、「三体詩古文真宝辯」（『羅山文集』巻二十六）では、次のように評する。

本朝の文字に泥む者、詩を学ぶには則ち専ら三体唐詩を以てし、文を学ぶには則ち専ら古文真宝を以てす。皆以為へらく、周伯弜・林以正、世に益有りと。寔《まこと》に二集の詩文、精審明暢なり。之を習ふは則ち亦た文字に益有るか。曰く、愈《しか》り。然りと雖も、隘に失す。念へや、と。

この両書について、詩文の修学における存在意義を認めながらも、狭きに失するとしてここに留まらぬ姿勢を示す。

右の「滴研」の語の例は、羅山がすでにこの両書の詩文の表現をいかに自らの語彙として身につけているかを窺わせる。なお後に、羅山の訓点を施した『増注唐賢絶句三体詩法』が刊行され、また『古文真宝』についてはその文の部に相当する後集に注解を作り、鵜飼石斎の『古文真宝後集諺解大成』のもととなったことは、詳述するまでもない。

さて羅山が柳宗元の文集に朱点を施した、つまり読破したことについて、鵞峰の「柳文跋」（『鵞峰文集』巻一百）に「家蔵の古本の柳文は、先考弱冠、求め得て旧点を写すなり。余之を伝ふること久し。今年夏、賀璋に命じて旧点を蔣氏註本に繕せしむ」と記している。庚戌季冬、寛文十年（一六七〇）十月と付記するが、これより二月には韓愈の文集について「韓文跋」（同巻九十九）を記し、羅山が『柳文』と同じくこの頃に『韓文』を読んだことに言及している。

家蔵の古文の昌黎文集四十巻、先考弱冠にして読む所なり。親《みずか》ら巻尾に筆して曰く、慶長癸卯（八年）十一月十七日読み了れり。謂ひつ可し、之を千金に享る者なりと。其の訓点は蓋し官家博士の加ふる所か、抑々亦た五岳禅徒の為る所か。伝写の間、往々毫差の謬無きに非ず。然れども触目の間意を著けて之を読むときは、則ち妨げと為るに足らざるか。頃年、蔣之翹校する所の本世に流行す。古本を読む者幾んど希なり。余も亦た一部を覓《もと》めて之を蔵す。蔣本、今点を加へて刊行す。其の大概を見るに、古本蔣本文字の異同少しと為さず。蔣が改正する所、多く朱子の考異に拠るときは、則ち謂はれ無しと為さず。板本の訓点も亦た古本と大同小異なり。乃ち知りぬ、此れも亦た先輩の本を写して今人の妄意に非ざることを。故に賀璋をして家蔵の古本の点を蔣本に写さしむ。且つ板本を対校し、聊か取捨を加ふ。

これに拠れば、羅山は『柳文』と同様に、『韓文』の読了をこの上ないものと自賛しているのが分かる。併せてここから二、三の点にあらためて注目しておきたい。

一つは羅山の訓点が博士家や五山のそれと接点を持つことが窺える点である。ここでは伝写における誤りに言及するが、その読書において博士家や五山の学問の余沢を蒙っていることは否定できない。寛文六年(一六六六)の鵞峰の「尚書古本跋」(同巻九十七)には「尚書孔氏が伝三冊、顕考文敏先生弱冠にして清原家の本を借りて謄す所なり」と清原家の本を借りて手写したと記し、同書の巻末の羅山の識語に拠れば、慶長八年清原本に拠って墨点を加えたことが知られる。また、内閣文庫に羅山の手校本として伝わる蘇軾文集『重刊蘇文忠公全集』、明成化四年(一四六八)序刊本は、『年譜』文禄四年(一五九五)十三歳に「東坡全集を市に求めて、自ら朱句を加へ編を終ふ。人皆之を嘆美せり」と記述するのに相当するが、当時羅山は東山の禅院に入り建仁寺の長老たちに就いて読書の修業の真っ只中にあった。

「既見書目」には『三蘇文集』『東坡全集』『東坡詩集』が見える一方で、東坡詩の講述抄である瑞渓周鳳(一三九二—一四七三)の『脞説』、大岳周崇(一三四五—一四二三)の『翰苑遺芳』、万里集九(一四二八—?)の『天下白』が見えている。また『山谷集』と並んで黄山谷詩の抄、万里集九の『帳中香』の名が見えている。これらの抄物は五山の学僧の代表的な講述抄で、羅山が五山の学問の伝統とも関わりながら、その読書の研鑽がなされていることが首肯できよう。

五

羅山の読んだ『柳文』『韓文』に即して、その書物をめぐる問題を、別な観点から考えてみよう。すなわち羅山が手にしたテキストが鵞峰の言う「古本」であって、「蔣本」でなかったことは、どのように理解すればよいのであろうか。

ここで「古本」とは、南宋十二世紀慶元年間に魏仲挙が作った、いわゆる五百家注本系のものを指すと考えられ、対して「蔣本」は「韓文跋」の文中に言及するように明末の蔣之翹の手になる校注本である。この「蔣本」は崇禎六年（一六三三）に作られ、日本では鵜飼石斎の点を加えて万治三年（一六六〇）に『唐韓昌黎集』が、寛文四年（一六六四）に『唐柳河東集』が刊行されている。鵞峰の跋はその刊行をふまえての内容となっている。「蔣本」の特質は、魏仲挙の五百家注にその後の宋元明の学者の諸説を加えて勘案した、言わば明末までの諸注釈を輯めた点にある。韓柳の古文は宋元明を通じてそれを文の典型として学ぼうとする立場の者はもちろんのこと、それを批判して否定しようとする立場の者においても、その文論の主要な対象となるものであった。蔣之翹が引く注釈や論評は、そうした古文をめぐる様々な立場からのものが混在して見えている。明代十六世紀の古文をめぐる主張は詩文の流派を生んだが、「蔣本」の中には唐宋派の唐順之、茅坤の説を引くとともに、古文辞の前七子の何景明、後七子の王世貞を引き、竟陵派の鐘惺を引くという、折衷融合ぶりである。

羅山が「古本」を用いたことが、この蔣之翹の注に内含されている南宋末期から元明の諸学者の古文の議論を視野に入れられなかったことを意味するかと言えば、決してそうではない。むしろ羅山は、蔣之翹の注に輯められる諸学者の主張や見解については、その多くを他の書籍を通じて触れて行ったと考えるべきである。

「既見書目」には別集類・総集類・詩文評類等に相当する書物が八十部以上あると考えられ、それを講説した五山の抄物を含めれば約九十部になるであろう。そこには「李杜韓柳蘇黄」の文集とともに、明代十六世紀の李夢陽『空同文選』、李攀龍『滄溟文選』、王世貞の『鳳洲筆記』『鳳洲後集』『鳳洲続集』、唐順之の『唐荊川文集』などが見え、またこの頃多く編纂された古文の選集のうち『古文正宗』『古今珠璣（古今名文珠璣）』などがすでに見える。さらに

『文章軌範　附続』という書目の記載の「附続」に着目すれば、正篇は明の茅坤注、李廷機評を付し、続篇は明の鄒守益編の「百家評林注釈」本であった可能性が極めて高いであろう。要するに、これらの書籍からすれば、羅山は彼の時代と近い、新しく入って来た明本を手にし、そうした時代の学問・詩文の息吹に直接触れている側面も強く存することに注目しなければならない。

このように考えると、先の『柳文』『韓文』における「古本」と「蔣本」に比喩を取れば、羅山が手にし得た書籍は、「古本」系テキストと「蔣本」系テキストとが錯綜混在した格好で読まれて行った、と言うことができる。かかる読書の過程を経て、儒学を知り、朱子学の何たるかを理解し、学問、詩文のあり方を論ずるに至ったと考えられるのである。

ここで「既見書目」に見る朱熹関係の書籍について付言しておきたい。『行状』『年譜』に拠れば、羅山は十八歳の頃より『四書集注』を読み出し、慶長六年二十一歳の時に『論語集注』を講じている。清原秀賢に問題視されたことでも知られる出来事であった。『既見書目』には『孝経刊誤』『小学』そして『大学』『論語』『孟子』『中庸』と四書の名のみを掲げるが、次に『四書或問』の名があることからすれば、『四書集注』であるとしてよかろう。続いて元の程復心『四書章図纂釈』、元の張存中『四書通証』、明の鄭維岳『四書知新日録』、明の将文質『庸学指南』、明の張溥『四書人物考』等、元明の四書の末疏・解説書が並ぶ一方、『四書大全』は見えていない。五経については、『周易伝義大全』『詩経集伝大全』という形で『五経大全』に相当する書目が見える。文集や語類に関わるものとしては、朝鮮李退渓『朱子書節要』と、これも朝鮮本と考えられる『朱子文抄』、それに『朱子年譜』『経済文衡』が見えるだけである。その点、『性理大全』に引く『朱子文集』『朱子語類』の資料が利用されたということになる。他には、『延平答問』『伊洛淵源録』『性理字義』『宋名臣言行録』『通鑑綱目』『楚詞（辞）朱子注　後語辯証』が見えている。

また朱熹に関わる北宋道学者については、『二程全書』[10]『二程粋言』『(伊川)撃壌集』があるのみで、『近思録』も見えていない。因みに陸象山の『象山全集』は見えるが、王陽明については『陽明詩集』を見るのみである。「既見書目」を見る限り、その旺盛な読書欲を充たすには、朱熹関係の書物は決して十分ではない。朱子学者としてその書物の質・性格に精粗の偏りが存することは否定できない。それと同時にこれらに比して、詩文関係の書物の多様さは史書・諸子の書物を加えれば、その読書つまり学問における比重の高さを示しているとしなければならない。

六

さて『羅山文集』巻六十五巻至巻七十五には「随筆一」至「随筆十二」を所収し、それぞれおおよその筆記の時期について鵞峰が付記している。このうち、「随筆二」凡八十条(巻六十五)「随筆二」凡百七条(巻六十六)は、ともに「慶長年中の筆」とあって、慶長元年(一五九六)羅山十四歳から慶長十九年(一六一四)三十二歳の間の筆記に相当するということになる。この「随筆一・二」を通読してまず気付くのは、文の表現、あり方に関する筆記の多さである。経書・史書・諸子を取りあげるにしても文・文章を問題にすることが圧倒的である。例えば、朱熹の『大学章句』第五章の所謂格物補伝についても、次のような言及がある。

朱紫陽、大学第五章の闕略を補ふ。其の文繁し。故に或るひと問ふ、其の補ふ所、何ぞ其の文体に效はざる、と。曰く、亦た嘗て效ひて之を為る。竟に成すこと能はず、と。朱子は儒宗たるも尚ほ成すこと能はず。況んや其の余に於いてをや。然らば則ち古文の体法見る可からざるか。(「随筆二」五十三条)

格物補伝の説そのもののいかんではなくて、その文のあり方を問題にするものである。文中に引く問答は現行の『朱子語類』巻十六「大学三　伝五章釈格物致知」に必大録として見えるが、とくにこれを取りあげるのは、羅山の関心が奈辺にあるかを示す一例になるであろう。

「随筆一・二」に見られる論述の詳細とその検討は次稿に譲ることにして、ここでは如上に述べて来た羅山の学問・読書による「文」の意識として、とくに「道外無文　文外無道」の説について概述しておくことにしたい。この説は数度の用例を確認でき、しかも後に明らかにするように、二十二、三歳頃から後年に至るまで主張された、羅山の「文」の意識の中核に存すると考えられるものである。以下、資料の錯綜を考慮して番号を付して掲げることにする。

(1)文能く道を弘む、道の文を弘むるに非ず。文の外に道無く、道の外に文無し。故に曰く、道を貫くの器なり、と。

（「随筆二」七十八条）

「文能弘道、非道弘文」は、『論語』衛霊公「子曰、人能弘道、非道弘人」に拠る言い方、朱注には「人外無道、道外無人、然人心有覚而道体無為。故人能大其道、道不能大其人也。」と説明するように、道に対する人の能動性・主体性を強調した章である。とすれば、「人」を「文」に置き換えての主旨は、「文」の道に対する能動性・重要性を強調するところにあろう。ならばこそここには「道外無文、文外無道」ではなくて、「文外無道、道外無文」と言うと解せられる。「文者貫道之器」とは李漢「韓昌黎集序」冒頭に見ること言うまでもないが、韓愈の古文の主張の立場を明示する貫道説に対して、朱熹は「文」が本、道が末と、本末転倒することに陥るとする懸念からこれを容認せず、周敦頤の載道説の方をよしとするものであった。羅山は載道の語も使用し、両者を弁別してはいない。むしろ両者を重ねて論じている。[11]「随筆二」の後半はとりわけ「文」論の筆記が並ぶが、その前後の条に依りながら、(1)をさらに検証してみよう。

(2)道有れば文有り。道あらざれば文あらず。文と道、理同じくして事異なる。道は文の本なり。文は道の末なり。末は小にして本は大なり。故に能く固し。（同八十三条）

まさに道を本、文を末と明言するが、「道有れば文有り」もまた『論語』憲問「子曰、有徳者必有言。有言者不必有徳」を文に拡大して説くものである。

(3)道有る者必ず徳有り。徳有る者必ず文有り。文有る者必ずしも道徳有らず。四書五経之を道徳の文章と謂ふ。学者之を習へよや。（同六十七条）

(4)文を作らんと欲する者は、先づ本を務む。本立ちて道生ず。学問は其れ文を為すの本か。学は小を為す母かれ、大を為せ。大学は明徳を明らかにするなり。徳は本なり。文は末なり。徳中に充ちて文外に見はる。……道の心に得る者之を徳と謂ふ。徳の言に出づる者之を文と謂ふ。是の故に徳は必ず文有り。文は或いは未だ徳有らず。文徳錯雑して君子の道生ず。君子なるかな。（同五十九条）

(4)は『論語』学而「君子務本。本立而道生」を併せて用いて、徳が本、文が末としながら、「学問者共為文之本歟」と言う。勿論、『大学』の「明明徳」の綱領を前提にして道の体得を説くが、ここでの文は末技として軽視されてはいない。斥けられるのではなくて、学問がむしろ文に向けられて捉えられていると言ってよい。羅山は『論語』学而「行有余力、則学文」を述而「子以四教、文行忠信」と関わらせ、決して文を余技として捉えてはいない。格物致知にさえ相当させて文を学ぶことをいう。

(5)予是を以て大学に所謂知を致すこと物に至るに在りとは、亦た学問の謂ひなることを悟る。行は難く、文は易し。文より行に至ること易し。然らば則ち文を学ぶを先と為す。（同六十五条）

こうした「文」は博学文章・読書として括られる性格のものであると考えられる。詩文また今日の文学の意味も含まれるが、このように理解できるところに羅山の「文」の意識の特質の一面があるのではないか。次の条もまたその姿勢を示すものである。

(6)子貢曰く、夫子の文章は得て聞く可し。夫子の性と天道とを言ふは得て聞く可からず、と。是れ則ち文章自りして後、性と天道とに至る者なり。文章を聞かずして性道を聞く者、未だ之れ有らず。後来の学者、一に住道を言ひて文章を言はず。譬へば筌蹄を舎《お》きて魚兎を得んと欲するが如し。遂に得可からず。終日唯だ労劬するのみ。故に経伝は道の筌蹄なり。学問は文章の筌蹄なり。（同九十四条）

「子貢曰」は『論語』公冶長の一章であるが、羅山はこの章の解釈において「文章」を聞き知ることから「性・天道」に至るとして、「文章」を無視して問題にしないことを批判している。「文章」を「性・天道」に対する筌蹄に喩えているのであるが、さらに「経伝者道之筌蹄也。学問者文章之筌蹄也」と言う。この表現は前述の『剪灯新話句解』に羅山が手録した、朝鮮の垂胡子（林芑）の「剪灯新話句解跋」に見えるものである。『剪灯新話』のような駁雑なる小説に注解を付することを弁論する中で用いている。

聖賢の書、先儒の訓詁備はれり。然も猶ほ今の世の学者、其の道に深く造《いた》る者は尽く無し。其の聖賢の書を学びて深く道に造ること能はざる与《よ》りは、是の書を学びて以て談助と為すに孰若《いづ》れぞ。且《か》つ古人以為へらく、経伝は道の筌蹄なりと。況んや是の書をや。然りと雖も初学者誠に能く文を此に解して道を彼に求むれば、則ち是の書も亦た経伝の筌蹄なり。

経書が道を修得するための筌蹄であるとした上で、この『句解』を文の書として道の書たる経書のための筌蹄と説いている。羅山は韓愈の毛穎伝をめぐる筆記に、この跋文中の関連する文章を「垂胡子曰く」として引いており（同八十七条）、(6)のこの筌蹄の論においても明らかにこの垂胡子の論弁を意識すると考えたい。末尾の「学問は文章の筌蹄」とは、学問をば「文章」を修得するための道具・方法と位置づけるもので、ここにおいて羅山の博い読書の学も相応の方法として自覚されているのではないか。そうして、かかる「文」の意識によって、貫道説と載道説とを併存させる一方、韓柳欧蘇ら唐宋の古文家とは一線を画して、四書六経を古文とする羅山なりの文と道との一致の立場を自認し得たと思われる。

(7)吾曽て謂へらく、四書六経の古文為る、是れ皆道徳の器なり。道を載せて後世に之かしむる所以なり。秦漢以来、趙宋に至りて、文人間出し各々自ら古文の僭有り。其の善き者は之を古と曰はざるに非ず。而も吾が所謂古とは文と道との謂ひなり。今は則ち亡《な》きかな。夫れ真に亡きかな。以て知らず。古今天下の文人は七家、唐の韓氏、柳氏、宋の欧陽氏、二蘇氏、王氏、曽氏、是れ皆名家なり。七者之を戦国の七雄に譬ふるに、互に威武を以て相脅かし、更に周を王とするの意無し。唯だ我を王とするの謀りごとを為す。故に其の文、戦国策の如し。若し夫れ周を王とするの意有らば、則ち其の文亦た六経と相合する者ならん。六経は王なり。七家は覇なり。孔子曰く、管仲の器は小さきかな、と。当に七家の器は小さきかなと曰ふべし。古に云ふ、文章は天下の公器なりと、故にしかいふ。(同五十四条)

やや長文の条であるが、従来ややもすると一部の断章取義的引用が多い点、右に示した私の理解を明確にするためにも、厭わず全文を掲げた。最後の「文章者天下之公器也」とは、李塗の『文章精義』末尾の学生某某の書後に見える。李塗は朱熹の再伝の門人、『文章精義』は短篇ではあるが、藤原惺窩の『文章達徳綱領』にもその多くを収めている。

七

ところで「道外無文、文外無道」の説を、羅山の資料中で確認し得る早い例は、惺窩宛の書啓の中に見える。『文集』巻十一「乙巳上巳啓惺窩先生」がそれであるが、乙巳は慶長十年（一六〇五）、羅山二十歳三月三日のものである。惺窩とは前年慶長九年八月に、三度に及ぶ書簡のやりとりを経て会見の機会を得ることができ、以後両者の交渉が始まり、多くの書簡が往復されたものと思われる。惺窩から羅山宛の書簡は、『惺窩先生文集』に六十篇、『惺窩文集』にさらに五十九篇、計百十九篇を見るが、羅山から惺窩宛の書簡は『羅山文集』に書三篇、啓札二篇を見るのみである。羅山の投酬するところが惺窩のそれに比して少ないことについて、少壮の時のものには副稿が存しなかった事情があったようだが（『羅山文集』巻二「呈惺窩先生」付記）、それにしても余りに少ない。それでも惺窩の書簡を通じて、両者の親密な交遊と学問上の応酬について窺い知ることができる。とりわけ目を引くのは、書籍の貸借に関することで、両者の主要な話題が読書にあるといって決して過言ではない。羅山の「既見書目」が惺窩との交渉の始まった年に作成されたのも、惺窩の知遇を得たことが無関係ではあるまい。

右の乙巳上巳の書啓には、「共惟惺惺窩歟夫閣下、君子歟、君子。吾師乎、吾師。雖語無極太極之微、非陵小学大学之節。道外無文、文外無道。出入孟韓、同中有異、異中有同、左右朱陸。隠居求志、豈唯避乱去危。」とあって、これらは交渉が始まって惺窩によって羅山に教示された主要な項目を、敬意を込めて挙げるものである。そうであるとすると、件の「道外無文、文外無道」の説もまた惺窩との間で指し示されたものであると理解できるのではないか。

次の「与林道春書」第十六書[12]（『惺窩先生文集』巻十一）は、この乙巳歳慶長十年正月から二月の間のものと推定できる書簡である。

左逸精覧を終ふ。珍重なり。一篇の品評、吾が邦又一鳳洲無しと為さず。文已に然り。道学豈に然らざらんや。況んや道の外に文無し。文の外に道無し。足下志を立つること已に此くの如し。彼の鳳洲は多とするに足らず。之を勉めよ。（中略）凡そ異書を見るに、異中の同じき処を見ること莫かれ。同中の異処を見、然る後に異の実対を知る。然れども先づ気象に於いて全く迥別せば、是れ能く見る者なり。必ずしも言談の同異の如何を問ふ莫かれ。

ここには「道外無文、文外無道」が羅山の立志として言われる。鳳洲すなわち王世貞の『左逸』の評価をめぐり、「文」の次元のみならず、「道」と「文」とを一致させて捉えんとする立場からすれば、王世貞は褒めるに値せずとして、後七子の王世貞の著作を引合いにしながら、羅山の学的立場の本質を件の句に示している。『左逸』は王世貞が手にした『左伝』の古文の竹簡とするが、自らも或るいは偽託の書とする問題を含む著作で、後年には王世貞の擬古の作品とされるものである。その点について惺窩や羅山がこの書をどのように判断したかは定かではないが、「文」の観点から評していることが興味深い。なお、「既見書目」にも王世貞・李攀龍の書目が見えたが、ちょうどこの頃の惺窩の羅山宛書簡には、両者の間で『左逸』のみならず王・李の書籍がしきりに貸借されているのが見てとれる。また、右の「与林道春書」の後段には読書についての心得を説くが、惺窩もまた「凡そ余読書を足下に勧むるは、必ず足下の為に非ず。善きを見て喜び、悪きを見て憂ふるは、区区の愚僻なり」（同巻十一「与林道春書」第二十五書　慶長十年二月─三月）と言うように、「読書」の人であった。惺窩との交渉が羅山の「読書」の学を発展させていったと言える。

「道外無文、文外無道」の表現は、『羅山文集』の中に管見ではさらに二例見える。一例は「新刊本朝文粋序」（巻四十八）で、先掲の(1)（「随筆二　七十八条）と同様に、「文外無道、道外無文」の形で、『本朝文粋』を表章するのを締括って言う。寛永六年（一六二九）四十七歳の作。

> 庶幾《こひねが》はくは広く世に布かしめて、而る後未だ之を見ざる者の之を見、未だ之を知らざる者の之を知りて、以て本朝文物の隆盛、中華に愧づること無きを見る可から使めん。況んや又是れに由りて益々進みて上達せば、則ち文の外に道無く、道の外に文無し、是れを純粋と為すを知る可き者をや。

「文」の枠を知る域に達した者にこの句を用いている。もう一例は、「示堀正意書」（『羅山文集』巻五）に見える。堀正意から借覧した『南明文選』を還すに際しての書簡であるが、『南明文選』は明の汪道昆（南明はその号）の文章に湯賓尹の批評を付して刊行したもの。萬暦二十五年（一五九七年）刊、我が慶長二年に当るから新たに渡来した書籍として扱われたと推せられる。この書簡では唐宋元明の古文家を辿りながら、十六世紀明の古文辞派と唐宋派に及ぶ。汪道昆を李攀龍・王世貞の文に繋がる者と認識した上で、次のように評するのである。

> 余其の文（南明の文を指す）を見るに、殆んど左氏・荘子・屈子及び班馬に精しき者に非ずんば、此に及ばず。蓋し古文を好む者は、之を廃す可からず。今足下、茲に意有るか。然れども道の外に文無く、文の外に道無し。若し文と道と榛塞して二と為らば、則ち豈に文ならんや。彼の南明も亦た以て之を多とするに足らず。文選を還すに因りて粗《ほ》ぼ区区を述ぶ。

汪道昆の文を古文の観点から一定の評価を与えてはいるが、[13] 件の「道外無文、文外無道」の立場を以て、汪道昆をそしてその文を取ろうとする堀正意を「文」と「道」とが二分すると戒めている。「彼南明亦不以足多之」の評し方は、先に惺窩が羅山に向かって王世貞の文をめぐって述べた口吻と、そっくり符合するものであろう。堀正意（一五八五—一六四二、号は杏庵）は羅山と同輩、またともに惺窩門下の四天王と並称された。この書簡は両者の学問の交渉上、いかなる意味を有しているのであろうか。惺窩は羅山との交渉が開始された当時、『文章達徳綱領』の編纂中にあったと推定できるが[14]、本書は惺窩没後二十年、寛永十六年（一六三九）堀杏庵の序が書かれて刊行されている。『文章達徳綱領』は中国の書籍中より「文」の見解・議論を抽出して編纂するもので、その参照・引用する書籍とそれを編纂統一する「文」の意識は、羅山のそれと見合うものとして捉えることができる。だが、羅山には本書への言及が特に見当らぬと思えるのは惺窩宛の書簡が伝わらぬ理由からであろうか。それらの検討は続稿において試みることにしたい。

註

（1）後光明天皇の「御製惺窩先生文集序」にも次のように記す。
幼而穎悟、一覧千言、七過万句。弱冠而蚤通経史及諸子百家之書。莫事不備、莫物不詳。其為学也、博聞強記。

（2）日野龍夫氏はこの「答童難」を「儒学に偏せず、文学にもわたる自己の学問のありようについて、鵞峰みずからが語った文章」として取り挙げている。「『鵞峰林学士文集』解題」（近世儒家文集集成『鵞峰林学士文集』ぺりかん社　一九九八年）。

（3）中村幸彦『近世文藝思潮攷』所収（岩波書店　一九七五年）。

（4）松下忠『江戸時代の詩風詩論』（明治書院　一九六九年）も、江戸時代詩壇を四期に分け、その「第一期詩壇の趨勢」において、「道徳的、政教的詩文観の明示」「宋学的詩文観」に分けて、江戸初期の詩文観を論じて詳しい。

（5）林羅山の「読書」に焦点を当てた論文としては、宇野茂彦「林羅山の読書」（青山学院大学日本文学会『青山詩文』第十四号　一九八四年）が詳しい。宇野茂彦『林羅山　林鵞峰』（叢書・日本の思想家２　明徳出版社　一九九二年）にも言及がある。

（6）我が国における『剪灯新語句解』の書誌的な整理を行っている論文として、野口一雄「剪灯新語句解の諸本」（『伊藤漱平教授退官記念　中国学論集』汲古書院　一九八六年）があり、羅山の手校本の書誌的意義について論及している。

（7）阿部吉雄『日本朱子学と朝鮮』（東京大学出版会　一九六五年）の第二章第二節「羅山の修学過程とその読んだ朝鮮本」を特に参照されたい。

（8）「楚辞王註跋」（『羅山文集』巻五十四）には「滴露研硃」の四字句を用いる。因みに本跋文は寛永四年（一六二七）と記す。

（9）羅山の訓点つまり道春点については、村上雅孝氏の近著『近世漢字文化の世界』（明治書院　一九九八年）の第三章「林羅山と漢字の世界」が詳しい。

（10）江戸時代通行する明の徐必達校の『二程全書』の刊行は万暦三十四年（一六〇六）、慶長十一年に相当する。従って慶長九年の「既見書目」に挙げる『二程全書』はそれ以前のテキストということになるが、「既見書目」に慶長九年より後に係る書籍が存するという疑念を抱かせる点がないでもない。宇野氏も他の例を挙げて問題点が存することを指摘している。注（5）前掲論文十六頁。

（11）貫道と載道とを重ねた言い方として、とくに次の二例を指摘しておきたい。いずれも我が国においても重用された書籍の中に見られるにもかかわらず、従来言及されないように思われる。

○劉本「初学記序」（紹興四年―一一三四年）。「聖人体天地之道、成天地之文、出道以為文、因文以駕道」と説き起こし、読書礼楽の文を「載其道而済千万世之人者」とし、「能文而不載乎道、与無文同」と言う一方、「惟是詩書垂世、煥乎其可観者、皆貫道之器」「学者不問古人之文為貫道之器」「因文以貫道」との表現が見える。

○棲昉『崇古文訣』に付す姚珤「崇古文訣原序」（宝慶三年―一二二七年）。「文者載道之器。古之君子、非有意於為文、而不能不尽心於明道」

（12）惺窩の「与林道春書」は書簡数の多さを考慮し、『惺窩先生文集』巻十至巻十二所収の六十篇及び『惺窩文集』巻三所収の五十九篇について、それぞれ収載順に便宜的に順序を付して示す。当該の『文集』は国民精神文化研究所編『藤原惺窩集巻上』（思文閣出版　一九四一年発行　一九七八年復刊）に拠る。

（13）「随筆七」（『羅山文集』巻七十一）、正保四年（一六四七）六十五歳に係る、には、李献吉・李攀龍・王世貞・汪道昆ら明代古文辞家を取りあげ、左伝・国語等の古書の詩句を「剽掠剪截」するものだと、その文章を排撃している。その批判には後の古文辞批判に通じるものが認められる。

皇明北地李献吉・済南李于鱗・瑯琊王世貞、作文字自以為古、而比周語殷盤詰屈。其流汪道昆・葉石洞・王遵岩之徒、亦相従而為之。余偶然壮年見之、就左伝・国語・戦国策・荘・列・荀・楊等之書中、剽掠剪截其片言一句、以綴之縫之補之綻之、遂為一篇。譬如寸錦貫於針而為一端一匹。然初見之、則如眩目于光彩、熟読之、与百結之錦繍不成章何異哉。況其字之連属、句之血脈、章之次序、篇之顚末、大有断絶乎。枉費精神、労而無功。誠談天文章雕虚空。（第九条）

（14）「与林道春書」第七書―慶長九年十月―十二月（『惺窩先生文集』巻十）に「一件達徳綱領未脱稿。且此編唯類聚古人之成説而已。曽不著一私言乎其間。是恐其僭踰也」とある。

（一九九八年九月十日稿）

二　藤原惺窩『文章達徳綱領』の構成とその引用書
──『文章欧治』等を中心に

一

前稿では、[1] 林羅山（一五八三―一六五七）にとって博い「読書」の学が学問の方法として自覚され、かつ「学問」は文章の筌蹄と断じて、学問は「文章」を修得するための手段、道具と捉えたように「文」に向けられ、「道外無文、文外無道」の主張がなされたことを概述した。かかる「読書」の学と「文」の意識は、藤原惺窩（一五六一―一六一九）と共通するものであった。

惺窩の門人、菅得庵（名は玄同、一五八一―一六二八）は「続惺窩文集序」（寛永四年〈一六二八〉）冒頭に次のように記す。

先儒嘗て言ふ、文は載道の器なりと。若し夫れ此れを用ゐて彼を舎つれば、則ち櫝を買ひて珠を還す者と謂ふ可きなり。如かず、珠と櫝と両つながら得て而る後に貴重す可きに。文と道とは蓁塞せずして而る後に嘉尚す可し。是の故に君子の枢機は、文器に仮るに非ざれば、則ち何を以て其の徳の実を知らん。文器有りと雖も、彙次して繕写するに非ざれば、則ち豈に復た其の道の広きを見んや。文器は道徳を離る可からず、道徳は尚ほ文器を離れず、而る後に君子と称す可き者なり。（原漢文。以下同じ）

この序は寛永四年（一六二七）に、惺窩没後まもなく羅山が編纂した『惺窩文集』五巻を襲って遺漏を補うべく編まれた続集の序である。従ってここで「文器」と「道徳」の不離を言うのは、惺窩の遺編遺稿を集めて文集を編纂することの意義を説くためであるが、決してそれのみに留まらないであろう。それはそのまま惺窩の学的立場、姿勢の表章でもあると考えられる。劈頭「先儒嘗言、文者載道之器也」は、李漢の「韓昌黎集序」に「文者貫道之器也」と書き起こすのを直ちに想起させる。これが韓愈の学的主張を集約する一句と目されたことは言を俟たない。また「文者載道之器也」と定義して「貫道」でなく「載道」の語を用いることは、周敦頤の「文所以載道也」（『通書』文辞第二十八）の主張を取ること、また朱熹が「貫道」の論を斥け「載道」の説を取って、道が本で文は末であると強調すること、すなわち朱子学の文論を持ち込むものである。そしてこの定義が文字通り、宋の楼昉『崇古文訣』に附する桃珤「崇古文訣原序」（宝慶三年〈一二二七〉）に見えることに注目しておきたい。

文は載道の器なり。古の君子は文を為すに意有るに非ずして、心を道を明らかにするに尽くさざる能はず。故に曰く、辞、達するのみと。能く其の辞を道に達すること深切著明なるに非ざれば、則ち道見えざるなり。此れ文の関鍵有るは、文に深き者に非ざれば、安んぞ能く其の蘊奥を発揮して古人の心を用ゐるを探らんや。

「文」において「道」の重視こそその根底にあることを言明し、「辞、達而已矣」（『論語』衛霊公）を掲げるが、このことは「文」を偏に軽視することに繋がるものではない。かえって「文」に対する深い見識が求められることになる。右の文中に「文の関鍵」の語が見えるが、楼昉の『崇古文訣』は楼昉が師事した呂祖謙の『古文関鍵』を発展させた古文の選集である。かくして南宋末期から元明の諸学者の古文の評述、議論もまた当然深く関与しているのである。

右の「文者載道之器」の主張は、「文」と「道」とが相依ることを説きながらも、本来、朱熹が問題視するように「道」が大本であることを重視することに力点があるが、「続惺窩文集序」においては「道」の強調よりも「文」「文器」が「道」「道徳」に必要不可欠である面が重視されているように見える。『韓非子』外儲説左上に基く「買櫝還珠」の比喩は文飾の面のみに目を向け実質を忘れることを揶揄したものであるが[2]、ここでは櫝（飾りたてた箱、つまり文飾）は斥けられることなく珠とともに重んぜられている。明らかに「文」の意義は軽視されず、「道」とともに尊重されるのである。

さて、藤原惺窩の編纂に係る『文章達徳綱領』はかかる「文」に対する姿勢を如実に示したものと捉えることができる。本書編纂の趣旨については、慶長の役（丁酉の倭乱）で日本に抑留中（一五九八―一六〇〇）、惺窩と交った朝鮮の儒者姜沆が万暦己亥すなわち慶長四年（一五九九）に記した「文章達徳綱領叙」（『惺窩文集』巻四「文章達徳録序」）に記している。

今又、学者作文几格を知らざるの故に、前賢の議論を摭《と》り、間々《まま》己の見を以て群分類聚し、文章達徳綱領を為る。其の所謂達とは孔子の所謂辞達するのみといふ者なり。所謂徳とは孔子の所謂徳有る者は必ず言有りといふ者なり。

とくに「文章達徳」の「達徳」について、孔子の二つの言葉、「辞達而已矣」（『論語』衛霊公）と「有徳者必有言」（同・憲問）に拠ることを指摘する。「叙」の文中に「徳に拠りて辞に達す」とも述べ、「文章」を「道徳」と繋げて捉える姿勢を明示するものである。

他方、惺窩没年の翌年、元和六年（一六二〇）に記された林羅山の「惺窩先生行状」（『林羅山文集』巻四十）には、本書の編纂について次のように述べる。

文章辨体を取りて之を本集に考へ、釈箋を加へ写し、且つ其の未だ載せざる所の者数百篇を増し、用捨意に随ひ、撰定して編を為す。名づけて文章達徳録と曰ふ。復た今時の人、文を作る規格を知らざるを以ての故に、古今の名公の詩話文評を捃《ひろ》ひ集め、達徳録綱領若干巻を撰著し、田貞順・栢允等をして之を繕写せ使む。『文章達徳録』と『文章達徳録綱領』の二書の編纂について併せて記す。『達徳録綱領』についての記述は姜沆の「叙」とも共通し、吉田貞順（号は素庵、一五七一—一六三二、角倉了以の長子）らの協力に依ることを言う。この両書の編纂とその関連については、『文章達徳綱領』の刊本の一種に附す、堀杏庵の「文章達徳録綱領序」（『杏陰集』巻七）[4]にも同様に記している。ただ、『文章達徳録』は吉田素庵が師惺窩の命によって輯録し、その冠首に『綱領』を編したと述べる。また、素庵が師命によりこの編纂に従事し続けたことを称揚するとともに、素庵没後に素庵の子、玄紀の努力によって『文章達徳綱領』が刊行されるに至った経緯を記している。[3]

杏庵の「達徳録綱領序」が書かれるより数年前、素庵が寛永九年（一六三二）に没してまもなく記された杏庵の「吉田子元行状」[5]（『杏陰集』巻十七）に拠れば、本書編纂作業の過程を些か辿ることができる。天正十六年（一五八八）惺窩に従学して以来経学を学ぶ一方で古今の文章に関心を抱く素庵に対して、惺窩自身が輯集した「文章達徳録百余巻及び綱領」を示してその編集の補助を命じたという。してみると、本書の原案と原資料は惺窩によって準備されていたと考えられる。そして「公（素庵）謹みて教へを受け、数年の間条分縷析し、殆んど成書と為すに足る」段階のところで姜沆と出会うことになる。従って姜沆の「叙」（一五九九年）が書かれたのは、この時点での草稿に相当しよう。[6]「子元行状」には元和三年（一六一七）の記事として、「達徳録を讐校し、又明朝英賢の衆作数百篇を摘して以て先生の余意を補ふ」と記す。さらには素庵晩年寛永四年（一六二七）以後には「達徳録に増註す。未だ全書を成さずして失明す。嗚乎、命なるかな。然り而うして素志を遂げん為に、門人に口授し、之を篇章に筆せしめ、捜索して已まず」と、寛永九年に没するまでの状況を述べる。これに拠り、惺窩が元和五年に没する前にも『達徳録』の校訂増補の作業が行なわれていることが確認でき、さらに惺窩没後においてもまた羅山が「惺窩行状」を記した後にも、素庵の手で『達徳録』増注の努力が継続されたことを知り得る。惺窩の師命を奉じてのこととは言え、三十年をはるかに超えてのまさに精力の傾注である。惺窩、素庵が本書編纂に並並ならぬ情熱と執着を抱いていたことが理解されよう。

二

『文章達徳録』について、羅山が「惺窩行状」において『文章辨体』の名を挙げこれを基本に据えていると述べているのは、本書が伝わらぬ今、その体裁・内容を考える上で最も有力な手掛りとなる。『文章辨体』五十巻、外集五巻は明の呉訥編。南宋の真徳秀『文章正宗』に倣い、明初以前の詩文を文体に分ちて編録し解説を加える。天順八年（一四六四）の序を付し、刊行された。『文章達徳録』は前述の諸資料からすると、『文章辨体』に未収の数百篇の詩文を増補して百余巻となし、さらに「明朝の衆作を編綴し、諸家の注解を加へ入れ、賢哲の議論を増し広む」（杏庵「文章達徳録綱領序」）という補修を行い続けたものであった。言わば、『文章辨体』を継承し修訂増補した明の徐師曽編『文体明辨』のあり様に極めて近似する性格を有する。『文体明辨』八十四巻、万暦元年（一五七三）徐師曽自序に拠れば、十七年を費して編集し、『文章辨体』の正集五十類を一〇一類に、外集五類を付録二十六類にしたという。我が国には『文章達徳綱領』が刊行されたのと相前後して入って来たと推定される。幕府の『御文庫目録』には寛永十九年（一六四二）に入り、野間三竹『文体明辨粋抄』（寛永十九年自序）が作られ、寛文六年（一六六六）には和刻本が刊行されて、その後よく流布して多大な影響を与えた。惺窩の『文章達徳録』の編纂は規模において或るいはそれを陵駕する可能性を有したと推測できるだけに、今日それが伝存しないのが惜しまれるが、我が国においてこの時期にかかる「文」の書物の編纂が試みられたことは、特筆に値しよう。

さて『文章達徳綱領』（以下『達徳綱領』と略称する）六巻は姜沆や羅山の記述に従えば、今人が作文の規格つまり文章の書き方、きまりを知らぬために、古今の詩論文論を輯集したものである。羅山宛の書簡に「此の編は古人の成説を類聚するのみ。曽て一私言をも其の間に著《つ》けず」（本稿註（6）参照）と記すように、確かに古人の詩論文論を輯録するだけで、惺窩自身の見解を加えていない。ただ「間以己見群分類聚」（姜沆序）と記すのに着目すれば、その分類編纂において惺窩なりの考え方が発揮されていることになる。

六巻の構成は、冒頭の目録に従って示せば次のようになる。

巻之一　入式内録

　読書　窮理　存養

巻之二　入式外録

　抱題　布置　篇法　章法　句法　字法

巻之三　入式雑録

　叙事　議論　取喩　用事　形容　含蓄　地歩　関鍵　開合　抑揚　起伏　響応　錯綜　鼓舞　頓挫　繁簡

　伸縮　陳新　華実　雅俗　工拙　大小　逆順　常変　死活　方円　険易　撑拄　歩驟　瑕疵

巻之四　辨体内録

　辞命　議論　叙事　詩賦　雑著　題跋

巻之五　辨体外録

　駢儷　律詩　近代詞曲

巻之六　辨体雑録

歴代　諸家

歴代の先人の詩論文論を輯録することは、『文章辨体』巻首の「諸儒総論作文法」、『文体明辨』巻首の「文章綱領」に類似し、輯録資料に共通するものが見出せるにしても、その規模と内容は『達徳綱領』の方がはるかに充実し豊かである。そして羅山「惺窩行状」に『文章達徳録』が『文章辨体』を本とするとの指摘は、この『達徳綱領』においても具体的に見てとれる。巻之四「辨体内録」・巻之五「辨体外録」は所謂文体・体製を解説するが、その類目の立て方は『文章辨体』を明らかにふまえている。『文章辨体』は真徳秀『文章正宗』が辞命・議論・叙事・詩賦の四綱目を立てたのを本にして各文体を類別し、四六・律詩・詞曲を別にして外集として扱っている。『達徳綱領』はその分類方法を襲っており、個々の文体の解説として輯録する資料もまた、『文章辨体』の序録の解説を中心に据えている。従ってその一一を挙げるまでもなく、巻之四・巻之五・巻之六に『辨体』の語を用いることに『文章辨体』が意識されているのは首肯できる。しかしながら、巻之四・巻之五にしても『文章辨体』以外の諸書からの引用資料を含んでおり、その他の巻については『辨体』以外の書からの引用が多くを占める。さすれば本書の構成全般に亘って『文章辨体』を以て捉えることは難しく、その妥当性を欠くことになる。

太田兵三郎氏の『文章達徳綱領』の解題（本稿註（３）参照）は、今日まで本書の解説として引かれることが多いが、本書の引用について引用書を明記せるもの約七十種に上るとする。ただ、所謂総集類・類書・叢書を含む引用書の文話詩話に関するものは、必ずしも全部原書から直接引用されたものではなく、全般に亘って最もしばしば引用されているのは『文章辨体』『文章一貫』『性理大全』の三書であり、とりわけ『文章辨体』は本書の成立に大きな関係があるように思われるとしている。この解題は概括的な把握を記述するのみで、個々の引用資料に即した検証がどれほど行なわれているか定かではない。『達徳綱領』がいかなる書物を用いていかなる資料を輯集し、それらをいかに位置づけて編纂しているかは、言うまでもなく本書を逐条的に検証することを通じて明らかになることである。その点各資料が網羅的にすべて引用書名を注記しているわけではなく、その検証は決して容易ではない。資料の配列や掲げ方によって同一の引用書であることが分かる編纂意図が見受けられる一方、その条だけでは何の引用書に拠るのか見当のつかぬ場合も多多ある。また引用書に実際に確認して始めてその書物をどのように用いているかが明らかになることも多く存する。勿論、引用の誤記と判断できる条も存している。翻って、惺窩の本書編纂に用いる資料は、当然のことながら、惺窩の旺盛な「読書」の成果であり、羅山にも刺激と影響を与えた「読書」の学の反映である。前稿で、羅山の「既見書目」（『羅山年譜』慶長九年）は羅山の読書の輪郭を示すものであると同時に、この時代の漢籍の受容や通行の有様を考える上で一つの手掛りを与えてくれるものであると記したが、『達徳綱領』もまたまさしく同様の性格を持っていると言ってよいであろう。羅山の「文」「文章」の議論において、その参照・引用する書籍、論点となる具体的資料は、『達徳綱領』に収載するものと重なっていると考えられる。とくに慶長年間に相当する「随筆」中に見える「文」の表現、あり方に関する筆記を検討するには、『達徳綱領』の検証が不可欠であると考える。本稿はそのための基礎作業でもある。

三

『達徳綱領』巻之一～巻之三が「入式内録」「入式外録」「入式雑式」で成っているのには、巻之四～巻之六の「辨体内・外・雑」の構成と並んで明確な意図が存するであろうことは、直ちに見て取れる。しかし、従来十分にその意図が解明されているとは言い難い。太田氏の解題には「入式内・外・雑の三門は詩の本質並びに修辞の方面を対象としたもので、文学理論の方向を示す」と述べるが、文中の「詩」は「詩文」の誤記である（ここでは明らかに「文」に重点がある）としても、正鵠を失していると言わなければならない。この三門は姜沆「序」や羅山「惺窩行状」に言う「作文の規格」を示そうとするもので、文の根底となるもの、文の構成法及び文の表現・修辞法を主眼にすると捉えられる。要するに作文の理論と方法を示そうというものである。とりわけ巻之二「入式外録」に「抱題・布置・篇法・章法・句法・字法」と六類を立てること、巻之三「入式雑録」に「叙事」以下「瑕疵」まで三十類を立てることに着目すれば、そこに相応の体系を備えた「文」に対する分析と「文」の表現を論ずるための術語を取り挙げていることに気付く。これらはいかなる書物に依拠しながら構想され、またいかなる資料を以て構成されているのであろうか。

本稿では、『達徳綱領』に見える引用書の中から、『文章欧治』及びその関連する書物に焦点を当て、これらの書物が『達徳綱領』においてどのように引用されるかの検討を通して、『達徳綱領』の構想を探ってみたいと思う。

巻之二「入式外録」の第一類「抱題」について、その冒頭の条を取り挙げて検証してみよう。

(b1)凡養題気之法、澄神静慮。(c1)将題中此景此情此事、一一由根生幹、由幹生節、生枝生葉生花。有則不可脱漏、無則不可強生。(b2)黙存於胸中、使之融化、与吾心為一。(c2)則此題此気、粛者凛然、壮者巍然、清者冷然、和者温然、奇者屹然、麗者爛然、古者澹然、遠者廓然。一片真境、(a1)了然如身履目撃其間。更加詳察而研窮之鼓舞之、則須臾本然之気油然自在。(b3)文思自然流動充満而不可遏矣。(a2)此気既生、択其精而不僻。新而不尖者、而淘之汰之、濾之漉之、而吾文得之矣。(b4)切不可強気。不能充而強作之、則昏而不可用。所出之言、客気浮詞、非文也。気之変化無方、当以此例推之。矜式 欧治 文式

粛　朝廷宗廟聖賢道徳之題　粛者凛然

壮　大山長河軍師豪傑之題　壮者巍然
清　風月幽邃隠逸神仙之題　清者冷然
和　歓楽承平通人達士之題　和者温然
奇　山川高士俠客鬼神之題　奇者屹然
麗　都邑宮苑富貴美人之題　麗者爛然
古　覧古捜去古人雅勝之題　古者澹然
遠　登眺高遠志士功業之題　遠者廓然

前半の文章の末尾に「矜式　文式　欧冶」と付記する。すなわち（a）『古文矜式』、（b）『文式』、（c）『文章欧冶』に拠ることを明示しているが、原文に傍線を付して示したように（a）12『古文矜式』「一培養　養気」、（b）1234『文式』巻上「第一　養気法」、（c）12『文章欧冶』「古文譜一　養気法　二養気」という三種の書物から都合八箇所の文章を併せて一本化している。とくに開端の「養題気之法」は本来『文式』には「養気之法」とあって、「養題気」という表現は『古文矜式』に拠ると考えられる。特有の主張を背景に持つと推せられるかかる用語のもとに、八つの文章を繋いで一条にまとめているのは、この三書の論述を共通一貫するものとして理解したからに外ならない。

本条の後半について、「粛」以下八種の術語は元来、『文章欧冶』及び『文式』の右の引用箇所に並んでいたものだが、ただその記述は『達徳綱領』なりの編纂の手を加えている。「粛」に例を取ろう。「粛」の気は「朝廷宗廟聖賢道徳之題」にふさわしく、「粛者凛然」という気象を有する、ということを示す記述と理解できるが――。「粛者凛然」に相当する評語は、本条の前半『文章欧冶』（c）2中に見えるのに該当する。ところが「朝廷宗廟聖賢道徳之題」

については、『欧治』の「朝廷題　聖賢題」と『文式』の「朝廷之文宜粛　論聖賢道徳之文宜粛」とを併せてみるだけでは完全に符号しない。ここには明示されていない別の書物の記述が関わるのである。『文章一貫』巻上「気象第二」に「文筌云、養気八法」として収載する条は、この『文章欧治』「養気法」の当該部分であるが、この八法の「粛」の説明は「朝廷宗廟聖賢題　宜粛」となっている。従って「粛」の記載に当たって『文章一貫』のこの条の記述も参照されている推測が成り立つ。『達徳綱領』のこの八種の術語の説明は、おおよそ『文式』を本にしながら『文章一貫』所引の『文筌』の記述を取り入れていると理解することができる。因みに「古」の「覧古捜去古人雅勝之題」はこの『文章一貫』所引『文筌』の記事に拠って「覧古捜玄」の誤記であることが裏付けられる。つまるところ『達徳綱領』のこの条には『文章一貫』所引の『文筌』も併せて関わっているのである。

ところで、本条を構成する原典の文章は「養気」「養気法」に関する一節からの引用である。これを一条に構成して「抱題」の冒頭に置くのは、明確な意図を持っていると考えなければならない。それを解く手掛りはここに引く原典資料の中にこそ存している。

いったい、「抱題」の術語が見えるのは『文式』と『文章欧治』である。まず『文式』について見よう。巻上の初めに「陳氏」の説いた作文の法として、次の八種の法を順に挙げている。

第一 養気法　第二 抱題法　第三 明体法　第四 分間法　第五 立憲法　第六 用事法
第七 造語法　第八 下字法

本条に引く「養気法」の次に「抱題法」が置かれているのが分かる。『文式』は「下字法」の後に、「陳氏」のこの作文の法は陳伯敷の『文説』に拠ることを明記しているが、『文章欧治』もまた陳繹曽（字は伯敷）の著作である。その『文章欧治』において、「抱題」は次の「古文譜」七種の項目のうち、議題法の中に見える。

養気法　識題法　式　製　体　格　律

「養気法」は「一澄神　二養気　三立本　四清識　五立志」から成り、本条に引く件の一節は「養気」に見える。「識題法」は「一虚実　二抱題　三断題」から成っており、「題」つまり文の主題・テーマに関する作文の方法を問題にしている。「抱題」について『文式』（所引『文説』）と『文章欧冶』の論述は共通している。「抱題」の語義は主題を考えるということになるが、いかなる主題を考えるかというのではなく、一篇の文を作るのに主題をどのように展開消化して記述していくかに焦点を当て、それを方法として類別するものである。例えば、「開題」とは題中に含まれる要素を網羅的にバランスよく記述すること、「引題」とは一見、題からは程遠い事柄から書き起しにわかに題に入ること、というような類別と解説を行なっている。『文武』も『文章欧冶』もかかる形で十種を掲げ、その用語や記述に相違があるにしても、類別の観点と方法は同一である。

『達徳綱領』が設けた「抱題」の類には、先掲第一条に相当する資料に続いて、『文章辨体』『文章一貫』『文章精義』等から「題」に関する諸条が並ぶが、それらには「抱題」の語は見えていない。そして「抱題」の類の末条に「抱題十法文式欧冶」として、『文式』の「抱題法」を収録している。(7) 上述のことから考えれば、『達徳綱領』の「抱題」の類はその術語を『文式』『文章欧冶』に取るばかりでなく、作文の方法として「養気法」と「抱題法」とを併せて一連の問題として捉えていることが理解できる。そうして「養気法」を「抱題法」と併せる発想において、「養気法」に関わる先掲第一条開端の一句が「養題気之法」となっていることに改めて注目しなければならない。『古文矜式』の「養題気」の表現が見える一節は確かに「養気」の類目の中の記述で、その内容は『文章欧冶』「古文譜」の「養気法」の「養気」に合致している。そして、題と気との関係を明瞭に述べている。

朝廷之題、其気粛。軍旅之題、其気壮。山林之題、其気奇。宮苑之題、其気麗。鐘鼎之題、其気古。関河之題、其気遠。此皆挙一隅言之、其余可以類推也。

『古文矜式』では「抱題」の術語もそれに相当する記述も含まないが、『達徳綱領』はこの「養題気」こそ「抱題」の起点を表すのに最も適した術語として、採ったものと考える。しかもそれは「入式外録」の立てる六類目の冒頭としてのみ構想しているだけではなく、巻一「入式内録」にまたがって構想していると考えることができる。

四

「入式内録」の検討に入る前に、右に引用されている『古文矜式』『文式』『文章欧冶』について整理しておきたい。『文式』所引の『文説』も『文章欧冶』も陳繹曽の著作であったことは先に触れたが、『古文矜式』もまた陳繹曽の著作として伝わるものである。しかも単行で伝本する一方、『文章欧冶』の中に収載されても伝わる。『達徳綱領』では『欧冶』と併記してその書名を明示する例もあるが、『矜式』の名のみを示すことが圧倒的に多い。他方『文説』については今日、単行で伝わるテキストも存するが、『達徳綱領』では『文式』として引用している。さらに先に言及した『文章一貫』に「文筌云」と引く『文筌』は、実に『文章欧冶』の旧書名に外ならなかった。かくしてこれらの書物はいずれも陳繹曽の著作、所説ではあるが、重なりあったり他者に収載されたりと事情が錯綜しており、とくに『達徳綱領』の拠る本を明らかにしなければならない。

陳繹曽については『元史』儒学伝に陳旅伝の附伝として見え、『大明一統志』等の伝記資料はいずれもその記事を踏襲する。

繹曽、字は伯敷、処州（現浙江省麗水県）の人。人と為り口吃と雖も精敏常に異なり、諸経注疏、多く能く誦を成す。文辞汪洋浩博、其の気燁如たり。官は国子助教に至る。

至正三年（一三四三）から四年にかけて『遼史』編纂を担当し、四人の纂修官の一人としてその名を列ねる。その著の『文説』は『四庫全書』に入り、『四庫全書総目提要』集部四十九・詩文評類二に『文説一巻』として著録される。また四庫存目として集部五十・詩文評類存目に『文筌八巻附詩小譜二巻』として著録される。二書の『提要』解題のうち、『文説』が『文筌』ほか他の著作との関連に言及することから、まずその要点を見よう。

『文説』について、元の延祐元年（一三一四）に科挙が復活したのに伴い程試のために行文の法を論じた書であるとその性格を明確に述べるが、その伝本については疑問を呈しつつ『永楽大典』に拠って輯出した事情を述べている。そこでは、『文筌』の伝本が存するがこの『文説』とは内容を異にするとともに、『呉興続志』に繹曽の著として『文筌譜』『科挙天階』が見え、焦竑『国史経籍志』に『古今文矜式二巻』が載ること[8]を指摘した上で、『科挙天階』『古今文矜式』の両書を目にしないことから『文説』がその一つに該当する可能性を疑っている。[9]両者の書名が違っていることから判断を保留しているが、この記載は『文筌』と『古文矜式』ひいては『文章欧治』との関係に改めて疑問を生じさせるものである。

『四庫提要』は『文筌八巻附詩小譜二巻』について、次のように解題を記す。

繹曽、文説有り、已に著録す。此の編凡そ古文小譜、四六附説、楚賦小賦、漢賦小賦、唐賦附説の五類に分つ。体例繁砕、大抵妄りに分別を生じ、強ひて名目を立て、殊に精理無し。詩小譜二巻は、至順壬申（至順三年〈一三三二〉）の繹曽自序に拠るに、亡友石桓彦威[10]の撰する所と為り、因りて以て後に附すと称す。是れ此の編本より詩譜と合刻す。

『提要』の『文筌』に対する評価は、体例はくだくだしく恣意的に分類を設け無理に術語を立てると、極めて手厳しい。その評価はさておき、本書の構成に注目すると、古文小譜以下の五類に分つと説明している。また、元の至順三年の繹曽の自序に拠って、もともと石桓の『詩小譜』をその書の後に付するものであったことを記している。ただここには、『古文矜式』の名は見えないし『文章欧冶』と書名が変わることへの言及もない。それではこの構成を今日、我が国に伝本する『文章欧冶』において比べてみよう。

和刻本として刊行されたテキストとして、伊藤東涯が朝鮮写本を得て校訂の上、加点翻刻したもの（伊藤東涯「文章欧冶後序」）が伝わる。『和刻本漢籍随筆集　第十六集』（古典研究会　一九七七）に所収、影印される底本もこの本である。東涯「後序」末尾及び刊記に元禄元年（一六八八）と見えるも、長澤規矩也氏はその部分の異版、無跋無刊記本も存することから、初印は元禄より前かも知れぬともする（前掲書「解題」）。巻首に「文章欧冶序」、嘉靖三十一年（一五五二）尹春年[11]「文筌序」、至順三年（一三三二）陳繹曽「文筌序」の順で三序を掲げるが、陳繹曽の自序はもちろんのこと尹春年の「文筌序」中にも「文章欧冶」の名に関わる言及はなく、「文章欧冶序」において『文筌』の書名を更めて『文章欧冶』としたことを記す。「文章欧冶序」はいつ誰の手になる文章か記さぬが、文中「陳繹曽……撰為是書、名曰文筌、可謂奇也」と言い、「予以為」として『文筌』の説への批判も見えていることから、明らかに陳繹曽の序ではない。後人がその書の刊刻に当ってその名を更めたかと推察できる。また東涯の底本とした写本は、尹春年の「序」から嘉靖二十九年（一五五〇）に朝鮮光州で開刊されたことを分かるが、尹春年は「文筌者元人陳繹曽伯敷氏之所著也」として「文筌序」と題している。にもかかわらず、本書が『文章欧冶』と題するのは、この時に「文章欧冶序」を冠したことと軌を一にするもので、或るいはこの刊行の際のことかとも疑いたいが、今は未詳のままに留めおく。

この『文章欧冶』の構成は、古文譜一～七、四六附説、楚賦譜、漢賦譜、唐賦附説、古文矜式、詩譜、となっている。これを先の『四庫提要』に記す『文筌』の五類に照らすと、古文賦以下、唐賦附説までは合致し、末尾の詩賦は『文筌』の後に付した詩小譜に相当すると考えられる。[12] してみると「古文矜式」が件の五類に加わっている格好になる。「古文矜式」の類目を設けずに五類の中に内含されていた可能性を全く否定できないにしても、『四庫存目』の『文筌』には「古文矜式」が含まれていなかったとの疑念の方が強くなる。『四庫提要』の『文説』の解題中、『文説』を『文筌』とは内容を異にするとしながら、未見の『古文矜式』を以て『文説』に該当する可能性を考えようとしているのは、『文筌』の中に「古文矜式」の類目がなかったことを前提にしてその論旨が理解できるように思う。ただ、その断定は『文筌』の一本を確認できるのを待つことにしたい。

焦竑『国史経籍志』、黄虞稷『千頃堂書目』は『文説』一巻と並んで『古文矜式』二巻を著録している。今回検討のテキストとして用いるのは江戸初期の写本であるが、一巻でかつ『文式』二巻を附する。[13]『文式』のことは後述することとして、この単行の『古文矜式』は『文章欧治』中の「古文矜式」とまさに同一内容である。『達徳綱領』においての『文筌』の名を示すのは、『文章一貫』に『文筌』の名を冠する資料を引ぐ場合に限られており、その記事の表現は『文章欧治』の「古文矜式」中のものではなく、『文章欧治』の他の類目中に確認できるものである。

五

『文筌』の書名に込めた意図について、陳繹曽「文筌序」は次のように記している。

夫れ筌は魚を得る所以の器なり。魚得るときは則ち筌忘る。文は将に以て道を見《しめ》さんとす。豈に其れ筆札を以て道を害せんや。（中略）六経の文の及ぶ可からざる者は、其の実理精を致《きわ》むるが故のみ。人の文を好む者、之を此に求むるときは、則ち魚勝《あ》げて食ふ可からず。何ぞ筌を以てせん。

『荘子』外物の「忘筌」の喩えに拠りながら、「文」は「道」を表す手段とする主張のもと、「五経」の文を実理を筆札に著したものとして、「文」の模範と考えるのである。因みに、『文筌』の書名を『文章欧冶』に更めることについて、「文章欧冶序」はその命名の意味を特に記さない。ただ「欧冶」とは春秋時代の刀剣工の名に由来することからすれば、『塩鉄論』通有に「公輸子以規矩、欧冶以熔鋳」とあるように、ここでは「規矩」に繋がる意を内含し、すぐれた文を作る方法の意味を込めるのではないかと考えたい。

さて、作文の法を説こうとする『文筌』すなわち『文章欧冶』において、その論述の中には、朱子学に折中する面を明瞭に認めることができる。「古文賦一　養気法」のうち「清識」の項は、天理・物理・事理・神理に分けて理の推究によって「真識」を説く。「天理」では

須らく二典三謨・大雅周頌・易の系辞・大学・中庸・論語・孟子・道書・太極・西銘・経世の書を精究すべし。心其の妙を得て方《はじ》めて真識を為す。

と説明し、「物理」では次のように説明する。

眼目の物理、須らく一一眼前に就きて窮究すべし、専ら書籍に倚る可からず。眼前に無き所の物理は、則ち博く古今の書を采りて以て諸言に考へ、将に図譜を求めて以て其の形を詳らかにするを須《ま》ちて方めて真識と為す。

その「真識」として「一曰其然、二曰当然、三曰所以然、四曰不然」の四目を挙げるが、朱子学の用語の影が濃厚なのは明らかである。陳繹曽の作文の法においてまず重視されるのは、文を生み出す「心」の涵養にあり、これら理の理論も作文に関わる「養気法」の一環として見えるが、それを集約するのが『古文矜式』の「培養法」である。

『古文矜式』は「培養法」と「入境法」とで構成され、『文章欧冶』の「古文矜式」では、「培養」の中に養心・養

力・養気、「入境」の中に識体・家数という項目名を立てている。このうち、「入境法」の識体は所謂文体を議論の文・辞令の文・辞賦の文に分けて解説するもので、『達徳綱領』の巻四「辨体内録」に『文章辨体』と並んで文体を説明する中心資料として収載される。また、家数の「諸家有材気之別」として戦国秦漢の諸子及び韓柳の文を論評するのは、『達徳綱領』巻六「辨体雑録」を構成する「諸家」の文評の中心資料となっている。さらに附言するに巻五「辨体外録」には『文章欧冶』の「四六附説」の全文を収める。これらの点も、『古文矜式』『文章欧冶』が『達徳綱領』の構成上重要な役割を担っていることを示すものだが、「培養法」に説く文の理論もまた『達徳綱領』の構成を考える上で注目すべき内容を含むと思われる。

『達徳綱領』の巻一「入式内録」は「読書・窮理・存養」で構成されている。すでに先学はこの三類を掲げることを以て、本書が道学者流、宋学者流の文学観を継承することの現れとして概括するが[14]、そう言うだけでは不十分であろう。「入式内録」が巻二「入式外録」巻三「入式雑録」と関わって作文の理論と方法とを示すべく構成されたとき、「入式内録」がかかる三類を立てるのはいかなる意図を持ったものであろうか。収載資料を通してさらなる説明が必要となろう。本稿第三節で「入式外録」の最初に立てられた「抱題」の検証を試み、とくに冒頭「養題気法」とすることの意図を問題にした。「入式内録」の「読書・窮理・存養」は「抱題」以下と連関する構想のもとにあるのは明らかである。ここでは、その構想に関わる要素が『古文矜式』の「培養法」に存することを指摘したい。

「培養法」は『文章欧冶』の「古文矜式」に従えば、「義心・養力・養気」の三項に分れるが、その法を短句で掲げ、その主旨を解説する体裁を取る。便宜的にその短句に番号を付してその構成を示せば、次の通りとなる。

○養心

(1)地歩高則局段高　(2)見識高則意度高　(3)気量高則骨格高

○養力

⑴読書多則学力富　⑵歴世深則材力健

○養気

⑴養元気以充其本　⑵養題気以極其変

『達徳綱領』が「養気」の⑵を「入式外録」の「抱題」に引いたことは繰り返し指摘したが、それを除く各条はいずれも「入式内録」に見えるものである。『達徳綱領』「存養」はこの「養心」⑴⑵⑶の解説の全文を初めに掲げ、さらに「養気」⑴、「養力」⑵の解説を引き、「窮理」には「養力」⑴を引いている。不思議なことに、収載に当り初出の条を含めいずれの条にも『古文矜式』『文章欧冶』の名を明記していない。しかしそれがかえって『達徳綱領』における本書の関わりの深さを感じさせるものではないか。「養心・養力・養気」の説についてその要点をいくつか示した上で、『達徳綱領』との関連を整理することにしよう。

「養心」は人の地歩・見識・気量の高さのいかんがそのまま文の構想・風格・品格の高さに反映することを説く。このうち、地歩とは位置つまり人がいかなる境地に立脚するかを問題にするが、地歩を高めるのに「伊尹の志を立て顔子の学を為む」と解説する。周敦頤『通書』志学の「志伊尹之所志、学顔子之所学」に拠るもので、学問の目標を聖人・賢人に置く朱子学の学問観をふまえることは言うまでもない。また気量を高める方法として次のように説明している。

孟子を熟読して以て吾が気を昌《さか》んにし、細かに堯典を看て以て吾が量を恢《ひろ》くし、参するに史記の諸紀世家列伝を以て其の趣を博くす。大要に只だ是れ英雄、天地を担負するの気有らんことを要し、英雄、古今を包含するの量有らんことを要す。

『孟子』以下、古文として何の書を学ぶかを示している。

「養力」では文を学ぶために読書を重視するが、議論文辞を求めるのでなくその実質を体得することを説く。

今人書を読む、多くは其の実を忽せにして其の虚を取る。是れ倒置なり。夫れ議論文辞は末なり。苟も其の実を得れば、則ち変化我に在り、何ぞ必ずしも彼に資らんや。彼に資るは是れ踏襲のみ。韓子の唯だ陳言を之れ務めて去るとは、此の謂ひなり。

ここでは文辞を求める読書を排するのに、韓愈の志向、姿勢を以て説明している。「惟陳言之務去」とは、韓愈が「答李翊書」（『韓昌黎集』巻十六）において自ちの文を体得するまでの文を学ぶ遍歴を述べる中で、三代両漢の書を普く渉猟しながら文を書く上で貫いた姿勢をいうが、それはそのまま、後に韓愈の文の在り方をめぐりその要諦として論ぜられるものであった。併せて「踏襲」の語もまた韓愈の「南陽樊紹述墓誌銘」（同巻三十四）に紹述の著作を評して、「必出於己、不襲踏前人一言一句、又何其難也」と称えたのをふまえるものと解することができる。[15] 従ってここには韓愈の影が極めて濃いと言える。「養力」は読書を説きながら、他方「文は事を記す所以」である以上、その学問は書斎内の読書に止まらず、日常生活の一つ一つがそれに関わることを併せて説く。『達徳綱領』はこれを「読書」ではなくて「存養」の類に収載しているのである。

「養気」は「文章欧冶」「古文譜一」の「養気法」を集約したものとなっている。古文における養気の説は、蘇轍の「上枢密韓太尉書」（『欒城集』巻二十二）に見えるが[16]、陳繹曾と同時代的には宋濂（一三一〇—一三八一）の「文原」（『宋学士文集』巻五十五）に見える「為文必在養気」の主張に先行する点に注目しておきたい。この「養気」の説は文を作る主体の充実を根底と考えてまず元気を養うことを掲げ、次いで文を作ることに具現化する過程を「養題気」として示していることに一つの特色がある。観念的、類型的な面を否めないが、それにしても文を作る実際に即してその方法を段階的に説こうとしている。『達徳綱領』は宋濂「文原」も収めるが「存養」ではなく「窮理」に類別する。それに対して『古文矜式』の「義気」については、⑴「養元気」を「存養」に、⑵「養題気」を次の「抱題」に類別している。これは、『達徳綱領』が『古文矜式』の養気の説を重視して構想する証左の一つとなろう。

そもそも前述した通り、『文説』は作文の法を養気法、抱題法の順に説き起すが（三九頁参照）、その養気法の内容は、『古文矜式』の「養気」⑵に相当する。換言すれば、『古文矜式』「培養法」の最後の一項から説き起したことになり、「培養法」の大部分を欠くのである。これを『達徳綱領』と関連づけて見れば、「入式外録」から説き起し、「入式内録」の読書・窮理・存養の部分を欠くことになる。裏返せば、『古文矜式』の「培養法」は抱題に至るまでの養心・養力・養気を説き、『達徳綱領』は「抱題」で始まる「入式外録」に先立って「入式内録」を設け「読書・窮理・存養」の類目を立てて、「抱題」より以前の問題に重きを置いていることが明らかになる。そうしてその「存養」が『古文矜式』の「培養法」によって骨格が作られ、「入式外録」の「抱題」との有機的な連関が考慮されていることからすれば、『達徳綱領』の「入式内録」は『古文矜式』「培養法」に示唆を受け、構想されている面を有すると言っても誤りではあるまい。

「入式内録」の類目「読書・窮理・存養」は一見、朱子学の学問修養の工夫を思わせる術語である。しかしその内実はあくまで文に向けての工夫である。「窮理」は「文」の理、道理を問題にするものであって、「修辞」（『易経』乾卦文言伝）「辞達」（『論語』衛霊公）等経書に見る「文」の命題をはじめ、道学者流の載道説や玩物喪志説、朱熹等宋明諸学者の文論を挙げている。「存養」はむろんのこと「読書」にも『古文矜式』との関わりが窺えるが、「読書」を「入式内録」の第一に立てるのは、『古文務式』の「読書」の重視を一段と明確にしたものであろう。それは経史子集の諸書の読書を通じて「文」の何たるかを自得しようというものである。その志向するところと方法から言えば、

『達徳綱領』は惺窩自身がその「読書」を実践して始めて編纂できる「文」のための書物であった。

六

次に『文式』『文章一貫』を取り挙げながら、「入式外録」抱題以降と「入式雑録」について些か言及しておきたい。両書は『文章欧冶』と並んで「入式外・雑録」において深く関わるからである。前述の通り、『文式』は『文説』の説を収め、『文章一貫』は『文筌』の説を収めるが、両書とも諸家の文評文論また詩評詩論を集め編纂したもので、その点では『達徳綱領』と共通する性格を有している。特に『文章一貫』は編集において作文の法の体系を志向しており、『達徳綱領』の構成に関与していると捉えられる面が少くない。

『文章一貫』は明の高琦編、嘉靖六年（一五二七）程默序、同年程然後序を付す。中国では佚書とされるも我が国で伝本し、今は寛永二十一年（一六四四）和刻本に依る。編者の高琦は山東省武城の人、嘉靖五年（一五二六）の進士、後序に「格庵先生」と称せられる。上下二巻の構成は、上巻は立意・気象・篇法・章法・句法・字法の順に六類を立て、下巻は起端・叙事・議論・引用・譬喩・含蓄・形容・過接・繳緒の九類に分けている。序には高氏の言として、上巻の六類を「文の律」と称し「意不立則罔。気不充則萎。篇章句字不整則淆」と述べ、下巻の九類について「九法挙而後文体具」と説明している。言わば、この上下巻の構成は「文」の構成・構造と表現・修辞の方法を体系づけることを考えて編纂している。この構成の方法を『達徳綱領』の「入式外録」「入式雑録」のそれ（三四頁）に比べてみれば、直ちに共通する点が存することに気付くはずである。類目が同じである点はもちろんだが、何よりも「入式外録」と「入式雑録」とに分ける構成の方法が共通することに着目したい。この『文章一貫』の上巻・下巻の構想を下敷にして一層整合性と総合性を工夫していると言っても、推論に過ぎるとは言えまい。

『文章一貫』に引く先人の諸説のうち、『文筌』に拠るものは、陳騤（一一五四―一二〇三）の『文則』とともにその主要な部分を占める。先に養気八法（三九頁）の例を取り挙げたが、「文筌起端有八法」（起端）、「文筌叙事有十一法」（叙事）、「文筌議論有七法」（議論）、「文筌引類十六・用事十四法」（引用）、「文筌体物七法」（形容）、「文筌結尾九法」（繳緒）等の引用の示し方が多く、これらはそのままの表現を用いて『達徳綱領』に収載されている。

一方、『文式』は林羅山の「既見書目」にも見えていて当時の伝来を確認できるが、中国における伝本については未詳、今は江戸初期の写本に拠る。先の『古文矜式』の写本に附する形で伝わるテキストである。(17) 自序には廬陵の曽鼎とあるが、字は徳鉉、江西省永豊の人、永楽十年（一四一二）の進士。自序の冒頭に次のように記す。

文は道を載せる所以なり。道の大なる者は天地造化を極めて外無く、道の小なる者は事物細微に入りて間無し。凡そ道の在る所、大小、文を以てして載せざる無し。故に文は道に非ざれば則ち其の実無く、道は文に非ざれば則ち以て著はるること無し。

「文所以載道也」という周敦頤の文辞の説を掲げるが、「道」を載せる「文」の意義を強調するのは、本稿初めに言及した惺窩の「文」の意識と重なるものがあるであろう。書名『文式』について「武者何。猶規矩縄墨也」と説明するが、式とは法、法則の意。『古文矜式』の「矜式」もまた同様の意味であり（「矜式」は『孟子』公孫丑下に拠る語）、『達徳綱領』の「入式内録」「入式外録」「入式雑録」の「式」がこれと共通する意味を有することは言うまでもない。

『文式』は上下二巻から成るが、先人の諸説を集めた書とはいえ、いささか特異な構成である。すなわち、自序には上巻は趙謙（字は撝謙、一三五一―一三九五）の『学範』に依拠して参訂しときおり文評を加えたとし、下巻は上巻に載せえなかった李性学（名は塗）の『文章精義』を収載すると記す。実際、下巻は『文章精義』全文を収め、従って『文式』の『文式』たる所以は上巻にこそあることになるが、上巻についてもこれを『学範』に照らしてみると、その「作範」の部分の転載であることが判明する。『学範』の「作範」は大きく二分され、前半は文の法を、後半は詩の法を主題として構成するが、その前半すなわち作文の法については九項目を立てる。その内容は、自第一至第八は陳繹曽『文説』を収め第九は陳騤『文則』中の一条を引くもので、その間にまま趙謙らの文評を附記するにすぎない。つまるところ『文説』の記す作文の法八法（三九頁参照）に『文則』の取喩法を加えた九法を以て成るもので、これによって作文の法の大略を示し得るとの考えに拠る。[18]『文式』はその収載に当って、趙謙らの文評に若干の増補削除を行うのみで、その実質は『学範』の「作範」そのものなのである。

趙謙は六経百氏の学に通じた博学の人、考古先生、万古先生と称せられたが、この『学範』は初学者向けの啓蒙書の色彩が極めて濃い。今日伝わる『学範』（『学范』とも）二巻には洪武二十二年（一三八九）序を附するものがあり、その頃の成立かと推定されるが、完本では伝本せず、明末の刊本は伝存する部分を校訂刊行したものである。我が国では明暦二年（一六五六）の和刻本があり、正統元年（一四三六）序を冠するが、その内容は明末刊本と同一である。

『文式』に収載する陳繹曽『文説』は、かくして趙謙『学範』の「作範」中に引くものに拠ることになるが、それは前述の『四庫全書』（文淵閣）所収の『文説』一巻と校合すると、ところどころ文字の異同が見られる。『達徳綱領』に見える『文説』の所説はすべて『文式』として引用されており、実際、今般参照する江戸初期写本『文式』との間に文字の異同は認められない。『文説』の論は『文説』の原本そのものに拠るのではなく、『学範』そして『文式』と二重に転載されて引かれたことになる。しかしながら『達徳綱領』においては、『文式』に拠ってその所説の大部分が収載され、『文章欧冶』『古文矜式』『文章一貫』（所引『文筌』）と並んでその存在意義は極めて重いと考えられる。

また『文則』や『文章精義』は『文章一貫』において先人の説として多数引かれるが、『達徳綱領』においてもこの両書の所説はほとんど全条に近く収載されている。ただその収載に当っては『達徳綱領』の類別に従っており、その書名を付記しないことがしばしばである。『達徳綱領』中の引用書の明示において、その配慮のない不親切さが目立つのは『文章欧冶』等上述の書であり、この両書である。それはかえって、これらの書物が『文章達徳綱領』の編纂において頻繁に用いた基本書となっていたことを示すのではあるまいか。

七

野間三竹は「文体明辨粋抄跋」（寛永十九年〈一六四二〉）の中で、『文体明辨』の綱領と序説とを一書として刊行する意図について、この書が『文章辨体』を陵駕すると評価した上で次のように言う。

然れども簡帙浩大にして、苦《はなは》だ読み難し。故に不佞此の書を抄綴して考覧に便ならしめんとす。唯だ其の式を録して文を録せず。古に曰く、文は以て道を載す。又曰く、文の徳為るや天地と並び生ず。文、豈に学ばざらんや。

ここに見られる「文」の意識と本書作成の目的は、『文書達徳録』における『文章達徳綱領』の性格を彷彿とさせる。『達徳綱領』が『文章辨体』に依拠する以上、野間のこの書と確かに重なる性格を有するが、一方作文の法を具体的に示そうとする面では繁簡の差が著しい。『文体明辨』にその要素がないわけではないが、あくまで「文体」（文のジャンル・様式）を説くのに主眼がある。その点を伊藤東涯は「文章欧冶後序」（元禄元年〈一六八八〉）において次のように記す。

此の書（『文章欧冶』）簡帙少しと雖も、然れども文を作るの法悉《つ》くせり。呉氏が辨体、徐氏が明辨の若き、其の体製を論ずること頗る詳備なりと雖も、然れども文を作るの法に至りては、則ち未だ此の書の纖悉遺すこと無きに若かざるなり。

『文章辨体』『文体明辨』は「体製」、文の様式・形式を論ずるのに対して、『文章欧冶』こそ作文の法を説く書として最も重んずるのである。東涯は記す。

文章欧冶は、文を作るの規矩準縄なり。凡そ文を為るを学ぶ者は、之を六経に本づけて之を此の書に参へざる可からず。之を六経に本づくるは、之を心に得る所以なり。之を此の書に参ふるは、之を器に得る所以なり。経を窮むること精しと雖も、理を譚ずること邃《ふか》しと雖も、苟くも其の法を得ざるときは、則ち文を為むるに足らず。然らば則ち文を作らんと欲する者は、此の書を舎きて其れ何を以てせんや。

『四庫全書総目提要』は『文筌』つまり『文章欧冶』を酷評する（四二頁参照）が、ここでは「六経」に対比して作文の規矩準縄の書と位置づけるのである。しかも最も高い評価を与えている。

こうした『文体明辨』と『文章欧冶』の受容のあり様を考えるならば、惺窩の『文章達徳綱領』は東涯の言う文の体製と作文の法とを併せて示さんとした書物であった。かつ、その性格と内容とを兼ね備える一書として、この両書の内含するものを十二分に具有すると言うことができる。とくに注目すべきは、全六巻の構成を通じて、明らかに「文」の書として一つの体系を志向しており、その構想において『文章辨体』や『文章欧冶』等の諸書が深く関与しているにしても、表面的な理解には留まっていない。姜沆や羅山は「摭前賢議論、間以己見群分類聚」と言うが、諸書の議論を検討し自らの理解するところに拠って篇目を立て類目を分けている。本稿でその一端を検証したように、単なる資料の集積と分類ではなく、本書全体を通して一貫性のある「文」の理解の集約が図られている。それは、本書の先ず初めに「読書」の類目を立てるように、博い「読書」の実践を積み重ねて自らが体験的に検証しながらまとめ上げることで可能になるものであろう。『文章達徳綱領』の後、『文体明辨』や『文章欧治』をはじめ『文章一貫』、『文則』『文章精義』等、これらの諸書が我が国において刊行され、作文の書として重用されて行ったことからすれば、これらの諸書をすでに収載し咀嚼するに及んだ書物として、漢文学史上更めて評価すべきものと考える。なお、我が国戦国末に至る作文の書からの展開として考究すべき課題については、別の機会に譲りたい。

註

（1）拙稿『林羅山の「文」の意識　其之一――「読書」と「文」』（『漢文學　解釋與研究』第一輯　一九九八年　本書第Ⅰ部第一章）参照。本稿はその続稿として執筆するが、ここでは専ら藤原惺窩の『文章達徳綱領』に焦点を当てる。

（2）『韓非子』の「買櫝還珠」の比喩は、墨子の言説の多弁振りを非難して用いられるもので、

今世之談也、皆道弁説文辞之言、人主覧其文而忘其用。墨子之説、伝先王之道、論聖人之言、以宣告人。若弁其辞、則恐人懐其文而忘其直。以文害用也。

と、文辞を批判的に捉えている。

（3）『文章達徳綱領』の刊本に二種が存し、姜沆の「叙」の外に杏庵の「序」を載せるものとないものとがある。太田兵三郎「藤原惺窩集巻下解題　文章達徳綱領」（国民精神文化研究所編『藤原惺窩集　巻下』所収　思文閣出版　一九四一年発行一九七八年復刊）参照。太田氏の解題は、吉川弘文館人物叢書『藤原惺窩』（一九八五年）にそのまま転載する。なお、本稿では、『文章達徳綱領』は上記『藤原惺窩集　巻下』所収に拠るが、太田氏が底本にした二種の刊本すなわち杏庵の序のある白文の寛永刊本（内閣文庫所蔵）、杏庵の序なき訓点を施す大津屋開板本（架蔵）と照合して用いる。

（4）『杏陰藁』は名古屋市蓬左文庫所蔵の陽明文庫影写本に拠る。

（5）堀杏庵の「吉田子元行状」（『杏陰集』巻十七）は、その末尾に「敢録実行、桂之先考碑陰」と記すように、木刻碑「儒学教授兼両河転運使吉田子元行状」として作成され、素庵の父角倉了以像と並んで嵐山の千光山大悲閣に伝わる。『杏陰集』所

収「吉田子元行状」はその草稿ということなり、木刻碑文との間には文字の異同が見られるが、ここでは『杏陰集』に拠る。なお、吉田素庵のことについては、本誌所収の拙稿「〈先学の風景――人と墓〉吉田素庵」を参照されたい。

（6）惺窩の慶長九年（一六〇四）十月―十二月の羅山宛書簡「与林道奉書」（『惺窩先生文集』巻十）には、「一件達徳綱領未脱稿。且此編唯類聚古人之成説而已。曽不著一私言乎其間。是恐其僭踰也」と記し、この時点でも完成したとの意識を有していないことが窺える。

（7）「抱題十法」として次の十種と解説を収めるが、十種の名だけここでは参考までに示しておく。

開題　合題　括題　影題　引題　超題　反題　救題　蹙題　懲題

（8）『国史経籍志』集部・詩文評類に陳繹曽の著作として『古文矜式二巻』、陳伯敷のそれとして『文説一巻』を著録する。

（9）『四庫全書総目提要』の『文説』解題中に次のように記す。

惟科挙天階与古今文矜式、今未之見。疑此編即二書之一。但名目錯互、莫能証定。今姑仍永楽大典旧題、以文説著録、用闕所疑。

（10）和刻本（元禄元年版）『文章欧冶』の陳繹曽「文筌序」では、亡友石栢彦威と「桓」を「栢」の字に作る。今、取り敢えず『四庫提要』に従う。

（11）尹春年は、我が国に伝本し多大な影響を与えた『剪灯新話句解』に「滄州訂正　垂胡子集釈」と見える滄州と同一人。垂胡子即ち林芑の注釈・刊行を後援した時期はほぼ「文筌序」を記す頃と重なり、嘉靖三十八年（一五五九）に「題註解剪灯新話後」という跋文を書いている。

（12）長澤規矩也「和刻本漢籍随筆集　第十六輯解題」で、『文章欧冶』の中に「詩小譜は翻刻されてゐない」とするのには、従い難い。

（13）内閣文庫所蔵本に拠る。『改訂内閣文庫漢籍分類目録』集部・詩文評類に「古文矜式一巻附文式二巻　元陳繹曽（附）明曽鼎編　江戸初写」と著録する。

（14）註（3）前掲の太田氏解題参照。猪口篤志・俣野太郎『藤原惺窩　松永尺五』（叢書日本の思想家1　明徳出版社　一九八

二年）でも猪口篤志氏は同様の見解を述べる（九八〜九九頁）。松下忠『江戸時代の詩風詩論』（明治書院　一九六九年）も「養気」の重視について、道徳的詩文観に立脚していた証拠であると説明する（一九五〜一九八頁）。

(15) 韓愈の「陳言之務去」と「樊紹述墓誌銘」の「不襲踏前人一言一句」とを繋げて評価する例として『文章精義』がある。『文章達徳綱領』巻六「辨体誌録」の諸家文評の中に、韓愈の文評の一条として引いている。

退之誌樊宗師墓、其不踏襲前人一言一句、蓋与鑿鑿乎陳言之務去、戛戛乎其難哉、意適相似、深喜之。（以下略）

(16) 蘇轍「上枢密韓太尉書」の冒頭に次のように言う。

轍生好為文、思之至深。以為文者気之所形。然文不可以学而能。気可以養而致。孟子曰、我善養吾浩然之気。今観其文章、寛厚宏博、充乎天地之間、称其気之小大。（中略）其気充乎其中、而溢乎其貌、動乎其言、而見乎其文、而不自知也。

(17) 註（13）参照。

(18) 「第九　取喩法」の末に次の趙謙の按語を附している。

謙按作文之法甚多、因其甚難。是以甚多世、大略亦不過此。若夫学博心開之士、出乎自然者、不求其法而自法。孔子曰、辞達而已矣、亦奚法。

（一九九九年九月十二日稿）

三　文評――「左氏不及檀弓」の論

一

林羅山の「随筆」[1]を通読してまず気付くのは、文・文章の表現、そのあり方に関する筆記の多さである。詩文を取り挙げてそれを問題にするのは当然のこととして、経伝・史書・諸子を取り挙げても「文」の観点に立っての論及が少なくない。とくに「随筆一」「随筆二」には顕著で、羅山の関心の傾向がよくうかがえる。「随筆一・二」は鵞鳳が「慶長年中の記」と付記していて、慶長元年（一五九六）羅山十四歳から慶長十九年（一六一四）三十二歳の間の筆記に相当する。この間、慶長九年（一六〇四）羅山二十二歳の時に藤原惺窩の知遇を得、その交渉は慶長十九年惺窩が没するまで続いた。

「随筆」中には惺窩の発言や問答も散見し、師・我師・惺窩・惺公・惺斎・心星子・北肉先生等と称してその言説を記している。晩年の筆記と特定できる「随筆十・十一」（慶安元年「戊子随筆」すなわち一六四八年六十六歳の記）においても取り挙げられ、惺窩の学問に対する敬意の念は変わらぬことが分かる。しかもその記事は宋学の道体、心性の説に関わるものもあるが、文・文章に関わるものも少くない。羅山が惺窩に師事した時期と同じくすると推せられる「随筆二」には、師あるいは我師として引く言葉を五条確認できるが、いずれも文・文章を言うものである。その一条を挙げる。

吾が師曰く、子の曰く、学びて時に之を習ふ。亦た説ばしからずや、と。文章を為る者皆な是より悟入す。（「随筆二」五十六条。原漢文、以下同じ）

『論語』開端、学問の要諦を説くと重視する一句を、文章を修得する要諦として説く。これはそのまま羅山自身の発言のあり方となって連動している。学而篇の一節について次のように言う。

曽子曰く、伝へて習はざらんや、と。文亦た然り。（同六十九条）

羅山は「道外無文、文外無道」を説き、「道は文の本、文は道の末」として道の体得を前提に置くが、文は末技として軽視されずにむしろ「文を学ぶを先とす」とさえ考えた。[2] 従って、その学問は文・文章に向けられる傾向が強いと見られ、羅山はそれを自認する者であった。

或ひと問ひて曰く、先生の言ふこと文章を為るは則ち可なり。抑々《そもそも》末なり。之を本づくれば則ち無きこと、之を如何。対へて曰く、噫《ああ》、汝が輩過てり。君子の道孰れか先後するのみならんや。是れ卜子夏の草木の譬へ、吾間然すること無し。本有り末有る者は、其れ唯だ君子か。（同八十四条）

『論語』子張篇の次の章に拠る条で、ほとんど語句をそのままに用いている。

子游曰、子夏之門人小子、当洒掃応対進退則可矣、抑末也。本之則無。如之何。子夏聞之曰、噫、言游過矣。君子之道、孰先伝焉、孰後倦焉。譬諸草木区以別矣。君子之道、焉可誣也。有始有卒者、其唯聖人乎。

草木の譬えは朱熹の『集注』においても複合した解釈を取るが、ここでは本である君子の道に対して文章はその末とした上で、その本末を分って両段のこととはしない点を強く主張している。君子であれば、文は必然なのである。この条の末尾近くに用いる「吾無間然」はもと『論語』泰伯に「禹、吾無間然矣」として、禹について非の打ち所がないことを評する句。この条に限らず、「文」を論述する上で目立つことは、『論語』の言説、語句を用いての物言いである。前稿[3]に挙げた「文能弘道、非道弘文。文外無道、道外無文。故曰、貫道之器也」（同七十八条）は、衛霊公「子曰、人能弘道、非道弘人」及びその集注「人外無道、道外無人」を踏まえること明らかである。かかる論述の有り様そのことが文の表現の修得に向けられた姿勢の表出であると考えるが、ここでは惺窩の発言として引く、次の条を掲げておきたい。

　或ひと吾が師に書を著すを勧む。曰く、能く文章を以て書を為さば、何か有らん。能く文章を以て書を為さずんば、文を如何。之を如何ともすること末《な》きときは、則ち其の法を如何。（同九十八条）

著書をなすことを勧められた惺窩が、何よりも然るべき文章に依ることの難しさを挙げ、そのために文、そして文の方法を課題として説いていると理解できる。ここでの表現は、『論語』里仁「子曰、能以礼譲為国乎、何有。不能以礼譲為国、如礼何」の句法を用い、さらに衛霊公「子曰、不曰如之何、如之何者、吾末如之何也已矣」の句法を併用するものである。この例を並べてみれば、先の羅山の物言いは惺窩のそれと近似する。これもまた、「文」へのこだわりであり、その修得に繫がる工夫を反映すると思われる。

　惺窩の『文章達徳綱領』編纂にうかがえる惺窩の「文」に対する取組みは、前輯所収の拙稿「『文章達徳綱領』の構成とその引用書」において検証を試みた[4]。それは、単なる文論詩論の資料の収集と分類ではなく、「文」の何たるかを明示するために「文」の書として一つの体系を目指すものであった。その志向するところは、経史子集の該博な「読書」の実践を通して自ら検証しながら編纂する方法に裏付けられていた。惺窩がこの書に用いた資料は惺窩の貪欲な「読書」の集積であり、「読書」の学を如実に反映するものである。その学的あり方こそ羅山に最も刺激と影響を与え続けるとともに、両者が共鳴し合ってさらに強く志向するものとなったと考える。

羅山の文・文章の議論において、我師や惺窩の名を一いち掲げる条は決して多くはないが、その議論の対象や論点として取り挙げる具体的資料は、『文章達徳綱領』に収載するものとほとんど重なっている。惺窩が諸書の議論を自ら理解するところに拠って、文の体製と作文の法とを示すべく、資料の集約と類別、構成に腐心したように、羅山もまた惺窩の用いた諸書の議論を自らの「読書」の実践を積み重ねて、論じていったと考える。換言すれば、『文章達徳綱領』に収載する諸書の文論、文評そして作文の論をいかに学び、受容したかを問題にしようとするとき、羅山はその検証の対象者として最もふさわしい人物となり得る。逆に羅山の「文」の学を捉えようとするとき、いかなる文論・文評に依拠しまた対象とし得たかの実情は、『文章達徳綱領』所載の諸資料が映し出す面も少くない。小論では、『文章達徳綱領』の成立に深く関与する文論・文評・作文の書が、どのように羅山の「文」の説に用いられているかに注目しながら、羅山の「文」の説の一端を検証してみたい。

二

さて、羅山の志向する文章は古文にあった。

凡そ文章を作為するに常師無し。唯だ古文を師と為す。（「随筆二」五十二条）

この条もまた『論語』の一章に拠る。すなわち子張篇「問於子貢曰、仲尼焉学。子貢曰、文武之道、未墜於地、在人。……莫不有文武之道焉。夫子焉不学。而亦何常師之有」を踏まえた表現である。「常師」の有無は、孔子がその理想とした周の文王・武王の道を求めるのに、いずこにおいても学ばなかったことはないが、しかしまた定まった師などはいなかったことを意味する。羅山は文章を修得するのに努めるが、これといった師はいないとした上で、古文のみを手本としようと言うのである。また次のように言う。

老子徳経に云ふ、合抱の木も毫末より生じ、九層の台も累土より起り、千里の行も足下より始まると。学も亦た然り。文も亦た然り。学は小自り大に至り、文は今自り古に至りて、其の悪を悪とす。善自り悪に至るは易く、悪自より善に至るは難し。（同六十六条）

『老子』六十四章、その、よく知られた語句を掲げ、「学」と並べて「文」の修得に向けてその努力の積み重ねを説く。ただその方向は今から古へと遡及し、しかもその作業はだめなものからよしとするものに至ろうとする性格の努力ゆえに、決して容易ではないと認識している。

古文の志向において、羅山は四書六経に古文の典型を考え、六経にその本源を求めるものであった。

道徳の外に見はるる者、之を文章と謂ふ。大学は曽子の文章なり。中庸は子思の文章なり。七篇は孟子の文章なり。論語は聖門高弟の文章なり。六経を合せて之を古文と為す。（同三十一条）

ここには、道徳の顕現したものを文章というと定義するが、羅山の関心は明らかに文章そのことに向けられている。まずは、その文章こそ学ぶべき対象となる。例えば次の条は、助字の用法を修得する上で『論語』『孟子』こそその軌範とすると説いている。

文、語助の字を用ゐるは、論語・孟子に如くは莫し。論語・孟子読みて而る後に文章を作為する者助字を用ゐれば、則ち好からずと為さず。其の次は左氏伝に如くは莫し。左氏は瞻にして博、論語は古にして樸、孟子は麗にして達なり。豈に只だ助字のみならんや。其の文詞も亦たかくの如し。（同三十六条）

こうして、四書六経を古文の典型として位置づけたことは、戦国期から秦漢の諸書の文章をその展開として捉え、個々の特質と優劣とを弁別する意識を伴うものであった。右の例には、『論語』『孟子』に次ぐものとして『春秋左氏伝』を挙げるが、『左伝』は羅山が最も高い位置を与える文の一つとなっている。[5] かかる意識はむろん、四書六経と諸書の文章、作品を評価することに目的があったのではなくて、古文のあり方や作文の法の修得に向けて、検討を加えようとするためのものであった。

また、このように六経や先秦諸子を文章の本源に考え古文を志向することは、唐の韓・柳、宋の欧・蘇らの古文の尊重となるが、韓柳欧蘇の古文を自己目的化するものではなかった。韓愈・柳宗元の文章は六経に本づくと捉え、両者の文章の営為をそこから検証しながら評価するのである。羅山は韓・柳を文章の二大家と認め（「随筆一」十条）、その文章に対する姿勢が自らと一致すると意識する。[6]

予、文に於いて、韓・柳共に間然すること無し。而も此の師説は、文字の関鎖、常人の及ぶ所に非ず。（同四十二条）

「無間然矣」は泰伯篇に拠る（既出六〇頁）。この条は韓愈の「師説」を取り挙げたものだが、この文章表現の秀でたことを評して用いる「関鎖」の語は、本来門扉を閉めておくかんぬき・くさりのことで、詩文のかなめ、枢要な部を指していう術語である。羅山がここにこの術語を用いるのは、実は彼の造語でもなく創案でもない。南宋、呂祖謙の『古文関鍵』で「師説」を評するなかで用いるのに起因しよう。とくに羅山は元の林禎の輯注本『諸儒箋解古文真宝』に拠って、その「後集・説類」所収の「師説」に引く呂祖謙の注に見える例に基くと考えられる。惺窩『文章達徳綱領』巻之三「入式雑録」には「文」に対する分析と「文」の表現を論ずるための術語として三十類を立てて、その術語に係る資料を収めるが、やはり呂祖謙が「師説」に評した例を以て、「関鎖」の術語を示している。

呂云ふ、韓公の師説に「聖益聖、愚益愚」といふは、主意を結び得て尽くす。関鎖あり。

「呂云」という引き方は、『古文関鍵』からではなくて、『古文真宝』に引く注記に拠ることを特定させるものである。

因みに『古文真宝後集諺解大成』すなわち羅山諺解・鵜飼石斎大成には、この「師説」の当該の解説のなかで、「関鎖」を「前後上下ノ文法、能《よく》意ヲ鎖シ留メテ、外へ放チ移サズ」と説明している。

この「関鎖」の術語の例に見る『諸儒箋解古文真宝』の場合、その「諸儒箋解」には呂祖謙、楼昉、謝枋得をはじめ十三人の宋代の学者の見解を注釈として引いている。(7) 羅山が「諺解」を著した『後集』には「古文」体の散文を収載しているが、その『箋解』には呂・楼・謝の説を引くことが多く、従って呂祖謙『古文関鍵』・楼昉『崇古文訣』・謝枋得『文章軌範』に付せられた注解がそのまま引き写されることが多い。『箋解』を用いたことは、事実上、これらの古文の選集の注解を参照したことに繋がるのである。「諺解」においてそれらの注記がいかに下敷になっているかは、この例でも明らかであろう。それは、羅山にとって文章の検討・分析を行う上で指針や手懸りを与えてくれるものとなっている。問題の所在や論点を把握し、検討の方向・焦点を明確にして行く上でも、少からず影響を受けていることは疑えない。

このように、古文を志向する羅山にとって、韓柳欧蘇ら唐宋古文家の取り組み、とりわけ韓愈・柳宗元のそれは最も共鳴するものであったが、その理解と分析において古文の選集やその注解・論評が重要な役割を果たしている。そして同様の意味において、宋元明の間に著されかつ刊行された、作文の法を説き文を論じた書や文論・文評を記した筆記が、羅山の古文の検討においてその根幹に関わる位置を占めている。次にはその例を検証してみたい。

三

まず検討の俎上にのぼしたい条を掲げるが、二種の書物の記事を比較し、その記事の文章の有り様・表現を論ずるものであることを考慮して、特に問題の素材となる部分については〔　〕を付して途中にあえて原文のまま示すことにする。

左伝僖が四年の冬、晋の献公、驪姫《りき》を以て夫人と為す。姫、太子を譖す。太子、新城に奔る。〔或人謂太子。子辞。君必弁焉。太子曰、君非姫氏、居不安、食不飽。我辞、姫必有罪。君老矣、吾又不楽。曰、其行乎。太子曰、君実不察其罪。被此名也以出、人誰納我。十二月戊申、縊于新城。〕明年春、晋侯、太子申生を殺すの故を以て来り告げ使む。礼記檀弓上に、〔献公将殺其世子申生。公子重耳謂之曰、子蓋言子之志於公乎。世子曰、不可。君安驪姫。是我傷公之志也。曰、然則蓋行乎。世子曰、君謂我欲弑君也。天下豈有無父之国哉。吾何行如之。曰、申生有罪。以至于死。〕陳氏以為へらく、国語は左伝に及ばず、左伝は檀弓に及ばざるは、之を視て見つ可し、と。余以為へらく、左氏は繁にして詳、檀弓は簡にして切なり。文を為り事を記さんと欲する者、其れ思ひを致せ。左氏は檀弓に及ばずと謂ふは、恐らくは未だ公論と為すに足らざるなり。（「随筆一」七十四条）

本条は、『春秋左氏伝』と『礼記』檀弓篇の文章をめぐり、その優劣を断じたことに対して、羅山なりの論評を加えるものである。やや長文であるが、『左伝』僖公四年の記事と檀弓篇の文章を引き、次いで「陳氏」の発言を示し、最後に「余以為」として羅山の見解を述べる構成となっている。

引用の記事中に見る驪姫（孋姫）は、晋の献公の夫人となった春秋時代を代表する美人、献公の寵愛を利用して晋の国をかき乱した張本人として知られる。驪姫の登場から、晋の国内が乱れ、やがて重耳が国外への亡命を余儀なくされて、その後に苦難の末に晋の文公となるまでの顛末については、春秋の覇者に因む波乱に富む史話である。『左伝』において詳しく経緯が記述される代表的記事であろう。その一連の出来事の内、ここでは僖公四年の記載から、太子申生が驪姫の策謀で譖殺される過程を述べる記述を取り挙げ、太子申生が譖殺に甘んじる心の中を吐露する文章表現に焦点を当てている。原文のまま掲げた部分は、羅山が略さずに引用する最も問題視する一節である。一方、『礼記』檀弓篇には、『左伝』に類似する史実の記述を含み、その上篇に申生が殺される際の状況を伝える百五十字程の記事が載る。羅山はとくにその前半部分を引挙しており、太子申生の死を叙述する、『左伝』と「檀弓」との文章を比較対照することが中心になっている。

これについて羅山は、まず「陳氏以為、国語不及左伝、左伝不及檀弓、視之可見也」として「陳氏」の見解を示し、それに対して異論を唱える形で論評する。(8) この条に即して言えば、羅山の論評に「左氏繁而詳、檀弓簡而切」「為文記事」と見えることによって、この条の主題が『左氏』と「檀弓」の文章の比較に在ることが明確になる。それにしてもこの論の前提となる問題点の背景が省かれていて、言わば氷山の一角のみを見る思いがするのは否めない。事実、羅山の念頭には相応の文論・文評が存しており、「陳氏」の名を以て示しているが、これには宋元明の諸書の説が絡みあって潜んでいる。これを探ることを通じて、羅山の論評の持つ意味を明らかにして行くこととしたい。

まず「陳氏」の見解とする「国語不及左伝、左伝不及檀弓、視之可見也」の説について、その出処を探れば、管見では次の二書に見えている。

一つは、宋の李塗『文章精義』(9) 第二条として、次の論評が存する。

国語は左伝に如かず、左伝は檀弓に如かず。晋の献公・驪姫・申生の一事を叙せる、繁簡見る可し。

羅山の引く「陳氏」の説と同じ主旨であることは明白である。しかも『国語』『左伝』「檀弓」の文章を比べて優劣をつけるのに、「繁簡」の術語を用いていることに注目しなければならない。

もう一つの例は、元の陳繹曽『文章欧冶』(10) に付載する「文章欧冶序」の文中に見えている。

只だ一字を用ゐて以て万世の功を明らかにし、一字以て万世の罪を正す者有り。一字を下して、罪を言はずして罪するより人なるは莫く、功を言はずして功するより人なるは莫く、諸《これ》を中に有《たも》って諸を外に形はさざる有り。此くの如きは皆な作文の法にして、能く此れを知る者は以て文を語る可し。嘗て謂へらく、国語は左伝に如かず、左伝は檀弓に如かずと。晋の献公・申生の章、蓋し其の文混涵なり。申生孤突に辞するの数句、反覆救互して義理極めて切なり。便ら用文の法を見る可し。老子の謙徳章に「或下以取、或下而取」と云ふが如き、以の字は是れ上、下に取る、而の字は是れ下、上に取る。此の二字は乃ち用字の法、妙、神に入るに在り。是れを一夫関に当って、万夫敵すること莫しと謂ふ。故に檀弓の内、「君安驪姫」の句有り。安の字は乃ち是れ用字の妙なり。其の用法、老子と同じ。眼力有る者に非ざれば、能く見ること莫し。

長文の引用になったが、問題の説をどのように文脈の中で論じようとしているか、より明瞭に捉えることができよう。作文の法という観点から、『国語』は『左伝』に、『左伝』は「檀弓」に及ばないと論ずることは明らかである。そして「檀弓」の文の方が優れる根拠を『文章精義』と同様に晋の献公・申生に係わる記述に求めているが、「檀弓」の文を「混涵」の語を以て評価している。「混涵」は渾涵に同じく、文の評語として用いる「含蓄」と同義の語として理解できよう。またこの申生の記述について、「用文の法」「用字の法」という点から、神妙とまでその文の表現を称えている。すなわち、「檀弓」の文章について、申生が孤突に告げしめたその死を甘受する言葉こそ、[11] 用文の法を示すと指摘し、重耳に向かって申生が答えた「不可。君安驪姫。是我傷公之志也」の中の、「安」字こそ、用字の法の妙を示すと評している。とりわけ、ただ一字の用い方で功罪を明らかにし得る用字の重要性を強調する。『春秋』の一字褒貶の筆法を想起させるが、ここでは李白「蜀道難」（『李太白集』巻二）の「一夫当関、万夫莫開」及び左思「蜀都賦」（『文選』巻四）の類似の詩句を用いて、一字が文章を左右する力を喩えている。晋の献公が驪姫に心奪われ、その驪姫が申生を讒言するままに申生を殺そうとする場面において、申生の言う「安」の一字こそが、献公の驪姫に対する態度とそれが引き起こしている状況とを表現し尽くしている、と称賛するのである。もちろんそこにおいては、『左伝』が「君非姫氏、居不安、食不飽。我辞、姫必有罪。君老矣、吾又不楽」と記述するのと比べていることは言うまでもない。

羅山の条において、とくに原文の形で示した『左伝』の引用の箇所と「檀弓」のそれとを見れば、両書の比較の焦点が、「文章欧治序」で「安」の用字の妙を指摘する部分に相当することは明らかである。その一方で、「文章欧治序」では孤突に辞する「檀弓」後半の叙述に用文の妙を挙げるが、羅山の方ではその部分を省略して引いている。従って「檀弓」前半部分に中心をおいて対照し、検討を加えたということになる。次に、両者の文を論評して『左伝』を「繁而詳」、「檀弓」を「簡而切」と表現するのは、「繁簡」の術語を用いる『文章精義』と共通する論じ方である。また「文章欧治序」で「檀弓」の記述を評するのに、「含蓄」や一字の用字法の妙を言うのは、「繁」よりも「簡」を評価する姿勢と質的に重なる方向にあるのは明らかである。従って文の「繁簡」の議論と決して無関係なものではない。

このように両書と土俵を同じくしていることを認めた上で、羅山のこの論評における最も注目すべき点は、『左伝』と「檀弓」の文に「繁簡」の違いを評しながら、「左伝は檀弓に及ばず」とする「陳氏」の見解を容認しないことである。『文章精義』「文章欧治序」は、「檀弓」の文が『左伝』よりも優れていると断ずるに当り、その文が「簡」であることを重視するものである。それに対して、羅山にあっては、「繁簡」は両者の文の特質であって、そこに優劣は存しない。これこそ羅山の主張の根幹となるものであるが、ここに注目したいのは、羅山の主張の当否ではなく、かかる主張をしたこと、そのことである。この発言の意義を問題にするには、「檀弓」の文をめぐる前史をもう少し明らかにしなければならない。

四

新たな資料の検証に入る前に、先ず羅山が「陳氏以為、国語不如左伝、左伝不如檀弓、視之可見也」の説を引くことについて、資料の確認をしておくことが必要である。この説の文献的先後関係を言えば、『文章精義』所載の説を「文章欧冶序」に「嘗謂……」として引くと考えられる。ただ羅山がそれを「陳氏以為……」と示すには混乱が存しているると疑わざるを得ない。

『文章精義』の成立と刊行の事情についていては、その巻末に付する元の于欽（一二八四―一三三三）の「書後」に拠って知る他はない。それに依れば、于欽が十八、九歳の時、李塗に就いて学んだ際に古今の文章を論ずるのを筆記したもので、しかもその後篋笥に蔵したまま人に示すことなく過ぎて、至順三年（一三三二）に至って刊行した、という経緯を経ている。李塗のこともこの于欽の記事に依ってわずかにその略歴を知り得るが、字は耆卿、性学と号せられ、朱子門人の門人、国子助教に至って官に卒した。と記している。朱熹再伝の門人で南宋末から元初の人と推せられる。

一方、『文章欧冶』についていては前稿に言及したので詳細はそれに譲る。[12]もと『文筌』と題し、元の陳繹曽の著。至順三年（一三三二）の自序「文筌序」を付して伝える。奇しくも『文章精義』が公刊されたのと同じ時である。ここで取り挙げる「文章欧冶序」は、『文筌』の書名を更めて『文章欧冶』とすることを述べ、その記述の内容からして陳繹曽自身の序でないことは明らかであるが、この序を記した者の姓名を伝えていない。ただ、今日伝存するテキストの刊行の経過からすれば、一五五〇年頃朝鮮における刊刻の際に付せられた可能性が濃いと推定する。

この「文章欧冶序」の文中には『文章精義』の名を挙げ、それと対比する言い方で『文章欧冶』の持つ意義を強調しており、[13]「文章欧治序」が『文章精義』より後に記されたことは疑いの余地はあるまい。従って「文章欧治序」の中に、「嘗謂……」として掲げる説が『文章精義』に由来すると見ることは、穏当なものと考える。

『文章精義』のこの論評は、『文章達徳綱領』巻六「辨体雑録」の諸家・文評にも収載されている。また『文章欧治』は『文章達徳綱領』において最も大きな役割を果たした作文の書の一つとなっている。こうした状況も併せて考慮すれば、羅山が「陳氏以為」としてかの説を引くのは、『文章欧治』に付する「文章欧治序」を念頭に置くもので、『文章欧治』の撰者を陳繹曽と意識することに起因した混乱ではあるまいか。

さて、古文のあり方を問題にして「檀弓」の文に著目してこれを評価するのは、『文章精義』や「文章欧治序」に始まるものではない。南宋から元代の作文の書や文評において取り挙げられ、さらに北宋末にも遡り得る。当然のことながら、水面下にあるそれらの所論を浮かび上がらせることが、次に求められる。その点、「檀弓」の文について『左伝』と比較しながらその優位を評して、後に大きな影響を与え続けた書物に、南宋の陳騤（一一二八―一二〇三）の『文則』がある。

『文則』[14]は、乾道六年（一一七〇）の自序に、「古人の文、其の則著し、因りて号して文則と曰ふ」と、その書名に込める意味を端的に記している。「詩・書・二礼・易・春秋の載す所、丘明・高・赤が伝する所、老・荘・孟・荀の徒の著す所」に就いて、その文法・修辞・文体を論ずるものである。甲より癸まで十項に分つが、己の第一条に次の文評が見える。

檀弓の事を載するを観るに、言、簡にして疎ならず、旨、深くして晦からず。左氏の富艶なりと雖も、敢へて前に奮飛せんや。略《ほぼ》二事を挙げて以て見《しめ》す。

「檀弓」の文を「簡」と特徴づけ、「富艶」なる『左伝』もそれに及ばぬと評するものである。二事を具体例として示すが、その一例に挙げるのが驪姫・中生の記事に他ならない。どの部分に焦点を当てているかに注目してみよう。

世子中生為驪姫所譖、或令弁之。左氏載其事、則曰、「或謂太子。子辞。君必弁焉。太子曰、君非姫氏、居不安、食不飽。我辞、姫必有罪。君老矣、吾又不楽。」檀弓則曰、「子蓋言子之志於公乎。世子曰、不可。君安驪姫。是我傷公之心也。」考此、則檀弓為優。

まさに「君安驪姫」の句を中心とする箇所を比べて、「檀弓」の方が優れていると断じている。本条では、さらにここに付する形で『穀梁伝』僖公十年に見える当該の記載を引き、「惟だ檀弓に及ばざるのみならず、亦た左氏に及ばず」と評している。[15] そしてもう一例は杜蕢の記事を比べている。

智悼子未葬、晋平公飲以楽。杜蕢謂、大臣之喪、重於疾日不楽。左氏言其事、則曰、「辰在子卯、謂之疾日。君徹宴楽、学人舎業、為疾故也。君之卿佐、是謂股肱。股肱或虧、何痛如之。」檀弓則曰、「子卯不楽。知悼子在堂、斯其為子卯也大矣。」考之、則檀弓為優

この杜蕢の記事は、晋の平公が大夫智悼子（荀盈）の死去に際し、その葬式も済まぬうちに宴を催して、楽を奏し酒を飲むのを見た膳宰の杜蕢が、いかにして平公にその非を気付かしめるかの経緯を記述するものである。『左伝』昭公九年、『礼記』檀弓下篇の中に見え、とくに檀弓下篇の記述は「杜挙」の故事を生む。右に挙げるのはその記事の一節で、「檀弓」の文中「子卯不楽」（子卯の日は凶日であるから音楽を奏しない）の句は、後に成句として用いられる。明らかに『左伝』に比して「檀弓」の文の簡潔さが目立っており、それ故に「檀弓」の方が優れると評するのである。いったいに『文則』は、文の修辞において「簡」を貴ぶことを主張する。とりわけ「載事」つまり叙事の文においては「簡」を基本に立てているといってよい。

且《ま》た事は簡を上と為し、言は簡を以て当れりと為す。言以て事を載せ、文以て言を著す、則ち文は其の簡を貴ぶ

なり。文簡にして理周なるは、斯れ其の簡を得るなり。之を読みで闕くること有るかと疑ふは、簡に非ず、疎なればなり。（甲・四条）

さらに文における「簡」の尊重は、修辞の上で「蓄意」つまり含蓄のある表現こそ、すぐれた文の工夫と捉える主張に展開している。

文の作るや、事を載するを以て難しと為す。事の載するや、意を蓄ふるを以て工と為す。（甲・五条）

従って『文則』において、「檀弓」を載事の文として「文、簡而不疎、旨、深而不晦」と評し、『左伝』より優れると捉えるのは、古人の文として最も高い評価を与えた、ということになる。

『文則』のこの「檀弓」を論評した条は、我が国に伝本する明の高琦編『文章一貫』（嘉靖六年〈一五二七〉序）に収載されている。「叙事第二」に前の「簡」の尊重を説く条と並んで引かれ、また「含蓄第六」には右の「蓄意」の条が引かれている。そうして、惺窩の『文章達徳綱領』においても、『文章一貫』と全く同じく「叙事」と「含蓄」の項を立てて収載されている。羅山は「随筆」中に「天台陳騤」の名を挙げており（「随筆二」二十六条）、『文則』の論評は古文の検証に用いる主要な書物の一つとなっている。実際、この「檀弓」の文評もまた深く関わっていると考えなければならない。

五

『文則』に次いで、「檀弓」評価の文評に関わる数種の資料について、とくに二種の書物に載る文評に着目し、それを中心にしながら整理を試みることにしたい。二種の書物とは、一つは南宋初めの呂本中（字は居仁、一〇八四—一一四五）の『呂氏童蒙訓』（『童蒙詩訓』）であり、一つは南宋末期の王応麟（字は伯厚、一二二三―一二九六）の『困学紀聞』である。先ず『呂氏童蒙訓』から見てみよう。

『呂氏童蒙訓』として現在伝えられるテキストは、詩文を論じた部分が刪削されたと考えられ、その専ら詩文を論じた記事を録した『童蒙詩訓』の輯佚本に拠らねばならない[16]。その輯佚の記事の中に「檀弓」の論評が存する。なお本稿では混乱を避けて併せて『呂氏童蒙訓』と称する。

檀弓と左氏とは、太子申生の事を紀《しる》すこと詳略同じからず。左氏を読みて然る後に檀弓の高遠なるを知るなり。

ここでも「檀弓」と『左伝』の文について、申生の記事に焦点を当てて比べている。「詳略」とは詳細と簡略、文を評する上で「繁簡」と観点を同じくしよう。そして「檀弓」の文に簡略の方向を認め、『左伝』と読み比べて「檀弓」の方がはるかに勝ることを評している。この論じ方は『文則』のように具体的に文例を挙げてはいないが、『文則』そして『文章精義』と共通する「文」の認識に立つことは明らかである。しかも呂本中の発言とするならば、『文則』より先行する資料として位置づけることができるものとなる。

『童蒙詩訓』の輯佚に当って、本条は『仕学規範』と『修辞鑑衡』がその原拠となっている。逆に言えば、『仕学規範』『修辞鑑衡』に『呂氏童蒙訓』より引挙したことを明示するものである。

『仕学規範』は南宋の張鎡（一一五三―？）の撰[17]。宋代名臣の事状を、為学・行己・涖官・陰徳・作文・作詩の六類四十巻に分ちて収載する。その巻頭に「仕学規範編書目」として編纂に用いた百種の書名を挙げるとともに、引挙した記事にその原典を明示する。「書目」に『呂氏童蒙訓』（本中　居仁）の書名が見えており、件の「檀弓」の条は巻三十五「作文」の中に収めている。『仕学規範』は、張鎡の自序となる「仕学規範原序」に淳熙三年（一一七六）と記しており、時期的には『文則』より僅かに数年遅れたものとなる。

もう一方の『修辞鑑衡』は元の王構（一二四五―一三一〇）の撰。[18] 王構が晩年にその門人に教授した一編とされるが、その契機と刊行に至る事情については、王理「修辞鑑衡原序」に拠ってうかがい知れる。その王理の「原序」は元の至順四年（一三三三）と明記することからすると、その刊行は『文章精義』の刊行や『文筌』（『文章欧冶』）の成立とほとんど同時期ということになる。『仕学規範』『修辞鑑衡』の成立また刊行の時期に着目するだけでも、『呂氏童蒙訓』と並んでこの両書の有する意義が理解できるであろう。とりわけ『修辞鑑衡』は「檀弓」の文の評価において、注目すべき内容・性格を含んでいる。

全二巻の中、巻一には詩を論じ、巻二は文を論じて、宋人の詩話や文集より約百九十条を採取して編纂している。『四庫提要』は『呂氏童蒙訓』から三十一条を収録していることを特記するが、その大部分は巻二「文」に収載され、そこで占める位置は確かに大きい。「檀弓」の文評はむろん「文」の方に収められ、『呂氏童蒙訓』から二条を引き、内一条が右に挙げた文評に相当する。[19] その収載上さらに重視したいことが二点存している。

その第一は、四書六経・諸子より唐宋古文家の文評を並べて編纂するに当り、「檀弓之文」の項目名を立てることである。「論語之文・孟子之文・檀弓之文・春秋之文・左氏之文……」と並ぶ項目の立て方は、「檀弓」を文において重視する姿勢を決定的なものにしていると言って過言ではあるまい。その第二は、「檀弓之文」の文評として、『呂氏童蒙訓』の二条とともに、次の資料を収載することである。

往年嘗て東坡先生に請ひて文を作るの法を問ふ。答へて云ふ、但だ檀弓を熟読せば、当に之を得べしと。既にして取りて読むこと数百遍、然る後に後世の人の文を作ること古人に及ばさるの病を知れり。山谷

山谷、黄庭堅（一〇四五―一一〇五）と明示するが、本来「与王観復書　三首」（『豫章黄先生文集』巻十九）の第一書中に見える記事である。[20] 黄庭堅がかつて蘇軾（一〇三六―一一〇一）に向かって作文の法を尋ねたところ、ただ「檀

弓」を熟読すれば修得できるはずだという答えを得て、すぐに黄庭堅はそれを実践し、「檀弓」を読むこと数百回にして後世の文章が古人の文章に及べぬ欠点を知ったというものである。黄庭堅の文章開眼のきっかけが、「檀弓」の熟読とそれを示唆した蘇軾の助言とにあったことを披瀝している。黄庭堅のこの書簡の趣旨は、文章を作る者が「奇語」を好むことに陥る弊害を批判するもので、この「檀弓」に係る記述もその文脈の中にある。『修辞鑑衡』は右のようにこの部分を「檀弓之文」に引く一方で、別に「文不当好奇」の項目のもとに、この部分を省略して書簡の「奇語」批判を展開するほぼ全文を載せるという、編纂上の手を加えている。その結果、『修辞鑑衡』を見るとき、右の黄庭堅の記述は、まさに作文の法を修得する上で「檀弓」こそ鍵となる存在であることを、一段と明瞭に指し示すものとなっている。

『呂氏童蒙訓』について、朱熹は呂祖謙宛の書簡に「舎人文著す所の童蒙訓は、則ち詩文は必ず蘇黄を以て法と為すと極論す」と非難の言葉を書き送っている（『朱文公文集』巻三十三「答呂伯恭」第五書）[21]。江西詩派のことに言及するまでもなく、呂本中は蘇軾・黄庭堅の詩文の主張を祖述しようとする者であった。黄庭堅の書簡に記す、蘇軾と黄庭堅の「檀弓」に対する姿勢は、呂本中の『童蒙訓』に見える「檀弓」評価と決して無関係ではなかろう。さすれば、作文をめぐる「檀弓」の重視は蘇軾に始まり、黄庭堅に継承され、呂本中の論評となる――、『修辞鑑衡』の「檀弓之文」はそうした展開を読み取ることを可能にするのである。

『文則』に先行する『呂氏童蒙訓』の「檀弓」の文評[22]、このようにして南宋から元代の作文の論[23]において継承され、『文則』や『文章精義』のそれとともに、後世においても「檀弓」の文評を代表する発言として扱われている。明の徐師曽『文体明辨』（万暦元年〈一五七三〉自序）の巻頭には「文章綱領」を置くが、その「論文」の中にも「宋呂本中曰」として『修辞鑑衡』『仕学規範』と同じく、『童蒙訓』に拠るこの文評を載せている。これによって江戸時代、より広く知られることになったと考えられる。

六

次いでもう一書、本件を考究する上で見逃せない例がある。王応麟『困学紀聞』中の一条である。

檀弓の筆力、左氏も逮《およ》ばざるなり。申生・杜蕢（原注・伝に屠蒯に作る）の二事に於いて之を見る。致堂胡氏曰く、檀弓は曽子の門人なり。その文と中庸の文とは論語に似たる有り。子思・檀弓は皆な論語を纂修せし人なり。

（巻五「礼記」）

「檀弓」の文章力を評して『左伝』も及ばないとし、その具体的な事例として「申生・杜蕢の二事」を挙げている。ここで言う「筆力」がいかなる部分に焦点を当てているかは明示されていないが、それにしても『左伝』との比較を問題にして、「申生・杜蕢の二事」を問題にしていることは、先に取り挙げた『文則』の文評と一致する。申生の記事とともに杜蕢の記事を挙げることに留意しておきたい。

『困学紀聞』の本条後段には、北宋の胡寅（号は致堂、一〇九八―一一五六）の語を引き、檀弓を曽子の門人、『論語』の編纂に関わった者と推定し、そこから「檀弓」の文が『論語』に類似する点がある、という説を掲げている。(24) 檀弓を孔子の高弟に直結し、子思と並べて『論語』の編纂者と目することによって、子思の「中庸」、檀弓の「檀弓」の文は『論語」の文のあり方に似ると捉えるものである。後に清の翁元圻が『困学紀聞』に注して、檀弓を戦国の人とし、『論語』の編纂者ではない、とこの説を斥けるのは無理からぬが、むしろここでは、この見方もまた「檀弓」の文が優れることを説くためであることに注目しておきたい。『困学紀聞』は王応麟の晩年、元に入って成ったかと推せられるが、南宋の洪邁（号は容斎、一一二三―一二〇二）の『容斎随筆』においても、類似する観点で「檀弓」を評する一条が見える。

檀弓上下篇、皆な孔門高第の弟子、戦国の前に在りて論次する所なり。其の文章雄健精工にして、楚・漢の間の諸人と雖も、及ぶ能はざるなり。（『三筆』巻十四「檀弓注文」）

この条でも、「檀弓」の筆者は孔子の高弟に結びつけ、戦国期より前に作られたものとして推定し、その文章の優れることを評している。『容斎三筆』は慶元二年（一一九六）に成る。『困学紀聞』『容斎随筆』ともに考証随筆の書であるが、南宋から元初において博洽多聞の考証を代表する両書が、ともに「檀弓」の文章を特筆して檀弓その人を戦国より古く遡らせようとするのは、上述の例に見られる「檀弓」の文を重視する気運と無縁ではあるまい。それと連動としていると言っても過言ではなかろう。

さらに付言するに、明代には「檀弓」を専ら文章の観点から注解した書が伝本する。すなわち、南宋末期の謝枋得（一二二六―一二八九）の著したとされる『檀弓批点』が伝えられ、明の楊慎（一四八八―一五五九）の「附注」が加わって刊行されている。[25] その原書の自って来たるところは明らかではないが、『文章軌範』に倣って「批点」を施すのは、「檀弓」を古文の模範と見なしてのことである。また、それを謝枋得に託すのは、南宋から元にかけての「檀弓」の文の重視を如実に反映するものとして、いかにも象徴的である。楊慎には『檀弓叢訓』[26]の著作もあって、「檀弓」に関心を寄せた顔を覗かせる。「檀弓叢訓叙録」（『升庵集』巻二「檀弓叢訓序」）には、「陳騤・謝枋得二家の批評も亦た稍《や》や作者の天巧を窺ふのみ」と述べて、自らの傾倒の深いことを示している。『檀弓批点』は勿論のこと『檀弓叢訓』にしても、凡そ一級の書物とは言えないが、上述した陳騤の『文則』中の「檀弓」の文評を件の申生・杜蕢の記事の中心にして注記したり、『左伝』の当該の記述を比べて「檀弓」の文を「簡」として評価するなど、如上の作文の書に見られた「檀弓」の論評を多く取り込んだ内容となっている。

最後に、明代において「檀弓」の文を重視した者として、古文辞派の領袖の一人、王世貞（一五二六―一五九〇）がいることも、今般の検証の材料に加えておく必要がある。その「檀弓」を評する条を一、二挙げておこう。

檀弓・考工記・孟子・左氏・戦国策・司馬遷は、文に聖なる者か。其の叙事は、則ち化工の肖物なり。（『芸苑卮言』巻之三）

檀弓は簡にして、考工記は煩なり。檀弓は明にして、考工記は奥なり。各々其の妙を極む。聖筆に非ずと雖も、未だ是れ漢武以後の語にあらず。（同前）

前条では、文における「聖」の位置を与える六者の中でも、「檀弓」をその筆頭に掲げる。しかもその叙述の巧みさを、「化工の肖物」という造化の物を象るあり方にまで比擬している。また後条では、『考工記』と対比しながら「檀弓」の文の特質を「簡」と論評している。因みに『文章達徳綱領』では、前条を二箇所に収載しており、[27] 惺窩や羅山にあっては、王世貞の文評の一端に触れ得るまで「読書」の範囲が及ぶことを想定しなければならない。

七

羅山が俎上に載せた「檀弓」の文評の前史を、宋元明の文論・作文の書に探ってみた。これを通じて、「檀弓」をめぐる論評の方向、性格や焦点がより鮮明になったと考える。ここで、羅山の論評に立ち返って締め括りたい。

さて、羅山の「随筆一」の中には、件の一条に先んじて、「檀弓」と『左伝』とを比べる別の一条が見える。

礼記・左伝　事を記することの異なる、此《ここ》に書して以て学者に示す。按ずるに檀弓下に（中略）。又昭公九年の伝に（中略）。左氏の書する所、二百十三字。礼記の記する所、二百二十字。事を記せんと欲する者、是れ之を看んか。晋侯・驪姫・申生の一事、後に見ゆ。（「随筆二」五十三条）

本文中、「（中略）」の部分には檀弓下篇と『左伝』昭公九年の記事が引かれている。それは他でもない、陳騤『文則』の条に事例として掲げた杜蕢の記事であり、『困学紀聞』の条に「檀弓筆力、左氏不逮也。於中生杜蕢二事見之」という「杜蕢の事」に相当する。しかも本条末尾に「晋侯驪姫申生一事、見于後」と付言して、申生の記事を併せて参照することを求めている。この、申生の記事を問題にする条が、懸案の一条であることは疑問の余地はない。さすれば、「檀弓」と『左伝』の記事を比べるのに、申生・杜蕢の二事を以てするは、偶然に一致するものか。羅山が『文則』を目にすることは既述の通り、『困学紀聞』もまたその書名を「既見書目」（『羅山年譜』慶長九年〈一六〇四〉二十二歳の条）に確認できるものである。羅山がその記述を視野に入れて、申生・杜蕢の二つの記事に焦点を合せたと捉える方が妥当ではなかろうか。

羅山は、ここでは「左氏所書二百十三字」「礼記所書二百二十字」と、当該の記事について総字数のみを指摘して、それを考察することを勧めるだけである。『左伝』と「檀弓」の記事の有り様についてその優劣を下すことを保留しているかのように受け取れるが、そうではあるまい。総字数を挙げるのは、羅山が両書の叙述の差異に拘わった結果であって、その差異を差異として認める立場にあるようにうかがえる。さらに言えば、「左氏二百十三字」「礼記（檀弓）二百二十字」の字数は、僅かではあるが「檀弓」の記載の方が多いことを指し示す結果になる。そこには文章の「繁簡」をめぐる問題意識が潜んでいるように思われる。

おしなべて言えば、記述内容を同じくする記事において、字数の多寡は文の性質とその評価に関わる面を有する。古文の尊重が修辞よりも達意の方向を取ることは贅言を費すまでもないが、その意識の表れが冗重より簡潔を重んずる傾向に繋がることになる。古文において「檀弓」の文を『左伝』に優ると貴ぶのは、まさしく「簡」なる点にあった。そうであればこそ、陳騤の『文則』の条では、杜蕢の記事に関して「子卯不楽」の一節を引き（十四頁参照）、字数で比すれば『左伝』三十六字に対して「檀弓」は十七字で表現しきっていることを指摘し、「檀弓」が優ると評したのであった。それに対して羅山は、かかる分析を明らかにしないままに、当該記事全体に亘る総字数のみを指摘する。それはどのように理解すればよいのであろうか。少なくとも『文則』等の説を示してそれを敷衍する方法も十分有り得たであろう。しかしここにその片鱗も示さずに『左伝』「檀弓」の総字数を挙げるのは、あらためて両書の差異を検証し直して、自らの「繁簡」の評を下そうとする姿勢の表れであるように思う。

　こうして見ると、羅山が問題の申生の条で『左伝』と「檀弓」の記事を並べて「左氏繁而詳、檀弓簡而切」と評するのは、どのように捉えることができるであろうか。「繁而詳」「簡而切」と対比して評するとき、「繁而詳」は「簡而切」に比して低く評するものではない。両者をこのように評した上で、「左伝は檀弓に及ばず」という見解を容認しないのであるから、「繁而詳」「簡而切」は両者の特質として捉えられ、それを以て優劣を断じていないことになる。その点では、上述の中国諸書の文評が「繁簡」「詳略」を以て『左伝』「檀弓」の優劣を論じ、「簡」を重視して「檀弓」の文を重んじようとしたのとは、明らかに異なった観点を持ち込んで来ている。そこには羅山自身の主張が展開されているように見えるが、この「繁簡」の見方には何か依拠した論が存するのであろうか。その手懸りを与えてくれる材料が『文章達徳綱領』の中に見える。

　『文章達徳綱領』巻之三「入式雑録」は「文」の表現を論ずるために三十類の術語を以て構成するが、その一つに「繁簡」の類を立てている。そこには文の繁簡に関する文論四条を収載するが、その第一条・第二条に注目してみたい。（行論上、(1)(2)と付して示す）。

(1) 文に繁を以て貴しと為す者有り、簡を以て貴しと為す者有り。（中略）但だ繁なれども其の多きに厭《あ》かず、簡なれども其の意を遺さざる、乃ち善と為す。文則

(2) 羅大経云ふ、洪容斎曰く、文は達を貴ぶのみ。繁と簡と各々当ること有るなりと。（以下略）

(1)はその引用の書名を『文則』と記すが、『文則』には該当する条を見出せない。ただ『文章達徳綱領』がここにそう明記するには理由があって、明の呉訥『文章辨体』が巻頭「諸儒総論作文法」に当該の条を収載するのに、『文則』を典拠として記すのを恐らくは参照したであろう。今、確認し得るのは、『文章一貫』巻下「叙事第二」に「修辞鑑衡云」としてこの条を収載する。果たして『修辞鑑衡』巻二「文」の中において、「繁簡」の項目名を設けてこの条を載せている。次に(2)は、南宋後半（十三世紀）の羅大経の名を掲げるが、その筆記『鶴林玉露』人集巻三（通巻十五）[28]「文繁簡有当」に拠っている。またここに引く洪容斎の言葉は、洪邁の『容斎随筆』巻一「文煩簡有当」に見える。因みにこの『随筆』は淳熙七年（一一八〇）に成り、『鶴林玉露』人集（すなわち丙編）は淳祐十二年（一二五二）に成る。

右の(1)(2)の両条とも、文によって「繁」「簡」それぞれに当てはまるものが存することを主張するものである。とくに洪邁の筆記は「達」、すなわち「辞達」（『論語』衛霊公）に基く「達意」こそ文において最も重んずるとした上で、この見解を述べている。ただこの論で問題にする「繁」の必要性は、いたずらに文章の句数・字数を省き、簡略にすればよし、とする考え方を補正しようという意識から、発せられていると考えられる。[29] その点、「簡」の工夫を基本におき、前提にした主張であると理解すべきであろう。しかしながら、『文章達徳綱領』はこの(1)(2)を並べた後に「文は其の簡を貴ぶ」ことを論ずる『文則』の一条（既出十五頁）を載せている。[30] 従って文の「繁簡」の説を目にすると、「文繁簡有当」の説を基本に据えた後に「文貴其簡」の説を位置づける意図を強く感ずるのは否めない。むろん

それでも「簡」の工夫を重視する傾向が濃厚なのは拭えないが、明らかに文の「繁簡」をめぐって「繁」「簡」同じく是認する文論を含んでいる、と受け取めることができるだろう。

『鶴林玉露』『容斎随筆』や『文章辨体』は、羅山の「既見書目」にも確認できるものである。なかでも『鶴林玉露』は、『随筆』を見る限り羅大経の名やその書名等を一いち明記しないが、最も参照されている筆記の一つである。従って、文の「繁簡」を問題にするとき、右の(1)(2)の両条は羅山にとって既知のものであったと推せられる。

だがそれにしても、拙稿で辿った「檀弓」をめぐる如上の文評を前提に置くとき、羅山なりに一家言を発しようとしていることは、何より注目に価しよう。羅山が「左氏は檀弓に及ばずと謂ふは、未だ公論と為すに足らず」と言い切るのは、いかにも異論を唱えるものである。そして焦点の記事を並べ挙げて、あらためて「余以為、左氏繁而詳、檀弓簡而切。欲為文記事者、真致思焉」と論評を下すのは、確信を持って自らの見識を披瀝して余りあるものである。羅山が志向した「読書」で培わんとする「文」の学問は、博覧強記の考証の気味を色濃くしながらも、自らの検証と咀嚼の取組みを忽せにしていない。拙稿で取り挙げた「檀弓」をめぐる一条は、諸書の文論・文評、作文の論に対する羅山の態度の一端を示する好個の例と考える。

なお、羅山は『左伝』（そして左丘明）を高く評価する。『左伝』をはじめ史・子の書、諸家の文をどのように評価したか、またそうした検討を経て羅山が到達した「文」の論はいかなるものであったか等々、論ずべき点は存するが、次稿以降に譲りたい。

註

（1）『林羅山文集』巻六十五至巻七十五に「随筆一」至「随筆十一」を所収する。本稿では、一般に通行する京都史蹟会編纂

『林羅山文集　下巻』（一九一八年平安考古学会版、一九三〇年弘文社版覆刻　ぺりかん社　一九七九年）に拠るが、内閣文庫所蔵の寛文二年序刊本と照合し、誤字・脱字を改めた。また原文の訓読も適宜改める。

（2）拙稿『林羅山の「文」の意識　其之一「読書」と「文」』（『漢文學　解釋與研究』第一輯　一九九八年　本書第Ⅰ部第一章）のうち、とくに六節・七節を参照されたい。

（3）註（2）参照。

（4）拙稿「『文章達徳綱領』の構成とその引用書」（『漢文學　解釋與研究』第二輯　一九九九年　本書第Ⅰ部第二章）参照。

（5）羅山が、文において『春秋左氏伝』を、またその作者として左丘明を最も高く評価することについては、例えば次の条を参照。

我見古今之文人、除詩書易春秋之外、不有近於丘明矣。（「随筆二」二十七条）

西山嘗編集文章正宗。予見之、左氏為之冠首。（同九十六条）

（6）羅山は、柳宗元より韓愈をより高く評価し、その功績を絶賛する。例えば、次の条は、李漢「韓昌黎集序」、蘇軾「潮州韓文公廟碑」の最もよく知られる句を並べながら、『論語』憲問篇に見える「如其仁、如其仁」の句法を用いて称賛するものである。

李漢曰、文者貫道之器也。謂韓文公。文極八代之弊、法為百世之師。如其文、如其文。文公之於文、優哉。（「随筆二」七十一条）

（7）『魁本大字諸儒箋解古文真宝』に収める「諸儒」は次の者である（生卒の順に拠る）。いずれも宋の人である。最も多くの注解を取られるのは、呂祖謙・楼昉・謝枋得・陳知柔。他に、欧陽修・蘇軾・黄庭堅・陳師道・洪興祖・楊万里・朱熹・韓醇・孫汝聴。

（8）『国語』巻八「晋語二」に当該の記事が見えるが、羅山の「随筆」では専ら『左伝』と「檀弓」との比較が問題として取り挙げられる。

なお、羅山は『左伝』と『国語』との関係については、次のように言う。

左丘明伝春秋而後有国語。与伝不同也。荘子内篇已後有外雑。与内不同。則文字変化之法也。学者思之。（『随筆二』六十一条）

(9)『文章精義』は、劉明暉校点本（中華書店　一九五九年）に拠る。

(10)『文章欧冶』は、『和刻本漢籍随筆集　第十六集』（古典研究会　一九七七年）所収の元禄元年（一六八八）和刻本に拠る。伊藤東涯が朝鮮写本を校訂の上、加点翻刻したものである。

(11) 檀弓上篇の次の箇所が相当しよう。

使人辞於狐突曰、申生有罪、不念伯氏之言也、以至于死。申生不敢愛其死。雖然吾君老矣。子少、国家多難。伯氏不出而図吾君。伯氏苟出而図吾君、申生受賜以死。

(12) 註（4）前掲拙稿の中、とくに三三～三六頁参照。

(13)「文章欧冶序」に次のように言う。

与夫文章精義挍而論之、彼以宏弁而簡、此則矜式太隆。

(14)『文則』は、劉明暉校点本（中華書店　一九五九年）に拠る。

(15) 付記の形で次のように記す。

穀梁伝載其事曰、「世子之傅里克謂世子曰、入自明。入自明、則可以生。不入自明、則不可以生。世子曰、吾君已老矣、已昏矣。吾若此而入自明、則驪姫必死。驪姫死、則吾君不安。」若此文、非惟不及檀弓、亦不及左氏矣。

(16)『呂氏童蒙訓』及び『童蒙詩訓』については、郭紹虞『宋詩話考』（中華書局　一九七九年）中巻之下『童蒙詩訓』を参照。また、『童蒙詩訓』の輯佚本として、郭紹虞『宋詩話輯佚　下巻』（中華書局　一九八〇年）附輯に所収する『童蒙詩訓』を用いる。

(17)『仕学規範』は『文淵閣四庫全書』（子部雑家類所収）影印本に拠る。

(18)『修辞鑑衡』は『文淵閣四庫全書』（集部詩文評類所収）影印本に拠る。

(19)『修辞鑑衡』及び『仕学規範』においては、『呂氏童蒙訓』に拠る「檀弓」の文評として、全く同じ一条を収める（『童蒙詩訓』輯佚本には「檀弓文二則」とする)。ただ、『修辞鑑衡』は二条を並べて収め、『仕学規範』は別々に収める。その一条は本稿中に取り挙げたが、もう一条を次に付記する。

檀弓云、南宮縚之妻之喪。三之不能去其一。進使者而問故。夫子之所以問使者、使者所以答夫子、一進字足矣。豈不余一言、約不失一辞。

(20)『豫章黄先生文集』巻十九「与王観復書」第一書には、次の通り記す。

往年嘗請問東坡先生作文章之法。東坡云、但熟読礼記檀弓、当得之。既而取檀弓二篇読数百過、然後知後世作文章不及古人之病如観日月也。

(21)『四庫提要』は現行本『童蒙訓』三巻中に、この朱熹の非難に相当する詩文の論評を含まぬことを挙げ、朱子学における蜀学批判が『童蒙訓』から詩文の論が削除される背景にあると推論している。註(16)前掲『宋詩話考』においてもその推論を継承する。なお、この「答呂伯恭」第五書について、陳来『朱子書信編年考証』(上海人民出版社　一九八九年)は、乾道六年(一一七〇)の作としている。

(22)『修辞鑑衡』には『文則』に拠る記事を含むが、「檀弓」については『文則』の記事を引いていない。『呂氏童蒙訓』の方に拠ったということになる。

(23)元の潘昂霄撰『金石例』(至正五年〈一三四五〉刊)巻九「論古人文字有純疵」にも、「檀弓」が句法の範となることを言う一条を載せる。これもまた当時の「檀弓」評価を反映するものであろう。

句法求之檀弓、則音節響亮、言語絢麗。

(24)『困学紀聞』の本条に掲げる胡寅の説が何に拠るか、翁注にも明記しない。『読史管見』を推定するが未詳。

(25)『四庫提要』経部・礼類存目二『批点檀弓二巻』を参照。旧本の由来は不明だが、『提要』中に記す万暦四十四年(一六一六)刊本は日本にも伝わり、後に和刻本も刊行されている。今、万暦四十四年刊本及び『三代遺書』所収『檀孟批点二巻』(『叢書集成新論』34所収排印本)に拠る。

(26)『四庫提要』経部・礼類存目二『檀弓義訓二巻』を参照。今、『函海』所収本(『叢書集成新編』34所収排印本)に拠る。

（27）『文章達徳綱領』巻之一「入式内録」の「読書」類、巻之二「入式雑録」の「叙事」類の中に収める。その引用書として『合併文宗』の名を記している。なお、惺窩と羅山の間で王世貞の書籍が貸借されたことについては、註（2）前掲拙稿七節に言及したのを参照されたい。

（28）『鶴林玉露』は異本があるが、我が国への流伝を考慮し、明万暦刊本に拠る慶安元年（一六四八）和刻本を用いて示す。なお慶安刊本を底本として諸本を校勘する、王瑞来点校『鶴林玉露』（唐宋史料筆記叢刊　中華書局　一九八三年）に拠れば、丙編巻三に相当する。

（29）『修辞鑑衡』の条でも『鶴林玉露』の条でも、「繁」を説く例として檀弓下篇の次の一条を取り挙げている。

石駘仲卒。無適子、有庶子六人。卜所以為後者。曰、沐浴佩玉則兆。五人者皆沐浴佩玉。石祁子曰、孰有執親之喪、而沐浴佩玉者乎。不沐浴佩玉。石祁子得兆。衛人以亀為有知也。

『修辞鑑衡』の条はこれを「檀弓。石祁子沐浴佩玉」と掲げて「凡此類則以繁為貴」と評し、『鶴林玉露』の条では同様の指摘を、右の全文を掲げて次の通り詳しく説明する。要は檀弓の本文中に「沐浴佩玉」を四度繰り返し用いる文章上の意義を説いている。

蓋連用四沐浴佩玉字、使今之為文者、必曰、「沐浴佩玉則兆、五人者如之、石祁子独不可。曰、孰有執親之喪而若此者乎。」似亦足以当其事、省其詞、然古意衰矣。

（30）『文章達徳綱領』の「繁簡」の類には、第四条目に『性理大全』所載の朱熹の言説（もと「朱子語類」巻一三九「論文上」所収）を引くが、陳后山（師道）の文章がいかに簡潔を重んじて文字の削去に努めるものであったかを評するものである。

（二〇〇〇年九月十一日稿）

四　「書、心画也」の論

林羅山の「文」の説として、「道外無文、文外無道」の論を主張したことは、前稿までに言及した。[1]その論はすでに羅山の早年において意識され、藤原惺窩との交渉の中で羅山が志向する立場として明示されている。羅山の「文」の説として根幹となったことは明らかであるが、本稿では羅山が中年以降に好んで用いると推せられる、「書は心の画」の論に焦点を当ててみたい。この論こそ「読書」を基盤として「文」を志向する、羅山の学的在り方を総括する上で、忽せにできぬ意味を有すると、考えてのことである。

一

「随筆十」（『林羅山文集』[2]巻七十四）「随筆十一」（同巻七十五）はともに慶安元年戊子（一六四八年）に筆記された「戊子随筆二巻」として、四男靖（守勝、読耕斎。一六二四―一六六一）に授けたと附記するものである。時に、羅山は六十六歳、読耕斎二十五歳に当る。この「随筆十一」（全七十二条）の末尾前の一条、第七十一条に、「書は心の画」の句が見えている。（以下、この句の用例を含む羅山の資料には、便宜上通し番号を附して掲げることにする。）

(1)山林の花書中に在るときは、則ち豈に隴頭の雲を尋ぬるに労せんや。書中に玉女有るときは、則ち豈に更に傾国を求め好色を貪らんや。書中に粟有るときは、則ち豈に子張が禄を干《もと》むるを慕はんや。袖裏に堯夫有るときは、則ち観物の眼分明なり。胸中に易有るときは、則ち伏羲の頂顙に登らんか。一身一唐虞なれば、則ち我に於て一片の浮雲太虚を過る者なるか。万物我に備はる。身に反みて誠あり、其の楽しみ知る可きときは、則ち孔顔の楽しみ外に在らず。書は心の画なり。聖心を画き出す者は書なり。六経論語等是れなり。其の心を知るときは、則ち百世聖人を竢ちて疑はず。嗚乎、未だ之を思はざればなり。夫れ何の遠きといふことか之れ有らん。（原漢文、以下同じ）

一条の主旨は、書物を通じてその述作者の世界を自ら体現できることを強調する。とくに「書、心画也」の句を掲出し、聖人の心を画き出した書物こそ六経・『論語』だとして、その聖人の心を知るときには、はるか後世の聖人の出現を待っても疑うことはない普遍性を獲得すると述べる。しかもそれは自らの思いのいかんに係るもので、決して高遠なことではないとする。この論述の終りに用いる句は、『中庸章句』第二十九章「百世以俟聖人而不惑」、『論語』子罕「子曰、未之思也。夫何遠之有哉」に拠ると思われ、こうした経書の語句を連綴する物言いは、弱年以来のものである。(3)

ただ、「書、心画也」の句に先駆ける記述のうち、「一身一唐虞、則於我一片浮雲過太虚者耶。万物備於我、反身而誠、其楽可知、則孔顔之楽不在外矣」は、典拠表現といっても決して分り易いものではない。『論語』述而「子曰、飯疏食飲水、曲肱而枕之。楽亦在其中矣。不義而富且貴、於我如浮雲」、『孟子』尽心上「孟子曰、万物皆備於我矣。反身而誠、楽莫大焉」に拠ることが直ちに想起され、「孔顔之楽」に着目すれば、『論語』雍也「子曰、賢哉回也。一箪食、一瓢飲、在陋巷。人不堪其憂。回也不改其楽。賢哉回也」が上の述而篇の一章と繫がっている。そしてさらに次の程子の語が連想される。

昔、学を周茂叔に受く。毎に顔子仲尼の楽しむ処を尋ね令む。楽しむ所は何事ぞ。（『程氏遺書』第二上・二三条。『近思録』巻二所収）

羅山の言う孔子・顔子二人の楽しむところは何であろうか――、ここでは先ず、孟子の「万物皆備於我」の自覚からもたらされる「楽」の境地を以て捉えている、という理解が生じる。しかしこれだけでは不十分であって、何よりも「一身一唐虞、則於我一片浮雲過太虚者耶」は述而篇の一章の表現に拠りながら、併せて程顥（明道）の次の一条を意識するのではないか。

太山高しと為す。然れども太山の頂上、已に太山に属せず。堯舜の事と雖も、亦た只だ是れ太虚中一点の浮雲目を過るが如し。（『程氏遺書』第三・三六条）

「唐虞」（堯舜）、「過太虚」の語に着目すればこの一条の表現との関わりは否定できないが、さりとて程顥のこの一条に示す見識に共感するものではなかろう。程顥が堯舜の事を一点の浮雲に比するのは、太山の上の広大無辺なる天の生意を重んじ、天地の化の中にある境地を説くものである。程顥はまた「仁者は天地万物を以て一体と為す」（『程氏遺書』第二上・七条）と万物一体観を強調し、その立場から『孟子』の「万物皆備於我矣。反身而誠、楽莫大焉」の句を好み、「学は楽に至れば則ち成る」（同第十一・一一七条）と述べている。

羅山は程顥の語を意識しながらも、程顥の主旨を反転させており、堯舜を浮雲視する立場を斥けている。我が身において堯舜の心を体現することは、羅山にとって天空中に一点の浮雲が通り過ぎるようなものでは決してない。羅山がここで『孟子』の「万物皆備於我矣……」の一節を挙げながら、「楽莫大焉」を省いて「其楽可知、則孔顔之楽不在外」と括るのは、かえって『孟子』のこの「楽莫大焉」の一句にこだわるものであって、この一句の「楽」に理解が及ぶことによって、孔子・顔子の「楽」と表現される境地の理解が可能だというのである。論述の主眼は経書が聖人の心を表出していることへの絶対的信頼と、それを理解し得るという確信を説くことにある。しかもそれを「書は心の画」の句に拠って断じようとしている。

いったい、この「書は心の画」の句は羅山の創案によるものではなくて、漢の揚雄の『法言』問神篇の一節中に見えるものである。

> 言は其の心を達すること能はず、書は其の言を達すること能はず、難きかな。惟だ聖人のみ言の解を得、書の体を得。白日以て之を照し、江河以て之を滌ひ、灝灝として之を禦ぐこと莫し。面《おもて》相之き、辞相適《ゆ》き、中心の欲する所を捈《ひ》き、諸人の嚍嚍たるを通ずるは、言に如くは莫し。天下の事を彌綸し、久を記し遠を明らかにし、古昔の㖧㖧たるを著はし、千里の忞忞たるを伝ふるは、書に如くは莫し。故に言は心の声なり。書は心の画なり。声画形《あらは》れて、君子小人見ゆ。声画は、君子小人の情を動かす所以か。

冒頭「言不能達其心、書不能達其言」の句は、『易経』繫辞伝上「子曰、書不尽言、言不尽意」と同じく、一般に言葉は心中に在るものを完全に反映できず、書物はその言葉を完全に伝えることはできぬ、という問題を提起するものである。繫辞伝はここから易が聖人の「意」をいかにして表しているかを述べるが、この問神篇の一節も聖人こそ言葉と書物との在り方を掌握できた者として、その言葉と書物との有用性を強調している。そうして「言、心声也。書、心画也」という句を導き出している。この句について、晋の李軌は[4]「声発して言を成し、紙に画きて書を成す。書には文質有り、言には史野有り。二者の来たるは皆な心に由れり」を注する。また宋の呉祕は「心に之れ有りて焉を言ひ焉を書す。是を以て之に似る」と注し、司馬光は「画は猶ほ図画のごとし」と注する。これを要するに、言葉は心から発せられる声音であり、書物は心に思い描く図画であって、心に在るものが音声として発せられ、文字として書き表されることをいう。言葉と書物とが心の表出であることを主張するものである。次いでこの一節は、心の表出であるが故に、君子・小人の有り様がそのまま顕現することに及ぶが、力点は聖人の言葉と書物の意義を説くことにある。問神篇は後段において、「書の経ならざるは書に非ず。言の経ならざるは言に非ず。言・書の経ならざるは、多ければ贅多し」と、「書」「言」として経典を最大級に位置づけることになる。

この揚雄の「書」・「言」の定義は、梁の劉勰の『文心雕龍』書記篇にそのまま引用されている。

大舜云ふ、「書用て識さんかな」と。時事を記す所以なり。蓋し聖賢の言辞、総べて之を書と為す。書の体為る、言を主とする者なり。揚雄曰く、「言は心の声なり。書は心の画なり。声画形れて、君子小人見ゆ」と。[5]

聖賢の言辞を「書」とし、「書」が言辞を本質とすることを説き起すのに、揚雄のこの発言を引いていると理解できる。

羅山が「書、心画也」の句を掲げるときに、「言、心声也」の句の方は用いていない。また、管見ではその用例においで揚雄もしくは『法言』の名も明記していないし、『文心雕龍』の名も示していない。以下、羅山においてこの句がどのように用いられているのか、その具体例に即して検証してみたい。

二

次の例は先の(1)の例と同じく、六経・経書は聖人の心画だとして説き、経書を読むことが「読書」の学の第一義となることを強調する。[6]

(2)夫れ書は聖賢の心画なり。読むは聖賢の口沢なり。見るは聖賢の面命なり。聞くは聖賢の耳提なり。上帝汝に臨む。汝が心を貳にすること勿かれ。心一にして精しきときは、則ち耳目口皆な之に随ふ。是に於いて書と我と相融通して二ならず。其の実を得たりと為す、之を益有りと謂ふ。（『林羅山文集』巻四十五「石川丈山書格銘」）

元和壬戌季秋十八日すなわち元和八年（一六二二）九月十八日、羅山四十歳、石川丈山（一五八三―一六七二）が尊経閣と名づけた書格のために、その求めに応じた銘文の序文中の一節である。書格のための文章であり、かつ尊経閣という命名の意図とも相俟って、一貫して読書の意義を記し、六経を尊ぶことを述べる。ただここに、「書は聖賢の心画」と定めて「書与我相融通而不二」と言い、「書」と「我」との一致を説くのには、先学の経書観が念頭に存しないわけではない。この序は初めに次のように書き起こしている。

卑《ひく》き者は則ち書は自ら書、我は自ら我、高き者は則ち六経我を註し、我六経を註す。此の二者は楚失ひて斉未だ得ざるなり。共に益無し。古人六経閣に題して曰く、[7] 諸子百家皆な有り、而も言はざるは経を尊べばなり。経の載する所、中と曰ひ、誠と曰ひ、徳と曰ひ、敬と曰ひ、仁と曰ひ、義と曰ひ、忠と曰ひ、孝と曰ひ、性と曰ひ、命と曰ひ、道と曰ふは、一のみ。皆な我が心の体用を明らかにする所以なり。此の心人皆な之有り、而して聖賢は先づ覚れる者なり。後の先覚を学ぶは、書を読むに如くは無し。

とくに注目すべきは「六経註我、我註六経」の句を挙げて、「書自書、我自我」という書と我とが二分して関わらぬ立場と同様に、書（六経）を軽視してその本質を見失い、真の我を確立できぬ立場にある者として批判することである。「六経註我、我註六経」は陸九淵（象山）の語（『象山先生全集』巻三十四「語録」第三十一条）で、「六経は皆な我が註脚」（同第五条）とともに、経書に対して我すなわち我が心の主体性を強調するものである。明代心学を代表する王守仁（陽明）が「六経は吾が心の記籍なり。而して六経の実は則ち吾が心に具はる」（『王文成公全書』巻七『文録』四「稽山書院尊経閣記」）と言い切って、我が心にある六経の実を行なうことが尊経の意味だと、六経を我が心に従属せしめた姿勢につながるものとして、論及されることが多い。[8] 羅山もまた、経の所載する「中・誠・徳・敬・仁・義・

忠・孝・性・命・道」はすべて「我が心の体用を明らかにするためのもの」とし、「この心は人皆な有する」ことを説いている。ここには一見、心を重んずる心学の主張と共通する考え方がうかがえるが、経と心との論じ方からするとかえって異質である。心学の立場は書物（経書）に説かれる道や理を我が心に自得することを強調することから、道や理を求めるのに書物（経書）よりも自らの心に求めることを主張する傾向が強い。陸象山の「六経註我、我註六経」、王陽明の「六経者吾心之記籍」の語にしても、心の主体性を重んじるが故にかかる発言となり、経書より我が心に重心を移すものである。羅山が象山の語を斥けるのは、こうした姿勢で心の権威を強く認める立場に同調するものではないからであろう。

しかし羅山は一方において「心学」の語を用いていることも、ここで併せて見ておきたい。前章一に示した(1)と同じ「戊子随筆」巻七十五の第四十一条には、「六経皆心学也」の語が見える。

大学　心を説きて朱子の序専ら性を称す。中庸　性を説きて朱子の序専ら心を称す。互に其の義を見《あらは》す。誠に宜なるかな。蔡九峯の書伝多く心の字を用ふ。聖人の心を書に見んと欲す。呼《ああ》、六経は皆な心学なり。

文中、蔡九峯の書伝とは、蔡沈（号は九峯）の「書経集伝序」のこと、約三七〇字余りの序文に「心」字を十九回用いて記すのを指している。また「欲見聖人心于書」と言うのは、蔡沈の序に「聖人之心、見于書」とあり、「堯舜禹湯文武周公の心」が『書経』に表現されていると述べるのに拠ろう。羅山は『書経』のみならず六経に聖人の心が表出されているという意識から、「六経皆心学也」と発している。従って羅山において、「六経は皆な心学なり」とは、六経に聖人の心が投影されているとの考え方に立つものであって、六経は我が心の投影だとするものではない[9]。その点、明初の宋濂（一三一〇—一三八一）が説く「六経皆心学」の論を並べてみれば、同じ語を用いながらも異なる立場にあることは明白になる。

六経は皆な心学なり。心中の理は具はらざるは無し。故に六経の言該せざるは無し。六経は吾が心の理を筆する所以なり。（中略）心に是の理有るに因り、故に経に是の言有り。心は譬ふれば則ち形にして、経は譬ふれば則ち影なり。是の形無ければ則ち是の影無く、是の心無ければ則ち是の経無し。（中略）惟だ善く学ぶ者は、伝注を脱略して独り遺経を抱き、而して之を体験し、一言一辞皆な心と相涵せ使む。始めには則ち戛乎として其れ入り難く、中ばには則ち浸漬して漸く得る所有り、終りには則ち経と心と一なり。心の経為るか、経の心為るかを知らず。何となれば、六経は吾が心中に具ふる所の理を筆する所以の故なり。（『宋学士全集』巻二十八「六経論」）

この論では、心を形、経を影にたとえて、経書を心の投影と考えており、「六経は我が心に具わる理を録したものだ」と説いている。経と心との一致を述べるが、あくまで我が心を主とする方向を示している。これに対して羅山は何よりも経書を第一義的に重視する立場を崩してはいない。「所以明我心之体用」「此心人皆有之」と「心」を言いながら、経書に対する「心」の主体性を問題にする議論の方向には向かわない。先覚者である聖賢を後の者が学ぶには、経書を読むことを以て第一義とすること、そのことが強調されている。[10]

遡って、この問題は羅山が藤原惺窩と初めて会った時に、俎上に載ったことであった。慶長九年（一六〇四）閏八月二十四日、賀古宗隆のもとでの問答は、「惺窩答問」として記して羅山より惺窩に示されたが（『林羅山文集』巻三十二）、その第三条に次のように見える。

又曰く、聖賢の経書を読み、経書を以て我が心を証し、我が心を以て経書を証し、経書と我が心と通融して可なり。故に書を読むの法は此より近きは莫し。

惺窩の批に曰く、先儒の成説なり。心と経と同じく処る、我が心の公なり。同じく処らざる、我が心の私なり。

この「以経書証我心、以我心証経書」の言は、先の陸象山の発言を想起させるものである。惺窩が陸象山の学問を容認したことと符号する。後に附せられた批語と併せて見れば、惺窩が、「我心」に重点をおいて経書といかに対峙するか、という姿勢を教示しようとしているのは、明らかである。

「書自書、我自我」の語にしても、やはり夙に両者の間で交わされたものと思われる。翌慶長十年（一六〇五）前半と推せられる「与林道春書」第四十四書（『惺窩先生文集』巻十二）には、「所謂書自書、我自我、不相干渉」とあって、書籍の貸借の中で読書の有り様をめぐり、両者の話題となっていることがうかがえる。

こうした惺窩との交渉を念頭におけば、象山の句を斥けたことは、羅山なりの展開があったことになる。元和五年（一六一九）九月十二日惺窩は没するが、時に羅山は三十七歳、その後羅山は朱子学への傾斜を深めると考えられる(11)。王学の否定は勿論のこと、陸学もまた斥けられるのである。今ここに検討資料とする「石川丈山書格銘」は前述の通り、羅山四十歳のときだが、寛永年中（一六二四―一六四三、羅山四十二～六十一歳）の筆録とする条には、次の発言も見える。

陸象山曰く、六経我を註す、我六経を註すと。若し此の言を信ぜば、其の弊、書を廃するに至らん。（『林羅山文集』巻六十九「随筆五」第二十七条）

陸象山の発言は、羅山の志向する経書尊重とは相反する方向に行きつく、と捉えている。ならばこそ、明確に斥けるのである。「惺窩答問」には「経書与我心通融、可也」とあって、前掲(2)の文中「書与我融通而不二」と共通する表現が使われている。羅山が陸象山の言葉を批判するとき、「惺窩答問」の一条はその脳裏に離れずにあったと推せられる。そうだとすれば、この羅山の主張は、いかにも惺窩の論に異議を唱えるものであるが、羅山の意識としてはむしろ、惺窩と共鳴しあった「読書」の学を堅持することでその真意に沿うと自認したのではないか。

因みに、この条でも先の「書格銘」でも、「六経註我、我註六経」を「六経我を註す、我六経を註す」と訓じ、「惺窩答問」もまた「六経我を証し、我六経を証す」と訓ずる。陸象山の「語録」本来の文義からすれば、「六経我を註す。我六経を注せんや」と訓ずべきであるが、羅山はそう訓じていない。[12] この「書格銘」を記した翌元和九年（一六二三年、四十一歳）の羅山の手識のある、羅山手校本『象山先生全集（元和写本）』においても、本文を「六経我を註す。我六経を註す」と訓じている。この句が独り歩きしたことに因るためか、ともかく六経に対する「我」の主体性の重視を前面に表した訓みということになる。

ともあれ、明代に高まりを見せる心学の、経書と心（我心）とめぐる問題について、羅山がその本質をどこまで認識していたかは、もう一つ定かではない。[13] ただ少くとも「書は聖賢の心画」の論が、陸象山・王陽明らの心学と異なる立場にあるという意識は明白である。換言すれば、「書、心画也」の論には、陸王らの心学が提起した経書観を否定する主張が存することに注目しておきたい。

三

次の二例は、「石川丈山書格銘」と同じく、求めに応じて記した序や銘の文中に見えるものであるが、「書、心画也」の句を用いることの基本的内実は同じである。

(3)夫れ経書は堯舜禹湯文武周公の心なり。心本と迹無し、得て見る可からざるなり。心本と声無し、得て聞く可からざるなり。然りと雖も、中に思ふこと有れば則ち外に形はる。故に曰く、書は心の画なりと。学者形似を論ずること勿くして可なり。若し其の伝に由りて其の経を尋ね、其の経に由りて其の理を知らば、則ち聖人の言も亦た以て聞く可し。聖人の心も亦た以て見る可きか。今の人の心も亦た古人の心なり。（『林羅山文集』巻四十九「寄伊勢兵部序」）

(4)聖人の書、之を典と謂ふ。典は経なり、常なり。其の万世に常に行ふ可きの道を以てなり。（中略）銘に曰く、
書は心の画、聖は心の精。……（同巻四十五「河野春察書格銘」）

(3)は寛永五年（一六二八年、四十六歳）のもの。薩摩藩の伊勢兵部（貞信。文之玄昌に学ぶ）宛の文章だが、その求めにより『書経』を講じたことに因んで記している。『書経』が堯舜禹湯文武周公という聖人の心の投影であることを述べて、「書、心画也」と言う。「書経者、堯舜禹湯文武周公之心也」や「聖人之心亦可以見歟」の表現は、蔡沈「書経書伝序」をふまえたものである（七～八頁参照）。

(4)は寛永十三年（一六三六）五十四歳、河野春察のための書格銘。発端の「聖人之書、謂之典。典者経也、常也。以其万世可常行之道也」の辞は、「武田泰安書格銘」（同巻四十五）にも見える。王陽明が「六経者吾心之記籍」と記す「稽山書院尊経閣記」の発端の辞に「経、常道也」とあるのを想起するに十分だが、陽明の志向するものと異なることは、既述したことで明らかであろう。「書兮心画、聖兮心精」と言うとき、「書は我が心の画」でなくて、「書は聖人の心の画」なのである。

以上のように見てくると、「書、心画也」の句は、羅山の経書観、また経書を読むことを根幹におく「読書」の学の要諦を指し示すものとして、捉えることができよう。

「示恕靖百問」（『林羅山文集』巻三十四、巻三十五）は、寛永十七年（一六四〇）羅山が後継となるべき、その子恕（鵞峰）靖（読耕斎）兄弟に示した修学上の問対で、「書百問後、示恕靖」（同巻三十五）という後記を附している。「時に羅山五十八歳、恕二十三歳、靖十七歳」と附記するその文章は、学問上の心得を教示するという点では、羅山の学問観が如実に示されている一つである。その中に次のように記す。

夫れ文は言の筆する所なり。言は意の画く所なり。文無くんば、則ち何を以て言と意とを知らんや。聖人の言語、六経に在り。

文—言—意の構造として「文」の概念を以て統べるのは、羅山の「読書」の学の特質であること、拙稿で既述してきたところだが、ここでも「文」の語を以て「六経」に及んでいる。聖人の心意が画き出した言語が六経だと捉える考え方は、書（経書）は聖人の心の画だというのと、同じ主旨であることは言うまでもない。ただ、「言は意の画くところ」との発言には、「書、心画也」の他に「意」の語に関わる別の要素も介在すると考えられるが、それについては後述することにして、この資料と密接に関わる次の資料を併せて挙げておきたい。

「少年の作及び故有って人に示さざる者は、別集と為して之を載す」（『林羅山集附録』巻五「文集詩集編輯始末」）とする『羅山林先生別集』(14)にも、「示恕靖、寛永十七年示百条時」と題する文章が収載されている。先の『文集』中の後記と同じ体裁を取り、また同様の意図のもとに記したものであるが、「故有って人に示さざる」という『別集』の性格の一端をここに推察したい思いに駆られるほど、その文章の言辞は厳しさが張りつめている。「仲や叔や、老林の問に答ふること、問高くして答卑《ひく》し」と記し始める文章は、『文集』のそれとは調子が一変し、鵞峰・読耕斎の修学の取組に一層の奮起を促すもので、学問上の本質的自覚を迫る語気は鋭い。

仲や叔や、酷《はなは》だ古文を嗜み、日に数千百言を記するも、其の家敝帚するは何為れぞや。只だ是れ充棟の書なるのみ。就中尊敬する所は、経に在るのみ。亦た習ならずや。他は後に素蘊する所涵養する所、以て文詞に憤発す可くして、必ず之を観る可きの趣有り。畢命に曰く、詞は体要を尚ぶ、惟れ異を好まずと。孔子曰く、詞は達するのみと。又曰く、徳有る者は必ず言有りと。故に古人　文章を以て世に名ある者多からざるも、而して六経に本づかざるは莫し。六経は聖人の心簡冊に見はるる者なり。徳有る者は言有りと謂ひつべし。然れども学び易からざるなり。之を学ばんと欲せば、則ち只だ体要を尚びて巧飾を作す勿かれ。只だ達意を取りて冗長を作す勿かれ。
只だ徳性を主として浮淫を作す勿かれ。

「読書」の学は、羅山にとって家学とも言うべきものであって、その子弟の修学においてもそれが強く意識されている。[15] 経史子集に亙って諸書を渉猟し、博識・強記の気味が濃厚なのは、羅山自身の学の特徴であるが、ここでは、鵞峰・読耕斎がいたずらに古文の書を読み漁るのを戒めている。「其家敝帚」の語まで用いて、この二人の修学の有り様に懸念を表明している。そして経書の尊重こそ第一として、文辞に趨るのを戒める。「辞尚体要」（『書経』畢命）、「辞、達而已矣」（『論語』衛霊公）、「有徳者必有言」（同憲問）を引いて、文辞・文飾を抑制しようとするのは、いかにも朱子学者流の姿勢を求めるものである。また門人の育成も程朱の門に擬して期待する。[16] ただ、文中に「六経者、聖人之心見于簡冊者」とあって、天理や道・理としてではなく、あくまで聖人の心の表出として六経を説明するのである。

このような子弟への教誨は取りも直さず、羅山自身の学問の実践と相俟って示されていると考えるべきであるが、ほぼ同時期、寛永十六年（一六三九）羅山五十七歳の「性理字義諺解序」（『林羅山文集』巻五十）は、如上の経書観が繰返し述べられている。[17] しかも、「書、心画也」の句を用いて論ずるものでもある。

『性理字義諺解』は加賀の前田光高の求めに応じて著した、南宋の陳淳の朱子学用語集『北渓字義』の国字解（全五巻）。その「序」は、『字義』の諺解を著すことに対する批判に答えるという形で、羅山の述作の姿勢を記すが、その批判側の最たる者として「其の甚だしき者は、康成を以て支離と為し、晦翁を以て影響と為すに至る」との表現を用いる。王陽明の「月夜」詩（『王文成公全集』巻二十・『外集』二）の「影響尚ほ疑ふ朱仲晦、支離羞作す鄭康成」の詩句を念頭におくことは間違いあるまい。[18] 朱熹の学問が実体のないものを追い求め、鄭玄の経学が瑣末な訓詁のみに終始したと揶揄する陽明の学的態度を、羅山の学問とはその対極にあるものとして措定し、自らの立場を論じようというのである。

羅山は「此れ余が公言の秋《とき》なり。夫れ聖賢の心は言に見ゆ。其の言は書に見ゆ。若し字義を知らずんば、何を以てか之を明らかにせん」とその基本認識を直ちに述べる。その口吻はあらためて自らの学的姿勢を開陳するかのようである。書（経書）と聖賢の心との関係を前提に、字義を考えることがそこから外れることではなく、むしろ経書中に聖賢が字義を説解する例を列挙して、「字義を識らざれば、則ち聖賢の書を読み難し。其の書を読まざれば、則ち其の言を知り難し。其の言を知らずんば、則ち何を以てか聖賢の心を得んや」と繰り返す。そうして自らのこの『諺解』もまたそれに沿った取組に他ならないとし、これに拠って理解を容易ならしめて、聖人の書を読み聖人の心を求めればよいのだと意義づけて、次のように説明する。

(5)庶幾《こひねが》はくは浅き自り深きに至り、卑き自り高きに昇り、実に等級有って此れに由って進み、聖人の書を読み聖人の心を求めれば、其れ可なり。人を絵《ゑが》く者は心を絵くこと能はず。然りと雖も、書は心の画なり。其の絵き難きの心を写すは書なり。然らば則ち聖人の心、豈に外に求めんや。

書（経書）を措いては聖人の心を求め得ない——、そう断言する論述の中で、「書、心画也」の句は最も肝要な論理を支えるものとなっている。その意味を重ねて述べる必要はないだろう。

四

ところで、右の資料(5)において「書、心画也」の句を用いるのに、「絵人者、不能絵其心」の論を持ち込み、これを対置して説くのは、先掲の用例には見られぬものであった。次にそれに焦点を当てて検討を加えてみることにしよう。

さて、資料(5)に見える「絵人者、不能絵其心」の論は何に拠るものか。羅山はそれに言及していないが、管見では、南宋の羅大経『鶴林玉露』人集巻六（通巻十八）[19]「絵事」の一条に拠ると考えてみたい。

雪を絵く者は其の清を絵くこと能はず。月を絵く者は其の明を絵くこと能はず。花を絵く者は其の香を絵くこと能はず。泉を絵く者は其の声を絵くこと能はず。人を絵く者は其の情を絵くこと能はず。然らば則ち言語文字は、固より以て道を尽くすに足らざるなり。

絵画において、雪の清白、月の明光も、花のかぐわしき香り、泉の湧き出る音も画きつくせず、また人の心情も画きつくせない――、そうだとすると、同様に言語・文字では道を説きつくすに不十分だ、と記す。絵つまり形や色で表現しつくせぬ面が存するように、言語や文字では道を表現しつくせぬ、との認識を示すものである。

この問題は、先に言及した『易』繋辞伝「書不尽言、言不尽意」の命題に繋がるものだが、この条に示す認識の立場は『荘子』天道篇に「意之所随者、不可以言伝也」の論に近似する。

世の　道に貴ぶ所の者は書なり。書は語に過ぎず。語に貴ぶ有り。語の貴ぶ所の者は意なり。意に随ふ所有り。意の随ふ所の者は、言を以て伝ふ可からざるなり。而して世　言を貴ぶに因りて書を伝ふ。世之を貴ぶと雖も、我は猶ほ貴ぶに足らざるなり。其の貴ぶは其の貴きに非ざるが為なり。

真の道を知らぬ者の有り様として、書物を尊重しようとする世の風潮を批判する論であるが、「言は意を尽くさず」との認識に立ち、つまるところ言語に過ぎぬ書物は真に貴ぶべきものではないということになる。これが、「聖人の言」たる書を「古人の糟粕」と称し（天道篇[20]）、「六経は古人の陳迹」（天運篇）と評するのと連なる立場にあることは、周知の通りである。

こうしてみると、羅山の前掲(5)に引く「人を絵く者は其の心を絵く能はず」の論は本来、経書の尊重とは相反する認識の立場から発せられたものである。にもかかわらず、羅山はそれには言及せず、むしろこの句を文字通り絵の次元で捉えて、絵は心を画ききれないが、書物こそ画きにくい心を書き写す、と論じたことになる。

ただ一方において、羅山の最晩年の資料の中には、絵もまた人の心を画くことができるとして、この「絵人者、不能絵其心」の句を引くことも、併せて注目しておかなければなるまい。

(6)恭しく鈞命を奉じて歴代の名臣を撰ぶ。上皐陶・伯益自り、下司馬光・盧允文に至るまで、聖徳有る者、大業有る者共に三十六人、分ちて左右と為し、之を丹青に記す。炳煥観つ可し。誠に以て美を勧むるに足れり。欽みて之が讃を為る。夫れ書は心の画なり。人を絵く者も亦た以て其の心を絵く可きか。

「三十六名臣図跋　二篇」(『林羅山文集』巻五十二)の中の第二篇。その第一篇の末尾にも、「後素に咫尺に対して、先哲を千歳に慕はば、則ち孰か人を絵く者は其の心を絵くこと能はずと謂はんや」と結んでいる。将軍家綱の命に応じた跋文で、明暦元年(一六五五)羅山七十三歳、中国の三十六人の名臣図のために記されたことは、文意から明らかであろう。[21] その画像をめぐり、「書者心画也。絵人者亦可以絵其心乎」と記すのは、書物が心の投影であるとの認識を前提に、人物の画像にもまたその人物の心を画き得る作用があるか、と認めようとするものである。それは第一篇の跋文で明らかなように、「絵人者、不能絵其心」を意識しながら、絵画への評価を先の見解とは一変させたことになる。

羅山の絵画観には検証すべき課題が存するが、それを専ら探るのは他の機会に試みることとして、ここでは「書、心画也」の線上に連なる問題を追って行くことにしたい。そこには絵画論をも一体として内含する、羅山が重視する説が存在している。その点、注目したいのは次の資料である。

(7)古人言へる有り、書は心の画なりと。[22]又云く、意は筆の先に在りと。夫れ肩の倚る所、肱の屈伸する所、腕の運動する所、拳の開闔する所、指の曲直する所、皆是れ本づく所有るなり。本は意なり。意は心の発する所なり。心は一身の主宰なり。形を以て心の役と為し、心を以て形の役と為す莫かれ。故に意以て肩を使ひ、肩以て肱を使ひ、肱以て腕を使ひ、腕以て指を使ふ。指の握把する所、本に由らざること無きなり。是れ筆　意の後に在る所以の者か。故に周書に曰く、耳目に役せられざれば、百度惟れ貞しと。誠なるかな此の言や。人を絵く者其の情を絵くこと能はず。然りと雖も、内有る者は必ず外有り。其の心情の詞語に見はる、既に之を書に筆す。豈に翅だ筆法字勢のみならんや。庶はくは古人の心以て見つ可し。（『林羅山文集』巻六十八「随筆四」第四十一条）

ここには、古人の言として「書、心画也」とともに「意在筆先」の句を挙げ、さらには「絵人者、不能絵其情」の句も用いる。ただ論述の主題に関るのは、ほとんど「意在筆先」句に拠ると言ってよい。この句は東晋の王羲之に由来し、羅山もまたそう認識している。「意在筆前」ともいい、もと「題衛夫人筆陣図」に見えるが、王羲之の書（いわゆる書道・書芸術）を書の典型として仰ぐ後世の書家たちもまた、書法・書論の要諦の句として用いるものでもある。それらの書論と羅山との接点については、次章に考察することにして、何より先ずは、羅山がこの句を引く意図が奈辺にあるかを見ておきたい。

書とは手と筆によって文字を書き表すことだが、「意在筆先」の主張は、「意」つまり人間の心と筆墨によって書き表すという動作との関係をめぐり、「意」が文字を書き表す動作の前提となること、極言すれば人間の心を筆墨に借りて表現するのだという思想を導くものである。思想を導くと述べたが、まさに書の思想というに足る書論の命題と目されるものとなっている。その点からすると、羅山のこの条も、書を論じて「意在筆先」の主旨を説き、手と筆によって書き表す動作を肩・肱・腕・拳・指のそれに分けるとともに、「意」を心の発動、心を一身の主宰と定義して、「意」が肩・肱・腕・拳・指を使役する者すなわち本であると説明している。しかしその主眼は「意在筆先」の句を書の論として解説することに在るのではなく、書物の問題におかれている。換言すれば、「書、心画也」の説によって主張する、書物（経書）が心（聖賢の心）の表出であるということこそ、本題として意識されている論述である。「書、心画也」の論はまさに書論として展開することも可能であって、事実後にも触れるように、書画論において用いられている。ただ羅山においては、ここに書論としての意識は稀薄であると言わなければならない。

実際、右の論述は「其心情之見於詞語、既筆之於書、豈翅筆法字勢而已哉」と、筆法・字勢という書の次元に止まらずに、書き表された言辞そして書物の方に論の重心を移している。そして書物に表出された古人の心（聖賢の心）こそ見るべき対象として、その把握を期待するのである。

五

羅山が「意在筆先」の句を王羲之の論として承知していたことを確認できる直接の資料は、前掲(7)と同じく、「随筆四」の中に見える（第六十二条）。これには、唐の柳公権の「心正則筆正」の論も併用していて、羅山と書論の接点を考える上でも、手懸りを与えてくれるものである。

王右軍謂へらく、心は筆先に在りと。柳誠懸曰く、心正しければ則ち筆正しと。蓋し人心　肩腕を使ひ、又手指を使ふ。其の把持する所の者筆なり。方寸の中、方有り円有り。其の運動する所、其の正しきを得れば、筆之に随って文字の方円不可なる所無きなり。是れ止《た》だ筆勢字体のみならず。事事皆な然り。故に曰く、心は一身の主宰なりと。

柳公権（誠懸はその字）の言葉は、唐の穆宗がその筆法を問うたのに対し、「心正則筆正」と答えて、筆法のことを以て帝の心を正すべく諫めたことに基く（『旧唐書』列伝一一五、『新唐書』列伝八六）。これをまさに筆法の説として捉え、用筆者の心の正邪が用筆の正邪に関わると説く典型として尊重するものである。羅山もまた、王羲之の件の「意在筆先」の句を「心在筆先」として柳公権の言葉と並べて掲げ、心の有り様が手（肩腕手指）と筆を用いることにそのまま連動して、文字の有り様に表れると解説している。ただ、ここでも「是不止筆勢字体而已。事事皆然」と展開し、筆法のレベルに終始するものではなくて、事事、心が関与することを説こうというのである。そして「心者一心之主宰也」の句で括るのだが、先掲(7)の資料中にも用いるこの句に込める羅山の意図には、留意すべき点が存していよう。

いったい、「心者一身之主宰也」という心の主宰性の重視は、朱子学の大前提とする心の説き方である。羅山が重視し、国字解を作った『北渓字義』の「心」の条にも、まず示している定義である。また、「意者心之所発也」の定義も、『大学章句』そして『北渓字義』「意」の条に見えるものである。従って、この句を用いることは朱子学流の「心」の用語と言うことができるのだが、その論じ方は朱子学におけるのといささか趣を異にするように見える。先の(7)の例でも右の例でも、直接には書の筆法を取り上げ、手と筆を使役する心（意）の在り方を説いてこの句を掲げており、筆を揮う者の心の主宰性を強調していることは明らかである。この限りにおいて「心者一身之主宰也」の表現に違和感は生じない。しかしながら、この、書論における「心」の問題は、前述したように「書、心画也」――書物（経書）は聖人の心の表出、という主張を説くことに向けられており、「心」は聖人の心を主眼におく論述として集約されて行くと、一転して違和感を禁じ得なくなる。朱子学における「心」の主宰性もまず何よりも「我が心」の主宰性を問題とすることにあるのだから。

ところで、柳公権の「心正則筆正」の発言を書の本質として支持した者に蘇軾（東坡）がいる。北宋期のほぼ同時期の書論、朱長文の『続書断』巻上にも柳公権の評伝を所収、『唐書』に記す通りにこの発言を生む穆宗との問答を記述するが、蘇軾が「書唐氏六家書後」の中で柳公権の書を評しながら、この発言を重視したことはよく知られる。この書後は文集（『経進東坡文集事略』巻六十）に収められている一方、『東坡題跋』にも収める。『東坡題跋』巻四は書評に関する文章を集め蘇軾の書論を知る資料として重視されるが、なかでもこの「書唐氏六家書後」は唐代の書人を評し、とくに顔真卿・柳公権の書評として知られている。柳公権が穆宗に対して「心正則筆正」と言ったことに、「独り諷諫のみに非ず。理固より然るなり」と蘇軾が論評したことを、羅山は当然承知していたと考える。

また、書論として、「心正則筆正」の句に蘇軾の影を認めようとするならば、「意在筆先」の句には黄庭堅（山谷）の影に留意しておくべきであろう。「題絳本法帖」（『豫章黄先生文集』巻二十八）の中の一条に

> 王氏の書法は、以為へらく、錐もて沙に画くが如く、印もて泥に印するが如しと。蓋し鋒を筆中に蔵し、意は筆前に在るを言ふのみ。

とあるのがそれである。黄庭堅の題跋は『山谷題跋』として『東坡題跋』と併称されて、その書論が尊重されたことは周知の通りである。右の一篇は『山谷題跋』巻四にも所収する。

翻って、「意在筆前」の説は、「意」を重んずる宋代の書画論において多く見えるものだが、簡単に画の側についても触れておきたい。晩唐の張彦遠の『歴代名画記』は羅山も承知する画論の書物で、[23] その中には「意在筆先」の説を挙げている。そもそも張彦遠はその冒頭において、画の源流を「書画は同体にして未分」と論じ、「書画は異名にして同体である」（巻一「叙書之源流」）という認識を明示する者であって、その書論『法書要録』は古人の書論を集めた

書であることから、彦遠自身の書に対する考え方も『歴代名画記』において併せて捉えることとなる。[24]『法書要録』の中心をなすのは王羲之・王献之及びその伝統を承けたもので、巻一には件の「意在筆前、然後作字」を説く「王右軍題衛夫人筆陣図後」を収載している。『歴代名画記』では、顧愷之の画における用筆を説いて、「意在筆先、画尽意在」と評し（巻二「論顧陸張呉用筆」）、また呉道玄の用筆についても、全く同一の語句を用いて評している（同前）。

かかる、画の表現の根源を「意」におく画論は、宋代の画論として展開するが、例えば、北宋の郭若虚『図画見聞誌』は用筆を説いて、「意在筆先、筆周意内、画尽意在、像応神全」とその論を継承している（巻一「論用筆得失」）。しかも、「意（心）」の根源的重要性を論じて、「夫画猶書也。揚子曰、言　心声也。書　心画也。声画形、君子小人見矣」と言い、かの「書、心画也」の句を引用して画論を書論と一致させて説明しようとしている（巻一「論気韻非師」）。

画論の中でも山水画の法を論ずる上で、「意在筆先」の句はその眼目として用いられていると言って、過言ではあるまい。『画学秘訣』（『山水訣』）は王維の名によって後世通行するが、王維述作の真偽はさておき、その「山水論」の劈頭には「凡そ山水を画くには、意　筆先に在り」と断じている。そのまま、五代の荊浩「山水賦」としても伝わるが、北宋期の韓拙『山水純全集』もまた「夫画者筆也。斯乃心運也」と説き、「意在筆先」の説を用いている（「論用筆墨格法気韻之病」）。この山水画論における「意」について、青木正児氏らは「意象、すなはち心中に想ひ浮かべれたる山水の姿」と解説しているが、[25]この画論が蘇軾や黄庭堅の画の思想として知られる「胸中の成竹」（『経進東坡文集事略』巻四十九「文与可画篔簹谷偃竹記」）「胸中の丘壑」（『豫章黄先生文集』巻九「題子瞻枯木」）の主張に繋がることは、詳述するまでもなかろう。[26]

画論に関連して言えば、絵画に対する羅山の題跋の一つ、「佐久間将監書軸跋」（『林羅山文集』巻五十二）は、佐久間真勝所蔵の狩野探幽、松華堂昭乗の画く花鳥獣の絵をめぐるものだが、羅山の絵画観の一端をのぞかせる。とくに中国歴代の名品を列挙する中に「与可、子瞻の竹」の画を挙げ、かつ世の絵画観について「世俗論ずるに形似を以てす。比比皆然り」と批判する。この羅山の叙述に注目するならば、当然のことながら「竹を画くには必ず先づ成竹を胸中に得て、筆を執りて熟視す」という蘇軾の論述は、その理解の根底に存すると考えたい。さらには「画を論ずるに形似を以てするは、見《けん》児童と隣す」（『蘇軾詩集』巻二十九「書鄢陵王主簿所画折枝二首」其一[27]）という。蘇軾の絵画観を端的に詠じた詩句を連想させるはずである。

さて書論に立ち戻って、さらに「書、心画也」の論に関与する書論として羅山が引く、「意在筆先」及び「心正則筆正」の説と羅山との接点を辿る上で、言及しておきたい資料に、明の柯尚遷の『曲礼全経』がある。より正確に言えば、その『外集』として収載する「書学通軌」である。

『曲礼全経』は礼の要綱を「曲礼」に求めて整理しその注解を附した書物であるが、後世さほど通行し尊重されたとは思えぬ。しかしながら、慶長の役（丁酉の倭乱）で日本に抑留され（一五九八―一六〇〇）、惺窩と交った朝鮮の儒者姜沆が、播州龍野の赤松広通のために筆写した所謂「姜沆彙抄十六種」に含まれ[28]、また惺窩と羅山とが交った際に惺窩が羅山に貸与した書物として見えている。しかもこの書の貸借の中で「書自書、我自我、不相干渉」の言葉が使われている（既述九頁参照）。「与林道春書」第四十一書（『惺窩先生文集』巻十一）には「曲礼全経之外集二冊」が貸与の書物として見え、米芾の『書史』も貸与の対象として並記されていることからも[29]、その念頭に「書学軌範」の存在が意識されていることは明らかである。

万暦五年（一五七七）の識語を附す「書学通軌[30]」は書論の諸説を集めており、王羲之の論はその大本に置かれている。その書法詮要第四に「意在筆前、然後作字」の王羲之の説を挙げ、書学当務第五には「心正則筆正、意在筆前、字居心後、皆名言也」の記事を載せている。羅山は惺窩とともに、この『曲礼全経外集』収載の「書学通軌」を通じても、早年にこれらの書論を一覧していることを確認しておきたい[31]。

六

羅山は、詩においては杜甫を、文においては韓愈を最も高く評価するが、それに加えて書における王羲之を並べる発言が見える。

詩は杜子美に至り、文は韓昌黎に至り、書は王右軍に至って、遺憾無きか。（『林羅山文集』巻七十五「随筆十一」第七十条）

詩・文と並べて書画における第一の人物を総括する発言は、蘇軾・黄庭堅の題跋にすでに見える。かかる姿勢そのものが、詩・文の営みと書・画の営みとを貫流する立場にあることの表明に他ならない。「文は以て吾が心を達し、画は吾が意を適するのみ」（『経進東坡文集事略』巻六十「書朱象先画後」。『東坡題跋』巻五所収）と言うように、詩・文に求めるものと同質のものを書・画の世界においても認めることであった。

○文章骫骳して韓退之を得たり。詩道敝れて杜子美を得たり。篆籀画の如くにして李陽冰を得たり。皆な千載の人なり。（『豫章黄先生文集』巻二十八「跋翟公巽所蔵石刻」第十九条。『山谷題跋』巻四所収）

○知者は物を創め、能者は述ぶ。独りにして成るに非ざるなり。君子の学に於ける、百工の技に於ける、三代自り漢を歴、唐の至って備はる。故に詩は杜子美に至り、文は韓退之に至り、書は顔魯公に至り、画は呉道子に至って、古今の変、天下の能事畢れり。（『経進東坡文集事略』巻六十「書呉道子画後」。『東坡題跋』巻五所収）

黄庭堅は書を対象とする題跋、蘇軾のは呉道玄の画を対象とする書後という違いはあるが、詩・文・書・画の展開を歴史的かつ本質的に把握し、その在り方を体現した人物として名を挙げている。羅山が詩に杜甫、文に韓愈を挙げるのは蘇軾・黄庭堅と共通するが、それとともにかかる取り挙げ方が多分に蘇・黄の記述を意識するのではないか。そうして書に王羲之を挙げるのは、如上の検討をふまえれば羅山の評は容易に理解できるように思う[32]。

ただ、羅山のこの評価は蘇軾・黄庭堅のそれに繋がる面もうかがえる一方、この条の続く次の叙述からすると、明らかに異質でもある。

官　宰相に至り、位　一品に至り、富　大邦を有ち、寿　永年に及ぶ。亦た遺恨有らざるか。(中略)曰く、富と貴きとは求めて得可からざるなり。是れ命有るなり。文章能書は勤む可し、而も其の才の天自り畀《あた》へらるる者、又己が意に任すことを得ざるか。故に孔子曰く、吾が好む所に従はんと。

ここでは、富貴における命を中心に詩・文・書における才に及ぶ。『論語』述而「子曰、富而可求也、雖執鞭之士、吾亦為之。如不可求、従吾所好」をふまえながら説かんとする口吻は、命や才のいかんに関わらず自らの取組を奨励するかのようであるが、いかに文章の性格の相違があるにしても、蘇・黄の立脚する所とは異なっている。

そもそも蘇軾・黄庭堅は書画の愛好者であり論評者であるが、自らの書画もまたその主張を表現するものであった。その点如上の羅山の発言に蘇・黄と共通する語句が認められるにしても、それを以て同じ考え・精神に立つと単純に断定できぬことは言うまでもない。拙稿では羅山の「書、心画也」の論が「意在筆先」「心正則筆正」の書論の句を包摂して展開することから、羅山との接点を念頭に中唐から宋代の代表的書画論を粗く確認したものだが、少くとも羅山が書画論の積極的探求者であったとは考えにくい。『林羅山詩集』(巻六十七〜七十二)には「画図」と分類された画賛の詩が五百三十首収められており(因みに『詩集』に収める詩の総数は四千六百九十三首とある。「林羅山詩集目録総括」

参照）、五山禅林の影響を受けつつさらに盛行した画賛の姿を反映している。[33] 羅山やその知友たちの中では狩野探幽や松華堂昭乗らと交わり、その絵に画賛の詩を作ったこともあって、羅山自身探幽や昭乗らの画論への関心ものぞかせるが、[34] 蘇軾や黄庭堅が示したような視点や意識はなかなか見出せないのではないか。

画賛の詩の多さに比べれば、書を対象とする詩や題跋は微微たるものである。その中に朱熹の真蹟すなわち朱熹の書のための跋文がある。常陸笠間城主の井上河内守正利所蔵にかかる「朱子真蹟跋」（『林羅山文集』巻五十一）がそれだが、正保元年（一六四四）羅山六十二歳のもの。ここでは書（墨跡）を「書、心画也」の句を掲げて捉えている。朱熹の道統上の功を賛えた上で次のように記す。

(8)夫れ書は心の画なり。画を以て気象を知り、気象を以て其の心を知るときは、則ち聖賢の文字最も敬す可し。文公嘗て二典禹謨に註す。蔡九峯に命じ、其の余を補ひ其の篇を終へしむ。九峯之を見て歎じて曰く、手沢尚ほ新たなり。今、余此の墨痕に対して其の字数の衆寡を論ぜず、亦た曰く、手沢尚ほ新たなり、殆ど其の気象を見るが如し。気象既に見るときは、千歳の心も亦た以て之を見る可し。

この「書、心画也」で説明するのは朱熹の筆墨であるが、その墨痕に朱熹の人となりが髣髴として映し出され、それによってその心を知り得るとすれば、聖賢の墨跡は最も大切なものとなる、と書の有する意義を記す。その上で朱熹の墨跡を前に抱く感慨を、蔡沈が「書経集伝序」に述べるそれに比擬して述べる。『書経』注釈の完成を託された蔡沈が、朱熹の遺稿[35]を前に朱熹そしてその教えに対する変らぬ傾倒の思いを「手沢尚新」と記したが、羅山は文字数では比較にならぬ墨跡としながらも、葵沈と同じく「手沢尚新」の思いのもと、それを目の前にして朱熹の人となりとその心を知るというのである。「千歳の心」[36]とは、朱熹が道統の意識のもと、孟子以後千数百年間不明になった儒学の正道を再び明らかにしようとする心のこと。朱熹の心をかく表現するのは、つまるところ朱熹の志向する聖人の心を意識してのことである。羅山の関心は朱熹の筆墨のいかんに在るのではなく、朱熹その人に向けられ、その「千載の心」を見ることに向けられている。

羅山が、葵沈「書経集伝序」の中で、聖人（堯舜禹湯文武周公）の心が『書経』に現れていると断じた「聖人之心、見於書」の言を用い、聖人の心を書（経書）に見ることができると説いているのは、すでに検証してきたところである（七～八頁及び十一頁参照）。とくに資料(3)では「書、心画也」の句を説明するものである。こうした点も併せて考えれば、羅山の朱熹の墨跡に対する思いも、葵沈の「書経集伝序」の文脈において理解すべきものと考える。すなわち、葵沈にとって『書経集伝』の取組は『書経』に表出されている「聖人の心」を明らかにすることに他ならない。その間にあって朱熹はそれを志向し実現する方向を指し示した人物であり、ならばこそその遺稿は「聖人の心」を明らかにする者にとって「手沢尚新」の感を抱かせずにはおれないのである。羅山はまさしく葵沈の位置にあるとすれば、羅山の取組は経書に表出されている「聖人の心」を明らかにすることに他ならない。その間にあって朱熹は「千載の心」を指し示した人物であり、ならばこそその墨跡は「聖人の心」を明らかにする者にとって、葵沈と同じく「手沢尚新」の感を抱くのである。羅山にとって、朱熹の「千載の心」を見ることは「聖人の心」を見ることに繋がるのである。従って、「書、心画也」の句はこの場合、朱熹の筆墨を説きながら、他方聖人の書（経書）を説くことは、決して二途に分かれるものではない――、少くとも羅山からすればそう理解すべきものであったに違いない。

以上、「書、心画也」の句をいかに羅山が用いているかを見てきた。簡単に言ってしまえば、羅山の意図は、経書は聖人の心を表出しており、聖人の心を表すのは経書であるから、経書を読むことで聖人の心を理解することが肝要だ、という点を説くことにある。経書を尊重する立場にある者としては、決して奇異な主張ではない。むしろそのことを説くのに、「書、心画也」の句を用いる点に羅山の特質が認められるのである。

「書、心画也」の説において、「書」を聖人の経書とするのは、すでに原拠の『法言』問神篇においてそう解釈できるのだが、宋代から明代の思想の展開の中で経書と心（我が心）と関わりが意識されているとき、あらためてこの句を持ち出すことは、経書に対する心（我が心）の重視を主張するかのような期待こそ抱かせるはずである。事実、「書、心画也」の説が書論・画論において展開するときには、心（意）を何よりも第一とし、しかも造化の生動にまで繋がる心の発動こそ重んずる思想さえ生んだこと（蘇軾の「気韻生動」説はその代表的例）を考えれば、むしろその方が自然ではなかったのか。羅山はその期待を逆手にとるかのように、この句を掲げて陸象山ら心学の経書観を斥けて経書の尊重を表明する。また書画論の基本原理とも言うべき王羲之の「意在筆先」の説を包摂し、聖人の心が経書に表出していることを強調するのである。

　こうした「書、心画也」の句に寄せる羅山の主張は、どこから生まれて来たのだろうか。経書の尊重は思想として儒学や朱子学の尊重に起因することは言を俟たないが、それ以上に原初的には書物への傾倒と「読書」に寄せる絶対的確信に培われた主張ではなかったのか。さればこそ、この「書、心画也」の論は、生涯を通じて「読書」を自己目的化するまで徹底した羅山の学的意識を、如実に示すものと考えたい。

註

（1）拙稿『林羅山の「文」の意識（其之一）「読書」と「文」』（『漢文學　解釋與研究』第一輯　一九九八年　本書第Ⅰ部第一章）を参照されたい。なお、本稿は『林羅山の「文」の意識（其之二）文評――「左氏不及檀弓」の論』（同第三輯　二〇〇〇年　本書第Ⅰ部第三章）の続稿となるが、論題の分明さを意図してその体裁を改めた。

（2）京都史蹟会編纂『林羅山文集』（一九一八年平安考古学会版　一九三〇年弘文社版覆　ぺりかん社　一九七九年）に拠るが、内閣文庫所蔵寛文二年序刊本と照合し、誤字・脱字を改め、とくに論述に関わる場合のみ註記した。また原文の訓点も適宜改めた。

(3) 註(1)前掲拙稿『林羅山の「文」の意識(其之二)』の中、とくに二一～六頁参照。

(4) 李朝等の注解は、我が国の通行を考慮して『(新纂門目五臣音注)揚子法言』に拠った。

(5) 『書経』益稷に見える句。「書」の定義をここから論じようというのである。

(6) 丈山宛の書簡「示石川丈山　寛永十六年(一六三九)作」に、「書、心画也」の句を用いる例が見える。羅山五十七歳。

件件殆如晤語、可請書心画也。

向かい合って話しているかのように、その書簡が丈山の心を表出していることをいうものである。

(7) 李塗『文章精義』第七十六条に、「張伯玉作六経閣記、謂、六経閣者、諸子百家皆在焉、不書、尊経也。亦是起句発意……」と見える。

(8) 羅山は『象山先生全集』はともかく、『王文成公全集』は晩年になって入手したと推せられる。その点、羅山の陽明学理解に影響を与えた書に明の陳建『学蔀通弁』があるが、この「稽山書院尊経閣記」の一節も陸象山の発言とともに同書巻五に所載されている。

また、山下龍二氏は、陸象山の発言と王陽明のそれとを安易に同一視して扱いがちなことに対して、象山と陽明の経書観の相違を問題にし、象山の発言は「朱子の経書注釈の事業に対する反発としてこれを理解すべきであって、窮理より実践が大切だというい方である」と論ずる(『陽明学の研究』成立篇一六二～一六四頁。現代情報社　一九七一年)。文脈本来のコンテクストに沿って発言の主旨を理解すべきだという態度を基本的に支持するが、少なくとも羅山の捉え方は象山と陽明を繋いで理解しており、この「書格銘」の中にも、象山・陽明を並べて論じている。なお、陽明の「六経者吾心之記籍」の発言について、島田虔次氏は、心の至上を説く立場から「六経とはわが心の財産目録にすぎない」という説であると説明する(岩波新書『朱子学と陽明学』一四四頁。岩波書店　一九六七年)。

(9) 羅山がここに「心学」の語を用いることは、羅山の思想を論ずる上で一つの注目点となるものであろう。とくに源了圓氏はこれに着目し、陸象山を容認した藤原惺窩の心学から離れている羅山が「心学」の語を用いることを、〈いま羅山が「心学」を主張するというのはどういうことか。この「心学」は陸王学とどう違い、そして師の惺窩の「心学」ともどう違うのか〉として問うことを試みる（『近世初期実学思想の研究』第二章「藤原惺窩と林羅山」二二四〜二二五頁。創文社　一九八〇年）。源氏は本書を通じて〈近世初期の実学の性格を「心学」と総称〉し、〈「心学」的実学の形成〉を明らかにしようとしている。従って羅山のこの「心学」の語について直接検討を加えることより、羅山が「心学」の語を使用したそのことに拠って、羅山の思想を「心学」として捉える方向で論を展開している。拙稿が羅山のこの「心学」の用例を検証することは、当然源氏の解釈に関わるが、立論の方向を異にしており、ここでは源氏の提起した「心学」の議論に入るのは控え、他の機会に論じたい。

(10) 明の薛瑄（敬軒）『読書続録』巻七には、羅山の述べるところと同じ主旨の発言が見える。

凡聖賢之書、皆先知先覚後知後覚之言。読其書而無知覚、可乎。

(11) 例えば、石田一良氏は「羅山が陽明の理気論から離脱して朱子の理気論に定着しはじめたのが、彼の師の惺窩の歿したころ（元和五年惺窩歿から）であった」と論ずる。（日本思想大系28『藤原惺窩　林羅山』解説「前期幕藩体制のイデオロギーと朱子学派の思想」四二四頁、岩波書店　一九七五年）。

(12) 『陸象山全集』巻三十四「語録」には、「或問先生何不著書。対曰、六経註我、我註六経。（略）」とあり、巻三十六「年譜」理宗紹定三年の条には、「嘗聞或謂陸先生云、胡不註六経。先生云、六経当註我、我何註六経」とある。内閣文庫所蔵羅山手校本『象山先生全集（元和写本）』は、前者にのみ「六経我を註す。我六経を註す」との訓点を附す。なお、『陸象山全集』巻頭に王陽明「象山先生全集叙」を載せるが、その叙の冒頭は「聖人之学、心学也」と始まる。

(13) 明の唐順之（荊川）『荊川先生文集』巻十七「跋自書康節詩送王龍渓後」に「詩、心声也。字、心画也。字亦詩也」の表現が見える。この句に関わる明の心学者や陽明学者についての調査はまだ不十分なので、その影響関係は他日を期したい。

(14) 内閣文庫所蔵『羅山林先生別集』（写本）に拠る。

(15) 『西風涙露』（内閣文庫所蔵、また『鵞峰文集』巻九十七至巻九十九に所収）は、鵞峰が将来を嘱望したその子（羅山の孫）春信（梅洞）の死を悼んで口述した追悼録だが、その内容は羅山とその子弟との学問が中心で、まさに「読書」こそが最も重視されている。

(16) 本文中に次のように記す。

唯願仲兮叔兮、慕坐春門雪於四序、則他日遊楊之輩出自門下、自後有撤皐比之人、又有私淑之新安也。

(17) 源了圓氏は、羅山の経学思想の考察において『性理字義』の重視に着目し、この『性理字義諺解』を取り挙げて、「羅山が晩年陳北渓の『性理字義』を精読して、これによって朱子学の理論体系についてのパースペクティヴを得て……」（註（9）前掲著二四四頁）と位置づける。私もこの『性理字義諺解』の有する意義を重視したいが、その詳細については別稿に譲る。

(18) 『林羅山文集』巻六十八「随筆四」第三十条に、王陽明「月夜」詩の詩句を問題にしている。

王陽明詩曰、影響猶疑朱仲晦、支離却咲鄭康成。陽明以為、朱子亦未得其形与声也。故以影響二字議之。曰、朱子不可非也。我於王氏而観其不及知量而已。

なお、この王陽明「月夜」詩は『学蔀通弁』巻九に所載されている（註（8）参照）。

(19) 『鶴林玉露』は我が国への流伝を考慮し、明万暦刊本に拠る慶安元年（一六四八）和刻本を用いて示す。王瑞来点校『鶴林玉露』（唐宋史料筆記叢刊、中華書局　一九八三年）に拠れば、丙編巻六に相当する。

なお、『林羅山文集』巻六十七「随筆三」第九十九条に件の句を引くが、焦竑（字は弱侯）の発言は何に拠るか未詳。

絵月者不能絵其明、絵雪者不能絵其清、絵花者不能絵其馨、絵人者不能絵其情。焦弱侯曰、絵事後素、其斯之謂乎。

(20) 『淮南子』道応訓にも同じ話が見え、「聖人の糟粕」と称する。

(21) 別に「三十六名臣図」の画賛の詩を、鵞峰・読耕斎とともに作成している。『林羅山詩集』巻六十九「画図三」所収。

(22) 通行の『林羅山文集』排印本は「畫心畫也」と作るも、寛文二年序刊本に「書心畫也」と作るのに従う。

(23) 『林羅山文集』巻五十一「南陽耕隠図跋」では「張彦遠名画記」を用いることが見える。

(24) 中田勇次郎「中国書論史（二）」（『中国書論大系　第二巻唐1』所収　二玄社　一九七七年）二六〜二九頁参照。

(25) 青木正児・奥村伊九良訳注『歴代画論』（麗沢叢書之一　弘文堂書房　一九四二年）一三頁。

(26) とくに福永光司『芸術論集』（朝日文明選　朝日新聞社、一九七一年）は、書画論における蘇軾・黄庭堅の書画の思想の特質を、広く中国思想の見渡しのもとに論じている。近著では大野修作『書論と中国文学』（研文出版　二〇〇一年）が蘇・黄、とくに黄庭堅の書論に関する論考を収載する。

(27) 五山禅林における東坡詩の講述を集成する、笑雲清三編『四河入海』巻十一に所収。因みに、蘇詩注釈の一つとして引く「一韓翁聞書（蕉雨余滴）」当該注の中では、蘇軾・黄塵堅の詩に関わって話題となる「詩は有声画、画は無声詩」に言及している。

(28) 阿部吉雄『日本朱子学と朝鮮』（東京大学出版会　一九六五年）一一四～一二二頁参照。『曲礼全経』については、〔性理諸書七種〕のうちの一書として解説する。

(29) 書簡中に「曲礼全経之外集二冊」の外に「書史全一、補闕一」と見え、これらの書物について、「遊芸」の書として扱いながら

此等之書、雖若無益於正学、又遊芸之一、而芸之与徳、礼書暫分言之、然亦古人以為非二途。

と記して、「遊芸」の書と見なしながらも、それを決して斥けぬ考えを述べている。

(30) 内閣文庫所蔵『曲礼全経附伝』十二巻附三巻（明万暦七年序〈後修〉刊）に拠る。

(31) 『曲礼全経』については、『羅山年譜』慶長九年（一六〇四）二十二歳の条の「既見書目」中にも見えている。なお、貝原益軒が書・書論に関する記事を収録した『心画規範』（正徳二年〈一七一二〉刊。『日本書論集成』第一巻所収〈汲古書院一九七八〉）にも、「曲礼全経書法詮要第四云」として節録しており、とくに細井広沢が正脈として提唱した撥鐙法がこの「曲礼全経書法詮要」に基くものであったことは、本書が江戸期において影響を与えている証左となろう。細井広沢『撥鐙真詮』（享保四年〈一七一九〉広沢題、宝暦六年〈一七五六〉刊）は、「書法詮要」の撥鐙法に係る部分の国訳である（『日本書論集成』第六巻所収　汲古書院　一九七九年）。

(32) 『林羅山文集』巻六十九「随筆五」第五十五条にも、次のように見える。

詩至杜子美、文至韓退之、是執簡者之所慕也。然王右軍以能書而掩其人品。可不思乎。故曰、君子不器。

(33) 林羅山の画賛の詩を、江戸初期の絵画と詩歌という観点から積極的なアプローチを試みる研究に、鈴木健一氏の「林羅山

の画賛」「江戸初期の絵画と詩歌」等の論考がある。『江戸詩歌の空間』（森話社　一九九八年）に所収。

(34)『林羅山文集』巻五十二「再書佐久間将監所蔵之画軸之後」の中で、次のように記している。

開巻即見無声之詩・有声之画共在茲。則問之昭乗、乃必曰画現空中。問之守信、乃必曰認仮為真。

なお、「無声之詩・有声之画」は、註（27）を参照されたい。

(35)『朱文公文集』巻六十五所収「尚書」がそれに相当すると考えられる。

(36)羅山の詩文の中から、「千載の心」と同義の例を一、二挙げておきたい。ともに図賛（画賛）である。

○雲谷月晴、武夷水清。千歳所得、私淑周程（『林羅山文集』巻四十六「朱子賛」）

○山是山水是水　山非山山非水　智水与仁山　元在方寸裏、武夷九曲歌　朱子千載意（『林羅山詩集』巻七十「武夷山」）

なお、朱熹に関するこの画賛については、小文ながら拙稿「朱子の風景」（『創文』二九二号　一九八八年九月　創文社）に取り挙げたことがある。

（二〇〇一年九月九日稿）

Ⅱ　林羅山の朱子学——『大学諺解』『性理字義諺解』

一　『大学諺解』の述作の方法と姿勢

一　はじめに

林羅山（一五八三―一六五七）の学問の立場と姿勢について、嗣子、林鵞峰（一六一六―一六八〇）は寛文元年（一六六一）「羅山林先生集序」に「儒宗・文豪・詩傑悉く皆一人に備はる」と称揚した上で、次のように概括する。

　恭みて推ふに先生の学は経を以て主と為し、程朱の書を以て輔翼と為して、諸《これ》を歴史に攷へ、諸を子類に参へ、百家を網羅し、今古を収拾して、我が国史に該通す。乃ち稗官小説に至るまで亦た見ずといふこと無し。

ここに羅山の学を「経書を主として程朱の書を輔翼とする」と述べるのは、単なる程朱学の信奉者とはしない観点がうかがわれる。また羅山の広汎な読書がその考察と検証の基盤にあるとするのは、先考を顕彰する言辞であっても、内実の伴わぬ空言ではない。博覧強記は羅山の学術の特徴であり、博学の必要性と読書の重要性の認識は、「家風を継ぐ」ことに直結する鵞峰自身の学的自覚でもあった。[1]

　羅山の読書への傾倒は、定められた読書の階梯を歩んだものではなく、自らの読書を通して「読書」に寄せる絶対的確信を培い、その学問を打ち立てて行ったものである。その姿勢と意欲は晩年に至っても衰えない。「羅山年譜」寛永十七年（一六四〇）五十八歳の条には、その年末、門生に向かって自らの読書の有り様を以て勉励を促す、羅山の言葉を載せる。

吾　老衰すと雖も、然も書を読みて未だ倦まず。今春自り歳末に至りて閲する所の者、殆ど七百冊。汝が輩勉めよやと。是を以て毎歳准じて之を知る可し。凡そ少年自り書を読みて数行倶に下る。壮歳彌いよ頓敏に、老成に至りて益ます神速なり。

読書の精励ぶりとともに、人並外れた速読の力、読解力を身につけて行ったことがうかがえる。しかも併せてその強記の面を重視する。

門生等に戒めて曰く、凡そ読書、英敏の人と雖も、恐らくは其の半ばを記憶することは能はず。然らば則ち其の書を著はす者に比して猶ほ其の半ばを輸《ま》く。況んや亦た未だ能く其の半ばを記せざる者に於いてをや。（略）

かかる読書の有り様は、羅山の学問の歩みに深く関わり、その著書・述作に反映されていると考えなければならないが、かの「罹丁酉之災」（明暦三年―一六五七の大火）は著述とともに、その読書の集積である蔵書を灰塵に帰せしめた。「多年の精力一時に尽く」と嘆じて死の床に臥した羅山の無念は、今日、羅山の読書の実際を検証しようとすればするほど、重くのしかかって来るように思う。

私は先に、羅山の学問の特質と性格とを明らかにすることを目指し、とくに儒学、朱子学における学的姿勢と方法を検証すべく、羅山五十七歳寛永十六年（一六三九）四月に述作された『性理字義諺解』に注目した。まさに右の『年譜』五十八歳の発言に見る、旺盛な「読書」の力の表明と時期を同じくし、「性理字義諺解序」には自らの学的方法と姿勢を公言しようとする意識が見えている。その具体的考察は前稿[2]に譲ることとして、今般はその九年前、羅山四十八歳寛永七年（一六三〇）に作られた『大学諺解』を取り上げてみたい。本書も『性理字義諺解』と同じく諺解すなわち国字解であるが、羅山の特別の思いを託した著作であると位置づけることができる。

二　述作の意図

（1）

羅山には『大学』に関する国字解（仮名交り注釈書）が数点考えられるが、[3] 今ここに問題とするのは、内閣文庫所蔵『大学諺解』、上中下の三冊から成る写本である。各冊とも丁数を明記しないが、表紙を除き上冊八十一丁、中冊七十七丁、下冊八十八丁、毎半葉十行。構成は「大学章句序」「大学　朱熹章句」に大別でき、「大学章句序」に相当する部分が六十八丁を占め、優に全体の四分の一を超える。『大学章句』と同じく特段巻を分たない。三冊に分けるのは便宜的な扱いと推せられ、本書を三巻とするのも同様に理解できよう。「大学章句序」の序題の下に「羅山林道春解」と記し、下冊終りには「羅山林道春撰」そして「大学章句解　終」とある。本書を「大学章句解」とも称する所以である。因みに後に触れる林鵞峰「大学或問私考序」には「往歳先考、章句諺解を作って」と言う。

下冊末葉には漢文の跋文があり、その末尾に「寛永七年庚午孟夏十四日　法印道春記」と識し、寛永七年（一六三〇）四月十四日の記述であることを知る。本跋文は『林羅山文集』巻五十五所収「大学解跋」と同文であるが、「法印道春記」の五文字を欠く。また上冊のうち「大学本ノ異同」と題する一節には「羅山子按」で始まる漢文の論考が存するが、『林羅山文集』巻六十三収載「大学異本考」と同文であって、『文集』に「此の一篇、寛永七年大学解を撰する時之を作れり」と附記するのと符合する。『文集』に用いる『大学解』も『大学諺解』の別称であることは明らかである。[4]

さてこの「大学諺解跋」は二百一十字の文章ながら、本書述作の契機と理由、そして述作上の基本的方針とその意図を記す。その前半、述作に至る契機を記す記述には、本書に対する特別な思いが吐露されている。

予が長子叔勝、幼にして書を読み、粗ぼ字義を暁り、且つ事蹟を捜る。況んや聖賢の道を慕ふをや。去夏俄に物故す。吁《ああ》、天、我を喪ぼす者か。哀慟して止まず。纔かに明を喪ふに至らざるのみ。若し叔勝をして在らしめば、大学解を作るに由《よし》無し。叔勝は既に会し得了る。今之を作るは它日幼子に授けんが為なり。

前年の寛永六年（一六二九）六月十九日、長男叔勝（一六一三―一六二九）が十七歳で病死したこと、その死の痛みのもと、残った幼き弟たち、春勝（鵞峰）・守勝（読耕斎）の教授に備えるために作る、というものである。

「天喪我」は孔子が顔回の死に発した嘆きの辞（『論語』先進）。喪明の痛（『礼記』檀弓上）を以て子を失う悲痛さを表すが、羅山の叔勝に対する思いは、その好学ぶりを認めて将来を託そうと期待した分、落胆は深くて大きい。「林左門墓誌銘」（『林羅山文集』巻四十三）はこの思いを長文にて記すが、その学問の過程を次のように述べる。

八歳始めて大学を読む。既にして論孟中庸通誦せり。十歳にして我（羅山を指す）口づから春秋左氏伝若干巻を授く。一過して能く誦す。是に於いて兼ねて五経を読む。十一歳、東山に遊び、唐詩蘇黄が詩集及び古文等を読む。又我が家蔵の群書を閲し、頗る歴代の編年実録通鑑綱目洎び楚辞文選李杜韓柳の集を渉猟す。且つ本朝の書紀、国俗の演史小説の類、殆ど窺見せり。十四五歳にして濂洛関閩の性理の書曁《およ》び薛氏読書録を読み、儒学に志有り。孔孟を尊び程朱を敬し、常に異端を排して象山陽明の言を好まず。日夜孳孳として机案の間に従ふ。未だ嘗て世間の童児の疾走に誇るが如くなるを見ざるなり。

読書の歩みを以て修学の有り様を述べるが、その姿は羅山その人を彷彿とさせる。ただ叔勝は病弱であった。そのこともあって羅山は、寛永五年十月から叔勝を京より江戸に呼び寄せ、羅山の手許で読書に励ませる。『墓誌銘』はそのさまを記す。

一夕試みに大学の章句を講ぜしむ。早く文義に通ず。我喜びて寝ねず。十七歳（中略）叔勝我に代りて諸生を聚めて孟子を講ずること日有り。我、壁後に之を聞き、欣然として自負し、以為へらく、我に是の子有り。我死すとも恨みずと。

後継を得たとの確信を抱く日々はつかの間で、六月十六日京で羅山の実父林入が死去した後を追うように、十九日に没した。

今、叔勝が亡くなってちょうど一年、先掲の「大学諺解跋文」に、「若使叔勝在、則無由作大学解、既会得了也」と記すのは、叔勝の学問の力を認め、それを失った無念が押し寄せて来るのであろう。そして「今作之者、它日為授幼子也」を本書述作の目的を端的に言い切るのは、自らの学問の継承を目指した、新たな決意の表明にほかならない。叔勝の死去の後、羅山はその幼い子供二人に、「我不幸にして敬吉（叔勝の字）を喪ふ。唯家業の絶えんことを恐る。二子其れ勉めよや」とことあるごとに諭したという（「読耕子年譜」寛永六年）。しかし『大学諺解』が作られたとき、春勝は十三歳。守勝は七歳、本書を授けるにはもうしばらくの時日が必要と思われた。ならばこそ「它日」を期さねばならかったのであろうが、実際、「鵞峰年譜」寛永九年春勝十五歳の条には、「先考作れし所の大学諺解を見て、論孟中庸大全を読み、頗《や》や五経を窺ふ」と記す。二年後のことである。

如上のことから明らかなように、この『大学諺解』の述作に当って、羅山の学問を「家業」としてその子に継承させるべく、強い意欲が働いていることに注目しておく必要がある。これに関連して、件の『大学諺解』写本の「跋文」末尾に、「法印道春記」と識すことも忽せにできぬように思われる。ここにも羅山の思いが存すると捉えることができるからである。

叔勝を失った年の暮、羅山と弟永喜は法印位に叙し、明けて寛永七年元旦、将軍に歳首の拝賀が許された。本来

「儒」である羅山らが僧位の法印の命を受けることには、手放しで喜べぬ問題を含んではいるが、[5]この叙位が羅山の地位を高めたことは確かであろう。これを自らの学問の評価とする自負と矜持が、「家業」継承への期待を一層強めているると理解できるのではないか。事実、羅山はこの年の末、幕府から上野忍岡南端に土地を与えられ、かつ二百両を賜り庠序（学校）を開設する。二年後寛永九年冬には、尾張の徳川義直の寄付により、この地に「先聖殿」（孔子堂）を建て、翌年二月初めて釈菜《せきさい》を行った。林家の私塾・私祀とは言いながら、儒学の形を着実に公認させる歩みであった。

（2）

「大学諺解跋」は続いて、述作上の基本姿勢として使用する主要な書物を列挙している。

此の諺解は、章句并びに或問に本づく、程朱を尊んでなり。考ふるに鄭注・孔疏・陸音を以てす、旧を尋ぬるなり。輔翼するに大全・通考・通義・大成・蒙引を以てす、章句を釈するなり。之を参するに知新日録・林子の四書標摘・管志道の釈文・楊李の四書眼評を以てす、異説に備ふるなり。其の間、己が意を加へて其の義を述ぶ、敢へて之を擬議するに非ず。

本書が朱熹の『大学章句』に拠ることは、その構成上明らかであるが、ここには『大学』を解説するに当って羅山の取る基本的方針が明瞭に示される。

(1)この『大学諺解』は程朱を尊重して『大学章句』『大学或問』に基づく。

(2)『礼記』大学篇の「鄭玄注」「孔穎達疏」「陸徳明音義」に拠って古注の注解を考え比べる。

(3)朱熹の『章句』の注解（及び『或問』）を解釈する補助資料として、明の『四書大全』（永楽大全）、元の王元善『四書輯釈通考』、元の程復心『四書章図纂釈』元の倪士毅『（重訂）四書輯釈通義大成』（『四書通義』[6]）、明の蔡清『四書蒙引』を用いる。

(4)参考資料として明の鄭維岳『四書知新日録』、林兆恩『四書標摘』、管志道『重訂古本大学釈文』、楊起元・李贄『四書眼評』を用いて、『章句』と異なる説にも留意する。

(5)解説の中に、羅山自身の意見を加えてその考えを述べるが、議論のための議論を意図するものではない。

箇条書きにすればこのようになろう。かかる態度について阿部吉雄氏は、「『大学諺解』を作るに当っても朱子の経注を本としながら、古注や明代の末疏の類はもちろん、容陸派の説までをも参照するという、驚くべき網羅主義であった」と捉えるが[7]、藤原惺窩・林羅山・山崎闇斎における朱子学理解の態度の違いを述べるための発言であったとしても、表面的過ぎる嫌いがある。その内実に即した検証が必要不可欠である。

いったい、戦国期から江戸期において朱子学の理解と研究が進む過程は、中国における朱熹からの思想の歩みをそのままになぞるものではあるまい。元・明の学芸の影響を蒙むるものであってもその歩みと斉一ではなく、また大部分が書物を介する受容であった。この学芸の所産は無秩序に混在してもたらされるものである。とくに十六世紀、明の正徳・嘉靖・隆慶・万暦期の書籍が渡来した戦国末期から江戸初期の状況は、実に多種多様であったといってよい。元から明代における儒学の中心には朱熹の四書があり、朱熹の四書学の継承がある一方で、そこからの脱却の営為が存した。陽明学の盛行は、隆慶・万暦年間には新たな四書学の盛況を現出し、晩明から明末に至る過程で個性ある四書解釈を生んでいる。佐野公治氏の『四書学史の研究』（創文社　一九八八年）はその過程を詳述した労作であるが、「あとがき」に「（明人の四書類の書籍が）おそらく中国本土に比較しても遜色ないほどわが国に多量に保存されている」（同書四四二頁）と指摘するように、多くの四書学の書物が日本に渡来している。しかもその中に朝鮮半島を経た所謂朝鮮本も加わるのである。

博士家や五山の禅僧による伝統の学においても、漢土からもたらされる書籍は大小の波紋を描いたが、惺窩や羅山らは伝統の学の枠を超えて貪欲に書籍を渉猟した。「読書」こそが伝統の学を脱却して自由な学問を樹立する源泉として作用したとも言える。中国にしろ日本にしろ、各時代の精神的営為はそれぞれの存在意義を有しているのであって、先ずは実態に即して語るべきことは言うまでもない。江戸初期、自らの「読書」によって諸書の精粗の質を判断し、その主張の源委と性格を論ずることは、それ自体「主体的」な営為であり、決して容易なことではない。明人の四書学の書籍が陸続と入るなかで、朱熹の集注章句を説く上で、明人の敷衍と脱却はその存在を無視することはできない。それをいかに捉えいかに述べるかを課題と考えれば、右に見る羅山の立てた方針にはまことに興味深いものがあるはずである。

朱熹の集注章句を敷衍、解釈する『四書大全』は宋元の諸儒説を集成する『四書輯釈』を底本として永楽十三年（一四一五）に成るが、他方『四書輯釈』は重訂を加え有力な注釈書を会粋して、正統二年（一四三七）には『重訂四書輯釈通義大成』として刊行される。『四書輯釈』や『四書章図纂釈』はすでに室町期禅林において参看されてきているが[8]、『重訂四書輯釈通義大成』が寛文十一年（一六七一）に和刻刊行される経緯を考えれば、ここでも本書の使用を念頭においてみたい。『大学』内題「大学章句重訂輯釈章図通義大成」、倪士毅　重訂輯釈／趙汸　同訂／朱公遷　約説／程復心　章図／王元善　通考／王逢　訂定通義（架蔵本に拠る）とあることで明らかなように、有用なる諸説集成書を見なされる。

さらに、羅山が掲げる⑵『四書蒙引』、⑶『四書知新日録』『四書標摘』『重訂古本大学釈文』『四書眼評』は、『四書蒙引』が嘉靖初めの刊行[9]であることを除けば、⑶の四つの書とも万暦後半の書。管志道（一五三六―一六〇八）とは世代を接することを考えるまでもなく、新着の書ということになる。しかもいずれも明末の四書学上特徴のある書籍であることからすれば、羅山の意欲と見識が浮かび上がってくる。また幸いにして、内閣文庫には『四書蒙引』『四書知新日録』『四書標摘』（『林子』所収）『重訂古本大学釈文』の羅山蔵書本を伝え、まさしく羅山の手沢の跡を確認できる。従って、拙稿ではそれを用いることにするが、個々については、後に触れる。

（3）

さて「大学諺解跋」は本書の意義を次のように記して締め括る。

庶はくは此れ自りして上、章句に至り、推して以て聖経賢伝の旨に及ばば、則ち千歳の下、孔曽思孟の心、紙上に在って画き出す者、豈に它に求めんや。是に於いて以て之を得可し。

羅山は「書は心画なり」の句を掲げ、経書は聖人の心画つまり聖人の心意が表出されたものと説き、経書を読むことで聖人の心を求めることを主張した。聖人の心を表すものは経書であるから、経書を措いてはほかに聖人の心を求め得ない。「性理字義諺解序」に「人を絵く者は心を絵くこと能はず。然りと雖も、書は心の画なり。其の絵き難きの心を写すは書（聖人の書）なり。然らば則ち聖人の心、豈に外に求めんや」と断ずることについては、既に論じたが[10]、この「跋」の論述もまたそれと軌を一にする。「孔曽思孟之心、在紙上而画者」の表現が「書、心画也」を意識することは疑う余地はあるまい。すなわちここでは『大学』に孔子・曽子・子思・孟子に伝授された心が表出されていると断じ、この書においてこそそれを求め得るというのである。文中、「千歳の下」とは、この『大学』の教説が孟子の没後中断され、千数百年の後その道統の継承を以て任じた程朱の認識と営為とを指すが、ここでは羅山らが今、『大学』を読む営為も重なっている。そこにはこの『諺解』こそ『大学』を読む道を指し示したとする、羅山の自負と確信が存している。

翻って、羅山は『諺解』の中で、「大学章句序」を説くのに附して、朱熹の『集注章句』への関与を次のように記述している。

> 日本ニテ清原外記頼業、始テ大学中庸ヲ抜出シテヨメリ。時代ヲ考ユレハ、朱子ノ時ニ当レリト、彼家ニ云ヒフヽシルハ、尤イフカシキ事也。朱子ノ注本、渡リテ後、五山文字ノ僧、ヤウ〱スコシキヨミテ、其後彼家ニモ、ヲノレカ眼力ノ及所ヲ抄出シ、近注ト号シテ、常忠宣賢カ徒ヲロソカニ見侍リヌ。全文ヲハエヨマス。予未弱冠時京師家塾ニテ、四書集注章句ヲ講ス。笈ヲ負テ、耳ヲ傾ル者、多群集ス。人皆古注ヲヨミテ、程朱ノ名ヲサヘ不知之。今三十年後、闔国悉ク予カ家風ヲ称ストナン。（上58ウ～59オ）

清原家の所謂新注受容に対する論評の当否はさておき、常忠・宣賢らの有り様を、疎略で「全文を読めぬ」と切り捨てて、自らの『集注章句』の講説こそその創始と自認する。『羅山年譜』慶長五年（一六〇〇）十八歳の条にも「本朝道学の此に権輿す」と記述することは周知のことだが、ここにはその三十年後、今や国を挙げて羅山の「家風」としてその学を称すると記す。伝統の清原家に対して「予カ家風」を標榜する自負の強さはいかばかりのものか。それは明らかに『大学諺解』の述作を支える力であり、また述作に当ってその内容と質とを左右するはずである。これもまた本書の有する存在意義の大きさを示す証左となろう。

三　述作の方法と姿勢

（1）

『大学諺解』は朱熹の「章句並びに或問に本づく」とすることから、基本的に『大学章句』のテキストに沿い、「大学章句序」そして『大学』の本文（経文・伝文）・章句について説解する。序については『大全』『輯釈』『通義』『蒙引』がそうするように適宜、句あるいは文を分ち、経伝の各章についてもまた朱熹の注解をふまえて本文を分ってい る。それぞれ初めに序本文、経伝本文・注文の原文を加点して掲げ、[11] 次にそれを漢字片仮名交り文で説解するが、原文をそのまま書き下したり、ただ逐語的に訳解するものではない。まさに説解と言うのがふさわしいが、その説解の有り様にこそ羅山の学問の特質と性格が浮き彫りになる。

本稿では経一章のうち「八条目」の一節を検討の対象としてみたい。「格物致知」の解釈は朱子学の根幹に関わることは周知の通り。当該の一節をどのように説くかは、羅山の態度を検証するのに好材料であろう。実際、約十七丁に及ぶ説解は羅山の特質を十分に発揮している。その論述を順に辿りながら、それを材料として説解の方法、姿勢を整理して行くことにする。『諺解』に載せる原文には訓点が施されているが、引挙に当ってはこれを割愛する。先に説解の構成を概括しておこう。（中2オ～18ウ）

当該経文（古之欲明明徳於天下者、……致知在格物）

当該章句注文

(1)朱注の解説

(2)経文の解説

(3)程朱の致知格物の説

(4)致知格物の異説

前述したように、経文・注文には訓点を加えているから、それを通じてまずその読解を明示していることになる。

当然のことながら、字義の解釈のいかんが訓読に直結し、とくに朱熹章句の解釈において焦点となる字句の訓読については、経文・注文の解説中にも取り挙げて、それを訓読に反映させている。この一節では、件の「致知在格物」に「在《リ》レ格《イタスニ》レ物《コトヲ》」と訓じている。「コトヲイタス」と訓ずることは、後に引く通り、注文の解説と呼応した、羅山の訓みである。

　では(1)についてみよう。論点を明らかにするために、当該注文を掲出する。

治、平声、後倣此。〇明明徳於天下者、使天下之人皆有以明其明徳也。心者、身之所主也。誠、実也。意者、心之所発也。実其心之所発、欲其必自慊而無自欺也。致、推極也。知猶識也。推極吾之知識、欲其所知無不尽也。格、至也。物猶事也。窮至事物之理、欲其極処無不到也。此八者、大学之条目也。

a 治、オサムトヨムトキハ、平声ナリ。オサマルトヨムトキハ、去声ナリ。韻会毛氏曰、治本平声、修治字。借為去声。経典釈文　治字平声皆無音。仮借作治道平治字、皆去声。（以下略）

b 東陽許氏曰、不曰欲平天下先治其国、而曰明明徳者、是要見新民是明徳中之事、又見新民不過使人各明其徳而已。蒙引云、不曰古之欲平天下、而必曰古之欲明明徳於天下者、正以見人己一理。其治人者、不過推吾所以自治者以及之耳。自ラ明徳ヲ明カニシテ、人々ニモ、ヲシヲヨホシテ、其モトヨリ具シタル徳ヲ、明カニセシムルナリ。オノレ独アルニアラス、ヲノ〳〵アルトコロノ明徳ナリ。ソレヲ、明カニセシムルユヘニ、章句ニ、使ノ字ヲ用ユ。此ノ字、意ヲ付テ見ルヘシ。オノレモ、天下ノ人モ、皆明カニスル意ヲ、フクメリ。オサメテ教ル義モ、コモレリ。天下ノ人ハ、公卿大夫元士等コレナリ。コレ皆徳ヲ明カニスルトキハ、天下平カナリ。心者身之所主也トハ、家ニ主人アルコトク、身ノ内ノ主ハ、心ナリ。身ハ人ノ形ナリ。耳目手足アリトイヘトモ、心ヨリコレヲツカハサルトキハ、乱レテホシイマヽナリ。身ハ屋宅ノコトシ、心ハ主人ノコトシ。

c 意者心之所発也トハ、一念ヲコルトコロヲ、意トイフナリ。其心ノヲコルトコロヲ誠ニストハ、善ヲシリテ、必スルコトイツハリナク、悪ヲシリテ、必セヌコトイツハリナシ。アクマテ善ヲシ、少モ悪ヲセスシテ、十分ニ不足ナク、コヽロヨキヲ、自慊ト云。或ハ悪トシリテスヘカラスト云テ、悪ヲシ、善トシリテ、スヘシト云テ、善ヲセヌヲ、自欺ト云ナリ。自欺ハ、自ラ我ヲイツハリタラス義ナリ。自慊ハ自ラコヽロヨク、自ラアキタル義ナリ。下ノ誠意ノ章ニ詳カナリ。大全ニ、章句ニ、欲其必自慊而無自欺也トアルハ、祝氏カ本ナリ。旧本諸本ニハ、欲其一於善而無自欺也トアリ。新安陳氏ハ祝本ニ従フ。呉程ハ祝本ヲ是トセス。一於善ヲ、ヨシトス。又蒙引ニモ、此事ヲノセタリ。云、意之所発、有善悪。一於善而無自欺、則意誠矣。無自欺、就見得必自慊。且先之、以一於善、字面尤見端的。意者此其定本歟。

d 致、推極也トハ、推テ極所ニ至ルヲ云。我知識ヲ推極トハ、其シルトコロ、コト〳〵ク尽サンコトヲ欲ルナリ。人耳目アレハオノツカラ視聴スルコトク、生レツキテ心ニシル道理ヲソナヘタリ。其シルトコロヲ、十分ニキワムルヲ、知ヲ致スト云ナリ。格、至也トハ、イタルトヨメリ、ココニテハ、イタストヨムナリ。物猶事也トハ、物アレハ、即チ事アリ。天地ハ物ナリ、其功用ハ事ナリ。日月ハ物ナリ、光明ハ事ナリ。水火ハ物ナリ、炎潤ハ事ナリ。人ニオイテイハヽ、君臣父子ハ、物ナリ、忠孝ハ事ナリ。耳目ハ物ナリ、見聞ハ事ナリ。口舌手足ハ物ナリ、言動ハ事ナリ。器ニツイテイハヽ、舟車ハ物ナリ、運行ハ事ナリ。故ニ物ヲ事ナリトス。但事ハ形ナシ、物ハ形アリ。形ナケレハ、空虚無用ニヲチンコトヲヲソレテ、物ノ字ヲ用テ、実ナラシメテ、其理ヲシラシムルナリ。天地ノ間、一物アレハ、一事アリ、必一理アリ。故ニ物理トイヒ、事理ト云。事々物々ノ理ヲ、キワメイタシテ、其至極ノ所ニ至ルヲ、格物ト云也。

e 此八者、大学之条目也トハ、明徳天下ト、治国ト、斉家ト、修身ト、正心ト、誠意ト、致知ト、格物ト、合テ八ツナリ。コレヲ八条目トス。条ハ条件ナリ、目ハ名ナリ、節目ナリ。

テキストの改行を目安に、便宜的にa～eに附して掲げた。aは字音の部分を解説するが、全体を通じて羅山は音義の説明を省かない。字義に拘わることは羅山の特徴といってもよく、当然字音の扱いと密接不可分であり、陸徳明の『音義』は勿論のこと韻書を引き、ここでは『古今韻会挙要』を用いる。b～dは注文の肝要な字句を説解するもので、「東陽許氏曰」「蒙引云」と諸家の説を原文で掲げる。言わば補説・余説の性格をもって列挙する場合もあるが、説解のなかで言及して掲げることも多い。また説解が諸家の説をすっかり取り込んで行われる場合も存している。この後の経文の説解においても同様で、前述した「大学諺解跋」に「補翼するに大全・通考・通義・大成・蒙引を以てす、章句を釈するなり」と記すことの具体的な姿ということになる。

　このbに即して言えば、初めの「東陽許氏曰」「蒙引云」として掲げるのは、この八条目冒頭の経文が「古之欲平天下」ではなく、「古之欲明明徳於天下」とあるのを説明することを意図している。『大学』の初めに明明徳・新民・止於至善の三事を三綱領とするのは、明明徳を新民に対して言うもので、この経文が「欲明明徳於天下」と始めるのはそれとずれを生じている。「東陽許氏曰」「蒙引云」の説も「明明徳於天下」が三綱領の新民を含む、すなわち己の明徳だけでなく他の人の明徳をも含むことを指摘する。この「東陽許氏曰」の説は『大全』に見えるが、『蒙引』にもそのまま引くものである。朱熹の章句は「使天下之人皆有以明其明徳」と注することでその解釈を示しているが、この解釈に注意を喚起することは有益な配慮に違いない。その点、羅山が「東陽許氏曰」「蒙引云」の説を掲げた上で、章句の解釈を説明するのは、適切な配慮と言える。とくにその説明中、「使天下之人……」と「使」字に着目させて、単に自己の明徳ではなく、己れ以外の各々の明徳を明かにせしむるという解釈であることを強調するのは、羅山なりに咀嚼した説き方であると言ってよい。

またCにおいては、朱注「欲其必自慊而無自欺也」につき、「必自慊」を「一於善」に作るテキストとの異同を問題にして、『大全』『蒙引』の説を取りあげる。この異同は朱熹の『大学』の改訂、それも死の数日前の改訂（夏炘『述朱質疑』巻十六など）に絡むが、羅山は『大全』中の「新安陳氏曰」の論及び『大全』所引『通考』「呉氏程曰」の論を踏まえるとともに、この『大全』の両説について「一於善」を定本と論ずる『蒙引』の説を掲げている。

『大学諺解』を通じて、『大全』所引の諸儒の説と『蒙引』の説を考察に用いるが、とくに『蒙引』を縦横に援用することが顕著である。章句の分析に当って、論点の多くに『蒙引』の言説が関与していると言っても過言ではない。ただそれは『蒙引』に随順し、その注解に終始することを意味するものではない。羅山は『蒙引』の所説を網羅的に引くものでもなく、また『蒙引』所載の順には依っていない。羅山なりに取捨選択して用いており、羅山の説解の姿勢と合致するものを、『蒙引』が多く内含していた結果と見るべきである。

『四書蒙引』は蔡清（一四五九—一五〇九）がその一生の心力を傾注した書で、晩明以降、清代にも尊ばれて「朱注は四書の功臣、蒙引は又朱注の功臣」（四庫全書『四書蒙引』提要）とまで評される。羅山が『蒙引』を採ったのは、晩明から清代に至る朱熹章句を継承する『大学』注釈書の流れと軌を一にする側面を持ったことを意味する。

内閣文庫所蔵明刊本『四書蒙引』は羅山の手沢本であって、羅山の読破の跡を確認できる。その第一冊「大学巻之一」末尾には「羅山林子附硃」、第二冊「大学巻之二」末尾には「道春以朱点之」と手識し、朱点を加えている。右の「東陽許氏曰」の条は、この版本に「又見新民不過使人之明其徳而已」と「各」字を「之」字に誤まるが、羅山はこの錯誤を欄外に訂しており、読書の質の一端がうかがえる。因みに本刊本は、続く『論語』の冊にも「道春一覧」（論語巻之五）「夕顔巷主道春法印朱句」（論語巻之六）「道春氏」（論語巻之七）「道春叟一考了」（論語巻之八）の手識が存し朱点を附するが、『孟子』の冊では前半に「道春一考」の手識と朱点を認めるも、後半には朱点が少なく手識も存しない。これも羅山の読書の過程の一端を留めていて興味深い。

『蒙引』は「朱注の功臣」として朱熹の章句集注を補翼するという讃辞を得るが、その論述は『大全』所引の諸儒説を論評し、章句集注を点検する色合が濃い。『大学』の章次節次についても、修正を図り、実質上独自の大学改本を呈出するに至っている。『明儒学案』（巻四十六・諸儒学案上四）が『蒙引』を総評して「繭糸牛毛は其の細きを喩ふるに足らず。蓋し訓詁に従りて大体を窮見す」と言うのは、伝注を支離として批判する傾向が強くなるなかで蔡清の学風を評するものであっても、その肯綮に当っている。『蒙引』のかかる姿勢は羅山にも言えることであって、これもまた羅山の採るところとなった理由と考えられる。

羅山は「大学章句序」を説く終りに（上58オ）、次のように記す。

> 蒙引云、朱子謂、某一生、只看得這文字、透見得前賢所未到処。温公作通鑑言、平生精力、尽於此書。某於大学亦然。然則学者其可不尽心乎。　大全附纂云、大学言心不言性、朱子於序言性詳焉。　大学ニハ、心ヲモツハラ云フ。故ニ序ニ性ヲ云、中庸ニハ、性ヲモツハラ言ユヘニ、序ニ心ヲ云フ。然レハ、朱子ノ文字、ヲロソカニ見ルヘカラス。

『蒙引』に引く朱熹の発言は『朱子語類』巻十四「大学一」に見えるが、朱熹が生涯で最も精力を傾けたものが『大学』だとする認識に同意したことは、羅山において「大学章句序」も併せて章句注文の一字一字が慎重に解すべき対象として意識されていることを意味する。『蒙引』が「訓詁に従りて」とする姿勢と繋がるが、「文字」の重視は羅山において文（文辞）の要素を含めて、ときに羅山一流の説明を展開している。羅山は言う。

> 総シテ、朱子ノ文章ハ、義理ヲ本トシテ、文人ノ文ノコトクニアラストイヘトモ、軽重ヲ考ヘ、浅深ヲハカリ、ヨク字ヲ下スコト、常ノ人ノヲヨハサル処ナリ。（上34ウ）

かかる認識は『大全』所引の諸儒の説に依拠するのではなく、『蒙引』の論述と同じく、諸儒の説を批判的に論評し、章句注文の問題点を再検証しながら、『大学』の「文章の理」を明らめ「文章の妙」を味わうことを目指すことになる。『蒙引』の説は羅山にとって『大全』等の説を検証、補正していく上で有力なものとなっているが、羅山にあっては基本的に『大全』等と並ぶ一書として用いている。ならばこそｂｃｄｅに見る漢字片仮名交り文の説解は、あくまで羅山が考究、咀嚼したところで記述されており、本書を通じて変らない。そこには羅山なりに工夫した言辞が用いられ、読書による蘊蓄が陰に陽に顔をのぞかせている。一、二の例を指摘する。

朱注「心者身之所主也」を説くのに、ｂ傍線部「家ニ主人アルコトク」「身ハ屋宅ノコトシ、心ハ主人ノコトシ」の喩えを用いるのは、『性理字義諺解』巻一・心字「論心為一身主宰」条において、「心ハ、一身ノ主宰ナリトハ、主宰ハ、アルシノコトナリ、譬ヘハ身ハ家ノコトシ、心ハ主人ノコトシ」(12)とあるのと共通する。もともと『性理字義』の原文には該当の文辞はなく、羅山なりに工夫した比喩ということになる。

他方、ｄにおいて、「格、至也トハ、イタルトヨメリ。コヽニテハ、イタストヨムナリ」と説き、前述の通り「知ヲ致スコトハ物《コト》ヲ格《イタ》スニ在リ」と訓ずること、また「物猶事也トハ、物アレハ、即チ事アリ」と説き出し、訓詁に止まらずに「物」と「事」の関係と違いを強調するのも、『大全』や『蒙引』には見えない説き方である。ただ、一条兼良『大学童子訓』には(13)「至《コトハ》二其知一在レ格《イタス》レ物《ヲ》」と訓ずる例があり、さらに「物ト事トハ又アヒソフ。一物アレハ必一事ヲナス。物ハ体、事ハ用也」と説いており、それを意識した可能性を疑いたくなる。

(2)

それでは次に、羅山の『大学』当該経文の解説も併せて見て行くことにする。

(1)古トハ、三代ノ盛ンナルトキヲサスナリ。古昔ノ君師ノ、天下ヲ平カニセント欲スルモノハ、先ツ自ラオノレカ明徳ヲ明カニシテ、人ヲオサメ教ヘテ、オノレカコトクニ、天ヨリ得テ心ニアルトコロノ徳ヲ、天下ノ人ニ明カニセシメテ、太平ニスルナリ。コレヲ明徳ヲ天下ニ明カニスト云。カクノコトクセント欲スルモノハ先ツ其国ヲオサム。其国ヲサマラスンハ、イカテカ、天下ヲ平カニセンヤ。サレハ殷ノ湯王ハ七十里ノ国ヨリヲコリテ、天下ヲタモチ、文王八百里ノ国ヲ以テ、天下ヲエタリ。其国ヲオサメント欲スルモノハ、先其家ヲトヽノフ。周易ニ、正家而天下定ト云モ、コレナリ。家ノ内ニ、父子兄弟一族臣下、皆アルコトナリ。其家ヨク斉フレハ、国オノツカラオサマル。其家ヲ斉ント欲スルモノハ、先ツ其身ヲ修ム。身ヲ修ムルヲ、第一根本トス。主人ノ身ヲサマラスンハ、家ヤフルヘシ。中庸ニ、天下国家ヲオサムルノ九経ニモ、修身ヲ第一トス。又孟子ニ、天下之本在国、国之本在家、家之本在身トイヘルモ、コレナリ。其身ヲ修ント欲スルモノハ、先其心ヲ正フス。心ハ一身ノ主宰ナリ。此心ヲウシナハサレハ、其身オサマル。此心正シカラサレハ、其身亡フルナリ。其心ヲ正フセント欲スルモノハ、先其意ヲ誠ニス。意ハ、心ノヲコルトコロナリ。又心ノ萌《キサシ》ナリトモイヘリ。善念ヲコラハ、即チオコナフコトヲ誠ニス。悪念キサセハ、即チヤムルコトヲ必誠ニス。モツハラ善ヲシテ誠ニ悪ヲセサルヲ、誠意ト云ナリ。意ステニ誠アレハ、心オノツカラタヽシ。其意ヲ誠ニセント欲スルモノハ、先其知ヲ致トハ、善ヲシテ、悪ヲサルコトイツハリナシトイヘトモ、知ヲイタササレハ、イツレヲカ善トシ、イツレヲカ悪トセント、ウタカヒテ、善悪ニマトフナリ。知ヲ致ストキハ、善悪ヲシリ、邪正ヲ分ツコト、黒白ヲ見ルカコトシ。故ニ意ヲ誠ニセントナラハ、先其知ヲ致シキワムルナリ。知ハ心ノ神明、即チ心ノ霊ナリ。大全ニ、呉氏季子カ説ヲノセテ、孟子ノ良知ヲ引テ、人生レナカラニシル良知アレトモ、ヲシヒロムルコトアタハス、コレヲ致シキワムレハ、オノツカラ良知アラハルトイヘリ。蒙引ニモ、吾之知識、是元有底。所謂人心之霊、莫不有知、乃良知也云云。知ヲ致スコト、物ヲ格スニアリトハ、事物ノ理ヲ、キハメイタストキハ、知即チ致ルナリ。理ニ叶フモノハ善ナリ、理ニソムクモノハ悪ナリ。善悪分明ニワカレテ、マキル、コトナシ。故云、致知在格物。易説卦ニ、窮理ト云ハ、格物ノ義ナリ。

当然、朱熹注に沿って経文を説明するが、単なる通釈を行う国字解ではないのは明らかである。説解に際して博引し旁捜するのは羅山の学癖であるが、前半部では湯王・文王また『周易』『中庸』『孟子』に言及する。このうち、八条目における修身→斉家・治国・平天下という要諦が、『中庸』第二十章、『孟子』離婁下にも見えることを説くのは、章句集注の主旨にも沿い、当然の配慮と言える。『周易』は家人卦の象伝に「父父、子子、兄兄、弟弟、夫夫、婦婦、而家道正。正家而天下定」とあるのを、ここに関連づけるもので、朱熹『周易本義』が当該象伝「君子以言有物　而行有恒」に「身修、則家治」と注することからして、無理はない。しかし、「殷ノ湯王ハ七十里ノ国ヨリヲコリテ、天下ヲタモチ、文王ハ百里ノ国ヲ以テ、天下ヲエタリ」と言うのは、それとは異なる[14]。『孟子』公孫丑上「王不待大。湯以七十里、文王以百里」と王覇の別を論じて、湯王・文王が小国でありながら王者となった、という議論を想起させる。ここに王覇論を錯綜させようというのは羅山なりの展開ということになる。

後半部で修身以下を説くなかでは、羅山はさらにその学的立場の特質を見せている。すなわち、「誠其意者、先致其知。致知在格物」を説くのに『孟子』の「良知」に結びつける説を掲げていることである。朱熹は本来、『大学』の「致知」を説くのに、『孟子』の「良知」は持ち込んでいない。致知を「良知を致す」と解釈して朱熹の説を否定したのは、言うまでもなく王守仁（陽明）であるが、羅山がここで「良知」の説を取り挙げるのも、それを意識してのことである。しかしその意図するところは特異である。後述する「致知格物ノ異説」の中で次のように言う。

陽明ハ致《スコトハ》レ知《ヲ》在《リ》レ格《タタスニ》レ物《コトヲ》トヨメリ、知ヲ良知トシテ、吾カ心ノ良知ヲ致ストス。

知ヲ致ストイヘリ。蒙引ハ、蔡清カ作ニテ、弘治甲子ノ歳、自序アリ。陽明ハ嘉靖八年己丑病死ス。弘治甲子ヨリ、二十六年後ナリ。然レハ良知ノ説、陽明ニ始マルニアラス。陽明タヽ専ラ良知ヲ談スルユヘニ、其門人、良知ノ学ヲ立テタリ。

致知を「良知を致す」と解することが陽明に始まるのではないとして、とくに蔡清の『蒙引』と陽明との先後を強調する。これを立論の宗旨を無視した暴論というのはたやすかろう。むしろ、陽明の致良知説の存在を承知した上で、『大全』や『蒙引』の致良知説を特記する羅山の姿勢に注目したい。

羅山はここで『大全』・『蒙引』の致良知説を否定的には扱っていない。陽明の前に「良知」への言及がかかる説としてすでに存在していたと指摘するのに止まらなくて、陽明のそれは「良知」のみを説いて偏向した論を展開したと認識している。その際、『大全』や『蒙引』が「良知」を持ち込んだことを問題視してはいない。羅山ならではの博学洽識の披瀝の気味もうかがえるが、この致良知説に着目したことは羅山の当該条目の理解に何らかの影を落していないのか。

『大全』呉氏李子の説について羅山はその要点を述べるが、原文には次のように言う。

曰致知、曰格物、雖両節而実一事也。外格乎物、所以内致其知。物理無一之不明、則良知無一之不尽矣。孟子曰、人之所不慮而知者、其良知也。良知之天与生倶生、人皆有之。特患夫情封欲閉、行不著、習不察、無以推之而至於極。（略）

「格物」と「致知」の二項は一事であって、事物の理を明らかにすることが「知」すなわち生来の「良知」を発現することである。生来の「良知」は情欲に阻害され、「格物」を通じて「良知」を推し進めて極点まで到達させる、と説明している。物理を明らかにするという格物の解釈を土台に据えても、致知を自己の良知の発現と解するのは、朱熹の本意を踏み外しかねない懸念が潜む。

他方、『蒙引』はどうか。羅山の引く条全文を示してみよう。「先致其知」を論ずるなかの一条である。

致知者、推極吾之知識、欲其所知無不尽也。吾之知識、是元有底、所謂人心之霊、莫不有知、乃良知也。然良知只是赤子之心、未能拡而充之、以至於無所不知、故必推而極之、使其表裏洞然無所不尽、然後為能尽乎此心之量也。

波線部は朱注、『蒙引』は「知」を「吾之知識」と解することに焦点を当てる。「吾之知識」とは、元来有するもので、かの格物補伝に「人心の霊、知有らざる莫し」と表現するそれ、そして「良知」だ、と説明する。因みに『孟子』尽心上当該章集注には「良とは本然の善なり。程子曰く、良知良能は、由る所無し。乃ち天に出でて人に係らず」と注する。蔡清は朱熹の『大学』改定を受け継ぎ、「格物致知」を中心とする『大学』解釈を取るが、朱熹の格物補伝を不要とし、独自の改定により、格物致知を釈する伝四章を立てている。その蔡清がここに格物補伝の文中の句を用いるのは、八条目に附する朱注以上に、「人心之霊、莫不有知」の定義に妥当性を考えているからに他ならない。それは人間が本来有している霊なる心の働きこそ、「知」の源泉として重視するものであろう。蔡清は朱注における「心」と「知」の定義を敏感に捉え、さらに次の論述を加えている。

「妙衆理而宰万事」とは是れ知の字を解す。「具衆理而応万事」とは是れ心の字を解す。然れども心は有知の物にして、知は即ち心の霊なり。故に解く所の文、大同小異なり。

『大学或問』に「若夫知、則心之神明、妙衆理而宰万物者也。人莫不有」と言い、『大学章句』経一章冒頭に「明徳者、人之所得乎天、虚霊不昧、以具衆理而応万事者也」を注するのを[15]踏まえてのものだが、つまるところ蔡清は「知」より「心」を中心とする思考を取る方向が認められる。右の「良知」もまた「心」を意識するものであって、ならばこそさらに「赤子之心」（『孟子』離婁下）を挙げると理解できる。

翻って羅山の前掲(1)朱注の解説dを見るに、「我知識ヲ推極トハ、……人耳目アレハオノツカラ視聴スルコトク、生レツキテ心ニシル道理ヲソナヘタリ。其シルトコロヲ、十分ニキワムルヲ、知ヲ致スト云ナリ」と記し、「生レツキ……」と説明を加えているのに気付く。「良知」の語こそ使わぬが、この「知」の説き方には『蒙引』の説が関わっているのではないか。羅山は伝五章格物補伝を説明するなかで（中65オ〜ウ）、「人心之霊、莫不有知」について「人ノ心其形ナシトイヘトモ、イキハタラク所ヲ霊ト云、ナリ。元来霊ナルカ故ニ、知アラストイフコトナシ」と説解し、「必使学者即凡天下之物、莫不因其已知之理而益窮之、以求至乎其極」の「已知」について、「人ノ心、本来霊知アル故ニ、已知ト云ナリ」と解説を加えている。この説き方を併せて考えれば、蔡清の説を羅山なりに組み込んでいると指摘することができよう。

これに関連して、羅山は先掲(2)の終りに格物致知を説明するのに、「事物ノ理ヲ、キハメイタストキハ、知即チ致ルナリ。理ニ叶フモノハ善ナリ。理ニソムクモノハ、悪ナリ。善悪分明ニワカレテ、マキル、コトナシ」と言い、「善悪」に焦点を当てている。朱熹の注では伝六章誠意章において、「善を為して悪を去る」という、「善悪」の視点が前面に出る。『或問』も本章の旨を説くに、「天下の道二つ、善と悪とのみ」を冒頭に掲げている。従って誠意章を軸に格物致知を説くと、「善悪」をめぐって論が展開することになるが、羅山のここでの説解もそれに傾いている。いきおい、八条目「欲誠其意者、先致其知」の部分が鍵となり、羅山の説解もまたそこに言葉を費している。そしてここにも、『蒙引』が「先致其知」を解するのに、

誠意は善を為し悪を去るに実なり。然れども知を致すこと能はざれは、則ち何者をか善と為し、何者をか悪と為ん。蓋し弁ぜずして錯り認むる者有り。或問に謂ふ、天下の道二つ、善と悪とのみと。

という条を先ず掲げることが、関わっていると推せられる。朱熹の格物致知説は言うまでもなく、内外の理を問題にするが、「誠意」に中心を置くと意（心）のいかんこそが焦点になる方向を取ることになる。陽明がまさに「大学の要は誠意のみ」（古本大学序）との立場に拠ったのは周知の通り。朱注の「意は心の発する所なり」とは決して明確な注ではないが、羅山はそれに「意ハ、心ノヲコルトコロナリ。又心ノ萌《キザシ》ナリトモイヘリ」と説明を加えている。誠意章の説解の中でも「一念ノキサシ」を問題にして説いている。こうした理解は、朱子学を奉じながらも、羅山の『大学』解釈の視点の有り様に関わり、同時に諸儒の説の扱い方にも関わっている。

(3)

羅山は八条目の朱注、経文の説解に続いて、『蒙引』に拠る資料四条を掲げた上で[16]、『大学或問』に拠って程子・朱子の格物致知説を載せている。格物致知説こそ朱熹が『大学』解釈において最も中心におく教説であることからすれば、当然の配慮と言える。しかも『大学或問』においては格物致知に関する論述が全体の五分の一を占めるように、『或問』の論述は朱熹の用意周到な解説である。これに依拠するのも適切だと言ってよい。

前述したように跋文に「此諺解、本章句并或問」と明記するように、『或問』を併用することは羅山の自覚的な営為である。『大全』や『通義』には『学庸』の『或問』が収載されていて、それによっても既知の存在となっていることは、『大学童子問』の例でも推せられる。ただ『或問』の重視もまた、羅山の学的見識の証左として意識していると考えられる。後に『大学諺解』を襲って『大学或問私考』を著した林鵞峰は、その序文に、「（先考）常に余に諭して曰く、或問を熟読せざれば、則ち章句の精密を識り難し」と記す。ここには、家学の心得として教示されたとの口吻さえ感ずる。

朱熹は『或問』において、程子の格物致知説を「言格物致知当先而不可後之意」（二条）「言格物致知所当用力之地与其次第工程」（九条）「言涵養本原之功、所以為格物致知之本者」（五条）という、三種の論点に整理して列挙している。これについて、羅山は次のように要約して記す。

十七箇条アリ。[17] 其内ニイヘルハ、致ハ、尽ナリ。格ハ至也。物理ヲ窮テ至ルハ、格物ナリ。或ハ書ヲヨミ、道ヲ講シ、或ハ古今ノ人物論シテ、是非ヲワキマヘ、或ハ物ニ交テ事ヲ行フモ、皆窮理ナリ。又曰、一物格シテ、万理通スルコトハ、イタリカタシ。今日一物ヲ格シ、明日又一物ヲ格ス、ツモリナラワシテ、後ニ貫通ノ所アリ。

（以下略）

その記述は簡明で外れてはいないが、朱熹がその格物致知説の根拠として程子の言葉を抄出する意図と配慮までを詳しく伝えるものではない。

『或問』は次に「格物致知を中心として見た朱子学体系の提要とも言うべきもの[18]」すなわち朱熹の格物致知論を展開する。羅山が朱子の説を挙げるのにこれを用いるのは適切だが、その記述は程子のそれと同様で、やや簡に過ぎるとさえ言ってよい。

天地ノ間、声アリ色アリ、形アルモノ、皆物ナリ。此物アレハ、各当然ノ則アリ。（中略）此理リ同シキ故ニ、一人ノ心天下万物ノ理、通セスト云コトナシ。事事物物ノ間ニオイテ、其ステニシル所ノ理ヲ、窮メテ尽ストキハ、我カ知モ致スヘシ。其工夫ハ、コレヲ身ノ行ニ考ヘ、コレヲ意念ニ察シ、我身心ヨリ、人倫ニ及ホシ、天地ノ運、鳥獣草木ノ類ヒニイタルマテ、物物然ルヘキ所ト、カクノコトクアラテハカナハヌユヘト、必アルナリ。コレ則チ理ナリ。コレヲ窮ムレハ、知モ致ルナリ。コレヲ格物致知ト云。

傍線部は「所当然而不容已与其所以然而不可易」に相当するが、『蒙引』の言として理の側面を定義するこの原文を掲げることからすると（註（16）を参照）、ややちぐはぐな感を抱かせる。が一転して、羅山は次のように記す。

故云、人之所以為学、心与理而已矣。心雖主乎一身、而其体之虚霊、足以管乎天下之理。理雖散在万物、而其用之微妙、実不外乎一人之心。コレ朱子ノ格物致知ノ説ナリ。

この原文は、『大学或問』において朱熹が、「（朱熹の格物致知説は）内に求めずして外に求めるものであり、浅近にして支離ではないか」との非難を先取し、その答として書かれている。従って内（心）を意識した論述となっている。しかも、朱熹の本意は、羅山の抄出した後に続く下文にこそうかがえる。

初めより内外精粗を以て論ず可からず。然るに或いは此の心の霊を知らずして以て之を存すること無ければ、則ち昏昧雑擾して以て衆理の妙を窮むること無し。衆理の妙を知らずして以て之を窮むること無ければ、則ち偏狭困滞して以て此の心の全を尽くすこと無し。

『或問』において、朱熹が心の存養として「敬」の工夫を重視し、格物致知の基盤に「敬」を説いたことは詳述するまでもない。ここでもそれを前提におくも、衆理を知ることの必要性を強く主張しており、その格物致知説は内（心）に向けられるものではない。羅山が、こうした論述を省いて右の原文のみを掲げることは、格物致知説における「心」の比重の重さを浮き出させる結果となる。それはそのまま、羅山の理解の有り様を反映するということになる。このことはつきつめると、『大学』の教説の中心をどこに考えるかということに結びついている。

『大学諺解』の伝五章格物補伝の説解では、その末尾に「道春昔嘗問格物之義、惺窩先生答曰」で始まる、格物をめぐる藤原惺窩との問答を載せている。漢文で記したその問答は、『林羅山文集』巻三十二に「惺窩答問」の二番目として収めるのと、全く同一である。「惺窩答問」冒頭には、慶長九年（一六〇四）閏八月二十四日賀古宗隆のもとでの、初めての惺窩との会見時における問答の記録であることを明記するが、この二つ目の「答問」は「昔嘗」と記し、後年になって問答を振返ってまとめた記録の形を取る。前者が羅山の記した惺窩の答えの語録でかつ惺窩の批正が加わる形であるのとは異にする。惺窩先生と称してその言葉を記すと同時に、問答の中での羅山の発言も際立ち、羅山の理解を惺窩が是認する問答として記す面を有する。従ってこの「答問」を『諺解』に載せるのは、単に昔の修学の跡を振り返り、惺窩の教示を留めるためのものではあるまい。自らの見解の中に、変ることのない確信の持てるものを認めているからに他ならない。この「答問」の末条には、次の問答を記している。

先生嘗て問ひて曰く、大学の要、何れをか先んぜんと。道春対へて曰く、誠意かと。曰く、誠意は大学の要為りと雖も、然れども学者に在りては、只だ格物窮理を先と為す。是れ急務なりと。曰く、生死関、人鬼関、是れかと。曰く、此の譬へ固に当れり。格物を先と為し、誠意之に次ぐと。曰く、先後有りと雖も、更ゝ考へ互に察して、而して後其の工夫闕く可からず、其の次序乱る可からざるかと。曰く、是なりと。（中71オ～ウ）

朱子学を信奉しながらも、初めに羅山の頭の中に『大学』の要を誠意を第一と捉える考えがあったことは、やはり注目しておくべきことであろう。この惺窩の問答ではむろん格物を第一とすることを言うが、格物と誠意との関わりを生死人鬼の関係[19]に喩えを借りて重視していることに目を向けたい。朱熹の『大学』解釈はまさに格物致知を肝要とし、それを徹底して貫いている。誠意の本には格物致知があるのであって、誠意が格物致知に入り込んでは来ない。ただ本来、『大学』を素直に読めば、誠意を要と見る捉え方は十分に成り立つことであって、ならばこそ、朱熹の説の強引さを批判して、多くの異説を生むことになる。羅山がこの惺窩との問答を掲出するのは、朱子学を奉じながらも自らの視点への拘わりとその確信が存するからであろう。それはまた、すでに早年より、陽明をはじめ明儒の批判や異説を目にするなかで保持し続けた問題意識であったに違いない。これまでの検証の中で垣間見える「心」「意」そして「良知」への着目も、ここに連動して来るものということになる。

さて羅山は、『或問』に拠る程朱の格物致知説の提要を掲げた後、「致知格物ノ異説」と題して異説の整理を行っている。九丁に及ぶ長さはこの八条目の一節に関する説解の半分を占める。本『諺解』が『章句解』を意図することからすれば、余説・参考としての役割を思い描くが、その占有する量に比例して羅山の精力の傾注ぶりが現れている。それは羅山の読書の学の所産であり、その成果の表出でもある。

「致知格物異説」は各異説を原文で抄出しそれに適宜、説明を加える形をとる。取り上げる異説に関わる者の名をそのまま並べると――。

(ア)鄭玄注・陸氏音義・孔氏疏　(イ)司馬温公・孔周翰　(ウ)呂与叔　(エ)謝顕道　(オ)楊中立　(カ)胡安国　(キ)胡仁仲
(ク)張子韶・(大慧)宗杲　(ケ)王陽明　(コ)許敬庵　(サ)蘇紫渓　(シ)鄭申甫　(ス)林子　(セ)管志道　(ソ)涂宗濬　(タ)李見羅
(チ)楊復所

このうち、(イ)～(キ)は『大学或問』に、(コ)(サ)(シ)は『四書知新日録』に見えることを記すが、(ケ)王陽明の長文の二条も、(タ)李見羅の短かい一条も、[20]『知新日録』中に収載することを確認できる。「大学諺解跋」に、とくに「知新日録・林子四書標摘・管志道釈文・楊李四書眼評」の名を挙げて、異説に備えると記した通りに、ここでも明儒の説を記すのにこの四書を用いることを知る。とりわけここでの考察においては、『知新日録』と林子・管志道に拠って占める部分が多い。

羅山は、惺窩の『大学』解釈において陽明の説を折中することについて、次のように捉えている。

或ひと問ふ、大学新民の中、自ら民を親愛するの意有るかと。北肉先生答へて曰く、親民の内亦た新民の意在る有りと。羅山謂へらく、北肉　陽明文録を見て悦ぶ可き意有り。故にしか云ふ。夫れ程朱の説は乃ち常常熟習する所なり。且つ大全・通義輯釈等世多く之有り。当時陽明集及び知新日録等、未だ戸の蔵する所有らず。蓋し希に見て珍と為す。（略）近年王文成公全集、明船自り至る者多し。且つ四書の末書商船に載する者勝げて計ふ可からず。我が家に亦た若干套有り、閲見に暇あらず、徒に反故堆と同じきのみ。（「羅山随筆」十一・43条）

慶安元年（一六四八）の筆録とするが、『陽明全集』等、書籍の移入の状況に言及していて興味深い。惺窩の頃には稀見の書であった『陽明全集』が明の商船により多く入るとともに、数えきれぬ「四書の末書」をもたらしたことに及んでいる。羅山は惺窩と会う時点で『四書知新日録』を目にしていたように、[21]貪欲に新着の書籍に強い関心を持ち続けたと推せられる。その羅山をしてこのようにその多さを評せしめる程、四書学の書が入って来たことは、どの書籍に注目するかもまた、見識のいかんを左右したことを意味する。しかし時には、今日末書として振り向かぬ四書の書が、羅山の有用な武器にもなっている場合も存する。例えば、羅山は陽明の格物致知説について次のような説き方をしている。

又格物ハ意ニアルトコロノ事ナリ。此事ヲ正シクスルトキハ、良知ヲ致シテ、善ヲシ、悪ヲセヌコト、必マコトアルユヘニ、其意則誠アリトイヘリ。然レトモ、徐筆洞コレヲ議シテ、ステニ正心トアルトキハ、格ヲ正ナリトセハ、重複ス。意ノ物ヲ正ストイハハ、正心ト不同ナシトイヘリ。

陽明が「格物」を物《こと》（意の在る所の事）を格《ただ》す（正す）と解することについて、徐筆洞（奮鵬）が論難する説を紹介する。この批判が陽明の説について整合性に欠ける点を指摘し得ていると評価してのことであろう。徐筆洞の説は『筆洞生新悟』[22]という四書解の一つに拠ると考えられるが、本書は決して有力な書物ではあるまい。また本書の『大学』説が全体を通して羅山の見解を左右する存在とはなっていない。ただこの陽明批判の言説に、羅山の意に適った考えを認めたということである。

それにしても、羅山が『四書知新日録』『林子四書標摘正義』『重訂古本大学釈文』『四書眼評』という、明末の四つの書の名を挙げたことは注目に値しよう。四書とも性格を異にし、言わば異彩を放っている。とりわけ管志道『重訂古本大学釈文』に着目したことは特筆すべきことではないか。以下、この四つの書について、羅山の姿勢を略述しておくことにする。

内閣文庫所蔵明刊本『（鐫温陵鄭孩如観静窩）四書知新日録』六巻は、「江雲渭樹」の羅山蔵書印を押しかつ朱抹を加えている。巻頭の見返及び序の部分は筆写で、その撰者鄭維岳（字申甫）の自序「四書知新日録序」には甲午孟冬とあり、万暦二十二年（一五九四）の成書と推せられる。また見返に丙申冬すなわち万暦二十四年（一五九六）の梓行と記す。万暦十二年（一五八四）陽明を孔子廟に従祀した状況下、万暦中頃には明儒の新説を集成した四書学の諸書が多数出現するようになる。本書もまたその一書である。自序には次のように言う。

> 陽明が謚を賜ひ崇祀せられて自り、世の新に倚り名高を為す。穿鑿百出、之を識と謂ひ、之を知と謂はず。多言或いは中るも、然れども純ら是ならず。岐ちて又岐る、能く羊を亡ふこと無からんや。余、窩中に坐し、児姪輩疑義を問ふ。余、示すに晦翁の故説を以てし、諸の新説の晦翁を補正す可き者、余稍や次づ。間ま亦た附するに己が見を以てす、余、敢て之を折衷するに非ず。

陽明学の解禁に因って競って新説を唱えて、多岐に堕する有り様を批判的に捉え、新説の混乱に対して温故知新を立脚の視点として、ここには朱熹の故き説を補正するに足る新しき説を集成するという姿勢を取ろうとしている。

『大学』においては、陽明の「古本大学序」や「石経大学」を収載、陽明は勿論のこと湛若水（甘泉）・王畿（龍渓）・羅汝芳（近渓）・李材（見羅）・許孚遠（敬庵）・李廷機（九我）・袁黄（了凡）等々、陽明から明末思想界に及ぶ多彩な名を認める一方、知られざる人士の名も多い。撰者鄭申甫自身、思想史上言及されることはない。これらの立場と傾向を異にする諸説を一つに総合して見解を示すこと自体、至難の技だが、「余非敢折衷之也」と記す通り、諸説を選び集成編輯したものである。因みに『梅村載筆』（内閣文庫蔵写本）には「大明鄭申甫、陽明ノ説ニ本ツキ、大明諸儒ノ注ヲアツメテ四書ヲ注ス」と説明するが、単に陽明の説に従う説を集めるというより、その説を批判するものを含めて、とくに明末の多様な立場の諸説を引く点に価値を認めたと考えられる。羅山が『四書知新日録』の用いるのはまさしくその点にある。

一、二の例を挙げよう。羅山は格物説の異説として許敬庵・蘇紫渓・鄭申甫の説が『四書知新日録』に見えると明記する。他方、王陽明・李見羅の説も『知新日録』に見えるもので、陽明の説は陽明関係の書物に直接拠ることが可能なものの、李見羅については明らかに『知新日録』に依拠する。つまり、『知新日録』の名を記さぬが、明儒の名を掲げて示す説が実質上、『知新日録』に拠ると判断できるものが少なくない。許敬庵の例はその典型的なもので、許敬庵の説は羅山が重用するのが目立っている。

『羅山文集』巻六十三に「大学異本考」と題する論考を収載するが、「此の一篇、寛永七年大学解を撰する時、之を作れり」と附記する。これは『大学諺解』の中で「大学章句序」の説解の後に、「大学本ノ異同」と題して『大学』のテキスト問題を論じて、「羅山子按」として掲げたものを指している。とくにその論考の中で、所謂『石経大学』の信憑性に言及して次のように記す。

又鄭暁一異本を得て曰く、是れ賈逵本なり。真に古書なりと。然りと雖も、二千余年此の本出でずして、今始めて出づるを得たり。是れ亦た疑ふ可し。固に許敬庵の云ふ所の如し。余も亦た之を信ぜざるなり。（上63ウ）

羅山は『諺解』において、この賛意を表した許敬庵の説を、自らの論に先駆けて掲げるが、書名を明記しないものの、この説は『四書知新日録』に確かに見えるものである。

次に林兆恩の『林子四書標摘正義』についてであるが、『林子』もまた内閣文庫に羅山手沢本を伝えている。林兆恩は明末の三教一致論者として特異な位置にあるが、すでに惺窩が『林子』を好み、その「艮背心法」に着目したことはよく知られる。また惺窩の著と伝える『逐鹿評』（『大学要略』）が『四書標摘』そして『鹿談』に関わることも、すでに指摘の通りである(23)。その点、羅山が『四書標摘』を挙げるのは予想できることではあるが、その受け取め方は惺窩と違って、芳しくない。格物説の中では次のように論じている。

予ツラ〳〵林子ヲミルニ、格物ノ論、文甚タ多シ。コト〳〵クノスルニオヨハス。其間ニ、心中不可有一物トイヒ、此人胸中無物トイヒ、人性上不容添一物トイヒ、心中不宜容絲髪事トイヒテ、心ノオホル丶トコロヲスツルヲ、格物トス。物ステニ格シテ後、格《すつ》ヘキモノナキニ、ナヲ格ントスルナキハ、格モ又物ナリトキラヘリ。或ハ又玩物喪志ノ語ヲ引テ、不玩物ヲ、格物トオモヘリ。畢竟林子カ意ハ、虚ナリ、無心ナリト云ニスキス。チカコロ五雑組ヲ見ルニ、林子心狂ノ病ヲ得テ、坐ナカラ溺《ユハリ》スルコトヲ、オホヘストアリ。彼カ格物果シテイカンソヤ。

（中16ウ～17オ）

羅山は、林兆恩の格物説として数条を抄出して上で、さらに説解中に数句を挙げてその論の多きを言うが、『四書標摘』及び『四書標摘続』を縦横に駆使していることを裏付ける。しかしつまるところ「林子カ意ハ、虚ナリ、無心ナリ」と断案し、あまつさえ『五雑組』（巻八）の記事(24)を基に林兆恩の自得を疑っている。

次いで、楊起元・李贄『四書眼評』（『四書評眼』とも）に及んでおきたい。本書は楊起元『四書眼』と李贄『四書評』とを合纂して作られたもの。しかもその両書は、実は楊起元（復所）に仮託し、李贄（卓吾）に仮託した書。楊復所も李卓吾も羅近渓門下で、陽明学左派系を代表する者として名を馳せたが、片や李卓吾への禁圧を生む。晩明の思想統制の緩和と抑圧、印刷出版の盛行を背景に、仮託の書の合纂という特異な性格を有しながら、すぐれた特色を持つ書物とされる。その詳細については佐野公治氏の研究を参照されたい。[25]その点、羅山が『四書眼評』の名を挙げるのは、楊・李の思想の受容いかんに関心を抱かせるが、羅山にあっては、本書の成立事情や楊復所・李卓吾の思想に特段の拘わりを寄せてはいない。格物説についても、その説を抄出するのみである。

楊復所四書眼評云、格、通也。通天下之心以為一人之心、曰致知。通一人之心以為天下之心、曰格物。（中18ウ）

これについて何の説明もなく、ましてこの解釈から導き出せる思想的特質には入り込まない。羅山にあっては、極めて限定的な関心でしかないと言うことになる。

（5）

最後に管志道『重訂古本大学釈文』について見ておきたい。管志道（号は東溟、一五三六―一六〇八）は、耿天台門人、王学左派系に連なるが、明末思想界において異彩を放つ。儒仏道三教に亘って豊かな学殖を持つとともに、時流革新の危機意識から発せられた主張は、陽明の良知説を批判、三教による人心の引き締めを志向した。ただその存在は没後急速に忘却され、著述も顧みられなくなる。明代思想研究においても、広範な思想基盤を有する複雑な思想の組立ては、容易に人を近づけず、先年荒木見悟氏によってその全体像が明らかになった。[26]羅山が管志道の著作に着目したことについて、今日の研究動向の状況を以て評すべきでないことは言うまでもないが、羅山が『大学』の異説を代表するものとして管志道の著述を取りあげたことは特筆すべきことと考える。内閣文庫には『重訂古文大学章句合釈文・古本大学辨義』の写本二本を伝えるが、その一本は江戸初期の写本で、林羅山の蔵書印を有し、朱抹を加えている。冒頭に「大明万暦丙午」すなわち万暦三十六年（一六〇八）に記した管志道の自序が存する。これを本書の成立と目すれば、羅山のこの『諺解』を隔てること二十二年、羅山にとっても新しく目にし得た四書解の書ということになるであろう。『重訂古本大学章句合釈文』の後に『古本大学辨義』を併せて附し、その題注に「朱子学庸或問に従って作る、凡て三十二条」と記す。羅山は『諺解』の中で管志道の説として、『釈文』とともに『辨義』の説も用いている。また『釈文』末尾に附録として『辨石経大学錯簡』を収めるのをはじめ、『石経大学』について説くことが多く、羅山にとって本書は『四書知新日録』とともに、『石経大学』を考証する有力な一書となっている。[27]

管志道の『大学』論は、『石経大学』の表章に強い執着を持つとともに、常識を覆すような見解を内含している。賈逵の学経庸緯説に基き、『大学』『中庸』は同一の作つまり子思の作としたり、『大学』の書名は大学（天子の設けた国学）の意とするのをはじめ、独自の解釈を展開している。羅山は『諺解』の中で管志道の説に言及することが少なくない。しかも単に異説を掲出するのに止まらず、ときにその説の妥当性に触れている。ここでは個々の説の内容は割愛し、羅山の論評を数条挙げてみたい。それによって羅山の姿勢が見てとれるからである。

①〔大学の書名「大」について〕管志道カ説ハ、古注ニシタカツテ、大昔泰トヨム。（中略）只旧号ニシタカヘ、旧読ニシタカヒテ、音ヲアラタムヘカラストイヘリ。コレモ明朝ノ儒者ノクセニテ、メツラシクイヒカヘントス。サレトモ、コレハ古注ノ音ヲイヒノフル拠アレハ、己カ新説ヲ、ホシヒマヽニスルヨリハマサレリ。（上67オ〜ウ）

②管氏ハ徳ヲ明明ニストヨメリ。詩書ノ中ニ、顕顕、昭昭、明明トツラ子テ云コト多シ。又民ヲ新ニストハ、民ノ徳モ、明明ナランコトヲ欲スルヲ云ト云ヘリ。（上80ウ）

③管氏ハ格《ハカル》レ物《モノヲ》トヨメリ。広韻ニモ、格ハ量也、トアリ。管氏カ説ハ、吾カ知ニフルヽモノヲ、ハカリクラヘテ、タカフコトナキヲ格物トス。物ヲハカル、式法ヲ、格トストオモヘリ。（中18オ）

④管志道カ説ニハ、大学ハ、子思ノ筆記ナリ。仲尼易ヲ賛スル外ニ、親筆ナシ。其口ツカラ云トコロヲ、門人記ス

トキハ、子曰ノ二字ヲ加フ。曽子平生筆記ナシ。論語、礼記ニノスルモ、皆門人ノ筆ナリ。子思独筆記多シ。誠意ノ章ニ、曽子曰ノ字アルトキハ、子思ノ作ナルコトヲ見ツヘシ。コレ漢ノ賈逵カ説ナリ。ソノウヘ戴聖・賈逵・鄭玄カ本、皆経伝ヲ分タスト云リ。（中略）サレトモ程朱ノ説ハ、経ハ聖言ニテ、曽子伝ヘ述フ、其伝ハ曽子ノ門人記スト云トキハ、子思モ門人ノ内ナリ。程朱ノ義ニ従フヘシ。（中25オ〜ウ）

⑤〔伝八章「人莫知其子之悪、莫知其苗之碩」〕管氏カ云意ハ、我カ子ノミメアシキコトヲモシラス、我カ苗ノイツノマニ大ニナルコトヲモシラス。コレハ、ツ子ニ見ナラハスユヘニ、忘レテ自ラヲホヘヌナリ。此諺ヲ引テ、身ヲ修ルノ人、其ヨミスルモ、ニクムモ、モトヨリ一念ヨリ発動ストイヘトモ、少シモ重キトコロアレハ、好悪引レテ、カタヲチスルコトヲシラサルナリ。コレ異説ナリトイヘトモ、シハラクコヽニ記セリ。（下22ウ〜23オ）

⑥〔伝十章「見賢而不能挙、挙而不能先、命也」命、鄭氏云、当作慢、程子云、当作怠。未詳孰是〕管氏カ説ハ、命ノ字ヲアラタメスシテ見ルナリ。孟子尽心ノ下篇ニ、智之於賢否命也ト云ノ命ノ字ナリ。ウマレツキ定レル限アリテ、思フマヽニナラヌヲ命ト云ナリ。賢ヲ挙テ先スヘキコトハ、自然ノ理ナリ。然トモ挙者ノ智慧浅アリ深アリテ、賢ヲ見知リ用ルニト、定レル分際アルヲ、命ト云ナリ。晏子智アリトイヘトモ、孔子ヲ知サルノ類ヒ、是ナリ。シハラク此義ヲ載テ、一説ヲ存ス。（下67ウ〜68オ）

こうした、管志道の説に対する言及の有り様は、異説とはしながらも説を恣にするものとはしていない。相応の根拠と然るべき筋の通った説として扱っているふしがうかがえる。「凡ソ明儒ノ諸儒、四書ノ注甚多シ、充棟汗牛、アケテカソヘカタシ。陽明・林兆恩・管氏カ説、大ニ不同ナル故、コヽニノセテ、イサヽカ多聞ヲヒロム。サレトモ程朱ニマサルコトナシ」（上80ウ）と概括するように、王陽明・林兆恩とともに明の諸儒のなかで際立つ存在としている。しかも『諺解』を通じて多く「管氏」の称を用いているのは、その説を通じて管志道の見識を認めているからではないか。⑥「シハラク此義ヲ載テ、一説ヲ存ス」とは、単に参考として異説を抄出するというものではなく、十分検討に値する説として意義を認める色合が濃い物言いであって、他の明儒の説の扱いに見られるものではない。

ただ、管志道の『大学』論に対して、羅山は『管志道本賈逵本与鄭玄本大異」（上62ウ）とそのテキストの独自性を把握しながらも、管志道がその解釈を通して主張する思想の本質には入り込んで来ない。荒木見悟氏は「東溟は、『大学』を通して国家の権威を回復し、天子の教権の確立を意図していた[28]」と捉えるが、羅山の目は結局のところ経義の解釈、とりわけ字義の解し方に向けられている。先の④に見る『大学』を子思の作とする管志道の説は、『釈文』の附録に「子思親承尼祖道統説」を載せるように、子思と孔子との直接的結びつきを重視し、朱熹の道統論に異議を唱えるものである。羅山は、伝六章「曽子曰」に関して、

楊復所四書眼評云、論曽子曰云、大学的是子思之書……。大学ヲ子思ノ作ナリト云ハ、管氏カ説ニ同シ。（下2オ）

と、子思製作説が『四書眼評』にも見えることを指摘することはあっても、この説が抱える問題の所在には関心を寄せていない。管志道というあまりも特異な思想家の著作に着目したことが、羅山にいかなる影響を与え得たかについて、あらためて羅山の言説を精査してみたい誘惑に駆られるが、本書で見る限り、経義考証の域に留まっている感は否めない。

四　結びにかえて

『四書大全』の和刻本の中に、『鼇頭評注四書大全』藤原粛（惺窩）標注（輯）・鵜飼信之（石斎）点（刪補訓点）とし

て刊行されたものがある。慶安四年（一六五一）跋刊本、万治二年（一六五九）修訂本として鵜飼石斎点の和刻本があるが、それに鼇頭評注を加えた形である。また、後に元禄四年（一六九一）刊行の熊谷立閑標注『鼇頭新増四書大全』はその増注本となる。この『鼇頭評注』の内容を簡単に言えば、『通義』等に拠る宋元諸儒の説の補充と、明儒の諸説の追加である。そしてその、明儒の諸説を収載するに当って目立つのは、『四書蒙引』からの抄出である。蔡清の『蒙引』が朱熹集注章句を尊重することからすれば、『大全』の説を補うものとして、その説を引くは首肯できよう。また『蒙引』を継承する林希元『四書存疑』の名も見えるのも肯ける。因みに寛永十三年（一六三六）には『四書蒙引』の和刻本も刊行され、『四書存疑』も鵜飼石斎点により承応三年（一六五四）和刻本が刊行されている。

他方、明儒の諸説を挙げるなかで、羅山の言う「異説」に類するものも少なくなく、そこでは『四書知新日録』が重用されている。掲出に際して『知新日録』の名を示す場合も勿論存するが、むしろ『知新日録』の書名を記さずに明儒の名を以て説を引くことが多多存する。それらを総合すれば、この『鼇頭標注』において、実際上『知新日録』が明儒の異説集成書としての役割を担っていることは、明らかである。『四書知新日録』については木活字本も刊行されていて、後に荻生徂徠『論語徴』、太宰春台『論語古訓外伝』でも用いられるなど、我が国における存在意義を注目する必要がある。

『鼇頭評注大学章句』の『評注』冒頭は、一丁全紙を超えて『蒙引』の説で概説することから始まるが、本稿で焦点を当てた八条目の一節には、『蒙引』とともに『眼評』すなわち『四書眼評』の説を掲げる（『大学』に限らず、『鼇頭評注』では『四書眼評』の抄出が少くない）。そして格物の異説を列挙するうち、その一説として次のように示す。

○格《フセク》レ物《モノヲ》　温公曰、格、扞也、禦也。物、外物也。孔周翰・許敬庵・蘇紫渓之説亦同之。

この許敬庵・蘇紫渓の説は何の明記もないが、『知新日録』に見る説を指すとして誤りはあるまい。従って先に「致知格物ノ異説」として羅山が抄出したものに該当することになるが、羅山もまた許・蘇の説について、次のように説明している。

温公ハ格《フセク》レ物《モノヲ》トヨメリ。外物ヲフセイテ、道ニ至ルナリ。（中10ウ）
敬庵・紫渓ハ、格《スツ》レ物《モノヲ》トヨメリ。物ノ累ヲスツト云義ナリ。物ヲ物欲トス。温公・孔周翰カ説ト相似タリ。（中15ウ～16オ）

両者のこの符合ぶりはどのように考えればよいのであろうか。この一例からも、『鼇頭評注』には、少くとも明儒への関心とその取り扱い方において、『大学諺解』に見る羅山の姿勢と質的に近似するものが認められることを否定できない。『鼇頭評注四書大全』については、寺島宗意撰『倭版書籍考』（元禄十五年―一七〇二刊）巻二『四書大全』の項に、

慶安四年鼇頭評注四書大全ハ、惺窩先生ニ出テ鵜飼石斎校訂ヲ加ヘタリ。鼇頭ノ衆説、程朱ノ本意ヲ失ヒ、異学ノ誤ニ落チタル事アリ。眼ヲ可レ着モノナリ。

と記す。この記事のうち「慶安四年」本の評注の有無や惺窩の関与については疑問のあるところであるが[29]、後段に見る「評注」に対する評価は、明代の異説を積極的に視野に入れようとした結果を、まさに裏返して論評した格好になる。その意味では、『鼇頭評注』の述作の意図や性格は、羅山の『大学諺解』から照射してみて明らかになる、と言ってよい。直接的にしろ間接的にしろ、羅山の本書への関与は、惺窩・石斎という、人との繋がり以上に、現在のところ手掛かりはないが、その『評注』に見られる同質性に留意しておきたい。

なお、羅山作の真偽が問題とされる『四書集注抄』について、また、荻生徂徠『訳文筌蹄』題言第一則に言う『大学諺解』との関係については、稿を改めて論じたい。

羅山の『大学諺解』に関連する著作として林鵞峰『大学或問私考』がある。内閣文庫所蔵の写本全一冊、八十七丁。冒頭「大学或問私考序」（『鵞峰林学士文集』巻九十所収）に、羅山の『大学諺解』に込められた教訓を念頭に述作したことを記す。延宝二年（一六七四）三月から十一月の間、『大学或問』を講じながら作っていったものと言う。(30)

其の考証する所、其の援引する所、漸く冊を成すに至る。乃ち章句諺解に副ふ。上は以て遺訓を忽にせず、下は以て子系に貽す可し。

鵞峰五十七歳、羅山の『大学諺解』の述作から、四十四年の歳月が流れ、羅山の『章句諺解』に副うものとして『或問諺解』を意図した書である。しかも羅山がそうしたように後継への思いも託している。ただ如何せん、質量ともに羅山の『諺解』には及ばない。

本書に示された努力の中心は、丹念な典拠の集成である。右の「序」に言う考証もまたその作業を指す。それは鵞峰の篤実な学風の一端を表すともいえるが、羅山が『諺解』全篇に漲らせる「読書」の学の規模と奥行は感じさせない。『或問』において論ぜられる「敬」説をはじめ、その学説の説解に当っては、『諺解云』「先考云」と羅山の説解を引くのが目立っている。元の程復心『章図纂釈』を多用する一方で、羅山が精力を傾注した明儒への説の言及はほとんど見られない。わずかに格物説において、羅山の『諺解』に拠って明儒の名とその格物の訓みを列挙する。そこにおいて、王陽明説を「モノヲタタス」に「モノヲスツル」の義を兼ねるとして、司馬光の「物を扞《ふせ》ぐ」説から出ているると論ずるのが、かえって鵞峰の踏み込んだ見解として突出した印象を与えている。

鵞峰もまた「読書」を重視し「家学」として自覚した者であった。『或問』の文章を読解するという点では、十分読書力を発揮しているが、羅山が志向し実践しようとしたものには、それと異質なものが流れているように思う。それは『読書』に確信をおく自律性の体現であって、『大学諺解』がその学問の特徴をよく現している書物であることをあらためて認識させる。

註

（1）鵞峰が「羅山林先生集序」を記す前年、万治三年（一六六〇）の「答童難」（『鵞峰林学士文集』巻六十一）は、「家風を継ぐ」すなわち羅山の興した学風を継承することを意識しながら、読書・博識を以て宗とすることを明言している。

（2）拙稿「林羅山の『性理字義諺解』――その述作の方法と姿勢」（『漢文學　解釋與研究』第五輯　二〇〇二年　本書第Ⅱ部第二章）、「林羅山の『性理字義諺解』と朝鮮本『性理字義』の校訂」（同第六輯　二〇〇三年　本書第Ⅱ部第四章）。

（3）村上雅孝「林羅山の「大学諺解」をめぐる諸問題――近世の漢文訓読史の立場から――」（『歴史と文化』一九八一年）には、「大学」講抄本一覧として八種の名を挙げている（一四三～一四四頁）。なお、羅山の仮名交り注釈書について調査されたものに、柳田征司「林羅山の仮名交り注釈書――抄物との関連から――」（『築島裕博士還暦記念国語学論集』所収　明治書院　一九八六年）がある。

（4）林鵞峰が編んだ羅山の「編著書目」（『林羅山集』附録巻四）に「大学解　二巻」と著録するのと、同じものであるかどうかは不明。ただ、『文集』中の『大学解』という書名の使い方、しかも『文集』の編集者が鵞峰であることを考えれば、その可能性を否定できない。

（5）中江藤樹から「林子剃髪受位弁」（『藤樹先生全集』巻一）という論難を受けたのは、よく知られる。

（6）「大成」としては元の倪士毅『四書輯釈大成』も考えられる一方、『諺解』の中では『四書章図大成』の言い方が見え程復心の名を挙げる箇所がある。「既見書目」には『程復心四書章図纂釈』と並んで『四書通義通考図大全』の名が見える。

（7）阿部吉雄『日本朱子学と朝鮮』（東京大学出版会　一九六五年）二五三頁。

（8）阿部隆一「本邦中世に於ける大学中庸の講誦伝流について――学庸の古鈔本並に邦人撰述注釈書より見たる――」（『斯道

文庫論集』第一輯　一九六二年)、住吉朋彦「『四書童子訓』の経学とその淵源」(『中世文学』第三十九号　一九九四年)など参照。

(9)羅山蔵書本の明刊本『四書蒙引』は『蒙引初稿』であって、弘治十七年(一五〇四)蔡清序、正徳十五年(一五二〇)李墀序、嘉端六年(一五二七)林希元序がある。寛永十三年(一六三六)和刻本も同系統のもの。

(10)拙稿「林羅山の「書、心画也」の論――林羅山の「文」の意識(其之三)」(『漢文學　解釋與研究』第四輯　二〇〇一年本書第Ⅰ部第四章)一三～一六頁。

(11)道春点として刊行される以前の羅山の加点を羅山点として捉え、『大学諺解』経伝本文の加点について検討を試みたものに、註(3)前掲村上雅孝氏の論文がある。

(12)内閣文庫所蔵の林家蔵書本元和七年写本『性理字義諺解』に拠る。

(13)住吉朋彦「『四書童子訓』翻印並に解題」(『日本漢学研究』第三号　二〇〇一年)に拠る。七七～七八頁。

(14)湯王のことは『孟子』梁恵王下(章句11章)、文王のことは公孫丑上(章句1章)にも関連する記事がある。

(15)『孟子集注』尽心章句上1章の朱注にも、「心者、人之神明、所以具衆理而応万事者也」と定義する。

(16)羅山が「蒙引云」として抄出する四条を挙げておく。羅山の関心の所在が分かるだろう。

○自誠意以下、一件自為一件。惟致知格物、通為一件。故曰在格物。言致知更無他術、只在格物而已。然既如此、則只言致知或格物足矣。又必兼言之者、蓋格物是積漸工夫、致知是求到那一旦豁然貫通処。

○格得一分物、則致得一分知、格得十分物、則致得十分知、無復先後之可言矣。

○格至謂必到之也。章句曰、欲其極処無不到也、明白切当而痛快。無以加矣、只要人如此実用其工。此格字最難解。非朱子不能定。

○凡物理、皆有所当然而不容已、与其所以然而不可易者。要得此二意俱到方是。

(17)朱熹の論述中の「二条・九条・五条」を併せれば十六条となる。鵞峰は『大学或問私考』の中で、十七条説を継承し、第一条から第十七条まで該当箇所を明示する。それに拠れば、朱熹が第二分類する「九条」の内、その第一条を二分して数えていることが判明する。元来、『程氏遺書』巻十八・二十七条に拠るもので、二つの問答で構成されていることから、かかる数え方の相違が生じている。

(18) 島田虔次『大学・中庸』（朝日新聞社）『中国古典選』　一九六七年）九七頁。

(19) 日本思想大系28『藤原惺窩　林羅山』（岩波書店　一九七五年）所収の「羅山林先生文集（抄）」中に「惺窩答問」を取り上げているが、石田一良氏は「生死関・人鬼関」について、頭注に次のように記す（二〇五頁）。

『二程全書』「二程粋言」の語に、「死生人鬼、一而二、二而一者也」とある。

(20) ○李見羅曰、格、如品式格式之格。品格個物、如何為本、如何為末、故結帰於修身為本。

羅山蔵書本明刊本『四書知新日録』巻一・一丁表にあるのに拠ると思われるが、李見羅を研究する鍋島亜朱華氏（二松学舎大学大学院博士課程）に依れば、かかる発言は李見羅の関係資料には確認し得ず、或いは王心斎と誤るかという。

(21) 羅山の「既見書目」（「羅山年譜」慶長九年）には『四書知新日録』の名を著録し、「惺窩先生行状」（『林羅山文集』巻四十）には、惺窩との初めての会見の記事に続けて、次のように記す。

（慶長九年甲辰）春《しゅん》、呈四書知新日録。先生曰、此吾未見之書也。不日而還曰、道春且復注意而看与。

惺窩の羅山宛書簡（甲辰閏八月二十六日『惺窩先生文集』巻十）にも、この借用した『知新日録』の返還のことを記している。両者のこの書への関心をものがたる。

復所借之知新日録大学論語両部三冊、還納焉。庸孟附后信。終電矚者、魚与熊掌、而又所欲也。

(22) 内閣文庫所蔵の明万暦四十一年序刊本『筆洞生新悟』に拠る。その「筆洞生後悟大学」の「格物致知」の項に「王文成公、信不正以帰正以帰正之説、則落正心之義」と見える。

(23) 太田兵三郎「藤原惺窩集巻上解題　逐鹿評（一名大学要略）」（国民精神文化研究所編『藤原惺窩集　巻上』所収、思文閣出版　一九四一年発行、一九七八年復刊）を参照。太田氏の解題は、太田青丘『藤原惺窩』（吉川弘文館人物叢書　一九八五年）に転載、「大学要略（逐鹿評）」として記す。

なお、『大学諺解』下冊（74ウ～75オ）に伝十章「生財有大道……」の説解として、「惺窩云」として惺窩の説を掲げる。

『逐鹿評下』の当該部分（『藤原惺窩集　巻上』所収四一三～四一四頁。また前掲『藤原惺窩　林羅山』七五頁）と全く同一の文章ではないが、趣旨は同じい。ただ、このことは羅山が惺窩の『大学』解釈を襲ったことを意味しないのは、言うまでもない。石田一良氏は「林羅山」（『江戸の思想家たち（上）』所収　研究社出版（一九七九年）の中で、「明明徳」の解釈をめぐり、両者の政刑主義の相異を問題にしている（五六～五七頁）。

(24)『五雑組』巻八「人部四」の次の記事を指すか。

吾中又有三教之術。蓋起於中林兆恩者。以艮背之法教人療病、因稍有験。其徒従者雲集、転相伝授。而吾郡人信之者甚衆。（中略）兆恩本名家子、其人重意気、能文章、博極群書。倭奴陥、後骸骨如麻。兆恩捐千金、葬無主屍、以万計名遂譟。其後著三教会編、授徒講学。頗流入邪説、而不自知。既老病得心疾、水火不顧。顛狂逾年乃死。此豈真有道術者。而人惑之、至死不悟也。

(25) 佐野公治『四書学史の研究』（創文社　一九八八年）のうち、とくに「第五章『四書評』の歴史」を参照。なお、内閣文庫所蔵江戸初期写本『李卓吾先生批点四書笑』は羅山の手校本で、巻末に「羅山子莞爾考之」と識す。佐野氏はこれについて、「四書を題材とした笑話を莞爾として気軽に附点することと、焚毀すべしと目くじらを立てることとは、彼此両国において経書の持った比重を象徴的に示す事例である」と捉えている（同書三〇六頁）。

(26) 荒木見悟『明末宗教思想研究』（創文社　一九七九年）。とくに管志道の大学説については「十　石経大学の表章」を参照。

(27) 備前の池田光政所蔵の「石本大学」をめぐって、それが「石経大学」賈逵本であることを推論する資料として、「大学異本考（第二篇）」（『林羅山文集』巻六十三）、「羅山随筆十一（46条）」（同巻七十五）があるが、その考証の拠り所として管志道、鄭中甫の名を挙げる。

(28) 註(26)前掲著三七九頁。

(29) 註(23)前掲著『藤原惺窩集　巻上』所載「藤原惺窩の人と学芸」の内、「鼇頭評注四書大全」の項を参照。

(30) 鵞峰は『大学或問私考』に次いで、延宝四年（一六七六）に『中庸或問私考』を著している。その「中庸或問私考跋」（『鵞峰林学士文集』巻一百三）に次のように記す。なお、『中庸或問私考』は内閣文庫所蔵、写本全二冊。

先考作学庸章句諺解、以蔵于家、以為貽厥之謀。余聊継其志、先年既作大学或問私考、今又講中庸或問、毎席提携其出処来歴、以為冊、復以私考名焉。

（二〇〇四年九月十六日稿了）

二　『性理字義諺解』の述作の方法と姿勢

一　はじめに

林羅山（一五八三―一六五七）の所謂晩年の著書に『性理字義諺解』がある。『林羅山文集』巻五十所収の「性理字義諺解序」には、「此の諺解　加賀羽林光高の求めに応じて作るなり」と附記して、その述作の契機を伝える。また、羅山の自筆写本が現存していて（内閣文庫所蔵）、その巻末には「己卯初夏朔述之　道春」と手識があり、寛永十六年（一六三九）四月一日に述作されたことを知る。羅山五十七歳の著作。南宋の陳淳（号は北溪、一一五九―一二二三）の『性理字義』（『北溪字義』とも）の国字解で、全五巻五冊、羅山没後の万治二年（一六五九）には刊本（四冊）として出版されている。

『性理字義』は朱熹を中心に周敦頤・張載・程顥・程頤の論説を合わせた、朱子学の基本用語解説書で、陳宓の序に拠れば、命・性・心・情より鬼神に至るまで二十五門に分類する。[1]羅山はすべて百九十二条としている。羅山二十二歳の「既見書目」（『羅山年譜』慶長九年）の中にも見えていて、朝鮮本に拠ったことが知られる（後述「三『性理字義』のテキスト」参照）。

我が国の朱子学の基礎を築いた江戸初期の朱子学者と羅山を位置づけることは、当り前に通行しているが、その検証が朱子学の枠組に沿った学説への言及の有無に留まるものであってはならないであろう。何より、朱子学への傾斜とその理論の把握の有り様がいかなるものであったかが、問われなければならない。その点、読書・博識を宗とした羅山の学問の全体像の中でそれを明らかにすること自体決して容易ではなく、なおかつ検討対象とする資料の存在においても忽せにできぬ障害が残る。

明暦三年（一六五七）の大火は羅山の書庫を焼失せしめた。その結果、蔵書とともに羅山の著書・筆跡の多くが焼亡した。羅山は書庫が焦土に帰した報告を聞き、「曰く、多年の精力一時に尽く。嗚呼、命なりと。終夜嘆息し、胸塞り気鬱して、明日遂に臥す」ことになり、その四日後に没したという（『年譜』明暦三年の条）。万治二年（一六五九）林鵞峰が編んだ羅山の「編著書目」（『林羅山集』附録巻四）には百四十七部の書名を掲げるが、「罹丁酉之災」すなわち明暦の大火に遭って焼けたと附記するものが四十五部に上る。その中には、羅山の儒学や朱子学理解の中心となるべき、経解・理学類の多くが含まれている。正保四年（一六四七）羅山六十五歳の春、鵞峰と読耕斎に分与した蔵書や『文集』所収の資料として見ることができるものがあるにしても、惜しみても余りある焼失であった。

こうした状況の中で、『性理字義諺解』は重視してよい資料の一つと考えたい。かつて源了圓氏は、羅山の経学思想の考察において『性理字義』の重視に着目し、「羅山が晩年陳北溪の『性理字義』を精読して（羅山が『性理字義諺解』を著したのは寛永十六年……）、これによって朱子学の理論体系についてのパースペクティヴを得て……」（『近世初期実学思想の研究』二四四頁。創文社　一九八〇年）と位置づけて、羅山の「天」の思想を論じている。源氏が『性理字義諺解』に注目されたことは研究史において特筆されているが、[2]私もまたこの『諺解』を注目したい。ただ、羅山の『性理字義』への関心は前述のように早年から認められ、内閣文庫所蔵の林家蔵書には、「元和七年辛酉（一六二一）七月　日羅山先生の本を借りて写す……」と朱筆にて奥書する写本『北溪先生性理字義』も存している。すでに重んじてきた書物であったことは明らかである。また寛永九年（一六三二）には和刻本も刊行されていることからすれば、[3]羅山がこの時期において、この書物を朱子学説の書物としてどのように扱っているかが問題になる。『性理字義諺解』は加賀の前田光高侯の求めに応じて著わすことが契機だと冒頭に記したが、序文にはこの『諺解』述作の意図を述べる形で羅山の学問観とその方法が如実に示されている。先ずはその点に注目したい。

二　述作の意図

「性理字義諺解序」は次のように書き起す。

> 性理字義の諺解出づ。或るひとの曰く、訓詁の学、記誦の習は、鉅儒の貴ぶ所に非ざるなり。故に古人言へること有り、章句の徒、大道を破砕すと。其の甚だしき者は、康成を以て支離と為し、晦翁を以て影響と為すに至る。況んや諺解をや。答へて曰く、嗚呼、是れ誰が私言ぞや。只だ恐らくは虚に馳せ等を躐えて高くして実無からんことを。此れ余が公言の秋《とき》なり。夫れ聖賢の心は言に見ゆ。其の言は書に見ゆ。若し字義を知らずんば、何を以てか之を明らかにせん。（原漢文。以下同じ）

この序は、『性理字義』の諺解を著すことに対する批判に答えるという形式に借り、述作の基本的姿勢を示すが、「訓詁の学・記誦の習」という批判を想定して自らの立場を表明しようとする。その主張は「字義」を標榜する学的必然性を展開するものであるから、『性理字義』という書物の取る学的姿勢を説明するものであってよいはずである。もともと「諺解」という述作そのことが「訓詁の学・記誦の習」と必ずしも直結するものではあるまい。ところがここでは「諺解」を述作する羅山自身が自らの学的姿勢として論じている。『性理字義諺解』を著すことに託して、自らの学問の方法を表明するものである。ならばこそ、「此れ余が公言の秋なり」と、この口吻は自らの基本認識を確信を持って天下に表明するかのようである。

訓詁の学・記誦の習は程朱学が戒めたことであったが、[4] ここには古人の言として『漢書』巻七十五・夏侯勝伝「建の所謂章句の小儒、大道を破砕す」をふまえるとともに、王守仁（陽明）の「月夜」詩の「影響尚ほ疑ふ朱仲晦、支離羞作す鄭康成」（『王文成公全集』巻二十・『外集』二、『学蔀通弁』巻九所収）の詩句を念願に置く。最も激しい批判者として、「朱熹はまだ実体でないものを追い求め、鄭玄は瑣末な訓詁に終始する」と揶揄する陽明の学的姿勢を措定する、ということである。さらに言えば、元の呉澄（草廬）が朱門末学の弊として「訓詁の精、講説の密なるに止まる」ことを挙げ、「彼の記誦詞章の俗学[5]と相去ること何ぞ能く寸を以てせんや」と厳しく陳淳を批判するのも（程敏政『心経附注』巻四所引「尊徳性斎」附注）、重ね合せることができるだろう。

羅山は、この措定した批判に対して、朱子学において斥けられる「馳虚躐等、高而無実」との懸念を以て一蹴した上で、「夫聖賢之心、見於言、其言見於書。若不知字義、何以明之」と、自らの基本的な見解を述べている。そうして序は「字義を識らざれば、則ち其の言を知り難し。其の言を知らずんば、則ち何を以てか聖賢の心を得んや」と反復する。字義を知ることを学問の根底におくかのようだが、羅山の力点は単にそこにあるのではない。『諺解』の初めに羅山は「字義」について、「字義ハ文字ノ義ナリ。程子ノ論語ヲ読テ文義ヲ暁ルトイヘルモ、文字ノ義解ナリ」という。程子のことは、『論語集注』論語序説所引「程子曰、頤自十七八読論語、当時已暁文義、読之愈久、但覚意味深長」を指しており、書（経書）を読むことを何よりも意識する。従って、経書を読む上で、漢儒の箋注も朱熹の章句も初学者にとって有効なものであって、その弊とする問題は学ぶ側に帰することである。

漢儒は善く経を説く者なり。箋注微かりせば則ち初学庸詎《なにをもっ》て（ママ）か字義を知らん。其の支離有りて円備ならざるは、乃ち見る者の弊へなり。晦翁は諸儒の大成を集めたる者なり。章句微かりせば則ち庸詎てか経の旨を知らん。其の影響を認めて形声と為すは、乃ち後学の弊へなり。

羅山が『諺解』を述作するのも、「人をして読みて暁り易からしめんと欲する」ことにある。読解を容易ならしめて、聖人の書を読み聖人の心を求めればよいのだとして、経書を読むことに集約する。

庶幾はくは浅き自り深きに至り、卑き自り高きに昇り、実に等級有つて此れに由つて進み、聖人の書を読み聖人の心を求めれば、其れ可なり。人を絵く者は心を絵くこと能はず。然りと雖も、書は心の画なり。其の絵き難きの心を写すは書なり。然らば則ち聖人の心豈に外に求めんや。是れ晦翁・北渓相ひ授け受くる意《こころ》か。汝が問ふ所の如くんば、其の蔽必ず学を廃するに至らん。殆んど夫子夫《か》の佞者を悪むの責めを免れざらん。

書（経書）以外には聖人の心を求め得ないと断じて、「読書」を学問の要諦として主張するのに、「書、心画也」の句、及び「絵人者、不能絵其心」の論をここに用いることについては、羅山の特質として前稿で論じた。(6) 羅山はこの学的意識こそ、朱熹から陳淳に授受されたものと確信し、措定した批判者は学を廃絶するに陥るとまで切り捨てる。それは、孔子が「夫《か》の佞者を悪む」とした理由――子路の「何ぞ必ずしも書を読みて然る後に学と為さん」（『論語』先進）という「読書」の軽視にあることは、言うまでもない。

三　『性理字義』のテキスト

『諺解』は国字解で、基本的に漢字片仮名交り文だが、『性理字義』の原文をそのまま書き下すものではなく、またただ口語訳するものではない。その記述には羅山の学問の特質と性格が見てとれるように思われる。本稿では、二十五門に分つ基本用語の中でも枢要な概念「道」から検討材料を取ってみることにする。それは述作の体例上際立って目立つからではなく、この基本概念が学問上本来的に担う意義からして、その説解には羅山の理解と方法とがよく示される事例になり得ると考えてのことである。『諺解』は羅山の自筆写本に拠り、『性理字義』の原文は先に（三頁）言及した林家蔵本として伝わる元和写本に拠り、併せて寛永九年和刻本を参照する。後述の中で明らかにするが、三本は共通するテキストと考えられるからである。

「道」については、『諺解』巻三に「道字　凡九条」として収載するが、九つの題目のもと、原文を掲げずに説明する。便宜上、番号を付して題目を列挙すると次の通りである（返り点・添え仮名は省く）。

(1) 論道是人所通行之路　(2) 論老荘言道之差　(3) 論仏氏言道之差
(4) 論事物皆具此道　(5) 論学者求道之要　(6) 論道無所不在
(7) 論聖賢言道之旨　(8) 論韓老言道之差　(9) 論韓公見道之差

羅山が初年に手にした『性理字義』が朝鮮本であったとする見解は、夙に阿部吉雄氏が示している。(7) すなわち朝鮮嘉靖三十二年（明宗八年　一五五三）丁応斗校の慶尚道（現慶尚南道）晋州刊本がそれで、内閣文庫に林家蔵本として伝える。元和写本はこの晋州刊本と行格も一致し、寛永九年和刻本もまたこれと一致する。元和写本も寛永九年和刻本も晋州刊本に拠る同一系統本ということになる。さらに注目すべきは、寛永九年和刻本は晋州刊本を単に翻刻するというよりは、元和写本を参照すると考えられる点である。元和写本は前述したように元和七年に「羅山先生の本を借りて写す」との奥書が附せられており、つまるところ羅山の関与を推定することになる。厳格に行格を一致させているにもかかわらず、晋州刊本にはなく、元和写本の中に見られる注記等が、寛永九年和刻本にはそのまま反映されて、併せて刻せられているからである。それはテキストの錯誤・闕漏をめぐる注記の類であって、「羅山先生の本」においてすでに加えられたものを忠実に転写し、それを踏襲する、と推定するのが自然かと考える。その詳しい報告は別稿に譲るが、この「道字」の条においてもそう推定したい有力な根拠が見出せるので、言及しておきたい。

この晋州刊本系のテキストが有する体裁上の一特質は、各条に題目を掲げることである。先に列挙した『諺解』の「道字」九条の題目は、晋州刊本、元和写本、寛永九年和刻本と同一のものであって、従って羅山『諺解』の『性理字義』原文は晋州刊本系のテキストであることは疑問の余地はない。ただ、九条の題目は三本と同一であると述べたが、⑴の題目については興味深い問題が浮かび上がる。当該部分について、晋州刊本は空行のままだが、元和写本「題目闕。恐当作論道是人所通行之路」、寛永九年和刻本「題目闕。恐当作論道是人所通行之路」、『諺解』「論道是人所通行之路」となっている。確かに体例上、晋州刊本に題目の闕落があると推せられる箇所で、元和写本つまり「羅山先生の本」はそのことを指摘し、かつその題目を推察するのである。寛永九年和刻本がその記載をそのまま補っているのは、元和写本そして「羅山先生の本」に従っていることの、有力な証左となろう。そして『誤解』がその推察の題目のみを挙げて、ここに特段の説明を付け加えることをしないのは、まさに自らがこの見解を取ったからではないか。『諺解』がこの題目を掲げるのは、決してこの経緯と無縁ではなく、むしろ如上に推定するように、羅山の関与するテキストの問題として捉えたい。

さて本稿では、「道字」のうち、⑺「論聖賢言道之旨」と⑼「論韓公見道之差」を検証の俎上にのぼすことにするが、⑺「論聖賢言道之旨」においても、このテキスト上の経緯がうかがえるので、その点を先に指摘しておきたい。

本条原文一行目は、晋州刊本には次のようにある。刊本の行格は一行十八字である。

易説一陰一陽之謂陰陽気也形而下者也道

これを元和写本では

易説一陰一陽之謂道陰陽気也形而下者也道

と記している。『易』繋辞伝上「一陰一陽之謂道」を引いての論述であることは明白で、晋州刊本は「謂」の下、「陰陽」の上に「道」字を脱してしまっている。元和写本はそれを補正する意図のもとに、右のように書いている。「易説一陰一陽之謂道陰陽気也……」とせずに、「……謂道陰陽気也……」と書くのは、原拠とする晋州刊本の一行十八字の行格と字面をあくまで覆するという方針からであろう。これについて、寛永九年和刻本は「易説一陰一陽之謂道陽気也……」として、「道」の傍に「陰」字が入ることを、行の右の余白に「陰」字を刻しそれを当該箇所に導く細線を付すという、格別の配慮を加えた扱いをしている。それにしても、ここにも元和写本（「羅山先生の本」）の補正がそのまま反映されていると見てよい関係が認められるのである。『諺解』は「易説一陰一陽之謂道トハ、上繋辞ノ語ナリ」と説き起し、「道」字を補った句として示しており、補正の経緯には言及していない。自明のこととしているのである。

四　述作の方法（其の一）

（1）

『諺解』の述作の方法、説解の姿勢、スタイルを明らかにするために、説解の対象となる当該の『性理字義』原文を掲げ、次に『諺解』を掲げる（ただし、返り点・添え仮名は省く）。

論聖賢言道之旨

易説一陰一陽之謂道。陰陽、気也。形而下者也。道、理也。只是陰陽之理、形而上者也。孔子此処是就造化根原上論。大凡字義、須是随本文看得透方可。如志於道、可与適道、道在邇等類、又是就人事上論。聖賢与人説道、多是就人事上説。惟此一句、乃是賛易時、説来歴根原。儒中窃禅学者、又直指陰陽為道、便是指気為理了。

『諺解』

易説一陰一陽之謂道トハ、上繋辞ノ語ナリ。程子曰、離了陰陽、便无道。所以陰陽者、是道也。陰陽気也。気是形而下者。道是形而上者、則是密也。又云、道非陰陽也。所以一陰一陽者道也。朱子曰、陰陽迭運者気也。其理則所謂道。爰ニ云フ意ハ、陰陽ハ気ナリ、形シテ下ナルモノナリ。道ハ理ナリ、是陰陽ノ理ニシテ、形シテ上ナルモノナリ。理ハ、本是一ナリ。其形アルモノヲハ、器ト云フ。其形アラサルモノヲハ、道ト云フ。然レトモ道ハ器ニアラスンバ（ママ）顕レス。器ハ道ニアラサレハ建立セス。陰陽モ又器アリ。陰陽迭ニ運テ循環スル故ハ、道ナリ。一陰一陽、往来ヤマサル処ヲ指テ、道ノ体ヲアカス。譬ヘハ、一日ヲ以テ云ヘハ、昼ハ陽ニシテ、夜ハ陰ナリ。一月ヲ以テ云ヘハ、十五日以前ハ陽ニシテ、十五日以後ハ陰ナリ。一年ヲ以テ云ヘハ、春夏ハ陽ニシテ、秋冬ハ陰ナリ。古ヘヨリ今ニ至ルマテ、如此運テ来リ去。只是陰陽、誰レカ如此セシムルヤ。即道ナリ。繋辞ハ、孔子ノ作ナリ。此処ニテ造化根原ノ処ニツイテ論ス。凡ソ字義ハ、本文ニ従テ見通シテ、可ナルヘシ。論語云、志於道。又云、可与適道。孟子離婁上云、道在邇而求諸遠ノ類ヒハ、人事上ニツイテ論ス。聖賢ノ人ノ為ニ道ヲ説ク、多ク人事ノ上ニツイテ説ク。只此一陰一陽ノ一句ハ、孔子易ヲ賛スル時ニ、道ノ来歴ノ根原ヲ説クナリ。儒者ノ中ニ、ヒソカニ禅学ヲススメルモノハ、直ニ陰陽ヲ指テ道トス。即是気ヲ指テ、理トスルナリ。陰陽ハ是道ニアラス。陰陽ノ理ハ道ナリ。故ニ一陰一陽ヲ道ト云フト云ヘリ。

太極ハ理ナリ、即是道ナリ。陰陽ハ気ナリ。然ルニ程復心カ輩ラ、誤テ太極ヲ指テ気トス。老荘ノ旨ニ陥テ、太極図説ノ趣キニ背リ。既ニ理アレハ即気アリ。僅ニ気アレハ即理アリ。理気ハ同クアリ。形アレハ影アルカ如シ。今日形アリテ、明日影アリト云フヘカラス。是理気ノ弁ナリ。明朝ノ王陽明カ、理ハ気ノ条理ナリ、気ハ理ノ運用ナリト云フカ如キニ至テハ、宋儒ノ説ニ異ナリ。

古来易ヲ読モノ、一陰一陽ヲ、陰ニモカタキナク、陽ニモカタキナシヨメリ。二ハ、相対スルモノアリ、一ハ、相対スルモノナシ。其敵対スルモノナキニ因テ、一ノ字ヲ、カタキナシト点セリ、程子朱子ノ意ニカナハス。

『諺解』の説解は、『性理字義』原文の文脈に沿いながらも、単なる逐語的に文を辿る訳出ではない。ここの前半においては、「一陰一陽之謂道」の典拠を明示し、かつこの「字義」の解説の拠りどころと言うべき、程頤・朱熹の発言を原文の形で明示している。その上で、説明を附加しながら、原文の意味を説解している。しかも附加する説明においても、明記はしないが十分に程朱の発言をふまえたものとなっている。その典型は傍線部「譬ヘハ一日ヲ以テ云ヘハ……」の説解に見てとれる。一見、羅山自身に拠る譬えに借りての文章として読めるが、明らかに『朱子語類』巻七十四「易十　上繋上・第五章」の次の一条をふまえている。

或問一陰一陽之謂道。曰、以一日言之、則昼陽而夜陰。以一月言之、則望前為陽、望後為陰。以一歳言之、則春夏為陽、秋冬為陰。従古至今、恁地滾将去、只是箇陰陽、是孰使之然哉。乃道也。

これは羅山が読破してきた書物の記事を羅山なりに取捨選択して説解に用いるもので、『字義』の訳出というより、『字義』を講じた陳淳と同等の立場、意識で述作している、と言って過言ではあるまい。

また、羅山がこのように『朱子語類』の資料を駆使していることは、あらためて注目してみることができる。阿部吉雄氏は「羅山には、四書五経の朱子学による解釈と訓点が中心の問題であったので、文集や語類を精読するところまでは、まだ及ばなかったといってよいと思う」とされ、「朱子の思想学説を把握するために、朱子の文集と語類を精密に研究する態度は、わが国では山崎闇斎から始まったといってよいかと思う」との見解を示されている。とりわけ『朱子語類』については、羅山は「余り深くは研究しなかったものと想像される」としている。[8] 阿部氏の本意は、朱子の思想に肉薄していくための『語類』『文集』の精読、吟味探究の姿勢について、山崎闇斎の学風との対比を念頭に、このように指摘すると理解できる。ただこれがいたずらに羅山における『朱子語類』の理解の有り様を軽視することになるのは、慎重でなければならない。阿部氏が山崎闇斎の『朱子語類』の読解において、俗語の解読と研究に注目したことは、羅山においてもその読解のいかんが問題になって然るべきことである。

そもそも『朱子語類』資料の読解という観点に立てば、『語類』その書は勿論のこと、『大全』等の元明朱子学末疏にも『語類』の資料が収載されており、間接的ながらもその読解を試みたことになる。この点、『性理字義』もまた『語類』をはじめ俗語体の文章が混在しており、従って『諺解』にはその読解の姿を反映しており、しかも右に指摘したように『語類』資料をふまえて読解していることを指摘しておきたい。その読解力は本稿で取り挙げる検討資料を通じても一端がうかがえるが、羅山や惺窩の『語類』読解の有り様については、別途私見を問うことにしたい。

本条後半の『読解』は、『字義』の引用句が『論語』『孟子』のものであることを明示し、文脈を平易かつ明解に辿って説いている。そうしてその後に一格下げた体裁で二つの説明が附記されている。『諺解』全体を通じて適宜附せられているもので、『性理字義』に相当する原文があるわけではなく、言わば羅山独自の工夫である。内容は本条及び次の条で例示するように、本文の説解を補足する注記・補説・余説（以下、便宜上補説と記す）と捉えることができるが、羅山の学説とともに羅山の学風もうかがい知ることができる。

ここに附する補説二条のうち、後者は『易』の「一陰一陽」の訓みに関することで、古注に基く所謂古訓点の訓じ方にまで言及している。一方、前者はそれとは全く異質のことで、『太極図説』及び理気説の理解を取り挙げている。新注による経書の訓点は羅山の学名を後世に伝えるが、後者は羅山の理気説を考える上で興味深い材料を内含しているように思う。

(2)

羅山が王陽明の「理者気之条理也。気者理之運用也」(『伝習録』巻中「答陸原静書第二」)の発言に着目して、理気説を考えようとしたことは、井上哲次郎をはじめ先学の言及してきたところである。[9] 寛永十三年(一六三六)五十四歳の時、朝鮮通信使に対する質問の中にこの説が取り挙げられ(『林羅山文集』巻十四「寄朝鮮国三官使」)、寛永十七年(一六四〇)五十八歳、後継となる林恕(鵞峰、二十三歳)林靖(読耕斎、十七歳)兄弟に示した修学上の問対「示恕靖百問」中の「理気」には、「謂ふ、理気の弁を聞かん。近代の儒者云く、理は気の条理なり、気は理の運用なり。果して是れ可か不可か」という課題としている(同巻三十四)。「羅山随筆第四」(同巻六十八)には「陽明子曰」(第三十七条)「大明王守仁云」(第八十四条)と陽明の名を明記してこの理気説を引き、多くの理気の議論のなかでこれを手掛かりにすることをいう。[10] こうした羅山の姿勢は、すでに早年期に「寄田玄之書」(同巻二)において、

太極は理なり、陰陽は気なり。太極の中、本と陰陽有り。陰陽の中、亦た未だ嘗て太極有らずんばあらず。五常は理なり、五行は気なり。亦た然り。是を以て或は理気分つ可からざるの論有り。勝(羅山)其の朱子の意に戻るを知ると雖も、而も或は強ひて之を言ふ。

と論じていることから、朱熹の理気説から外れることを自覚しながら、陽明の理気説を支持したと理解されることが多い。

とくに阿部吉雄氏は、羅山の理気説の形成をめぐり、これを次のように論じている。初め明の羅欽順(整庵)の『困知記』を通じて理気不可分説、主気説に共鳴し、やがて朝鮮の李退溪の『天命図説』を読んで研究したが、陽明

の件の理気説を発見してから、終に主気的思想を持ち続けて変らなかった——。[11]阿部氏は朝鮮朱子学の研究を開拓進展させ、日鮮明における朱子学二系統として「主理派」「主気派」の流れを立てて、日本にも二派の学風の相違が波及することを考察している。従って、羅山の理気説の位置づけにおいても、羅整庵『困知記』を主気的説の、李退溪『天命図説』を主理的説の、それぞれ典型と目することから、羅山が途中、『天命図説』に関心を寄せながらも、早年の『困知記』より得たものが、陽明の言葉の発見に結びつくと考えており、「林羅山の理気説は、王陽明の説より発想されたものではなく、初めは朝鮮本『困知記』より得たものではあるまいか」としている。

さて、この『諺解』における陽明の理気説の取り挙げ方は、その説が「宋儒ノ説ニ異ナリ」と断ずるのみで、その可否にまで言及していない。ほぼ同時期の「示恕靖百問」とは著作の性格を異にしながらも、この理気説を積極的に取るかどうか断定しない点では共通するものがある。しかしながらそれに先立つ『諺解』の数行の説明は、考察の対象とした資料の所在とその扱い方を暗示してくれている。

一つは元の程復心の説を非難する点で、『四書章図檃括総要』[12]巻上に所載の「易有太極之図」において、五重の同心円のうち、中央「太極」の圏内にさらに小圏を設けて「気」字を明記することを問題にしている。程復心『四書章図纂釈』は、羅山二十二歳「既見書目」に見えていて、羅山にとって既知の説であるはずだが、明の薛瑄（敬軒）の『読書録』に同じく程復心の説を批判することに留意しておきたい[13]。

程復心　太極図を将て中に一の気の字を着く。又従りて之を釈して曰く、太極は未だ象数有らず、惟だ一気のみと。乃ち漢儒三を函して一と為し、老荘太極を指して気と為すの説なり。其の周子朱子の旨を失すること遠し。

（『読書録』巻八）

薛瑄は理気について理先気後説を取らず、「理気不可分先後」の説を主張するが、「理気は先後を分つ可からずと雖も、然も気の是くの如くなる所以の者は、則ち理の為す所なり」（同巻四）というように、理に主宰性を認めている点、羅欽順の主気説とは立場を異にしている[14]。

注目したい二つめは、『諺解』が「既ニ理アレバ即気アリ。僅ニ気アレバ即理アリ」と説く点で、これも理気の先後説を斥けて同時に存在することをいうもので、主張は決して奇異ではない。ただ理気の相即をいかに説くかと見るとき、この端的な言い方は案外見られないのではないか。その点、李退溪『天命図説』中の、次の文章との関係を考えるのは、行き過ぎであろうか。

　天地の間、理有り気有り。纔に理有れば便ら気朕すこと有り。纔に気有れば便ち理在る有り（第二節論五行之気）

早年から「天命図説」に関心を抱いた羅山は、かの元和写本と同じ年、元和辛酉（七年）の跋文を複数残し、その跋文を附して正保三年（一六四六）書肆より和刻本が刊行されている（右の引用原文はそれに拠る[15]）。

さらに「理気ハ同クアリ。形アレバ影アルカ如シ。今日形アリテ、明日影アリト云フヘカラス」と説明するのは、『朱子語類』巻一「理気上」の所謂理先気後説をめぐる朱熹の発言の一条を想起させる。

　問、有是理便有是気、似不可分先後。曰、要之、也先有理。只不可説是今日有是理、明日却有是気、也須有先後。

朱熹のこの発言の主旨は、時間的な先後関係でないとしながら、理が原理として気に優先することを説くが、羅山は理気が同時にあることを形影の関係に比擬して、「今日形アリテ、明日影アリト云フヘカラス」と言い換えている。朱熹の喩えを転用したと言ってよい。この喩えは理気が同時に併存することを強調するものであっても、主体は「形」つまり理にあることになる。従って羅欽順『困知記』が繰り返し、理気を二物と認識することを否定することを考えても、少なくともここでは羅欽順の理気説に重ねることは難しいように思う。

こうした検証を通して浮かびあがる羅山の態度は、若年から渉獵読破してきた書物から得たものを、羅山なりに理解消化したところで整理している、ということになる。その点をさらに別の一条で検証してみよう。

五　述作の方法（其の二）

（1）

次の一条は「道字」の第九条に相当する。掲げ方は前条と同じだが、『諺解』に七つの補説が附せられており、紙幅の都合上一部はその冒頭の引書名等を示すに留める。それでも長い資料の掲載となるが、羅山の学癖とも言うべき面が明瞭になることから、繁を煩わずに引挙したい。

論韓公見道之差

韓公学無原頭処。如原道一篇、鋪叙許多節目、亦可謂見得道之大用流行於天下底分暁。但不知其体本具於吾身。〔＊〕故於反身内省処、殊無細密工夫。只是与張籍輩吟詩飲酒度日。其中自無所執守。致得後来潮陽之貶、寂寞無聊中、遂不覚為大顚説道理動了。故俛首与之同遊。而忘其平昔排仏老之説。

『諺解』

韓文公カ学問、原頭ノ処ナシ。原頭ハ、本源ナリ。ワキイツル水ヲ、源頭活水ト云フモ是ナリ。原道一篇、韓カ作ナリ。許多ノ品節条目ヲシキノヘタリ。此道ノ体用、天下ニ流行スル処ヲ、見得エルコト分明ナリト云フヘシ。然レトモ此道ノ体、本ヨリ我身ニ具スルコトヲ知ラス。故ニ身ニカヘリテ、内ニ省ル処ハ、細密ノ工夫ナシ。韓只道ノ用ヲ見テ、道ノ体ヲ知ラス。常ニ張籍カ輩ト、詩ヲ吟シ酒ヲ飲テ、日ヲ度リ時ヲ移ス。具心中、執リ守ル処ナシ。後ニ潮陽ノ貶ヲ得トハ、潮州ヘ流サルルコトナリ。其配処ニテ、寂寞無聊ノ中、大顚ト云フ僧ニ逢リ。

寂寛ハ、サヒシキコトナリ。無聊ハ、無頼ナリ。タノモシケナシトヨメリ。タヨリモナク、力モナキ義ナリ。大顚ハ仏者ニテ、物欲ノ為ニ心ヲ乱ラス。韓是ヲ見テ、其道理ヲ説クヲ聞テ、驚キ動サレテ、首ヲ俛テ、大顚ト相共ニ従ヒ遊フ。其平生仏老ヲ排スルノ説ヲ忘レタリ。俛首トハ、屈服スルノ義ナリ。韓カ作ル原道ニモ、仏骨表ニモ、浮屠文暢ニ与ル序ニモ、其余ノ詩文ニモ、多ク仏者ト老者トヲ排ヒスツ。進学解ニモ、觝排異端、攘斥仏老ト云ヘリ。李漢カ韓文ノ序ニモ、酷排釈氏ト云ヘリ。

韓カ原道ノ趣キハ、我儒ノ仁義道徳ヲ説テ、老子ノ仁義道徳ハ、其私言ニテ、我言フ処ニアラス。孔子没シテ後、老仏ノ徒出テテ、仁義ヲ知ラス。道徳ヲ誤ル。古ノ民ハ、士農工商ノ四民ナリ。今仏老ヲ加ヘテ六トス。古ヘノ教ヘハ、儒道一ツナリ。今ハ仏老ヲソヘテ三教トス。一農家ノ粟ヲ、六民是ヲ食ユヘ《ママ》ニ、民困窮シテ、盗賊ヲナス。聖人ノ法ニ斗斛権衡アリ。彼ハコレヲウチワリオラハ、民アラソワジト《ママ》云フ。聖人ノ教ヘハ、人倫ノ外ニアラス。彼ハ君臣ヲステ、父子ヲステテ、清浄寂滅ヲ求メント云フ。只其心ヲ治メテ、天下ヲ忘レ、国家ヲ忘ル、夷狄ノ法ナリ。夷狄ノ法ヲ、先王ノ教ヘノ上ニ加ヘントスルトキハ、人皆夷狄トナルヘシ。先王ノ教ヘハ、仁義道徳ナリ。其シルセル文ハ、六経ナリ。其民ハ、士農工商ナリ。其位ハ、君臣父子等ナリ。此道明ニシテ、此教行ルルトキハ、天下国家、相当ラサル処ナシ。此道ハ仏老ノ道ニアラス。此道ハ堯舜禹湯文武周公孔子孟子相伝ルノ道ナリ。然ラバ仏老ノ道ヲ塞カスンバ、聖人ノ道行ハレシ。先王ノ道ヲ明ニシテ、人ヲ導キ養フコトアラハ、可ナラン。

張籍字ハ文昌、韓退之ニ従テ遊フ。唐書本伝并ニ才子伝ニ見タリ。退之カ文集ニ、張籍ニ贈答スル詩多シ。又往来スル書簡モアリ。又退之月ヲ翫テ、張籍カ至ルヲ喜フ詩ニモ、惜無酒食楽、但用歌嘲為ト云フトキハ、退之、張籍詩ヲ吟シ酒ヲ飲ナリ。其余皇甫湜、孟郊、賈嶋《ママ》、李翺等モ、退之ニ従テ遊ヘリ。

憲宗皇帝仏骨ヲ迎ヘテ、禁中ニ入ルルトキ、退之表ヲ奉テ諌ム。帝怒テ、退之ヲ潮州ニ配流ス。退之カ詩ニ、一封朝奏九重天、夕貶潮陽路八千。又潮陽南去倍長沙　恋闕那堪又憶家ト云フハ、皆潮州ノ事ナリ。

韓文十八、与孟簡書云、潮州有一老僧、号大顚（以下略）。

韓文外集第二、与大顚書三篇アリ。其一日、愈啓（以下略）

五灯会元第五、石頭遷法嗣潮州霊山大顚宝通禅師伝云、韓文公一日相訪（以下略）

韓カ大顚ニ与フル三篇ノ書ハ、偽作ナリ。韓カ作ニアラス。仏ヲ好ムモノ、カコツケテ作ルト云人モアリ。或ハ此三篇ハ、韓ニアラスンハ、作ルコトアタハジ（ママ）ト云人モアリ。朱子ハ、此書韓カ作ナリト思ヘリ。仏ヲ好テ作ニアラス。韓既ニ僧澄観文暢等ト会合スルコトアリ。潮州ニテ寂寞ノ時、大顚ト相逢コトアルヘシ。ナンソ不可トセンヤ。北溪カ韓ヲ譏ルコト、程朱ノ本意ナルヘシ。然レトモ薛文清曰、程朱ノ退之ヲ議スルハ、惜テ備《ツフ》サナランコトヲ責ルナルヘシ。後人若程朱ニアラスシテ、韓ヲ譏ルハ、己カ量ヲ知ラサルナリ。

本条は韓愈の「道」の体得のいかんを問題にする。およそ二程や朱熹の韓愈評価は、その論著の中に「道学」に繫がる見識を認める一方で、性説を中心に程朱の学説と相容れぬものが存することから、所詮その学問は「文」から「道」を志向した者として、「道」の洞察そして体得において不徹底だ、と批判している。陳淳の言葉もそれを受けて、「韓公の学、原頭の処なし」と手厳しい。ここに言及する「原道」は、「道」の意識のもとに仏老の道を斥け、儒家の仁義道徳こそ真の「道」だと論じ、論中に道統説や『礼記』大学の一節を説くこともあって、「道学」の先駆的論文と評価される。この条でもそれを評価しながら、「然レトモ此道ノ体、本ヨリ我身ニ具スルコトヲ知ラス」と批判を展開している。問題はこの直後に潜んでいた――。

『性理字義』の刊本は、宋代に二種類の刊本が刊行され、後世に伝わる過程で宋本を失いながらも刊行が繰り返されている。一九八三年理学叢書（北京　中華書局）の一冊として出版された、熊国禎・高流水点校『北溪字義』が諸本を参校した、今日最も有力なテキストとされる。[16] 一方、江戸時代に刊行された『性理字義』には二種類あり、一種は本稿で対象とする、換言すれば羅山が用いたテキストと連なる寛永九年刊本であり、もう一種はそれから三十数年後、寛文八年（一六六八）に刊行されたものである。残念ながら、和刻本は理学叢書本で校合の対象としては言及されていない。

問題が潜むとするのは、理学叢書本が主要な校本とした康熙甲午（一七一四年）顧刻本（顧仲、戴嘉禧、顧秀虎刻本）には、右の原文〔＊〕の箇所に、次の十三字があることである。

朱子譏其引大学不及致知格物

この一句があるならば、「故於反身内省処」以下の文章は、すべて「朱子譏」が掛かる文脈として読める。すなわち、「朱子は、韓愈が（「原道」の中で）『大学』を引きながら「致知格物」まで言及しなかった。だから我が身に反省するところは、格別細密の工夫もしない。ただ張籍などと詩を吟じ酒を飲んで過ごしていた。（中略）以前に仏老の説を排斥したことは忘れてしまった、と譏っている」と読むことになろう。顧刻本に見えるこの十三文字があった方が、「原道」を取り挙げて韓愈の「道」の認識のいかんを非難する文脈は、確かに滑らかである。また、「故於反身内省処」以下の文章は、『朱子語類』巻百三十七「戦国漢唐諸子」の一条に見える語句と共通し、[17] かつ説かんとする点も一致していて、朱熹の韓愈非難の言葉として扱うことは、十分首肯できる。

韓愈が「原道」において

伝曰、古之欲明明徳於天下者、先治其国。欲治其国者、先斉其家。欲斉其家者、先修其身。欲修其身者、先正其心。欲正其心者、先誠其意。

と引きながら、「欲誠真意者、先致其知。致知在格物」に及んでいないのは、周知の通り。「格物致知」を学の根底におく朱熹からすれば、学の根本を外したことになる。このことは、『大学或問』にも論難するところで[18]、しかも『四書大全』所収『大学大全』の当該部分には、

朱子曰、原道挙大学、却不説格物致知。（中略）這様都是無頭学問。

と注を附している。

羅山の『諺解』は、依拠する原文に沿ったままに文義を読解することから、「韓只道ノ用ヲ見テ、道ノ体ヲ知ラス」との論理を補うことで、上下の文脈の整合性を図るべく、工夫を試みている。その結果、末尾の補説に「北渓カ韓ヲ譏ルコト、程朱ノ本意ナルヘシ」と評することになるのは、この原文に従う限り已むを得ぬ読解ということになる。ただそれにしても、補説の第一条に「原道」の要約を附するのは初学者への配慮であるにしても、この中で「大学」の引用の問題に言及することも十分考えられただけに、羅山の学識からすると訝しくさえ感ずる[19]。それに代って『諺解』の説解は、原文には触れぬ、韓愈の仏老批判の面に言を費し、「原道」と並べて他の文章名を例示しながら、それを強調している。羅山はそこに韓愈の「道」の認識をめぐる評価の重点をおいている、ということになる。

（2）

また、『諺解』の本条において直ちに気付くのは、補説の多さだが、その中でも張籍、潮陽の貶、大顚についての条は、原文に見える人物や事項に関して根拠となる資料や関連記事を注記する、といった性格のものである。「読書」で培ってきた博覧強記の考証の気味は、羅山の学問の特徴とも言うべきであって、ここにもその一面が現れていると言ってよかろう。

とくに注目してみたいのは、韓愈の「大顛師に与ふる書」三篇について、先ずその所在を明示した上で、補説末尾の条に羅山自身の見解を述べる点である。「与大顛師書」をめぐって、後世まで諸家が聚訟して已まぬ展開を辿ることは、『韓昌黎集外集』の諸注釈を見ても明らかだが、議論が紛紜としているといって過言ではない。銭鍾書『談芸録』（上海開明書店　一九四八年。同書『補訂本』北京中華書局　一九八四年）中の「昌黎与大顛」は、今日のすぐれた考証と考えるが、『補訂本』において二則の「補訂」を加えるほど、資料には事欠かない。ここではその考証を再検証することは控えて、羅山の見解とその拠るところに焦点を当てることにする。

「与大顛師書」の最も根本的な問題として、韓愈の作かどうかの真偽に関する議論がある。その中心には、欧陽修と蘇軾、そして朱熹の見解がある。欧陽修はこの書簡を韓愈の作つまり真と認めるもので、「集古録跋尾」巻八「唐韓文公与顛師書」（『欧陽文忠公文集』巻一百四十一所収）に拠る。蘇軾はこれを偽作と考えるもので、「記欧陽論退之文」（『東坡題跋』巻一、『蘇軾文集』巻六十六所収）に拠る。蘇軾のこの雑記中には、次のように記す。

韓退之の大顛を喜ぶは、澄観・文暢を喜ぶの意の如くにして、了《つひ》に仏法を信ずるに非ざるなり。世乃ち妄りに退之の大顛に与ふる書を撰す。其の詞は凡陋にして、退之の家の奴僕も亦た此の語無し。一士人、其の末に於いて妄りに題する有りて云ふ、欧陽永叔謂へらく、此の文は退之に非ざれば能くする莫しと。此れ又た永叔を誣ふるなり。

朱熹は、これら欧陽修・蘇軾の相対立する意見を伝える記事を検討することを通じて、この書を韓愈の作と認めるもので、朱熹の『韓文考異』中にその考証を見ることができる。その中で次のように判断している。

余を以て之を考ふるに、伝ふる所の三書、最後の一篇、実に文理を成さざる処有り。但だ深く其間の語意の一二を味はば、文勢抑揚あり。則ち恐らくは欧（欧陽修）袁（袁陟）方（方崧卿）の意、誠に過つと為さず。但だ意ふに或は是れ旧本亡逸し、僧徒記す所真ならず、脱誤有るを致さん。

書簡三篇の中で、最も字数多く内容もある第三篇に混乱脱誤を疑いながらも、確かに基本的に韓愈の作であることを是認している。また「与大顚書」の扱いは、韓愈の「与孟尚書（孟簡）書」中に見える大顚との交遊を記す文章の受け止め方とも連動し、朱熹『考異』はその記事を一致させて、韓愈の言動を考えている。

「与孟尚書書」は元和十四年（八一九）「論仏骨表」によって罪を得、潮州に流された韓愈が、当地で大顚と交遊し仏教を奉ずるようになったとの風聞を意識して書いており、従って韓愈の大顚を評する文章の適否が韓愈の排仏の主張と結びつけて論じられる。「与孟尚書書」についての朱熹『考異』中、次のように言う。

蓋韓公之学、見於原道者、雖有以識夫大用之流行、而於本然之全体、則疑其有所未睹、且於日用之間、亦未見其有以存養省察、而体之於身也。是以雖其所以自任者不為不重、而其平生用力深処、終不離乎文字言語之工。至其好楽之私、則又未能卓然有以自抜於流俗、所与遊者、不過一時之文士、其於僧道、則亦僅得毛千・暢・観・霊・恵之流耳。是其身心内外所立所資、不越乎此。亦何所拠以為息邪。距詖之本、而充其所以自任之心乎。

その主旨は『性理字義』の本条と同じであって、傍線部を本条原文と照合するとき、むしろこの「字義」の記述の原拠となる資料の一つと見なしてよいであろう。『考異』は韓愈の学問が道の認識と内省の継続した取組に欠けることから、一旦潮州に放逐されると、憔悴無聊のうち、平生の飲博適従の楽しみを持てぬまま鬱鬱とした思いをはらせず、その状況下で突然大顚と出会ったのだと説明する。そうして「与孟尚書書」中に大顚について記す、「実に能く形骸を外にし、理を以て自ら勝ち、事物の為に侵乱せられず。之と語るに、尽くは解せずと雖も、要は自ら胸中滞礙無し。図りて与に来往せり」の叙述は、かかる状態での発言と位置づけている。

羅山『諺解』の補説五番目に「韓文十八、与孟簡書云、潮州有一老僧、号大顚……」と引挙するのは、この「与孟尚書書」の当該の一段である。朱熹の韓文をめぐる見解は学ぶ者ならば既知のことに属するとは言え、本条の補説として、「韓文十八、与孟簡書」「韓文外集第二、与大顛師書」「五灯会元第五」の順に並べるのは、羅山なりの資料に対する配慮が働いていると言える。そこでは、「与大顛書」の扱い方そして韓愈評価について、諸説を承知した上で確乎たる見識を示そうとしている。

補説末尾における、「与大顛師書」の真偽をめぐる説解は、その語句の用い方からして、先の蘇軾の雑記、朱熹の『考異』等をふまえて簡明にまとめるものである。しかしながら、「韓カ大顛ニ与フル三篇ノ書ハ、偽作ナリ。韓カ作ニアラス。……ト云人モアリ。或ハ此三篇ハ、韓ニアラスンハ……ト云人モアリ。朱子ハ、此書韓カ作ナリト思ヘリ……」と展開する説きぶりは、自ら偽作説を前提にするかのような説解で、朱熹が韓愈の作とするのも、それを絶対視するのではなくて、あくまで朱子の説として挙げている口吻である。従って続く「仏ヲ好テ作ニアラス。韓既ニ僧澄観・文暢等ト会合スルコトアリ。潮州ニテ寂寞ノ時、大顛ト相逢コトアルヘシ。ナンソ不可トセンヤ」と論ずるのは、蘇軾の雑記の「韓退之の大顛を喜ぶは、澄観・文暢を喜ぶの意の如くにして、了に仏法を信ずるに非ざるなり」と捉える見方と明らかに共通している。他方、朱熹の資料に見る「寂寞」の語を用いていても、『考異』そして『字義』原文の捉え方と同じであるとは思えない。これは、羅山自身の見解に立っての記述であって、朱熹や陳淳の説をただ踏襲し信奉するものではない。ならばこそ、「北渓カ韓ヲ譏ルコト、程朱ノ本意ナルヘシ」と、『字義』の論述を朱熹の説くところに照合して判断しているのである。

その上で羅山は、「然レトモ薛文清曰、程朱ノ退之ヲ議スルハ、惜テ備《ツフ》サナランコトヲ責ルナルヘシ。後人若程朱ニアラスシテ、韓ヲ議ルハ、己カ量ヲ知ラサルナリ」と締め括っている。『字義』の本条における韓愈への非難が朱熹の本意を反映している、と認めながら、「然レトモ薛文清曰、……」という異なった見解を附加して終えている。

薛文清は前にも触れた、明の薛瑄のこと。『読書録』巻三の一条に次のように言う。

> 唐の韓子は、乃ち孟子より以後絶無にして僅かに有るの大儒なり。原道・原性の篇、博愛三品の語未だ瑩かならざる者有りと雖も、然れども大体明白純正なり。程子深く許す所、朱子又為に其の書を考正す。誠に浅末の者の得て窺ふ可きに非ざるなり。後学因りて朱子の其の得失を兼ね論ずることを見て、此れ乃ち備はることを賢者に責めるの意なるを知らず。遂に妄りに前賢を論ずること、為すこと屑しとせざる者の若し。其れ量を知らざること甚だしと謂ふ可し。

これと並ぶ一条にも同様の趣旨から、「韓子の得失を論ずること、周程張朱の数君子に在りては則ち可なり。苟も未だ数君子に及ばずんば、皆当に自ら責め自ら求むべし。殆ど未だ軽々しく詆議を加へて以て僭妄の罪を取る可からざるなり」と記していて、薛瑄の主張は、韓愈を孟軻以降現れた大儒と再確認し、程朱の韓愈批判はより完備することを求める意図に基くのであって、力量見識のないものが安易に論難排撃する姿勢を戒めている。羅山がここに薛瑄のかかる発言を引くのは、言うまでもなく自らもその考え方をよしとするものである。換言すれば薛瑄の言葉に借りて、『字義』の言説を批評し、その不足、行き過ぎを是正せんとしている、と理解できる。

六　おわりに

以上、「道字」の二条の検討を通じて、羅山の『諺解』述作の態度と方法を検証しようと試みた。これはそのまま羅山の学問の特質と性格とを明らかにすることに繋がる、と意図してのことである。従って、二条それぞれの説解において、理気説や韓愈評価に関して羅山がいかなる学説を取っていたか、それはそれで注目されてよい内容を有するが、それとともに説解に当る態度に着目してきた。すでに行論中に指摘したように、羅山の『諺解』は『字義』原文の忠実な国字解に止まっておらず、原文の典拠と関係資料を検証し、そこから原文を理解し、羅山なりの判断、見解を示そうとしている。『字義』の撰者である陳淳に追随するのではなくて、対等あるいは自らを評価、点検する位置においている。陳淳の記述の妥当性を、周張程朱は固より、諸書に照らして考察し論定する態度を貫いている。端的に言えば、考証の気味を色濃く有しながらも、自らの検証と咀嚼に基づく見識の開陳があり、そこには学問の自律性も認められるように思う。それは羅山が志向し実践せんとする「読書」の学の体現そのものである。

その点、今般の検討の中で登場する薛瑄は、主著『読書録』の書名の通り、「読書」を学の中核にする者である。また、「朱子の門人陳北溪は理を論ずること切実なり」（『読書録』巻九）と陳淳の学を評する者でもある。「読書」の重視は格物窮理の一典型というべきものであって、とくに薛瑄に限られるわけではない。しかしながら、藤原惺窩『文章達徳綱領』[20]には「読書」「窮理」の意識のもと、薛瑄の言葉を多数収載しており、惺窩や羅山の学問において、薛瑄『読書録』の存在は無視できないと考える。『読書録』は羅山の「既見書目」に見えており、朝鮮本による受容が指摘されていて[21]、『性理字義』と同じく早年から長く関心を寄せた書物の一つだと思われる。羅山及び惺窩の『読書録』受容について、その具体的考察は続稿において問うこととしたい。

〔本稿は、平成十四年四月二十八日湯島聖堂孔子祭記念講演会講演発表「林羅山『性理字義諺解』について」の論旨をふまえてそのレジュメに基き執筆したものである。ただ講演においては松永尺五『彝倫抄』を併せて論ずることを企図しており、『斯文』第一一一号（平成十五年三月刊行）収載予定の拙論「林羅山『性理字義諺解』と松永尺五『彝倫抄』」（本書第Ⅱ部第三章）も併せてご批正賜らば幸甚である〕

註

（1）『性理字義』の刊本には二十六門に分つ系統のテキストが存するが、羅山の用いるテキストは二十五門に分つ。『性理字義諺解』の初めに、陳宓「性理字義序」に「凡二十有五門」とあるのについて、羅山は「此書、総テ二十五門、命性ヨリ鬼神ニ至ルマテ、合セテ二十五アリ。百九十二条有リ」と敷衍して記述している。

（2）矢崎浩之「林羅山研究史小論」（菅原信海編『神仏習合思想の展開』所収、五三五頁。汲古書院　一九九六年）

（3）長沢規矩也『和刻本漢籍分類目録』（汲古書院　一九七六年）には、寛永五年刊本を著録するが、未見。

（4）例えば、次の二つはよく知られる例であろう。

○古之学者一。今之学者三。異端不与焉。一曰文章之学。二曰訓詁之学。三曰儒者之学。欲趨道、舎儒者之学不可。（『程氏遺書』第十八・二十二条。『近思録』巻二・五十六条）

○俗儒記誦詞章之習、其功倍於小学而無用。異端寂滅之教、其高過於大学而無実。（「大学章句序」）

（5）註（4）の「大学章句序」中の「俗儒記誦詞章之習」を念頭においた表現であろう。

（6）拙稿『林羅山の「書、心画也」の論――林羅山の「文」の意識（其之二）』（『漢文學　解釋與研究』第四輯　二〇〇一年　本書第Ⅰ部第四章）参照をされたい。とくに「性理字義諺解序」については一〇一～一〇四頁。

（7）阿部吉雄『日本朱子学と朝鮮』（東京大学出版会　一九六五年）一八〇頁。

（8）註（7）前掲著二八四～二八六頁。

（9）井上哲次郎『日本朱子学派之哲学』（冨山房　一九〇五年）の中、とくに「第二章　林羅山」の「第三学説」参照。近年では、宇野茂彦『林羅山の本体論――理気から心へ――』（『斯文』第一〇一号　一九九二年）が羅山の理気説についてあらためて整理を試みている。

（10）「羅山随筆四」第八十四条を掲げておく。

程子曰、論性不論気、不備。論気不論性、不明。二之則不是。古今論理気者多矣、未有過焉。独大明王守仁云、理者気之条理、気理之運用。

（11）註（7）前掲著五二〇～五二二頁。

（12）『四書章図纂釈』は内閣文庫所蔵の元刊本（二十一巻。四書章図檃括総要三巻）に拠る。

（13）『読書録』巻十の中にも、同様の発言が見える。

程復心大学章句図首画太極図、中間着一気字。是以気言太極。周子無極而太極、専以理言也。程説曰、太極未有象、惟一気耳。是即漢儒異端之説、又豈識所謂太極哉。

（14）薛瑄と羅欽順の理気説が異なることについては、山下龍二『陽明学の研究』展開編「第三章羅欽順と気の哲学」（現代情報社　一九七一年）が、羅欽順の気の哲学を比較しながら言及している。

（15）『天命図説』正保三年和刻本は架蔵本に拠る。

（16）熊国禎・高流水「点校説明」及び佐藤仁『朱子学の基本用語　北溪字義訳解』解題（研文出版　一九九六年）を参照。

（17）『朱子語類』巻百三十七・七十二条。佐藤仁氏も、『性理字義』の記述は本条をふまえるとする（註（16）前掲書一五六～一五七頁）。

先生考訂韓文公与大顛書。堯卿問曰、「観其与孟簡書、是当時已有議論、而与之分解、不審有崇信之意否。」曰、「真箇是有崇信之意。他是貶従那潮州去、無聊後、被他説転了。」義剛曰「韓公雖有心学問、但於利禄之念甚重。」曰、「他也是不曽去做工夫。他於外面皮殻子上都見得、安排位次是恁地。於原道中所謂寒面後為之衣、飢然後為之食、為宮室、為城郭等、皆説得好。只是不曽向裏面省察、不曽就身上細密做工夫。只従粗処去、不見得原頭来処。如一港水、他只見得是水、却不見那原頭来処是如何。把那道別做一件事。道是可以行於世、我今只是恁地去行。故立朝議論風采、亦有可観、却不是従裏面流出。平日只以做文吟詩、飲酒博戯為事。及貶潮州、寂蓼、無人共吟詩、無人共飲酒、又無人共博戯、見一箇僧説道理、便為之動。如云、所示広大深逈、非造次可喩、不知大顛與他説箇什麼、得任地傾心信向。韓公所説底、大顛未必暁得、大顛所説底、韓公亦見不破。但是它説得恁地好後、便被它動了。」安卿曰、「博愛之謂仁等説、亦可見其無原頭処。」曰、「以博愛為仁、則未有博愛以前、不成是無仁」義剛曰、「他説明明徳、却不及致知、格物。縁其不格物、所以

恁地。」先生曰、「他也不暁那明明徳。若能明明徳、便是識原頭来処了。」（以下略）

(18)『大学或問』に次のように言う。

此大学之条目、聖賢相伝、所以教人為学之次第（中略）至唐韓子乃能援以為説而見於原道之篇、則庶幾其有聞矣。然其言極於正心誠意而無曰致知格物云者、則是不採其端而驟語其次。亦未免於択焉不精、語焉不詳之病矣。何乃以是而議荀揚哉。

(19)林羅山諺解・鵜飼石斎大成『古文真宝後集諺解大成』（寛文三年刊）巻十八「原道」の中でも、とくにこれに関わる言及は見えない。

(20)『文章達徳綱領』については、拙稿「『文章達徳綱領』の構成とその引用書――『文章欧治』等を中心に――」（『漢文學解釋與研究』第二輯　一九九九年　本書第Ⅰ部第二章）を参照されたい。

(21)註（7）前掲著一八〇頁。

（二〇〇二年仲秋日稿了）

三　林羅山『性理字義諺解』と松永尺五『彝倫抄』

本稿は、平成十四年四月二十八日孔子祭記念講演会講演発表「林羅山『性理字義諺解』について」の論旨をふまえて、そのレジュメに基き執筆したものである。ただ紙幅を考慮し、羅山の『性理字義諺解』述作の態度と方法を検証しようとした部分については、別途「林羅山の『性理字義諺解』——その述作の方法と姿勢」（『漢文學　解釋與研究』第五輯収載、平成十四年十二月）と題して発表した。従ってここでは、講演の後段で論ずることを目指した問題について述べることにしたい。上記拙稿と併せてご批正を賜らば幸甚である。

一　『性理字義諺解』と『彝倫抄』

松永尺五（名は昌三、一五九二—一六五七）の『彝倫抄』が陳淳（北渓）の『性理字義』に依拠した部分を含むことは、すでに指摘のあるところである。とくに玉懸博之「松永尺五の思想と小瀬甫庵の思想——『彝倫抄』と『童蒙先習』とをめぐって——」（日本思想大系『藤原惺窩　林羅山』解説所収、岩波書店、一九七五年）において、「尺五は『彝倫抄』を叙述する上でかなりの程度、場所によっては剽窃といってよい程に『性理字義』によっている」（同書五〇八頁）として、検討を加えている。剽窃とは本書中に陳淳あるいは『性理字義』の書名を明記しないことからの言辞であろうが、必ずしも適切な評語ではあるまい。それはともかく、『彝倫抄』において『性理字義』が重要な資料として用いられていることを、ここでは羅山（一五八三―一六五七）の『性理字義諺解』と関わらせて考えてみたい。また、そうすることによって、羅山の『性理字義諺解』に見られる学問の特質と性格を、より鮮明にすることができるように思う。

『彝倫抄』と『性理字義諺解』とを並べて検討してみたい理由は、その作成時期及び状況にある。内閣文庫所蔵の『性理字義諺解』自筆写本（全五巻五冊）の巻第五の巻末には、「己卯初夏朔述之　道春」と手識があり、寛永十六年（一六三九）四月一日に述作されたことを知る。また『林羅山文集』巻五十に「性理字義諺解序」を収めるに当り、鵞峰は「此の諺解、加賀羽林光高の求めに応じて作るなり」と附記している。一方、『彝倫抄』は一冊三十丁より成るが、[1]その巻末に跋文を附して末尾には「寛永上章執徐秋九月穀旦　講習堂昌三書」と記す。ここから寛永庚辰すなわち寛永十七年（一六四〇）九月吉日の成立とされる。尺五四十九歳。講習堂はこれより三年前の寛永十四年（一六三七）、京都所司代板倉周防守重宗の援助で堀川二条南に創立した講学の場。「彝倫抄跋」は『尺五先生全集』[2]巻十にもそのまま収めている。

このように、羅山の『性理字義諺解』とほとんど同時期の成立であることに注目したいが、留意しておきたい点は成立時期が近接することだけではない。羅山の『性理字義諺解』は加賀の前田光高の求めに応じて著わす契機だとされるが、前田光高との関係は尺五の方にこそ深く認められることにも、併せて注目しておきたい。尺五と加賀の前田侯との関わりは、第二代利長から始まり、元和九年（一六二三）三十二歳、加賀に行ったのを始めとして、しばしば加賀に招かれて出講し、時には江戸にまで赴いている。『尺五先生全集』巻六・七に「賀州紀行」・「関東武州紀行」など、そうした出講の際に作った紀行詩を多数収めている。寛永十六年には十一月十日に始まる「関東紀行」（全三十五首　『全集』巻六）があり、翌寛永十七年には「寛永十七年正月中旬」とする「賀州紀行」（全四十六首　『全集』巻六）があって、その中に「同正月二十八日賀自り越の中に赴く」として、「新大牧鷹狩之遊也、余亦応高招従之……」と附言する詩も見える。この時、前田家では第三代利常が隠退、その子光高が後を継ぎ、襲封後、初めて加賀に国入したもので、尺五の行動もそれに伴うものであろう。「謹奉和加能越新太守光高公初製二絶句韻」と題する七絶二首（『全集』巻三）もまさにこの折の作と推せられる。

加賀の第四代藩主前田光高はその五年後、正保二年（一六四五）四月に三十一歳の若さで江戸で没する。尺五は加賀まで弔問に赴き、「源光高公挽詞四首并叙」（『全集』巻一）を作り、その夭折を顔回より薄命と悼んでいる。また、正保四年（一六四七）四月には光高の三回忌が京都龍峰芳春院で営まれた際に招かれて、列席している（『全集』巻一「送奥村氏三首并序」等、参照）。尺五は光高から信願され、尺五も光高に多大の期待を抱いていたと察せられる。とくに右の「挽詞」の中で光高が催した高岡での羽猟や氷見浦での漁猟に従った思い出を記すとともに、その講習を次のように記す。

既にして帰り、予をして孟子并びに性理字義を読ま使め、公孫丑・万章の徒の難義答問を評訂し、程朱・北渓の理学の淵源を窺測す。それ自り校閣万架の牙籤を購求して、扶桑秘籙の奇籍を謄写す。歳を間てて鸞旂を回らし予を迎え書伝を講演せしめ、尭舜禹湯の執中を景仰し、伊傅周召の訓話を欽慕す。（原漢文。以下同じ）

光高の求めにより『孟子』『性理字義』そして『書集伝』を講読したことを述べており、ここに『性理字義』の書名や北渓の名が見えることに着目したい。この記事は鷹狩の叙述に続くもので、『性理字義』の講読は前述の寛永十七年の時期に推定できるかと思う。さすれば、羅山が光高の求めに応じて『性理字義諺解』を著したことと尺五が『性理字義』を光高のために講読したことは、光高を介して繋がっていると言うことができる。尺五が『性理字義』を講ずる際に、羅山の『性理字義諺解』の存在は少なくとも念頭にあったと考えてよいのではないか。そして、『彝倫抄』はその跋文が寛永十七年九月に記されたことからすれば、『性理字義』をふまえる『彝倫抄』においても、羅山の『諺解』の学的有様が意識されているのではないか。

ここでは羅山の『性理字義諺解』に見られる学的姿勢・特質を明らかにするという主旨のもと、『彝倫抄』にいささか及んでおきたい。

二　『彝倫抄』の述作の意図

『彝倫抄』は、漢字仮名交り文でしかも漢語の多くは読み仮名を添えた、俗語体の文章で記される。跋文のみ漢文である。その述作の意図を跋文冒頭に次のように書き起こす。

> 彝倫抄の作せることを為すや、叨《みだり》に世俗の俚語を以て、膚《あさ》く綱常の大猷を説く。何《いか》んとなれば、童蒙の書生の佶屈聱牙に困倦する者の悟り易く、販夫鬻徒の佔僤（畢）学を勉むるに暇無き者の読み易く、庸夫の異教に迷ひ頑夫の妖術に陥る者をして、天叙天秩の典礼、性命道徳の名教有ることを知ら俾めんが為なり。更に博聞宏才の士の為にあらず。（原漢文。以下同じ）

初学者と商人を念頭に、儒教の人倫道徳を平易に説いて知らしめようというのである。俚語を用いるのも、そのためである。また、「庸夫の異教に迷ひ頑夫の妖術に陥る者」と対象の有様を表すのは、この跋文に目立つことで、「異教・妖術」の語を僅か五六〇字程の跋文中に四度用いる。煩を厭わず、他の三例も併せて引こう。

> ○或は異教に迷ふ者は、近きを舎《す》てて遠きを求め、贋師を敬信して君夫を陵辱し、妖術に陥る者は、軀《み》を損して命を殞し、邪魅に眩服し国俗を隳敗す。

○悟り易き俚語を以て綱常の大猷を説く。向の所謂る童蒙の書生の異教に迷ひ妖術に陥る者をして、粗《ほぼ》君臣父子の道、仁義礼智の行を知ら使む。

○若し千万人の中、縦ひ百が十、十が一をして、克く奮然として興起して異教を觝し妖術を擯斥し、正道を欽崇し儒風を発揮せば、……

ここで儒教の人倫の道を知らしめようとする動機として、「異教・妖術」の存在が強く意識されていることに、注目しておかなければなるまい。

『彝倫抄』本文冒頭は、「ソレ天地ノ間ニ、大道三ツアリ。儒釈道ナリ。儒トハ、孔子ノ道、釈トハ、釈迦ノ道、道トハ、老子ノ道ナリ」と、儒・釈・道を三つの大道として認めた上で、儒道の必要性を論じようとしている。さらに「日本ハ神国ニシテ、昔ハ神道ニテヲサム」と言う一方、「近年ハキリシタンナドニマヨヒテ、数万人ノ人命ヲ失イシコト、不便ナルコトナリ」とキリスト教を強く意識し、しかも「マヨヒテ」と評するように邪法と捉えている。「数万人ノ人命ヲ失イシコト」と言うのは、寛永十四年（一六三七）十月に起った島原の乱を指すものと考えられる。特に、翌寛永十五年（一六三八）一月の原城総攻撃の際に板倉重昌が戦死したが、重昌は、尺五の理解者であり、有力な後援者であった、京都所司代板倉重宗の実弟である。同年九月キリスト教禁止令が出るが、尺五にとっても衝撃を受け危機意識が働いている状況下にあったであろう。「異教・妖術」とは、まさしくかかるキリスト教を指してのことである。

さればこそ、『彝倫抄』は「オサナキ時ヨリ聖人ノ道ニソメタラバ、イカナル邪法来リテソムルトモ、ナドカソマリ申スベキヤ」（二丁裏～三丁表）として説き始め、「儒道生死ノ理ヲシテ、キリシタンナドノ邪法ニスコシモマヨフコトアルベカラズ」（三十丁表）と記して終るのである。

三　『彝倫抄』述作の態度と『性理字義諺解』

(1)

次に『彝倫抄』の述作の態度、説解の姿勢の一端に言及してみたい。小論では、先に述べたように、羅山の『性理字義諺解』の学的特質を明らかにするという意図のもとに、両者を対比させてみたい。

『彝倫抄』の論述の中に、

儒道ニハ先ツ命性心情意ノ沙汰ヲ仕ルナリ。上天子ヨリ、下万民ニイタルマテ、人倫タルモノシルベキコト也。(五丁裏)

とした上で、命・性・心・情・意及び誠・敬について説いている部分がある。その論述は『性理字義』を原拠とするものである。ただ、羅山の『性理字義諺解』が「命字」以下二十五門百十二条すべてに及ぶ国字解であるのに対して、『彝倫抄』は当該字門の中から一部を抄出して説解している。ここでは「命」を検討材料として俎上にのぼすことにする。「命」は『性理字義』冒頭第一門に置かれる点からも、検討の事例として適当な材料となろう。『諺解』巻一には「命字　凡五条」として収載するが、その五条の表題を列挙すると、次の通りである（返り点・添え仮名は省く）[3]。

論命猶令

論命有理有気

論人物皆本乎一気

論人稟気清濁

論天命只是元亨利貞

『彝倫抄』が「命」について『字義』を原拠とする記述は、右の五条のうち「論命有理有気」に相当すると考えられる。

『彝倫抄』『諺解』の説解の姿勢を明らかにするために、まず原拠となる『性理字義』の当該原文を掲げ[4]、次に『諺解』『彝倫抄』の順に掲げる（ただし、添え仮名は省く）。

論命有理有気

命一字有二義。有以理言者、有以気言者。其実理不外乎気。蓋二気流行、万古生生不息、不成只是空箇気。必有主宰之者、曰理是也。理在其中、為之枢紐。故大化流行、生生未嘗止息。所謂以理言者、非有離乎気。只是就気上、指出箇［＊］不雑乎気而為言耳。如天命之謂性、五十知天命、窮理尽性至於命、此等命字、皆是専指理而言。天命、即天道之流行而賦予於物者。就元亨利貞之理而言、則謂之天道。即此道之流行賦予於物者而言、則謂之天命。如就気説、却亦有両般。一般説貧富貴賤、寿夭禍福、如所謂死生有命与莫非命也之命、是乃就受気之短長厚薄不斉上論、是命分之命。又一般如孟子所謂仁之於父子義之於君臣命也之命、是又禀気之清濁不斉上論、是説人之智愚賢否。

『諺解』

命ノ字ニ二義アリ。理ヲ以テ云フコトアリ、気ヲ以テ云フコトアリ。其ノ真実ハ理ハ気ノ外ニアラス。陰陽ノ二気流行シテ、古今ノ間タ、生生シテヤムコトナシ。空トスヘカラス。必ス主宰スル者アルヲ理ト云フ。主宰トハ、アルシトシテツカサトル義ナリ。理其ノ中ニアリテ、枢紐タリ。枢ハクロロナリ。紐ハヒホナリ。気ノ中ニ理アルハ、門戸ニクロロアリ、ムスヘル糸ニ、ヒホアルカコトシ。カンヨウノカナメククリヲ、枢紐トス。朱子太極ヲ註シテ、造化之柢紐、品彙之根柢也、ト云ヘルハ是ナリ。陰陽開クモ閉ルモ、ムスフモ、トクルモ、此理其ノ枢紐タルコト、門戸ニクロロアルカコトシ。元気流行シテ、生生不息ナリ。理ヲ以テ云フトイヘトモ、本ヨリ気ヲ離ルルコトアラス。気ノ上ニツイテ、コノ気ヲ雑ヘサルモノヲサシ出シテ云トキハ、中庸ニ、天命之謂性、論語ニ、五十知天命、易説卦ニ、窮理尽性至於命、ト云ヘルハ、皆理ヲサシテ云ヘル命ノ字ナリ。天道ノ流行シテ物物ニクハリアタフルモノヲ、天命トス。元亨利貞ノ理ニツイテイフトキハ、天道トス。元亨利貞ハ、乾ノ四徳ナリ。易ノ乾ノ卦ニアリ。此下段ニ詳ナリ。気ニツイテ命ノ字ヲトクニ又二ツアリ。一ツハ、貧富貴賤、寿夭禍福ヲトク、或ハ富貴ナル者アリ、或ハ貧賤ナル者アリ、或ハ寿長ク福シ、或ハ早世シ禍ニカカル、是又命ナリ。論語ニ、子夏云、死生有命、孟子尽心ノ篇ニ、莫非命也、順受其正、ト云ノ命ノ字ハ、気ヲ受ルコトノ長短厚薄不斉上ニツイテ論ス。命分ノ命、是ナリ。人生レテ、気ヲ受ルコト長ク厚キ者ハ、富貴或ハ寿長シ、短ク薄キ者ハ、貧賤或ハ早ク死ス。是ハ定タル事ナレハ、願テモ不叶、キライテモノカレス、是ヲ命令トス。生レツキタル分際ヲ命令トス。又一ツニハ、気ヲ受ルコトノ清濁不同ノ上ニ付テ論シテ、人ノ智愚賢否ヲ説ク。孟子尽心下篇ニ、仁之於父子、義之於君臣、命也、ト云ヘル是ナリ。是ハ気ヲ受ルコト厚シテ清キトキハ、父子ノ道トトノヲリテ仁ヲ尽シ、君臣ノ間治リテ義ヲ尽ス。是命也。モシ受ル所薄シテ濁ル時ハ、則違背ス、是ヲモ命ナリト思テ、自ラスツヘカラス。生レツキ短ク薄ク濁ルトモ、ハケミツトメテ、学テ善ヲスヘシ。

『彝倫抄』

命トハ、人々天ヨリウクル所ヲ云。コレニ理ト気トノ二ツアリ。生成スルモノヲ気ト云、ソノ気ヲ主ルモノヲ理ト云ソ。シカモ理ト気トハ、ハナレヌモノナリ。此理ノ万物ニワタルヲ天道ト申ス。万物ウケテ理アル所ヲ天命ト申スナリ。此気ノ人ニワタリテ、或ハ富貴ニムマレ、或ハ、貧賤ニムマレ、或ハイノチナガク、或ハ短命、或ハワサハイニアヒ、或ハ幸ニアフ。此ノカハリメアルナリ。コレハ気ニ長短厚薄アルユヘナリ。此気ハウケテヨリ変ゼヌ気ナリ。又気ニ清ト濁トノカハリメアリ。清キ気ヲウケタルハ、智者賢人トナリ、濁タル気ヲウクルハ、愚者不肖者トナルナリ。此気ハウケテヨリ後ナヲル所ノ気ナリ。故ニ学文《ガクモン》ヲシテ賢人智者トナルコトナリ。コレ学文ノ大切ナル所也。

この『性理字義』の一条は、『性理大全』巻二十九「性理一　性命」にも「北渓陳氏曰」として所収する。『諺解』の説解は『性理字義』原文の文脈に沿いながらも、逐語的に文を辿る訳出ではない。語釈や典拠をはじめ適宜説明を附加してながら、原文の意味を説解している。『字義』原文にはない説明を補説として附記する条も少くない[5]。本条では、補説に相当する部分は加えられていないが、『字義』中に見える引用句には、「中庸ニ、天命之謂性」「論語ニ、子夏云、死生有命」「孟子尽心ノ篇ニ、莫非命也、順受其正」等のように、典拠名や引用句を補って示している。文脈を平易かつ明解に辿って説こうという姿勢は、十分うかがえよう。前半に「枢紐」の語釈を枢・紐の字義にまで及んで説明し、さらに朱熹『太極図説解』の「造化之枢紐、品彙之根柢也」を引挙して示すという述作の態度・方法は、『諺解』を通じて認められるものである。

なお、右の原文［＊］の箇所には、諸本を参校した理学叢書本『性理字義』[6]には、「理」字が存する。前述の『性理大全』所引の条にも「理」字が入っている。その方が文義として自然で、「只是就気上指出箇理、不雑乎気而為言耳」と句読を切って解することになる。『諺解』十四～五行目において、「気ノ上ニツイテ、コノ気ヲ雑ヘサルモノヲサシ出シテ云トキハ、……」と説解するのは、「理」字を脱したテキストの原文に拠って説解したことによる。文章の主旨は外してはいないが、「只是……耳」の構文を訳出しきれず、また下文の文脈との整合性を図ろうと努めているものの、ぎくしゃくした説解となっている。これは羅山の読解力の問題というより、テキスト上の問題と捉えるべきであろう。

(2)

『彝倫抄』の説解は、『諺解』に比してはるかに簡潔である。そもそも『字義』の原文を忠実になぞって記述するものでもなく、またいずれかに焦点を当てて特筆するものでもない。『性理字義』の本条の説くところを把握して、その要旨を整理して説いていると言ってよかろう。『諺解』に見える、『字義』原文の「理」字脱落の問題は、この記述からはうかがい知れない。『彝倫抄』の中で、「四書・五経・性理大全其外理学ノ書ヲキキテ」(三十丁表)というように、四書・五経と並べて『性理大全』の書名を明記していることに着目するならば、『彝倫抄』のこの記述には、『性理字義』とともに『性理大全』所引「陳北渓曰」の条もまた、資料として用いられている可能性を考えてみたいが、少くともここではそれを裏付ける明白な確証は得られない。

他方、一見、『性理字義』の要約と言ってもよい『彝倫抄』の記述中で、単なる要約とは言い難い部分が存することに注目しておきたい。後半部分とりわけ末尾の三行の説き方である。趣旨は『字義』をふまえたものであるが、『字義』の説解そのままではなく、自ら敷衍して論述している。

すなわち、『性理字義』は気にも二種類あるとし、気の稟け方に「長短厚薄」の不揃いと「清濁」の不揃いがあり、前者は富貴・貧賤・寿夭・禍福の「命」、後者は人の智愚・賢不肖の「命」であると説いている。朱熹が「命」を理気説によって論ずるに当って、経書中に見える「命」字を説解するのは、決して容易なことではなかった。とくに本条に引く『孟子』尽心下篇第二十四章は難解な章で問題が多く、「性」「命」の意味がなかなか捉えにくい。

孟子曰、口之於味也、目之於色也、耳之於声也、鼻之於臭也、四肢之於安佚也、性也、有命焉。君子不謂性也。

仁之於父子也、義之於君臣也、礼之於賓主也、智之於賢者也、聖人之於天道也、命也、有性焉。君子不謂命也。

『性理字義』に引くのは傍線部のみであるが、まさに氷山の一角というべきもので、この章全体の理解とりわけ「性」「命」の解釈が関わっている。朱熹は理気説によって何とか論理的に一貫性を求めようとしており、その努力の跡は、『朱子語類』巻六十一「孟子十一　口之於味也章」に見ることができる。その『語類』における説解は、『性理字義』の本条にもふまえられている。『語類』の説明を簡単にまとめて言えば、上文の「性也、有命焉」の「性」は気稟を兼ねて言ったもの（気質の性）、「命」は理と気とを合わせて言ったものであり、下文の「命也、有性焉」の「命」は専ら気を指して言ったもの、「性」も専ら理のみを言ったもの（本然の性）、と言うことになる。そうして問題の「仁之於父子、義之於君臣、命也」は、「仁が父子の間で、義が君臣の間でいかに具現化されるかは、各人が天から稟受した命（気）によって左右される。しかしこれらは善なる性（理）として固有のもので、学ぶことによって実現できる。だから君子はこれらを命とは言わずに、努力を続けるのだ」という文意の中で、解されるものである（当該章『孟子集注』参照）。

『彝倫抄』は、気の稟け方に「長短厚薄」があることに「此気ハウケテヨリ変ゼヌ気ナリ」と説き、気の稟け方に「清濁」があることに「此気ハウケテヨリ後ナヲル所ノ気ナリ」と説いた上で、「故ニ学文ヲシテ、賢人智者トナルコトナリ。コレ学文ノ大切ナル所也」と強調するのである。これは、『集注』の解釈、朱熹の学説が指し示す内容と方向とを、十分に咀嚼できたところではじめて論述できることである。羅山の『諺解』もまた末尾において、「生レツキ短ク薄ク濁ルトモ、ハケミツトメテ、学テ善ヲスヘシ」と説いているが、これも同様に評価することができる。ただ、修学による気質変化の理論を、かかる記述で簡明直截に言及している点では、『諺解』より勝っているとも言える。羅山の『諺解』について、拙稿の中で、『性理字義』の訳出というより、『字義』を講じた陳淳と同等の立場、意識で述作している、と評したが、尺五もまた朱熹の学説を十分理解し自分のものとした上で論述できていると認め得る。

四　結びにかえて

尺五は「彝倫抄跋」の中で次のように言う。

> 適々書を読むの人有りて、未だ美《よ》からざるの気質を変ずること能はずして、文を弄し巧を搆へ、智に誇り佞を為す。此れ将た之を如何せんや。記誦詞章の習ひ而も用無きは、朱文公の言ふ所に非ずや。

朱熹が「記誦詞章の習」を戒め斥けたというのは、ここでは直接には「大学章句序」に「俗儒記誦詞章之習、其功倍於小学而無用」とあるのを指す。そうしてこの「記誦詞章の習」を朱門末学の弊として、元の呉澄（草廬）が『性理字義』の講述者陳淳の学問を、「彼の記誦詞章の俗学と相去ること何ぞ能く寸を以てせんや」と厳しく批判している（程敏政『心経附注』巻四所引「尊徳性斎」附注）。これに関して、羅山が「性理字義諺解序」にその述作の基本的姿勢を示すに当って「訓詁の学・記誦の習」という批判を想定して、自らの学問の方法と立場を表明しようとしていることは、前稿で取り挙げた[7]。羅山は「聖賢の心は言に見ゆ。其の言は書に見ゆ。若し字義を知らずんば、何を以てか之を明らかにせん」とし、書（経書）以外には聖人の心を求め得ないと断じて、「読書」を学問の要諦として主張する。また、この学的意識こそ、朱熹から陳淳に授受されたものと確信している。

かかる羅山の述作の姿勢を照合すれば、右の尺五の批判の矛先が羅山に向けられているとするのは、穿ち過ぎであろうか。「読書」の人が「未能変不美之気質、而弄文搆巧誇智為佞」と評するのはいかにも手厳しいが、尺五の認識からすると、人倫教化とその切実な意識に欠けた者として映り、物足りなさを強く覚えているのではないか。「彝倫抄跋」はさらに続けて言う。

> 昔　上蔡　明道先生に見えて史文を挙げて誦を成す。明道の曰く、其れ物を玩べば志を喪ふと。然れば則ち学は理を窮むることを貴ぶ。（中略）心は天理なり。心外豈に道有らんや。天理は人心の固有なり。道は之を日用彝倫の外に求むることを待たず。此れを舎てて何ぞ他に求めんや。思はざることの甚しきなり。

「玩物喪志」は『書経』旅獒に見える語で、ここでは『近思録』巻二「明道先生以記誦博識為玩物喪志」（『程氏遺書』巻三所収）の言葉とそれに附する本注による。謝良佐（上蔡）が記問を学と為し該博を自負したことを、程顥（明道）が戒めたときの言葉だとされる。朱熹の「答呂伯恭別紙」（『朱文公文集』巻三十五）にも「明道、玩物喪志の説、蓋し是れ上蔡の記誦博識にして道理を理会せざるの病を箴しむ」とあるのを指す。「読書」の学を標榜する博覧強記ぶりは、羅山の学風として特筆すべきものであるが、[8] 自らの検証と咀嚼に基く見識の開陳も、尺五からすれば上蔡が記問の学を以て自ら誇るのと同様の傾向を認め、戒めたい対象となる。尺五の重視するところは、書物を暗記し他人の問を待つだけの「記問の学」にとどまることなく、自ら実践し道理を心得することであった。しかもそれは日常の彝倫であり、取りも直さず万民の日常の彝倫に他ならなかった。「道者不得求日用彝倫之外」が「大学章句序」の「其所以為教、則又皆本之人君躬行心得之余、不待求之民生日用彝倫之外」に拠ることは、言うまでもない。

尺五は、『彝倫抄』の中で次のように言う。

> 理学ヲヨクツトムルヲ、儒者ト申スナレバ、文字言句ハ大カタニシテ、先理ヲシルベキコトナリ。理ハミナムマレツキテアルモノナレバ、四書五経ヲヨミオホエザル人ニテモ、儒道ノ心モチ、ハヤクイタルベキナリ。（二十八丁表～裏）

「文字言句ハ大カタニシテ、先理ヲシルベキコトナリ」とは、右に見た「記誦詞章の習」への抑制として理解できる。

そして「四書五経ヲヨミオホエザル人ニテモ」と特記して、儒教の人倫教化が可能なことを強調するのは、「民生日用彝倫」を根底においての言葉であるが、尺五の姿勢を象徴している発言として注目してみたい。一端ではあるが、尺五が羅山の学問のあり方を意識しながら、儒学のあるべき姿を追求し、講じている側面を浮かび上がらせることを試みた。

松永尺五の門下から、木下順庵、安東省庵、貝原益軒、宇都宮遜庵、野間三竹らを輩出して行ったことを考えるとき、尺五の学問の姿勢・方法との関わりを今後あらためて検証してみたい。

註

（1）架蔵本の『彝倫抄』（寛永十七年跋）版本に拠る。
（2）近世儒家文集集成第十一巻『尺五堂先生全集』（ぺりかん社　二〇〇〇年）に拠る。
（3）『性理字義諺解』は内閣文庫所蔵の寛永十六年羅山自筆写本に拠る。なお、羅山の依拠する『性理字義』のテキスト上の問題については、拙稿「林羅山の『性理字義諺解』」（本書第Ⅱ部第二章）を参照されたい。
（4）『性理字義』の原文は、内閣文庫所蔵、もと林家蔵本の『北渓先生性理字義』元和七年写本に拠り、併せて寛永九年和刻本を参照する。
（5）註（3）拙稿を参照されたい。
（6）熊国禎・高流水点校『北渓字義』（理学叢書所収　中華書局　一九八三年）
（7）註（3）拙稿一六九～一七一頁参照。
（8）拙稿、林羅山の「文」の意識　其之一――「読書」と「文」（『漢文學　解釋與研究』第一輯　一九九八年　本書第Ⅰ部第一章）五～八頁参照。

四　『性理字義諺解』と朝鮮本『性理字義』の校訂

一　はじめに

林羅山（一五八三―一六五七）の『性理字義諺解』は、南宋の陳淳（号は北渓、一一五九―一二二三）の『性理字義』の国字解である。前稿では、その述作の態度と方法について検証を試みた。(1) その中で『性理字義』のテキストに関わる問題についても簡単に取り上げ、その問題の有り様にもいささか言及した。『諺解』が『性理字義』の国字解である以上、底本となる『性理字義』が如何なるテキストであり、かつ如何なる取扱をしているかは、最も基本的な事項となる。訳注に当って、底本の扱いが基本要件となることは言うまでもない。

『性理字義』（『北渓字義』）には二系統あって、羅山の依拠したのはその一系統に相当するが、羅山自身にそのことに関する言及はない。『諺解』には底本についての記述は見当らない。

さて、『倭板書籍考』（元禄十五年―一七〇二年刊）には、『字義詳講』の書名のもとに、次のように記す。

上下二巻アリ。朱子ノ高弟北谿《ママ》ノ説ヲ門人王雋筆録ス。末ニ厳陵講義ヲ附ス。初学最要ノ書ナリ。点者山脇道円。詳講ヨリ以前、倭板ニ出ル性理字義アリ。詳講ト一種也。然レトモ是ニハ陳復斎序アリ。復斎ハ朱子ノ門人、後ニ黄勉斎ニ従フ人ナリ。詳講見ヨキヤウニシタル書ナリ。字義詳講ハ漳州本、性理字義ハ朝鮮本ナリ。羅山、性

　理字義諺解八巻作テ初学ニ便ス。是書モ刊本ニアリ。（句読は筆者）

寛文八年（一六六八）に刊行された、山脇重顕校点の『重刊北渓先生字義詳講』のことを記すなかで、それより前に和刻された『性理字義』のことを併記する。『字義詳講』を中国の漳州本、『性理字義』を朝鮮本として対照させて、羅山の『性理字義諺解』にも言及している。ここに言う『性理字義諺解』刊本とは、羅山没後万治二年（一六五九）に刊行されたものを指す。『字義詳講』に比して『性理字義』は、巻末に付載する厳陵講義や一貫・義利・仏老の数条を含まぬが、「詳講見ヨキヤウニシタル書」と評するのは、『性理字義』が各条に題目を付することを指してのことであろう。

二系統のテキストの存在については、これより早く、山崎闇斎（一六一八―一六八二）が言及していることが知られている。(2)

　嘗て朝鮮本字義を見るに、即ち倭版同一本なり。近ごろ漳州本を得て之を閲す。題して字義詳講と曰ふ。陳伝にも亦爾云ふ今の板と編次同じからず。字も亦た異なること多し。又更に一貫・義利・仏老の数条有り。而して巻末に厳陵講義四篇を附す。実に陳氏の旧本なり。（『山崎闇斎全集』第二巻所収『続垂加文集』巻之中「答或人疑目・別紙」原漢文）

闇斎が朝鮮本『性理字義』と同一とする「倭版」、また『倭板書籍考』が「詳講ヨリ以前、倭板ニ出ル性理字義」については、寛永九年（一六三二）に刊行された和刻本を指すと考えられる。(3) そして朝鮮本については、朝鮮嘉靖三十二年（明宗八年　一五五三）刊本がそのテキストと目される。

これについては、阿部吉雄氏の見解が今日に至るまで、最も有力な説として支持されて来ている。阿部氏は、林羅山が修学過程において朝鮮本を用いたことに着目し、ことに宋明理学関係朝鮮本について丹念に調査し、その中で

『性理字義』に言及している。[4] すなわち羅山が初年に手にした『性理字義』は、内閣文庫に林家蔵書として伝わる朝鮮本、「皇明嘉靖癸丑／晋州開刊」の刊記を有し、「嘉善大夫慶尚道観察使兼兵馬水軍節度使錦渓君丁応斗」らの名を刻む、慶尚道晋州刊本であると認定する。また同じく内閣文庫所蔵で林家蔵書の『性理字義』写本は、その末尾に紙片を貼付し、朱筆にて「元和辛酉七月　日　借羅山先生之本而写……」と奥書するが、晋州刊本の通りに行格を一致させて書写しており、羅山所蔵の晋州刊本を書写したものと見なしている。さらには寛永九年和刻本もまたその行格が一致しているところから、晋州刊本の翻刻として捉えている。なおかつこの和刻本が、寛永丙子（十三年―一六三六年）の朝鮮通信使の手で朝鮮に持ち帰られ、通信使副使金世濂の丁丑（一六三七年　仁祖十五年）の跋文を附して刊行されたことを指摘している。

この阿部氏の「林羅山は初年朝鮮本『性理字義』を手写し、後年、朝鮮本に本づいて『諺解』を作った。寛永九年、中野小左衛門刊の『性理字義』は朝鮮本の覆刻（翻？）[5]」という見解に対して、私は前稿で実質上、異議を唱えることになった。すなわち、元和七年写本・寛永九年和刻本は朝鮮版晋州刊本に拠るもののその単なる転写本、翻刻本ではないとして、この三本のテキストの関係につき、検証すべき異同が存在することを提起した。「羅山の本」を借りて写したとする元和七年写本には、晋州刊本には見えぬ、テキストの錯誤・闕漏をめぐる注記が存すること、かつ本文を補正していること等が指摘できるからである。しかもそれは寛永九年刊本にも見出せるものであって、元和七年写本と寛永九年刊本の先後関係からすれば、寛永九年刊本は元和七年写本つまり「羅山先生の本」に依拠したという可能性を持つことになる。そうして羅山の『性理字義諺解』もまた、かかる注記や補正が前提になっており、『諺解』の底本となる『性理字義』についても、単に晋州刊本を用いると言うことはできない。あまつさえ、元和七年写本から十八年を経て著される『諺解』において、本文の読解を通じてテキスト校訂に繋がる新たな異同が認められる。『諺解』

は『性理字義』の本文を掲げていないが、その説解の中で原文の語句を引くのを始め、底本原文のかなりの部分について、判断を下せる手掛りが存している。そもそも元和七年写本の原本「羅山先生の本」において想定し得る補正は、羅山の自筆写本『性理字義諺解』と関わらせて検討することによって、羅山の関与の可能性を論議する材料を持つことができると考える。

私の関心の中心は、読書の学を特質とする羅山の訳解において、テキストの錯誤や遺漏をどこまで把握し、その補正がどのようになされたかにある。このことは羅山の学問の質を明らかにすることにもなると考える。拙稿では、羅山の『性理字義諺解』の底本となる『性理字義』をめぐり、羅山の「校訂」作業の面に焦点を当ててみたい。関連して朝鮮版晋州刊本『性理字義』系統本について多少、整理を試みたい。

二　『性理字義』朝鮮版晋州刊本の補正

右に挙げた、内閣文庫蔵の晋州刊本と元和七年写本、寛永九年和刻本とを対照し、異同を明らかにするとともに、元和七年写本・寛永九年和刻本に見出せる補正の有り様とその当否について、検証を行うこととする。その上で、『性理字義諺解』中に検証できる材料が存するものについて、併せて考察を行いたい。

『性理字義諺解』は寛永十六年（一六三九）、加賀の第四代藩主となる前田光高の求めに応じて作られたが、内閣文庫に林家蔵書として伝存する自筆写本（全五巻五冊）と、前田育徳会尊経閣文庫に前田光高に進呈された写本（全五巻六冊）が現存する。後者には羅山の序文の後に「己卯孟夏吉辰」と記し、巻末に奥書して次の識語が存する。

性理字義諺解五巻并序目録共六冊、依加賀羽林公之求以述之、乃繕写進呈焉。　己卯初夏吉旦　羅山道春

前者は巻末に「己卯初夏朔述之　道春」と識すのみである。冊数に違いはあるが、内容に差異はない。『性理字義諺解』は後に万治二年（一六五九）八月に山口市郎兵衛により刊行（全八巻四冊）されるが、この刊本は内閣文庫蔵の写本と同じ識語を刻み、その写本に拠ったものである。前者は後者の稿本かつ手控えの性格を有し、述作段階での訂正・補筆の状況がうかがえる。これらを考慮し、ここでは前者、内閣文庫所蔵の写本を用いることにする。

A　行格について

朝鮮嘉靖三十二年晋州刊本（晋州刊本と称する）は、陳宓「北渓先生性理字義序」「北渓先生性理字義目録」「北渓先生性理字義巻之上」「北渓先生性理字義巻之下」より成り、毎半葉十行十八字の行格を基本とする。元和七年写本（元和写本と称する）も、寛永九年和刻本（寛永刊本と称する）も、表題・構成そして行格をこの晋州刊本と共通する。因みに、晋州刊本の末葉末行には「北渓先生性理字義巻下」とある。明らかに「……巻之下」と作るのが適当だが、元和写本も寛永刊本も同じくする。元和写本・寛永刊本が晋州刊本に忠実に拠る面をうかがわせる一端である。

ところで元和写本も寛永刊本も晋州刊本の行格を尊重してそれに従いながらも、ずれが生じた箇所が存する。晋州刊本が一行十八字の原則を踏み外した場合で、一行十七字、一行十九字、一行二十字の箇所が認められる。こうした箇所については、元和写本は一行十八字に是正して書写し、寛永刊本もまた同様にこの行格の原則を終始一貫させている。その結果、当該箇所において一字乃至二字を次行から移したり、次行に送るという、校訂が実質的になされている。部分的には当該の条で晋州刊本とのずれは解消されるものの、全体を通じては巻之上で行数の増加を生み、最終的に四行増えることになり、晋州刊本各葉の版面との不一致を引き起している。

晋州刊本が一行十八字の原則を踏み外した箇所と元和写本・寛永刊本がそれを改めた部分について、以下に対応させて掲げる。なお、晋州刊本・寛永刊本は版心に丁数を刻み、晋州刊本は巻之上・下で巻毎に丁数を起し、寛永刊本は巻之上・下を通して丁数を付する。元和写本は丁数を明記しておらず、従ってここでは、寛永刊本の丁数に相当させて扱うこととする。

対校表A

〔巻之上〕

○命字「論人稟気清濁」条
　晋州刊本四丁表六行の行格二十字　→元和写本・寛永刊本四丁表六行～四丁裏九行

○志字「論志者心之所趨」条
　晋州刊本二十一丁表八行の行格十九字　→元和写本・寛永刊本二十一丁表九～十行

○仁義礼智信「論義是裁制決断」条
　晋州刊本二十五丁裏一行の行格十九字　→元和写本・寛永刊本二十五丁裏三～八行

○仁義礼智信「論五常義理鋪叙・第三段」条
　晋州刊本三十三丁表二行の行格十九字　→元和写本・寛永刊本三十三丁四～八行

○程子論仁「論言仁之旨不同」条
　晋州刊本三十六丁表一～十行の行格十九字　→元和写本・寛永刊本三十六丁表二行～三十六丁裏六行

〔巻之下〕

○敬字「論敬要存心」条
　晋州刊本四丁裏七行の行格十九字　→元和写本・寛永刊本四十七丁裏七～九行

○礼楽「論礼楽不是二物」条
　晋州刊本二十六丁裏五行の行格二十字　→元和写本・寛永刊本六十九丁裏五～七行

○礼楽「論礼楽有益於人」条
　晋州刊本二十七丁表九行の行格十七字　→元和写本・寛永刊本七十丁表九行～七十丁裏四行

○鬼神「論事仏与外神為諂」条
　晋州刊本三十六丁表七～八行の行格十九字　→元和写本・寛永刊本七十九丁表七～八行

○鬼神「論理感通之妙」条
　晋州刊本四十三丁表五行の行格十九字　→元和写本・寛永刊本八十六丁表五行～八十六丁裏十行

この晋州刊本の行格を改めることについて、元和写本と寛永刊本とは完全に一致している。ただ、元和写本の方には、もともと晋州刊本の行格が正しいものを誤っている箇所が認められる。転写の際に書き誤ったと判断できるものであって、誤りに伴う一字の増減は当該次行の行格の増減で解消されていて、他に累を及ぼしていない。寛永刊本はこの誤りを踏襲しておらず、これがテキストの異同を生む問題にはなっていない。

元和写本が行格を誤った箇所は次の通り。いずれも、〔巻之下〕。

○敬字「論肅敬之容」条
　元和写本四十九丁裏一行の行格十七字

○道字「題目闕。恐当作論道是人所通行之路」条（この題目の問題は、次の「B　題目について」を参照）
　元和写本五十一丁裏二行の行格十九字

○鬼神「論鬼神為陰陽所属」条
元和写本七十四丁裏二行の行格十九字

B　題目について

(1)
朝鮮版晋州刊本系テキストの特質として、二十五門百九十二条の各条に「題目」を掲げる。標題と言ってもよいが、元和写本・寛永刊本に見える用語に従う。元和写本では、晋州刊本における題目の不備を補正したり、題目について疑義がある旨の注記が附加されている。寛永刊本も元和写本と同じく、補正と注記を加えていて、両者は基本的に一致する。

対校表B

	〔晋州刊本〕	〔元和写本〕	〔寛水刊本〕	〔備考〕
巻之上				
(1)	情字　十七丁裏 論性者心之用	論情者心之用	十七丁裏 論情者心之用	○「情」字正し。晋州刊本「性」の字画を一部欠く。
(2)	仁義礼智信　二十六丁裏 論智如水以成智	「此題目可疑」の注記有り	二十七丁表 「此題目可疑」の注記有り	○寛永刊本、題目に訓点無し。元和写本は訓点有り。
(3)	仁義礼智信　二十七丁裏 論性只是信	「此題目可疑」の注記有り	二十七丁裏 「此題目可疑」の注記有り	○寛永刊本、題目に訓点無し。元和写本は訓点有り。

(4)	忠恕　四十二丁裏 論推己之恕以及人	「此題目可疑」の注記有り	四十二丁裏 「此題目可疑」の注記有り	○寛永刊本　題目に訓点無し。元和写本は訓点有り。
巻之下				
(5)	道字　八丁表 (空行)	題目闕。恐当作論道是人所通行之路	五十一丁表 題目闕。恐当作論道是人所通行之路	○諺解は題目として、「論道是人所通行之路」を記す。
(6)	太極　十七丁裏 論太極是極是　之義	論太極是極至之義	六十丁裏 論太極是極至之義	○晋州刊本の題目には一字分の空格有り。
(7)	太極　二十一丁表 論皇極乃君為之準	論皇極乃君為標準	六十四丁表 論皇極乃君為標準	○本文の中に「為標準」の語句有り。
(8)	経権　二十九丁裏 論経用権皆当合義	論用経用権皆当合義	七十二丁表 論用経用権皆当合義	○本文の中に、「用経」「用権」の語有り。
(9)	鬼神　三十六丁表 論仏与外神為諂	論事仏与外神為諂	七十九丁表 論事仏与外神為諂	○本文の中に「事仏」「事神」の語有り。

(2)

三本を比較して行くと、晋州刊本における題目のうち、九箇所に問題が認められる。

(1)の「性」字は明らかに誤字で、字画を欠いて不自然なのは、修正しきれぬままになっているかのようである。「情字」門の題目、本条の内容からして、元和写本・寛永刊本が「情」字に訂正するのは正しい。

(5)の題目の欠落は明らかで、本条の文章に即して、元和写本・寛永刊本が「論道是人所通行之路」という題目を考えているのは、違和感は覚えない。

⑹の題目に誤りが存するのも明確で、元和写本・寛永刊本が「是極是　之義」を「是極至之義」と補正するのは、本文中に「極至」の語句が存することを踏まえるのであろう。

⑺については、題目の文そのものだけでは一見、補正の必要性までは感じない。ただ本文冒頭は、「書所謂皇極、皇者君也、極者以一身為天下至極之標準也」とあり、下文にも「為標準」の語句が見えていることからすれば、「君為之準」を元和写本・寛永刊本が「君為標準」に作るのは、的確である。

⑻⑼は題目に脱字があるために、文義が通らない。本文中にその脱字を補正するに足る用語があることから、比較的容易に補正が可能であろう。ただ、元和写本・寛永刊本の補正は一致するものの、その具体的姿には相違がある。元和写本は「論経用用権皆当合義」「論仏事与外神為諂」という補い方を取っていて、寛永刊本のように「用」字・「事」字を加えて字格を増やす方法に依らない。晋州刊本における題目の字格数を増やさずに補正する態度である。この態度は、次の「C　各条本文について」の事例においても認められるもので、元和写本は晋州刊本を補正した過程を如実に反映すると考えられる。詳しくは後に言及したい。

翻って⑵⑶⑷、元和写本・寛永刊本が「此題目可疑」と題目の下に注記するものである。⑵は、「智」は五行において水に属することを説くものであるが、この題目は極めて不自然。本条に「此水於万物所以成終而成始、而智亦万事之所以成終而成始者也」とあるものの、題目そのものが成り立ちにくい。ならばこそ「此題目可疑」と言うのであろう。⑶は「信在性、只是四者都実底道理……」と説き起しており、明らかに「信」が主題の条、題目自体も意味を成さない。⑷は「恕」を説くが、「尽己之謂忠、推己之謂恕」という程頤の説は、朱子学の基本的定義。「如心為恕、是推己心及人、要如己心之所欲者、便是恕」（忠恕「論忠与恕之義」条）とあることからすれば、「推己之恕」という表現は朱子学の基本概念の理解を誤らせるものである。

従って、(2)(3)(4)の題目は、他の補正の例とは違って、本来題目として成立し難いと言える。元和写本・寛永刊本がこれに疑義を明記することは、首肯できるものである。

以上の通り、題目の補正と疑義の注記について、元和写本に見えるものが寛永刊本にそのまま継承されている。しかも(8)(9)にうかがえるように、同じ補正でも、元和写本の方がより直接的に晋州刊本に補正を加えた跡を止めている。両テキストの関係は作成年代の先後関係とともに、元和写本に示される校訂の段階を経て寛永刊本の刊行がある、と推定できるものではないか。

羅山の『性理字義諺解』は、右の題目の補正・注記をそのまま記している。言わば晋州刊本をそのまま底本とするのではなく、それを補正、校訂したテキストを用いていることになる。(8)「論用経用権皆当合義」、(9)「論事仏与外神為諂」と記し、(5)については、「論道是人所通行之路」とのみ記す。元和写本・寛永刊本に「題目闕。恐当作論道是人所通行之路」と記したのを、このように扱って、しかも『諺解』の中で特段の言及もない。羅山自身が補正の経緯を承知し、そうして確信を持って題目として断じている、と受け止められる。

C　各条本文について

(1)

晋州刊本の本文について、脱字や誤字を疑い、それを指摘する意図のもとに、元和写本・寛永刊本では当該条文の末尾に、ときには題目の下に、注記を附する箇所が存する。晋州刊本には一箇所だけ注記が存するが（後掲対校表C

(1)、それとは性格を異にしている。

さらに、元和写本・寛永刊本において晋州刊本と文字の異同が存し、補正を意図して文字を改めたり字句を補ったりした箇所が認められる。これらの一一については注記を加えてはいない。三本を校合してはじめてその所在が判明することになる。

これらは晋州刊本と元和写本、寛永刊本との関係、さらには『性理字義諺解』の底本との関係を考える上で、具体的な手掛りを与えてくれる材料となる。まず、題目の場合と同様に、異同が把握できた箇所について、晋州刊本・元和写本・寛永刊本を対照して示すことにする。但し、字体の違い、元和写本・寛永刊本の訓点の違いについては、ここでは対象としない。また、必要に応じて、〔備考〕欄に、『性理字義諺解』の有り様を「諺解」と略称して示すとともに、前述した別系統の『北渓字義』に関しては理学叢書本[6]を用いて示すことにする。

対校表C

	〔晋州刊本〕	〔元和写本〕	〔寛永刊本〕	〔備考〕
〔巻之上〕				
(1)	命字「論人稟気清濁」条 （三丁表七～八行） 天地大気 （本条末尾注記） 大気之大、一作之。	天地大気 （本条末尾注記） 大気之大、一作之	（三丁表七～八行） 天地之気　× （本条末尾注記） 大気之大　一作之	○本文「天地大気」についての注記であり、寛永刊本が「天地之気」と作るは、注記と齟齬をきたす。諺解は「天地大気」による。

(2)	命字「論天命只是元亨利貞」条（五丁表六行・七行） 元者生利之始　× 利者生利之遂　×	元者生理之始 利者生理之遂	（五丁表七行・八行） 元者生理之始 利者生理之遂	○「亨者生理之通、貞者生理之固」とある以上、「生理」が正しい。諺解も「生理」に作る。
(3)	性字「論天命之性本善」条（八丁裏一行） 此語最是簡切端的	此語最是簡切端的	（八丁裏二行） 此語最是箇切端的　×	○「簡切」正し。寛永刊本「箇」は誤字。諺解も「簡切端的」に作る。
(4)	同条（八丁裏四行） 賛歎之耶	賛歎之耶	（八丁裏五行） 賛歎之那　×	○「耶」正し。寛永刊本「那」に作るは誤れり。諺解も「耶」に作る。
(5)	性字「論孟子道性善」条（九丁裏十行） 且易語移　×	借易語移	（十丁表一行） 借易語移	○「借」正し。諺解も「借」に作る。
(6)	性字「論仏氏言性之差」条（十一丁裏二行） 一向縦横放恣	一向縦横放恣	（十一丁裏三行） 一向縦横放盗　×	○「放恣」正し。寛永刊本「放盗」に作るは誤れり。「諺解」も「放恣」による。
(7)	情字「論情与性相対」条（十七丁裏二行） 発終外面来　×	発従外面来	（十七丁裏三行） 発従外面来	○「従」正し。
(8)	情字「論情者心之用」条（十七丁裏九行） 性者心之用　×	情者心之用	（十七丁裏十行） 情者心之用	○「情」正し。晋州刊本「性」字、字画を欠く。諺解も「情」に作る。B⑴参照。

(9)	才字「論才質才能之辨」条（十九丁表四行）才能是会做事底	才能是有做事会底×	（十九丁裏五行）才能是有做事会底×	○晋州刊本正し。理学叢書本も同じ。元和写本・寛永刊本は同じく誤つ。諺解「事タヨクスル」と解する
(10)	同条（十九丁表四―五行）有人全発揮不去	有人全発揮不去	（十九丁裏六行）人全発揮不去×	○寛永刊本は「人」の上に「有」字を脱す。
(11)	志字「論為学在初心」条（二十丁裏八行）縦心不踰矩×	従心不踰矩	（二十丁裏九行）従心不踰矩	○『論語』為政の「従心所欲」に拠るもので、「従心」の方がよい。諺解同じ。
(12)	同条（二十一丁表一行）不能純乎聖途適則	不能純乎聖途適則（本条末尾注記）聖道適、適字恐誤×	（二十一丁表二行）不能純乎聖途適則（本条末尾注記）聖道適、適字恐誤×	○元和写本・寛永刊本の注記に「聖道」に作り、本文「聖途」と異なる。理学叢書本、「聖途之適」に作る。諺解は「聖人ノ道」と訳し、「適」は読まず。
(13)	同条（二十一丁表四行）別後面許多節目×	則後面許多節目	（二十一丁表五行）則後面許多節目	○「則」正し。
(14)	同条（二十一丁表五行）雖終心地位至高×	雖従心地位至高	（二十一丁表六行）雖従心地位至高	○「従心」正し。諺解も同じ。
(15)	志字「論立志要堅定」条（二十一丁裏三行）顔子曰舜何人也予何人也	顔子曰舜何人也子何人也×	（二十一丁裏五行）顔子曰舜何人也子何人也×	○『孟子』滕文公上に拠り、「予」正し。諺解は「予」に作る。

(16) 仁義礼智信「論五常各有界分」条（二十三丁裏二行）四行無主　×	四行焦土	（二十三丁裏四行）四行無土	○「土」正し。諺解も同じ。
(17) 仁義礼智信「論仁為愛之理」条（二十四丁裏十行）可以用処只為愛　×	可以用処只為愛（本条末尾注記）可以二字疑	（二十五丁表二行）可以用処只為愛（本条末尾注記）可以二字疑	○「可以用処」は文脈通ぜず、疑問は妥当。諺解は「其用処ハ…」と解す。理学業書本は「何以用処只為愛物」に作る。
(18) 仁義礼智信「論義是裁制決断」条（二十五丁裏二行）邀我同出去	邀我同出去	（二十五丁裏四行）邀我固出去　×	○「諺解」は「同」に従って解す。理学叢書本も「同」。寛永刊本、「固」字誤る。
(19) 程子論仁「論言仁之旨不同」条（三十六丁表九行）焉得仁等語　×	焉得仁等類	（三十六丁裏三行）焉得仁等類	○諺解も理学叢書本も「類」に作る。本条前文に「雍也不知其仁等類」の表現あり、「類」字が妥当。
(20) 忠信「論忠信是人用工処」条（三十八丁表四行）忠信只是実誠也　×	忠信只是実誠也只是実 ＊行格十八字を守って補う	（三十八丁表八行）忠信只是実誠也只是実 ＊八行の行格二十一字	○「也」の下に「只是実」の三字を補うのが妥当。諺解もこれによる。理学叢書本も同じ。但し、元和写本と寛永刊本の訓みは異り、元和写本正し。
(21) 忠信「論言信各有異主」条（三十八丁表九行）忠信之信以言之実而言　×	忠信之信以言之実理而言 ＊行格十八字を守って補う	（三十八丁裏三行）忠信之信以言之実理而言 ＊この行の行格十九字	○上文に「五常之信以心之実理而言」とあり、「実理」の方が妥当。諺解もこれによる。理学叢書本は晋州刊本と同じ。

〔巻之下〕

(22)	誠字「論誠是実理流行」条（二丁裏七行）降衷秉彝	降衷秉彝	（四十五丁裏七行）降裏秉彝　×	○「衷」正し。諺解も同じ。晋州刊本の字体「裏」に紛らわしい。
(23)	道字「論聖賢言通之旨」条（十二丁裏二行）×　易説一陰一陽之謂陰陽気也	易説一陰一陽之謂陰道陽気也	（五十五丁裏二行）易説一陰一陽之謂道陰○陽気也	○「謂」の下に「道」が入るのは明らか。諺解も同じ。寛永刊本は補刻するか。
(24)	道字「論韓老言道之差」条（十三丁表二行）雖未負猶未害　×	雖未負猶未害（題目に注記）此条内負字恐誤	（五十六丁表二行）雖未負猶未害（題目に注記）此条内負字恐誤	○「負」では意通ぜず。諺解は「未圓」に読む。理学叢書本も「雖未圓」に作る。
(25)	徳字「論心之実得処為徳」条（十五丁表三行）道是天地間本然之道	道是天地間本然然之道　×	（五十八丁表三行）道是天地間本然然之道　×	○晋州刊本正し。「本然然之道」は通ぜず。諺解は「本然の道」で解する。
(26)	太極「論混淪至極之理」条（十六丁裏三行）謂之理謂之三極者　×	○○其謂之三極者	（五十九丁裏三行）○○其謂之三極者	○晋州刊本、通ぜず。理学叢書本も「其謂之三極者」に作る。諺解も同じ。
(27)	太極「発明周子朱氏太極説」条（十七丁裏三行）所謂上天之截	所謂上天之截《コト》　×	（六十丁裏三行）所謂上天之截　×	○「載」を「截」に誤る。元和写本「截《コト》」とするは「載《コト》」と混乱す。諺解は「上天之載」とする。

(28)	太極「発明濂渓太極図説」条（十九丁表五～六行） 理便全在這気理面　×	理便全在這気裏面	（六十二丁表五～六行） 理便全在這気裏面	○「理面」では通ぜず。「裏面」正し。諺解もこれに拠り解する。
(29)	中和「論中和是性情之理」条（二十二丁裏二行） 無所偏倚便是性	無所偏倚便是性 （本条末尾注記） 便是性、性字恐当作中	（六十五丁裏二行） 無所偏倚便是書　× （本条末尾注記） 便是性、性字恐当作中	○寛永刊本「便是書」と作るは、注記と対応せず。諺解は「便是中」に拠って解する。理学叢書本は晋州刊本と同じ。
(30)	中庸「論中庸以徳行言」条（二十五丁裏一行） 文公平常之説	文公平常之説	（六十八丁裏一行） 文公五常之説　×	○晋州刊本「平」字、欠画有り。元和写本「五」を抹消して「平」と改む。「平」正し。
(31)	経権「論権有時中之義」条（二十七丁裏十行） ⿰扌外度事物以取其中	⿰扌外度事物以取其中 （本条末尾注記） ⿰扌外、字書無之、疑是推字之誤	（七十丁裏十行） ⿰扌外度事物以取其中 （本条末尾注記） ⿰扌外、字書無之、疑是推字之誤	○元和写本・寛永刊本ともに「オシハカリテ」と訓ず。諺解は「推」字を用う。理学叢書本は「揆」に作る。因みに『大漢和辞典』は「⿰扌外」を義未詳とする。
(32)	経権「論用権之難」条（二十八字裏十行） 張東之輩於武后病中	張東之輩於武后病中	（七十一丁裏十行） 張東之輩於武后病中　×	○「張東之」は唐の人。寛永刊本、字形似て誤るか。

(33)	鬼神「論鬼神即礼楽道理」条（三十四丁裏二行）以礼祀神楽声発揚属陽	以礼祀神楽声発揚属陽（本条末尾注記）以礼祀神、礼字恐当作楽	（七十七丁裏二行）以楽祀神楽声発揚属陽（本条末尾注記）以礼祀神、礼字恐当作楽　×	○注記「楽」とするは正し。諺解「楽」に拠る。寛永刊本、当諺本文「以楽祀神」と作るは、注記と対応せず。理学叢書本も「以楽祀神」。
(34)	鬼神「論祭祀当以誠」条（三十五丁表一行）幽明便不交	幽明便不受　×	（七十八丁表一行）幽明便不受　×	○「交」正し。諺解も「マシハラサルナリ」と説く。理解叢書本も「不交」。
(35)	鬼神「論事仏与外神為諂」条（三十六丁表七行）淫昏魂神　×	淫昏鬼神	（七十九丁表七行）淫昏鬼神	○「鬼神」妥当か。諺解は「淫昏ノ神」。理学叢書本「淫祀之鬼」。
(36)	鬼神「論人当祀其所当祀」条（三十七丁裏七行）士祭其先	土祭其先　×	（八十丁裏七行）土祭其先　×	○「士」正し。諺解は「士」。理学叢書本「士庶祭其先」。
(37)	鬼神「論祭祀当随其分」条（三十八丁表九行）如士人只得祭其祖先	如土人只得祭其祖先　×	（八十一丁表九行）如土人只得祭其祖先　×	○「士人」正し。諺解は「士人」。
(38)	鬼神「論五祀之礼」条（三十九丁裏四行）士人又不得兼五祀	士人又不得兼五祀	（八十二丁裏四行）土人又不得兼五祀　×	○「士人」正し。諺解は「士人」。

(39)	鬼神「論道徳忠義之祭」条 (四十丁表四～五行) 夫有所謂道有徳者死 ×	夫有所謂道有徳者死 (本条末尾注記) 夫有所謂道、夫恐当作又、道上恐有有字	(八十三丁表四～五行) 夫《マタ》有所謂道有徳者死 (本条末尾注記) 夫有所謂道、夫恐当作又、道上恐有有字	○諺解に「周礼春官大司楽云、凡有道者有徳者使教焉…」と挙げるように、「有道有徳者」とする注記の指摘正し。「又」と作るも妥当、諺解も同じ。
(40)	同条 (四十丁表八行) 霊著王以死衛邦人…立廟祠之凡	霊著王以死衛人…立廟祠之、凡邦 ×	(八十三丁表八行) 霊著王以死衛人…立廟祠之凡邦 ×	○元和写本・寛永刊本同じくするも、句読異なる。諺解「国民ヲ守テ」と訳し、下文「凡ソ」と起す。理学叢書本、晋州刊本と同じ。
(41)	鬼神「論淫祀不可挙」条 (四十丁裏四行) 無祀無福 ×	淫祀無福	(八十三丁裏四行) 淫祀無福	○「淫」正し。諺解も同じ。
(42)	同条 (四十一丁表三行) 毛旒端冕 ×	垂旒端冕	(八十四丁表三行) 垂旒端冕	○「垂」正し。諺解も同じ。
(43)	鬼神「論江淮好淫祀」条 (四十二丁表十行) 五子胥可血食於呉 ×	伍子胥可血食於呉	(八十五丁表十行) 伍子胥可血食於呉	○「伍」正し。本条中、他は皆「伍」に作る。諺解も同じ。
(44)	鬼神「論理感通之妙」条 (四十三丁裏五行) 如白羮大王之類	如白羮大王之類	(八十六丁裏五行) 如自羮大王之類 ×	○「白」正し。諺解も同じ、また「白羮大王」の考証有り。元和写本は「自」を抹消して「白」に正す。

⑷5	鬼神「論怪事久当自消」条（四十四丁表九～十行） 有抱寃未及雪者屢怪	有抱寃未及雪者屢怪 （本条末尾注記） 屢怪、恐有缺字	（八十七丁表九～十行） 有抱寃未及雪者屢怪 （本条末尾注記） 屢怪、恐有缺字	○諺解は「シバシバ怪ヲナス」と解する。「作怪」の方がより妥当か。理学叢書本、「屢作怪」に作る。
⑷6	鬼神「論妖由人興・第二段」条（四十五丁表九行） 人来占者	人来占都 ×	（八十八丁表九行） 人来占都 ×	○諺解、直接の説解なし。「都」では解せず。

（2）

右の四十六箇所の異同の外にも見落したものがあるかも知れぬが、問題を検討するに足る材料とは言えるだろう。先ず、この異同の存在は、先の題目の問題以上に、あらためて晋州刊本と元和写本・寛永刊本とのテキストとしての相違を浮き彫りにする。元和写本・寛永刊本が晋州刊本に拠るにしても、単なる転写・翻刻とのみ位置づけることができぬのは、明白であろう。次に異同の特質・性格を整理してみよう。

○注記について

本文の疑義について注記を附するものが九箇所存する（⑴⑿⒄⑵4⑵9⑶1⑶3⑶9⑷5）。この内、⑴は前述したようにすでに晋州刊本に附いているが、他の八つは新たに元和写本・寛永刊本両本に附せられたもので、しかも両本の注記は完全に一致する。これらの注記は当該条末尾に双行で附記されるが、⑵4の例だけは題目の下に附記する。これは、この条の末行の字格が十八字すべて詰まっており、注記を加えることで新たな行の増加を引き起すことを嫌っての措置であろう。つまりは、注記が元来備わっていたのではなく後から加えられたことを、形式上からもうかがわせる。

寛永刊本は⑴㉙㉝の例のように本文の改変の結果、注記の字句と一致せずに混乱が生じている。注記を本文に反映させたことに起因すると推せられるが、晋州刊本の存在を前提におかずに寛永刊本のみを見れば、とまどいをもたらすのは必定である。その点、元和写本にはかかる混乱は見られない。すべての注記が晋州刊本の改正を必要不可欠とするものではないにしても、元和写本においてその注記は相応の意義を有していると判断できる。

○錯誤について

注記を附する箇所の外、三本の間に異同が認められるものが三十七箇所にのぼる。これらは、晋州刊本に錯誤があって元和写本・寛永刊本が改めた例がある一方、元和写本や寛永刊本が書写・刊刻の際に誤ったことに起因するものもある（一応の目安として、右の校合表中の事例について、明らかに錯誤・不適切であると判断されるものには×印を附してみた）。

錯誤と判断できる例を、三本毎に列記すると次のようになる（注記の例も含める）。

晋州刊本＝〔誤字〕⑵⑸⑺⑻⑾⒀⒁⒃⒄⒆㉔㉘㉟㊶㊷㊸　〔脱字〕⒇㉑㉓㊴　〔錯簡〕㉖

元和写本＝〔誤字〕⑿⒂㉗㉞㊱㊲㊻　〔脱字〕ナシ　〔錯簡〕⑼㉕㊵

寛永刊本＝〔誤字〕⑴⑶⑷⑹⑿⒂⒅㉒㉗㉙㉚㉜㉞㊱㊲㊳㊹㊻　〔脱字〕⑽　〔錯簡〕⑼㉕㊵

一見して、晋州刊本の錯誤と並んで寛永刊本に新たな錯誤が生じていることに気付く。この内、元和写本の錯誤は寛永刊本の中にそのまま認められる。その錯誤は字形の近似から生じた誤字、一字の混乱から生じた錯簡であるが、寛永刊本はそれをそっくり引き継いでいる。そしてその上に新たな誤字が加わったという恰好である。他方、晋州刊本の錯誤について、その改変の有り様は元和写本のそれと寛永刊本とは一致する。またその内容は校訂として妥当なものであるが、脱字・錯簡はむろんのこと、誤字の訂正にしても、本文の読解力を必要とする例が少くない。また脱字

〔図版Ⅰ〕

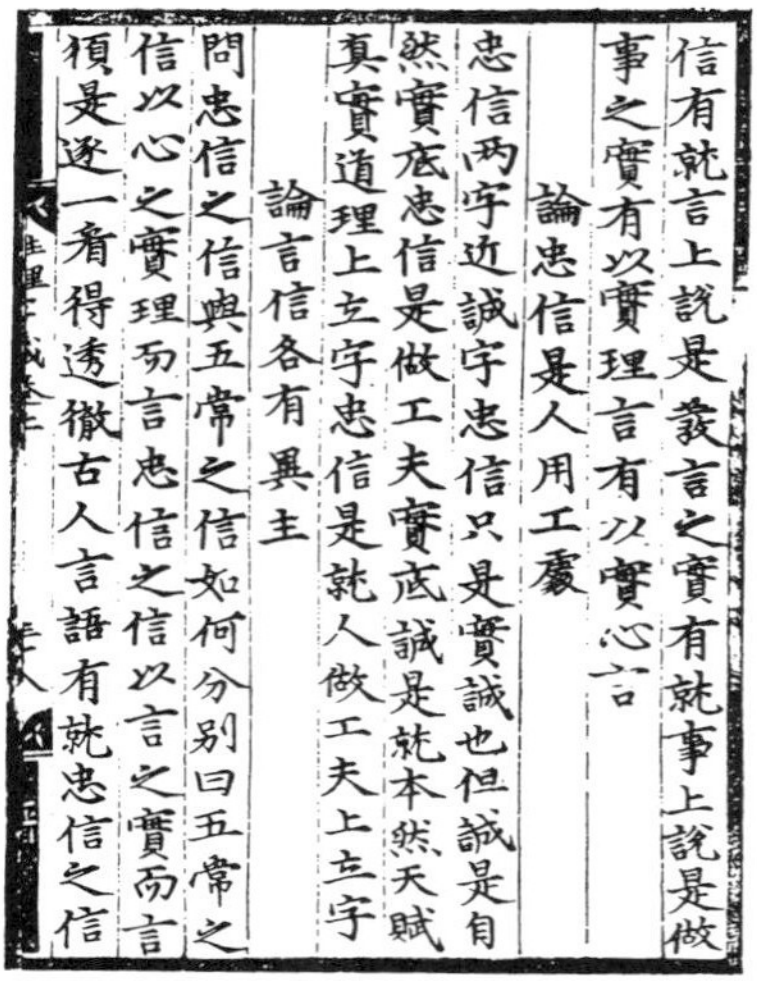
信有就言上説是義言之實有就事上説是做
事之實有以實理言有以實心言
論忠信是人用工處
忠信兩字近誠字忠信只是實誠也但誠是自
然實底忠信是做工夫實底誠是就本然天賦
真實道理上立字忠信是就人做工夫上立字
論言信各有異主
問忠信之信與五常之信如何分別曰五常之
信以心之實理而言忠信之信以言之實而言
須是逐一看得透徹古人言語有就忠信之信

一、晋州刊本（内閣文庫蔵）

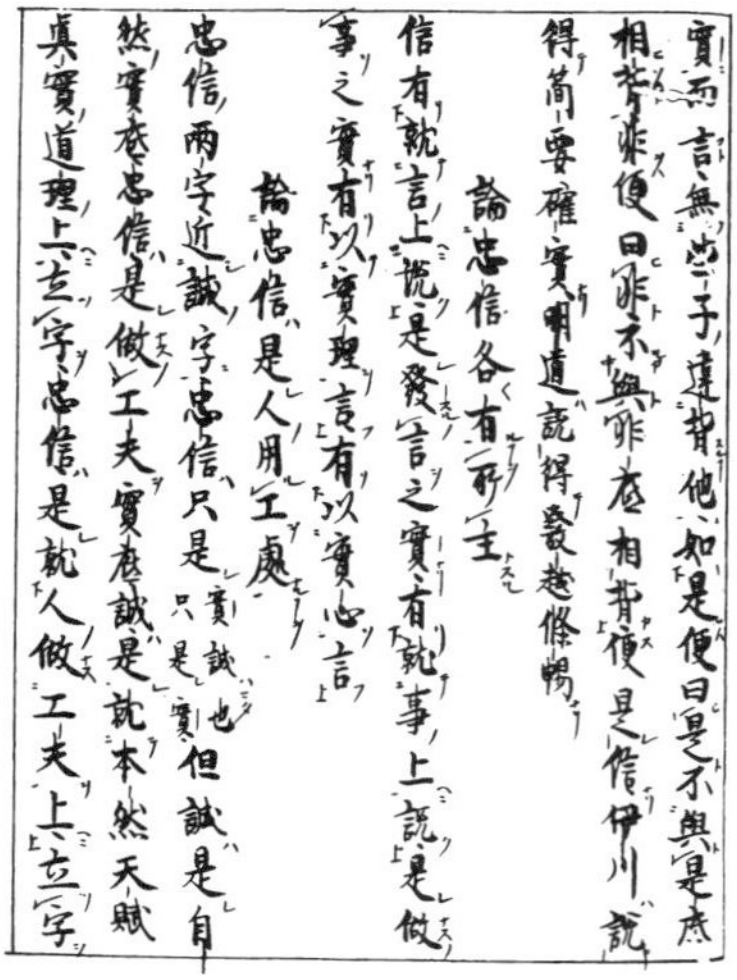
實而言無些子違背他如是便曰是不與是底
相背非便曰非不與非底相背便是信伊川説
得簡要確實明道説得發越條暢
論忠信各有所主
信有就言上説是發言之實有就事上説是做
事之實有以實理言有以實心言
論忠信是人用工處
忠信兩字近誠字忠信只是實誠也但誠是自
然實底忠信是做工夫實底誠是就本然天賦
真實道理上立字忠信是就人做工夫上立字

二、元和写本（内閣文庫蔵）

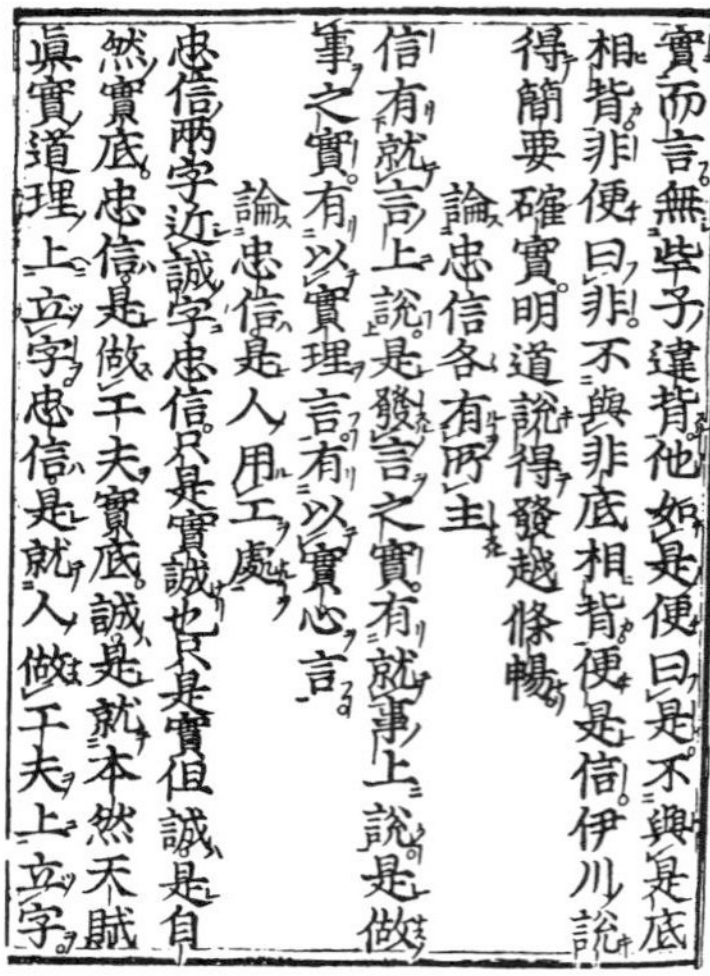
實而言無些子違背他如是便曰是不與是底
相背非便曰非不與非底相背便是信伊川説
得簡要確實明道説得發越條暢
論忠信各有所主
信有就言上説是發言之實有就事上説是做
事之實有以實理言有以實心言
論忠信是人用工處
忠信兩字近誠字忠信只是實誠也但誠是自
然實底忠信是做工夫實底誠是就本然天賦
真實道理上立字忠信是就人做工夫上立字

三、寛永刊本（内閣文庫蔵）

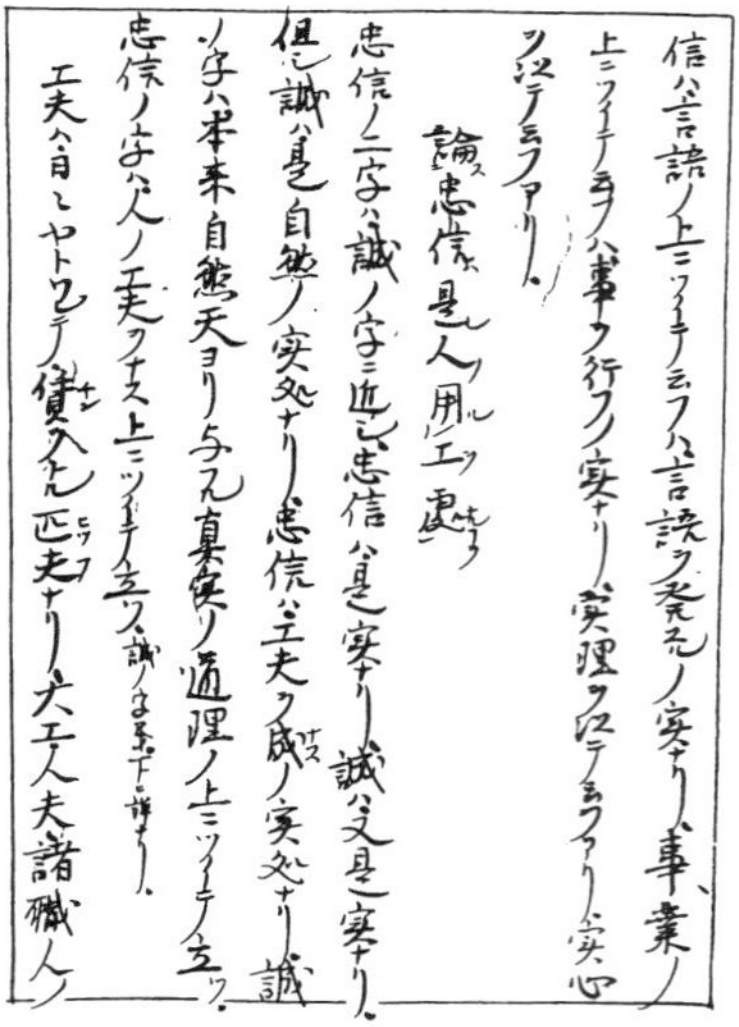
信ハ言語ノ上ニツイテ云ハ言ヲ発スルノ実ナリ事業ノ
上ニツイテ云ハ事ヲ行フノ実ナリ実理ヲ以テ云アリ実心
ヲ以テ云アリ
論忠信是人用工處
忠信ノ二字ハ誠ノ字ニ近シ忠信ハ是レ実ナリ誠ハ又是レ実ナリ
但シ誠ハ是レ自然ノ実処ナリ忠信ハ工夫ヲ成ノ実処ナリ誠
ノ字ハ本来自然天ヨリ与ル真実ノ道理ノ上ニツイテ立ツ
忠信ノ字ハ人ノ工夫ヲナス上ニツイテ立ツ誠ノ字ヲ下ニ詳ニス
工夫ハ日ヒヤトヒテノ賃ヲ取ル正夫ナリ大工人夫諸職人ノ

四、性理字義諺解（内閣文庫蔵）

の補正に当っては、元和写本は明らかに晋州刊本の行格の原形を意識していて、晋州刊本の元の字格の中に双行で補っている⒇㉑㉓。この内⒇については〔図版Ⅰ〕を参照されたい。これは、先の題目の補正に見える態度と一貫した方法である。

個々の事例の内容を検証しながら、このように概括するならば、寛永刊本は晋州刊本をそのまま翻刻するものではなく、元和写本に見える校訂内容に相当するものが取り込まれていることは疑いを容れまい。

(3)

『性理字義諺解』は、本文の疑義に関する注記を明記していない。また、注記の存在を検証の俎上に直接のぼすことはない。しかしながら本文の説解に当って、注記の内容がすべて斟酌されている。基本的には、元和写本に見える考えを受け継いでいるが、それに止まらずにより的確な見解を取るに至っている事例も存している。㉔はその一例である。晋州刊本「雖未負猶未害」について「負」を誤字と疑いながらも、元和写本では「未ダソムカズ」との訓みを附しているが、『諺解』では「雖未圓」として解し、「負」を「圓」字の誤りとすることが分かる。後述するように、これには羅山の確信を持った考察の裏付けが存している。

錯誤の扱いについては、晋州刊本の錯誤の補正は元和刊本と一致するが、その範囲に止まっていないことに注目しておきたい。元和写本・寛永刊本に生じた錯誤を、『諺解』はそのまま踏襲していないからである。この内、寛永刊本で新たに生じた錯誤を踏襲していないことは、当然のこととして予想される結果であるが、元和写本において認められる錯誤（前述の通り寛永刊本にも引き継がれている錯誤）についても誤りを踏襲することなく、妥当な本文の訂正に結びつく説解がなされている。

先程の例に倣って、『諺解』においてうかがえる『性理字義』本文上の問題点を整理すると、注記分を併せて次のようなことになる。

『性理字義諺解』＝(12)(46)

ただ、この二例についても、文義を誤るには至っておらず、或いは相応の補正があったとも推察される（後述二三四頁参照）。いずれにせよ、『諺解』において羅山は、元和写本に見られるテキストの補正に止らずに、この時点で実質上更なる校訂の作業を行ったことになる。しかもその校訂作業は確実なもので、その結果晋州刊本系のテキストとしてほぼ瑕疵が補訂された水準に達したと捉えられる。

次に羅山の校定に関わる材料として、右の三本とは異った資料を考察の対象に加えることによって、更に羅山の校訂上の見解を辿っておくことにする。

三　羅山訓点『性理字義』と古活字本『性理字義』

(1)

加賀藩主前田家蒐集の書籍を伝える尊経閣文庫には、四種の『北渓先生性理字義』を蔵する。いずれも刊記が無いが、新たな考察の手掛りと材料を与えてくれるものである。拙稿では、上記に考察して来た問題に関連して、とくに羅山訓点『性理字義』と古活字本『性理字義』に触れておきたい。

まず、ここに私が羅山訓点『性理字義』と呼ぶ伝本には二種存する。一種は版本に、一種は写本に、それぞれ羅山の訓点を書き入れたものである。

前者は和版で、巻末奥付に林恕（鵞峰）の手跋を有する。その跋文に次のように識す。

性理字義の書為る、学者読まざる可からず、先人羅山叟嘗て訓点を加ふ。故加賀少将君　懇に求めて之を写す。今の中将君伝へて之を読む。乃ち北渓の流を汲み、南脈の派を泝るときは、則ち伊洛の淵、洙泗の源も亦た窺ひて尋ぬ可き者ならんか。

庚戌の春　学士林恕謹んで跋す。（原漢文）

『鵞峰文集』巻九十九にも「性理字義跋　加賀中将求之」として収載するが、[7]庚戌つまり寛文十年（一六七〇）春に加賀中将、前田綱紀の求めに応じて記されている。この『性理字義』について、亡父前田光高が羅山の訓点を求めてそれを書写した書物で、それを嗣子の綱紀が伝えて読んだことを、羅山を継いだ鵞峰が認めて書き残す、というものである。綱紀にとっても鵞峰にとっても、本書は亡き父の形見の一書となるものであった。

『性理字義諺解』が前田光高の求めに応じて寛永十六年（一六三九）に書かれたことは前述したが、光高は藩主に就任にして僅か数年後、正保二年（一六四五）四月に三十一歳の若さで没した。光高はその間、松永尺五を招き、『性理字義』を講読させている。[8]『諺解』と併せて『性理字義』の原典を前にし、その原文を直接読む意欲を抱いたからこそ、羅山の訓点を熱心に求め、それを写したものであろう。そうであれば、この一書は、『性理字義諺解』の述作時期とほとんど同時期にまで遡らせて検討できるのではないか。

この『性理字義』は文庫内でただ和版としてのみ扱われているが、白文の版本に訓点を丁寧に書写して加えたもので、さらに匡郭の枠外、上下の余白に本文錯誤の訂正を書き加えている。上下二巻一冊、行格十行十八字、内容・様式ともに晋州刊本系の一本で、巻之上・巻之下に分けるが、末尾の巻末題「北渓先生性理字義巻下」とするのは、前述の三本と同じである（二一三頁参照）。上下で丁数を通し、先に明らかにした寛永刊本で生じた錯誤がそのまま見えるものの、脱字の補正の方法は元和写本に共通する。そして何よりもこのテキストに固有の誤字等錯誤が存している。管見では後述する慶應義塾図書館蔵の古活字本と極めて近似する。或いは同版とも疑うが、それを覆刻した整版とも考えられる。尊経閣文庫には目録としても別に古活版と明記する一本があって、それとは異なっている。詳細は後考を俟ちたいが、本稿で注目したいのは本文の錯誤を訂すための書き込みである。

もう一種の、写本の羅山訓点『性理字義』も同様の書き込みを有しており、併せて取り挙げたい。本書は文庫の目録に抄本とのみ記すが、巻之上の末尾に「道春塗朱墨點」、巻之下末尾に「羅山道春朱句墨點」と識している。寛永刊本に拠って書写されたと思われる原典白文に、羅山の訓点を付した一本と推せられる。原典の書写は羅山の筆ではないが、羅山による塗朱墨点とともに、本文の錯誤を訂す書き込みがなされている。本書が、先の鵞峰跋文に言う、前田光高が求めた羅山の訓点を付したテキストに相当するのか、さらに本書（抄本）の訓点が件の和版に転写されたとしてよいのか、その断定はさらに訓点を精査して下したい。ともあれ、本文の錯誤を訂す書き込みは、写本と和版との関連性を示すとともに、羅山の『性理字義』に対する継続した校訂の跡を残してくれている。

ここにそのすべてを挙げるのは繁雑すぎるので、元和写本そして『諺解』における錯誤訂正の事例との関連と、この羅山訓点本の書き込みが新たに錯誤の存在を指摘する事例を取り上げることにしたい。

まず元和写本、『諺解』に見出せる錯誤の扱いについてはどうか。『諺解』の説解において、元和写本に見出せる問題点は実質上訂されていて、二例を残すのみであるとした（二三二頁参照）が、羅山訓点和版、羅山訓点写本における本文錯誤の訂正もまた、『諺解』と対応することが確認できる。例えば、元和写本における錯簡(9)「才能是有做事会底」については「才能是会做事底」に訂し、(25)「道是天地間本然然之道」については、「本然然」の然の一字を抹消する考え方を示している。また誤字を疑う(24)「雖未負猶未害」は、「此条内、負字恐誤」の注記に加えて、写本では「道春謂負字当作負、負与圓同」と書き込んで、「雖未圓」とすべき根拠をして「負」を「負」に作る考えを示す〔図版Ⅱ—二〕参照。そして「諺解」に問題として残る二例については、⑿「不能純乎聖途適」は「聖途適」の乱れを指摘する一方、㊻「人来占都」は「都」を「者」に訂して、文脈を正しく通すことができている。

これに加えてさらに羅山訓点本両書は、新たな錯誤の訂正を行っている。晋州刊本・元和写本・寛永刊本の対校では見出せなかった錯誤が、訓点本の書き込みを考えに加えることで浮かび上がったことになる。次頁の「対校表D」としてまとめてみる。

左の(a)〜(e)の五件は、いずれも適切な訂正の指摘であるが、相当の学殖・読解力を以て気付き得ることであろう。(d)の事例は、理学叢書本においても校訂者によって指摘されることであって、羅山の博覧強記の本領が発揮されていると言ってよい。注目したいのは、〔備考〕に略記したように、この五件の訂正が『諺解』の説解の中でも行なわれていることである。しかも(b)(e)の事例のように、『諺解』述作の過程における訂正の痕跡を残す(e)については〔図版Ⅱ—二〕参照）。自筆稿本ならではのことであるが、このことは羅山が『諺解』の述作に取組むことによって、元和写本に示されている段階よりも、底本の校定作業がより確かなものになって行く姿を映し出している。同時にこれはまた、羅山訓点本と『諺解』の述作とが極めて密接な関係にあることを裏付けるものである。表裏一体と言っても言い過ぎにはならないほど、繋がっていると見ることができる。これは別の事例からも確かめられる。

対校表D

	〔晋州刊本〕	〔元和写本〕〔寛永刊本〕	〔羅山訓点和版・写本〕	〔備考〕
(a)	性字「論天命之性本善」条（巻上八丁表三~四行） 揚子便以性為善悪渾	（八丁表四~五行） 同上	「渾」を「混」に訂す。	○「善悪混」が妥当。諺解も「善悪混」で説解。理学叢書本も「混」に作る。
(b)	性字「論仏氏言性之差」条（巻上十一丁裏一行） 懐着他這箇霊活底	（十一丁裏二行） 同上	「懐」を「壊」に訂す。	○「壊」正し。諺解、「イダク」を改めて「ヤブル」と訳す。理学叢書本も同じ
(c)	鬼神「論神不歆非類」条（巻下三十六丁裏六~七行） 春秋鄶子取莒公子為後 書曰莒人滅鄶	（七十九丁裏六~七行） 同上 同上	「鄶」を「鄫」に訂す。 「鄶」を「鄫」に訂す。	○国名「鄫」正し。諺解、「鄫」とし「春秋」襄公六年の記事を引く。理学叢書本も同じ。
(d)	鬼神「論怪事久当自消」条（巻下四十四丁表十行） 如後漢王純	（八十七丁表十行） 同上	「純」を「忳」に訂す。	○人名「忳」正し。諺解、「忳」とし、『後漢書』王忳伝を引く。理学叢書本「純」を校訂者「忳」に改む。
(e)	鬼神「論妖由人興・第二段」条（巻下四十五丁表九~十行） 其人対面點数 臨時更不點数	（八十八丁表九~十行） 同上 同上	「點」を「默」に訂す。 「點」を「默」に訂す。	○「默」正し。諺解、「點」を抹消して「默」字で解す。「口ニイハサルヲ默トス」と説く。理学叢書本も同じ。

羅山は羅山訓点本和版、写本において、新たな注記も加えようとしている。他の注記と同様の方法で、次の一条を書き加えているのを確認できる。すなわち、巻之上・才字「論才質才能之辦」条（晋州刊本十九丁表八～九行、寛永刊本十九丁表九～十行）「如伊川気清則才清、気濁則才悪之論方尽」について、本条末尾に「才悪、当作才濁」と記している（〔**図版Ⅱ―三**〕参照）。程頤（伊川）の「性出於天、才出於気。気清則才清、気濁則才濁」（『程氏遺書』第十九・33条）に拠ることは明らかで、この注記を加えようとすることはもっともである。『諺解』では、件の箇所を「伊川ハ気清ナレハ才清シ、気濁レハ才悪ト云ヘリ」と、『字義』の原文をそのまま訓じた上で、『性理大全』巻三十一に所載の資料として、この『程氏遺書』の発言を掲げている。訓点本に注記を加えるのは、『諺解』の態度と一致しているものであって、言わば確信を以て本文の正しい在り方を注記するのである。

こうした本文校訂の姿勢は、前稿で明らかにしようとした『性理字義諺解』述作の態度と一連のものとして捉えるべきものであろう。すなわち『性理字義』の原文のままにただそれをなぞって訳解するのではなく、原文の典拠と関係資料を検証し、そこから原文を理解し、羅山なりの判断、見解を示そうとするならば、必然的に身につけなければならぬことである。まさしく見識と研鑽のいかんが問われると言ってよい。しかも俗語体の文章が混在する『字義』を訳解することは、決して楽なものではない。この点でも読解力が問われるものであって、錯誤の校訂もまたそれに左右される。羅山の校訂はこうした面においてもかなりの水準にあると評価したい。

翻って「羅山先生の本を借りて写した」とする元和写本は、晋州刊本の本文を校訂し、訓点を附している。元来「羅山先生の本」が羅山の校訂と訓点が施されたものであったと考えるべきであろう。そうであるならば、いま羅山訓点『性理字義』と呼んだ両本と共通する性格を備えていることになる。寛永刊本の訓点は、元和写本そして羅山訓点本のそれとは必ずしも一致はしていない。読解のいかんに関わることであって、その面からも、『諺解』と併せて

『性理字義』に加えた羅山の訓点の有り様とその意義については、稿を改めて論ずることにしたい。

(2)

前述のように尊経閣文庫には、前田光高の傾倒ぶりを反映するかのように四種の『北渓先生性理字義』が伝存するが、二種類の羅山訓点『性理字義』の外に、朝鮮版と古活字版を蔵している。

文庫目録に朝鮮版（一冊）と著録するが、刊記はないものの一見して晋州刊本と同版と判断し得る。巻之下四十一丁と四十二丁に乱丁が存し、かつ四十一丁は完全に紙様を異にし書写して補われている。内閣文庫所蔵の晋州刊本との大きな違いは、注記が加えられ本文錯誤の補正がなされていることである。その附加や補正は、当該箇所を後から補修したことが明明白白である。その注記・補正の内容と体裁は、基本的に元和写本のそれと一致している。この一本がいつ、どこで、どのような経緯で作られたのか、興味深いが、目下のところ他に同種の版本を確認しておらず、今後の課題として残したい。

最後にもう一種、文庫目録に古活版（二冊）と著録する『性理字義』古活字本に及んでおきたい。この尊経閣蔵の古活字本も、刊記も識語もなく、朱墨の点も加えられていない。ただ、同版の伝本を他に確認でき、すでに長澤規矩也氏が『大東急記念文庫貴重書解題第一巻』（財団法人大東急記念文庫　一九五六年）の中で、大東急記念文庫蔵古活字本と同版としてその名を挙げている（七二〜七三頁）。しかも〔寛永〕と推定されている。川瀬一馬氏の『古活字版之研究』（安田文庫　一九三七年）においても、尊経閣蔵の伝本を含めて、『性理字義』古活字本を〔寛永中刊〕としている。これが一つの見解となるが、より明確な手掛りを有する伝本が存している。慶應義塾図書館所蔵の古活字本である。

〔図版Ⅱ〕

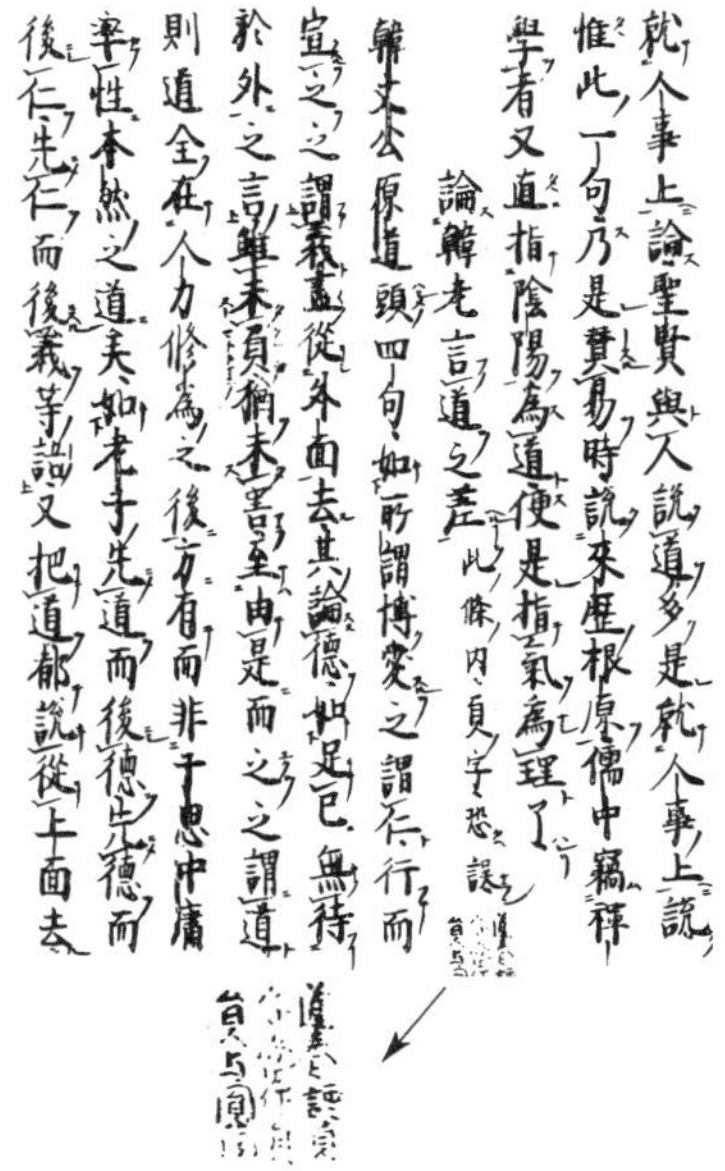
就人事上論聖賢與人説道多是就人事上説
惟此一句乃是贊易時説來歴根原儒中竊禪
學者又直指陰陽爲道便是指氣爲理了
論韓老言道之差　此條ノ内有字恐誤
韓文公原道頭四句如所謂博愛之謂仁行而
宜之之謂義皆從外面去其論德如足乎己無待
於外之言雖未有病末亦只是由是而之之謂道
則道全在人力修爲之後方有而非天命中庸
率性本然之道矣如老子先道而後德先德而
後仁先仁而後義等説又把道都説從上面去

一、羅山訓点本〔写本〕（前田育徳会尊経閣文庫蔵）

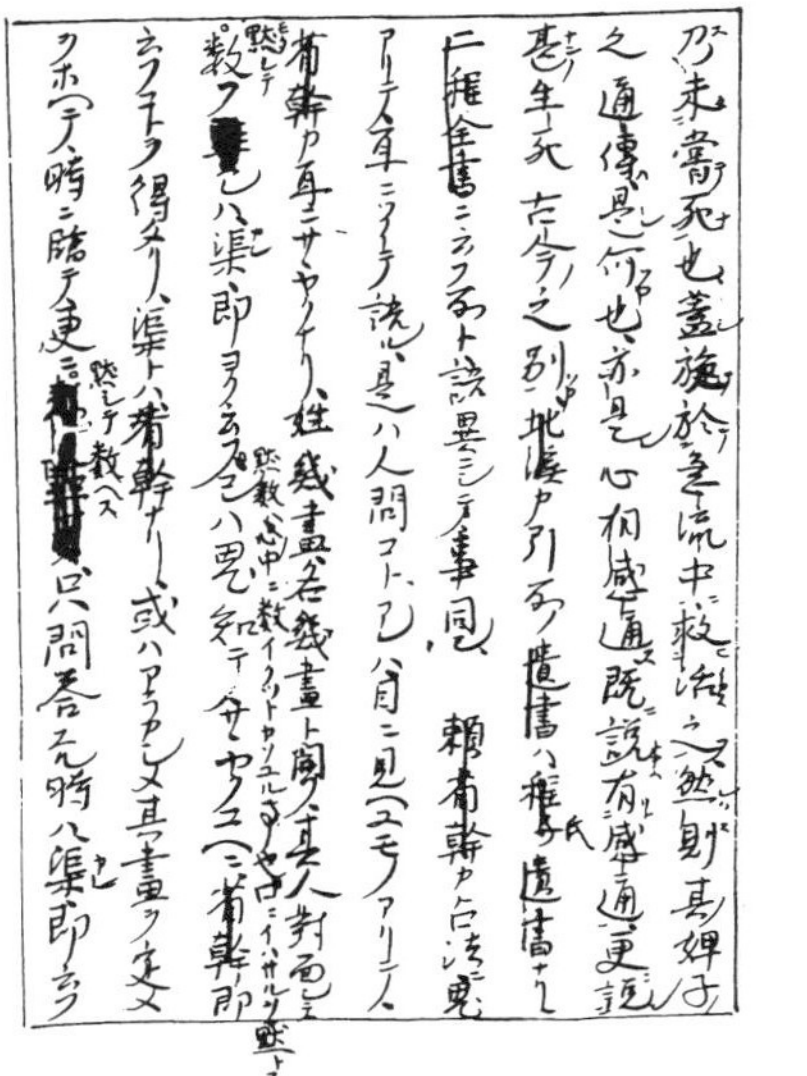

二、性理字義諺解（内閣文庫蔵）

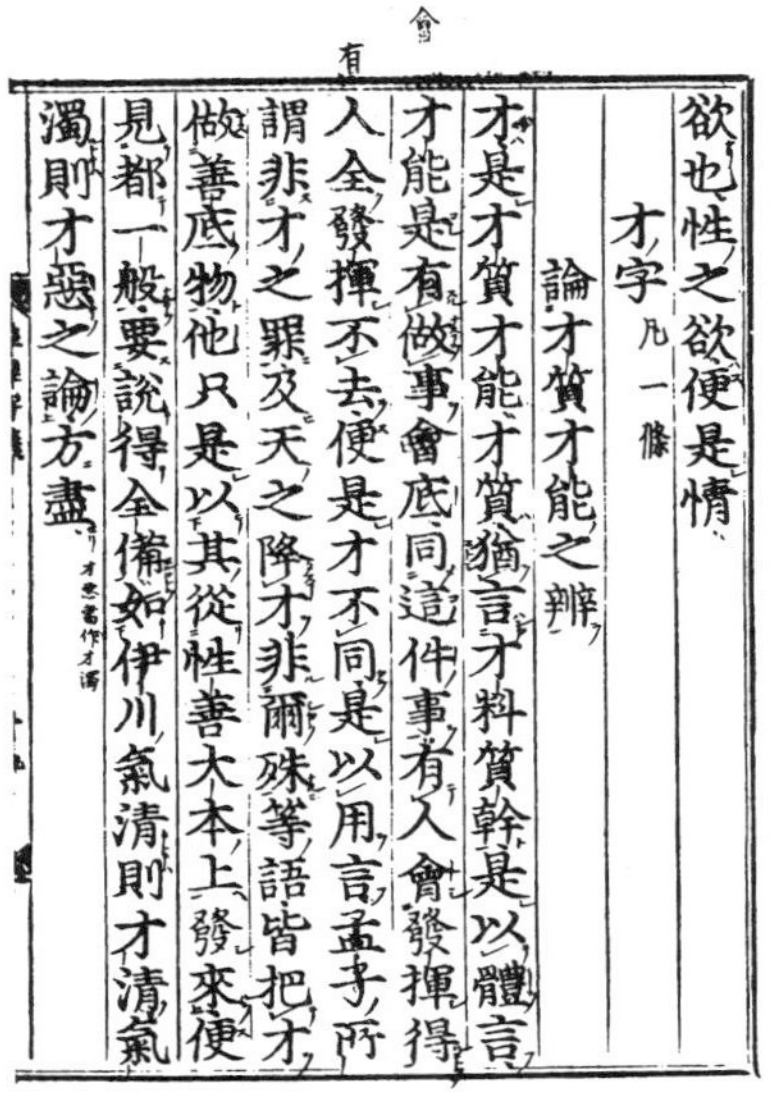
欲也性之欲便是情
才字　凡一條
論才質才能之辨
才是才質才能才質猶言才料質幹是以體言
才能是會做事會底同這件事有人會發揮得
人全發揮不去便是才不同是以用言孟子所
謂非才之罪及天之降才非爾殊等語皆把才
做善底物他只是以其從性善大本上發來便
見都一般要説得全備如伊川氣清則才清氣
濁則才惡之論方盡

三、羅山訓点本（前田育徳会尊経閣文庫蔵）

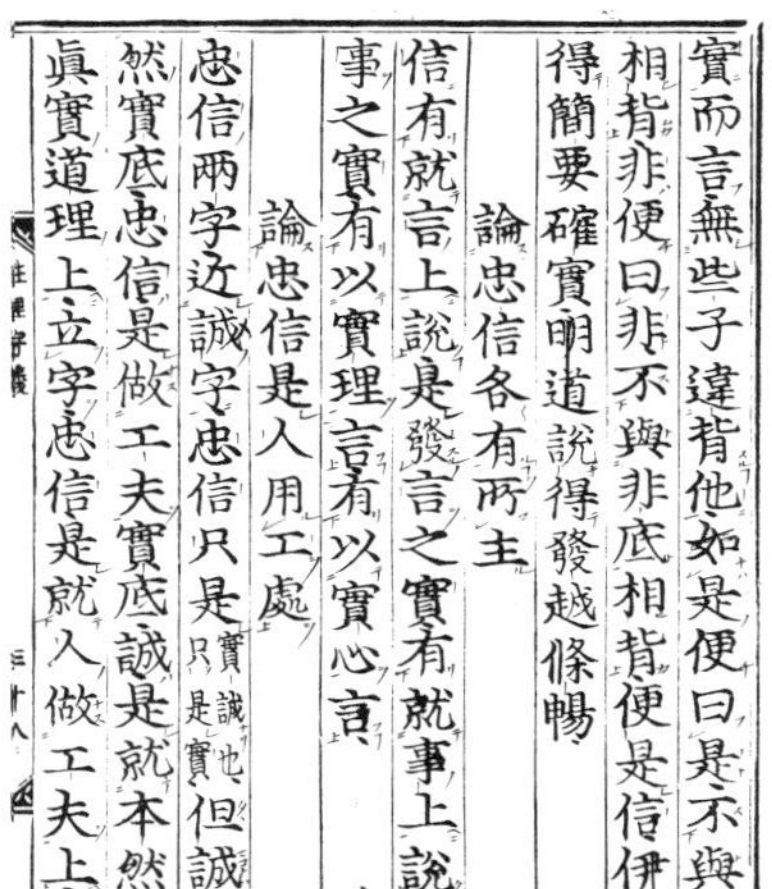
實而言無些子違背他如是便曰是不與是底
相指非便曰非不與非底相背便是信伊川説
得簡要確實明道説得發越條暢
論忠信各有所主
信有就言上説是發言之實有就事上説是做
事之實有以實理言有以實心言
論忠信是人用工處
忠信兩字近誠字忠信只是實誠也只是實但誠是自
然實底忠信是做工夫實底誠是就本然天賦
眞實道理上立字忠信是就人做工夫上立字

四、古活字本（慶應義塾図書館蔵）

『慶應義塾図書館蔵和漢書善本解題』（慶應義塾図書館　一九五八年）に同書の解題を収載するが、阿部隆一氏による解題でも指摘するように（一三八～一三九頁）、本古活字本には石川丈山の識語が書かれている。上冊巻上巻末には「元龢四徒維敦牂季夏廿日」元和戊午四年（一六一八）六月二十日、下冊巻下後表紙の裏には「寛永甲子秋捌月僑居虖藝」寛永元年（一六二四）八月と明記する二種の識語が存し、ともに本書に朱墨の点を付したことを記している。[9] これによって、本書も刊記はないものの、刊年をこの識語の年月より下らないものとして限定できる。すなわち寛永初めより遡って元和四年にまで、刊年を下限し得る可能性を持つことになる。[10]

石川丈山（一五八三―一六七二）の元和四年（一六一八）から元和七年（一六二一）までの動向については不明な点が多いとされるが、[11] 元和九年十月に板倉重昌の斡旋により安芸広島の浅野家に出仕し、翌寛永元年には安芸に移り住んでいる。寛永元年の識語に「虖藝に僑居す」と記すのは、その環境の変化を指してのことと解せられる。

丈山は羅山と同年で、二十五歳頃より交遊を深め、すでに親密な関係にあったが、元和三年（一六一七）三十五歳、羅山を介して藤原惺窩に見え、[12] これを機に儒学に専念し宋学を考察するに至ったとされる。人見竹洞撰「東渓石先生年譜」[13] には、次のように記す。

林先生を以て介と為し、初めて惺窩先生に謁し、聖賢の学を聞き、尊信の心有り。自ら久しく異端に陥ゆるを悔い、卓然として発憤し、尽く異学を捨て、洙泗の道に覃思し、濂洛の流に研精し、屢しば惺窩先生の門に詣る。

（原漢文）

また、元和八年（一六二二）には、丈山がその蔵書の『四書』・『五経大全』に羅山の跋文を求めており、丈山の精励ぶりがうかがえる（『羅山林先生文集』巻五十三「四書跋」、「五経大全跋」）。

さすれば、この『性理字義』の一書もまた丈山の研鑽の跡を示すものであり、丈山の施した朱墨の点も興味が尽きないが、後日羅山の訓点と併せて論ずることにしたい。ここでは、古活字本の刊年の下限を考証する資料として触れるに止める。

さて古活字本が晋州刊本系の一本であることは、行格・内容・様式また巻首・巻末の書名を襲っていることから明白である。古活字本も寛永刊本と同様に、上下巻の丁数を通し、晋州刊本にない注記を存し、また錯誤の箇所に補正を加えている。しかもその注記、錯誤の訂正は確かに寛永刊本と一致することが多い。時に寛永刊本を古活字版の覆刻とする所以である。ただ寛永刊本において新たに見出せる錯誤の事例に照らして、その可否を徴すれば、同様の錯誤を犯していることが確認できるが、一方において錯誤を犯していない箇所（対校表C(29)(30)）も存する。題目や本文の脱字について補正の方法は、元来の行格を尊重する元和写本のそれと同じである。〔図版Ⅱ—四〕を〔図版Ⅰ〕の諸本と比べて参照されたい。こうした、寛永刊本との違いがあることは、当然ながら単純に古活字本と寛永刊本とを同一視する訳には行かなくなる。古活字本は元和写本と共通しながら、元和写本に見られぬ錯誤が存し、それは寛永刊本にも同じく認められるが、寛永刊本にはさらに新たな錯誤が加わっている——、錯誤については言えばそんな関係にある。ただ、古活字本についても、先学の研究の中では、一種に捉えていると考えられるが、現時点で確認し得た範囲の中でも、慶應義塾図書館蔵古活字本（前述の羅山訓点和版もこの系統）と尊経閣蔵古活字本では、同版とは見られない。[14]従って、古活字本についてはあらためて調査してみたい。

元和写本が元和七年に「羅山先生の本」を借りて写したものであることからすると、「羅山先生の本」は元和四年を下限とし得る古活字本と時期的にほぼ重なり合う、とする推定に駆られる。そうして元和写本の原本となっている「羅山の本」と古活字本とはいかなる関係にあるのか、晋州刊本に加えられた補正はいつ、誰の手によって行われたのか、羅山の関与をどの程度認定できるのか等々、疑問は増すばかりである。ただ『性理字義』を早年に手にし、晩年に『性理字義諺解』を述作し、かつ『字義』に加えた朱墨の点を残した羅山が、朝鮮版晋州刊本『性理字義』の校訂の面において、確かな足跡を残していることは否めない。中国において流布した「漳州本」系の諸刊本を校訂する理学叢書本に対して、朝鮮本『性理字義』校訂の努力とその成果を代表するものとして、まずは羅山の仕事に注目し評価してみたい⑮。

註

（1）拙稿「林羅山の『性理字義諺解』──その述作の方法と姿勢」（『漢文學　解釋與研究』第五輯　二〇〇二年　本書第Ⅱ部第二章）。

（2）『文会筆録』十九（『山崎闇斎全集』第二巻所収）にも同様の発言が見える。

（3）長沢規矩也『和刻本漢籍分類目録』（汲古書院　一九七六年）には寛永五年刊本を著録し、『京都大学文学部漢籍分類目録第一』（一九五九年）にも「寛永五年　中野宗左衛門刊本」として掲載するが、現在所蔵不明。実際、先行論文においても寛永九年刊本を用いて論ぜられて来ており、小論も内閣文庫所蔵寛永九年刊本に拠る。

（4）阿部吉雄『日本朱子学と朝鮮』（東京大学出版会　一九六五年）一七三～一七四、一八〇、三一五～三一六頁参照。山角光弘「『性理字義』について」（『九州中国学会報』第十九巻　一九七三年）、佐藤仁『朱子学の基本用語　北渓字義訳解』（研文出版　一九九六年）解題も、『性理字義（北渓字義）』諸本のうち、所謂朝鮮本・和刻本については阿部氏の見解を前提にしている。

（5）註（4）前掲著三一五頁。

（6）一九八三年「理学叢書」（北京　中華書局）の一冊として刊行された、熊国禎・高流水点校『北渓字義』が、今日最も有力なテキストとされる。山崎闇斎の言う漳州本系のテキストで（二一〇頁参照）、康熙甲午（一七一四年）顧刻本を主要な校本として諸本を参校している。晋州刊本系の朝鮮本・和刻本はその校合の対象として言及されていない。如上の事情をふまえて、本稿では「理学叢書本」と称する。

『北渓字義』の版本については、井上進氏が「『北渓字義』版本考」（『東方学』第八十輯　一九九〇年）で、「理学叢書本」の校勘上の不備を指摘しつつ、あらためて版本の伝承系統の整理を試みている。とくに台北故宮博物院現蔵の元刊『北渓先生性理字義』が二十五門系南宋本の面目を伝えるものとして、内閣文庫の朝鮮版晋州刊本もこの系統に属し、しかも元刊本に匹敵する古本の面目を伝えていると位置づける。なお、この井上氏の考察の重要性については、市来津由彦氏が佐藤仁氏前掲著（註（4）参照）の刊行に関し、「陳淳『北渓字義』の日本語翻訳刊行によせて」（『東洋古典研究』第四集　一九九七年）と題する論考の中で、佐藤氏の解題を補うものとして言及している。

（7）『鵞峰文集』所収「性理字義跋」は、手跋の末尾「亦可窺而尋者乎」の句を「豈可不窺而尋哉」に作る。また「庚戌季春」と附記している。

（8）拙稿「林羅山『性理字義諺解』と松永尺五『彝倫抄』」（『斯文』第一一一号　二〇〇三年　本書第Ⅱ部第三章）一九六～一九八頁参照。

（9）石川丈山の二つの識語を次に掲げる（句読は筆者）。

〇元龢四徒維敦牂季夏廿日、坐曲几渉禿毫、点此一冊而已、人皆苦炎熱、吾愛夏日長　隠士烏鱗子

〇寛永甲子秋捌月、僑虔藝、易偸塵間暇、朱以句焉、墨以点焉、不遑虔拾片落葉而已　山木跋

（10）川瀬一馬『増補古活字版之研究』（一九六七年）では、『古活字版之研究』（一九三七年）中の『性理字義』伝本の著録にこの慶應義塾図書館蔵古活字本を伝本として加えるとともに、石川丈山の手識の存在に着目し、「図録篇」にも第八三三図として「序首・寛永元年丈山手識」を掲げている。そして「補訂篇」（八〇三～八〇四頁）の中で丈山の識語が見えることから、「寛永元年、元和末年頃の印行と見られる」とする。その上で、次のような見解を附記している。

なほ参考のため附記すると内閣文庫蔵の元和七年写本は林羅山の本を借りて書写し点を施した由の識語があり、その本文配字は古活字版と全く同一であるのは、両本共通の祖が朝鮮版などで一致してゐる故であらうか。また元和七年に古活字版ができてゐれば、羅山関係者の間でこれを知らずに書写することはあるまいと思ふ。それ故、古活字版の出版年時を元和七年以後寛永元年の間に限定することも可能であらう。

川瀬氏はこの後に、丈山の上巻末の識語と下巻末の識語を掲げており、下巻末の識語の年月に拠って、この古活字本の出版年時を限定しようとしている。ただ、上巻末の識語が元和四年六月と記すことには言及せず、これをどのように考えておられるか定かでない。なお、井上進氏は註（6）前掲論文の中で、この識語を根拠に〔元和活字印本〕として元和四年六月以前に限定できるとする。

(11) 小川武彦・石島勇『石川丈山年譜　本編』（日本書誌学大系65（1）青裳堂書店　一九九四年）一六二頁。

(12) 註（11）前掲著一六〇〜一六一頁。

(13) 人見竹洞撰「東渓石先生年譜」は『新編覆醤集』所収（詩集日本漢詩1　汲古書院　一九八七年）。

(14) 井上進氏も註（6）前掲論文において、慶應義塾図書館所蔵古活字本を前提に、「この古活字本には川瀬氏前掲書未著録の異版が存在する。即ち宮内庁書陵部に蔵される一本で、活字は通行本に較べて著しく不整、且つ黒口となっている」と指摘する。

(15) 寛文十年（一六七〇）刊行、熊谷立閑首書本『北渓先生性理字義』について、その頭注が、「日本の中国学者の努力と研究水準の高さを示す恰好の材料」と評される（佐藤仁「北渓先生字義詳講解題」和刻影印近世漢籍叢刊11　中文出版社　一九七二年）。熊谷はその跋文の中で、「前に羅山林公に諺解数巻有り、世に行はる。学者其の捷径を得。余も亦た概ね其の余唾を吮す」（原漢文）と記し、羅山の『性理字義諺解』の存在に触れている。この頭書本は中野宗左衛門板行で、寛永九年和刻本と同じ版元である。熊谷首書本と寛永本との関係、また羅山『諺解』との関係等については、別の機会に言及したい。

（二〇〇三年九月十七日稿了）

五　朝鮮版晋州嘉靖刊本系統『北渓先生性理字義』五種対校略考

はじめに

『北渓先生性理字義』とは、南宋の陳淳（号は北渓、一一五九―一二二三）の講述した朱子学概説書で、基本術語の解説を通して性理学の構造を明らかにするという方法を採ることは詳述するまでもない。ただ、本書は南宋末から二本存し、術語を二十五門に分類する二十五門系本と二十六門に分つ二十六門系本との両系統を生じ、後者にはさらに二十六門系に二十五門系を揉合した系統本が生まれた。[1] 清代以降の通行本はその揉合本となったが、他方日本においては江戸期に両系統のテキストが伝存し、それぞれ二つの系統の面目を伝える。とくに江戸初期に『性理字義』が通行するに際し二十五門系本を用い、それに拠る和刻本も刊行された。林羅山の国字解『性理字義諺解』もまた二十五門系本に基いている。[2] この祖本と目されるのが、朝鮮版晋州嘉靖刊本である。

ここに朝鮮版晋州嘉靖刊本と称するのは、具体的には内閣文庫に林家蔵書本として伝わった朝鮮刊本、末葉に「皇明嘉靖癸丑／晋州開刊」「嘉善大夫慶尚道観察使兼兵馬水軍節度使錦渓君丁応斗」ら六名の名を刻む刊記を有する一本、すなわち朝鮮嘉靖三十二年（明宗八年　一五五三）慶尚道晋州刊本を指す。このテキストは二十五門系本の面目を伝える一本とされる。[3] とくに阿部吉雄氏は、林羅山が修学過程で多くの朝鮮本を用いたことに着目してそれを調査し、この晋州刊本を前提にして、「林羅山は初年朝鮮本『性理字義』を手写し、後年、朝鮮本に本づいて『諺解』を作った。寛永九年、中野小左衛門刊の『性理字義』は朝鮮本の覆刻（略）」と説明している[4]。また、内閣文庫所蔵の林家蔵書に、「元和辛酉七月　日　借羅山先生之本而写……」と朱筆する紙片を奥書として貼付する、『性理字義』写本が存するが、阿部氏は、「朝鮮本（上記晋州刊本のこと）と比較すると、行格が一致し、羅山の原本は朝鮮本であったろうと想像される」と説明を加えている[5]。この『性理字義』写本は、元和辛酉七年（一六二一）七月の書写年を明記する点、テキストの展開を述べる上で重要な位置にあると言える。

他方、『性理字義』和刻本には、阿部氏の記述にある寛永九年（一六三二）刊本とは別に、所謂古活字本が存する。元和寛永間と推定されるも、ただ、今日伝本する『性理字義』古活字版は刊記を有さぬために、出版年代の限定を困難にしている。そのなかで、慶應義塾図書館所蔵の古活字版は、詩仙堂・不忍文庫・阿波国文庫旧蔵本で、石川丈山の識語を有する。すなわち、上冊上巻末には「元龢四徒維敦牂季夏廿日」元和戊午四年（一六一八）六月二十日、下冊下巻末には「寛永甲子秋捌月」寛永元年（一六二四）八月、と年月を明記する識語が存し、ともにこの本に朱墨の点を付したことを記す。この識語の年月は、朱墨の点を付するというこのテキストそのものの存在を前提におくことから、本古活字版の出版年時を、この識語の年月より降らぬものとして、下限を限定できることになる。さすれば、先の元和七年写本は、この古活字本と年代を共有する可能性を持つことになる。

川瀬一馬氏は『増補古活字版之研究』（一九六七年）の中で、この丈山の手識に着目した上で、次のように述べている（「補訂篇」八〇三頁）。

なほ参考のため附記すると、内閣文庫蔵の元和七年写本は林羅山の本を借りて書写し点を施した由の識語があり、その本文配字は古活字版と全く同一であるのは、両本共通の祖が朝鮮版などで一致してゐる故であらうか。また元和七年に古活字版ができてゐれば、羅山関係者の間でこれを知らずに書写することはあるまいと思ふ。それ故、古活字版の出版年時を元和七年以後寛永元年の間に限定することも可能であらう。

元和七年写本と本古活字本との関係について、「その本文配字は全く同一である」との認識のもと、その理由を共通の祖本が「朝鮮版などで一致している故か」の推論を述べる一方で、元和七年写本の書写時にこの古活字版の存在を関連づけようとしている。ただその口吻は慎重だが、上巻識語が元和四年、下巻識語が寛永元年という六年の隔たりが存するなか、古活字版の印行を「元和七年以後寛永元年の間」と推定するのは、上巻識語の元和四年の扱いが宙に浮いていて判然としない[6]。

私は先に林羅山の『性理字義諺解』を検討する過程で、『諺解』の底本となる『性理字義』をめぐり、底本原文の錯誤や遺漏を補正する「校訂」が行なわれたことに焦点を当てた[7]。そのなかで、元和七年写本、寛永九年刊本は朝鮮版晋州刊本に拠るものの、三本のテキストの関係につき、検証すべき異同が存することの問題を提起した。そして、この三本を対照しその異同を明らかにするとともに、元和七年写本、寛永九年刊本の補正とその当否の有り様について検証を試みた。ただ、右の古活字本については、三本の異同をふまえてその概要を述べるに止まった。

日本また朝鮮における『性理字義』の読解を問題にして行く上で、朝鮮版晋州嘉靖刊本系統本のテキストの異同の整理は、読みに関わる必要不可欠な基礎作業と考える。ついては、古活字本のうち、右の丈山識語を附する古活字版は刊行年代を限定し得る対校資料（「元和古活字本」と称する）として加え、あらためて内閣文庫蔵の朝鮮版晋州嘉靖刊本（「晋州刊本」と称する）と元和七年写本、元和古活字本、寛永九年刊本を対校することとした。

なお、長澤規矩也『和刻本漢籍分類目録』（汲古書院　一九七六年）には、寛永五年刊本（中野宗左衛門）を著録、『京都大学文学部漢籍分類目録　第一』（一九五九年）にも「寛永五年　中野宗左衛門刊本」と見えるが、現在所蔵不明で、筆者は未見。阿部氏をはじめ先行論文は寛永九年刊本を用いて論じて来ており、小論もまた寛永九年刊本に拠る。寛永九年刊本には、中野宗左衛門刊・中野市右衛門刊・中野小左衛門刊があるが、同版と判断できる。他に無刊記本（架蔵本）もあり、かえって紙質・刷りをよくするが、これも同版と見ることができる。

本対校では、さらに加えて、ソウル大学校中央図書館奎章閣文庫所蔵、仁祖十五年丁丑（一六三七）金世濂跋の朝鮮刊本も対校対象とした。本朝鮮刊本は、金世濂が寛永十三年（一六三六）朝鮮通信史として来日した際に、寛永九年刊本を持ち帰り、刊行したとされる。晋州嘉靖刊本が嘉靖三十二年（一五五三）に刊行されてから八十年有余、この刊本もまた、その覆刻ではないにしても、晋州嘉靖刊本系統本に系る一本に違いない。後述するように、行格をはじめ版式を全く新たにした翻刻本と言うことができる。この翻刻本が晋州嘉靖刊本系統本のテキストとしてどのような位置を占めるかは、本対校作業を通じて明らかにできると考える。如上の経緯に鑑みて、対校の中では、「朝鮮翻刻本」と称して扱うことにする。

一　晋州嘉靖刊本の構成・行格及び題目について

晋州嘉靖刊本系統本の対校上、テキスト全体のあり方に係る事項を確認しながら、とくに前稿（註7参照）の〈題目対稿表〉を補って、あらためて掲げることにしたい。

〔構成〕

晋州刊本は、陳宓「北渓先生性理字義序」「北渓先生性理字義目録」「北渓先生性理字義巻之上」「北渓先生性理字義巻之下」より成り、本文は二十五門百九十二条に分つ。これについて、朝鮮翻刻本のみが、「目録」を欠き、巻下

「鬼神」中の「論子孫与祖宗共一気」と題する一条を脱落する。「目録」はともかく、内容的に見てもこの一条を意図的に欠く理由を推しはかれない。

〔行格〕

晋州刊本の版面は毎半葉十行十八字の行格を基本とする。まま、誤ってこの原則を踏み外し、一行十七字、十九字、二十字の箇所も存する。元和写本、元和古活字本及び寛永刊本は、この晋州刊本の一行十八字の行格に従っている。ただ、晋州刊本が一行十八字の行格を誤った箇所については、この原則に沿って一字乃至二字を次行から繰り上げたり、次行に送るという修訂を行っている。その結果、一部分のずれにとどまらずに行数が増えることに繋がり、とくに巻上では最終的に四行増えたことから、晋州刊本の版面との間に、一見、不一致を引き起している感を抱かせる。これにより、晋州刊本の行格を改めたことについて、三本とも一致している[8]。

これに対して、朝鮮翻刻本は一行十八字の行格に従わず、十行二十一字の行格に改めている。そこには、朝鮮翻刻本が拠った寛永刊本の行格が晋州刊本の行格に従っているという、朝鮮版の祖本の様式のいかんは意識されていないと考えられる。

なお、晋州刊本は巻上・巻下の巻毎に丁数を起すが、元和古活字本・寛永刊本は上下巻、丁数を通す。元和写本は丁数の明示はない。また、朝鮮翻刻本は巻毎に丁数を起している。

〔題目〕

晋州嘉靖刊本系統の特質として、二十五門百九十二条の各条に「題目」を附している。ただ、内閣文庫蔵の晋州嘉靖刊本の「題目」には不備が認められ、元和写本・元和古活字本・寛永刊本そして朝鮮翻刻本では、「此題目可疑」の注文を附したり、脱字を補うなど、補訂が加えられている。

左に掲げる**〈題目対校表〉**を参照されたい。元和写本以下四本の補訂は基本的に一致している。明らかな訛謬を訂すもの(1)(2)(6)(7)もあれば、当該条文の本文の語句をふまえて訂すもの(9)(10)(12)(13)もある。ただ、(7)は朝鮮翻刻本において再び新たな誤りを生んでいる。(8)は晋州刊本では「題目」相当部分は空行空格、「題目」が欠けているのは明白で、それに相当する「題目」を本条の文章に即して推定している。(3)(4)(5)に「此題目可疑」と注記するのは、「題目」全体に不自然な錯誤・混乱があるものとして疑義が存する意を示す。

これらに対して、(12)は元和写本・元和古活字本・寛永刊本において錯誤を共通するもので、朝鮮翻刻本がその誤りを襲うことなく訂したことが分かる。逆に言えば、元和写本・元和古活字本・寛永刊本の三本が、この「題目」について錯誤を共有していることに留意しておきたい。

さらに、元和写本・元和古活字本・寛永刊本三本の間でも、元和写本・元和古活字本と寛永刊本とでは異なる点があることに注目したい。(11)(13)の事例に見る、脱字を増補する方法である。増補の内容は同じだが、その具体的方法には相違がある。(11)について見れば、元和写本・元和古活字本においては「論用経用権皆合義」、寛永刊本においては「論用経用権皆合義」と作り、「用経」の「用」字を補うのに異なる方法を取る。晋州刊本を祖本としておけば、その字格の配字をつとめて遵守して補正しようという態度である。その態度に立つと思えるのが、元和写本・元和古活字本である。これは文字通り覆刻の在り方を検証できる材料の一つとなる。三本の関係は、元和写本・元和古活字本においてはその同一性の検証が、寛永刊本ににおいては元和写本・元和古活字本との同質性の検証が、とくに焦点となることを例示するものでもある。もちろんそれは、晋州刊本を祖本とする同一性、同質性を検証することを前提にしていることは言うまでもない。なお、明らかな錯誤には×印を附してみた。

〈題目対校表〉

＊表中の「14Ａ」とは十四丁表、「17Ｂ」とは十七丁裏を示す。

	〔晋州嘉靖刊本〕	〔元和写本〕〔元和古活字本〕	〔寛永刊本〕	〔朝鮮翻刻本〕
巻之上				
(1)	心字　上14Ａ 論心含体｜気　×	14Ａ 論心含理｜気	14Ａ 論心含理｜気	上13Ｂ 論心含理｜気
(2)	情字　上17Ｂ 論性｜者心之用　×	17Ｂ 論情｜者心之用	17Ｂ 論情｜者心之用	上16Ｂ 論情｜者心之用
(3)	仁義礼智信　上26Ｂ 論智如水以成智	27Ａ 「此題目可疑」の注記有り	27Ａ 「此題目可疑」の注記有り	上24Ｂ 「此題目可疑」の注記有り
(4)	仁義礼智信　上27Ｂ 論性只是信	28Ａ 「此題目可疑」の注記有り	28Ａ 「此題目可疑」の注記有り	上25Ｂ 「此題目可疑」の注記有り
(5)	忠怒　上42Ｂ 論推己之恕以及人	42Ｂ 「此題目可疑」の注記有り	42Ｂ 「此題目可疑」の注記有り	上38Ｂ 「此題目可疑」の注記有り
巻之下				
(6)	誠字　下3Ｂ 論誠｜賢之誠　×	46Ｂ 論聖｜賢之誠	46Ｂ 論聖｜賢之誠	下3Ａ 論聖｜賢之誠
(7)	誠字　下3Ｂ 論言性｜有理有心　×	46Ｂ 論言誠｜有理有心	46Ｂ 論言誠｜有理有心	下3Ａ 論言聖｜有理有心　×

(8)	道字　下8A （空行）	51A 題目闕。恐当作論道是人所通行之路	51A 題目闕。恐当作論道是人所通行之路	下7B 題目闕。恐当作論道是人所通行之路
(9)	太極　下17B 論太極是極是之義　×	60B 論太極是極至之義	60B 論太極是極至之義	下15B 論太極是極至之義
(10)	太極　下21A 論皇極乃君為之準　×	64A 論皇極乃君為標準	64A 論皇極乃君為標準	下18B 論皇極乃君為標準
(11)	経権　下29B 論経用権皆当合義　×	72B 論用経用権皆当合義	72B 論用経用権皆当合義	下26B 論用経用権皆当合義
(12)	鬼神　下31A 論人物皆有陰陽便皆有鬼神	74B 論人物皆有陰陽便皆鬼神有　×	74B 論人物皆有陰陽便皆鬼神有　×	下28B 論人物皆有陰陽便皆有鬼神
(13)	鬼神　上36A 論仏与外神為諂　×	79A 論事仏与外神為諂	79A 論事仏与外神為諂	下31B 論事仏与外神為諂

二　本文の対校について

本文の対校は、前の「題目」の場合と同様に、晋州刊本を祖として元和写本・元和古活字本・寛永刊本・朝鮮翻刻本とを校合し、その異同が把握できた箇所について、一覧にして示すことにする。

晋州刊本には、一箇所だけ当該条末尾に「大気之大・一作之」（傍線は筆者、対校表(2)参照）と、異本との異同を注記する。元和写本以下の四本は、この一例にとどまらずにさらに本文の訛字を疑い、誤字を訂す注記が附加されている。元和写本・元和古活字本・寛永刊本では都合九箇所が附け加わり、その内容を同じくするも、本文との間に齟齬を来たす事例が生じている。これもこの三本間の関係を浮き彫りにしてくれる（対校表(27)(32)(55)(63)(67)(74)(82)(94)）。朝鮮翻刻本は本文の文字を訂して注記を削ったり注文を改めたりする（(27)(74)(82)）一方、新たに注記を加えている（(37)）。注記一つ取っても晋州刊本は勿論、元和写本・元和古活字本・寛永刊本と対照させてはじめて、朝鮮翻刻本の姿が鮮明になって来ると言える。当然のことながら、「注記」もまたこの一覧の中で重要な意味を有している。

晋州刊本・元和写本・元和古活字本・寛永刊本については、一本でも異同が把握できたものは**〈本文対校表〉**に収載した。四本間の同一性・同質性が焦点になるからである。これに対し、朝鮮翻刻本については四本との対校結果のうち、この四本間の異同に関与する事例は本対校表に収載したが、朝鮮翻刻本においてのみ認められる異同については、本文の補正に繋がる事例のみを本対校表に収載した。その他の事例（大部分は錯誤）は別に**〈本文対校表・朝鮮翻刻本新出の刻誤〉**として、まとめて掲出した。翻刻本としての位置と性格を考慮してのことである。

なお、字体の違いはここでは対象としない[9]。そして、原則として新字体を用いて示すが、訛謬の要因が旧字体の字形・字画に関わる場合は旧字体を以て示すことにした。また、元和写本・寛永刊本には訓点が附せられ、本文の読解は本文の校訂・補正と繋がっているものの、訓点の違いは対校表には含めない。

対校表は総計九十七項目に整理して五本の異同を対照したが、それを総括するための目安として、錯誤・混乱・不適切と認定できるものには、当該箇所に×印を附している。但し、晋州嘉靖刊本系統本の校本のための可否を示すものではなく、五種のテキスト間の同一性・同質性を検証するための工夫であることを重ねて断っておきたい。

〔備考〕欄には、対校した五本のほか、必要に応じて林羅山の『性理字義諺解』（内閣文庫蔵自筆写本、『諺解』と略称[10]）、尊経閣文庫所蔵の羅山訓点『性理字義』（『羅山訓点本』と略称。後述二七七頁参照）及び理学叢書本[11]を用いて、問題点を略記した。さらにいささか補説の要あるものは、本対校表の末尾に〔備考補記〕として記した。

〈本文対校表〉

＊表中の「3A7」とは三丁表七行、「3B5」とは三丁裏五行を表す。

	〔晋州嘉靖刊本〕	〔元和写本〕	〔元和古活字本〕	〔寛永刊本〕	〔朝鮮翻刻本〕	〔備考〕
巻之上						
(1)	序B1 上達由斯而進矣	上達由斯……	序B1 上達由斯……	序B1 上違由斯……　×	序A10 上達由斯……	「違」は誤字。
(2)	命字・論人稟気清濁 (上3A7~8) 天地大気 (末尾注記) 大気之大、一作之	天地大気 (末尾注記) 大気之大、一作之	(上3A7~8) 天地大気 (末尾注記) 大気之大、一作之	(上3A7~8) 天地之気　× (末尾注記) 大気之大、一作之	(上4A1~2) 天地之気 (末尾注記) ナシ	「大気」を前提にする注記で、寛永刊本「之」字に改め注記を残すは混乱、朝鮮翻刻本は注記を削除。
(3)	同条 (上3B5) 未便能昏蔽得他　×	未便能氏……　×	(3B5) 未便能氏……　×	(3B5) 未便能昏……	(上4A8) 未便能昏……	元和写本、欄外に「昏」と訂す。
(4)	同条 (上4A5) 有悪味來雑了　×	……夾雑了	(4A5) ……夾雑了	(4A5) ……夾雑了	(上4B6) ……夾雑了	「夾」正し。
(5)	同条 (上4B5) 不帖順土　×	不帖順土　×	(4B5) 不帖順土　×	(4B5) 不帖順土　×	(上5A5) 不帖順土　×	「去」正しきも、晋州刊本欠画有り、以下「土」に従う

(6)	命字・論天命只是元亨利貞（上5A6・7） 元者生利之始　× 利者生利之遂　×	元者生理…… 利者生理……	（上5A7・8） 元者生理… 利者生理…	（上5A7・8） 元者生理…… 利者生理……	（上5B5・6） 元者生理…… 利者生理……	「生理」正し。
(7)	性字・論天命之性本善（上7B3） 狡譎姦険	狹譎姦険 ×	（7B4） 狹譎姦険 ×	（7B4） 狹譎姦険 ×	（上7B6） 狹譎姦険 ×	「狹」は誤字。ただ諺解は「タケクイツワリ」と解する。
(8)	同条 （上7B9） 便自然成粋駁善悪	便自然……	（7B9） 使自然…… ×	（7B9） 便自然……	（上8A1） 便自然……	「使」は誤字。
(9)	同条 （上8A3〜4） 以性為善悪渾 ×	…善悪渾 ×	（8A4〜5） …善悪渾 ×	（8A4〜5） …善悪渾 ×	（上8A6） …善悪渾 ×	「混」正し。羅山訓点本、欄外に「混」と訂す。
(10)	同条 （上8B1） 最是簡切端的	…簡切…	（8B2） …箇切… ×	（8B2） …箇切… ×	（上8B2） …箇切… ×	「箇」は誤字。諺解も「簡切」に作る。
(11)	同条 （上8B4） 賛歎之耶	賛歎之耶	（8B5） 賛歎之那 ×	（8B5） 賛歎之那 ×	（上8B5） 賛歎之耶	「那」は誤字。諺解も「耶」に作る。

(12)	性字・論孟子道性善（上9A5）造化流行	造化流行	（9A6）這化流行 ×	（9A6）造化流行	（上9A5）造化流行	「這」は誤字。
(13)	同条（上9B1）善性字与道字	善性……	（9B2）善性……	（9B2）性善…… ×	（上9A10）性善…… ×	『易』繋辞伝上「継之者善也、成之者性也」をふまえ、「善性」が正しい。
(14)	同条（上9B10）且易語移 ×	借易……	（10A1）借易……	（10A1）借易……	（上9B8）借易……	「借」正し。
(15)	性字・論仏氏言性之差（上11B1）懐着他這箇霊活底 ×	懐着…… ×	（11B2）懐着…… ×	（11B2）懐着…… ×	（上11A4）壊着……	「壊」正し。羅山訓点本、欄外に「壊」に訂す。
(16)	同条（上11B2）一向縦横放恣	……放恣	（11B3）……放盗 ×	（11B3）……放盗 ×	（上11A6）……放盗 ×	「盗」は誤字。
(17)	性字・論後世言性之差（上12A8）未嘗有的確定	未嘗有……	（12A9）來嘗有…… ×	（12A9）未嘗有……	（上11B9）未嘗有……	「來」は誤字。

(18)	性字・論程子言心性情之別（上16B10）其形状模様	……横様　×	（17A1）……横様　×	（17A1）……模様	（上16A3）……模様	「横」は誤字。
(19)	情字・論情与性相対（上17B2）発終外面来　×	発従……	（17B3）発従……	（17B3）発従……	（上16B3）発従……	「従」正し。
(20)	情字・論情者心之用（上17B9）性者心之用　×	情者……	（17B10）情者……	（17B10）情者……	（上16B9）情者……	「情」正し。晋州刊本、「性」は字画を欠く。
(21)	同条（上18A6）違其則失其節	違其則……	（18A6）違其則……　×	（18A6）違其則……	（上17A4）違其則……	「違」は誤字。
(22)	情字・論情従性発皆善（上18A10）未便有箇不善	未便有……	（18B1）未便有……	（18B1）未便有……	（上17A8）未免有……	元和写本、「此未字有疑」と付す。理学叢書本に「未」無し。
(23)	同条（上18B2）禪家	禪家	（18B3）憚家　×	（18B3）禪家	（上17A9）禪家	「憚」は誤字。

(24)	才字・論才質才能之辨（上19Ａ4）是会做事底（上19Ａ5）有人全発揮不去	是有做事会底 × 人全発揮不去 ×	（19Ａ5）是有做事会底 × （19Ａ6）人全発揮不去 ×	（19Ａ5）是有做事会底 × （19Ａ6）人全発揮不去 ×	（上18Ａ1）是有做事会底 × （上18Ａ1）有人全発揮不去	晋州刊本正し。元和写本、「有人全発揮……」と「有」字を加筆する。朝鮮翻刻本も後者は訂す。
(25)	志字・論志有期必之意（上19Ｂ8）決然必欲得之	決然……	（19Ｂ9）決然……	（19Ｂ9）央然…… ×	（上18Ｂ3）決然……	「央」は誤字。
(26)	志字・論為学在初志（上20Ｂ8）縦心不踰距 ×	従心……	（20Ｂ9）従心……	（20Ｂ9）従心……	（上19Ｂ1）従心……	「従心」の方がよし。
(27)	同条（上21Ａ1）不能純乎聖途適則	……聖途適則（末尾注記）× 聖道適、適字恐誤	（21Ａ2）……聖途適則（末尾注記）× 聖道適、適字恐誤	（21Ａ2）……聖途適則（末尾注記）× 聖道適、適字恐誤	（上19Ｂ3）……聖途則	元和写本・同古活字本・寛永刊本の注記「聖道」は本文と合せず。朝鮮翻刻本は「適」字無く、注記も無し。
(28)	同条（上21Ａ4）別後面許多節目 ×	則後面……	（21Ａ5）則後面……	（21Ａ5）則後面……	（上19Ｂ5）則後面……	「則」正し。

(29)	同条 (上21A5) 雖終｜心地位至高　×	雖従｜心……	(21A6) 雖従｜心……	(21A6) 雖従｜心……	(上19B6) 雖従｜心……	「従心」正し。
(30)	志字・論立志要堅定 (上21B3) 舜何人也予｜何人也	……子｜何人也　×	(21B5) ……予｜何人也	(21B5) ……子｜何人也　×	(上20A4) ……予｜何人也	『孟子』滕文公上に拠る。「予」正し。
(31)	仁義礼智信・論五常 各有界分(上23B2) 四行無主｜　×	四行無土｜	(23B4) 四行無土｜	(23B4) 四行無土｜	(上21B8) 四行無土｜	「土」正し。
(32)	仁義礼智信・論仁為 愛之理(上24B10) 可以用処只為愛　×	可以用処只為愛 (末尾注記) 可以二字可疑	(25A2) 可以用処只為愛 (末尾注記) 可以二字可疑	(25A2) 可以用処只為愛 (末尾注記) 可以二字可疑	(上23A3) 可以用処只為愛 (末尾注記) 可以二字可疑	「可以用処」は通せず。諺解は「其用処に……」と「可以」を省いて解する。
(33)	仁義礼智信・論義是 裁制決断(上25B2) 邀我｜同出去	……同｜出去	(25B4) ……同｜出去	(25B4) ……固｜出去　×	(上23B4) ……固｜出去　×	「固」は誤字。
(34)	仁義礼智信・論義是 天理節文(上26A4) 尤｜見親切	左｜見……　×	(26A6) 左｜見……　×	(26A6) 尤｜見……	(上24A4) 尤｜見……	「左」は誤字。

(35)	仁義礼智信・論四端 已発未発之異 (上27A8) 自然惻隠之心 ×	自有然惻……	(27A10) 自有然惻……	(27A10) 自然有惻……	(上25A6) 自然有惻……	「有」字入る方が妥当。元和写本・同古活字本は、行格十八字の配字を守って補う。
(36)	仁義礼智信・論四端 日用常見(上28A9) 知得是非已明	……已是明 ×	(28B1) ……已明	(28B1) ……已明	(上26A5) ……已明	元和写本に「是」有るは剰字。
(37)	同条 (上28B2) 半間不界	半間不界	(28B4) 半間不界	(28B4) 半間不界	(上26A7) 半間不界 (末尾注記) 不界字恐誤	朝鮮翻刻本、本条末尾に新たに注記を加う。
(38)	同条 (上29A1) 或喫茶或飲須 ×	……或飲酒	(29A3) ……或飲酒	(29A3) ……或飲酒	(上26B5) ……或飲酒	「酒」字、妥当。
(39)	仁義礼智信・論仁是 心之全徳(上29A8) 蓋仁是心中蓋生理 ×	……箇生理	(29A10) ……箇生理	(29A10) ……箇生理	(上27A1) ……箇生理	「箇」正し。
(40)	仁義礼智信・論四端 只是仁義(上31A6) 夏之通暢	夏之道暢 ×	(31A8) 夏之道暢 ×	(31A8) 夏之道暢 ×	(上28B3) 夏之道暢 ×	「道」は誤字。元和写本、欄外に「通」に訂す。

(41)	(42)	(43)	(44)	(45)	(46)
孔門教人求仁・論諸子言仁之差（上34B4）又将愛金棹了 ×	忠信・論忠信是人用工処（上38A4）忠信只是実誠也 ×	忠信・論言信各有異主（上38A9）以言之実而言 ×	同条（上38A10）遂一看得透徹	忠恕・論忠与恕之義（上39A8）以忠対信而論	同条（上40A6）吾欲長吾長
……全掉了	忠信只是実誠也〔只是実〕	以言之実〔理〕而言	遂一…… ×	以思対信…… ×	吾欲長吾長
（34B7）……全掉了	（38A8）忠信只是実誠也〔只是実〕	（38B3）以言之実〔理〕而言	（38B4）遂一…… ×	（39B2）以思対信…… ×	（40A10）吾欲長五長 ×
（34B7）……全掉了	（38A8）忠信只是実誠也 只是実	（38B3）以言之実理而言	（38B4）遂一…… ×	（39B2）以忠対信……	（40A10）吾欲長吾長
（上31B5）……全掉了	（上34B8）忠信只是実誠也 只是実	（上35A3）以言之実理而言	（上35A3）遂一……	（上35B10）以忠対信……	（上36B5）吾欲長吾長
「掉」正し。	「只是実」を補うのが妥当。元和写本・同古活字本は、行格十八字の配字を守って補う。	「実理」とするのが妥当。元和写本、古活字本は、行格十八字を守って補う。	「遂」は誤字。元和写本、欄外に「逐」と訂す。	「思」は誤字。元和写本、欄外に「忠」と訂す。	「五」は誤字。羅山訓点本も「五」に作り、欄外に「吾」と訂す。

番号	本文					備考
(47)	忠恕・論言恕則忠在其中（上42A8）申言恕則忠在其中　×	申言恕……　×	（42B2）申言恕……　×	（42B2）申言恕……　×	（上38B2）單言恕……	「單」の方が妥当。理学叢書本も「單」に作る。
巻之下						
(48)	誠字・論誠是真実之理（下2A4）撰造来終不相似	……来絡不相似　×	（45A4）……来絡不相似　×	（45A4）……来絡不相似　×	（下2A3）……未略不相似　×	「終」正し。元和写本、「終」と訂す。朝鮮翻刻本は「未略」とさらに誤まる。
(49)	誠字・論誠是実理流行（下2B3）愛親敬長　×	愛親敬兄	（45B3）愛親敬兄	（45B3）愛親敬兄	（下2B1）愛親敬兄	「兄」の方が妥当。
(50)	同条（下2B7）降衷秉彝	降衷……	（45B7）降裏……　×	（45B7）降裏……　×	（下2B3）降衷……	「裏」は誤字。晋州刊本の字体紛らわしい。
(51)	敬字・論敬在心（下6B5）蓋心常醖在這裏　×	……醒在這裏	（49B5）……醒在這裏	（49B5）……醒在這裏	（下6A4）……醒在這裏	「醒」正し。
(52)	敬字・論文公敬斎箴（下7A1）宜列諸底右　×	……諸座右	（50A1）……諸座右	（50A1）……諸座右	（下6A9）……諸座右	「座」妥当なるも、理学叢書本は「左」に作る。

(53)	恭敬・論恭敬之容(下7B5) 坐如尸|	坐如戸| ×	(50B5) 坐如戸| ×	(50B5) 坐如戸| ×	(下7A1) 坐如尸|	「戸」は誤字。元和写本、欄外に「尸」と訂す。
(54)	道字・論聖賢言道之旨(下12B2) 一陰一陽之謂陰陽気 ×	……謂陰道|陽気	(55B2) ……謂陰道|陽気	(55B2) ……謂道|＼陰 ○陽気	(下11A7) ……謂道陰陽気	「道」字を補うのは妥当。寛永刊本は補刻するか。
(55)	道字・論韓老言道之差(下12B9) *題目に注記なし	*題目に注記 此条内負字恐誤	(55B9) *題目に注記 此条内負字恐誤	(55B9) *題目に注記 此条内負字恐誤	(下11B3) *題目に注記 此条内負字恐誤 〔補記1〕	本文「雖未負猶未害」の「負」字を疑うは妥当。諺解は「未圓」に読む。〔補記2〕
(56)	同条 (下13A4~5) 如老子先道|而後徳、先徳|而後仁、先仁|而後義等語	……先道|…… 先徳……先仁|	(56A4~5) ……先道|…… 先徳……先仁|	(56A4~5) ……先道|…… 先徳……先仁|	(下11B7~8) ……失道|…… 失徳……失仁|	朝鮮翻刻本、「老子」三十八章に拠り、「失」に訂す。理学叢書本も同じ。〔補記3〕
(57)	道字・論韓公見道之差(下13B6) 排仏老之説	排仏老|之説	(56B6) 排仏堯|之説 ×	(56B6) 排仏堯|之説 ×	(下12A8) 排仏老|之説	「堯」は誤字。
(58)	徳字・論心之実得処為徳(下15A3) 天地間本然|之道	……本然然|之道 ×	(58A3) ……本然然|之道 ×	(58A3) ……本然然|之道 ×	(下13B2) ……本然之道	「然」は剰字。羅山訓点本は「然」字を沫し、諺解は「本然の道」で解する。

(59)	太極・論混淪至極之理（下16B3）謂之理謂之三極者　×	○○其謂之……	（59B3）○○其謂之……	（59B3）○○其謂之……	（下14B8）[redacted]其謂之……	晋州刊本、文意通ぜず。理学叢書本も「其謂之三極者」に作る。
(60)	太極・発明周子朱氏太極説（下17B3）所謂上天之載	所謂上天之截　×	（60B3）所謂上天之截　×	（60B3）所謂上天之截　×	（下15B6）所謂上天之載	「截」は誤字。元和写本は「截《コト》」、諺解は「載」。羅山訓点本、欄外に「載」と訂す。
(61)	太極・発明濂渓太極図説（下19A6）在這気理面　×	……裏面	（62A6）……裏面	（62A6）……裏面	（下17A5）……裏面	「裏面」正し。
(62)	中和・論中和是性情之理（下22A9）中和是就性情説	中和……	（65A9）中知……　×	（65A9）中和	（下20A2）中和……	「知」は誤字。
(63)	同条（下22B2）無所偏倚便是性	……便是性（末尾注記）便是性、性字恐当作中	（65B2）……便是性（末尾注記）便是性、性字恐当作中	（65B2）……便是書　×（末尾注記）便是性、性字恐当作中	（下20A5）……便是書　×（末尾注記）便是性、性字恐当作中	「便是書」と作るは、注記と対応せず、誤まる。諺解は「便是中」に拠って解する。

(64)	中庸・論中庸以徳行言（下25B1）文公平常之説	文公五常之説　×	（68B1）文公五常之説　×	（68B1）文公五常之説　×	（下22B6）文公平常之説	「五」は誤字。元和写本、「五」を改めて「平」に訂す。
(65)	礼楽・論礼楽有本有文（下26A2）一箇中知底意思　×	一箇中和……	（69A2）一箇中和……	（69A2）一箇中和……	（下23A5）一箇中和……	「中和」正し。
(66)	礼楽・論礼楽有益於人（下27A10）皆本却楽節之素明　×	皆本於……	（70A9）皆本於……	（70A9）皆本於……	（下24A10）皆本於……	「於」正し。
(67)	経権・論権有時中之義（下27B10）拚度事物以取其中	拚度事物……（末尾注記）拚、字書無之、疑是推字之誤	（70B10）拚度事物……（末尾注記）拚、字書無之、疑是推字之誤	（70B10）拚度事物……（末尾注記）拚、字書無之、疑是推字之誤	（下24B9）拚度事物……（末尾注記）拚、字書無之、疑是推字之誤	元和写本・寛永刊本ともに「オシハカリテ」と訓ず。諺解は「推」字を用う。朝鮮翻刻本、「拚」に作るは誤字か。
(68)	経権・論用権之難（下28B10）張東之輩	張東之輩	（71B10）張東之輩　×	（71B10）張東之輩　×	（下25B8）張東之輩　×	張東之は唐の人。「東」は誤字。
(69)	経権・論用経用権皆当合義（下29B6）説得亦未盡	説得亦未書　×	（72B6）説得亦未書　×	（72B6）説得亦未書　×	（下26B3）説得亦未盡	「書」は誤字。元和写本、「書」を改めて「盡」に訂す。

(70)	同条 (下30A5) 張東之等｜	張東之等｜ ×	(73A5) 張東之等｜ ×	(73A5) 張東之等｜ ×	(下27A1) 張東之等｜ ×	(68)と同じ。元和写本、ここは「東」に誤まる。
(71)	鬼神・論鬼神是陰陽屈伸之意(下30B8) 主屈伸往來｜者言之	主屈伸往來｜……	(73B8) 主屈伸往夾｜… ×	(73B8) 主屈伸往來｜…	(下27B2) 主屈伸往来｜…	「夾」は誤字。
(72)	鬼神・論鬼神為陰陽所属(下31A9) 自畫｜夜分之	自畫｜夜分之 ×	(74A9) 自畫｜夜分之 ×	(74A9) 自畫｜夜分之 ×	(下28A2) 自畫｜夜分之	「畫」は誤字。諺解は「晝」、に作り、羅山訓点本は欄外に「晝」と訂す。
(73)	同条 (下31B5) 如潮之来属伸｜ ×	……属神｜	(74B5) ……属神｜	(74B5) ……属神｜	(下28A8) ……属神｜	「神」正し。「潮之退属鬼」と対応する。
(74)	鬼神・論鬼神即礼楽道理(下34B2) 以礼｜祀神楽声発揚 ×	以礼｜祀神…… (末尾注記) 以礼祀神、礼字恐当作楽	(77B2) 以礼｜祀神…… (末尾注記) 以礼祀神、礼字恐当作楽	(77B2) 以楽｜祀神…… × (末尾注記) 以礼祀神、礼字恐当作楽	(下30B9) 以楽｜祀神…… (末尾注記) ナシ	「以礼」を「以楽」と作るべきとする注記は妥当。寛永刊本、「楽」字に改めて注記を残すは混乱、朝鮮翻刻本は「楽」に作り注記を削除。
(75)	鬼神・論祭祀当以誠 (下35A1)		(78A1)	(78A1)	(下31A7)	「受」は誤字。羅山訓点本、欄外に「交」に訂

	幽明便不交|	……不受| ×	……不受| ×	……不受| ×	……不受| ×	し、諺解「マシハラサルナリ」と説解する。
(76)	鬼神・論事仏与外神為諂（下36A6～7）招|許多淫昏魂|神 ×	招|許多淫昏鬼|神	（79A6～7）招|許多淫昏鬼|神	（79A6～7）柖|許多淫昏鬼|神 ×	（下31B9）招|許多淫昏鬼|神	寛永刊本「柖」は誤字。「魂」を改め「鬼」に作るは妥当。
(77)	鬼神・論神不歆非類（下36B6・7）春秋鄫子取莒公子書曰莒人滅鄫| ×	春秋鄫|子…… × ……滅鄫| ×	（79B6・7）春秋鄫|子…… × ……滅鄫| ×	（79B6・7）春秋鄫|子…… × ……滅鄫| ×	（下32A7・8）春|秋鄭子…… × ……滅鄭| ×	国名「鄫」が正し。諺解は「鄫」とし、羅山訓点本は、欄外に「鄫」と訂す。
(78)	同条（下37A1）有一鬼蓬頭放祖|	……放祖|	（80A1）……放祖| ×	（80A1）……放祖| ×	（下32B2）……放祖|	「祖」は誤字。
(79)	鬼神・論人当祀其所当祀（下37B7）士|祭其先	土|祭其先 ×	（80B7）土|祭其先 ×	（80B7）土|祭其先 ×	（下33A6）士|祭其先	「土」は誤字。諺解は「士」。羅山訓点本、欄外に「士」と訂す。
(80)	鬼神・論祭祀当随其分（下38A9）如士|人只得祭其祖先	如土|人…… ×	（81A9）如土|人…… ×	（81A9）如土|人…… ×	（下33B6）如士|人……	「土」は誤字。諺解は「士」。羅山訓点本、欄外に「士」と訂す。

(81)	(82)	(83)	(84)
鬼神・論五祀之礼（下39B4）士人又不得兼五祀	鬼神・論道徳忠義之祭（下40A4）夫有所謂道有徳者死 ×	同条（下40A8）以死衛邦人……祠之凡	鬼神・論淫祀不可挙（下40B4）無祀無福 ×
士人……	夫有所謂道……（末尾注記）夫有所謂道、夫恐当作又、道上恐有有字。	以死衛人……祠之凡邦…… ×	淫祀無福
（82B4）士人……	（83A4）夫有所謂道……（末尾注記）夫有所謂道、夫恐当作又、道上恐有有字。	（83A8）以死衛人……祠之凡邦…… ×	（83B4）淫祀無福
（82B4）土人…… ×	（83A4）夫有所謂道……（末尾注記）夫有所謂道、夫恐当作又、道上恐有有字。	（83A8）以死衛人……祠之凡邦…… ×	（83B4）淫祀無福
（下34B8）士人……	（下35A7）夫有所謂有道…（末尾注記）夫有所謂、夫字恐当作又。	（下35A10～35B1）以死衛人……祠之凡那 ×	（下35B6）淫祀無福
「土」は誤字。	「有道有徳」に作るべしとする注記の指摘は妥当。「夫」を「又」とするも妥当。朝鮮翻刻本、「有」字を本文に加え、それに注記を合せる。	羅山訓点本、もと元和写本等と同じく作るも、「邦」を移して「衛邦人」と訂さんとす。諺解「国民ヲ守テ」と解す。	「淫」正し。

(85)	(86)	(87)	(88)	(89)	(90)	(91)
同条 (下41A2) 今立廟	同条 (下41A3) 毛旒端冕 ×	鬼神・論画像之義失正 (下42A5) 某伐某人 ×	鬼神・論江淮好淫祀 (下42A10) 五子胥 ×	鬼神・論理感通之妙 (下43A6) 此類煞有曲折	同条 (下43B1) 塑神像時	同条 (下43B4)
今立廟	垂旒端冕	某代某人	伍子胥	此類然…… ×	塑神像時	
(84A2) 今立廟	(84A3) 垂旒端冕	(85A5) 某代某人	(85A10) 伍子胥	(86A7) 此類然…… ×	(86B1) 塑神像時	(86B4)
(84A2) 令立廟 ×	(84A3) 垂旒端冕	(85A5) 某代某人	(85A10) 伍子胥	(86A7) 此類然…… ×	(86B1) 望神像時 ×	(86B4)
(下36A3) 今立廟	(下36A3) 垂旒端冕	(下37A3) 某人 ×	(下37A7) 伍子胥	(下38A2) 此類煞……	(下38A6) 塑神像時	(下38A9)
「令」は誤字。	「垂」正し。	「某代」正し。朝鮮翻刻本、この二字を欠落す。	「伍」正し。	「然」は誤字。諺解「ハナハタ」と解する。	「望」は誤字。	「邦」は誤字。

	人精神都聚在那｜上	……在那｜上	……在邦｜上　×	……在邦｜上　×	……在那｜上	
(92)	同条（下43Ｂ5）如白｜羲大王之類	如自｜羲……　×	（86Ｂ5）如自｜羲……　×	（86Ｂ5）如自｜羲……　×	（下38Ａ9）如自｜羲……　×	「自」は誤字。元和写本、「自」を改め「白」に訂し、羅山訓点本、欄外に「白」と訂す。
(93)	鬼神・淫祀必不惧（下44Ａ6）其他｜可以類見	其地｜……　×	（87Ａ6）其地｜……　×	（87Ａ6）其他｜……	（下38Ｂ9）其他｜……	「地」は誤字。諺解「其他」と解す。
(94)	鬼神・論怪事久当自消（下44Ａ10）有抱寃未及雪者屢怪	有抱……屢怪（末尾注記）屢怪、恐有缺字	（87Ａ10）有抱……屢怪（末尾注記）屢怪、恐有缺字	（87Ａ10）有抱……屢怪（末尾注記）屢怪、恐有缺字	（下39Ａ2）有抱……屢怪（末尾注記）屢怪、恐有缺字	諺解は「シハシハ怪ヲナス」と解す。理学叢書本、「屢作怪」に作る。
(95)	同条（下44Ａ10）如後漢王純｜　×	……王純｜　×	（87Ａ10）……王純｜　×	（87Ａ10）……王純｜　×	（下39Ａ3）……王純｜　×	人名、「忳」に作るべし。諺解、「忳」とし、羅山訓点本も欄外に「忳」と訂す。
(96)	鬼神・論妖由人興第二段（下45Ａ9）人来占者｜	人来占都｜　×	（88Ａ9）人来占都｜　×	（88Ａ9）人来占都｜　×	（下39Ｂ10）人来占都｜　×	羅山訓点本、「都」を欄外に「者」と訂す。

(97)					
同条（下45A9・10）		（88A9・10）	（88A9・10）	（下39B10・同40A1）	「黙」に作るべし。諺解、「點」を抹消して「黙」に改む。羅山訓点本も欄外に「黙」と訂す。
其人対面點数　×	……點数　×	……點数　×	……點数　×	……點数　×	
臨時更不點数　×	……點数　×	……點数　×	……點数　×	……點数　×	

〔備考補記〕

1　本文中の誤字・欠字を疑う注記は、本来当該条末尾に双行で附記する形式をとるが、この(55)の注記は題目の下に附する。これは、本条末行の字格が詰まっており、晋州刊本の行格を墨守する立場から、注記を加えることで行の増加が祖本とのずれを生むことを嫌って、題目の下の余白を利用した措置と推せられる。註（7）拙稿二二八頁参照。朝鮮翻刻本は行格を異にし、当該条末行には十分な余白があるにもかかわらず、この注記を題目の下に附するのは、右の事情を考慮に入れることなく、寛永刊本の形をそのまま踏襲したことになる。

2　尊経閣文庫所蔵の羅山訓点写本には、「此条内、負字恐誤」に加えて「道春謂負字当作員、員与圓同」と書き込んでいる。註（7）拙稿二三四頁参照。

3　『諺解』は、「老子ノ先道而後徳（中略）ノ説ハ、道ヲ取テ、上面ヨリ説キ去テ、徳ト仁ト義ト皆分チサキヤフリクタケリ、老子三十八章云、失道而後徳（中略）失義而後礼トハ、是ナリ」と説明するように、『老子』原文に「失道」「失徳」「失仁」とあるのを弁えた上で、テキストが「先道」「先徳」「先仁」と作ることを、意図的な表現として容認する立場に立つ。元和写本・元和古活字本・寛永刊本もまた、その立場にあるものと理解できる。

〈本文対校表・朝鮮翻刻本新出の刻誤〉

＊本表の〔晋州嘉靖刊本〕〔元和写本〕〔元和古活字本〕〔寛永刊本〕欄に示す（上4A9）は晋州嘉靖刊本について、（4A9）は元和古活字本・寛永刊本について、それぞれ該当箇所を指す。その示し方は前掲〈本文対校表〉に同じ。

	〔晋州嘉靖刊本〕〔元和写本〕〔元和古活字本〕〔寛永刊本〕	〔朝鮮翻刻本〕	〔備考〕
巻之上			
(1)	命字・論人稟気清濁（上4A9）（4A9） 只縁少那至清之気	（上4B10） 只縁小……	「小」は誤字。
(2)	性字・論性即理（上5B1）（5B2） 天地間人物公共之理	（上5B10） ……人物共公之理	「共公」は上下転倒。
(3)	性字・論天命之性本善（上7A5）（7A6） 暦法筭	（上7A10） 歴法筭	「歴」は誤字。
(4)	心字・論心含理気（上14B9）（14B10） 只一念提撕警覚	（上14A4） ……驚覚	「驚」は誤字。
(5)	意字・論思念皆是意（上22B10）（23A2） 人常言意思声去思者思声平也	（上21A8） 人常言意思声去思者思也	原注「声平」欠落す。
(6)	仁義礼智信・論五常各有界分（上23A4）（23A6） 五者謂之五常	（上21B1） 仁義礼智信五者……	「五者」の上に「仁義礼智信」五字を加える。
(7)	仁義礼智信・論智如水以成智（上27A1）（27A3） 造化之根本	（上24B10） 造化之本	「根」字、欠落す。

(8)	仁義礼智信・論四端只是四徳（上30B3）（30B5） 不覚発動之初	（上28A2） 知覚発動之初	「知」は誤字。
(9)	仁義礼智信・論五常随触而動（上33B8）（34A1） 為之惻然	（上30B10） 為惻然	「之」字、欠落す。
(10)	孔門教人求仁・論諸子言仁之差（上34B5）（34B8） 而仁亦豈能離得愛	（上31B6） 以仁亦豈能……	「以」は誤字。
(11)	程子論仁・論言仁之旨不同（上36A4）（36A7） 絶無一毫人欲之私以間之也	（上33A1） 絶無人欲……	「一毫」の二字、欠落す。
(12)	忠信・論二程議論忠信之理（上37A4）（37A8） 以不欺名忠則不可	（上33B9） 以不欺名忠信則不可	「信」は剰字。
(13)	忠恕・論忠与恕之義（上39A9）（39B3） 忠是就心説	（上36A1） 忠是推心説	「推」は誤字。
(14)	同条（上40A1）（40A5） 己心流底去到那物	（上36B1） 已心流去底到那物	錯簡を生ず。
(15)	忠恕・論忠恕只是一物（上40B2）（40B6） 蓋存諸中者	（上37A1） 蓋存中者	「諸」字、欠落す。
(16)	忠恕・論学者須是推己（上42A5）（42A9） 其恕乎	（上38A8） 子曰其恕乎	「子曰」の二字を『論語』衛霊公に拠り補うも、無くても可。

(17)	忠恕・論推己之恕以及人（上42B9）（43A3） 我不欲人之加諸我也	（上39A2） 我不欲加諸我也	「人之」の二字、欠落す。
巻之下			
(18)	誠字・論誠是真実之理（下2A6）（45A6） 其為物不貳其生物不測	（下2A4） 其為物不貳即其生物不測	「即」字を加えるも、『中庸』に拠れば「則」に作るべし。
(19)	敬字・論主一只是無適第二段（下5A7）（48A7） 更不将第二第三事来挿	（下4B9） 更不張第二……	「張」は誤字。
(20)	理字・論道与理之別（下14A8）（57A8） 又如足容重	（下12B9） 又如足用重	「用」は誤字。
(21)	徳字・論人心有本然之徳（下15B10）（58B10） 在天得之為天徳	（下14A7） 在天徳之為天得	「徳」と「得」、錯簡を生ず。
(22)	太極・論太極是極至之義（下18A5）（61A5） 惟此処不動	（16A7） 惟此処不同	「同」は誤字。
(23)	中和・論中和為大本達道（下22B10）（65B10） 只是渾淪在万般	（下20B2） 只是混淪……	「混」は誤字。
(24)	中和・論中和中庸之異（下24A7）（67A7） 有在事物之中	（下21B5） 有在萬物之中	「萬」は誤字。
(25)	礼楽・論礼楽有本有末（下25B10）（68B10） 須是有這中和	（下23A4） 是有……	「須」字、欠落す。

(26)	経権・論用経用権皆当合義(下30A6)(73A6) 留一武三思	(下27A1) 留一武二思	「二」字、欠画有るか。
(27)	鬼神・論鬼神是陰陽屈伸之意(下31A2)(74A2) 気之已退属陰為鬼	(下27B6) ……為神	「神」は誤字。
(28)	鬼神・論鬼神為陰陽所属(下31B6)(74B6) 凡気之屈者皆為陰属鬼	(下28A9) ……皆陰属鬼	「為」字、欠落す。
(29)	鬼神・論鬼神即礼楽道理(下34B3)(77B3) 敦和率神以従天	(下30B10) 敦化……	「化」は誤字。
(30)	鬼神・論祭祀常随其分(下38B1)(81B1) 皆為非所当祭	(下33B8) 皆為非当祭	「所」字、欠落す。
(31)	鬼神・論祭祀要関係(下39A3)(82A3) 皆是各随其分限小大如此	(下34A9) ……大小如此	「大小」に改む。
(32)	鬼神・論在祀典則当然(下39A7)(82A7) 以死勤事則祀之	(下34B2) 以事勤事……	「事」は誤字。
(33)	鬼神・論五祀之礼(下39B5)(82B5) 在士喪礼	(下34B9) 在喪礼	「士」字、欠落す。
(34)	同条(下39B6)(82B6) 陽気出祀之於戸内陽也	(下35A1) ……内従陽也	「従」は剰字。「礼記」月令鄭注の文に「従」字無し。
(35)	同条(下39B8)(82B8) 陰気出祀之於門外陰也	(下35A2) ……外従陽也	「従」は剰字。「礼記」月令鄭注の文に「従」字無し。

(36)	鬼神・論妖由人興第二段（下45Ａ3）（88Ａ3） 明日為薦拔	（下35Ｂ5） ……薦祆	「祆」は誤字。
(37)	同条（下45Ａ6）（88Ａ6） 作亡魂扶語言死	（下39Ｂ7） ……祆語言死	「祆」は誤字。
(38)	同条（下45Ａ9）（88Ａ9） 姓幾畫各幾畫	（下39Ｂ10） 姓幾畫	「名幾畫」の三字、欠落す。

三　本文対校の総括（其之一）――元和写本・元和古活字本・寛永刊本――

右の〈**本文対校表**〉を基に、本対校を通じて導き出せる要点をまとめて行くことにしたい。

〔元和写本と元和古活字本について〕

すでに「題目」の対校において言及したように、晋州嘉靖刊本を祖本とするとき、元和写本と元和古活字本との同一性の検証が焦点となる。このことは、元和写本が「羅山先生の本を借りて写した」本であることから、「羅山先生の本」との同一性を問うことでもある。

いったい、「羅山先生の本を写す」とは羅山の所有するテキストを書写するという意味だが、『性理字義』の本文を書き写すことのみを指すものではあるまい。元和七年写本が訓点を附している以上、「羅山先生の本」も元来、訓点が施されたものと考えるべきであろう。むしろ、その羅山の訓点こそ書き写す目的ではなかったのか。訓点を附するのは本文の読解の跡を留めるものであり、ときに本文の校訂と密接に関わり合う。底本に錯誤・闕漏が存在する場合、それを補正する読解力のいかんが問われる。[12] 元和七年写本においては、その訓点が錯誤の補正と連動しており、それは書写者においてなされたのではなく、すでに「羅山先生の本」において行なわれたままに書き写されたと見るべきである。このように考えるならば、「羅山先生の本を借りて写す」とは、羅山が補正、訓点を施した本を借りて写したということになる。

羅山の補正、訓点を尊重して転写したものとして、本稿で「羅山訓点本」と略称する尊経閣所蔵本、すなわち林鵞峰の手跋を有する版本が存する。[13] その跋文に、「性理字義の書為る、学者読まざる可からず。先人羅山叟嘗て訓点を加ふ。故加賀少将君、懇に求めて之を写す。今の中将君伝へて之を読む」（原漢文）と識す通り、版本に訓点を書き加えているが、併せて本文の錯誤の字について欄外等に訂している。これは「羅山先生の本を借りて写す」という元和七年写本の性格を捉える上で、有力な例証となろう。

前稿では、羅山の『性理字義』読解における校訂の側面に検証の主眼をおいたが、本稿では、元和古活字本との同一性を問題にすることから、元和七年写本にいう「羅山先生の本」すなわちこの本の底本を問題にして行くことにする。従って、本文の当該字を抹消して改めたり、欄外に訂している場合も、校訂される当該原字の方を底本本文として対校の対象として扱い、それにいかなる校訂が行なわれたかは〔備考欄〕に略記した。本対校表における「元和写本」とは、羅山先生が用いている底本本文を指してのものである。以下の行文で、とくにこのことを強調して、「元和写本（羅山先生底本）」の示し方を、適宜併用する。

その点、丈山の識語を有する「元和古活字本」も丈山の訓点が附せられ、欄外に本文の錯誤を訂す書き込みがあるが、本対校の対象とするのはあくまで古活字本の原文である。

本文の対校の結果を総合すると、晋州刊本に対して、元和写本（羅山先生底本）と元和古活字本の同一性が高いことは認めてよい。

Aともに晋州刊本の錯誤を訂す事例

(4)(6)⒁⒆⒇㉖㉘㉙㉛㉟㊳㊴㊶㊷㊸㊾(51)(52)(54)(59)(61)(65)(66)(73)(76)(84)(86)(87)(88)

Bともに新たな注記の附加による補訂の事例

㉗㉜(55)(63)(67)(74)(82)(94)

Cともに新たに錯誤を犯した事例

(3)(7)⒅㉔㉞㊵㊹㊺㊽(53)(58)(60)(64)(69)(70)(72)(75)(79)(80)(83)(92)(93)(96)

Aのうち㉟㊷㊸(54)の錯誤訂正の在り方は、祖本の行格配字を忠実に尊重し、訂正による文字の増加が他に波及することを避けて、当該字格の中で小字双行の方法で補正するものである。祖本の覆刻、転写において、一つの特徴として認める点である。先掲**〈題目対校表〉**の中でも、その補正方法が同様に用いられていることが確認できる。元和写本（羅山先生底本）と元和古活字本がこの方法を共有していることは、**AB**の事例の一致数とともに注目しておいてよい。**B**㉗は本文と注記との齟齬を同じく来たす。また、**C**が示すように、両本が祖本に対してかかる錯誤を共通して有するということは、この両本の同一性、同質性を検討する上で、重要な材料と見なせるだろう。

Dともに晋州刊本の正・誤を受け継ぐ事例

正(1)(2)⒀㉕㉝㊲(76)(81)(85)(90)

誤(5)(9)⒂㉒㊼(56)(77)(95)(97)（「誤」には疑錯を含む）

この**D**までを含めて、**ABCD**の事例について元和写本（羅山先生底本）と元和古活字本とは一致するが、他方において、完全に同一と見なすには疑問点が存している。元和写本と元和古活字本とが一致しない事例を挙げることができるからである。晋州刊本に対して、どちらか一本が錯誤を犯した事例の存在である。

E元和写本は正しく、元和古活字本が誤る事例
⑻⑽⑾⑿⒃⒄㉑㉓㊻㊿57 68 71 78 91

F元和写本が誤り、元和古活字本は正しい事例
㉚㊱

同一性の高いと見なせる元和写本（羅山先生底本）と元和古活字本との間に、とくにEの事例をこれだけ確認できることについて、どのように考えればよいのであろうか。両本の同一性を前提におけは、元和写本（羅山先生底本）においてその誤りを訂したことになるのか、それとも元和古活字本においてさらに新たな誤りを生じたことになるのか、いずれにせよ推論を述べるにも決め手に欠ける。ここでは問題の指摘に留め、後考を俟ちたい。

〔寛永刊本について〕

晋州嘉靖刊本を祖本とするとき、寛永九年刊本もまたそれをそのまま覆刻するのではない。元和写本（羅山先生底本）・元和古活字本において確認できる祖本の「題目」の補訂が、寛永九年刊本でも行なわれながら、版面上の訂し方に差異も存する。祖本との関係は当然のこととして、寛永九年刊本においては、元和写本（羅山先生底本）・元和古活字本との関係のいかんが課題となる。先の「題目」の対校結果から見て、元和写本・元和古活字本との同質性が焦点となるとした所以である。

事実、寛永刊本と元和写本（羅山先生底本）・元和古活字本の三本を対校して行くと異同が生じている。寛永刊本についで見ると、元和写本・元和古活字本と一致する事例を確認できる一方で、元和写本・元和古活字本で生じた錯誤

を改正する事例がある。また、寛永刊本において錯誤を犯すと認められる事例もある。

右に、元和写本（羅山先生底本）・元和古活字本の対校結果をABCDEFに分けて試みた事例整理に沿って、寛永九年刊本の有り様を整理してみよう。

A元和写本・元和古活字本が晋州刊本の錯誤を訂す事例

(4)(6)(14)(19)(20)(26)(28)(29)(31)(35)(38)(39)(41)(42)(43)(49)(51)(52)(54)(59)(61)(65)(66)(73)(76)(84)(86)(87)(88)

Aについては、元和写本・元和古活字本の補訂と一致する。寛永刊本はその補訂を正しく継承しているということになる。ただこのうち、(35)(42)(43)(54)の補訂は、内容は同じものの、当該字格配字の補訂方法と異にする。繰り返すが、「題目」の補正の場合と同様に、寛永刊本では覆刻と言っても、補訂による字格の配字の変動を厭わない。

B新たな注記の附加による補訂の事例

Ⅰ(27)(32)(55)(67)(82)(94)

Ⅱ(63)(74)

ここでは、ⅠⅡ両種に分つ必要が生じる。寛永刊本も元和写本・元和古活字本と同様に補訂に関して注記を附記する例を増やしている。Ⅰは共通するが、Ⅱは注記に沿って本文の当該字を改めて作った結果、かえって注記と齟齬を来たした事例である。テキストとして新たな混乱を内含したことになる。

C元和写本・元和古活字本が新たに錯誤を犯した事例

Ⅰ(7)(24)(40)(44)(48)(53)(58)(60)(64)(69)(70)(75)(79)(80)(83)(89)(92)(96)

Ⅱ(3)(18)(34)(45)(72)(93)

ここでも、寛永刊本の有り様はⅠⅡ両種に分れる。Ⅰは元和写本・元和古活字本の錯誤を踏襲するが、Ⅱは寛永刊本において適切な文字の校訂が行なわれた事例となる。

D元和写本・元和古活字本がともに晋州刊本の正・誤を受け継ぐ事例

正Ⅰ (37)

Ⅱ (1) (2) (13) (25) (33) (76) (81) (85) (90)

誤 (5) (9) (15) (22) (47) (56) (77) (95) (97)

寛永刊本が**誤**すなわち晋州刊本・元和写本・元和古活字本三本の錯誤・疑錯をそのまま共通して継承する一方で、**正**を継承するのは一例のみであること（**正**Ⅰ）、逆に寛永刊本で訛謬を生じた事例があること（**正**Ⅱ）に留意しておきたい。

E晋州刊本・元和写本は正しく、元和古活字本が誤る事例

正 (8) (12) (17) (21) (23) (46) (62) (71)

誤 (10) (11) (16) (50) (57) (68) (78) (91)

F晋州刊本・元和古活字本は正しく、元和写本が誤る事例

正 (36)

誤 (30)

EFは元和写本（羅山先生底本）と元和古活字本との不一致面を浮かび上がらせる事例だが、**EF**ともに寛永刊本においては**正**・**誤**を混在させている。この対校結果に拠れば、寛永刊本がどちらか一本に重なっているとは明言できないことになる。相対的に見れば、元和古活字本との方が訛謬をともにすると言えるが、推論を行う上で視点の一助にするとしても、慎重にならざるを得ない。

総じて寛永九年刊本は、晋州嘉靖刊本系統本としては、晋州刊本に直結せず、元和写本（羅山先生底本）・元和古活字本に関係づけ、位置づけるべきであることは明白である。ただ、この刊本は元和写本（羅山先生底本）・元和古活字本の覆本と見なすには、校訂の粗雑さがこの本の信頼を根底から揺るがすと評して過言ではあるまい。晋州嘉靖刊本の版本としての価値の高さに比して、その刊刻には刻誤に起因する訛謬を少なからず有することからも、瑕疵ある本である。元和写本・元和古活字本はその闕を補い訛謬を訂し疑錯を明らかにする点では、晋州刊本系統本の中で重要な位置を与えることができるが、その本自体も刻誤を生じている。寛永九年刊本は、元和写本や元和古活字本の刻誤を訂すといってよい側面（CⅡ）もあるものの、寛永刊本でかえって刊誤と混乱を生じており（BⅡ、D正Ⅱ）、元和写本（羅山先生底本）や元和古活字本を凌ぐ善本としては評価はできない。単純に錯誤の数の少なさから言えば、元和写本（羅山先生底本）が晋州嘉靖刊本の面目を伝える補訂本として注目に値するものとなる。そしてそれに加えられた羅山の点校は、尊経閣所蔵羅山訓点本における羅山の点校とともに、晋州嘉靖刊本の校訂として質の高い成果であって、それからすれば寛永九年刊本の点校はあまりに拙劣である。関連して言えば、寛永九年刊本の訓点に拠る本文読解では誤読を生む箇所が少なくなく、訓点を施せぬ部分も一、二に留まらない。『性理字義』読解の難しさの反映でもあるのだが、それにしてもこの訓点に現れる質の低さは、このテキストの信頼度を大いに失墜させるものであろう。

なお、元和古活字本には石川丈山の点校の跡が残っている。質的に見て、寛永九年刊本のそれよりはるかに勝り、古活字本の刻誤の訂正において羅山の点校と一致する箇所も少なくない。そこに示される本文読解力もかなりの高さにあり、原文を十分に読みきっている。それでも読解に問題を残した点も見受けられ、これについては羅山のそれと比較しながら、別稿で取りあげてみたい。

四　本文対校の総括（其之二）——朝鮮翻刻本——

〔朝鮮翻刻本について〕

今般、対校資料として取り上げた奎章閣文庫所蔵朝鮮刊本には、金世濂（字は道原、号は東冥。一五九三—一六四六）の跋、李植（号は沢堂。一五八四—一六四七）の後序を附しており、これによって刊行の経緯と時期を知ることができる。

金世濂の跋文は、阿部吉雄氏が触れたように、[14]『性理字義』を日本で入手したことを記す点で、まず重要な意義を持っている。

> 不佞　使を奉じて是の邦に入りて自り、往往来問する者、大抵陰陽変化性命の説にして、其の下学に於ける蔑如たるなり。還りて大坂に至り、是の書を見るを得て、始めて向《さき》に発難するは、儘く是の書に従ひて拈出するを知る。蓋し不佞の未だ見ざる所にして、読みて喜ぶこと甚し。遂に謄写せ令む。吾が東方の載籍極めて博きも、是の書少しく伝はらざるは、何ぞや。豈に其の晦顕に時有るかな。丁丑孟春、東溟金世濂、赤間関の観音寺に書す。
>
> （原漢文）

丁丑孟春、すなわち一六三七年一月赤間関《あかまがせき》（下関）の観音寺で書いた[15]とするこの跋は、その前年寛永十三年（一六三六）泰平祝賀を目的とする第四回朝鮮通信使の副使として来朝した金世濂が、帰路大坂にて『性理字義』を手にし、未見の書として喜んだことを言う。ここには嘗て朝鮮において晋州嘉靖刊本が刊行されたとの認識も示されず、その日本における伝本の事情に触れた様子もうかがえない。むしろ日本滞在中において常に寄せられた質問が日常の実践の工夫を軽んずるかのように、道体性理の議論に走ることについて、その議論における論難の拠り所としてこの『性理字義』があることを知って、得心が行ったかのようである。そしてこの書が朝鮮に伝わらなかったことに時運を感じながらも、朝鮮の学者として初めて手にした書籍として感慨を吐露している。

李植の文章は、『沢堂集別集』巻五（韓国歴代文集叢書九三五）に「陳北渓字義後序」として収載するのと同文である。この「後序」もまた『性理字義』が朝鮮に伝わっておらず、金世濂が日本において始めて購入した書物であるとの認識のもと、この書物に最大級の評価を与えている。そうして、金世濂の『性理字義』の刊行に際して、李植が「校定」の任に当ったことを述べている。

陳北渓の此の書、名目　本伝に見えず、亦た我が国に伝はらず。頃年、金学士世濂道源　使を日本に奉じて始めて之を購得す。蓋し江浙海船自り彼の国に転入するなり。時に不佞　方に字訓の書を輯む。聞きて喜ぶこと甚だし。亟《しば》しば借りて観れば、則乃《すなは》ち洛建精微の定論を類聚し、字義を附して以て約説し、聖学体認の大公案と為す、惟だに小学童習の書なるのみにあらざるなり。今者《いま》、道源出でて関北を按ず。将に梓刻して行布を謀らんとす。故に仍りて之が為に校定して之を帰す。（原漢文）

文中の「道源出按関北」とは、一六四一年金世濂が老母の奉養のために外職を求め、安辺都護府使・黄海道観察使となったことを指し[16]、金世濂はそのときに『小学』『性理字義』『読書録』を刊行したという。従って、ここに記す『性理字義』の刊行の時期をこの頃に限定できることになる。なおかつ刊行に当って「校定」に関与したのが、この「後序」を記した李植であったことが分かる。

この『性理字義』の刊行は、前述した通り、晋州嘉靖刊本から元和七年写本・元和古活字本・寛永九年刊本が一貫して保持して来た行格（版式）を一変させており、日本で入手した本を底本とする完全なる翻刻である。金世濂が得た本について、阿部吉雄氏は寛永九年刊本と断定するが[17]、その根拠には言及していない。対校においては、底本の問題として、その点が検証の焦点となる。

この朝鮮翻刻本の対校結果を総括するのにも、各本との異同の関係を比べるために、前章でＡＢＣＤＥＦに分った枠組を用いることにする。

Ａ元和写本・元和古活字本が晋州刊本の錯誤を訂す事例

⑷⑹⒁⒆⒇㉖㉘㉙㉛㉟㊳㊴㊶㊷㊸㊾51 52 54 59 61 65 66 73 76 84 86 88

Ａについては、寛永刊本ではすべての事例を正しく継承していた。朝鮮翻刻本はそのほとんどを継承するが、新たに87で文字の欠落を生じている。また㉟㊷㊸54の補訂は全く行格を改める翻刻であることから、元和写本・元和古活字本に見られる晋州刊本の行格を意識した補訂の方法を取っていない。

Ｂ新たな注記の附加による補訂の事例

㉜㊲55 63 67 82 94

朝鮮翻刻本に附する注記は全部でこの七つ。しかし、朝鮮翻刻本の注記に関わる有り様は、晋州刊本、元和写本・元和古活字本、寛永刊本と並べてみて始めて、その由って来たるところが分かる。転刻・翻刻を重ねて生じた、改変の縮図と言ってもよい。右の七つの注記のうち、㉜55 94は元和写本・元和古活字本・寛永刊本と同じだが、63は寛永刊本の混乱を受け継ぎ、片や、82は本文を改めて注記を一部削る。⑵㉗74においては、本文を改めて元和写本・古活字本・寛永刊本に附せられた注記をすべて削除している。さらに、替って朝鮮翻刻本において㊲に見る新しい注記が附せられ、67では新たに訛誤を犯している。この姿は寛永刊本を底本としながらも、「後序」に言うように独自の「校定」が施された結果であろう。

Ｃ元和写本・元和古活字本が新たに錯誤を犯した事例

寛永刊本の事例分類CⅠ・CⅡに沿って整理すると、次のCⅡに該当する事例は、寛永刊本における校正をそのまま受け継いでいる。

⑶⒅㉞㊺(72)(93)

一方、CⅠ（寛永刊本に踏襲された元和写本・元和古活字本の錯誤）については、新たに適切な校訂がなされた事例（a）と錯誤のまま翻刻された事例（b）とに分かれる。なお㉔はab両面を有する事例。

a　㉔㊹(53)(58)(60)(64)(69)(79)(80)(89)

b　⑺㉔㊵㊽(70)(75)(83)(92)(96)

D元和写本・元和古活字本がともに晋州刊本の正・誤を受け継ぐ事例

寛永刊本で新たに訛謬を生じた事例（D正Ⅱ）のうち、⑴㉕(76)(81)(85)(90)は適切に校訂され、⒀㉝が寛永刊本の訛謬を残す。D正Ⅰの㊲、D正Ⅱの⑵は、右のBの項参照。さらに、晋州刊本の誤りを元和写本・元和古活字本・寛永刊本がそのまま伝える刻誤（D誤）について、朝鮮翻刻本が校訂できた事例⒂㊼(56)を確認できる。

E晋州刊本・元和写本は正しく、元和古活字本が誤る事例

F晋州刊本・元和古活字本は正しく、元和写本が誤る事例

EFについては、朝鮮翻刻本は寛永刊本が正しく作る事例（E正・F正）は誤ることなく刻するとともに、寛永刊本の刻誤（E誤・F誤）のうち、⑾㉚㊿(57)(78)(91)を改めている。

このようにA〜Fについてまとめてくると、朝鮮翻刻本が寛永刊本の錯誤を校訂した性格を有し、晋州刊本以来の刻誤を訂し得た箇所も確認できるが、残念なのは新たに生じた刻誤の多さである。**〈本文対校表・朝鮮翻刻本新出の刻誤〉**を参照されたい。従って、これを併せて評価すれば、朝鮮版晋州嘉靖刊本系統本の校訂本としての質は、遺憾

ながら芳しくないものとなる。むろん、このことがそのまま朝鮮朱子学上における本テキストの価値を低くするものではないことは、言うまでもない。

註

（1）井上進「『北渓字義』版本考」（『東方学』第八十輯　一九九〇年）が、版本の伝承系統について要点を押えた整理を行なっている。

（2）『性理字義諺解』については、拙稿「林羅山の『性理字義諺解』——その述作の方法と姿勢」（『漢文學　解釋與研究』第五輯　二〇〇二年　本書第Ⅱ部第二章）を参照されたい。

（3）註（1）井上論文では、台北故宮博物院所蔵の元刊本が二十五門系南宋本の面目を伝えると位置づけ、内閣文庫所蔵朝鮮版晋州嘉靖刊本もこの系統に属し、しかも元刊本に匹敵する古本の面目を伝えていると評価する。なお、李氏朝鮮明宗朝の魚叔権『攷事撮要』附載『冊板目録』に、慶尚道の晋州冊板として『性理字義』が見えている。これについては、春山仁榮「攷事撮要の冊板目録について——附　冊板目録——」（『東洋学報』第三十巻第二号　東洋協会学術調査部　一九四三年）を参照。春山氏はこの『冊板』の書誌学上の位置を述べるのに、『性理字義』を例示に挙げている。

（4）阿部吉雄『日本朱子学と朝鮮』（東京大学出版会　一九六五年）三一五頁。

（5）註（4）前掲著一八〇頁。

（6）『慶應義塾図書館蔵和漢書善本解題』（慶應義塾図書館　一九五八年）において、阿部隆一氏は本書の解題の中で「〔元和末〕刊」と記している。

（7）拙稿「林羅山の『性理字義諺解』と朝鮮本『性理字義』の校訂」（『漢文學　解釋與研究』第六輯　二〇〇三年　本書第Ⅱ部第四章）を参照されたい。

（8）晋州刊本が一行十八字の原則を踏み外した箇所と元和写本・寛永刊本がそれを改めたことについて、具体的には註（7）拙稿二一三～二一六頁参照。

（9）晋州刊本で「花」に作るのを、元和写本以下四本が「華」に作る例が数箇所あるが、この一覧には載せていない。
（10）『性理字義諺解』は、加賀の前田光高の求めに応じて羅山が作ったが、その稿本に相当する写本には、「己卯初夏朔述之道春」と巻末に識し、寛永十六年（一六三九年）四月一日の作であることが分かる。なお、前田育徳会尊経閣文庫に前田光高への進呈本が現存する。
（11）熊国禎・高流水点校『北渓字義』（北京中華書局　理学叢書　一九八三年）。今日、中国で刊行された有力な校本であるが、残念ながら、二十五門系本への配慮に欠けるなど、註（1）井上論文はその問題点を指摘する。拙稿が対象とする晋州嘉靖本系統本はその校合の対象となっていない。
（12）鵞峰「羅山年譜」元和七年（一六二一）羅山三十九歳の条に、『皇朝類苑』（元和勅版）について、勅令により加点したことを次のように記す。

伝詔曰、此書不易読焉。可加朱墨以備叡覧。即補其脱簡、正其誤字、滴朱露。（以下略）。

訓点を施すことが本文の補正・校訂を伴ったことについて明記している。
（13）註（7）拙稿二三二〜二三八頁参照。なお、尊経閣文庫には、「道春朱句墨点」と識す写本も伝わる。
（14）註（4）前掲著三二一頁に、注記として金世濂の跋文を引く。
（15）金世濂『海槎録』には、一六三七年二月十日、赤間関の阿弥陀寺に宿泊したことを記す。因みに大坂には、一月二十一日〜二十五日本願寺に滞在、二十六日〜三十日は大坂河口にて船上泊している。
（16）山内弘一教授の示教による。
（17）註（4）前掲著三一六頁。

（二〇〇五年九月二十日稿了）

六　ハーバード大学所蔵朝鮮版『性理字義』
——その林羅山旧蔵本説をめぐって

はじめに

昨年八月、ケンブリッジ大学東アジア学科教授・英国学士院東アジア部長のピーター・コーニッキー（Peter Kornicki）氏より、ハーバード大学所蔵朝鮮版『性理字義』について問い合せを受けた。要件は、東コロライン大学日本学科のジョン・タッカー教授（John Allen Tucker）が、当該朝鮮本をば林羅山旧蔵本で内閣文庫所蔵『性理字義』写本の底本（いわゆる「羅山先生の本」）ではないか、と論じたことについてであった。

本朝鮮版『性理字義』とは、末葉に「皇明嘉靖癸丑／晋州開刊」「嘉善大夫慶尚道観察使兼兵馬水軍節度使錦渓君丁応斗」ら六名の名を刻む刊記を有する刊本、すなわち朝鮮嘉靖三十二年（明宗八年　一五五三）慶尚道晋州刊本を指す。内閣文庫には林家蔵書の一本として伝存する。また、同じく内閣文庫所蔵で林家蔵書の『性理字義』写本は、その末尾に紙片を貼付し、「元和辛酉七月　日　借羅山先生之本而写……」と朱筆する。便誼上、元和七年写本（元和写本）と呼ぶが、この写本は晋州刊本の通りに行格を一致させて書写している。元の「羅山先生之本」が朝鮮本晋州刊本もしくはそれを祖本とする一本と推する所以である。

タッカー教授の論は、'Chen Beixi, Lu Xiangshan, and early Tokugawa（1600-1867）philosophical lexicography'

Philosophy East and West, 43（1993）と題する論文に見えるものである（とくに七〇七頁註４）。ハーバード大学図書館所蔵朝鮮版晋州刊本には、その「性理字義巻之下」巻末に、『十八史略』から抄出した三行に亙る書き入れが存し、同様の書き入れが元和七年写本にも存することから、この朝鮮本を書写の元になった「羅山先生之本」、すなわち羅山の旧蔵本と認定している。併せてこの朝鮮本には訓点を施すが、原文の錯誤等に係る校訂の書き込みとともに、羅山のそれと見なしている。

林羅山が修学の過程で多くの朝鮮本を用いたことについては、つとに阿部吉雄氏が調査し、『性理字義』についても羅山の原本が朝鮮本（晋州刊本）であったことに言及している。[1] ただ、内閣文庫蔵晋州刊本と元和七年写本とを比べると、後者は前者の単なる転写本ではなく、両者には異同が少からず認められる。それは転写に伴う誤記ではなく、底本原文の錯誤や遺漏を補正する「校訂」に繋がる要素を内含している。筆者は先にこのことに焦点を当てて検討を試み、その考察の一端を本誌に掲載して来た。[2] 今般のコーニッキー教授の問合せは拙稿を読まれ、それとの関連で卑見を求めて来られたものである。

しかしながら、件のハーバード大学図書館所蔵朝鮮版『性理字義』は未見のもので、まずはこのテキストを確認すべく知人に照介を依頼したが、やがてコーニッキー教授より、ハーバード大学図書館に問い合せた結果、問題の朝鮮本が一九九〇年代に盗まれたとの知らせを受けた。その後、幸いにしてマイクロフィルムの複製を一本、コーニッキー教授が来日の際に携えて来られ、その提供に与った。マイクロ原本が老朽化していて良い状態とは言えないが、それでもその全容について検討するには十分な資料となり得た。ここにコーニッキー教授のご好意に深甚なる謝意を表するとともに、そのご厚情に酬いるべく、現段階で知り得たことについて私見を示したい。

一　内閣文庫所蔵晋州嘉靖刊本とハーバード大学所蔵本

朝鮮版晋州嘉靖刊本『性理字義』は、陳宓「北渓先生性理字義序」「北渓先生性理字義目録」「北渓先生性理字義巻之上」「北渓先生性理字義巻之下」より成り、本文は二十五門百九十二条に分つ。二十五門系本の面目を伝える一本とされる[3]。

版面は毎半葉十行十八字の行格を原則として、上巻は都合四十三丁、下巻は四十六丁。晋州嘉靖刊本系統の特質として、二十五門百九十二条の各条に「題目」を掲げる。ただ、内閣文庫所蔵晋州嘉靖刊本の「題目」には、闕落・錯誤等の不備が認められる。

ハーバード大学所蔵の朝鮮版『性理字義』は、内閣文庫蔵晋州嘉靖刊本と全く同一の刊記を有し、版面・文字も同版であることは疑いを容れない。ただ、構成は同じであるものの、冒頭「北渓先生性理字義目録」「北渓先生性理字義序」の順に入れ換わっている。綴じ方上の問題、乱丁と言ってよかろう。これよりも本質的な問題として、内閣文庫所蔵晋州嘉靖刊本とは大きな違いが認められる。「題目」の不備を補い注記を加えたり、文字の錯誤を正すなど、補訂・補修が加えられている点である。その補訂や附加は、元の版面について当該箇所を部分的に後から補修したものである。実質、所謂後修本としての性格を有すると認めることができる。従って、版本としては同版であっても、テキストとしては同一本とは考えられない。さらにこの本には訓点が書き込まれ、校訂等に係る書き込みも本文の傍、あるいは欄外に存する。それは、補修本に加えたものであって、補修の工程と同時になされたものではない。補修者、また施点、書き込みが誰の手によるかに関わる記載は一切見えない。

実は、私は以前の論稿の中で、[4] 尊経閣文庫に四種の『北渓先生性理字義』が伝存し、二種類の羅山訓点『性理字義』の他に朝鮮版を蔵することに言及したことがある。文庫目録には「朝鮮版（一冊）」と著録する。刊記はないものの、その版面を一見すれば、晋州嘉靖刊本と同版であることが推量できる。巻之下四十一丁と四十二丁に乱丁が存し、かつ四十一丁は紙様を完全に異にし書写により補っている。内閣文庫所蔵の晋州嘉靖刊本に比べると、本文の補正や注記が附記され、明らかに補修の手が加えられている。ただし、施点や書き込みはない。前稿では、「その注記・補正の内容と体裁は、基本的に元和写本のそれと一致している。この一本がいつ、どこで、どのような経緯で作られたのか、興味深いが、目下のところ他に同種の版本を確認しておらず、今後の課題として残したい」とした。

今般、件のハーバード大学所蔵本を手にして、晋州嘉靖刊本に補修を加えているところから、尊経閣文庫所蔵の朝鮮版と突き合せを行った。結果、両者の補修は一致した。補修の内容、方法、字体に至るまで、同一と見なしてよいと判断できる。これらにより、尊経閣文庫所蔵朝鮮版は、刊記を有さぬものの、その位置を与えることができたと言ってもよい。

私はすでに朝鮮版晋州嘉靖刊本を祖本として元和写本・元和古活字本・寛永刊本・朝鮮翻刻本五種の『北渓先生性理字義』の校合を試みたことがあるが、[5] 今回、右の事実をふまえて、ハーバード大学所蔵本及び尊経閣文庫所蔵朝鮮版を晋州嘉靖刊本の補修本として位置づけ、あらためて対校を試みることとした（以下、便宜上「補修本」と略称する）。とくにコーニッキー教授の質問を念頭におき、晋州嘉靖刊本、同補修本、元和写本及び元和古活字本四種の対校表として整理を行なった。元和古活字本とは、慶應義塾図書館所蔵の古活字版を指す。[6] 石川丈山の識語を有し、この本に朱墨の点を付したことを記す。上冊上巻末の識語は元和四年六月二十日、下冊下巻末のそれは寛永元年八月とあることから、本古活字版をこの識語の年月より降らぬものと推して、ここでは「元和古活字本」と称して扱う。[7]

二　「題目」の対校について

まず、「題目」についてその異同が認められた箇所を、〈**題目対校表**〉として掲出する。

晋州嘉靖刊本及び補修本は上巻・下巻の巻毎に丁数を起すが、元和古活字本は上下巻で丁数を通す。元和写本は丁数を付していない。本題目表においては、元和写本と元和古活字本とが全く同一であったので、併せて示すことにする。ハーバード大学所蔵並びに尊経閣所蔵の補修本は既述の通り、晋州嘉靖刊本そのものを補修するものであるから、繁を避けて当該丁数を重出しない。なお、明らかに錯誤と判断し得るものには×印を附し、補正の有り様を検証する目安とした。

晋州嘉靖刊本には、「題目」について訛謬や脱字が認められる。⑽のように「題目」相当箇所が空行空格で、闕落が明白なものも存している。本対校表を一覧して、補修本と元和写本・元和古活字本の補訂は基本的にほとんど一致している。訛謬・闕略の補訂、「此題目可疑」と新たに注記を加えること、そろって全く一致する。さらに注目すれば、補修本は原本版面の字格の配字を遵守して補訂することから、⒀のように「論経用用権皆合義」に作って、「用経」の「用」字を補う（⒂も同様の方法）。これについて元和写本・元和古活字本がともに同様の表記をするのは、補修本との同一性を検証できる材料の一つとなろう。ただ一方において、⒁は元和写本・元和古活字本において新たに共通して錯誤を犯しており、その同一性に齟齬を来たす事例として留意しておきたい。

〈題目対校表〉

＊表中の「14A」とは十四丁表、「17B」とは十七丁裏を示す。

	〔晋州嘉靖刊本〕	〔補修本〕	〔元和写本〕〔元和古活字本〕
巻之上			
(1)	心字　上14A 論心含體気　×	論心含理気	14A 論心含理気
(2)	情字　上17B 論性者心之用　×	論情者心之用	17B 論情者心之用
(3)	仁義礼智信　上26B 論智如水以成智	「此題目可疑」の注記有り	27A 「此題目可疑」の注記有り
(4)	仁義礼智信　上27B 論性只是信	「此題目可疑」の注記有り	28A 「此題目可疑」の注記有り
(5)	仁義礼智信　上30B 論四端皆在天理　×	論四端皆是天理	30B 論四端皆是天理
(6)	忠恕　上42B 論推己之恕以及人	「此題目可疑」の注記有り	42B 「此題目可疑」の注記有り
巻之下			
(7)	誠字　下3A 論思誠具人道　×	論思誠是人道	46A 論思誠是人道
(8)	誠字　下3B 論誠賢之誠　×	論聖賢之誠	46B 論聖賢之誠
(9)	誠字　下3B 論言性有理有心　×	論言誠有理有心	46B 論言誠有理有心

⑽	道字　下8A（空行）	題目闕。恐当作論道是人所通行之路	51A 題目闕。恐当作論道是人所通行之路
⑾	太極　下17B 論太極是極是　之義 ×	論太極是極　至之義	60B 論太極是極至之義
⑿	太極　下21A 論皇極乃君為之準 ×	論皇極乃君為標準	64A 論皇極乃君為標準
⒀	経権　下29B 論経用権皆当合義 ×	論経用用権皆当合義	72B 論経用用権皆当合義
⒁	鬼神　下31A 論人物皆有陰陽便皆有鬼神	論人物皆有陰陽便皆有鬼神	74B 論人物皆有陰陽便皆鬼神有 ×
⒂	鬼神　下36A 論仏与外神為諂 ×	論仏事与外神為諂	79A 論仏事与外神為諂

三　本文の対校について

本文の対校は、「題目」の場合と同じであるが、晋州嘉靖刊本を祖本として補修本・元和写本・元和古活字本とを校合し、異同が把握できた箇所を都合九十項目に整理して対照させた。補正に係るテキスト間の同一性・同質性を検証するための目安として、錯誤・混乱と判断できるものには、当該欄に×印を附している。なお、字体の違いはここでは除いた。本稿では通行字体を用いているが、訛謬の要因が旧字体の字形・字画に関わる場合は旧字体を以て示すことにした。

また、元和写本・元和古活字本そしてハーバード大学所蔵補修本に附せられた訓点の違いは、本対校表には含めない。ただ、訓点とともに書き込まれた本文の校訂に類するものは、必要に応じて〔備考〕欄に略記する。元和古活字本について言えば、古活字本の原文を対校の対象とし、それを訂す丈山の書き込みは、適宜〔備考〕欄に言及する。なお、ハーバード大学所蔵補修本については㋩本と略称して示す。

このほか、〔備考〕欄には、必要に応じて林羅山『性理字義諺解』（内閣文庫蔵自筆写本、『諺解』と略称[8]）、尊経閣文庫所蔵の羅山訓点『性理字義』（『羅山訓点本』と略称[9]）、理学叢書本[10]を用いて、問題点を附記した。

〈本文対校表〉

＊表中の「3Ａ7」とは三丁表七行、「3Ｂ5」とは三丁裏五行を表す。

	〔晋州嘉靖刊本〕	〔補修本〕	〔元和写本〕	〔元和古活字本〕	〔備考〕
巻之上					
(1)	命字・論人稟気清濁 （上3Ｂ5） 未便能昏蔽得他	未便能昏……	未便能氏……　×	（3Ｂ5） 未便能氏……　×	元和写本及び丈山、欄外に「昏」と訂す。㋩本、欄外に「氏」と書す。
(2)	同条 （上4Ａ5） 有悪味來雑了　×	……夾雑了	……夾雑了	（4Ａ5） ……夾雑了	「夾」正し。

(3)	同条（上4B5）不帖順土 ×	不帖順土 ×	不帖順土 ×	（4B5）不帖順土 ×	「去」正しきも、晋州刊本欠画有り、以下「土」に従う。
(4)	命字・論天命只是元亨利貞（上5A6・7）元者生利之始 × 利者生利之遂 ×	元者生理…… 利者生理……	元者生理…… 利者生理……	（上5A7・8）元者生理… 利者生理…	「生理」正し。
(5)	性字・論天命之性本善（上7B3）狡譎姦険	狡譎姦険	狹譎姦険 ×	（7B4）狹譎姦険 ×	「狹」は誤字。ただ諺解は「タケクイツワリ」と解する。
(6)	同条（上7B9）便自然成粋駁善悪	便自然……	便自然……	（7B9）使自然…… ×	「使」は誤字。㊅本、欄外に「使」に訂す。
(7)	同条（上8A3～4）以性為善悪渾 ×	…善悪渾 ×	…善悪渾 ×	（8A4～5）…善悪渾 ×	「混」正し。羅山訓点本、欄外に「混」と訂す。元和写本、「マシハル」と訓ず。
(8)	同条（上8B1）最是簡切端的	…簡切…	…簡切…	（8B2）…箇切… ×	「箇」は誤字。諺解も「簡切」に作る。
(9)	同条（上8B4）賛歎之耶	賛歎之耶	賛歎之耶	（8B5）賛歎之那 ×	「那」は誤字。諺解も「耶」に作る。

⑽	性字・論孟子道性善（上9A5）造化流行	造化流行	造化流行	（9A6）這化流行 ×	「這」は誤字。
⑾	同条（上9B10）且易語移 ×	借易……	借易……	（10A1）借易……	「借」正し。
⑿	性字・論仏氏言性之差（上11B1）懐着他這箇霊活底 ×	壊着……　＊尊経閣本、作懐	懐着…… ×	（11B2）懐着…… ×	「壊」正し。羅山訓点本、欄外に「壊」に訂す。
⒀	同条（上11B2）一向縦横放恣	……放恣	……放恣	（11B3）……放盗 ×	「盗」は誤字。
⒁	性字・論後世言性之差（上12A8）未嘗有的確定	未嘗有	未嘗有……	（12A9）來嘗有…… ×	「來」は誤字。丈山、欄外に「未」に訂す。
⒂	性字・論程子言心性情之別（上16B10）其形状模様	……模様	……横様 ×	（17A1）……横様 ×	「横」は誤字。㊇本、欄外に「横イ」と書す。
⒃	情字・論情与性相対（上17B2）発終外面来 ×	発従……	発従……	（17B3）発従……	「従」正し。

(17)	情字・論情者心之用（上17B9）性者心之用 ×	情者……	情者……	（17B10）情者……	「情」正し。晋州刊本、「性」は字画を欠く。
(18)	同条（上18A6）違其則失其節	違其則……	違其則……	（18A6）達其則…… ×	「達」は誤字。丈山、欄外に「違」と書す。
(19)	情字・論情従性発皆善（上18A10）未便有箇不善	未便有……	未便有……	（18B1）未便有……	元和写本、「此未字有疑」と付す。理学叢書本に「未」無し。
(20)	同条（上18B2）禪家	禪家	禪家	（18B3）憚家 ×	「憚」は誤字。㋩本、欄外に「憚」と書す。
(21)	才字・論才質才能之辨（上19A4）是会做事底……（上19A4～5）有人全発揮不去	是会做事底……　有人全発揮不去	是有做事会底 ×　人全発揮不去 ×	（19A5）是有做事会底 ×（19A6）人全発揮不去 ×	晋州刊本正し。元和写本及び丈山、「有人全発揮……」と「有」字を加筆す。㋩本、元和写本及び丈山の訓みに相当する書き込みあり。
(22)	志字・論為学在初志（上20B8）縦心不踰距 ×	従心……	従心……	（20B9）従心……	「従心」の方がよし。

⑵③	同条（上21Ａ1）不能純乎聖途適則	……聖途適則（末尾注記）聖道適、適字恐誤　×	……聖途適則（末尾注記）聖道適、適字恐誤　×	（21Ａ2）……聖途適則（末尾注記）聖道適、適字恐誤　×	元和写本・元和古活字本の注記「聖道」は本文と合せず。㈧本、「途」を欄外に「道」と書す。
⑵④	同条（上21Ａ4）別後面許多節目　×	則後面……	則後面……	（21Ａ5）則後面……	「則」正し。
⑵⑤	同条（上21Ａ5）雖終心地位至高　×	雖従心……	雖従心……	（21Ａ6）雖従心……	「従心」正し。
⑵⑥	志字・論立志要堅定（上21Ｂ3）舜何人也予何人也	……予何人也	……子何人也　×	（21Ｂ5）……予何人也	「予」正し。『孟子』滕文公上に拠る。
⑵⑦	仁義礼智信・論五常各有界分（上23Ｂ2）四行無主　×	四行無土	四行無土	（23Ｂ4）四行無土	「土」正し。
⑵⑧	仁義礼智信・論仁為愛之理（上24Ｂ10）可以用処只為愛　×	可以用処只為愛（末尾注記）可以二字可疑	可以用処只為愛（末尾注記）可以二字可疑	（25Ａ2）可以用処只為愛（末尾注記）可以二字可疑	「可以用処」は通せず。諺解は「其用処に……」と「可以」を省いて解す。

(29)	仁義礼智信・論義是天理之節文（上26Ａ4）尤見親切	尤見……	左見……　×	（26Ａ6）左見……　×	「左」は誤字。元和写本及び丈山、「モ」と添え仮名有り。
(30)	仁義礼智信・論四端已発未発之異（上27Ａ8）自然惻隠之心　×	自有然惻……	自有然惻……	（27Ａ10）自有然惻……	「有」字入る方が妥当。行格十八字の配字を守って補う。
(31)	仁義礼智信・論四端日用常見（上28Ａ9）知得是非已明	……已明	……已是明　×	（28Ｂ1）……已明	元和写本に「是」有るは剰字。
(32)	同条（上29Ａ1）或喫茶或飲須　×	……或飲酒	……或飲酒	（29Ａ3）……或飲酒	「酒」字、妥当。
(33)	仁義礼智信・論仁是心之全徳（上29Ａ8）蓋仁是心中蓋生理　×	……箇生理	……箇生理	（29Ａ10）……箇生理	「箇」正し。
(34)	仁義礼智信・論四端只是仁義（上31Ａ6）夏之通暢	夏之通暢	夏之道暢　×	（31Ａ8）夏之道暢　×	「道」は誤字。元和写本及び丈山、欄外に「通」に訂す。
(35)	孔門教人求仁・論諸子言仁之差（上34Ｂ4）又将愛全棹了　×	……全掉了	……全掉了	（34Ｂ7）……全掉了	「掉」正し。

巻之下

⑶⑹	忠信・論忠信是人用工処（上38A4）忠信只是実誠也　×	忠信只是実誠也〔只是実〕	忠信只是実誠也〔只是実〕	（38A8）忠信只是実誠也〔只是実〕	「只是実」を補うのが妥当。行格十八字の配字を守って補う。
⑶⑺	忠信・論言信各有異主（上38A9）以言之実而言　×	以言之実〔理〕而言	以言之実〔理〕而言	（38B3）以言之実〔理〕而言	「実理」とするのが妥当。行格十八字を守って補う。
⑶⑻	同条（上38A10）逐一看得透徹	逐一……　×	遂一……　×	（38B4）遂一……　×	「遂」は誤字。元和写本、欄外に「逐」に訂す。
⑶⑼	忠恕・論忠与恕之義（上39A8）以忠対信而論	以忠対信	以思対信……　×	（39B2）以思対信……　×	「思」は誤字。元和写本及び丈山、欄外に「忠」と訂す。㈧本、「忠」に「思」字を書き添える。
⑷⑽	同条（上40A6）吾欲長吾長	吾欲長吾長	吾欲長吾長	（40A10）吾欲長五長　×	「五」は誤字。羅山訓点本も「五」に作り、欄外に「吾」に訂す。丈山、補筆して「吾」に訂す。
⑷⑴	忠恕・論言恕則忠在其中（上42A8）申言恕則忠在其中　×	申言恕……　×	申言恕……　×	（42B2）申言恕……　×	「單」が妥当。理学叢書本も「單」に作る。

⑷²	誠字・論後世言誠之差（下1A10）誠箇謙恭敬 ×	成箇……	成箇……	（44A10）成箇……	「成」正し。
⑷³	誠字・論誠是真実之理（下2A4）撰造来終不相似	……来終不相似	……来絡不相似 ×	（45A4）……来絡不相似 ×	「終」正し。元和写本及び丈山、「終」に訂す。
⑷⁴	誠字・論誠是実理流行（下2B3）愛親敬長 ×	愛親敬兄	愛親敬兄	（45B3）愛親敬兄	「兄」の方が妥当。
⑷⁵	同条（下2B7）降裏秉彜 ×	降裏…… ×	降衷……	（45B7）降裏…… ×	「裏」は誤字。晋州刊本の字体紛らわしい。丈山、欄外に「衷」と書す。
⑷⁶	誠字・論言誠有理有心（下3B6）物之始終 ×	物之終始	物之終始	（46B6）物之終始	「終始」正し。『中庸』に拠る句。
⑷⁷	敬字・論敬在心（下6B5）蓋心常醞在這裏 ×	……醒在這裏	……醒在這裏	（49B5）……醒在這裏	「醒」正し。
⑷⁸	敬字・論文公敬斎箴（下7A1）宜列諸底右 ×	……諸座右	……諸座右	（50A1）……諸座右	「座」妥当なるも、理学叢書本は「左」に作る。

(49)	恭敬・論恭敬之容（下7B5） 坐如尸	坐如尸	坐如戸 ×	（50B5） 坐如戸 ×	「戸」は誤字。元和写本、欄外に「戸」に訂す。
(50)	道字・論聖賢言道之旨（下12B2） 一陰一陽之謂陰陽気 ×	……謂道《陰》陽気	……謂道《陰》陽気	（55B2） ……謂道《陰》陽気	「道」字を補うのは妥当。
(51)	道字・論韓老言道之差（下12B9） ＊題目に注記なし	＊題目に注記 此条内負字恐誤	＊題目に注記 此条内負字恐誤	（55B9） ＊題目に注記 此条内負字恐誤	本文「雖未負猶未害」の「負」字を疑うは妥当。諺解は「未圓」に読む。
(52)	同条（下13A1） 如足己無待於外	如足己……	如足己……	（56A1） 如足己	丈山、「足」を「是」と訂し、「カクノ」を添え仮名す。㈧本も「足」に「ノ」と書き添える。
(53)	道字・論韓公見道之差（下13B6） 排仏老之説	排仏老之説	排仏老之説	（56B6） 排仏堯之説 ×	「堯」は誤字。㈧本、欄外に「堯イ」と書す。
(54)	徳字・論心之実得処為徳（下15A3） 天地間本然之道	……本然之道	……本然然之道 ×	（58A3） ……本然然之道 ×	「然」は剰字。羅山訓点本は「然」字を沫消し、諺解は「本然の道」で解する。
(55)	太極・論混淪至極之理（下16B3） 謂之理謂之三極者 ×	○○其謂之……	○○其謂之……	（59B3） ○○其謂之……	晋州刊本、文意通ぜず。理学叢書本も「其謂之三極者」に作る。

⑸⑹	太極・発明周子朱氏太極説（下17Ｂ３）所謂上天之載	所謂上天之載	所謂上天之截　×	（60Ｂ３）所謂上天之截　×	「截」は誤字。元和写本、丈山は「截《コト》」、諺解は「載」。羅山訓点本、欄外に「載」と訂す。
⑸⑺	太極・発明濂渓太極図説（下19Ａ６）在這気理面　×	……裏面	……裏面	（62Ａ６）……裏面	「裏面」正し。
⑸⑻	中和・論中和是性情之理（下22Ａ９）中和是就性情説	中和……	中和……	（65Ａ９）中知……　×	「知」は誤字。丈山、「和」と書き添える。
⑸⑼	同条（下22Ｂ２）無所偏倚便是性	……便是性（末尾注記）便是性、性字恐当作中	……便是性（末尾注記）便是性、性字恐当作中	（65Ｂ２）……便是性（末尾注記）便是性、性字恐当作中	諺解は「便是中」に拠って解する。
⑹⑽	中庸・論中庸以徳行言（下25Ｂ１）文公平常之説	文公平常之説	文公五常之説　×	（68Ｂ１）文公五常之説　×	晋州刊本はやや欠画、㊇本はそれを補う。尊経閣本は補わず。「五」は誤字。元和写本、「五」を改めて「平」に訂す。
⑹⑴	礼楽・論礼楽有本有文（下26Ａ２）一箇中知底意思　×	一箇中和……	一箇中和……	（69Ａ２）一箇中和……	「中和」正し。

⑹②	礼楽・論礼楽有益於人（下27Ａ10） 皆本却楽節之素明 ×	皆本於……	皆本於……	（70Ａ9） 皆本於……	「於」正し。
⑹③	経権・論権有時中之義（下27Ｂ10） 拚度事物以取其中	拚度事物……（末尾注記）拚、字書無之、疑是推字之誤	拚度事物……（末尾注記）拚、字書無之、疑是推字之誤	（70Ｂ10） 拚度事物……（末尾注記）拚、字書無之、疑是推字之誤	元和写本「オシハカリテ」と訓ず。諺解は「推」字を用う。
⑹④	経権・論用権之難（下28Ｂ10） 張柬之輩	張柬之輩	張柬之輩	（71Ｂ10） 張柬之輩 ×	張柬之は唐の人。「東」は誤字。
⑹⑤	経権・論用経用権皆当合義（下29Ｂ6） 説得亦未盡	説得亦未盡	説得亦未書 ×	（72Ｂ6） 説得亦未書 ×	「書」は誤字。元和写本・丈山、「書」を改めて「盡」に訂す。
⑹⑥	同条（下30Ａ5） 張柬之等	張柬之等	張東之等 ×	（73Ａ5） 張柬之等 ×	(64) と同じ。元和写本、ここは「東」に誤まる。
⑹⑦	鬼神・論鬼神是陰陽屈伸之意（下30Ｂ8） 主屈伸往來者言之	主屈伸往來……	主屈伸往來……	（73Ｂ8） 主屈伸往夾…… ×	「夾」は誤字。丈山、欄外に「来」と書す。

⑹⑻	鬼神・論鬼神為陰陽所属（下31Ａ9）自晝夜分之	自晝夜分之	自晝夜分之　×	（74Ａ9）自晝夜分之　×	「晝」は誤字。誤解は「晝」、に作り、羅山訓点本は欄外に「晝」と訂す。
⑹⑼	同条（下31Ｂ5）如潮之来属伸　×	……属伸　×	……属神	（74Ｂ5）……属神	「神」正し。「潮之退属鬼」と対応する。㊇本、「神イ」と書き添える。
⑺⑽	鬼神・論鬼神即礼楽道理（下34Ｂ2）以礼祀神楽声発揚　×	以礼祀神……（末尾注記）以礼祀神、礼字恐当作楽	以礼祀神……（末尾注記）以礼祀神、礼字恐当作楽	（77Ｂ2）以礼祀神……（末尾注記）以礼祀神、礼字恐当作楽	「以礼」を「以楽」と作るべしとする注記は妥当。
⑺⑴	鬼神・論祭祀当以誠（下35Ａ1）幽明便不交	……不交	……不受　×	（78Ａ1）……不受　×	「受」は誤字。羅山訓点本、欄外に「交」に訂し、諺解「マシハラサルナリ」と説解する。㊇本、「受イ」と書き添える。
⑺⑵	鬼神・論事仏与外神為諂（下36Ａ6～7）招許多淫昏魂神　×	招許多淫昏鬼神	招許多淫昏鬼神	（79Ａ6～7）招許多淫昏鬼神	「魂」を改め「鬼」に作るは妥当。
⑺⑶	鬼神・論神不歆非類（下36Ｂ6・7）春秋鄫子取莒公子 書曰莒人滅鄫　×	春秋鄫子…… ……滅鄫　×	春秋鄫子……　× ……滅鄫　×	（79Ｂ6・7）春秋鄫子　× ……滅鄫　×	国名「鄫」が正し。諺解は「鄫」とし、羅山訓点本は、欄外に「鄫」と訂す。

(74)	同条（下37Ａ1）有一鬼蓬頭放袓	……放袓	……放袓	（80Ａ1）……放袓　×	「袓」は誤字。丈山、欄外に「祖」に訂す。
(75)	鬼神・論人当祀其所当祀（下37Ｂ7）土祭其先	土祭其先	土祭其先　×	（80Ｂ7）土祭其先　×	「土」は誤字。諺解は「士」。丈山・羅山訓点本、欄外に「士」に訂す。
(76)	鬼神・論祭祀当随其分（下38Ａ9）如土人只得祭其祖先	如土人……	如土人……　×	（81Ａ9）如土人……　×	「土」は誤字。諺解は「士」。丈山・羅山訓点本、欄外に「士」に訂す。
(77)	鬼神・論道徳忠義之祭（下40Ａ4）夫有所謂道有徳者死　×	夫有所謂道……（末尾注記）夫有所謂道、夫恐当作又、道上恐有有字。	夫有所謂道……（末尾注記）夫有所謂道、夫恐当作又、道上恐有有字。	（83Ａ4）夫有所謂道……（末尾注記）夫有所謂道、夫恐当作又、道上恐有有字。	「有道有徳」に作るべしとする注記の指摘は妥当。「夫」を「又」とするも妥当。
(78)	同条（下40Ａ8）以死衛邦人……祠之凡	以死衛邦人……祠之凡	以死衛人……祠之凡邦……　×	（83Ａ8）以死衛人……祠之凡邦……　×	羅山訓点本、もと元和写本等と同じく作るも、「邦」を移して「衛邦人」と訂さんとす。諺解「国民ヲ守テ」と解す。
(79)	鬼神・論淫祀不可挙（下40Ｂ4）無祀無福　×	淫祀無福	淫祀無福	（83Ｂ4）淫祀無福	「淫」正し。

(80)	同条（下41Ａ３）毛旒端冕 ×	垂旒端冕	垂旒端冕	（84Ａ３）垂旒端冕	「垂」正し。
(81)	鬼神・論画像之義失正（下42Ａ５）某伐某人 ×	某代某人	某代某人	（85Ａ５）某代某人	「代」正し。
(82)	鬼神・論江淮好淫祀（下42Ａ10）五子胥 ×	伍子胥	伍子胥	（85Ａ10）伍子胥	「伍」正し。
(83)	鬼神・論理感通之妙（下43Ａ６）此類煞有曲折	此類煞……	此類然…… ×	（86Ａ７）此類然…… ×	「然」は誤字。諺解「ハナハタ」と解する。
(84)	同条（下43Ｂ４）人精神都聚在那上	……在那上	……在那上	（86Ｂ４）……在邦上 ×	「邦」は誤字。
(85)	同条（下43Ｂ５）如白蕭大王之類	如白蕭……	如自蕭…… ×	（86Ｂ５）如自蕭…… ×	「自」は誤字。元和写本及び丈山、「自」を改め「白」に訂し、羅山訓点本、欄外に「白」に訂す。
(86)	鬼神・淫祀必不惧（下44Ａ６）其他可以類見	其他……	其地…… ×	（87Ａ６）其地…… ×	「地」は誤字。丈山、欄外に「他」と書す。

(87)	鬼神・論怪事久当自消（下44Ａ10） 有抱寃未及雪者屢怪	有抱……屢怪 （末尾注記） 屢怪、恐有缺字	有抱……屢怪 （末尾注記） 屢怪、恐有缺字	（87Ａ10） 有抱……屢怪 （末尾注記） 屢怪、恐有缺字	諺解は「シハシハ怪ヲナス」と解す。理学叢書本、「屢作怪」に作る。
(88)	同条（下44Ａ10） 如後漢王純　×	……王純　×	……王純　×	（87Ａ10） ……王純　×	人名、「忳」に作るべし。諺解、「忳」とし、羅山訓点本も欄外に「忳」に訂す。
(89)	鬼神・論妖由人興第二段（下45Ａ9） 人来占者	人来占者	人来占都　×	（88Ａ9） 人来占都　×	羅山訓点本、「都」を欄外に「者」に訂す。
(90)	同条（下45Ａ9・10） 其人対面點数　× 臨時更不點数　×	……點数　× ……點数　×	……點数　× ……點数　×	（88Ａ9・10） ……點数　× ……點数　×	「黙」に作るべし。諺解、「點」を抹消して「黙」に改む。羅山訓点本も欄外に「黙」に訂す。

四　補修本と元和写本・元和古活字本の同一性

〈本文対校表〉を基に、本対校を通じて導き出せる要点を整理してみたい。ここでの対校の焦点は補修本にあることから、とくに元和写本・元和古活字本との関係が検証の主眼となるのは言うまでもない。まず、補修本が晋州嘉靖刊本に補訂を加えた例について概括してみよう。

A　本文の錯誤（×印を附す）を訂した事例（計三十一例）

(2) (4) (11) (12) (16) (17) (22) (24) (25) (27) (30) (32) (33) (35) (36) (37) (42) (44) (46) (47) (48) (50) (55) (57) (61) (62) (72) (79) (80) (81) (82)

B　本文の不備について注記を附加した事例（計八例）

(23) (28) (51) (59) (63) (70) (77) (87)

このうち、**A**(12)を除き、補修本の補訂は元和写本及び元和古活字本のそれと一致する。しかも補訂の内容のみならずその具体的方法まで同一である。祖本（晋州嘉靖刊本）版面の行格配字の枠組のもと補正を行うことは、先掲**〈題目対校表〉**で言及したが、ここでは(30) (36) (37) (50)が同様の方法を用いる。祖本の版面をそのまま補正した補修本における補正のやり方を、元和写本と元和古活字本とが共有していることは、事例の一致数と並んで重視しておきたい。これは、祖本に対して補修本と元和写本・元和古活字本三本の同一性、同質性を検討する上で、重要な点となろう。

しかしながら一方において、三本には差異も認められる。晋州嘉靖刊本・補修本がともに適切に作りながら、元和写本・元和古活字本において新たに錯誤が生じた例を見出せるからである。

C　元和写本が新たに錯誤を犯した事例（計二十七例）

(1) (5) (15) (21) (26) (29) (31) (34) (38) (39) (43) (49) (54) (56) (60) (65) (66) (68) (71) (73) (75) (76) (78) (83) (85) (86) (89)

D　元和古活字本が新たに錯誤を犯した事例（計四十例）

(1) (5) (6) (8) (9) (10) (13) (14) (15) (18) (20) (21) (29) (34) (38) (39) (40) (43) (49) (53) (54) (56) (58) (60) (64) (65) (66) (67) (68) (71) (73) (74) (75) (76) (78) (83) (84) (85) (86) (89)

両者に共通する錯誤例は二十五例になる。

私は前稿で、祖本（晋州嘉靖刊本）に対して元和写本と元和古活字本の同一性が高いことを認めながらも、両者の犯した錯誤の不一致点の存在に疑問を残して来た。[11]今回、新たに補修本の存在を加えて対校した結果、祖本に対してあらためて補修本・元和写本・元和古活字本三本の同一性の高さを認める一方、再び不一致点の存在を再確認することになった。右のCが示す、補修本と元和写本とのずれは無視できないし、Dが示す、補修本と元和古活字本とのずれはさらに多い。底本の転写、祖本の覆刻の際において生じた瑕疵の可能性を考慮に入れても、テキストとして補修本、元和写本、元和古活字本の三本を完全に同一であると見なすには、不明な点が依然として残る。

この間の事情を穿鑿する上で、元和古活字本において丈山が訓点を施す際に本文の校訂に及び、欄外等に本文の刻誤を訂す書き込みを行っているのは、興味深い。**〈本文対校表〉**の〔備考〕欄に略記して示したが、(1)「未便能氏……」と本文に作るのを欄外に「昏」と訂すように、前掲Dについて言えば、都合十五例には丈山の校訂の跡を確認できる。

これは元和写本の書き込みについても言えることである。元和写本は「羅山先生の本を借りて写した」ことから、転写に伴う誤写を書き直す箇所も勿論存するが、訓点とともに校訂・補正に関わる書き込みは、すでに「羅山先生の本」において行なわれたままに書き写したと見るべき性格のものと捉えられる。元和古活字本における丈山の校訂と同様に、本対校表〔備考〕欄に略記したが、前掲Cについて言えば、二十七例のうち十一例は本文原字を訂している。

元和古活字本に施した丈山の点校が丈山の本文読解の跡を留めるものであるように、元和写本に見える点校は羅山の『性理字義』読解を映し出すものである。そこでは、その読解において誤字を正し闕漏を補う意図のもと、補正・校訂に及んでいる色合が極めて濃い。その点、ハーバード大学所蔵朝鮮本（㈧本）に附せられた点校は、いささか別の趣きを呈している。

〈本文対校表〉〔備考〕欄に㈧本と略称して特記した例に就いてみると、前掲CDに関してその当該字を欄外に書き記す例が認められる。

(1)(6)(15)(20)(21)(39)(53)(69)(71)これは本来、㋩本原字には瑕疵はなく、元和写本・元和古活字本において錯誤が生じたものである。それについてわざわざ㋩本欄外に当該錯誤字を書入れている。このうち、(15)「横イ」(53)「尭イ」(69)「神イ」(71)「受イ」の書入れ方は、明らかに異本の意識のもとに取り扱っていると推することができる。さすれば、欄外に書入れている文字は同様の意識を背景にすると考えてみたくなる。しかも、異本との異同を書入れるというのみに留まらない事例も存在している。

(6)は祖本晋州嘉靖刊本の通り、補修本も元和写本も作っている。『性理字義』原文の文脈上からして、ことさら違和感を覚えるものではなかろう。因みに理学叢書本も同じ。

　陽気中有善悪、陰気中亦有善悪、如通書中所謂剛善剛悪柔善柔悪之類。不是陰陽気本悪、只是分合転移、斉不斉中便自然成粋駁善悪耳。

末尾は「斉不斉の中便ち自然に粋駁善悪を成すのみ」と訓ずることになるが、㋩本の点校者は「便」字について欄外に「使」字を書入れるとともに、当該句を「自然に粋駁善悪を成さ使むるのみ」と読む訓点を施す。読解上、この一本の中で誤字を疑って「使」と訂したというより、異本との異同を斟酌し「使」字を採用した措置ではないのかと受け止められる。ここでは、まさしく元和古活字本が「便」を「使」に作り、丈山がそのまま同様に訓点を附するのと符合する。

五　ハーバード大学所蔵本の施点と羅山訓点

ハーバード大学所蔵本朝鮮版晋州嘉靖刊本の特質は、補修が行なわれていることの他に、既に触れたように訓点を加え書き込みが行なわれていることにある。次に、この訓点、書き込みを羅山のものと見なせるかどうかについて、検証の結果を述べておきたい。

まず**〈本文対校表〉**(52)〈備考〉欄にも略記した箇所を例にとって、㊇本の訓点を元和写本の訓点〔羅山〕、元和古活字本の訓点〔丈山〕と並べてみよう。

○用例1　道字「論韓老言道之差」巻下十二丁裏～十三丁表

〔㊇本〕韓文公《ノ》原道、頭《ラノ》四句、如《キ》二所謂《ル》博《ク》愛《スル》レ之《ヲ》謂《ヒ》レ仁《ト》、行《テ》而宜《フスル》レ之《ヲ》之《ヲ》謂《フカ》レ義《ト》、尽《〳〵ク》従《ヒ》二外面《ニ》一去《ル》、其《ノ》諭《スルコト》レ徳《ヲ》如《ク》レ足《ノ》
已《ニ》無《シ》下待《ツノ》二於外《ニ》一之言《ト》上、雖レ未《タ》ストレ負《ソムカ》、猶《ヲ》シレ未《タ》ルカレ害《アラ》、至《テハ》二由《テ》レ是《レニ》而之《ク》之《ヲ》謂《フニ》レ道《ト》、則《チ》道全《ク》在《リ》二人力修為《ノ》之後《チニ》一
方《ニ》有《テ》（略）

〔羅山〕韓文公原道、頭《ハシメノ》　四句、如《キ》下所謂博愛《クスルヲ》　之謂レ仁《ト》、行《フテ》　而宜《クスルヲ》レ　之之《ヲ》謂《フカ》上レ義《ト》、尽《〳〵ク》　従《リシ》二外面一去《ル》、其《ノ》諭《スル》レ徳《ヲ》、如《キ》下
足《リテ》レ己《レニ》無《キノ》レ待《ツコト》二於外《ニ》一之言《コトノ》上、雖レ未《タ》ストレ負《ソムカ》、猶《ヲ》未《タ》スレ害《アラ》、至《テハ》二由《テ》レ是《レニ》而之《ユクヲ》之謂《フニ》レ道《ト》、則道全在《クテ》二人力修為《ノ》之後《ニ》一、
方《ニ》有、（略）

〔丈山〕韓文公《ノ》原道、頭《ラノ》四句、如《キ》二所謂《ル》博《ク》愛《スル》レ之《ヲ》謂《イヒ》レ仁《ト》、行《テ》而宜《フスル》レ之《ヲ》之《ヲ》謂《フカ》レ義《ト》、尽《コト〳〵ク》　従《ヒ》二外面《ニ》一去《ル》、其《ノ》諭《ノスルコト》レ　徳《ヲ》如《ク》
レ是《カクノ》、已無《シ》下待《ツノ》二於外《ニ》一之言《コト》上、雖《モ》レ未《タ》ストレ負《ソムカ》、猶《ナヲシ》レ未《タ》サルカレ害《アラ》、至《テハ》二由《テ》レ是《レニ》而之《コク》之《ヲ》謂《フニ》レ道《チト》、則道全在《チチクリ》二人力修為《ノ》之後《ノチニ》一

方有《ニテ》（略）

この部分は、韓愈「原道」冒頭四句「博愛之謂仁、行而宜之之謂義、由是而之焉之謂道、足乎己無待於外之謂徳」を取り挙げる。**〈本文対校表〉**(51)に示したように、補修本・元和写本・元和古活字本ともに、本条題目の下に「此条内負字恐誤」と、晋州嘉靖刊本になかった注記が附せられている。(12) 右の本文中、「雖未負、猶未害」の「負」字を疑問視するもので、確かにこのままでは通りにくい。羅山は後に『性理字義諺解』で「未圓」に訂して読むが、それが妥当と思われる。ここではそれは措くこととして、「原道」第四句目「足乎己無待於外之謂徳」に係る箇所の訓みに注目したい。

丈山は、古活字本が本来「足」に作るのに、敢えて一画を書き加えて「是」字に訂して、「如レ是《クカクノ》」と訓解する。㈧本が当該箇所を「如レ足《クノ》」と施点するのは、事実上、丈山と同じく「足」を「是」に訂して訓むものであろう。ただこれでは、該当本文が、「原道」の件の第四句に基くことを、認識できなかったのに等しい。このような、羅山との訓みの差異は、原文読解力の有り様に関わっている。

さらに二、三の例を検証してみよう。

○用例２　性字「論孟子道性善」巻上九丁表

〔㈧本〕孟子道《フコト》二性善《ヲ》一、従《リシテカイツク》レ何而来《ル》、孔子《ノ》繫辞《ニ》曰《ク》、一陰一陰之《レヲ》謂《フ》レ道《チト》、継《ク》レ之《レニ》者《ノハ》善也、成《ス》レ之《ヲ》者《ノハ》性也、所二以《ン》

一陰一陽《ノ》之理《タル》一者《ノヲ》、為《ス》レ道《チト》

〔羅山〕孟子道《イフ》二性《ハ》善《ナリト》一、従《リシテイツク》レ何而来《ル》、孔子《ノ》繫辞《ニ》曰《ク》、一陰一陰之《ヲ》謂《フ》レ道《ト》、継《ク》レ之《ヲ》者《ノハ》善《ナリ》也、成《ナス》レ之《ヲ》者《ノハ》性《ナリ》也、所二以《ンノ》

一陰一陽《スル》一之理者《ハ》、為レ道《タリ》、
〔丈山〕孟子道《フコト》二性善《ヲ》一、従《ヨリシテイツク》レ何而来《ル》、孔子《ノ》繋辞《ニ》曰《ク》、一陰一陰之《ヲ》謂《フ》レ道《ト》、継《ク》レ之《レニ》者《モノハ》善《ナリ》也、成《ナス》レ之《ヲ》者《ノハ》性《ナリ》也、所二
以《ンノ》一陰一陽《ノ》之理《タル》一者《ノヲ》為《ス》レ道《ト》、

○**用例３**　仁義礼智信「論仁為愛之理」巻上二十五表

〔八本〕仁是《レ》此《ノ》心生《スル》レ理《ヲ》全処《キロ》、常《ニ》生生不《ス》レ息《マ》、
〔羅山〕仁是《ハレ》此《ノ》心生理全処《キロ》、常《ニ》生生《シテ》不レ息《マ》、
〔丈山〕仁是《レ》此《ノ》心生《スル》レ理《ヲ》全処《キ》、常《ニ》生生不《ス》レ息《マ》、

○**用例４**　誠字「論思誠是人道」巻下三丁表

〔八本〕如《キ》二君子《ノ》一誠《エスルヲ》レ之為《ヲス》レ貴《シト》、誠《ニスルハ》レ之者《ヲ》、人《ノ》之道也、此《レラ》等就《テ》下做《ス》二工夫《ヲ》一上《ヘニ》上論《ス》、蓋《シタ》未《ス》レ能二真実無妄《ナルコト》一、便《チク》須《シ》下做《シテ》二工夫《ヲ》一要《ス》レ得《ンコトヲ》中真実無妄《ヲ》上、孟子又謂思《ルフハ》レ誠《ヲ》者人《ノ》之道《ナリ》、正是得《クレル》二子思此《ニノ》理《ノ》伝授《ヲ》一処《ロ》、
〔羅山〕如《キ》下君子誠《ハヲ》之為《ス》レ貴《シト》、誠《ニスルニ》レ之者《ヲ》、人《ノ》之道上《ナリト云カ》也、此《レ》等就《テ》二做《ナス》レ工夫上《ヲヘニ》一論、蓋《シタ》未《ハ》レ能《ハ》二真実無妄《ナルコト》一、便《スス》須《ヘシ》二做《ナシテ》レ工夫《ヲ》、要《ス》レ得《シコトヲ》二真実無妄《ヲ》一、孟子又謂思《クフハ》レ誠《ヲ》者人《ノ》之道《ナリト》、正是得《ニレルノ》二子思此《ノノ》理伝授《ヲ》一処《ナリ》、
〔丈山〕如《キ》二君子《ノ》一誠《ニスルヲ》レ之為《ヲス》レ貴《シト》、誠《ニスルヲ》レ之者《ヲ》、人《ノ》之道《チナリ》也、此《レラ》等就《テ》下做《ナス》二工夫《ヲ》一上《ヘニ》上論《ス》、蓋《シタ》未《ス》レ能二真実無妄《ナルコト》一、便《チク》須《ヘシ》下做《ナシテ》二工夫《ヲ》一、要《ス》上レ得《ンコトヲ》二真実無妄《ヲ》一、孟子又謂思《タルフハ》レ誠《ヲ》者人《ノ》之道《ナリ》、正是得《クレウル》二子思此《ニノ》理《ノ》伝授《ヲ》一処《ロ》、

私は先に、元和写本の訓点と元和古活字本の訓点を検討材料にして、羅山と丈山の読解力の検討を試みたことがあ

る。[13]とくに「典拠の理解」「朱子学説の基礎知識」「俗語語彙、句法の理解」「文理の把握」の観点から、訓点の差異を通してうかがえる読解力の差を明らかにしようと試みた。換言すれば、両者の施した訓点には、それだけの差異が存することを指摘しようとした。丈山の訓点を通して見る読解力は『性理字義』を一通りこなせる高さにあるが、羅山のそれは質を異にする内容と性格を備えるものであった。

　右に列挙した三例は、言わば「朱子学説の基礎知識」に繋がる読解力の問題を内含する。三者を並べて見れば、㋩本の訓みには羅山とは異なる部分が存しており、丈山と極めて近似することに気付く。そして、羅山との訓みの違いは、端的に言って、急所において朱子学の理解の差異を浮き彫りにするものである。

　用例2・用例3は朱子学の基本用語、基礎理論に係るもの。程朱学が『易経』繋辞上伝「一陰一陽之謂道」について、「陰陽は気、一陰一陽する所以は理」と解する理気説を提唱したことは周知の通り。**用例2**に示される㋩本・丈山の「一陰一陽の理たる所以の者」はその理解の精度に疑念を抱かせる。また、**用例3**、「仁は生理」の定義について、㋩本は丈山と同じく、「理ヲ生ズ」と訓ずる。他の本文中の「生理」についてもかく訓じており、朱子学における「仁は生理」の構造が把握されているとは思えない。

　用例4は、朱熹の『中康章句』の理解に関わるものである。焦点は冒頭「如君子誠之為貴、誠之者人之道也」の読解にある。「君子誠之為貴」は『中庸』二十五章、「誠之者人之道也」は同二十章に拠るが、本条の講述は二十章朱注「誠之者、未能真実無妄而欲其真実無妄之謂」をも組み込み、『孟子』離婁上「思誠者人之道也」に展開する。従って「君子誠之為貴」の「誠之」もまた、これに重ね合せて解したくなる。㋩本・丈山の「君子ノ如キ之ヲ誠ニスルヲ貴シト為《す》」という訓みは二十五章の経文を無視したというより、「誠之」を同一視した結果であろう。

　それに対して、羅山は「君子ハ誠ヲ之《これ》貴シト為《す》」と訓ずる。朱熹は、二十五章経文「誠者自成也。而道自道也。誠者物之終始、不誠無物。是故君子誠之為貴」について、「誠」を主題とする文脈として、当該句に「君子必以誠為貴也」と注する。さすれば、朱注の意図するところに遵えば、この「誠之」を「之を誠にす」とは訓じない。羅山の訓みにはこれを弁えての確信と拘りがある。それは㈧本・丈山の訓みとは断然、質を異にするものである。

『性理字義』は基本術語の解説を通して性理学の理論と構造を明らかにするという方法を採り、原文の各用語は一文一句、さらには一語が朱子学特有の意味の裏付けと広がりを有している。朱子学の概説書あるいは入門書といっても、その読解には自ずと読解者の朱子学理解の浅深が表れてくる。羅山の学問の本領が読書にあり、その訓点が読書の学に支えられていることは、詳述するまでもない。

ここには数例を挙げたにすぎないが、㈧本の訓点と元和写本の訓点には差異が見られること、しかも添え仮名の附し方といった類の問題でなくて、学問の質に繋がるずれが存していることを了解できるであろう。従って、ハーバード大学所蔵朝鮮版『性理字義』の施点を羅山のものとする見解には、私は否定的にならざるを得ない。むしろ、総じてその訓点は、元和古活字本に施された丈山の訓点に近似しているように思われる。丈山の欄外の書き込みと共通するものを、その書き込みに見出せることも附言しておきたい。

如上の行論の中で、ハーバード大学所蔵朝鮮本について検証し得た要点を述べてきた。結果として、この本を林羅山の旧蔵本とし、元和写本の底本（羅山先生の本）とすることには、それを肯定する材料よりも、疑義を抱かせる問題点の方が多すぎると言わざるを得ない。ただ、今般の問題提起によって、尊経閣所蔵朝鮮版と並んで晋州嘉靖刊本の補修本の存在を明確にし得たことは、何よりの成果であった。検証のきっかけを与えたくれたコーニッキー教授に重ねて深謝するとともに、この朝鮮本の存在を提起されたタッカー教授に謝意を表したい。

註

（1）阿部吉雄『日本朱子学と朝鮮』（東京大学出版会　一九六五年）一七三〜一七四頁、一八〇頁、三一五〜三一六頁。

（2）拙稿「林羅山の『性理字義諺解』と朝鮮本『性理字義』の校訂」（『漢文學　解釋與研究』第六輯　二〇〇三年　本書第Ⅱ部第四章）、同「朝鮮版晋州嘉靖刊本系統『北渓先生性理字義』五種対校略考」（同第八輯　二〇〇五年　本書第Ⅱ部第五章）。

（3）井上進「『北渓字義』版本考」（『東方学』第八十輯、一九九〇年。後に、『書林の眺望――伝統中国の書物世界』平凡社　二〇〇六年に所収。）が、版本の伝承系統について要点を押えた整理を行なっている。

（4）註（2）前掲論文「林羅山の『性理字義諺解』と朝鮮本『性理字義』の校訂」二三八頁。

（5）註（2）前掲論文。

（6）詳しくは、註（2）前掲両論文を参照。

（7）井上進氏は註（3）前掲論文の中で、識語を根拠に元和活字印本として、元和四年六月以前に限定できるとする。阿部隆一氏は『慶應義塾図書館蔵和漢書善本解題』（慶應義塾図書館　一九五八年）において、「（元和末）刊」と記している。

（8）『性理字義諺解』については、拙稿「林羅山の『性理字義諺解』――その述作の方法と姿勢」（『漢文學　解釋與研究』第五輯　二〇〇二年　本書第Ⅱ部第二章）を参照されたい。

（9）註（2）前掲論文「林羅山の『性理字義諺解』と朝鮮本『性理字義』の校訂」二三二〜二三四頁。

（10）熊国禎・高流水点校『北渓字義』（北京中華書局　理学叢書　一九八三年）。

（11）註（2）「朝鮮版晋州嘉靖刊本系統『北渓先生性理字義』五種対校略考」二七六〜二七九頁。

（12）本文について新たに注記を附加する場合は、当該条末行の空格を利用し小字双行にて附するが、本条の場合は末行の字格十八字すべてが詰まっているため、題目の下の空格部分に附する措置を取っている。

（13）拙稿「『性理字義』の訓点を通して見たる羅山・丈山の読解力」（『漢文學　解釋與研究』第九輯　二〇〇六年　本書第Ⅱ部第七章）。

（二〇一一年八月初旬稿）

七　『性理字義』の訓点を通して見たる羅山・丈山の読解力

一　問題の所在と検討の方法

『北渓先生性理字義』には、寛永九年（一六三二）和刻本が存し、[1]訓点を附して刊行するが、加点者は不明である。ただ、『性理字義』にはこれより前に古活字本も存し、慶應義塾図書館所蔵の一本は詩仙堂・不忍文庫・阿波国文庫旧蔵本で、朱墨の点が入っている。[2]上冊上巻末、下冊下巻末に石川丈山（一五八三―一六七二）の手識が存しており、それぞれ元和戊午四年（一六一八）六月二十日、寛永元年（一六二四）八月と時期を明記する識語は、丈山自らが朱墨の点を加えたことを記す。従って、本古活字本に見る朱墨の点は、丈山の本書読解の跡を伝えるものと認めることができる。

他方、内閣文庫に林家蔵書本として伝本する『性理字義』写本は、「元和辛酉七月　日　借羅山先生之本而写……」と朱筆した紙片を奥書として貼付する。この、元和辛酉七年（一六二一）七月と書写年を明記する写本も、『性理字義』本文に訓点を附している。「羅山先生の本を借りて写す」とは、林羅山（一五八三―一六五七）の所有するテキストを借用して書写したということだが、『性理字義』原文のみならずそれに施された訓点も併せて書き写したと理解できる。これに関して『性理字義』に羅山が加点した「羅山訓点本」には、尊経閣文庫所蔵として伝本する版本と写本とが存する。前者は巻末奥付に林鵞峰の手跋を有し、羅山が訓点を加えたことを明記する。後者もまた「羅山道春朱句墨点」と識している。(3) この二本の「羅山の訓点」と元和七年写本の訓点とは基本的に一致しており、従って元和七年写本の訓点が羅山の施点をそのまま反映するものとして扱うことのできる裏付けとなる。羅山には、寛永十六年（一六三九）四月に述作した『性理字義諺解』があり、『性理字義』の国字解として、羅山の読解の姿を鮮明に映し出してくれる。(4)

右の寛永刊本、古活字本、元和七年写本が朝鮮版晋州嘉靖刊本を祖本とする系統のテキストであること、またその異同についてはすでに検証を試み、その対校も行った。(5) それでは三本に附する訓点を通してうかがえる読解の有り様はどうであろうか。まず、問題の所在を明示するために、一例を挙げよう。

○用例1　礼楽「論礼楽有益於人」七十丁表

〔羅山〕人徒《タヽ》見《テ》下升降裼襲《ノ》有《リ》レ類《スルコト》二乎美観《ニ》一、鏗鏘《カウセウ》節奏《ノ》有《ルコトヲ》上レ近《キコト》二乎末節《ニ》一、以為礼楽《ハ》若《シトキ》下無レ益二於人《ニ》一者《ノ》上、抑〱不レ知釈《ステ》レ回《マガレルヲ》増《スコト》レ美《ヲ》、皆由《テ》二於礼器之大備《ニ》一、而好《ハルニ》《ミ》レ善聴《ヲ》レ過《クコト》、皆本《チヲ》二於楽節之素《ツクコトヲ》《ノ》明《ヨリ》《カナルニ》一、

〔丈山〕人徒《タヽ》見《ニ》《テ》二升降裼襲《ヲ》一、有《リ》レ類《スルコト》二乎美観《ニ》一、鏗鏘節奏、有《リ》レ近《キコト》二乎末節《ニ》一、以為《ヲモヘラク》礼楽若《シト》レ無《キカ》於人《ニ》一者、抑《ソモ》〱不《ス》レ知《ラ》二釈回《シテ》増美《ナルコトヲ》一、皆由《ナテ》二於礼器之大備《ノ》《ニ》一、而好善聴過、皆本《テク》《シテ》二於楽節之素明《ナモトツケリ》《ノ》《ニ》一、

〔寛永〕人徒《タヽ》見《ニ》《テ》下升降裼襲有レ類二乎美観一。鏗鏘節奏有《ルヲ》上レ近二乎末節《ニ》一。以為《テス》レ礼楽《ト》。若《シ》下無レ益於人一者上。抑〱不レ知下釈《トキ》レ回《ヨコシスタ》増レ美《ヲ》。皆由《ル》二於礼器之大備《ノ》《ルニ》一。而好《シテミ》レ善聴《ヲス》レ過《チヲ》。皆本《クコトヲ》中於楽節之素明《ノ》《ニ》上

この一節は、『礼記』に典拠を有する語句で綴られており、それを的確に把握できているかが文脈の理解を左右す

る。

○升降上下、周還裼襲、礼之文也（『礼記』楽記）

○礼器、是故大備。大盛、盛徳也。礼釈回、増美質。（『礼記』礼器）

○楽者心之動也。声者楽之象也。文采節奏、声之節也。……君子以好善、小人以聴過。（『礼記』楽記）

これをふまえて右の三者の読解について判断するならば、羅山が「読めている」、対して丈山は「読めていない」ということになる。「釈回増美」「好善聴過」の訓解は勿論のこと、「人徒見……、以為……。抑不知……。」という文脈全体の押え方も、ここではかなり誤っていると言わざるを得ない。寛永刊本の訓点は、「以為礼楽……」の句読の切り方がおかしいのを除けば、文脈は辿れている。ただ添え仮名が少ない分、粗さが目につき、語句の読解に踏みこもうとすると疑問も生じてくる。「好善聴過」について、羅山の訓みは『性理字義諺解』で「善ヲ好ミ過チヲ聴テ改タムルコト」と説く方向にあると見なせるが、寛永刊本は「善ヲ好ミ過チヲ聴《ゆる》ス」とも訓め、曖昧さを残す。

このように三本に附する訓点は同一ではなく、それは訓点の附し方、用い方の次元に止まる問題ではなく、施訓者の訓釈のいかんを示すもの、すなわち読解力のいかんを検証し得る材料でもある。従来、訓点資料は、訓点語研究として、国語学の研究分野において多く扱われて来ているのは、周知の通りである。羅山の訓点について道春点の名とその意義の大きさは広く知られているが、羅山の加点は四書五経のみならず実に多くの漢籍に及び、またその生涯を通じて行なわれ、晩年に至っても続いた。羅山生存時の資料に即してあらためて羅山点に取り組んだ研究には、村上雅孝氏の『近世初期漢字文化の世界』（明治書院　一九九八年）があり、日本における中国古典解釈学史の視点を掲げる。ただ、村上氏のこの視点は、近世の和訓の研究が国語学の研究対象になり得るかどうかという問題から端を発し、それを克服する方向性を提示した色合が濃いように思われる。その研究の具体的作業は、道春点が旧点（博士家点）と新点の二つの世界の統合により形成されたものであることを明らかにしようとしている。

私の関心は訓点あるいは訓点語の研究にあるのではなく、訓点によって示される原文読解の質、漢籍原典の読解力のいかんにある。石川丈山の訓点が訓点語研究の材料として言及されたことは、寡聞にして知らない。丈山は羅山と同年で、元和三年（一六一七）三十五歳、羅山を介して藤原惺窩の門に入り、朱子学を学ぶに至ったとされる。[6]元和八年（一六二二）に丈山は蔵書の『四書』『五経大全』に羅山の跋文を求めており（『羅山文集』巻五十三「四書跋」「五経大全跋」）、この『性理字義』の訓点は、ほぼ同時期の研鑽の姿を示すものである。羅山の訓点と併せて見ることで、丈山の読解力の一端を明らかにし、またそうすることで羅山の読解力の水準を浮き彫りにできると考える。

いったい、戦国末期から江戸初期において、博士家や五山禅僧によって読み伝えられてきた典籍が存する一方、新たに明の正徳・嘉靖・隆慶・万暦期の書籍が渡来した。それは実に多種多様であったと言ってよく、所謂朝鮮本も加わっている。その文章は一様でなく難易煩簡まちまちである。語彙も字法・句法も常に変化を孕み広がりを見せる。新たに手にする漢籍を自らの力で読解することはどのようなものであったろうか。書物の移入はそれを読破できたことに直ちに結びつかない。

また、旧白話の語句や俗語体の文章は、禅語録のみならず、宋元明の諸書にはその要素を内含するものが少くない。例えば、当時盛行する『老子鬳斎口義』をはじめ林希逸の三口義は、まさに「口義」である。林景徳が「荘子鬳斎口義後序」（景定改元一二六〇年）に「俚俗を雑へてこれを直述す」と、この書名の由来を明記する通り、俗語語彙や句法を多用する。従って、これをこなせる読解力が求められることになる。『性理字義』もまた、旧白話の語彙、文章を含むものである。

『性理字義』は基本術語の解説を通して性理学の理論と構造を明らかにするという方法を採るが、命・性・心・情……と二十五門に分つことは、このこと自体朱熹の学説の体系化であり、その枠組を構築する試みにほかならない。さらに百九十二条の講述は朱熹の論説の枢要を集約し、周敦頤・程顥・程頤・張載の言説を折中して統合するものである。従って原文の各用語は、一文一句そして一語が朱子学特有の意味の裏付けと広がりを持っている。朱子学の概説書、あるいは入門書といっても、その説明はふんだんに性理学の用語を以て行なわれており、宋学者たちの言辞について相応の基礎知識を必要とする面が少くない。これもまた読解を左右する要素になると考えられる。

拙稿では如上の問題意識のもと、『性理字義』の原文読解上から、元和七年写本・丈山古活字本、寛永刊本の訓点を比較検討し、とくに羅山及び丈山の読解力の一端を検証してみたい。

なお、資料の掲出に当っては、紙面の都合上、竪点は省き、抄物書等の添仮名は一部改めた。字体は現在通行の印刷字体に改めた。**用例1**のように、元和七年写本の訓点を〔羅山〕、丈山古活字本の訓点を〔丈山〕、寛永九年刊本の訓点を〔寛永〕として掲出する。訓点の附し方、仮名遣い、置き字の扱い等、いずれも原文読解に関わる検討素材になり得ることを承知するが、小論では焦点が錯綜するのを恐れ、あえて立ち入らない。これらについては、別の機会を設けて取り上げることにする。

二　典拠の理解

○**用例2**　経権「論用権之難」七十一丁裏～七十二丁表

〔羅山〕論語《ニ》、従《リ》二共《ニ》学《フ》一、至《ル》下可《ク》二与《トモニ》立《ツ》一、未《タ》中レ可中与《ニ》権《ル》上、天下事《ノ》、到《テ》二経不《ル》レ及処《ハニ》一、実《ニ》有《リ》レ礙《サハリ》、須《ス》是《レ》理明《カニ》、義精《シテ》、方《ニ》可《シ》レ用《ユ》レ権《ヲ》、且《ツ》如《キ》二武后易《カヘテ》レ唐《ヲ》為《スルカ》レ周《ト》、張東之《カル》輩、於二武后《ノ》病中《ニ》一、扶《タスケ》二策《シテ》中宗《ヲ》一出来《テル》、管見説《ニク》、武后乃《ハス》社稷之《ノ》賊、又是レ太宗《ノ》才人、無《シ》二婦道一、当《ニ》《ヘシ》下正《シクシテ》二大義《ヲ》一、称《シテ》二高祖太宗之命《ヲ》一、廢《シテ》為《シテ》二庶人《ト》一、而賜《フ》中之《ニ》死《ヲ》上、但天下豈有《ンヤ》下立《テテ》二其《ノ》子《ヲ》一、而殺《スコト》中其《ノ》母《ヲ》上、南軒謂《ヲモヘラク》、此時当《ニ》《ヘシ》三別《ニ》立《ツ》《ヘシ》二箇賢《ノ》宗室《ヲ》一、不レ応レ立《ツ》二中宗《ヲ》一、他也《マタ》只見二得《ス》後来中宗《ノ》不《ルヲ》レ能《ハ》二負荷《スルコト》一、故発《ス》二此《ノ》論《ヲ》一、文公以《テ》二南軒之説《ヲ》一、亦未《タ》レ是《ナラ》、須《ス》《ヘシ》下是《レ》身在《テ》二当時《ソノカミニ》一、親《シタシク》見中得《ス》人心事勢是《レ》如何《ント》上、人心惓二惓《シ》中宗《ニ》一中宗又未《タ》レ有《ラ》二失徳一、如何廢得《ソシン》、人心《ヘシストシテ》在《リ》レ中宗《ニ》、纔《ニ》廢《セハ》《ヘシ》便乱《レン》、須《ス》是《レ》就《テ》二当時《ニ》一、看得端的《シヲ》、方可《ニ》二権度《ス》一、所二以《ンナリ》用《ルコト》レ権《ヲ》極《メテ》難《キ》也、

〔丈山〕論語従《ヨリ》二共学《ニ》一、至《テ》レ可《ヘキニ》二与《トモニ》立《タツ》一、未《タ》《ス》レ可《ラ》二与《トモニ》権《ハカル》一、天下事、到《テ》二経《ノ》不《サル》レ及《ハ》処《ロニ》一、実有《リ》レ礙《サ》(7)、須《ク》是《レ》理明《カニ》義精《シテ》、方《ニ》可《シ》レ用《フ》レ権《ヲ》、且如《ツキ》二武后易《カヘテ》レ唐《ヲ》為《ナスカ》レ周《ト》、張東之輩於《カラ》二武后病中《ニ》一、扶二策《シ》中宗《ヲ》一、出来管見説《シテトク》二武后《ニ》一、乃《チ》社稷之《ノ》賊、又《タ》是《レ》太宗才人無《シ》二婦道一、当《ニ》《ヘシ》レ正《タヽス》二大義《ヲ》一、称《シテ》二高祖太宗之《ノ》命《ト》一、廢《シテナシテ》為二庶人《ト》一而賜《フ》二之《ニ》死《ヲ》一、但《タヽ》天下豈《ニ》有《ランヤ》下立《テテ》二其《ノ》子《ヲ》一而殺《コロスコト》中其《ノ》母《ヲ》上、南軒謂《ル》、此《ノ》時《キ》当《ニ》《ヘシ》三別《ニ》立《タツ》二箇賢《ノ》宗室《ヲ》一、不《ス》レ応《ヘカラ》レ立《タツ》二中宗《ヲ》一、他也《マタ》只見二得《ス》後来中宗不《ルコトヲ》レ能《ハ》二負荷《スルコト》一、故発《ス》二此《ノ》論《ヲ》一、文公以南軒之説《カ》亦未《タ》《スンハ》丁是《レ》須《スヘカラ》丙是身《ノミ》在《テ》二当時《ソノカミニミツカラ》一、親見乙得人心事勢《ヲ》甲、是如何《レイカンカ》人心、惓二惓《セン》中宗《ニ》一、中宗又《タ》未《タ》レ有《ラ》レ失《フコト》レ徳《ヲ》、如何《イカンソ》廢《シ》二得《ウルコト》人心《ヲ》一在《ラン》二中宗《ニ》一、纔《ニ》廢《セハ》便《テ》乱《レン》、須《ク》《ヘシ》下是《レ》就《テ》二当時《ソノカミニ》一看得端的《ス》上、方可《ニシ》二権度《ス》一、所二以《ンナリ》用《ルコト》レ権《ヲ》極《メテ》難《カタキ》一也

〔寛永〕（冒頭の一部に句点を附するも、訓点を附せず）

本例は一条全文を掲げてみたい。二百字に満たないものの、複数の所論を引きながら講述者（陳淳）の論評を混えて展開している。この構成を的確に把握できないと、たちまち文脈が通らないことになる。実際、結果として、三本の差異が明瞭に浮かび上がっている。まず何よりも、寛永刊本は訓点を附していない。寛永刊本では部分的に訓点を附していない箇所が存しており、欠落の理由は不明だが、総じて読解が容易でない箇所と認められる。

本条は冒頭、『論語』の書名が明記されていて、子罕篇「子曰、可与共学、未可与適道。可与適道、未可与立。可与立、未可与権」をふまえる記述。ただ「従……、至……」の構造は言うまでもないが、理学叢書『性理字義』（以下、

理学叢書本と称する)[8]が当該部分を「論語、従共学至可与立、方可与権」と作っているように、もう一つ落ち着かない。羅山の読み方でも理解できるが、この原文に即して読めば、丈山に与したくなる。ただ、この後の読解は羅山の力が断然際立ってくる。丈山は個々の文章・語句については一見ふつうにこなしているが、大きく読解の方向を左右し誤読を犯した箇所が存している。その問題点は次のように整理できる。

(1)「張東之」を「張東之」として理解していること。

丈山古活字本は「東」に誤って作っており、それに従っている。丈山は原文の錯誤についてそれを訂す場合もあるが、ここはそれを行なっていない。羅山は張東之について中宗の関わり方を強く意識している。[9]なお、寛永刊本も「張東之」と誤って作る。

(2)「管見」を書名、すなわち胡寅(致堂)の『読史管見』として認識できなかったこと。

羅山が「管見ニ説ク」として、『読史管見』の所論に基くことを的確に捉え、[10]その所論は「而賜之死」までで、「但天下豈有立其人而殺其母」の句は、陳淳の論評であるという文脈を理解できている。一方、丈山は「(張東之カ輩ラ)出来管見シテ武后ニ説ク」と読んでおり、その結果、下文の話者が不透明なままである。続く文脈は到底辿って行けていない。『管見』の論は巻十九「張東之等斬張易之兄弟」の条に拠るもので、これに知見が及べば、「張東之」と訂せることになったと思われる。

(3)口語的文章の読解が不十分なこと。

後段はさらに、張栻(南軒)の説とそれをめぐる朱熹(文公)の論述を引く。「南軒謂……」の所論とそれに対する「他也……」の説明、「文公以……」の論述と「所以……」という本条を結ぶ句、という構成については、羅山も丈山も把握できていると言ってよい。この部分は、現行の『朱子語類』巻一百三十六「歴代三」五十九条(義剛録)とほとんど重なっており、口語的文章の性格が濃い。羅山はこれを読み切っているが、丈山は「是如何」「如何」について句読を誤り、文意を損なってしまっている。口語の問題については、後にあらためて取り上げたい。

典拠をめぐる例について、さらに二、三挙げてみよう。

○用例3　才字「論才質才能之辨」十九丁表

〔羅山〕孟子《ノ》所謂非二才《ノ》之罪《ニ》一、及《ヒ》天《ノ》降《タスコト》レ才《ヲ》、非《ル》二爾《シカク》殊《ナルニ》一等語《ノ》、

〔丈山〕孟子《ノ》所謂《ル》、非《ス》二才《ノ》之罪《ニ》一、及《テ》二天《ノ》之降《クスニ》レ才《ヲ》、非《ス》二爾殊《チコトニスル》等語《ノニ》一、

〔寛永〕孟子所謂《ル》。非二才《ノ》之罪《ニハ》一。及《ヒ》天《ノ》之降《ス》レ才非レ爾殊《ルニハ》等語《ノ》。

ここでは「孟子」と明記されていて、告子上篇の「若為不善、非才之罪也」「富歳子弟多頼、凶歳子弟多暴。非天之降才爾殊也」に拠る。羅山は妥当な読解を行なっているが、丈山は後半にかなり混乱が生じている。寛永刊本はほぼ文義を捉えているようだが、「爾」の訓みを示していないなど、粗っぽい。

○用例4　道字「論韓老言道之差」五十五丁裏～五十六丁表

〔羅山〕韓文公原道、頭《ハシメノ》四句、如《キ》下所謂博愛《クスルヲ》之謂レ仁《ト》、行《フテ》而宜《クスルヲ》レ之《ヲ》之謂《フカ》上レ義《ト》、尽《〱ク》従《リシ》二外面一去《ル》、其《ノ》論《スル》レ徳《ヲ》、如《キ》下足《リテ》レ己《レニ》無《キノ》レ待《ツコト》二於外《ニ》一之言《コトノ》上、雖レ未《タ》ストレ負《ソムカ》、猶未《ヲタ》スレ害《アラ》、

〔丈山〕韓文公原道《ノ》、頭《ラノ》四句、如《キ》二所謂博《ルク》愛《スル》レ之謂《ヲイヒ》レ仁《ト》、行《テ》而宜《フユル》レ之《ヲ》之《ヲ》謂《フト》レ義《ト》、尽《コト〱ク》従《ヒ》二外面《ニ》一去《ル》、其《ノスルコト》論レ徳《ヲ》如《ク》レ是《カクノ》、已《ニシ》無《ツノ》下待《ニ》二於外一之言《コト》上、雖《モ》レ未《タ》ストレ負《ソムカ》、猶《ナヲ》シレ未《タ》レ害《アラ》サルカ、

〔寛永〕韓文公ノ原《ル》レ道頭《ヲ》。如二所謂博《ク》愛《スルヲ》之謂レ仁。行而《テ》宣《フルヲ》レ之《ニ》。之《ヲ》謂《フカ》レ義《ト》。尽《ク》従《ヒ》レ外面《ニ》去《ル》。其《ノ》論《スルコト》レ徳《ヲ》如《シ》レ足《ルカ》。已《ニ》無《シ》下待《スルノ》二於外《ニ》一之言上。雖二未負《タ》猶未《スト》レ害至《ラ》。

韓愈「原道」の「博愛之謂仁、行而宜之之謂義、由是而之焉之謂道、足乎己無待於外之謂徳」の冒頭四句について、まずその仁・義・徳の三句を取り挙げる。この条の題目に三本とも「此条内負字恐誤」と注記が附せられており、掲出の末尾該当句はこのままでは通らない。羅山がのちに『諺解』で「未圓」に訂して読むのが妥当であろう。ここではそれは問わないこととして、それにしても丈山も寛永刊本も読解を誤まっている。「原道」第四句目「足乎己無待於外之謂徳」に係る訓みは混乱も甚だしい。丈山は、古活字本が「如足已無待於外之言」と「足」の字に作っているのを、敢えて「是」字に訂して訓解するもので、さすれば「原道」の第四句に基くとは意識しなかったのに等しい。また、寛永刊本は「行而宜之」について、「宣フル」と誤ってしまっている。

韓愈の「原道」は『古文真宝』（後集）にも収載されていて、その『古文真宝』は慶長十四年（一六〇九）に古活字本が出されると、元和を歴て寛永七年（一六三〇）に至る約二十年間に、七度も翻刻を重ねたことから、盛行ぶりが指摘される。[11] テキストの魁本大字諸儒箋解本では、この「原道」開端の四句について、「開端の四句、四様の句法、此れ乃ち文章家の巧みなる処なり」と注する。もと『文章軌範』当該謝枋得注に拠る。発端の第一句から第四句まで、それぞれ五字句・七字句・八字句・十字句と一句の字数を変えて、四句四様に書き分けているのに着目して、巧みだと評している。

その点、羅山はよしとして、ここでの丈山や寛永刊本の読解の有り様では、かかる『古文真宝』の注解を斟酌するにはやや程遠いものがある。

○用例5　鬼神「論理感通之妙」八十六丁裏

〔羅山〕所謂斉戒《シテ》以《テ》神二明《ニストハ》　其《ノ》徳《ヲ》一、夫《レ》即此《ノ》意《ナリ》
〔丈山〕所謂斉《ル》戒《シテ》以《テ》神二明《ニス》　其《ノ》徳《ヲ》一、夫《レ》即《テ》此《ノ》意《ロ》
〔寛永〕所謂斉《ル》戒《シテ》以《テ》神二明《ニストハ》　其《ノ》徳《ヲ》一夫《レス》即此《ノ》意《ナリ》

羅山においてもけして瑕疵がないわけではない。本例は「所謂」とあるように『易経』繋辞上伝「聖人以此斉戒、以神明其徳夫」を引いて、この条の所論（此意）を根拠づける。三者とも文脈を外していないが、そろって「夫」字を引用句の文末の助詞とは扱わず、指示詞として解している。小事ながら、典拠と助字と両面に関わっていて、ややもすると今日でもかく訓ずる向きも多いのではないか。羅山は、『性理字義諺解』では『易経』に「神明其徳夫」とあることを明確に自覚し、鵞峰跋羅山訓点本では、次のように訓む。

所謂斉戒《シテ》以《テ》神二明《ニスル》　其《ノ》徳《ヲ》一夫《カト云フハ》　即此《ノ》意《ナリ》

元和写本の読解を訂しており、「夫」に「カト云フハ」と読み添えていることには、羅山のこの一字への執着ぶりが見えるのではないか。典拠の原文に対する拘わりは、羅山の読解力を支えるものとして重視すべきことである。因みに、後に刊行される『性理字義』和刻本二種、すなわち寛文八年（一六六八）刊山脇重顕校点『重刊性理字義詳講』も、寛文十年（一六七〇）熊谷立閑首書本も、当該句を「夫即此意」として読むことを踏襲している。

三　朱子学説の基礎知識

『性理字義』が初学者を意識しながら朱子学の基本術語を講述すると言っても、[12]そこで言及される経書の語句には、新たな解釈、意味の付与そして論理の構築が潜む。従って、読解もそれを意識し入念に文義を捉えるためには、その学説の形成に関わる語句について、基礎的な知識が要求されている。

○用例7　誠字「論思誠是人道」四十六丁表

〔羅山〕如《キ》下君子《ハ》誠《ヲ》之為《ス》レ貴《シト》、誠《ニスルニヲ》レ之者、人《ノ》之道《ナリト云カ》上也、此等《レ》就《テ》二做《ナス》レ工夫上《ヲ》一論《ヘニ》、蓋《シ》未《タ》《ハレ》能《ハ》二真実無妄《ナルコトス》一、便須《ス》《ヘシ》二做《ナシテ》レ工夫《ヲ》、
要《ス》レ得《シコトヲ》二真実無妄《ヲ》一、孟子又謂《ク》思《フハ》レ誠《ヲ》者人《ノ》之道《ナリト》、正《ニ》是《レ》得《ルノ》二子思《ノ》此《ノ》理伝授《ヲ》一処《ナリ》、

〔丈山〕如《キ》二君子《ノ》一誠《ニスルヲヲ》レ之為《ス》レ貴《シト》、誠《ニスルヲヲ》レ之者、人之道《チナリ》也、此等《レラ》就《テ》下做《ナス》二工夫《ヲ》一上《ヘニ》上論《ス》、蓋《シ》未《タ》《スレ》能二真実無妄《ナルコト》一、便《チ》須《ク》《ヘシ》下做《ナシテ》二
工夫《ヲ》一、要《ス》上レ得《ンコトヲ》二真実無妄《ヲ》一、孟子又謂《タル》思《フハ》レ誠《ヲ》者人《ノ》之道《ナリ》、正《ク》是《レ》得《ウル》二子思《ニ》此《ノ》理《ノ》伝授《ヲ》一処《ロ》、

〔寛永〕如《キ》レ君子《ノ》誠《ニスルニヲ》レ之為《ス》レ貴《ト》。誠《ニスル》レ之者《ヲノハ》。人《ノ》之道也《ナリ》。此等就《ハテ》二做《ノ》レ工夫上《ヲ》一論《ニス》。蓋《シ》未レ能二真実無妄《ナルコト》一。便《チ》須《ク》二做レ工夫
要《ス》レ得《ンコトヲ》二真実無妄《ヲ》一。孟子又謂。思《フ》レ誠者《ヲノハ》。人《ノ》之道。正是得レ子思《ニ》。此《ノ》理伝授処《ノ》。

朱熹が『中庸章句』二十章「誠者天之道也。誠之者人之道也」と『孟子』離婁上『誠者天之道也。思誠者人之道也』とを重ね合せて、子思から孟子への学の伝授を論証しようとすることは詳述するまでもない。本条は「真実無妄」の語が象徴するように、朱熹の『中庸章句』の注解にまで目が及んでいなければ、十分な読解は覚束ない。『中

庸章句』第二十章は「誠」と「誠之」とを次のように定義する。

誠者真実無妄之謂、天理之本然也。誠之者、未能真実無妄而欲其真実無妄之謂、人事之当然也。

右の本条掲出の論述が、この「誠之」の朱子注に沿ったものであることは明らかだが、ここに『中庸章句』第二十五章「君子誠之為貴」の句を並べて論ずるのは、問題を孕んでいて、誤解を誘発しかねない。

この二十五章は、「誠者自成也。而道自道也。誠者物之終始、不誠無物。是故君子誠之為貴」とあって、「誠」を主題とする文脈として「君子誠之為貴」の句に繋がる。朱熹は当該注において「君子必以誠為貴也」と記しており、その意図するところを忖度すれば、「誠之」を「之を誠にす」とは訓じない。まさに羅山が「君子ハ誠ヲ之レ貴シト為ス」と訓ずるのは、朱熹の注解を体したものとして注目してよい。本条において「君子誠之為貴」と「誠之者人之道也」と並べての論述は、いかにも「誠之」に焦点を置いており、両者の「誠之」は弁別しにくくなっている。丈山、寛永刊本が「君子の如き」と訓ずるのは、直ちに『中庸』経文を認識できなかったことに結びつくものではなかろう。しかしながら羅山の読解にうかがえる朱子学の咀嚼は、二者とは断然質を異にしているとして過言ではあるまい。

○用例8　敬字「論敬要存心」四十七丁裏

〔羅山〕人心《ノ》妙《ニシテ》不レ可レ測《ハカル》、出入無《ク》レ時、莫《シ》レ知《ルコト》二其《ノ》郷《ヲ》一、惟《タヽ》敬《ス》便存《シテ》在《リ》二這裏《ニ》一、所謂敬者《ハ》、無《シ》レ他、只是《レ》此《ノ》心常《ニ》存《シテ》在《テ》二這
裏《ニ》一不二走作《セ》一、不散慢《セ》一、常《ニ》惺《イン》地《ニ》惺惺《ナル》、便《ス》是《レ》敬《ナリ》

〔丈山〕人心《ノ》妙不《ス》レ可《ラ》レ測《ル》、出入無《ク》レ時《トキ》、莫《シ》レ知《ルコト》二其郷《ノトコロヲ》一、惟《タヽ》敬便《チ》存《シテ》在《リ》二這《ノ》裏《チニ》一、所謂《ル》敬者《ハ》無《シ》レ他、只是《レ》此《ノ》心常《ニ》存《シテ》在《テ》二這《ノ》裏《チニ》一、
不《ス》二走作《セ》一、不《ス》二散慢《セ》一、常《ニ》惺《ニ》地惺惺便《テ》是《レ》敬

〔寛永〕人心《ノ》妙不レ可レ測。出入無レ時。莫《シ》レ知《ルコト》レ其郷《ノサタムルトコロヲ》。惟敬便《ス》存二在《ス》這裏一。所謂敬《トハ》者無レ他。只是此《ノ》心常《ニ》存二在《シテ》這

裏《ニ》一。不走作不散慢。常《ニ》惺惺《タルハ》便是敬。

「人心妙不可測」は『朱子文集』巻四「斎居感興詩」第三首「人心妙不測」に拠るだろうが、羅山の訓みの方が丈山よりも適切。続く「出入無時、莫知其郷」は、むろん『孟子』告子上「孔子曰、操則存、舎則亡。出入無時、莫知其郷。惟心之謂与」に拠るが、当該『集注』は「其出入無定時、亦無定処」と注する。従って、寛永刊本が「郷」に「サタムルトコロヲ」と添え仮名を附するのは、『集注』を正確に反映しようとしていることを示す。その一方で「存」すなわち「心を存す」という基本用語について、「存在ス」「存在シテ」として扱ってしまっているのは、あまりに基本的知識に欠けている。朱子学に関する学識において、両極端のものが混在した格好である。寛永刊本は総じてこの傾向が強い。

「惺惺」は『上蔡語録』巻中「敬是常惺惺法」に拠り、朱熹が『大学或問』で「敬」を説く中でも引挙するが、羅山・丈山が師事した藤原惺窩が重視するところであった。その点、両者にとっては十分読解できたと推せられる。

○用例９　性字「論孟子道性善」九丁表

〔羅山〕孟子道《イフ》二性《ハ》善《ナリト》一、従《リシテ》レ何《イツク》而来《ル》、孔子《ノ》繋辞曰《ニク》、一陰一陽之《ヲ》謂《フ》レ道《ト》、継《ク》レ之《ヲ》者《ノハ》善《ナリ》也、成《ナス》レ之《ヲ》者《ノハ》性《ナリ》也、所二以《ンノ》一陰
　一陽《スル》一之理《ハ》者、為《タリ》レ道、

〔丈山〕孟子道《フコト》二性善《ヲ》一、従《ヨリシテ》レ何《イツク》而来《ル》、孔子《ノ》繋辞曰《ニク》、一陰一陽之《ヲ》謂《フ》レ道《ト》、継《ク》レ之《レニ》者《モノハ》善《ナリ》也、成《ス》レ之《ヲ》者《ノハ》性《ナリ》也、所二以《ンノ》一陰
　一陽《ノ》之理《タル》一者《ノヲ》為《ス》レ道《ト》、

〔寛永〕孟子道《フコト》レ性善《ヲ》。従《テ》レ何《ニ》而来《ルヤ》。孔子《ノ》繋辞曰《ニク》。一陰一陽之《ヲ》謂《フ》レ道《ト》。継《ク》レ之《ヲ》者《ノハ》善也。成レ之《ヲ》者《ノハ》性也。所《ノ》二以《ヨツテ》一陰一陽

ノ之理《タル》一者《ノヲ》為レ道《ト》。

○用例10　仁義礼智信「論仁為愛之理」二十五丁表

〔羅山〕仁《ハ》是《レ》此《ノ》心生理全《キ》処《ロ》、常《ニ》生生《シテ》不レ息《マ》、
〔丈山〕仁是《レ》此《ノ》心生《スル》レ理《ヲ》全《キ》処、常《ニ》生生《ス》不レ息《マ》
〔寛永〕仁《ハ》是《レ》此《ノ》心生理《ノ》全《キ》処《ロ》。常《ニ》生生不レ息《マ》。

○用例11　太極「論混論至極之理」五十九丁裏

〔羅山〕曰、易《ニ》有《リ》二太極一、（略）又曰、三極之《ノ》道、三極云《トフハ》者、只是《レ》三才極至之《ノ》理《ナリ》、〇〇其《ノ》謂《フハ》二之《ヲ》三極《ト》一者、以《テ》見《ル》下三才之《ノ》中、各ゝ是《レ》一太極、而《ニシテ》太極之妙、無《キコトヲ》上レ不《トヱコト》レ流二行《セ》於三才之《ノ》中《ニ》一也、
〔丈山〕曰《ク》、易《ニ》有《リ》二太極一、（略）又曰《タク》三極之道《チ》、三極云《トフハ》者、只是《レ》三才極至之《ノ》理《ナリ》、〇〇其《レ》謂《フハ》二之《ヲ》三極《ト》一者、以《テシメス》見二三才之中《ヲ》一、各ゝ是《レ》一太極《ニシテ》、而太極之《ノ》妙、無《シ》レ不《ストヱコト》レ流二行《セ》於三才之《ノ》中《チニ》一也、
〔寛永〕曰。易《ニ》有レ太極。（略）又曰。三極之《ノ》道。三極云《トフノハ》者。只是《レ》三才極至之《ノ》理。〇〇其《ヲ》謂《フ》二之《ヲ》三極《ト》一者《ノハ》。以《ヨル》レ見《ルニ》二三才之《ノ》中《ニ》一。各ゝ是《ノ》一太極《ヲ》一而《シテ》太極之《ノ》妙。無《シ》レ不《ルコト》レ流二行《セ》於三才之《ノ》中《ニ》一也。

この三例は、朱子学の理論を構築する基本用語に係るもので、しかも経書に典拠を有するから、朱熹の定義、解釈と繋がっている。用例9の「一陰一陽之謂道」について、程朱学が「陰陽は気、一陰一陽する所以は理」の解釈を行い、理気論の骨格としたことは周知の通り。羅山の読解に比して、丈山や寛永刊本のそれはその理解の精度に疑問を

抱かせる。

用例10は、「仁は生理」の定義について、丈山は「理ヲ生ズ」と訓ずる。この一例に止まらず、『性理字義』に見える「生理」について同様に訓じており、明らかに「生理」の語は把握されていない。朱子学が天地万物と人間の存在を問い、「仁義礼智」という徳目をあらためて倫理の原理として定義するなかで、「仁」はすべてを統括する原理となる。「仁は生理」の定義の有する思想史上の重要性からしても、この誤読は看過できない。

また**用例11**は「太極」が経書の中で『易経』のみに見えることについて、繫辞伝上「易有太極」と、「六爻之動、三極之道也」とを一貫するものとして論述する一節である。「三極之道」は韓康伯注に「三極、三材也」、疏に「天地人三才至極之道」とあり、朱熹『本義』には「三極、天地人之至理、三才各一太極」と注する。この一節中には「〇〇」が示すようにテキストに錯簡が疑われ、読解しにくくさせている。羅山はこれらはふまえて、適切に文義を読みきっていると見える。丈山も寛永刊本も何とか読みとろうとしているが、文章全体の構造からしても、その訓みは無理があってぎこちない。

〇用例12　忠恕「論後人言恕之差」四十三丁表～裏

〔羅山〕自《リ》レ漢以来、恕字《ノ》義甚《タ》不レ明《カナラ》、至レ有《ルニ》下謂《フ》二善《ク》恕《シ》レ己《ヲ》量《ハカルト》レ主《ヲ》者《ノ》上、而《シテ》我《カ》朝《ノ》范忠宣公亦謂《ク》、以《テ》二恕《スル》レ己《ヲ》之心《ヲ》一恕《スト》レ人《ヲ》、不レ知《ラ》恕《ノ》之一字就《テ》二己《カ》上《ヘニ》一着《ツケルコトヲ》不レ得、拠《ヨルニ》三他《ノ》説《クニ》二恕《ノ》字《ヲ》一、只是《レ》箇《ノ》饒《ユルス》レ人《ヲ》底《ノ》意思《ナリ》、如《クナラハ》レ此、則是《レ》己《レ》有《リ》レ過《ア》、且《ツ》自《ミ》恕《シ》レ己《ヲ》、人有《リ》レ過《チ》、亦並《ニ》恕《セン》レ人《ヲ》、是《レ》相《ヒ》率《ヒキイテ》、為《セン》二不肖《ノ》之帰《ヲモムキヲ》一、豈古人推《オシ》レ己《レヲ》如《クスル》レ心《ノ》之義《ナラン》乎《ヤ》、故《ニ》忠宣公謂《カク》、以《テ》二責《ムルノ》レ人《ヲ》之心《ヲ》一責《ムト》レ己《レヲ》、一句説《キ》得《テ》是《ナリ》、以《テ》二恕《スル》レ己《ヲ》之心《ヲ》一恕《スルノ》レ人《ヲ》、一句説得《テ》不レ是《ナラ》、其《ノ》所謂恕《ハ》恰《アタカモ》似《タリ》下今《ノ》人《ノ》且《シハラク》恕《セヨ》、不《ルノ》二軽《シク》恕《セ》一之意《ニ》上、字義不レ明《ナラ》、為《タルコト》レ害非レ軽《キニ》、

〔丈山〕自《ヨリ》レ漢以《コノカタ》来、恕《ノ》字義甚《タ》不《ス》レ明《ナラ》、至《ル》下有《ル》三謂《ル》善《ク》恕《ヲモンハカルト云フ》二己《レカ》量主《ヲ》一者《モノニ》上、而《シテ》我朝《カ》范宣公亦《モ》謂《タル》、以《テ》二恕《ルノ》レ己之心《ヲ》一恕《ハカル》レ人《ヲ》、不《ス》レ知《ラ》恕之《ノ》一字就《テ》二己《レカ》上《ヘニ》一着《ツケ》不《ス》レ得《エ》、拠《テ》レ他《ニ》説《ク》二恕字《ノヲ》一、只《タ》是《レ》箇《コノ》饒人底《ノ》意思、如《クナルトキハ》レ此《ノ》則《チ》是《レ》己《レ》有《リ》レ過《チ》、且《ツ》自《ミ》恕《ヲモンハカリ》レ己《レヲ》、人有《リ》レ過《チ》、亦《タ》並《ニ》恕《ル》レ人《ヲ》、是《レ》相《ヒ》率《テ》為《ナス》二不肖之《ノ》帰《ヲモムキヲ》一、豈《ニ》古人推《ヲスコト》レ己《ヲ》如《キノ》レ心《ロノ》之義《ナランヤ》乎、故《ニ》忠宣公《ノ》謂《ル》、以《テ》二責《セムル》レ人之心《ヲ》一責《ムル》レ己《ヲ》、一句説得《キテ》是《ナリ》、以《テ》二恕《ルノ》レ己之心《ロヲ》一恕《ンハカル》レ人《ヲ》、一句説得《キルコト》不《ス》レ是《ナラ》、其所《ノ》謂《ル》恕《ハ》恰《モ》似《タリ》二今人《ノ》且恕《ツルストエフニ》不《カラ》レ軽、恕之《ノ》意字義不《ンハ》レ明《ナラ》、為《ナスコト》レ害《ヲ》非《ス》レ軽《カロキニ》

〔寛永〕自《リ》レ漢以来。恕字義《ノノ》甚《タ》不レ明《カナラ》。至有謂。善《ク》恕《リ》レ己《ヲ》量《ル》レ主《ヲ》者《ノト》。而《シテ》我朝《カ》范忠宣公亦《モ》謂《ク》。以《テ》二恕《ル》レ己之心《ヲ》一恕《ルト》レ人《ヲ》。不レ知《ラ》二恕之《ノ》一字就《テ》レ己《レカ》上《ニ》着不得《ナルコトヲ》一。拠《テ》レ他説《ニク》レ恕字《ノヲ》。只是《レ》箇《ノ》饒人底意思《ノ》。如《クナルトキハ》レ此《ノ》。則《チ》是《レ》己《レ》有《リ》レ過《チ》。且自《ツミ》恕《ル》レ己《ヲ》。人有《ルトキハ》レ過《チ》。亦並《ニ》恕《ル》レ人《ヲ》。是《レ》相《ヒ》率《テ》為《ス》二不肖之《ノ》帰《タ》一。豈《ニ》古人推《スコト》レ己《ヲ》如《クスルノ》レ心之義《ナランヤ》乎。故《ニ》忠宣公謂《ノイ》。以《テ》二責《ルノ》レ人之心《ヲ》一責《ムト云ノ》レ己《ヲ》一句。説得是《ナリ》。以《テ》二恕《ルノ》レ己之心《ヲ》一恕《ルト云ノ》レ人《ヲ》一句。説得不是。其所《ノ》謂恕恰《ハモ》似《タリ》二今人《ノ》且恕《ツハ》不《ト云ニ》レ軽《カラ》。恕之《ノ》意《ロ》字義不レ明《ナラ》。為《ナスコト》レ害《ヲ》非《ス》レ軽《キニ》。

朱熹の「忠恕」の定義は、『論語』里仁篇の所謂一貫章、「夫子之道、忠恕而已矣」集注の「己を尽くすこれ忠と謂ひ、己を推すこれ恕と謂ふ」を基本とし、その或説として附する「中心を忠と為し、如心を恕と為す」とを併せて言及する。前者は『程氏遺書』巻二十三・第五条の程頤の説に、後者は『周礼』地官・大司徒の賈公彦疏に、それぞれ由来する。また、孔子が「恕」を掲げて「己の欲せざる所は、人に施す勿かれ」（『論語』顔淵、衛霊公）と述べたことが、「恕」を論ずるに当って機軸となることは言うまでもない。『性理字義』忠恕「論忠与恕之義」条では、これに沿って次のように敷衍して説明する。

忠は心に就きて説く。是れ己の心を尽くして実を尽くさざる無き者なり。恕は是れ人に待し物に接する処に就き

て説く。只だ是れ己が心の真実なる所の者を推して、以て人物に及ぼすのみ。字義に、中心を忠と為す、是れ己の中心を尽くして実ならざること無し、故に忠と為す。如心を恕と為す、是れ己が心を推して以て人に及ぼし、己が心の欲する所の如くならんと要する者、便ち是れ恕なり。

用例12の条は、この「恕」の理解を前提にして、本質的に「恕」の方向性を取り違えたものとして、「己ヲ恕ス」という発言を問題視する。具体的な事例としては、『後漢書』巻五十九郅惲伝に見える、光武帝が郅惲の姿勢を評した「善く己を恕して主を量る」という言葉、そして范仲淹の次子、范純仁の「人雖至愚、責人則明。雖有聡明、恕己則昏。苟能以責人之心責己、恕己之心恕人、則不患不至於聖賢矣」（『宋名臣言行録』後集巻十一「丞相范忠宣公」所引言行録）という言葉を批判する。

この二つの「恕己」については、朱熹が『大学或問』において論難するところで、[13]従って『後漢書』郅惲伝、『宋名臣言行録』を見ずとも、『大学或問』によって十分にその所論は理解できる。さらに『四書大全』所収の『大学或問』に拠れば、諸注を参照できた。逆に言えば、本条は冒頭、漢代以来と言うものの、「至有謂善恕己量主者」との み記して、書名も人物も明記していないように、読解には相応の下地が前提となっている。『朱子語類』巻十八・巻四十二にも関連の材料があるのはおくとしても、ここでは『大学或問』（広く『四書大全』と言ってもよい）の知見の有無が、読解を大きく左右するのではないか。

批判の要所となる「善恕己量主」について、丈山の訓みは明らかに誤読しているし、寛永刊本は「至有謂……」とこの説を明確にし得ないままに保留しているかのようだ。「古人推己如心之義」についても、丈山や寛永刊本の訓みでは朱注の「推己」「如心」の定義を理解できているかどうか疑わしい。さらに范忠宣公の「恕」が、当時書簡で、許す、大目にみる意で用いる「且恕」「不軽恕」と意味がよく似ていると論ずる一節においては、丈山も寛永刊本も全く読解できていない。羅山は「饒人」を「人ヲ饒《ユル》ス」と訓んでこの「恕」の字義を明確にしていることで分るように、これらの要所をはじめ、この条を正確に読解できているといってよい。羅山の読解力の質の高さを再確認できる一条である。因みに『性理字義諺解』では、『大学或問』及びその当該『大全』附注を掲出して参照させる配慮を加えている。

四　俗語語彙、句法の理解

すでに取り挙げた用例の文章中にも、俗語語彙や句法が用いられているのに気付くが、とくに三本の読解を対照したときに、そこに差が認められる例に注目してみたい。

○用例13　命字「論人稟気清濁」三丁表

〔羅山〕如《キハ》レ聖《ノ》人、得《ルコト》レ気《ヲ》至清《ナリ》、所《コノユヘニ》以合下便能生《スチク》　知《ナカラニル》、賦《スルコト》レ質《ヲ》至粋《スイナリ》、所以合《ヘニ》下便能安《スクンシ》行《フ》、

〔丈山〕如《キハ》レ聖《ノ》人、得《ルコト》レ気《ヲ》至清《テシ》、所《コノユヘニ》以合下《セ》便《シテ》能《チ》生《クウマレナカラニシテ》　知《ル》、賦《スルコト》レ質《ヲ》至粋《テスイナリ》、所《コノユヘニ》以合下《セクタシテ》　便能安《クシ》行《フ》、

〔寛永〕如《キ》レ聖人《ノ》得二気《ノ》至清《ヲ》一。所《コノユヘニ》以合下便能生《ク》知。賦《ス》二質《ノ》至粋《ヲ》一。所以《ニ》合下便能安《ク》行。

「合下」はただちに、はじめよりの意。丈山はこの語彙の意味を把握できているとは思えない。羅山はここでは寛永刊本と同じく、もう一つ定かではないが、鵞峰跋羅山訓点本では、「合下ヨリ」を訓ずる。また『諺解』では「合下ヨリ」として、「合下トハ初ト云フノ義ナリ」と、とくに語釈を加える配慮を示している。

○用例14　命字「論人稟気清濁」四丁裏

〔羅山〕又有《リ》二一般《ノ》人一、甚《タ》好《ミテ》説《ク》二道理《ヲ》一、只是《レ》執拗《アフニシテ》　自《ミ》立《ツ》二一家《ノ》意見《ヲ》一

〔丈山〕又有《リ》二一般《ノ》人一、甚《タ》好《ヨク》説《トク》二道理《ヲ》一、只《タヽ》是《レ》執二拗《アフス》　自立一家《ノ》意見《ヲ》一

〔寛永〕又有《リ》二一般《ノ》人一。甚《タ》好《ク》説《ク》レ道理《ヲ》。只是《レ》執《テ》レ拗《ヲ》自《ミ》立《ツ》二一家《ノ》意見《ヲ》一。

「執拗」は、今日の辞書でも、『鶴林玉露』巻十「荊公議論」に王安石の人柄を評して用いるのを代表的用例とするが、ここでも明らかに王安石のことを強く意識してこの語彙を使っている。寛永刊本は語の構造を取りそこね、丈山は文の構造を誤ったままこの語を動詞として扱ってしまっている。ここでは羅山の訓みが穏当であろう。

『諺解』では、これが王安石の類を指して言うとした上で、「執拗トハ、我イイタル事ヲタテテ、他人ノ云フコトハヨシトイヘトモ不レ用《ヒ》、人ニスチカイモトルコトナリ、世俗ニ猫ツナト云類ナリ」と説明し、『聯珠詩格』巻中「読荊公詩選」の「喚起鍾山執拗夫」の詩句を挙げる。『聯珠詩格』は早年より用いていたと思われ、羅山はすでに「執拗」の語を理解できていたと考えられる。

○用例15　性字「論性命不可全分」六丁表

〔羅山〕性命只《ハ》是《レ》一箇《ノ》道理《ナリ》、不《レハ》二分《チ》看《ミ》一、則不二分暁《ナラ》一、只管《シテ》二分看《チミルコトヲ》一、不《レハ》二合看《セ》一、又離《シ》了《ハリテ》　不二相《ヒ》干渉《セ》一

〔丈山〕性命只《ハ》是《レ》一箇《ノ》道理、不《ルトキハ》二　分《チ》看《ミ》一、則不《ス》二分《チ》暁《サトラ》一、只《タヽ》管《スヘテ》　分《チ》看《テ》不《ス》二合《セ》看《ミ》一、又《タ》離《レ》了《テ》不《ス》二相《ヒ》干渉《セ》一、

〔寛永〕性命。只是《レ》一箇道理。不《ルトキハ》レ　分《チ》看《テ》。則《チ》不レ分暁《セ》。只管分看《テ》不《テレハ》レ合《シテ》　看。又離《レ》了《テ》不二相《ヒ》干渉《セ》一

「只管」は、禅語として「只管打坐《しかんだざ》」の成語があるのをただちに想起させるが、三本ともものちに通行する「ヒタスラ（二）」の語を当てて読んではいない。丈山の場合、ここでは「タダスベテ」と読んでいるものの、他の箇所ではとくに「只管」に添え仮名は施していない。羅山は「只《タ》ダ……ヲ管シテ」の訓みを用いており、『諺解』が当該箇所において、「分テ見ルコトヲ専ラニスヘク」と解するのと一貫している。

○用例16　志字「論志有期必之意」十九丁裏

〔羅山〕志有二趨向期必《ノ》之意一、趨二向《シ》那裏《ニ》一去《テ》、期料《シハカリテ》　要《シテイン》二恁地一、《ナランコトヲ》　決然《トシテ》　必欲レ得《ント》レ之《ヲ》、便是《レ》志《ナリ》、

〔丈山〕志《サシ》有《リ》二趨向期必《ノ》之意一、趨向《リテ》那裏《ニカル》去、期料《ハハカリテ》　要《ス》二恁地一、《ナランコトヲ》　決然《トシテ》　必《ス》欲《ス》レ得《ント》レ之《ヲ》。便《ス》是《レ》志《サンナリ》

〔寛永〕志有《シリ》二趨向期必《ノ》之意一。趨《キ》二向《ヒ》那裏《ニ》一去《テ》。期料《シハカリテ》　要《ス》レ恁地。《ナランコトヲ》　央然《トシテ》　必《ス》欲《スルハ》レ得《ンコトヲ》レ　之《ヲ》。便《ス》是《レ》志《シ》。

読解上、とくに注目したい箇所は、「趨向那裏去、期料要恁地」である。丈山の訓みではぎくしゃくして通りそうもない。羅山と寛永刊本とは、一見同じように見えるが、羅山が「恁地ナランコトヲ要シテ」と下文に続けるのと、寛永刊本が「恁地ナランコトヲ要ス」と句を絶つのでは、大きく異なる。寛永刊本は下文の「決然」を「央然」に誤まって作るが、それにしてもここで句を絶っては文脈を取り損う結果になる。その点、羅山の方が読解できていると言ってよい。また「恁地」について、羅山は「恁《イン》地」と読む一方、

只是《レノ》箇積気恁《カクノコトク》　蒼々茫々《タリ》（道字「題目闕……」条五十一丁裏）

「恁」を「カクノゴトク」と訓んで読み分けているが、その字義は十分に把握できている証左ともなる。

○用例17　太極「老子説道之差」六十二丁表～裏

〔羅山〕老氏説《ク》道《ハ》在《リト》二天地《ノ》之先《ニ》一、也《マタ》略《ホヽ》有《リ》二此《ノ》意一、但《タヽ》不レ合《ヘカラ》下都《テ》離《レ》二了《テ》天地人物《ヲ》一外《ニ》、別《ニ》説《ク》中箇《ノ》懸空《ノ》底道理《ヲ》上、把《リテ》レ此後《ヲ》都《テ》做《ナシテ》レ
粗《ト》看了《ハレリ》

〔丈山〕老氏説《テ》レ道《チヲ》、在《リ》二天地《ノ》之先《サキニ》一、也《マタ》略《ホヽ》有《リ》二此《ノ》意《ロ》一、但《タヽ》不《ス》三合《セ》都《テ》離《レ》二了《ヲハラ》天地人物《ノ》外《ヲ》一、別《ニ》説《トク》二箇《ノ》懸《ル》レ空《ニ》底《ノ》道理《ヲ》一、把《テ》レ此《ヲ》後《ノチ》都《テ》做二
粗看《ヲ》一了《ル》

〔寛永〕老氏説《ク》三道《ハ》在《リト》二天地《ノ》之先《ニ》一也。略有レ此意。但不合都《テ》離了。天地人物《ノ》外。別《ニ》説二箇《ノ》懸空《ノ》底道理一。把《テ》レ此《ノ》後《ヲ》都《テ》做《シテ》レ粗《ト》
看了《ス》

『老子』第二十五章「有物混成、先天地生……吾不知其名、強字之曰道……」を問題にする条であるが、俗語の読解力が問われる。とくに「也《マタ》」や「合」の用法、末尾の「做粗看了」の訓み方が注目される。「也」が文言の「亦」と、「合」が文言の「当」と同じであることについて、羅山は妥当な訓みを示す。丈山の場合「也」はよいが、「合」はこの用法を把握できているとは思えない。寛永刊本は全く歯が立たないでいるかのようだ。「做粗看了」という俗語特有の表現は、なかなか訓読しにくい分だけ読解力が表れる。ここでも羅山はうまくこなしているが、丈山の訓みはどうであろうか。寛永刊本は、「把此後」を含めて、この箇所は対処できているように見える。とくに「合」の用法については、一一の例を挙げることは省くが、羅山のみが全編を通して適切に把握できている。

○用例18　皇極「論孔氏言皇極之差」六十五丁表

〔羅山〕且如《ツキ》二皇則受《クノ》レ之《ヲ》、訓《シテ》為《シ》二大《ニ》則受《クト》レ之《ヲ》、皇《ノ》之不極、訓《シテ》為《シ》二大《ノ》之不中《ト》一、惟《レ》皇作《ナス》レ極《ヲ》、訓《シテ》為《セハ》二惟《レ》大作《ナスト》レ中《ヲ》、成《サン》二甚《ナン》等《ノ》語《ヲカ》一、義理如何《ソ》通得《セン》(14)

〔丈山〕且如《ツキ》二皇則受《クルカ》レ之《ヲ》、訓《シテ》為《ス》二大則受《クルト》レ之《ヲ》、皇《ノ》之不極、訓《シテ》為《ス》二大《ノ》之不中《ト》一、惟《コレ》皇作《ナス》レ極《ヲ》、訓《シテ》為《ス》二惟《コレ》大作《ナスト》レ中《ヲ》、成甚等《ノ》語、義理如何《ンソ》　通得《シエン》

〔寛永〕且如《クシ》下皇則受《テ》レ之《ヲ》。訓《ヲ》為レ大則《ト》。受《テ》二之皇之不極一。訓《ヲ》為《ルカ》中大之不中《ト》上。惟《レ》皇《ヲ》作《リ》レ極《ニ》。訓《ヲ》為レ惟大《ト》。作二中成甚等《ノ》語一。義理如何通得《セン》。

『書経』洪範をふまえた「皇則受之」「皇之不極」を例にして、「皇極」の訓詁解釈をめぐる論述の一節である。「且如」は「たとえば」の意であるが、寛永刊本はそれを文脈の上で捉えてはいない。この例文中において、とくに注目したいのは、「成甚等語」の句の読解である。

羅山のみが十分に理解できているのに比して、丈山の訓みは不明。寛永刊本に至っては、前の句の訓みを誤ったままに訓点を附するものの、単に訓点を附してみたにすぎない。これでは全く文義は解せない。

ただ、寛永刊本には、「甚」を読解できている例も存する。

如《キ》二老氏設《テ》レ醮《リヲ》。以庶人祭《テ》レ天《ルカヲ》。有《ン》二甚《ンノ》　関繫《カ》一。（鬼神「論淫祀不可挙」八十三丁裏）

この例に限らず、寛永刊本ではおしなべて訓みに正誤が混在している。

○用例19　性字「論性命不可全分」六丁表

〔羅山〕然人《モノ》之生不レ成《サ》三只空《タシク》二得　箇理《ルコトヲ》一、須《スク》下有《テ》二箇形骸《ノ》一、方載《ニセ》中得此理《ウノヲ》上、其実理《ノ》不《ハ》レ外《ニセ》二乎気《ヲ》一、

〔丈山〕然《モ》人《ノ》之生不レ成《ル》只《ラタヽ》空、得二《テ》箇理一《ノヲ》須《ク》レ有二《ル》箇《ノ》形骸一、方載《ニノセ》二得《ル》此《ノ》理《ク》一、其《ノ》実理不レ外《ス》二乎《ナラ》気一《ニ》、

〔寛永〕然《トモ》人《ノ》之生不レ成《レハ》只《ラタヽ》空。得レ《ルコトハ》箇《ノ》理《ヲ》。須《ク》下有二《テ》箇《ノ》形骸一。方載《ニハシメテ》得上レ此《ノ》理《ヲ》。其実《ノハ》。理不レ外二《ニセ》乎気一《ヲ》。

「不成只空得箇理」の読解がなかなか容易でないのがうかがえる一例。「不成……」は、ここでは現代語の「難道」、「よもや……ではあるまい」の語気を表すのに相当する。また「……できない」の意味も表すが、羅山の訓みはおおむねこの方向にあろう。『諺解』では当該部分について、「人ノ生出ルニ、此理ヲ空ニスルコトヲナスヘカラス」と解している。丈山、寛永刊本は明らかにこの用語を解しきれていない。その結果、下文においても、誤読を引き起こしている。

また、「須……方……」の用法は、『性理字義』中に比較的多く見えていて、羅山はもちろん、丈山も寛永刊本もその大部分についてはこなしているが、この例のように文脈を辿るなかで混乱する例も見うけられる。寛永刊本が「方」に続く「載」について、文言の字義を推し当てて「ハジメテ」と訓もうとするのは、ここでは誤ってはいるもののの、「須……方……」の関係を認識していたということにもなる。

○用例20　鬼神「論妖由人興・第二段」八十八丁表～裏

〔羅山〕頼省幹占法、有《リ》レ鬼附《テ》レ耳語《ニル》、人来占《リ》都《フノ》問《フ》(15)姓幾《ハク》画、名幾画、其《ノ》人対面《シテ》點《ス》レ数《ヲ》、渠便《カレス》道得《イヽウ》、或預《ハアラカシメ》定記《テルシ》二其《ノ》画《ヲ》一、臨《テ》レ時《ニ》更《ニ》不レ點《ヤ》レ数《ヲ》、只問《ヒ》及《ヒス》便答《フレハ》、渠便《カレス》道《イヽ》不レ得、則知《ル》思慮未《タ》レ起《ラ》、鬼神莫《シ》レ知《ルコト》、康節《カ》之言、亦是破《レル》二此《ノ》精微処《ノヲ》一

〔丈山〕頼《ヨツテ》省《カヘリミルニ》二幹占法《ノヲ》一、有《リ》レ鬼附《ス》二耳語《ニ》一、人来占《テフ》、都問《ヘハ》レ姓《ヲ》、幾《ホトントシ》画《レハ》レ名《ヲ》、幾画《トス》二其人《ノニ》一、対面點数渠便《カレチイ》道得《ウル》、或預《ハメ》定二記《スノヲ》其画一、臨時更《ニラニス》不二點数《セ》一、只問《ヘハ》及《フ》二便答《テ》一、渠便《フルニカレチイヽ》道《ス》不《エ》レ得、則知《チンヌ》思慮未《タ》レ起《ヲコラ》、鬼神莫《モシ》レ知《ルコト》、康節《カ》之言《コト》、亦是破《タレス》二此《ノ》精

微《ナル》処《ロヲ》一

〔寛永〕（「頼省幹」より「只問及便答」に至るまで訓点を附せず）渠《カレ》便《テイヒ》道不《ンハ》レ得則《ス》知思《ル》慮未レ起鬼神莫レ知《キコトヲ》　康《ルコト》節之《ノ》言亦是破《ス》二此《ノ》精微《ノ》処《ヲ》一

『性理字義』の「鬼神」門は、鬼神の問題を四項目に分けて論ずるなど、朱子学における鬼神説を検討する上で興味深い資料だが、その読解は厄介な側面を有する。当時の淫祀にまつわる風俗に言及してこれを斥ける論述は、その実態を直接確認するすべもなく、文献資料も乏しく、今日でも読解には相応の取組が必要となる。

右の用例も、「頼省幹占法」は、頼省幹の名をただちに思い浮かべることは難しく、この人物の事跡を辿るのも難しい。しかも、肝腎のその占法についての叙述に、テキスト上重大な訛字が存し、「黙数」とあるべきところを「點数」に作ってしまっている。また、邵雍（康節）の「思慮未起、鬼神莫知」の発言を以て締め括っており、この出処に理解が及んでいることを前提にしている。

羅山は『諺解』において、明の顧起元「説略」第十六所引の宋の龐元英『談藪』に見える頼省幹の記事、邵雍の『皇極経世書』及び「無名公伝」の該当記載を掲出するとともに、『性理大全』巻十三所引の朱熹の語を掲げる。

朱子曰《ク》、康節云《ク》、思慮未《タ》レ起《ラ》、鬼神莫《モシ》レ知《ルコト》、不《ンハ》レ由《ラ》二乎我《ニ》一、更由《ニラン》二乎誰《ニカ》一、此間《ノ》有《リ》二術者一、人来問《テフ》レ事《ヲ》、心下黙《ニシテ》念《フトキハ》、則《テ》他説《テ》相《ス》応、有《テ》レ人《レハ》故《コトサラニ》意思《ニテ》二別事《ヲ》一、不《ルトキハ》レ念レ及《フコト》レ此《ニ》、則《ス》其説《ノ》便《クコト》不レ応《セ》、問《テ》二姓幾画《クト》一、口中黙《ニシテ》数《フトキハス》、則他説便《テス》著《シャクスル》、不レ数者《ヘノハ》、説不《キ》レ著此事《セ》、朱子語類巻第百ニ出タリ

訓点を附したまま挙げたが、もと『朱子語類』に拠る文章を、十分にその内容を読解できていると判断できよう。

従って、『諺解』では頼省幹のことはもちろんのこと、「點数」は「黙数」として解釈を展開している。とくに「黙数ハ心ノ中ニ数イクツトカソユル事也、口ニイハサルヲ黙トス」と語釈を示している。右の『性理大全』・『朱子語類』に見る資料に拠って、確信を持って、その底本としているテキストの錯誤を訂したことになる。鵞峰跋羅山訓点本では、「頼省幹」には「宋之時分人」と添え書きし、「點数」の「點」字について欄外に「黙《モクシテ》」と訂し、更に「人来占都」の「都」字についても欄外に「者」と訂して、文義を通せている。

『諺解』や鵞峰跋羅山訓点本に示される読解の姿からすると、前に掲げた元和写本の訓みは、テキストの誤りを訂す前の有り様を示している。「頼省幹」についても、当初は「頼《ヨル》㆑省《ミルニ》㆓幹占法《ヲ》㆒」の訓みを試みた形跡が残り、これを消去し「頼省幹」と解し得た過程がうかがえる。「點数」についてはテキストに従っており、いつその錯誤に気付いたかは定かでない。ただ、ここから進む読解の軌跡は読解にかける羅山の顔を髣髴とさせる。

五　文理の把握――結びにかえて――

文を学ぶのに、篇法・章法・句法・字法を説くことがあるが、文を書くことと同様に、文を読む上でもそれが問われることは言うまでもない。しかも四法は有機的に関わって一体を構成し、条理を貫くことも、贅言を要しない。結びとして、いかに正確に文理を辿り、それを適切に読解しようとしているか、二、三の例を取り上げて締め括りたい。

○用例21　誠字「論実理所以長久」四十六丁裏～四十七丁表

〔羅山〕如《キ》㆓君臣父子夫婦兄弟朋友等類《ノノ》㆒、若不《シンハ》㆓是《レ》実理如㆑此《クナラ》、則便有《ス》㆑時《テ》廢了《セン》、惟《タ、》是《レ》実理如《シ》㆑此《ノ》、所以《ヘニ》万古常然《ニリ》、雖㆓

更《ニ》乱離変故《スト》一、終《ニ》有《ル》レ不レ可《ルコト》二得《テ》而殄《タチ》滅《ホス》一者《ノナリ》

〔丈山〕如《キ》二君臣父子夫婦兄弟朋友等類《ノノ》一、若《モシ》不《サルコト》二是《レ》実理《ナラ》一如《クナルトキハ》レ此《ノ》、則《スナハチ》便有《リ》二時《キニ》廃了一、惟《タヽ》是《レ》実理如《クナレハ》レ此《ノ》、所《ン》二以万古常然《ニル》一、雖《トモカハルヽ》二更《レ》乱離変《スト》一、故《モトヨリ》終《ニ》有《リ》下不《サル》レ可《ヘカラ》二得《エテ》而殄滅《テンス》一者《モノ》上

〔寛永〕如《キ》二君臣父子夫婦兄弟朋友等類《ノノノ》一。若不《シ》二是《レ》実理《ナラ》一。如《クナルトキハ》レ此。則便有《テ》レ時廃了。惟是実理。如《クナルハ》レ此《ノ》所《テ》二以万古常然《ニル》一。雖二更《メ》レ乱《ヲ》離《ヲ》レ変。故終《ニ》有《リ》二不可得《ニシテ》而殄滅《スル》者《ノ》一。

五十数字の比較的短い一条で、取り立てて難解な問題を論述するものでもない。ただ、本条の文理を捉えて読み解いているかと問えば、三者には歴然として差異が認められるであろう。

一見何でもなさそうな、二つの「実理如此」の読解は、つまるところ本条の関鍵となっていて、羅山と丈山・寛永刊本とを大きく分つ。また「乱離」「変故」は古典語として見えるにもかかわらず、「雖……」をはじめ文の過接の捉え方を混乱するのに伴い、丈山・寛永刊本は完全に誤つ。かかる一条の方がかえって読解力の質を浮き彫りにすると言っても過言ではあるまい。羅山が末尾の句について、ふつうに丈山のように「有……者」の句法として訓まないのは、一連の文脈を通して、「如君臣父子夫婦兄弟朋友類」という主題主語を強く意識し、かく訓もうとするのであろう。その当否はさておき、文理に拘わる姿勢がよく見てとれる。

○用例22　鬼神「論事神当敬遠両存」八十九丁表～裏

〔羅山〕敬《シテ》レ鬼神《ヲ》而遠《サク》レ之《ヲ》、此《ノ》一句、説《キ》得《テ》圓《カニシテ》而尽《クセリ》、如《キハ》レ正神《ノ》能《ク》知《ル》レ敬《スルコトヲ》矣、又易《シ》レ失《シ》二之《ヲ》不《ルニ》レ能《ハ》レ遠《サクルコト》、邪神《ハ》能《ク》知《ル》レ遠《サクルコトヲ》矣、又易《シ》レ失《シ》二之《ヲ》不《ルニ》レ能《ハ》レ敬《スルコトス》、須《ヘシ》三是《レ》都要《テス》二敬《シテ》而遠《ケ》、遠《ケテ》而敬《スルコトヲ》一、始《テ》両《ナカラ》尽《クス》二幽明之義《ヲ》一

〔丈山〕敬《シテ》二鬼神《ヲ》一而遠《サク》レ之《ヲ》、此《ノ》一句説《トキ》得《ウルコト》圓《カニシテ》而尽《セリ》、如《テ》二正神《ノ》一能知《クル》レ敬《ヲ》矣、又易《タ》レ失《フシテ》レ之《ウシナヒヲ》、不《ス》レ能《ハ》レ遠《サクルコト》矣、邪神《ハ》能知《クル》レ遠《ルコトヲ》矣、又易《タ》レ失《シテ》レ之《ヲ》、不《ス》レ能《ハ》レ敬《スルコト》、須《ク》是《レ》都《テ》要《ス》敬《シテ》而遠《サク》、遠《サケテ》而敬《ス》、始《メテ》両《ラ》尽《ス》二幽明《ノ》之義《ヲ》一

〔寛永〕敬《シテ》レ鬼神《ヲ》而遠《ク》レ之《ヲ》此《ノ》一句説得圓《カニシテ》而尽《セリ》如《キ》レ正神《ノ》能知《クル》レ敬《ヲ》矣又易レ失レ之《ヲ》不レ能レ遠《クルコト》邪神《ハ》能知《クル》レ遠《クルコトヲ》矣又易レ失レ之《ヲ》不レ能レ敬《スルコト》須《ク》是《レ》都《テ》要《ス》敬《シテ》而遠《ケ》遠而敬《ス》始《テ》両《ナカラ》尽《スルコト》二幽明《ノ》之義《ヲ》一

本例は『性理字義』末条の前半部分だが、『論語』雍也篇の「敬鬼神而遠之」の一句を説解する。当該集注の圏外注に「程子曰、人多信鬼神、惑也。而不信者、又不能敬。能敬能遠、可謂知矣」とあるが、「能敬」と「能遠」とに分けて、ともにわきまえるべきことを説く。ここでは、正神に対するのと邪神に対するのとを対比させて、「敬正神而遠之」と「遠邪神而敬之」とを論じようとする。『論語』本文の「敬而遠」から、敬と遠との関係を反転させて、「遠而敬」の論理を並立して展開している。羅山はその文理を明確に訓じて見せているが、丈山・寛永刊本はその焦点となる「易失之不能遠」「易失之不能敬」を読みきれずにいる。寛永刊本は句読点を附していないが、丈山と実質上同じ読解の方向にあって、ともに本条で展開する「敬遠」の文理を損ってしまっている。これもまた読解力の差をうかがわせるに足る一例と言えよう。

○用例23　命字「論人稟気清濁」三丁裏

〔羅山〕大抵得《ヲホム子ル》二気之清《ノ》一者《キヲ》不《ハ》レ隔《セ》二蔽那《カノ》義理《ヲ》一、便呈露昭著《ス》、如《シ》下銀盞中《ノ》満《ニミテ》二貯《タクハヘテ》清水《ヲ》一、自透《ミ》二見《トヲシ》盞底銀華子《ルコトノ》一、甚分明《タ》上、若《ナルカ》レ未《ク》二嘗有《タ》一レ水《テラ》然《リ》、賢人得《ハ》二清気《ルコト》一多《ヲ》、而濁気少《シテ》、清中微《モ》有《シ》二些《ニスコシキ》査滓在《リ》一、未《シャノシャシル》下便能昏《タ》二蔽得《スク》上他《シエ》一、所以《ヲ》聡明《ヘニ》也易《マタヤスシ》二開発《シ》一、自《リ》二大賢《リ》一而下、或清濁相半《シモツカタハ》、或清《ヒ》底《ハ》少濁底多《ク》、昏蔽得厚《シ》了、如《シテ》二盞底銀華子《クシハレリ》看《シス》不《ノ》レ見《レトモルカ》、《ヘ》

欲《セハ》レ見得《セント》、須《スク》《ヘシ》三十分《ニ》加《フ》二澄治《テウ》之《ノ》功《ヲ》一、若《シ》能《ク》有《ハ》レ学、《フコト》也《マタ》解《セン》下変《シ》二化気質《ヲ》一、転《テ》レ昏《ヲ》為《ナスコトヲ》上レ明《ト》、

〔文山〕大抵得《ル》二気《ノ》之清《ヲ》一者、《モノハ》不《ス》三隔《テ》二蔽《ヲホハ》那《ノ》義理《ヲ》一、便呈露昭著、《ス》如《シ》二銀盞中《ノ》《テニ》満《テ》二貯《フルカ》清水《ヲ》一、自《ミ》透《トオシ》二見《テ》盞底《タ》一、銀華子甚《タ》分明、《ナリ》若《シ》レ未《タ》《サルカ》二嘗《テ》有《ラ》レ水、然《モ》賢人得《ルコト》二清気《ヲ》一多《クシテ》、而濁気少、《ナシ》清中微《スコシ》有《リ》二些《コノ》査《サ》滓《シノ》在《ル》一、未《タ》ス二便能《ク》昏《コン》蔽《セ》一、得《ウ》四他所三以《ンヲ》聡明《ニシテ》也易《ヤスキカ》二開発、《シ》自《リシテ》二大賢一以下《モ》、或《ハ》清濁相《ヒ》半《ナカハ》、或《ハ》清底少、《ナク》濁底多、《シ》昏蔽得《エ》レ厚《キヲ》了《ル》、如《キ》二盞底銀華子《ノ》一看《レトモ》不《ス》レ見《ヘ》、欲《セハ》レ見《ミ》得、《ント》須《ク》《ヘシ》三十分加《フ》二澄治《ノ》之功《ヲ》一、若《モシ》能《ク》有《テ》レ学也解《シテ》、変二化《シ》気質《ヲ》一、転《シテ》レ昏《ヲ》為《ス》レ明《ト》、

〔寛永〕大抵得《ル》二気《ノ》之清《ヲ》一者。《ノハ》不レ隔二蔽《セ》那《ノ》義理《ヲ》一。便《チ》呈露昭著《ス》。如《キ》下銀盞《ノ》中《ニ》満《テ》二貯清《ヘテ》水《ヲ》一自《ヲ》透見《スルカ》上。盞底《ノ》銀華子甚《タ》分明《ナルコトク》。若レ未《タ》《ルカ》二嘗有《テラ》レ水然《リ》。賢人得《ルコト》レ清気《ヲ》多《フシテ》。而濁気少《シ》。清中微《スコシク》有《リ》二些《ノ》査《サ》滓《シ》在《ル》一。未《タ》二便《チ》能《ク》昏蔽《セ》一。得《ルコト》レ他所《ヲ》二以《テ》聡明《ニシテマタ》也易《ヤスキ》レ開発《シ》。自《リ》レ大賢而下《シモツカタ》。或《ハ》清濁相半《ヒナカハシ》。或《ハ》清底少《ナク》濁底多《シ》。昏蔽得《エ》レ厚了《キヲル》。如《シ》二盞底《ノ》銀華子看《レトモ》不《ルカ》レ見《ヘ》。欲《セハ》レ見得《セント》。須《ク》《シ》三十分加《フ》二澄治《ノ》之功《ヲ》一。若《シ》能《ク》有《テ》レ学《フコト》也解《セハ》。変二化《シ》気質《ヲ》一。転《シテ》レ昏《タ》為《ナサン》レ明《ト》。

天の命として賦与される理は、人間において内在化して「性」となるが、併せて気を稟受する。気の稟受においてはそれぞれ清濁・昏明・厚薄の違いがあり、人間の資質の相違はそれに起因する。しかしながら、学問修養により気質を変化することができる。朱子学の基礎理論のうち、人間学の根幹をなす部分であって、本条は気の稟受の観点からそれを講述する。朱熹の説明のなかで、「理在気中、如一箇明珠在水裏」（『朱子語類』巻四・六十九条）という「明珠」を以て喩えるのはよく知られるが、この「銀華子」の喩えもまた同種の比喩である。

「盞底銀華子」とは、銀の盃の底に施された紋様のこと。銀盃を満たす水の清濁のいかんによって、盃底の紋様の見え方は違ってくる。清める水で銀盃を満たせば、底の紋様も水を通してそのまま目に入る。濁った水になれば、紋様はその濁りに蔽われ、濁りの程度によって昏明の度合を異にする。紋様を見ようと思えば、水の濁りを澄ませるこ

とが必要だが、十分な努力を払えば、濁りを去って澄ませることは可能である。

本文冒頭に、「大抵得気之清者不隔蔽那義理便呈露昭著」とあって、「盞底銀華子」が「清気・濁気のなかにある義理（理）」を喩えて言うことは明白。従って、下文の文理は、この論点によって貫かれており、読解上それが最も決め手となろう。

三者を比べると、一見大差なく、丈山・寛永刊本も文脈を捉えているように見えるが、とくに賢人に関する「未便能昏蔽得他」、末尾の「若能有学也解変化気質転昏為明」の読解において大きな隔たりを生じている。後者はあるいは「解」が「会」と同じく、「……できる」の用法を知るかどうかにも関わっているが、前者は本文全体の文理の理解に繋がっている。この当該句について、羅山・丈山のテキストはもと「氏蔽」に作るも、ともに「昏蔽」に訂せている。しかしその「得他」の読解は大きく異にする。丈山も寛永刊本も、その訓点に沿って読もうとすると、この部分に限定してみても文意は通らない。つまるところ、この一節の論点はここで見失われ、実質上絶ち切れた格好である。それは、丈山の「些《コノ》査滓」、丈山・寛永刊本の「昏蔽得《エ》レ厚了《キヲル》」の例に見る「些」「得」の口語語法の未習熟よりも、羅山の読解力との差を如実に示している。

註

（1）長澤規矩也『和刻本漢籍分類目録』（汲古書院　一九七六年）に、寛永五年刊本（中野宗左衛門刊）を記し、『京都大学文学部漢籍分類目録　第二』（一九五九年）にも同じく記載するが（ただし現在不明の由）、筆者は未見。先行研究においても寛永九年刊本を用いる。中野宗左衛門刊・中野市右衛門刊・中野小左衛門刊があるが同版と判断でき、他に無刊記本（架蔵本）もあるがこれも同版と思われる。

因みに、国文学研究資料館岡雅彦氏・落合博志氏を研究代表者とする平成十四年度～平成十七年度科学研究費基盤研究の研究成果報告書「江戸時代初期出版年表の作成」（平成十八年三月）に拠れば、朱子学関係書籍について訓点を附して刊行した和刻本としては、『性理字義』の刊行は早い時期に位置すると推定できる。

（2）『慶應義塾図書館蔵和漢書善本解題』（慶應義塾図書館　一九五八年）に阿部隆一氏の解題を載せる（一三八～一三九頁）。

（3）拙稿「林羅山の『性理字義諺解』と朝鮮本『性理字義』の校訂」（『漢文學　解釋與研究』第六輯　二〇〇三年　本書第Ⅱ部第四章）二三二～二三八頁参照。

（4）拙稿「林羅山の『性理字義諺解』――その述作の方法と姿勢」（『漢文學　解釋與研究』第五輯　二〇〇二年　本書第Ⅱ部第二章）参照。

（5）拙稿「朝鮮版晋州嘉靖刊本系統『北渓先生性理字義』五種対校略考」（『漢文學　解釋與研究』第八輯　二〇〇五年　本書第Ⅱ部第五章）参照。

（6）小川武彦・石島勇『石川丈山年譜　本編』（日本書誌学大系65（1）青裳堂書店　一九九四年）一六〇～一六二頁参照。また註（3）拙稿二四〇～二四一頁参照。

（7）「礙」に附する添え仮名が、「サ」のほかは判読できず、保留する。

（8）理学叢書の一冊として刊行された、熊国禎・高流水点校『北渓字義』（北京中華書局　一九八三年）を指す。これが二十六門系のテキストであるのに対して、元和写本・元和古活字本・寛永刊本が朝鮮版晋州刊本を祖本とする二十五門系テキストに連なることについては、註（3）（5）拙稿を参照されたい。

（9）元和写本には張東之らについて欄外に書き込みが存するが、『性理字義諺解』では『資治通鑑』の記載に沿って事の本末について補説を加えている。

（10）『性理字義諺解』には、「胡致堂カ読史管見ニ、是ヲ論シテ、……」と明記する。

（11）佐藤保・和泉新『古文真宝』（中国の古典26　学習研究社　一九八四年）二三～二四頁参照。

（12）陳宓「北渓先生性理字義序」冒頭に次のように記す。

道徳性命之縕、陰陽鬼神之秘、固非初学所当驟窺。苟不先折其名義、発其旨趣、使之有所郷望、則有終日汨没於文字、白首不知其原者矣。

(13)『大学或問』伝九章或問に次のように記す。

近世名卿之言、有曰、「人雖至愚、責人則明、雖有聡明、恕己則昏。苟能以責人之心責己、恕己之心恕人、則不患不至於聖賢矣」。此言近厚、世亦多称之者。但恕字之義、本以如心而得、故可以施之於人、而不可以施之於己。今曰「恕己則昏」、則是己知其如此矣、而又曰「以恕己之心恕人」、則是既不知自治其昏、而遂推以及人、使其亦将如我之昏而後已也。乃欲由此以入聖賢之域、豈不誤哉。（中略）若漢之光武亦賢君也。一旦以無罪黜其妻、其臣郅惲不能力陳大義、以救其失。而姑為緩辞以慰解之、是乃所謂不能三年而緦功是察、放飯流歠而歯決是憚者。光武乃謂惲為善恕己量主、則其失又甚遠、而大啓為人臣者不肯責難陳善、以賊其君之罪。一字之義、有所不明、而其禍乃至於此、可不謹哉。

(14)元和写本では「通《トヲ》シ得ン」とも訓もうとしている。鵞峰跋羅山訓点本でも「通《トヲ》シ得ン」の訓みを取る。

(15)祖本の晋州刊本は「人来占者問」と作るも、元和写本以下諸本みな「人来占都間」に誤って作る。鵞峰跋羅山訓点本では欄外に「者」と訂している。

（二〇〇六年九月三十日稿了）

Ⅲ　日本漢学諸論

一　桂菴玄樹の四書学と『四書詳説』

はじめに

桂菴玄樹は永正五年（一五〇八）六月十五日鹿児島の伊敷、東帰菴に没した。世寿八十二歳。降って、平成二十年はその没後五百年を迎えた。この百年前、明治四十一年（一九〇八）春、西村天囚は、郷里種子島に帰省の際に桂菴の『延徳版大学』一冊を入手し、その奇縁に使命感を抱いた。天囚は大阪で桂菴四百年祭を修めるとともに、桂菴・文之の遺蹟を訪ね、また如竹の逸聞を屋久島に求めさせるなど、資料蒐集に努めた。十月には上村観光主編『禅宗』第一六三号附録に『桂菴和尚家法倭点』活版を掲載、「家法和《ママ》点解題」を識す。一連の取組の集積として、明治四十二年（一九〇九）一月一日より二月二十六日まで「大阪朝日新聞」に「宋学の首倡」を連載した。同年九月修補改題して『日本宋学史』として出版した。

天囚は大正十三年（一九二四）四月、先に種子島月川より入手した『延徳版大学』を百部影印、刊行した。この作業は前年九月大正の震災に遭いながら、その珂羅版を用いての刊行、すでに大正十二年六月に「景印延徳本大学跋」（『碩園先生文集』巻一所収）が記されていたが、大正十三年三月「影印延徳本大学縁起」を附している。天囚はこの刊行と前後するかのように七月に逝去した。

桂菴の学術の業績としては、天因が刊行した『大学章句』の刊行と『桂菴和尚家法倭点』を以て特筆される。前者は江戸以前における唯一の新注翻刻、後者は新たな訓点法の提唱として意義づける。桂菴の事蹟は禅僧としては『延宝伝灯録』巻三十三に載録するものの[1]、約百七十字の記述にこれに関する言及はない。今日、桂菴の事蹟は、伊地知季安（一七八二―一八六七）の『漢学紀源』桂菴第二十八に拠ると言ってよい[2]。本書は日本における儒学の淵源から説き起すも、その性格は宋学の源委を闡明にする色彩が濃厚である。就中、桂菴玄樹の学統を強く意識した儒林伝である。天因が『日本宋学史』に記述する、桂菴玄樹の人と学問も、天因自ら検証するものであっても、『漢学紀源』に拠るところが大きい。

足利衍述『鎌倉室町時代之儒教』（大正七年　日本古典全集刊行会）第五章第一節に「桂庵」を立て、その事蹟と学術を記述するなかで『漢学紀源』の記事を補訂しようとしている。その意図は儒を強調するあまり忽せになりかねぬ、法系と学系そして儒学系統を考証し、その行歴を通して一箇の儒僧として捉える点にある。従って、その儒教史上における功績の評価は、季安や天因と基本的に異なるものではない。「曰く訓点の改定、曰く新註の鼓吹と刊行、曰く薩藩士風の陶冶」（五六〇頁）とするものである。

ところで、『大学章句』の刊行といい、新しい訓点法の提唱といい、つまるところ『大学』乃至『四書』の読解に向けられたものに他ならない。その、より精確な理解には朱熹の章句・集注という注解の理解を欠かすことができない。その点、桂菴の読解はどのようなものであったのか。現在、伝存する桂菴の資料には直接的にその読解の有り様を検討できるものはない。本小論では、桂菴の事跡を伝える記事中に見える元明の四書の疏釈への関心に注目し、その検証を通して桂菴の学問に分け入る試みとしたい。

一

桂菴玄樹の墓は鹿児島市伊敷、桂菴公園に存する。桂菴が晩年退居し、示寂した東帰菴の旧地という。墓の右傍に「桂菴玄樹碑銘」の石碑が立ち、桂菴の事蹟を刻む。碑文は天保十三年（一八四二）佐藤一斎が撰した（その作成の経緯及び『愛日楼全集』巻二十所収当該碑銘の文章の異同については、前稿を参照されたい）[3]。碑文には、儒学（朱子学）の修得について、次のように記す。

童丱洛の龍山に往き、雙桂和尚に従ひて内外の学を受く。嘉吉二年(一四四二)、師齢十六、削髪して戒壇に登る。儒書は則ち宋説に依遵す。時に聞くならく、東山の惟正・慧山の景召、並に四書を講ずと。禅余に往きて学び、益を得ること尠からず。又文詩を能くす。応仁紀元(一四六七)師選に中り明国に使ひす。（略）居ること凡そ七年、蘇杭の間に遊び、親しく鉅儒に従ひて朱氏の経学を攻め、尤も書蔡氏伝に邃《ふか》し。（原漢文。以下同じ）

佐藤一斎がその撰文に際し、参考資料となったのは、伊地知季安の『漢学紀源』であるが、その巻二「桂菴第二十八」の関連記述を挙げる。

a 永亨七年(一四三五)年甫《わづか》に九にして、乃ち洛に遊び、惟肖に南禅寺に師事す。此の時に当り、建仁寺に惟正、諱は朝貞といふ者有り、東福寺に景召、諱は端棠といふ者有り、皆不二岐陽の徒弟にして、四書を講じて博識を以て称せらる。故に又二老に就きて内外の学を受く。嘉吉二年、師年十六年にして髪を削りて僧と為る。（略）

b 業成りて帰りて長州に飛錫し、永福寺を領す赤間関に在り。愈《いよ》いよ宋学を信じて、倪士毅四書輯釈及び永楽に進むる所の大全等を読み、以て其の精微を究めんと欲すと雖も、猶ほ未だ先師岐陽点ずる所の四書の悉く註の意に適ふか否かを知らず。是に於て慨然として真学を求むるの志有り。
C応仁元年（一四六七）、師明に使ひして、入りて憲宗に見ゆ。（略）聘礼既に竣りて蘇杭の間に遊び、学校に出入し、朱氏の学を受け、博く曹端（四明の人、別に習古と号す。監察御史に官す）の四書詳説、其他の註釈の粋なる者を窺ふ。潜心玩理して得ざる所有れば、輙ち鉅儒に就きて審詢研究す。居ること七年業大いに進み、内外精蘊通悟せざる莫く、尤も書経に邃し。

便宜的に三条に分けて掲げたが、伊地知季安の草稿とされる『僧桂菴玄樹和尚伝』(4)には、右のCに該当する入明中の修学ぶりについて、ほぼ同様に記述する。

蘇杭の間に遊学し、倪士毅の四書輯釈、曹端の詳説及び諸註解の尤も粋なる者を読み、益ます宋学を講ず。其の通じ難きに遭へば、則ち時の鉅儒に就いて其の説を明辨するを得て以て其の深きに造《いた》る。

この資料に伝える事蹟の中で注目すべき点として主に二つ挙げられよう。一つは、岐陽方秀（不二和尚　一三六一―一四二四）の『四書集註』講読の学統を受け継ぐこと、もう一つは入明の間における四書注解の読解である。前者については、岐陽門下の惟正、景召に従学することを通して岐陽の四書学に触れたものだが、季安が右の『漢学紀源』Bに「先師岐陽」とするのが象徴的なように、岐陽の四書読解の在り方がそのまま意識されている。また、後者は、『四書輯釈』『四書大全』『四書詳説』という元明の四書の疏釈への関心を示すもので、就中曹端の『四書詳説』への傾倒ぶりをうかがわせる。

岐陽方秀の四書の講説は当時において最も高い水準にあるとする一方、Bではその四書の読解に関わる朱熹の注解（章句・集注）の理解が課題視されている。このことは当然、問題となるべきことであるが、ここではとくに元明期の四書の疏釈を咀嚼することに向けられている。

桂菴自身がかかる修学上の過程を自ら記した資料に、「跋朶雲居士四書後」（上林観光『禅林文芸史譚』所収の「朶雲居士と桂菴玄樹」に所載）がある。[5] 朶雲居士とは肥後菊池為邦・重朝に仕えた源基盛のこと。基盛がその子のために四書の経文を書し、さらに桂菴の口授に従って倭点を附したものに記した跋文という。末尾に「丁酉季冬十又三日」とあって文明九年（一四七七）十二月十三日の作、桂菴が翌年二月薩摩の島津忠昌に招聘される前の文章と推せられる。

応永年間、南渡の帰船、始めて朱文公四書集註と周詩集伝とを載せて洛に達す。恵山不二岐陽翁、適に禅儀の緒余に、蒙味を外学に導き、或いは魯典等を講じ、専ら文公註に原づきて、凡そ本国伝習の誤りを正し、只だ其の語の達し易き、其の理の通じ易きを以て要と為すのみ。相伝へて謂ふ、新註の講義、実に不二翁に権輿するなりと。洛の東山雲龍の惟正老、諱は明貞……、恵嶠の蔵主景召老、諱は瑞棠……、二老は同に不二の門に出でて、翅に是の書に精しきのみに非ず、人は博識多聞を以て称す。予、洛に在るの日、二老の門に従ひて義を聞き、殆んど熟せり。固より不二の徒と為るを得ざるも、私かに諸を人に淑くす、亦た幸ならざらんや。然る後に倪士毅の輯釈を覧ること再びし三たびし、相次ぎて永楽進む所の大全の書を閲す。近ごろ又江南に遊び、四書詳説、其の余の註釈の粋なる者数部を窺ふ。其の中猶ほ得ざる者有れば、学校の諸先生に咨決す。故に大義未だ明らかならずと雖も、章句訓詁の末に於て、粗ぼ以て童蒙の師と為る可きか。

これを見ると、『四書輯釈』『四書大全』の閲読を経て、入明後に『四書詳説』を手にして精読したことがうかがわれる。しかもそれを通じて「童蒙の師」となり得るだけの「章句訓詁」を理解したとするのは、桂菴の修学上の関心が奈辺に在ったかを示すものとして、注目してみたい。

二

如上の事蹟を中心に、桂菴の略年表を掲げてみる。とくに四書の疏解と桂菴の入明に留意してみたい。

〔略年表〕　＊は中国の記事。

＊一三四二（至正二）　『四書輯釈大成』（日新書堂刊）
＊一四一五（永楽十三）　『四書大全』『五経大全』『性理大全』成る。
一四二四（応永三十一）　岐陽方秀没（一三六一―一四二四）
＊一四二六（宣徳元）　『四書詳説』（曹端　一三七六―一四三四）
一四二七（応永三十四）　桂菴玄樹生
一四三七（永享九）　惟肖得巌没（一三六〇―一四三七）
一四三九（永享十一）　上杉憲実、足利学校を修造す。
＊一四四〇（正統五）　『四書輯釈通義大成』（詹氏進徳書堂刊）
一四四四（文安元）　一条兼良（一四〇二―一四八一）『大学童子訓』
＊一四五三（景泰四）　蔡清生（一四五三―一五〇八）
＊一四六四（天順八）　薛瑄没（一三九二―一四六四）
＊一四六五（成化元）　羅欽順生（一四六五―一五四七）

一四六七（応仁元）　**桂菴入明**
＊一四七二（成化八）　王守仁生（一四七二―一五二八）、李夢陽生（一四七二―一五二九）
一四七三（文明五）　**桂菴帰国**
一四七八（文明十）　島津忠昌の桂菴招聘
一四八一（文明十三）　桂菴『大学章句』刊行
一四九二（延徳四）　桂菴『大学章句』再刊
一五〇二（明応二）　『桂菴和尚家法倭点』成立か？
一五〇八（永正五）　桂菴没
一五二四（大永四）　清原宣賢（一四七五―一五五〇）『大学章句』を講ずる。（『大学聴塵』）

桂菴の入明時における中国思想界の状況に言及にしようとした論考には、大谷敏夫氏の「薩南学派考」（『鹿児島大学法文学部紀要』人文学科論集四五　平成九年）があり、『漢学紀源』の記事を本に曹端に着目する。ただ、その論述は容肇祖著／荒木見悟・秋吉久紀夫共訳『新版明代思想史』第三章「明初の理学者方孝孺・曹端の思想」、黄宗羲『明儒学案』巻四十四「諸儒学案上　曹月川端」に拠って、方孝孺と同じく、篤行実践を重んじ、薛瑄（敬軒）を啓発したと紹介するにとどまる。桂菴の直接資料に乏しく、概括的になるのはやむを得ない。ここでは、『四書詳説』について検討の可能性を模索してみたい。

曹端、字は正夫、晩年に月川子と称し、月川先生と呼ばれた。河南省澠池の人。十余種の著書・編書があったが、現存するのは『家規輯略』（三十一歳）『夜行燭』（三十三歳）『通書述解』（五十二歳）『太極図説述解』（五十三歳）『西銘述解』（五十四歳）の五種だけで、清初の張天弓編『曹月川先生遺書』に収める。[6]『四書詳説』については、「四書詳説序（略）」のみを明・張信民撰、清初・張天弓訂『曹月川先生年譜』五十一歳の条に収載する。[7]約三百字の序文（略）ながら、その特質と方向性はうかがえる資料である。

凡そ三十六巻、永楽初め註解已に成り、今之を序す。其の略に云ふ。

永楽中、端、霍学に正たり。諸生の為に四書を説くに、一に朱子の成説を尊び、先づ一章の大旨を挙げ、而る後に経を分って以て其の註を布き、義を衍して以て其の説を詳かにす。然れどもその間、朱子は以て暁り易しと為して尽くは釈せざりし者、初学の士或は之を難しとす。端、父師先正の成説の精当なる者を用ひて之を補ひ、将に以て詳約を尽して初学に便ならしめんとす。時に秦解元の輩、遂に好み録して之を伝誦す。端、制を終へ、起ちて蒲州学に調せらるるに暨び、蒲中の士大夫又已に之を伝ふ。端、見て驚き且つ懼れ、窃かに許魯斎先生の故事に倣ひ、収めて之を火《や》かんと欲すれども、得可からず。乃ち一、二冊を取りて之を校するに、脱誤枚挙に勝へず。洪熙改元し、霍州奏して復任を保するに至り、諸生の蔵する所の説を得て、之を外に伝はるに比ぶるに、差ゝ《やや》脱誤少し。遂に従ひて之を正し、月を越えて方《はじ》めて畢る。

夫れ四書は、孔・曽・思・孟の書にして、六経の精義を発し、千聖の心法を明かにする所以なり。其の要を語れば、之を分れば則ち論語には仁と曰ひ、大学には敬と曰ひ、中庸には誠と曰ひ、孟子には仁義と曰ひ、之を合すれば則ち帝王の精一執中の旨のみ。蓋し道を載するの器も亦た聖心の糟粕なり。始めは則ち之に靠《よ》って以て道を尋ぬるも、終には之を棄てて以て真を尋ぬべし。徒《た》だに誦説するのみなる可からず。

曹端は永楽七年（三十四歳）の会試で乙榜第一名となり、山西省の霍州学正に補せられた。『四書詳説』は州学学正（校長）として諸生（学生）に四書を講説したことに起因する。永楽二十年蒲州学正に補せられたが、洪熙元年（五十歳）再び霍州学正となり、翌宣徳元年（一四二六）に『四書詳説』は成った。右の序文の中にその講説から成書に至る過程を述べている。奇しくも『四書大全』が成るのと相前後する。曹端は州学にあって朱子学を忠実に講ずる姿勢のもと、四書の講説に当ろうとしたことがうかがえる。

とくにこの序文においては、『四書詳説』の成書をめぐって曹端の学風の二面性が見てとれよう。一つは、この四書の講説において、朱熹の集注について「其間、朱子以為易暁而不尽釈者、初学之士或難之」と認識し、それを補うことを意図した点である。朱熹が自明なこととして詳しくは注解しなかった箇所について、初学者のために詳（詳細な説明）と約（大旨の要約）に意を尽くしたとする。これは言わば訓詁・文理について丁寧な講説を行なったと言うことができる。序文中に「秦解元」の名が見えるが、秦昭が永楽九年郷試の首席合格者となったのが象徴するように、曹端の釈解は学生にとって有効なものとして作用したと推せられる。(8)

他方、もう一つは元の許衡（魯斎）の故事（朱子学の要諦を得て、それまでの訓詁の学を棄てるべく、諸書を焼き棄てさせた。『国朝名臣事略』巻八「左丞許文正公」）に倣って、四書の誦説のみに傾くことを強く抑制している点である。実践躬行に努めることを反映するが、後段末尾に「始則靠之以尋道、終当棄之以尋真。不可徒誦説焉」と論じ、誦説を自己目的化することを斥ける姿勢は注目しておいてよい。論述の中で、「蓋載道之器、亦聖心之糟粕」と、経書も「聖心の糟粕」だと断ずることには、経書に対し我が心（主体性）を重んずる、陸九淵（象山）や王守仁（陽明）らの心学の主張にも繋がるものもうかがわせる。(9)

右に認めた二面性は、一見、相反する性格のように見えて、明初における『四書集註』の読解と朱子学の教説の実践とが(10)忠実に結びついている点で、この曹端の学風はあらためて重視したい。そして桂菴がこの『四書詳説』を通して得たものに強い関心を抱かざるを得ない。

三

『四書詳説』は江戸初期刊行の『四書集註抄』や『鼇頭評注四書大全』、『鼇頭新増四書大全』に明儒の諸説を収載するなかに、その名が見える。これら四書末疏の引用書がすべて渡来したものではなく、諸説の集成書に拠ると推せられるものも混じる。そのなかで、『四書詳説』の引用には、今日、現存しないとするこの書の伝存の可能性を追求したくなるほど、一つの疏解書としての存在感を伴う。『四書集註抄』のうち『大学章句抄』においては、『詳説』の名が少からず見えており、しかもその所説を十二分に咀嚼しつつ講述することが目につく。ついては、この『大学章句抄』所引の『詳説』の釈解を一種の『詳説』佚文資料として用い、『詳説』の備える特質をいささかでも具体的に捉えてみたい。そしてそれに拠って、桂菴が『詳説』から獲得したものを検証するために、一本の探り針を入れることを試みたい。

因みに、桂菴が刊行した『大学章句』は経注大字本、すなわち注文の文字の大きさを経文のそれと同じにするものである。西村天囚が淳祐大字本に倣うとする説[11]の当否はおくとして、このテキストはいかにも経文と並んで朱熹の注文の重みを感じさせ、かつその一字一句の確かな読解を求めてくる。それに『詳説』の釈解がどのように作用したのか、と問うてみたい。

『四書集註抄』は書名の示す通り、『集註』に依拠する、というより『集註』を講ずる仮名抄である。大江文城『本邦四書訓点並に注解の史的研究』(昭和十年　関書院)はこの仮名抄を林羅山の撰述として重視する(一四一―一四八頁)。確かに、明の諸書を博采旁捜する姿勢には羅山のそれを髣髴とさせる面もあるが、羅山と断ずるには異質な点も存しており、疑問を禁じえない[12]。ただ、江戸初期においてこの仮名抄の示す学的水準の高さは無視できない。承応二年（一六五四）刊本と寛文九年（一六六九）刊本が存するが、異同はない。今ここに焦点を当てる『大学章句抄』についても基本的に同版といってよい（ともに架蔵本に拠る）。以下、承久二年刊本に拠って示すことにする。

①〈序・「間亦竊附己意」〉詳説ニハ、間ハ或ト注セリ（三十四A）

②〈大学題注・「大旧音泰、今読如字」〉詳説ニ云、大本音泰、朱子改音、大対小学而言也。（三十六A）

③〈小引・「学者必由是而学焉」〉詳説ニ、由ハ従也。是ハ此也。指大学之書而言云云。（三十七B）

④〈経「致其知」朱注・「致、推極也」〉詳説、致者推シテ致之謂也。言推之而至於尽也。（五十B）

⑤〈経「格物」朱注・「窮至事物之理」〉詳説ニ、格物者極至之謂。言窮之而至其極也云云。（五十一A）

⑥〈伝四章「此謂知本」〉詳説ニ、伝ハ経ノ本末ヲ釈セハ、ナセニ末ト云コトヲモ不言、本トハカリ云タソ。其事テアル本ヲ云ヘハ、末勿論也、末ハ其ノ中ニアリト云タソ。（七十六B）

⑦〈伝五章補伝「間嘗竊取程子之意以補之」〉間ハ、詳説ニ間音艱、近也。（七十七B）

⑧〈伝九章「其所令反其所好」〉詳説ニ、両其字ハ皆指人君而言也。（百一A）

⑨〈伝九章「所蔵乎身」〉詳説ニハ、蔵猶存也（百一B）

☆⑩〈伝十章「詩云、楽只君子、民之父母」朱注・「只、語助辞」〉詳説ニ、只《シ》ハ語助ノ辞ナリ。言可楽之哉君子（イウコ、ロハ之ヲ楽シマシム可キカナ君子）ト云云。タノシイカナト点タソ。（百七B）

右に掲げた十条は、網羅的に抄出したものではなく、引挙する『詳説』の所説が明白に特定できる代表的な例を示すことにした。『詳説』の原文の掲げ方も、③「指大学之書而言云云」⑤「言窮之而至其極也云云」のように省略する例、⑩のように訓釈する例など、いかにも『詳説』を常用の疏釈として活用しているかを浮き彫りにする。

その内容上、顕著なのは字義、音義に関わる釈解であり、指示詞の対象の指摘である。これは、『四書集註抄（大学章句抄）』が『詳説』の釈解から抄出した姿勢を映し出したものであるが、同時に『詳説』の疏釈中にこの要素を具備していたことを反映したものにほかあるまい。しかも、⑥⑧⑨の『大学章句』の経文・伝文についての釈解とともに、①②③④⑤⑦のように朱熹の序文・注文、補伝の文について釈解することが目立つ。まさしく朱熹の『集注（章句）』について、その字義・文理を明確に読解しようというものである。このことは、曹端の『四書詳説』の有する特徴として捉えてよいのではないか。附言するに、ここに挙げた例に相当する釈解は、桂菴が併せて閲読した『四書輯釈』『四書大全』には見えていない。『大学章句抄』がこの『詳説』の釈解を活用しているように、桂菴が『大学章句』を読解する上で『詳説』は有用な書物であったことは想像に難くない。

とくに右の⑩の例は、桂菴の読解の有り様を考える上で、示唆を与えてくれるように思う。伝十章に「詩」を引く一節をめぐるものである。

詩云、楽只君子、民之父母。民之所好好之、民之所悪悪之。此之謂民之父母。

〔朱注〕楽音洛。只音紙。……○詩、小雅南山有台之篇。只、語助辞。言能絜矩而以民心為己心、則是愛民如子、而民愛之如父母矣。

「詩」は『詩経』小雅の南山有台の篇。朱熹注はその「楽只君子、民之父母」の詩句を引くことを記すが、字義においては「楽音洛。只音紙」「只、語助辞」とのみ注する。これでこの詩句の解釈は自明のこととする。しかしながら、古注の鄭箋には「只之言、是也」と解して来ており、朱注「只、語助辞」をふまえてその差異を明確にして解釈し得るかどうかが必須となる。『輯釈』『大全』もこれに即した釈解を加えないが、初学者にとって適確な読解ができるとは限るまい。その点、いま⑩の講述中には「詳説、只、語助辞。言可楽之哉君子云云」とあるのを引く。『詳説』が

「只は語助の辞」の意図を、詩句の文義に即して敷衍して解することが分かる。しかもその解釈は的を得ている。これは、先に曹端が「四書詳説序」のなかで、朱熹の注解について「朱子は以て暁り易しと為して尽くは釈せざりし者、初学の士或は之を難しとす」と認識したこと、そうしてそれを補うために『詳説』の述作に至ったとしたことを思い起させる。『詳説』の述作の在り方が具体的にうかがえる一事例として理解できるように思う。

四

さらに⑩の『大学章句抄』の講述が、『詳説』の釈解に依拠しながら、和訓に及ぶことに注目してみたい。『詳説』が件の詩句「楽只君子」について「可楽之哉君子」と解するのに、『章句抄』は「之ヲ楽シマシム可キカナ君子」と訓じた上で、「タノシイカナト点タソ」と言う。すなわち「楽只君子」の句に「楽只《タノシイカナ》君子」と訓点を附する考えを示している。我が国において新注と古注との交錯は新旧の訓点の交錯を生み出すが、この一詩句の訓みもまた交錯する姿を鮮やかに見せてくれる。

漢唐の古注に基き字訓を施した経書の施点は、新注に従って読解を行なうことになれば、必然的にあらたな字義・字訓の把握のもと施点を行わなければならない。朱子学が四書を経書の基盤にすえたことから、朱子学の受容において『四書集註』の読解とその施点が必要不可欠となった。とりわけ『大学章句』は朱子学の骨骼を担う典籍として、その読解は朱子学説の理解の有り様を映し出している。桂菴を時期的にちょうど挟むかのように相前後して生まれた『大学章句』の講述・仮名抄に、この「楽只君子」の読解例を見ておきたい。

イ、一条兼良講述『大学童子訓』

只ノ字ハ語ノ助也。楽ハ君子ノ貌ヲ云ナリ。（清家文庫本三十七Ａ、陽明文庫本六十一Ｂ）

ただし、陽明文庫本に掲げる伝文原文には、左右に両読の訓を附している。

（右訓）楽只《タノシム助之言也》　君子《ハ》（左訓）楽只《ラクスコノ》君子

ロ、清原宣賢講述『大学聴塵』

此注ノ如ハ、只《シ》ノ字、語助也。楽ハ君子ノ貌也。此義ナラハ、楽只《タノシイカナ》君子トヨムヘシ。（大東急文庫本七十Ａ）

ただし、伝文原文は、「只《コ》ノ君子ヲ楽ス」と訓む。

因みに、清原宣賢筆『大学章句』（清家文庫）の当該伝文には、「只《コ》ノ君子ヲ楽《ラク》ス」と訓ずる。

ハ、清原宣賢講述『毛詩抄』

大学などの新注のときは、楽只《カナ》と、於《オキ》字にみて候ぞ。ここでは只《コノ》とよませたぞ。（倉石武四郎・小川環樹校訂本㈡三三九頁。一九九六年　岩波書店）

なお、『毛詩』（静嘉堂文庫蔵巻子本　古典研究会叢書漢籍之部２『毛詩鄭箋（二）六一頁』当該経文には、「楽」字の左右に訓を附している。

（右訓）楽只《タノシフ》君子　（左訓）楽只《ラクス》君子

イ・ロ・ハともに、朱注「只、語助辞」の字解を、はっきりとその講述において意識しながら、それを訓みに反映するのに少からぬ配慮が工夫されている。また、その配慮に差異も見える。清原宣賢の『大学聴塵』は一条兼良の『大学童子訓』の講述を事実上、下敷にしていると言っても言い過ぎではない関係にあるが、[13]ここでの「楽只君子」をめぐる両者の訓みには一つの展開が認められるであろう。宣賢の「楽只《タノシイカナ》君子」という訓みの工夫は、両者を並べるとその意図がより鮮明になって来る。それにしても、一方において、伝文原文の訓みにおいては依然として古注の訓みを踏襲しており、まさに新注と古注とが交錯する顔を如実にのぞかせている。

さて、「只」字について、**イ**の『童子訓』は「語の助」「助の言」、**ロ**の『聴塵』は「語助」の語を用いる。朱注「語助辞」と同義語であるのは言うまでもないが、**ハ**の『毛詩抄』においては、宣賢はこの朱注の字解を「於字《オキ》」として説明している。

実は、兼良は『大学章子訓』において、朱熹の「大学章句序」の「是以不能皆有以知其性之所有而全之也」の文章を釈解するのに、文中の「而」字、「之」字をめぐって、次のように述べる。

朱子カ文章ノ、一字ニテモステ筆ノナキハ、カヽル処ニテシルヘシ。本注ニハ、而ノ字、之ノ字ナトヤスメ詞ヲハ、訓ニハ読マス。新注ニ点ヲ加ハヽ、語ノ助ノ字マテモヽ、ヨマルヽ辞ヲハヽ、悉ク読ヘキ也。其故ハ、本経ヲハ、必ソラニ誦スヘキモノ也。其字ヲ落シテ誦ツレハ、ヤスメ字ノアリ所ヲハ、ソラニハヲホヘス。別ニ又文章ヲナス為ニモ、益ナキ也。（中略）本注ヲ読メル例ナラハ、此而ノ字、之字ヲモ落シテヨムヘシ。サル時ハ、此字カイタツラモノニ成テ、深キ義理ノアル事ヲ、人シルマシキ也。故ニ新注ヲ学ハン者ハヽ、一字ノヤスメ詞ヲモ、残サス誦ヘキナリ。（清家文庫本八B～九A、陽明文庫本十三A～十五B）

「本注」とは古注のこと。ここでは古注に基く施点を指し、「而」字・「之」字を「ヤスメ詞」とした来たことに対し、新注に沿って施点を試みる者は「一字ノヤスメ詞ヲモ、残サス誦スヘキナリ」と主張する。新注の施点において「語ノ助ノ字マテモ、ヨマルル程ノ辞ヲハ、悉ク読ムヘキ也」と説くことからすれば、先掲**イ**の場合も「楽只君子」の「只」字を強く意識したに違いなかろう。

宣賢の『大学聴塵』は当該部分を次のように記述する。

朱子カ文章ノ、一字ニテモステ筆ナキハ、カヽル処ニテシルヘシ、云云（八A）

右の『童子訓』の講抄に依拠しながら、「云云」と下文を省く。右の論述をすべて転載しないものの、これを目にしていることは明明白白、ならば**ロ**の講述も、**ハ**の「於字《オキ》」の解説も、兼良の主張を意識してのものであったろう。

ところで、桂菴の訓読法を伝える『桂菴和尚家法倭点』は、その伝本の過程において、「四書五経古註与新註之作者幷句読之事」とも表題を附する。(14) 実際、六十数条の記事は、朱子学の新注の伝来とその古注との交錯のもと、新注に従って経文を正確に読解することが強く意識されている。そしてそれとともに唐土の語文を倭読（国読）するときに生ずる問題点が自覚的に捉え直されている。とくに課題として、語辞・助辞を「ヲキ字」とする問題が取り挙げられている。

○語辞、助辞《ノ》事、注者《ノ》意有《リヤ》レ差‐異耶。此《コヽニハ》皆ヲキ字《ト》云也。

○其諸　注曰、語辞。景召曰、如レ此字、音訓《ヲンクン》トモニ不《ルナリ》レ読《マレ》也。既《ニ》有《ル》レ注上《ニハ》、如レ古‐点ソレトハ不レ可レ読。セメテア丶ト読歟。又ヲンノト読歟。令レ知《ラ》レ有《ルコトヲ》二其諸字《ノ》一云云。此外語辞、助辞ト注スレドモ不《ル》レ読《マレ》処アリ。涯分ソラニ読《ム》時、其字《ノ》アリト知《ル》様可《ニ》レ記《キ》‐臆《ス》也。

後条には、岐陽の訓法を桂菴に教授した景召の言葉を引き、この問題が景召に従学するときから提示されていたことがうかがわれる。事実、『家法倭点』の末条には「不二和尚曰」として、岐陽方秀の次の言葉を掲げる。

○揔別望《ノソミ》ナラハ、文字読《ミ》ヲハ、無レ落‐字様ニ、唐音《ニ》読度也。其《ノ》故ハ、偶《タマタマ》一句半句、ソラニ覚ユル時、ヲキ字、不レ知レ有《ルコトヲ》二其《ノ》何字《ノ》一也。口惜哉。

つまるところ、「ヲキ字」の問題は、「新註の講義、実に不二翁に権輿す」（「跋朶雲居士四書後」五頁）という、岐陽方秀以来の四書読解の本質的問題として意識されている。しかも、この『家法倭点』の三条が目指す方向と、前掲『童子訓』の「新注ヲ学ハン者ハ、一字ノヤスメ詞ヲモ、残サス誦ヘキナリ」との考えとは、明らかに揆を一にするものであろう[15]。

翻って、桂菴が『家法倭点』に見るような意識を持って『大学章句』を講述したことを推せば、件の「楽只君子」について朱注「只、語助辞」に基き、どのように読もうとしたであろうか。桂菴の直接資料はないものの、『童子訓』『聴塵』の訓釈とかけ離れたものではあるまい。その訓釈を支える問題意識には共通するものが存するからである。そしてここにおいて『四書詳説』の釈解が桂菴に有効に作用したと考える意義を繰り返す必要はあるまい。

結びにかえて

桂菴の学統を継ぐこと三伝、文之玄昌（号は南浦、一五五五―一六二〇）に、「与恭畏闍梨書」という書簡が存する（玉里文庫蔵『南浦文集』第一冊[16]、『漢学紀源』巻三「南浦第三十六」所収）。慶長十五年（一六一〇）十一月京都法輪寺の僧恭畏に宛た書簡で、『論語集註』の和訓をめぐる争論にかかる。書簡の中で、文之の和訓が桂菴のそれを継承することを記すが、その記述は本稿で取り挙げた桂菴の「跋朶雲居士四書後」の内容を襲うものである。文之の認識を確認するために、内容の重複を厭わず、訓釈を加えずに引く。

我今説集註和訓之権輿。昔者応永年間、南渡帰船載四書集註与詩経集伝、来而達之洛陽。於是、恵山不二岐陽和尚始講此書、為之和訓、以正本国伝習之誤。当是之時、東山有惟正、東福有景召、二老時之名衲、而出於不二之門。非翅精此二書、人以博学多聞称焉。我桂菴老師従二老而聞義殆熟矣。大明成化年中、我桂菴老師南遊大明、在蘇杭之間者七年矣。於斯時也、覧倪士毅四書輯釈、曹端之詳説[17]、其余註釈粋者数部。猶有至理之未得者、咨決於学校諸先生、其理弥熟矣。帰朝之後、結草廬於薩州麑島、緇素之従而学者、不知幾多人矣。其中有一月渚達其奥義、我一翁老師在月渚之門、聞義熟矣。至於章句訓詁之末者、予亦久随侍一翁師、頗解其義矣。今也恭畏忘己量之所称、欲指集註和訓瑕疵者、蠡而測海、蚍而撼樹者也。甚矣恭畏之不安分也。

自らの師承の淵源はそのまま集註読解の精通熟達を本領とすることを誇示する。この文之の矜持は争いとはいえ生生しい。文中の「章句訓詁之末」とは、桂菴が入明時代の四書修学の成果を「雖大義未明、於章句訓詁之末、粗可以為童蒙之師歟」(跋朶雲居士四書後)と、謙辞のうちに披瀝した言葉に本づくことは詳述するまでもない。

文之は恭畏の説に対する論駁を「砭愚論」(玉里文庫蔵『南浦文集』第一冊所収)と題して展開している。[18] 論難において明末の李廷機『四書開心切解』等の四書末書を引く一方で、『四書詳説』を引いて論拠とすることが目につく。その一条を掲げる。

公冶長篇第一章

子謂公冶長、可妻也止以其子妻之

論語詳説、其子、夫子之女也。孔子乃以己之女為之妻、云云　四書詳説者、監察御史四明曹公習古之所著也。詳説朱子集註之義、故名詳説。俾初学之士易於暁暢者也。尓《なんぢ》知清家之有倭点、不知集註之異倭点。男女共称子、用之男子、則訓子《ヲノコ》、用之女子、則訓子《ムスメ》。以其理之易通也。詳説之所著、尓何鑿之。若尓之愚、偏知其常而不知其変者也。所謂小丈夫之執一而不通者也。

『論語』巻三公冶長篇第五首章の末句「以其子妻之」の「子」字の和訓をめぐる問題である。文之は「其子《ムスメ》」と訓ずべきことを、『詳説』の「以己之女為之妻」という釈解を挙げて主張する。しかも「詳説の著はす所、尓《なんぢ》何ぞ之を鑿《うが》たん」として『詳説』に並並ならぬ信頼を寄せている。桂菴が修学において活用した『詳説』の釈解を、師伝の「章句訓詁」の家学に関わるものとして重用する面をうかがわせる。他方、それにもかかわらず、『四書詳説』の著者を「監察御史四明曹公習古」と記す。『漢学紀源』の桂菴記事中にも季安が同じく註しており（四頁参照）、この誤解が文之の当該記載を襲うのか、また、何に起因したのか、あらためて疑念が生じてくる。

それにつけても、所謂「元亀本論語集註」には『詳説』が間々書き加えてある。[19]元亀四年（一五七三）春永の書写によるとされ（『漢学紀源』巻二「桂菴第二十八」）、その一部とされる抄本が伝わる。従来、桂菴の施点を問題にする検討がなされているが、[20]『詳説』に関する言及はない。併せて、稿を改めて取り挙げることにしたい。

〔本稿は、平成二十年十月二十六日湯島聖堂にて行なった、平成二十年度先儒祭講演「桂菴玄樹と朱子学――〈宋学の首唱〉を再評価する」の論旨とそのレジュメ資料に基いて執筆した。併せて文之の資料を補った〕

註

（1）『延宝伝灯録』、延宝六年（一六七八）師蠻撰。『大日本仏教全書』一〇八～一〇九所収に拠る。

（2）『漢学紀源』については、近年、東英寿氏の一連の研究がある。とくに新たに季安自筆本を紹介され、諸本との関係を問い直している。「新出伊地知季安自筆本『漢学紀源』について」（『汲古』第四十号　平成十三年十二月）、「『漢学紀源』の諸本について」（同巻四十二号　平成十四年十二月）等。伊地知季安については、渡辺盛衛『伊地知季安事蹟』（薩藩史研究会　昭和九年）、五味克夫等編纂『鹿児島県史料　伊地知季安著作史料集一～七』を参照。本稿では、通行する『続々群書類従』（巻十）所収本を用い、併せて玉里文庫所蔵本、東大史料編纂所所蔵本、『新薩藩叢書』所収本を適宜、参照した。

（3）拙稿「〈先学の風景――人と墓〉桂菴玄樹」（『漢文學　解釋與研究』第十輯　二〇〇八年　本書第Ⅳ部第九章）。

（4）『僧桂菴玄樹和尚伝』、鹿児島県立図書館所蔵写本。『日本教育史資料』五所収。『鹿児島県史料　伊地知季安著作史料集七』に収録（五味克夫「解題」を附する）。

（5）「朶雲居士四書跋」については、『漢学紀源』の「桂菴」記事「別註和訓以授子弟」について、季安が附する注記の中に見えている。

（6）山井湧「曹月川」解説（朱子学大系第十巻『朱子の後継（上）』所収。明徳出版社　昭和五十一年）、王秉林点校『曹端集』点校説明（理学叢書　北京　中華書局　二〇〇三年）を参照。

（7）註（6）『曹端集』附録二所載に拠る。併せて、文淵閣四庫全書『曹月川集』「文」所収「四書詳説序」を参照。

（8）「曹月川年譜」に拠れば、永楽十二年霍州門人郭晟等中郷挙六人、永楽十五年霍州門人劉勝等郷挙五人、永楽二十一年霍州門人高彧等中郷挙四人・蒲州門人謝琚等中郷挙十人とあり、曹端の学生に郷試合格者が出たことが分かる。

（9）山井湧「聖人の糟粕」（『中哲文学会報』第一号　昭和四十九年）が心学との関わりを論ずる。

（10）西村天囚「影印延徳本大学縁起」に、

薩摩に於ける朱子学は、専ら実行を尚ひ、四書の講義終る毎に、師も弟子も日新公の「いにしへの道を聞いても唱へても我が行にせずば甲斐なし」といふ御歌を打誦して巻を掩ふを常にしたるは、文之・如竹以来の特色なるべし。

と記す。日新公、島津忠良は桂菴を師伝とする儒学を尊崇し、『大学』伝四章の湯盤銘にその号を取り、「伊呂波歌」を作ったとして後世にまで影響が及ぶ。「伊呂波歌」は「桂菴学風一種の教訓書」（重野安繹「薩藩史談集」）と性格づけられるが、この「いにしへの……」の冒頭歌は、曹端の姿勢にも繋がるものがあって興味深い。

（11）「景印延徳本大学跋」（大正十二年六月）。『碩園先生文集』巻一所収。

（12）『四書集註抄』を羅山の著作とすることに疑問を示した説としては、石田一良「林羅山――室町時代における禅・儒の一致と藤原惺窩・林羅山の思想」（『江戸の思想家たち（上）』所収。研究社出版　一九七九年）がある。

因みに私見の一端を述べれば、羅山四十歳寛永七年（一六三〇）の作『大学諺解』は、元明の四書学の書の多くを網羅し明末の書にまで及ぶ。そして『諺解』を通じて、『大全』所引の諸儒の説と『蒙引』の説を考察に用い、とくに章句の分析に当って、論点の多くに『蒙引』の言説が関与している。その一方、『詳説』を引くことはない。古注も視野に入れた章句本文の字義訓詁への拘りは、羅山の特質として認められるが、『詳説』を引くことがないのはいかがしたものか。この点でも『大学章句抄』と『大学諺解』とでは相違が存するように考えている。『四書集註抄』については、機会を改めて論じたい。『大学諺解』については、拙稿「林羅山の『大学諺解』について――その述作の方法と姿勢」（『漢文學　解釋與研究』第七輯二〇〇四年　本書第Ⅱ部第一章）を参照されたい。

(13) 『大学聴塵』と『大学童子訓』との関係についてはすでに阿部隆一氏等の指摘するところであるが、その両者の照合を二松学会大学二十一世紀COEプログラム「日本漢文学研究の世界的拠点の構築」（平成十六―二十一年度）の一環として開催した「四書注釈書研究会」（平成十八年六月―）で行なった。その研究成果の一部を「翻刻清原宣賢筆『大学聴塵（序之部）』（二〇〇九年三月　二松学会大学二十一世紀COEプログラム報告書）としてまとめた。追って「本文之部」も刊行する予定。

(14) 『漢学紀源』に季安が「一題曰四書五経古註与新註之作者幷句読之事、而巻尾書慶長十六年九月八日俊正者於山川写之」と記し、『日本教育史資料』五所収「桂菴和尚家法倭訓《ママ》」にもこの慶長十六年写本を用いる。さらにこれに近い川瀬一馬所蔵室町末期写本が存し、その翻印がある。川瀬一馬「桂菴和尚家法倭点について」（『青山学院女子短期大学紀要』第十二輯、昭和三十四年）所収。本稿では川瀬翻印本に拠り、併せて元和刊本等諸本を参照した。

(15) 「ソラニ訓ム」ことについて、岐陽―兼良―桂菴の考え方の流れに言及したものに、村上雅孝氏の論考がある。『近世初期漢字文化の世界』（明治書院　平成十年）第一章第一節「桂菴玄樹の訓読観――『桂菴和尚家法倭点』を中心にして」六十八～七十二頁。なお、拙稿「江戸時代の訓法と現代の訓法」（『講座日本語学7　文体史上』（明治書院　昭和五十七年　本書第Ⅲ部第二章）において、江戸時代の訓読観の変遷をたどるのに桂菴の『家法倭点』を概観した。

(16) 鹿児島大学附属図書館玉里文庫（天一一四番）所蔵、文之玄昌自筆本とされる。慶長四年から慶長二十年（元和元年）のものを輯録。すでに西村天囚『日本宋学史』の「文之の著書と門人」に『南浦文集』異本数種の異同を指摘、かつ本写本を文之の真蹟とする。

(17) 原文には「倪士毅ヵ四書輯釈、曹端ヵ之詳説」と添え仮名を附しており、曹端『四書詳説』と理解することに疑う余地はなかろう。大谷雅夫氏は先人の多くの研究が曹端之に誤まることを訂しているが（三六一頁前掲論文註（9））、あらためて穿鑿には及びまい。

(18) 文之と恭畏との論争については、大江文城前掲著（十頁）第一編第一章第三「家外の点本」に整理するのを参照。

(19) 「元亀本論語」にかかる資料のうち、季安が『漢学紀源』に次のように記す。

余従兄本田親標嘗得論語集註一本、則巻之三而尾記元亀四年四月春永書、新註論語全部一筆、既有和点、且採曹端詳説、問註旁註。按詳説、師在明所読、（中略）拠是観之、写師所修正本者明矣。然失余巻、実為可惜。

この一本が『日本教育史資料』五に「論語集註巻之三」と題し、公冶長第五冒頭から第三章までを掲げ、巻末に「元亀四年癸酉四月十日春永書之　新註論語全部一筆紙数卅五丁」と識すのに相当すると見なされている。川瀬一馬「近世初期に於ける経書の訓点に就いて――桂庵点・文之点・道春点をめぐりて」（『書誌学』第四巻第四号　昭和十年四月）参照。また、この『日本教育史資料』所載の「論語集註巻之三」は、註（4）掲載『僧桂菴玄樹和尚伝』にも全く同内容のものが収載されている。

『詳説』は、公冶長第三章子謂子賤章の『集注』末尾に附記するのが見える。小論で取りあげた、「砭愚論」に言及する公冶長第一章については附記せず、現存の資料では確認できない。

(20) 村上雅孝「論語元亀四年点と文之点」（『佐藤喜代治教授退官記念論集』所収、昭和五十一年）等。

二　江戸時代の訓法と現代の訓法

一　「漢文教授に関する調査報告」

今日、学校教育で行われている漢文の訓読に関する規定は、明治四十五年三月二十九日付官報第八六三〇号に「漢文教授ニ関スル調査報告」として公示されたものがあるだけである。これは「文部省ニ於テ曩《さき》ニ文学博士服部宇之吉外十人ニ漢文教授ニ関スル事項ノ取調ヲ嘱託セシカ今般漢文ノ句読、返点、添仮名、読方ニ関シ左ノ通調ヘタル旨文部大臣ニ報告セリ（文部省）」として掲載されたもので、あくまで調査報告であって法令として直ちに規制力を有するものではなかったが、これが公示されてからは漢文教科書はほとんどこれに準拠するようになった。その後新しい規定がとくに生まれていないことから戦前はもちろんのこと今日の漢文教育においても、これが一応の基準案と考えられている。(1) 訓読が本来中国の文章の訳解である以上、すべて画一的な訓法をとるものではない。ただ古典教育としての漢文教育で行われる訓読は当然一定の共通の型を示すものであり、現在の漢文訓読を代表するものと考えてよかろう。さかのぼって、その共通の型の拠り所となっているのがこの「調査報告」である。

「調査報告」は右の文にも明らかなように、〈句読法〉・〈返点法〉・〈添仮名法〉・〈読方〉の四項目に分けて諸規則を述べ、末尾に〈句読法以下諸則適用ノ例〉として『日本外史』中の一節ほか二文に訓点を施している。ごく簡単にその輪郭を述べる。

〈句読法〉は(イ)句点（。）(ロ)読点（、）(ハ)並列点（・）の区別と用法を述べたもので、読点についてはその用法を十条に分けて示している。また「注意」として単鉤（「」）双鉤（『』）や段落符号（」）にも触れている。〈返点法〉は「顚読ヲ容易ナラシムル為ニ施ス」符号である、(イ)レ（れ点）、(ロ)一二三等、(ハ)上下又上中下、(ニ)甲乙丙丁等、(ホ)天地又天地人についての用法を示している。なお「注意」として第一に返り点を施さぬ場合として所謂（いはゆる）、加之（しかのみならず）、就中（なかんづく）、云爾（しかいふ）を挙げ、第二に「使、教、遣等ヲ再読スル場合ニハ初読ノ符号ヲ施サス《ず》」としていわゆる使役の意味を表す「使」などの訓点の附け方について指示している。次に〈添仮名法〉は今日漢文教育で言う所の送り仮名と一部の振り仮名について、諸規則を述べたものである。第一条に送り仮名は「国語調査委員会ニテ定メタル送仮名法ノ本則ニ準拠ス」と述べ、これに拠りえない漢文の場合の特例措置を三項目挙げている。(甲)には受身の助動詞には全部仮名を附すこと、(乙)には也《ヤ》・者《ハ》・与《ヨリ》・由《リ》などの仮名の附し方、(丙)には「送仮名法」第八則に指示する二音の副詞の送り仮名に関する特例（故《ト》・将《タ》・唯《ダ》・猶《ホ》）がそれぞれ述べられている。第二条は添附して読むべき語は送り仮名の形として記すべきこと、第三条・四条は時つまり時制を区別するのにリ・タリ・キ・タリキ・ンの語を用いることとその附し方を言う。第五条・六条は敬語に関してで、敬語にはタマフ・タテマツルを用いるが、但し我が帝室に関する場合以外は用いないとする。第七条は将・宜・猶・当・未など再読文字の送り仮名法についてで、その但し書きには使・教などは前の〈返点法〉と関連して「能使《ム》㆓枉者《ヲシテ》直㆒」の例に準ずることを言う。なお「注意」として「已矣哉又ハ已焉哉ノ已ヲ『ヤンヌル』ト読ミ、可謂ノ謂ヲ『イヒツ』ト読ム場合ハ従来ノ習慣ニ従フ」としている。最後に〈読方〉は七条の諸則を挙げるが、この内第七条は再読文字の指示で〈添仮名法〉第七条と重なるものである。第一条は、地名・人名などで従来特殊な読み方があるものはこれに従い、かつなるべく地理歴史科における読み方と連絡を保たせるべきことを言う。第二条は従来呉音等で読む習慣があるものはこれに従うことを言い、第三条・四条は正音に対する慣用音について指示する。第五条は助詞の読み方に関してである。「意義ヲ害セサル限リ助詞ハ之ヲ省キテ読ムベシ」として「……忠恕而已矣《ノミ》」（○印の文字は省読すべきもの）の如く六例を示し、また「省読ノ限リニアラス」として「……云爾《シカイフ》」など四例を挙げている。第六条は熟語の意訳して読む習慣のあるものはこれに従うとして、無寧《ムシロ》・一任《サモアラバアレ》などの語を挙げている。

この「調査報告」は学校教育の必要からその基準をまとめたもので、国語教育の普及・発達に伴ってそれとの調和を図ろうとしている。〈句読法〉は明治三十九年に国定教科書の句読法の基準として出された、文部省図書課による「句読法案」を反映しているし、〈添仮名法〉は「調査報告」中に明記するように明治四十年の国語調査委員会による「送仮名法」に準拠しようとするものであった。当時の国語教育との関わり方については細かに検討されねばならないが、本題から外れるのでここでは取りあげない。

ところで、明治後期においてもなお、その点法が一般的に確定せず、学派流派により異なる部分があった。国語教育と関連して次第に重視されて一定の基準が立てられた送り仮名の問題はむろんのこと、返り点についても確定していないものがあった。古来再読文字の一種とされていた、使・教など使役の文字の読み方や、於・乎などいわゆる置き字に対する点法はかなり混乱があったが、この「調査報告」に示したものが現在行われている常法となった。この報告は、結果的に訓法に一応の統一をもたらしたが、それでは従来の訓法とどのように関わっているのであろうか。「調査報告」の諸則中には従来の習慣とか、従来云云、読む習慣といったことが見えるが、その由来・経緯については言及されていない。また〈読方〉で助詞の読不読をめぐって「意義ヲ害セサル限リ助詞ハ省キテ読ムヘシ」と述べるのは、何とも不明確な規定で、いったい意義とは何か、省読される文字は無意味な字であるのかという疑問が、直ちに生じてくるであろう。助詞あるいは置き字をどのように読み表すかということは、後述するように桂菴玄樹以来、江戸期の訓法の展開において一つの重大な課題であった。つまるところそのことは訓読とはいかにあるべきかという、訓読そのものの位置と意義とを問うことになる。換言すればいかなる訓読観を持つかということに関わるものであった。この「調査報告」が明治後期に比較的一般に通行した訓法に基づき、とりわけ江戸末期から広く行われてきた後藤点・一斎点との関わりが深いことは、すでに先学の指摘する所である。とくに鈴木直治氏はいくつかの点法について具体的にその異同を述べておられる。(2) 拙稿では、これら先学の研究を踏まえながら、桂菴玄樹の『家法倭点』以下、江戸時代の、点法を論じた主な書物をとりあげ、それらの訓読説を概観しながら訓読観の変遷を辿りたいと思う。そしてそれを通して今日なお訓法の基準と目される「調査報告」がいかなる訓読観を承け継いで来ているか、その一端を明らかにしたいと思う。

二　『桂菴和尚家法倭点』

中国語文の訳解に、日本語による訓法・訓読の方法を創始し、それを踏襲し淘汰して用いること一千年以上に及ぶ。日中それぞれの言語の変遷、推移のもと、訓読には奈良から江戸にまたがって、漢籍の受容とその訳解に関わる諸要素が重層的に混入している。ただその訳解の歴史は従来宋学の伝来を以て大きく区切って捉えられている。室町以降、朱子学の新注の伝来を契機として漢籍の訓法にも変化が生じたからである。博士家が伝えてきた経典の施点は漢唐の古注に基づき字訓を施したものであって、新注に従って読解を試みることになれば、必然的にあらたな訓釈に基づき施点を行わなければならなくなった。『四書集注』に最初に訓点を施したといわれる岐陽方秀（一三六一―一四二四）、岐陽の訓法を伝えた桂菴玄樹（一四二七―一五〇八）はその変化を代表する人物であり、彼らの訓読法を述べた『桂菴和尚家法倭点』はその変わり目を象徴する書物であった。

桂菴は応仁元年（一四六七）幕府の命で遣明使に随行して画僧雪舟等楊らと入明し、七年にわたって朱子学を学んで帰って来た人で、彼の地で直接語学を修めた、言わば当時の最先端の人間の一人であった。彼は帰国後、応仁の乱を避けて京を去り、島津氏に招聘されて薩摩に赴きいわゆる薩南学派の基を開いた。『家法倭点』は桂菴の最晩年の著述に係るものと考えられ(3)、約六四条の記事からなっている。初めに朱子学のこと、四書五経新注古注のこと、新注本の渡来と岐陽が初めてそれを講じたこと等を略述し、次に句読のこと、語辞・助辞（ヲキ字）や再読文字などの点法に及んでいる。その中には博士家古点の点法を非難し斥けるものがかなり見られる。また一字多訓の文字を取り上げる条、竪点《たててん》・カリガネ点などの返点やカナ遣い・送り仮名などに関する条も含まれている。末尾には「不二和尚曰」として岐陽の言を引用し、呉音漢音のことに言及するとともに「唐音」で読むことが提唱されている。以上のように『家法倭点』は体系的な構成を備えるものではないが、内容的にはかなりの法則性を持ち、不十分な点はあるにしろすでに前述の「調査報告」に見合うだけのものが言及されている。これは新注に従ってあらためて正確に経文を読解しようとしたことが契機となったことは勿論のこと、桂菴が当時の中国語に通ずることで、訓法を自覚的に捉え直そうとしたことに起因すると思われる。

不二和尚の言として引用する終わりに次のように述べる。

> 摠-別望《ノソミ》ナラバ、文-字読《ミ》ヲハ《ば》、無《キ》レ落-字様ニ、唐-音読《ニ》-度也。其《ノ》-故ハ、偶《タマ〳〵》一-句半-句、ソラニ覚ユル時、ヲキ字、不レ知レ有《ルコトヲ》二其《ノ》何《ノ》-字一也。口-惜-哉。

落字のないように中国音で読むことこそ望ましいことで、その理由として、原文を暗誦する際に、博士家の訓法の如く置き字として読まれぬ字が生ずれば、いかなる字があったか分からなくなることをあげている。漢学の学習において基礎的な古典を暗誦することが求められ、博士家の訓法もまたそのための工夫をして来たことは先学によって指摘されているが、[4]「唐音」で読むという提唱が暗誦と関わっていることに注目しなければならない。留学経験を持ち中国語に通じた桂菴にとってこの岐陽の発言は当然のことであったろうが、「唐音」を学ぶ機会に恵まれぬ人々はどうすべきであろうか、また訓読をどのように位置づけるのであろうか。これに関して岐陽の発言は見えないし、桂菴もまた唐音読と訓読との関係について何も述べていない。ただ落字無きようにという唐音読の主張は、訓読においてはできるだけ置き字を読むという姿勢になったと思われる。従来、桂菴の訓法の特徴とされる点である。彼は、博士家の訓法では読み落とすことが多かった「則」を必ず「スナハチ」と読み、「之」「而」を読み表すことを主張し、「矣」字についてもその語気を何とか読み表そうと努めている。

○其諸字《ノ》・註曰《ニ》、語辞《ノ》。景召曰《ノ》、如レ此《キノ》字《ノ》、音訓共《ニ》不レ読也。既有《ニル》レ註上《ニ》、《ヘハ》如レ古《ク》点《ノ》、ソレトモ、不レ可レ読《ム》。セメテ、ア、ト読ムカ。又ヲンノ（歎きの気持ちを表す言葉）ト読ムカ。令レ知《シメン》レ有二其《ルコトヲ》諸字《ノ》一。云云此外語辞《ノ》、助辞ト、註スレトモ、不レ読処アリ。涯分ソラニ読ム時、某ノ字アリト、可レ記臆《ス》也。

○而字。大略読《トウ》ノ、カシラ字ナリ。但《シ》カレトモト、読ムトキハ、句ノカシラニモナル歟。又不レ渉レ句読《ニ》処アリ。（中略）学《テ》而《シテ》時《ニ》習《フ》レ之《ヲ》。此一句、論語首篇之《ノ》篇首五字皆肝要字《ノ》也。争《いかでカ》可《ンヤ》レ不《ル》レ読乎《マ》。古点ニ、マナンテトキニ、ナラフト、ハカリ読テ、而之《ノ》両字不レ読、曲事也。（中略）又反《ハン》而遠《ジエン》而《ジ》……ハンジ、エンジト、読テ、令《シメントナリ》レ知レ有《ルコトヲ》レ而《ノ》字也。

○矣字。大略一句切《ノルル》処也。故《ニ》ヌト点ス。ヌレリ、タリ、ケリト読テ、是令《レモシメントナリ》レ知レ有レ矣《ルコトヲノ》字也。

最初の条は、岐陽の門下でその訓法を桂菴に伝えた景召の言を引いているが、末尾にソラニ読ム時云云と言うのは、前の岐陽の発言と同趣旨のことである。また三条とも「令知有其諸字」「令知有而字也」「是令知有矣字也」と言い、置き字を無視することなくいかにその文章中の存在を知らしめるように読んでいくかを摸索し工夫していることが窺える。

ところで置き字をできるだけ読むというこの主張は、そもそも新注の受容そのものとも関わるものである。新注の意に基づき経文に訓釈を施していく場合、当然注に示される音義・語釈に意を用いなければならない。経文の一字一語に付された注釈は、そのまま経文の一字一語を忽せに読み落とすことができないことを意味する。注に語辞・助辞と説解されるものは従来多くは置き字として扱われるものであったが、『家法倭点』では二十字ほどの文字をとりあげて簡単な整理を行いながら何らかの形でその意を読み表そうと努めている。右の「其諸」に関する条でこれを「アア」と読もうとするのは、その工夫の跡を示す一例である。(5) またそうした努力にも拘わらず、語辞・助辞と注する文字の中には「読マレザル」ものが生じてくる。その場合にはその字があると分かるように記憶すべきだとしている。『家法倭点』には一字多訓の文字を中心に反切や韻の整理を行っている条があるが、これもまた新注の受容を契機として、より正確に音義や訓を捉えようという姿勢の現れであると思われる。

『家法倭点』の、こうした、訓読に対する考え方や工夫はその後の訓法の源流となるものであったが、さらに注意すべき主な点を二つ挙げておこう。その一つは句読の重視である。このことは「句読之事」と題する条が見えることからも明らかであるが、語辞・助辞の読み方を整理し説明するに際しても、句読との関連が重視されている。例えば先の「而」の条には読ノカシラ・句ノカシラといった説き方をしているし、「也」に関しては「句ノ時ハ、ナリト読テ、可レ切也……読ノ処ハ、大略ヤト読テ、下ニカクルナリ」と説いている。もう一点は博士家の読み方を改めたことに関してである。桂菴は博士家伝来の古訓を全く否定するのでなくむしろそれを参酌しているのであるが、(6)「曰」

を「ノタフバク」と訓じ、「則」を置き字としてその上の字に「トキンバ」と読み添える訓法を「郷談」「カタコト」として斥けている。これらは、その当時の言語の意識から、旧来の古訓をかえって卑俗な言いかたとしたものであるが、その後の訓読の展開の中で、訓読語における雅俗の問題は屢々論及されるところとなった。訓読の文がまがりなりにも国語文としてある以上、時には、この問題は訓法の本質に関わるものとして論及された。

桂菴の訓法は、その後、弟子の月渚から一翁に伝えられ、一翁からさらに文之（一五五五―一六二〇）に伝えられた。文之は桂菴の訓法によって『四書集注』に訓点を施し、それがその門人の如竹（一五七〇―一六五五）によって寛永三年（一六二六）に刊行された。『四書集注』で最初に板行されたもので、文之点と称せられるものである。なお如竹は、これより先、元和十年（一六二四）頃に『桂菴和尚家法倭点』を刊行したと言われる人物である。

三　『点例』

後に触れる、太宰春台の『倭読要領』に「薩摩ノ僧文之四書ヲ読ミ、羅山先生四書五経ヲ読テヨリ、後来《コウライ》コレニ傚フ者数十《ス》家、各《オノオノ》其本《ホン》アリテ世ニ行ハル」と江戸初期からの訓読の流れを概括している。これは概ね妥当な見解と認められる。文之点よりややおくれて林羅山（一五八三―一六五七）の新注による四書・五経の点本が刊行された。道春点と称せられ、やがて権威ある林家の訓点として文之点以上に広く行われた。版を重ねて明治にまで及びその影響力は大きかった。道春点は文之点に比べて古点の要素を残し、旧来の訓法をかなり取り入れたものであった。その訓法には施点にあたって国語としての雅馴さを求め、イヤシキ、ミグルシキ「イナカ点」を避けようとする意識を見ることができる。(7) 江戸儒学の祖と言われ、羅山が師事した藤原惺窩（一五六一―一六一九）にも新注による四書・五経の点本があり、近年道春点との関わりが論及されているが、[8] その具体的な姿は明らかでない。ともあれ、惺窩の門人には松永尺五（一五九二―一六五七）など独自の訓法を示す学者が現れ、惺窩の高弟那波活所（一五九五―一六四八）に学んだ鵜飼石斎（一六一五―一六六四）の石斎点のように博士家伝来の訓法を大きく改めてより簡潔さを求めたものも出て来た。[9] かくして道春点を主流にしながらも、春台が「数十家」と言う如く、多くの訓法が唱えられた。漢学の普及・発達に伴って様々な学派が生まれ、その学派あるいは学者によってそれぞれ違った訓読が行われるようになった。中でも山崎闇斎（一六一六―一六八二）の闇斎点（嘉点）は崎門派が大きな勢力を占めたことから広く行われた。また朱子学を批判して新注を斥け、経書の原典に溯ってその真義を捉えようとする古学派においても、独自の訓読の工夫がなされ、伊藤仁斎（一六二七―一七〇五）の古義学派では古義点が行われた。[10] かかる流れの中で、元禄の頃になるとあらためて訓読はいかになすべきかが問われ、点法の整理が試みられた。ここでは貝原益軒の『点例』を取り上げることにする。

貝原益軒（一六三〇―一七一四）は朱子学を信奉する立場にあって朱子学に懐疑を示した学者であるが、博学で益軒十訓といわれる啓蒙書や教訓書を著している。『点例』は元禄十六年（一七〇三）[11] 刊、益軒七十四歳の時の著作で、初学の者のために訓点について解説したものである。自序に訓点が問題になる背景を次のように述べている。――我が国では古来、漢唐の古注疏に従い、訓点は宮家に伝わって来た。その訓点の法例は古雅であるので随い用いるべきであるが、宋儒の新注においてはその義が古注疏と変わった以上、ことごとく古点に随い難く、用捨の必要が多々生じてきた。また長年読み慣れてきたために、注の意をよく辨えず読み違えたままにしているものもあり、さらに年々多数の書物が刊行されるが粗謬な訓点も大変多い……。これは、新注の受容を契機とする訓点の変化とその問題点を的確に捉えていると思われる。

『点例』は上下二巻で、上巻は総論・通例、下巻は経籍点例・国書訓例からなっている。「総論」は七条からなるが、その内第一条・第二条は総論中の総論とも言うべきものである。第一条は訓点を下すに五つの類があるとして、倭音ニヨム・倭訓ニヨム・出爾波《テニハ》・返《リ》点・竪《たて》点をあげている。言わば訓点の種類とその定義である。第二条は〈経伝訓点ノ凡例〉とあり、経典解釈における訓法の基本姿勢を述べる。第三条以下は漢音呉音の用法、句読ヲキル法、漢字の伝来や上古文字の有無について述べている。次に「通例」は内容的にみて「総論」第一条二条を承け、個々の事項について『論語』や『孝経』等から具体例を引いて説くものである。竪点の引き方、返り点の法、テニハの用い方、音訓や仮名遣いなどに言及するとともに、さらに助字を中心にして訓法上誤り易い文字を取りあげ約四十例についてその読み方を説いている。下巻の「経籍点例」は『論語』や『大学』等で注の意をよく解さずに読み違えている語句を主に取りあげたものと思われるが、事項の取り方に一貫性は見られない。末尾には人名・地名・書名の読み方を示している。最後の「国書訓例」は日本神代・帝王・人臣・歌集に分けて人名などの読み方を示したものである。このように、本書は一応大まかな構成が考えられており、『家法倭点』に比していくらか組織だった体裁をとっているが、「総論」の記述にも精粗のムラがあり、散慢な感じが残るのは否めない。

それでは益軒の訓法に対する考え方を見てみよう。「総論」第二条〈経伝訓点ノ凡例〉にとくに経伝の二字を冠しているが、益軒の意図する所は、新注の訓法の流れに立って、混乱した経書の訓法に一つの基準を示すことにあった。この〈凡例〉で述べることをまとめると次の五点になる。

(1)訓もテニハも古雅であるべきで、麗飾の語・鄙俗の言を禁じ、また無用の贅言を用いないようにする。

(2)訓に読める字は音に読むより訓に読むべきであるが、音訓はその処の宜しきに順い、訓に読んで意足らざれば音に読むべきである。

(3)句読を正しくする。

(4)助字でない字を読み落としてはならない。

(5)前後上下同例を用いる。ただ処によりそれに拘わってはならない。

この内、益軒の訓読観を考える上で注目されるのは(1)(2)(4)で、とくに(1)の古雅にしてかつ無用の贅言を用いないという考えは、益軒の訓法の基本になるものである。

益軒は先の自序で宮家の訓法を古雅と称しており、古雅ということを問題にする場合、伝統的な博士家の古訓点の読みようが当然念頭にあると思われる。その点では道春点における雅順と鄙俗の問題にも連なるものがあろう。ただ、益軒は古点への復帰を説くものでは決してなかった。すなわち訓を「和語ノヨミ」と規定した上で（総論）、和文歌書の読みようとの違いを意識しながら、無用の贅言を排し、あらためて、国語として雅順さを失わぬ訓読を求めようとしている。例えば「通例」の〈剛柔ノテニハノ例〉では、過《ツテ》《アヤマチテ》・人行《サンヌ》《サリヌ》などの例をあげて右は剛のテニハ、左は柔のテニハとし、左は和文歌書の読みようで経伝には「ヤハラカスギテ宜カラズ」、ただ問《トウテ》を「トツテ」と読むのは「イヤシ」と述べている。これは漢文訓読における音便について、その行き過ぎを正しながら柔なる和文との違いを示そうというものである。また無用の贅言を用いずということに関しては次のような具体例を見ることができる。「飽レ食暖レ衣」は「食ニ飽キ」と読めばよく「食ニ飽《あく》マデニシ」と読むのは贅言であり、西《ノカタ》・東《ノカタ》とカタを読みつけるのも無用の贅言（経籍点例）、「則」は「レバ則チ」と読めばよく「トキハ則チ」とトキを加えるのは「無用ノ賛言蛇足ノ如シ」（通例）と断じ、道春点などの読み方を改めている。また「之」に関し「俗点ニ之ニノト点付タル処多シ。無用ノ贅訓ナリ」として添え仮名を省いて簡略な点法を取ろうとしている。

(2)の音訓の問題もまた、和文歌書の読みようと一線を画そうということに関わるものである。

大凡訓ニヨマルル字ハ訓ニヨムヘシ。サレドモ和書草紙ノコトハノ如クニハ宜《よろし》カラス（通例・音訓随フレ宜ニ）

とくに訓でなく音で読むことには、字義の上で的確な訓を施せるかどうかという問題が先ずあることは言うまでもないが、漢文訓読として和語を排して字音で読もうという考えに基づく面も窺われる。例えば、「吾嘗終日不食」（『論語』衛霊公）の終日をヒネムス（ヒネモス）と読むことをめぐって、

但歌書ノ如ク和語ニヨマンモヨロシカラス。タダコエニテシウシツ不レ食トヨムヘシ。又終レ日不食モヨシ（経籍点例）

と述べている。これは、音読（華音の読）の主張に基づく太宰春台の字音主義とはその背景を異にするものであったが、無用の贅言を用いずという主張とともに、江戸中期以降の訓法を捉える上で注目すべき点であると思われる。なお「通例」の初めに竪点の引き方について細かにその規則を述べるのは、ただ古点を承け継ぐというより、あらためて音訓のことに注意を払おうということの現れであると考えられる。

次に(4)の、助字でない字は読み落としてはならないとの主張について少し触れておこう。この主張は、『家法倭点』のできるだけ落ち字無きように読むという考えと連なる面を持つものである。実際、古点においては置き字とされていた「則」「や」「之」を読むものとしているが、一面『家法倭点』とは異なる態度も認められる。「而」はただ「テ」と読むべきで、毎字「シカフシテ」と読むのは、「イタツカハシク（煩しく）聞ニクシ」という（通例）。また「也」について、

其為レ人也・回也……ノ類、也ノ字ヲ音ニテヤトヨム説アリ。也ノ字アル事ヲソラニヲホエシメラシメンタメ也。是亦理ナキニハ非ス。サレトモイヤシキヨミヤウナリ（通例）。

という。『家法倭点』が「ヤ」と読もうとする立場を記憶せしめるという点では道理あるものとしながら、卑しい読

みようとして斥けている。これはやはり、古雅にして贅訓を用いずという考え方に繋がるものと思われる。

要するに益軒の訓法は、初学の徒に向けて、国語として雅順で自然な読み方を心掛けつつ煩瑣を避けて簡潔さを求めたものである。これは一面においては、和文歌書とは一線を画した漢文訓読独特の簡易なスタイルを志したということにもなる。むろん益軒が漢文訓読独特の領域をどこまで考えていたかは定かではない。が、例えば、『点例』が「経籍点例」に附してとくに「国書訓例」を置いて和文歌書など国書の世界の漢字・漢語の読みようを取りあげるのは、かえって経籍の世界での音訓の処理に独特の領域と権威を認めている証左となるのではなかろうか。[12] ともあれ、益軒の訓法は従来の古点・新注点に対し修正を求め、極めて穏健で実用的な方法を示したものとして、その後に大きな影響を与えた。

四　『倭読要領』

宝永（一七〇四—）から正徳（一七一一—一七一六）になると、伊藤仁斎の古義学と並んで古学派を代表する、荻生徂徠（一六六六—一七二八）の復古学が世に行われるようになり、その学問は漢学において新しい局面を開くものとなった。徂徠は唐話（中国語）を学ぶことの必要を強く提唱し、訓読を「和訓廻環之読」として排し音読（中国語で読むこと）を主張した。これは『家法倭点』に見られる音読の主張を積極的にかつ自覚的に学問の方法として展開したものである。徂徠の高弟である太宰春台（一六八〇—一七四七）の『倭読要領』は、かかる音読の主張を背景にしながら訓法について概述した著作である。

春台は徂徠の門人として、詩文の服部南郭に対し、学術・経済の面を継承した。『倭読要領』は享保十三年（一七二八）に刊行されたものである。[13]「自叙」によれば、春台は徂徠の門に入る以前に唐話を学ぶ機会を持ち、侏離の習いつまり漢文訓読の習慣による害を知ったが、唐話を能くし尤も侏離の読を悪んだ徂徠に従うことを得て、ますます倭読の害の大きいことを知ったという。それでは、「倭語を以て中華の書を読む可からざること」は明白であるのに拘わらず、倭読（倭語ニテ書ヲ読ムコト）について概説する本書を刊行する目的はどこにあるのか。すなわち窮郷の家士（恵まれぬ環境にある恵まれぬ者）のために読書の方法を説こうというものであり（自叙）、また中華の書は中華の音を以て読むことを善しとするが、「吾国ノ人ニシテ、華音ノ読《ヨミ》ヲ習フコト容易ナラ子《ね》バ、已《ヤム》コトヲ得ズシテ、倭語ノ読《ヨミ》ヲナスナリ」（倭読総説）という認識からであった。

春台の音読・訓読に対するかかる態度は、徂徠の、崎陽の学（長崎で唐通事などが学んでいた唐話学をいう）を最上乗とするが、その機会に恵まれぬ者には第二等の法として此方の読法（訓読）を以てする（『訳文筌蹄』題言第五則）という考え方を承けたものである。いったい、徂徠によれば、日本には日本の言語があり中華には中華の言語があってその体質を異にしており、順逆廻環する訓法は通ずることができたようで実は牽強そのものである。徂徠は学者が乗り越え難い日華の言語間の差異を自覚し、従来の和訓によるのではなく、平常の語による「訳」によって中華の書物を読むべきことを主張した。そもそも中華の書を此方の言語で読むとすれば、和訓と称するものもまた「訳」以外の何物でもないのである。和訓は雅言ではあるが、時代の変遷のもと同訓異字を生じ的確さを欠いたきめの粗さを持っており、むしろ俚俗なる話（俚言）こそ平易で人情に近いものである。かくして徂徠は平常の言語によって「新訳」を作成するという、「訳」学の樹立を図ろうとした。その著『訳文筌蹄』は形状字（半虚字）・作用字（虚字）つまり形容詞や動詞に相当する漢字を標出して、同訓異義について、新訳によって辨別し説解しようとしたものである。[14]

さて『倭読要領』は、上中下三巻十六項より成る。

〔上巻〕倭読ノ総説第一　日本無ニキ二文字一説第二　中国ノ文字始テ行ハルル二于此ノ方ニ一説第三　倭音ノ説第四　倭語ノ説第五　顚倒ノ読《ヨミ》害スル二文義ヲ一説第六　倭音正誤第七対訳本濁新濁連声ノ法附タリ

〔中巻〕倭語正誤第八　倭読正誤第九　読ムレ書ヲ法第十

〔下巻〕点ズルレ書ヲ法第十一　抄スルレ書ヲ法第十二　発スルレ音ヲ法第十三　倭読ノ例第十四　学則第十五　学戒第十六

上巻の第一から第六までは、訓読の歴史の大要や倭語・倭音の概要を述べている。その内第六はその名の通り、徂徠の主張する所と同じく、中華の書を倭語にて顚倒して読むことの弊害を説くものである。同訓異字のこと、あるいは倭読では助語辞を捨てて読まないという点を取り上げ、重ねて唐話を学ぶべきことを主張している。第七と中巻の第八・第九は倭音・倭語・倭読について俗儒たちの誤読を正そうというもので、それぞれ具体例を挙げて説いており、この三項で本書の約半分近くを占めている。第十は華音の読《ヨミ》と倭語の読《ヨミ》の対比のもとに倭読の基本的な考え方を述べたもので、第七~第九を承けて訓読論を開陳している。下巻の第十一は句読及び朱引きについて、第十二は書物の抜き書きに関して、第十三は点発（圏発）つまり四声の点じ方について、それぞれ述べている。第十四は春台の試みる倭読の実例を示したもので、司馬相如の子虚賦・上林賦と古詩一九首に訓点・句読・点発を加えている。春台は「読書法」の中で『毛詩』や『文選』等に多く施された音訓複読、いわゆる文選読みを無益のこととして排している。倭読例としてとくにこれら『文選』所収の詩賦を挙げるのは、古来もっとも繁冗なる読みをしたものに例を取って、古来の読みと春台のそれとの繁簡の差を知らしめ、その主張の正しさを証明しようという意図に拠るものである。またこうした点法の実例を示すことについて「必シモ一一ニ面授口伝《クデン》セズ」と述べ、従来の博士家の点法伝授に見られる権威主義を暗に批判する意識も認められる。第十五は学ぶべき書目とその順序を掲げて学問の階梯と方法を述べ、第十六は性理ノ説・経術・講説を聴き習うことを学問の三戒として初学者に戒めて、結びとしている。

このように、本書は古学派の学問観を根底に持ちそれを随時披瀝しつつ倭読の要領を述べたもので、「これを熟読しその法を悟るならば、『文選』を始めすべての経史詩文について読法を会得できる」（倭読例）という確かな自信で貫かれている。音読の主張のもとに訓読のあり方を問うており、『点例』に比して体裁の上からも内容の上からも格段に一貫した意図が認められる。ただ訓読の個々の事象を体系化するという意図は必ずしも明確でないようで、[15]「倭読例」の例文から帰納して行かねばならぬ憾みは残る。

既に述べたように春台は徂徠の考えを承けて、音読を主張し已むを得ないこととして訓読の法を説くのであるが、ただ「読書法」の冒頭では、読書の法として華音ノ読《ヨミ》・倭語ノ読《ヨミ》の二法を挙げ、「此二法偏廃スベカラズ。学者先《マツ》華音ノ読《ヨミ》ヲ習テ、次ニ倭語ノ読《ヨミ》ヲ習フベシ」と言う。先ず華音ノ読を学習することを言いながらも、二つの読法を併用することを説いている点で注目される発言である。

春台は、文義に通ずるために暗誦の必要性を説き、読書は記憶を本とするとした。そして暗誦という点からすると倭語ノ読には次の五害があると説く。

(1)倭音ニテ誦スレバ字音混同ス。（これは、日本の漢字音には四声の区別がなく、同音異字が多いことをいう）
(2)倭訓ニテ誦スレバ字義混同ス。
(3)顚倒ノ読《ヨミ》ニテ、句法字法皆失《シツ》ス。
(4)助語辞皆遺漏《イロウ》ス。
(5)句読《トウ》明ナラズ。

それ故に華音ノ読を習うことを主張するのであるが、続いて「吾国ノ人ハ、音《コエ》（字音）ニテ順ニ読ミクダシテハ、其文句ヲ記憶スルバカリニテ、其義ヲ解《ゲ》スルコトアタハズ。サレバ華音ニ通ジタル上ニテ、又倭読ヲ習フベキナリ」と述べている。華音ノ読によって文句を記憶し倭語ノ読を用いて文義を理解するという、音読・訓読の併用を説くと考えられるものである。これは勿論、音読を習いながらも訓読も用いざるを得ない、当時の音読する者の程度・実際を踏まえての発言と思われる。しかしそれにしても、徂徠の「今、学者、訳文ノ学ヲセント思ババ、悉ク古ヨリ日本ニ習《ナラヒ》来《キタ》ル、和訓《ワクン》ト云フモノト字ノ反《カヘ》りト云モノトヲ、破除スベシ」（『訓訳示蒙』巻一）と言うのとは、明らかに趣を異にする。何よりも春台自身、已むを得ずして倭読の法を説くという姿勢とは違って来るし、さらに音読のあり方が問題になって来よう。この点、音読の主張とその実際的意味を考える上からも、検討されねばならぬ問題があるように思う。

ともあれ、春台が説く所の訓法は、前の倭語ノ読に伴う五害を少しでも是正して、華音ノ読の有利さに近づくという観点で、その工夫が説かれている。すなわち、反復熟誦するのに便よく記憶し易いものこそ望ましく、従ってムツカシキ倭訓・テニハを除去してできるだけ簡易な様にする方がよいとする。そして「音《コエ》ニ読テ通ズルホドノ処ハ、倭語ヲ用ヒズシテ音ニ読ム」ことが簡易な訓法であるとしている。春台はできるだけ字音で読むことの益として次の三点を挙げている。

(a)同訓異字の文字を直ちに記憶できる。
(b)一字多義の文字を一義に偏らずに読める。
(c)簡約で暗誦し易い。

この内、(a)(b)はとくに先の五害の(2)に対応する方策ということになる。大凡・大抵・大都・大略・大約・大要・大較・大概・大率をオホヨソ・オホムネと読まずに字音で読む方がよいとし（倭読正誤）、雲集・朝食・廷争といった名目（言葉また名称）は雲ノゴトクニ集マリ・アシタニクラフ・廷ニシテアラソフなどと読まずに字音で読め（読書法）

というのも、ともに華語の本旨を失わぬようにとの考えに基づいている。

この外の五害に対応する配慮を見てゆくと、(1)の「字音混同」に対するものとしては、「倭音正語」と「発音法」の項に説く所がこれに相当する。そこでは、中国語文の語音にまで注意して音韻の説明を行い、倭音の字音の誤りを是正し、かつ点発（圏発）の重要性を説くのである。次に(3)の「顛倒ノ読」の問題と(4)の助語辞を遺《のこ》して読むことに関しては「看書」を説いている。

只口《クチ》ニハ倭語ノ読ヲナストモ、目ニテ其文字ヲ看テ、其上下ノ位ヲ分別シ、助語辞マデニ一一ニ目ヲ属《ツケ》テ、子細ニ看テ、心ニハ其句法ノ種種変化異同アルコトヲ思量シテ、中華ノ人ノ音《コエ》ニテ順ニ読クダス心ニナリテ、漢文ノ條理血脈ヲ識得《シキトク》センコトヲ要スベシ。是書ヲ看ルトイフ者ナリ。（読書法）

「看書」の説は、徂徠の「読《ハ》レ書《ヲ》不レ如レ看《ニ》レ書《ヲ》」（『訳文筌蹄』題言第六則）の主張を承けると思われるが、口には訓読するも、目には直読し助語辞の一一まで着目せよというのである。また五害の(5)句読については、句読は読書の法の出発点であり、倭語のテニヲハを繋いで一句とするといった、訓読によって句読が曖昧になることを厳に戒めている。

なお、句読のことは漢文訓読の伝統に立つものでもあり、すでに『家法倭点』や『点例』にも言及する所である。ただ、春台はとくに「点書法」の一項を立て「中華ノ書ヲ読ムニハ、中華ノ点法ヲ用フベシ」として、中国の書物の諸例に倣おうとしている。その中で秘書省校書式の「句は字の傍に点じ、読は字の中間に点ず」の説を引いているが、これは元の熊忠の『古今韻会挙要』宥韻に見えるもので、『家法倭点』もまたこの説を挙げている。桂菴玄樹と春台がともに音読の主張を背景にして訓法を説き、あらためて句法を捉え直そうという点では、共通する意識があると言ってよく、文章の長短の句法を説いて同一の趣旨のものも見られる。なお春台は、中国の書物においては校書式のほかにいくつかの圏点（。）、批点（、）の用法があって一様ならずとし、適宜どの式を用いてもよいと述べている。

事実、「倭読例」では圏点を句は字の傍に読《トウ》は字の中間の下に附して、句読を示しているが、春台が訓点をつけた『論語古訓正文』では句読を分かたず右傍に圏点をつける点法をとっている。

このように倭読の工夫と心構えを説くのであるが、春台によれば、訓点に泥《なず》む姿勢こそ実は先ず排すべきことであった。中国と日本とその言語は元来別であるのに、漢語をことごとく倭語となして読もうとするのは無理なことであって、いかに巧みに読んだところで漢語を全く倭語となすことはかなわない（倭語正誤）、――このことを自覚することが先ず重要なことになる。訓点は「魚ヲ得ルマデノ筌《ウエ》」であり、訓読は方便にしか過ぎぬ。「中華ノ人ノ心ニナリテ、心ト目トヲ用テ、漢語ノ読《ヨミ》ヲスル」ことが真の読書として目指されるのである（読書法）。従ってかかる意識からすれば、何れの訓点にしろ所詮同じ意味しか持たず、門戸を立て一家の法を定める必要はなくなる。春台は主に山崎闇斎の訓法を攻撃する形で述べているが、⑯「而」を必ずテと読み「則」を必ずレバと読むのを定法とし文義を考慮せずに一法に執滞する姿勢を、繰り返し非難している。こうした助字については、益軒の『点例』と同じく、置き字とせずに読もうとしながらも無理に読まぬ場合もあることを述べている（倭読正誤）。簡易なる方向で、一法に固滞せずに文脈に応じて読み分けるというのは、その態度自体としては誠に穏当な説というべきで、訓読法について一家言をなしている。春台の、訓点は方便にしか過ぎぬという考えは、簡易に字音で読むという主張とともに、以後の訓法に大きな影響を及ぼすこととなった。

ところで、春台のかかる訓法は当然のことながら漢字漢語に対する精確な知識を要求するものである。字音で読むことが同訓異義の問題の対応になり、「看書」によって助語辞を記憶するということは、同訓異義の解析と、助語辞のニュアンスのより緻密な把握とを前提にするものである。すでに『家法倭点』の中でも助字をとりあげてその説解を試みているが、江戸時代になると、明の盧允武の『助語辞』をはじめ明代の字書や作詩作文の書を活用し、あるいは唐話を修得することによって、漢字漢語の研究が著しく進められた。そして元禄期頃から同訓異義や助字の研究の成果が生まれはじめてくる。すでに取りあげた荻生徂徠の『訳文筌蹄』や『訓訳示蒙』をはじめ伊藤東涯（一六七〇—一七三六）の『操觚字訣《そうこじけつ》』『助字考』『用字格』等の著述が現れ、続いて釈大典（一七一九—一八〇一）の『文語解』『詩語解』、岡白駒（一六九二—一七六七）の『助字訳通』が刊行された。また一八世紀の幕藩期を通じての漢語訓釈の学の集成者とされる皆川淇園（一七三四—一八〇七）は、『虚字解』『実字解』『虚字詳解』『助字詳解』等一〇種もの実字・虚字・助字に関する著述を残している。(17)

さらに、音読の主張に関連して唐話学について簡単に附言しておく。江戸時代には宋元明の俗語（旧白話）で著された語録や通俗小説が輸入され、それらを訳解するための努力がなされた。朱子学の必須の書物である『朱子語類』にしても俗語の知識なしには正確に読解できないものであるし、江戸文学に多大の影響を与えた『水滸伝』も無論そうであった。江戸中期には唐話学が盛んになり、徂徠及びその一門に唐話を教えた岡島冠山（一六七四—一七二八）や岡白駒、陶山南濤（一七一九—一七八五）など唐話に通じた者が現れて、唐話の参考書や訳解が刊行された。例えば『朱子語類』については『字海便覧』や『語録訳義』などがあり、『水滸伝』は唐話学のテキストとして用いられたことから、種々の訳解や語彙の研究がなされた。(18)

訓法は簡易に字音で読むという方向で進むが、一方において右に述べるような、かなりの学的水準にあった漢語訓釈の学・唐話学の存在を看過してはならないであろう。

五　『授業編』『梅園読法』『訓点復古』など

江戸中期から後期の訓読は、益軒や春台の訓法を承けながら、一層簡潔さ・簡易さを求めて進んだ。徂徠の学統を引く宇野明霞（一六九八―一七四五）の三平点、片山兼山（一七三〇―一七八二）の山子点なども現れるが、こうした訓法の風潮を窺う意味で一、二の訓読説を見ておこう。

支那学入門書として著名な、江村北海（一七一三―一七八八）の『授業編』（天明三年刊）では、(19)「訓点」（巻三）の項で従来の訓点を取りあげ、その得失を述べている。羅山の訓点（道春点）についてはその功績を称えながらも、「仮名ヅケ」があまり多いために児童に教える際、その仮名が却って邪魔になって覚えにくい、あるいは仮名を頼りにして文字に心を留めずよく覚えないという弊害があるとしている。以下、闇斎の嘉点は仮名が少なくてよいが一得一失あり、益軒の四書五経の点また『点例』は「大概ヨロシキ点」で児童の素読によい。宇野士新（明霞）の三平点は新奇なる訓訳が多く却って初学の徒を眩惑しかねず、『倭読要領』倭読例に示す訓点は「イカニモオトナシキ点ノツケカタニテ従フベシ」と述べている。北海は「訓点ハ初学ノ書ヲヨム筌蹄」で何れの点本でもかまわないとの認識を示しながら、

大抵《タイテイ》点ノツケヤウハ、音《オン》ト訓トノマクバリヲ勘《カン》ガエ、音ハ多キ方《カタ》、訓ハ少キ方ニ従ヒ、コレヲ誦《シュ》シテ、口中サワヤカニ、是ヲ聞テ、耳ニタタズ、訓ハナルタケ古雅ナルヲ用ユトイヘドモ、余《アマ》リマワリ遠キ訓ヲ省キ、又卑俗ナル訓ノナキヤウニ心ヲ用ユベシ。

という訓読観を述べている。かかる認識や訓読観に春台の影を認めることは容易なことであるし、本書の中には『倭読要領』が屢々取り上げられている。ただ音読に関しては一理あるとしながら、唐話に精通することの困難さを強調して消極的な態度を取っている（巻三唐音の項など）。

次に独自の壮大な思想体系を築いた三浦梅園（一七二三―一七八九）の『梅園読法』（安永二年跋、安永九年追記）を見

てみよう。本書はほとんど言及されることがないが、門人の求めに応じて梅園が漢籍の訳解の方法を概述したものである。[20] 梅園は点法には大きく古今の二つがあるとしてその違いを次のように言う。

古点ハ音アリトイヘドモ、ヨク其字ヲ和語ニ訳スルヲ手柄トシ、コレヲ読デイカニモ優長ニ訓カチニヨメリ。……今ノ点ハ随分煩冗ヲサリ簡省ニツキ音ヲ先ンジ訓ヲ後ニス。（読書分別）

そして今の点によって見ると、羅山の道春点などは大変引長めいたようであるが以前の点に比べると繁を省いたもので、その功は少なくなく、闇斎・益軒などが相続いてその委曲を尽くしたとしている。さらに宇野明霞の点について極めて奇異であるとし、「且《カツ》」「暫《シバラク》」と読まずに「マア」「チョット」と俗語を以て訳した方がぴったりするものもあるとは言え、言語には雅俗の別があるのだから、訳意を知って雅に従うべきであると述べている。かくして梅園においてもまた「点は簡省を主とする」ことが主張されている。

漢典ヲ読ム者ハ和語ヲ修スル為ニアラズ。其用唯《ただ》漢語ヲ達スル為ノミナラバ、古ニ異リ（ママ）トイヘドモ、無用ノ点ハ省クベシ。（詳略点）

無用を省くときは諳誦に便利で時間の節約にもなると言い、文選読みなどの重複や「可《べか》ラク・不《ざ》ラマク・無《なか》ラマシカバ」など繁冗な読み、「則《トキンバ》」「南《ノカタ》」など余分な添え仮名を「近来の諸家」が省いて来たことを是認している。これらは前述したように益軒や春台の説く所であった。なお、本書中には『点例』を引く箇所があり、梅園の読書ノート『浦子手記』には何度か『倭読要領』が取り上げられている。

さて徂徠の学が一世を風靡したのに伴い、反徂徠学の動きが起こり、寛政異学の禁を契機として林家の朱子学が再び正学としての権威を持って来るが、林家においては道春点に代わって後藤点が用いられるようになった。後藤芝山（一七二二―一七八二）の施点した『四書集注』や五経が林家正本として使われ広く普及した。この後藤点も当時の一般的傾向に随い、道春点より簡潔な訓法を取り、春台の訓法を取る所が多いものであった。一、二の例を挙げると――、「巧言令色、鮮矣仁」（『論語』学而）の「巧言令色」を道春点では訓に読んだのに対して、後藤点は春台の訓法と同じく音に読んでいる。また「可ㇾ謂ㇾ好ㇾ学也已矣」（同・子張）を道春点が「学ヲ好ムト謂フベカラクノミ」と読むのに対して「学ヲ好ムト謂フベキノミ」とするのも春台などと同じである。次いで後藤点のあと、佐藤一斎（一七七二―一八五九）の一斎点が現れ、後藤点よりも更に簡省な訓注を取った。一斎は林家の塾長を長く務め、昌平黌《しょうへいこう》の儒官にも挙げられて、昌平黌が文字通り漢学の中心になるのに力があった。ために、一斎の訓法は漢学を尊重する者の間で広く用いられた。その訓法は簡潔でしかも落ち字なく読んで、原文の文字を記憶できるように努めており、「也」はすべて「ナリ」また「ヤ」と読むようにほとんどの文字を読もうという態度を取るものであった。その結果、極めて特異な読み方を生じ、遂には国語の語法としては全く破格の読みようをするまでに至った。そして当然のことながら、かかる訓法に対して批判を試みる者も現れ、古点の再評価を行う動きも起こって来た。

　国学者山崎北峰（一七九六―一八五六）の『文教温故』（文政十一年刊）は、『点例』や『倭読要領』にも触れながら、古点の歴史を振り返り点図などの整理を試みている。[21] とくに『点例』の〈経伝訓点ノ凡例〉の全文を引用して掲げている（巻上「訓点」）が、それは益軒以降の訓法の行き過ぎを戒めようという意図に基づくものと思われる。

　また、日尾《ひお》荊山《けいざん》（一七八九―一八五九）の『訓点復古』（天保六年刊）は、直接には一斎の名を挙げていないが、明らかに一斎の訓法を論難しようと試みたものである。[22] 上下二巻附録一巻より成り、上巻は訓訳・テニヲハ・袁古刀点・古訓義・訓義・連声并音便の項に分かれ、とくに訓義においては古語古歌に証して考察を加えている。下巻は訓点正誤と題し、一斎の『論語』の訓点から二十数例を取り出してその非を論難している。また附録は『倭読要領』の説を批判するものである。訓点復古の復古とは「惺窩・羅山ノ二先生ノ訓点シタマヒシ本」に復ろうということで、朱子の注本に従い二先生の古点に準拠し、奇僻な読癖を斥け専ら雅順なる読みようをするように主張している（テニヲハ）。荊山は「皇国ノ古言読法ヲ知ラズ、徒《タダ》ニ漢学ノミヲ事トスル者」を擬唐人と称して非難し（古訓義）、訓義の雅順・テニヲハの照応《カケアヒ》・仮字《カナ》格《ヅカヒ》等にまで心を用いるべきだと説いた（訓点正誤）。ここでは一斎の特異な訓法を例示する意味からも、その論難の例を二、三挙げることにする。

○「伝不《ハリ》レ習《ハ》乎」（学而）は「伝ハリテ習ハザルカ」でなければならない。〔一斎点は「而」がある場合には「テ」を読み添え、「而」がなければこの例のように「テ」を省くという訓法を取った〕

○「君子喩《ル》二於義《ニ》一、小人喩《ル》二於利《ニ》一」（里仁）は、「君子ハ……小人ハ……」と読むべきで「ハ」を抹却するのはおかしい。〔一斎点はかかるテニヲハをかなり省いて読んだ。なお例文は一斎点に拠れば正しくは「君子喩《ル》レ於レ義」となり、「於」や「乎」を直接に「ニ」「ヲ」「ヨリ」と読む訓法を取っている。当該の文字を暗記するための工夫であるが、論難にはその点への言及はない〕

○「子路使《ム》二門人《ニ》為《ラ》レ臣」（子罕）は「門人ヲシテ」と読むべきである。〔一斎点は「使」など使役の読み方にかかる点法を取った〕

一斎の訓法は確かに国語としては破格で奇異なものであった。簡省にしてかつ原文を暗記できるようにとの工夫ではあったが、荊山からすれば壁を隔てて聞くと間違えてしまうような自分勝手な訓法であり、国語として取意できるべきだという批判が生ずるのも当然のことであった。

次に附録の『倭読要領』批判についてごく簡単に触れることにする。荊山が一斎点を名指しで非難しないのはその権威を配慮してのことと思われるが[23]、春台の『倭読要領』を取り上げるのは、その訓読観が一斎点を生み出すもとになったと考えてのことであろう。荊山は「顚倒ノ読ト称スル誤」「取《テ》二漢語《ヲ》一為二和文和歌之用《ト》一ト云誤」「音読ハ多義ヲ兼《カヌ》ルト云フ非」「氏爾乎波《テニヲハ》ノ妙《メウ》ヲ知ラザルヲ辨ス」「音訓両読ニ故アル辨」などの項目を立てて批判を試みているが、その趣旨はこの標題からほぼ窺い知れるであろう。その内、顚倒ノ読に関しては、顚倒と称するのは全く不適確な発言で已むを得ざれば体用先後ノ読と言うべきであるとし、漢語と倭語の違いを体用の概念を用いて説明している。[24]また春台が字音主義を取ったことについては、和訓に読んで記憶しない位の者は陋学膚見の人間であって、充分に読解力がつけば音に読もうが訓に読もうが自然に記憶するものだと反論している。さらに一字多義を理由に字音で読もうというのは、和訓の工夫の実際を正しく理解していないためであり、簡易さを求めて除去しようとする難しきテニヲハこそ肝要であると説いている。

しかしこうした荊山の主張も、結局は当時の訓法の大勢を覆すほどには至らず、一斉点は後藤点とともに江戸末期から明治になっても広く用いられた。

六　結びにかえて

山田孝雄氏は訓読法を史的に概括した中で次のように述べている。[25]

惟ふに漢籍の訓読法は道春点までは略古格を存したりしかどもその後次第に国語を乱したるものとなり、近時に至りて梢《やや》その弊の拯《すく》はれたる点なきにあらずといへども、要するになほ倭読要領の範裡を出でざるものなりとす。

これは断るまでもなく、国語の法格が尊重されているかどうかの観点に立っての発言である。江戸の訓法が簡約になっていくにつれて破格の語が多くなり、遂には一斎点のように極端に走ったものが現れ、しかもそれが長らく漢文訓読の大勢を支配してきたことを踏まえたものである。この中で近時に至って是正された点があると言うのは、国語教育の重視に伴い、国語学者などから一斎点への批判が起こったこと、直接にはおそらく、冒頭に紹介した「漢文教授に関する調査報告」において奇異な破格の語法を斥けていることを念頭に置くものであろう。しかし、それにしても結局は『倭読要領』の範裡を出ないとするのは、「調査報告」がやはり簡約を意図した訓法の流れにあることを意味するものである。すなわち和訓に読むより字音に読むということ、原文の字面に即し字面にない読み添えをなるべく少なくすること、――こういった姿勢は確かに「調査報告」に認められるものである。実際に『倭読要領』の「倭読例」と比べてみると、ほぼ同様の傾向にあることが分かるであろう。

ただ、国語の語法の上の問題とは別に、かかる訓法が記誦の重視や音読（唐音読）の提唱などを背景にして生まれたものであること、さらに言えば今日から見てかなりの学的水準にある漢語訓釈の学を下地に置いていたことを看過してはなるまい。換言すれば、我々が今日なおこの訓法を踏襲しようとするならば、少なくとも江戸元禄期頃から現れてくる漢語訓釈の学の成果を充分に踏まえていかなければならないはずである。そうでなければ、「訓点は初学の書を読む筌蹄に過ぎぬ」という意識を伴いながら簡省になってきた訓法は、我々にとって筌蹄の役割さえ持たないものになるであろう。その意味でも、近年、江戸期の漢語文典への見直しが叫ばれ、その主要な著述の影印が行われていることは[26]、極めて意義深いことであると思われる。

註

（1）戦後、送り仮名の改定が何度か行われたことから、漢文の教科書に混乱が生じ、昭和三十九年、高等学校漢文教育研究会を中心にして高校教科書訓読統一に関する要望が出された。それに対して大学漢文教育研究会では訓点研究部会を設け、送り仮名は勿論のこと漢文教科書の訓点について、数年にわたって研究を重ねた。その結果「調査報告」の中に不合理な点も発見されず、これに準拠してゆけば、訓点の不統一は避けられる、という結論になったということである。原田種成「漢文教科書の訓点の統一について」（全国漢字漢文教育研究会編『漢字漢文』創刊号　昭和四十四年）参照。

（2）鈴木直治『中国語と漢文――訓読の原則と漢語の特徴』（光生館　昭和五十年）一八二～二二七頁。
近年、江戸時代の訓法の流れについて論及するものは、鈴木氏のほかに、村上雅孝「近代における漢文訓読の流れ」（『言語生活』二九一　昭和五十年）「荻生徂徠の訓読観」（『共立女子大学文芸学部起要』二六　昭和五十五年）、山田俊雄「漢文訓読の入門――江戸時代の入門書の紹介をかねて」（『荻生徂徠全集』月報、みすず書房　昭和四十八年・七月～）などがある。拙稿でも全般にわたって、これら先学の論稿を参考にさせて頂いた。また柳町達也『漢文読解辞典』（角川書店　昭和五十三年）は漢文読解のための重要な句法・諸形式を解説したものだが、その間江戸から明治にかけての点法を紹介した箇所があり、巻末には簡便な「主要引用訓点本等解題」が附せられている。なお拙稿では紙幅の関係もあって点法の具体例をあまり示せなかった。鈴木氏や柳町氏の著書を参照して頂ければと思う。

（3）川瀬一馬「近世初期に於ける経書の訓点に就いて――桂庵点・文之点・道春点をめぐりて」（『書誌学』四ノ四　昭和十年）五頁。『家法倭点』については川瀬氏のこの論文及び「桂庵和尚家法倭点について」（『青山女子短期大学紀要』一二　昭和三十四年）など参照。なお原文の引用は『大日本資料』九三一に収載するものにより、川瀬氏が翻印された室町末期写本を適宜参照した。

（4）註（2）鈴木氏著書三五～五七頁。

（5）因みに「夫子之求レ之也、其諸異二人之求レ之与」（『論語』学而）において、清原家の古訓を伝える建武点（『論語集解』建武本）では「其」だけを「ソレ」と読み「諸」を置き字としている。また後の道春点・後藤点・一斎点では「ソレコレ」と読む。

（6）川瀬一馬「桂庵和尚家法倭点について」（註（3）参照）四五～四六頁。

（7）村上雅孝「道春点の形成――惺窩点とのかかわりを中心にして」（『共立女子大学文芸学部紀要』二五　昭和五十四年）一三二～一三三頁。

(8) 註（7）村上氏論文参照。
(9) 註（2）鈴木氏著書八三〜九四頁。
(10) 伊藤仁斎の訓読法については、三宅正彦「伊藤仁斎の諸稿本とその訓読法」（日本の思想11『伊藤仁斎集』所収　筑摩書房昭和四十五年）がある。
(11) 長澤規矩也編『江戸時代支那学入門書解題集成』第四集（汲古書院　昭和五十年）所収。
(12) 益軒が漢文訓読独特の領域を認めようとしていること、またその意識については山田俊雄氏が註（2）「漢文訓読の入門（その五）」の中で言及されている。
(13) 吉川幸次郎等編『漢語文典叢書』第三巻（汲古書院　昭和五十四年）所収。なお勉誠社文庫六六（昭和五十四年）にも収められ、小林芳規氏の解説を附する。
(14)『訳文筌蹄』については『荻生徂徠全集』第二巻〔言語篇〕（みすず書房　昭和四十九年）の、戸川芳郎氏の解題が詳しい。
(15) 註（13）小林芳規氏の解説三二〇頁参照。
(16)「山崎氏」への非難が文字通り山崎闇斎を批判したものなのか、それとも暗に林家を攻撃していながらその名を出すのを避けているものなのか（『国語学辞典』倭読要領の項　東京堂出版　昭和四十七年）、まだはっきりしない点がある。
(17) 平野彦次郎「徳川時代に於ける助字・虚字・実字の著書に就て（上・中・下）」（『斯文』九の九・十一・十二　昭和四年。勉誠社文庫五九『助辞訳通』附載　昭和五十四年）参照。近年、主な漢語文典を影印刊行した叢書として、吉川幸次郎・小島憲之・戸川芳郎編『漢語文典叢書』（汲古書院）がある。また勉誠社文庫でも数書刊行されている。
(18) 石崎又造『近世日本に於ける支那俗語文学史』（弘文堂　昭和十五年）参照。江戸時代の唐話辞書を影印刊行したものとして、長澤規矩也編『唐話辞書類集』（汲古書院）がある。
(19) 長澤規矩也編『江戸時代支那学入門書解題集成』第三集（汲古書院　昭和五十年）所収。
(20)『梅園全集』下巻（大正元年、弘道館）所収。『梅園読法』は大意・漢音呉音・古音今昔・読書分別・言語体用・詳略点法・余義の七節より成る。和漢の語脈の差異を体用の概念を用いて読解するなど、該博な知識の上に立って独自の訓読説を展開している。なお梅園には『子歳漫録』という主として助字の用法を記した著述もある。

(21)長澤規矩也編『影印日本随筆集成』第十輯（汲古書院　昭和五十四年）所収。

(22)勉誠社文庫三一（昭和五十三年）所収。中田祝夫氏の解説を附する。

(23)註（22）中田氏解説二一九〜二二〇頁参照。

(24)倭語と漢語の違いを体用の概念で説くことは『梅園読法』にも見え（註（20））、その分析は荊山より精密である。

(25)山田孝雄『漢文の訓読によりて伝へられたる語法』（宝文館出版　昭和十年　復刻版昭四五）三〇〜三一頁。

(26)註（17）参照。

三　「なる世界」と「つくれる世界」
――不干斎ハビアンの朱子学批判をめぐって

『西洋紀聞』『妙貞問答』『排耶蘇』

新井白石（一六五七―一七二五）は、鎖国の禁制を犯して薩摩の屋久島に上陸したイタリア人宣教師シドッチ（Giovanni Battista Sidotti, 1668－1714）を訊問したさいの応答を整理した『西洋紀聞』の中で、天地万物の創成者たるデウスについて次のような疑問を投げかけた。

今西人の説をきくに、番語デウスといふは、此に能造の主といふがごとく、たゞ其天地万物を剏造《ハジメツクル》れるものをさしいふ也。「天地万物自ら成る事なし。必ずこれを造れるものあり」といふ説のごとき、もし其説のごとくならむには、デウス、また何もの、造るによりて、天地いまだあらざる時には生れぬらむ。デウス、もしよく自ら生れたらむには、などか天地もまた自ら成らざらむ。（『西洋紀聞』下）

すでにザビエル（Francisco de Xavier, 1506－1552）が、「日本人の全く知らない観念」として非常に驚かせたものは「ただ一人の創造主が万物をお造りになった」という観念であった[1]、と述べたように、創造主の観念は日本や中国の伝統的な思想にとっては異質なものであった。白石の反問もこのことを如実に示すものであるが、この発言は、いわば、二つの自然観――「なる世界」と「つくれる世界」とを、自然観とは銘うたずに対比していると思われる。また

白石は、シドッチが世界の諸宗教を解説する言葉を記述する中で、「コンフウジョス」（Cõfucius 儒教）について

これ儒者自然の学也といふ。彼教には、天地万物、みづから成る事なし。皆これデウス造れる所也といふ。しかるに儒には、「大極、両儀を生ず。大極すなはち理也」などいふを、「しかはあらず」といふなり。（同）

と注記し、この二つの自然観を儒教と彼教つまりキリスト教のそれとして対比している。しかも「太極すなはち理也」とあることからすれば、主に朱子学を念頭におくことは明らかである。

さて、白石のシドッチ訊問を遡ること百年余り、慶長十年（一六〇五）に不干斎ハビアン（一五六五―一六二一）のキリシタン護教書『妙貞問答』が著され、翌十一年には林羅山（一五八三―一六五七）が京都下京の修院にハビアンを訪問し、両者の論争が行われた。二つの自然観の対立は、すでに、この『妙貞問答』・ハビアンと羅山の論争の中に認めることができる。

ハビアンは、臨済宗の禅僧からキリシタンとなり、イエズス会に入会してイルマン（修道士）となった人物[2]。優れた学識・教養の持主として天草・長崎のコレジオで日本語教師を勤め、外国人宣教師の日本語教科書である天草版『平家物語』の口語訳編纂にもかかわった。慶長八年（一六〇三）京都の修院に派遣されて優秀な説教師として活躍し、当時キリシタンの中でも中心的論客と目されていた。『妙貞問答』三巻[3]は、浄土宗の信徒妙秀とキリシタン信者幽貞という二人の女性の問答形式をとり、上巻で仏教十二宗、中巻で儒道及び神道をそれぞれ批判し、下巻でキリスト教の真理性を論証しようとしている。

羅山とハビアンとの問答については、残念ながらキリシタン側からの資料がなく、羅山の記述した『排耶蘇』（耶蘇を排す）（『羅山文集』巻五十六）が存するのみであるが、それによれば、慶長十一年六月十五日、頌遊（松永貞徳）の紹介で実現したとされる。時にハビアン四十二歳、羅山二十四歳。羅山は前年二条城で徳川家康に拝謁し、以後家康

の知遇を得、慶長十二年には家康の命でその居城駿府に移ることになる。新儒教の旗手としてまさに大きく一歩を踏み出さんとする時であった。満座のキリシタン信徒が見守る中、羅山は弟の信澄（永喜）とともにハビアンと相対した。論争は、羅山が利瑪竇すなわちマテオ・リッチ（Matteo Ricci, 1552—1610）の『天主実義』を引用したり、[4]ハビアンが『妙貞問答』を提示したりしながらも、結局は未交錯に終わってしまった（むろん、羅山側の資料のみに拠ることを考慮に入れなければならないが……）が、キリシタンと儒者（朱子学者）との対決として特筆すべきものであった。

いったい、戦国の動乱期から織田・豊臣の政権を経、慶長五年関ヶ原の戦いによって家康の覇権が確立して徳川幕藩体制の基盤を固めようという政治状況を背景に、神道・仏教・儒教の各思想は時代に即応したものを模索し各々の独自性を主張しつつあった。そうした思想界の中で、キリスト教は日本人にとって最初の西欧文明との出会いとして、その布教と浸透はおのずと伝統思想との葛藤を生じた。ハビアンは日本のキリスト教受容が生んだ代表的知識人であり、[5]『妙貞問答』は「キリシタンという異質の宗教・思想と伝統思想との接触面を語る貴重な文献[6]」である。一九一七年『妙貞問答』の写本が神宮文庫で発見されて以来、キリシタン史・日本思想史の専家の注目を集め、周知のように、近年ではチースリク神父・海老沢有道・井手勝美の諸氏を中心に詳細な研究がなされている。また『排耶蘇』は、当時の儒家による比較的まとまった排耶論としては唯一のものということで、古くは和辻哲郎をはじめ諸学の言及する所であるが、なかでも源了圓氏は「中世のスコラ学的理と、朱子学的理との奇妙な出会いの記録[7]」とし、つい最近には坂元正義氏が「自然科学と自然学の対決[8]」として氏独自に高い評価を与えて検討を試みている。

ただ従来の研究に対して筆者がいささか憾みに思うのは、ハビアンの儒道解説・批判がほぼ朱子学に依拠して行われているにもかかわらず、朱子学（あるいは中国思想）に即した十分な対比が行われていない点である。管見では友枝龍太郎「不干斎ハビアンと朱子学[9]」が、中国思想の専家による論文としては、恐らく唯一のものと思われる。因みに朱子学の研究者である友枝氏に拠れば、「ハビアンの朱子学に対する理解は実にすばらしく、自己のキリシタンの思想との相違をよく了解していたと言える」とする。小論では、ハビアンが「なる世界」と「つくれる世界」という二つの自然観の相違を明示していることに着目し、ハビアンの儒教（朱子学）批判、すなわち「つくれる世界」の立場からの「なる世界」の批判を概観してみたいと思う。ただ紙数の関係で、ここでは文字通り、天地万物の創成という問題について見てゆくことにする。

ハビアンの儒教（朱子学）批判

『排耶蘇』に拠れば、羅山はハビアンとの問答の中で、「天主、天地万物を造る云云と。天主を造る者は誰ぞや」と問い、ハビアンが「天主は始め無く終り無し」と答えたのに対し、一方では「天地を造化す」と言い、一方では「天主を無始無終」と言うハビアンの論理は遁辞だと決めつけた。また『妙貞問答』を「一として観る可き者無し」と酷評している。片やハビアンは、「儒者の、所謂る太極は天主に及ばず。天主は卿曹（あなた方）弱年の知る所に非ず。我能く太極を知る」と不快の念を表したという。それでは、ハビアンは儒教（朱子学）をどのようにとらえ、太極をいかに理解しているか、『妙貞問答』中巻「儒道之事」を中心に見てみよう。

一、儒家ノ天道（太極）

「儒道之事」は妙秀・幽貞の七つの問答から成るが、冒頭の問答では、「儒教トテ天道ヲアフギ貴ブ」として、その天道がいかなるもので、キリシタンの教えは儒教にも代わり得るか、という問いを設ける。そして儒教の天道は「太

極」を指して言ったもので、畢竟「陰陽ノ二ツ」に過ぎぬとし、さすれば、

陰陽ハ無心無智ノ物ニテ侍レバ、和合離散ノ用自《おのず》カラアルベキ事ニ非ズ。……太極ノ陰陽合シテ無心無念ニシテ有リシ所、陰陽ノ二ツニ開クルモ、其ノ開キテ無クハ何ト開クベキゾ

と批判して、陰陽を運動せしめる「開キテ（開き手）」すなわち「造作ノ主」の欠如を問題にしている。

その間の論証を見ると場——、儒教の天道つまり太極を解説するのに、『老子』第四十二章「道は一を生じ、一は二を生じ、二は三を生じ、三は万物を生ず」という生成論を中心にして、『易』繋辞上伝「太極に両儀有り、これ両儀を生ず」の「太極」を結びつけている。

道トハ何ゾナレバ、虚無ノ大道トテ、無一物《むいちぶつ》ノ所。此無一物ノ所ヨリ一ヲ生ズルト云ガ、此太極ノ一気ノ事、此一ツヨリ二ツ生《しょうず》ルトハ、太極ノ一気ガ陰陽ト分ルル所、二、三ヲ生ズルトハ、此陰陽ヨリ天地人ノ三才《さんさい》ト分レ出《いで》、三、万物ヲ生《しょうず》トハ、此天地人ノ三才ヨリアラフル物ハ出来《いでく》ルト云フ心ロニテ侍。

この『老子』の解釈は南宋の林希逸（端平二年＝一二三五年進士）の『老子鬳斎《けんさい》口義』に依拠したものであるが、『老子』の「一」に『易』の「太極」を当てたことになる。それでは「道」はどうなるのか。ハビアンは、

儒者ハ、道一《いつ》ヲ生ズト云フ彼道《かのみち》ヲ、太極ヨリ前《ま》ヘニ各別ニ是ヲ立《たて》ズ。太極則無極、々々則太極ト見テ、畢竟太極ヲ本《ほん》トスル物ニテサフラフ。

として、儒者は「太極」の前に「道」を立てぬととらえる。儒者はつまるところ「太極」を根本とするもので、「陰陽未分ノ所」「渾沌未分」「天地陰陽ノ分レヌ重《かさなり》」を指して言うものだとしている。ハビアンはその論証のために、周行己（一〇六七―?）の「周易講義序」（『浮沚集』四、『周易大全』所引）の「易有太極、是生両儀。太極者道也。陰陽一道也。太極無極」を挙げている。

次いでハビアンは、『朱子文集』巻七十二「雑学弁」に見える、蘇軾（東坡、一〇三六―一一〇一）の『易』解釈に対する朱熹（一一三〇―一二〇〇）の批判を引き、陰陽と道との関係を明らかにせんとする。蘇軾は、『易』繋辞上伝「一陰一陽謂之道」を解釈して、「一陰一陽とは陰陽未だ交はらず、物未だ生ぜざるの謂ひなり。道の似を喩ふる、此より密なるは莫し。陰陽一たび交はりて物を生ず」とし、道すなわち一陰一陽を陰陽がまだ交わらぬ、物がまだ生ぜぬ、「無有（無）」の状態だと解した。これに対し、朱熹は道の道たる所以を知らずに「虚無寂滅の学」を以て推し測った議論と非難し、「一陰一陽の往来して息まざるは道の全体を挙げて言ふ」とした。かくしてハビアンは、朱熹の蘇軾批判に拠りながら、儒家の考え方を「陰陽則太極、陰陽則天道」であると結論づけた上で、先に示したように、陰陽を運動せしめる「開キ手」の欠如を指摘するのである。

陰陽ヲ以テ天道ト云ヒ、万物ヲ出生スルノ根源ト云ハ、寒熱等ノ性ノソナハリタル薬種ガ独リ寄合テ、正気散共《とも》、大補湯共《とも》成ト云ニ似タル。此事カナウベカラズ。

薬種を処方する者がいてはじめて病気に応じた調合薬が得られるのであって、薬種が「自《おのずか》ライザヨリアヒテ」正気散《しょうきさん》や大補湯《たいふとう》になることはない。「無心無智」なる陰陽が「自《おのずか》ラ和合離散」することはありえないとするのである。

ここで、右に見てきた儒教理解に関して、中国の思想史上の問題に少し触れておこう。一つは、やはり儒教・道家道教は人間の本源を気に求めるものだとした宗密の『原人論』のこと、もう一つは『老子』の「道は一を生ず、云々」の生成論と『易』の「太極」との一体化の問題である。

華厳宗第五祖圭峰宗密（七八〇―八四一）の『原人論』は、その名の示す如く、人間の本性・真実相を追究したものである。それは、儒道二教に対する仏教の優秀性を主張しながら、同時に彼以前の仏教思想を総決算した仏教概説の体裁を取っているが、その中で仏教側から儒道二教の位置づけを試みている。宗密は、儒道が人間の本源を説く所を、

「混沌の一気剖《わか》れて陰陽の二と為《な》り、二は天地人の三を生じ、三は万物を生ず。万物と人と皆気を本と為す」（序）とし、さらに「儒道の二教に説く」と前提して、「人畜等の類は、皆是れ虚無の大道、生成養育す」、「道は自然に法って元気を生じ、元気は天地を生じ、天地は万物を生ず」、「万物皆是れ自然に生化し、因縁に非ず」（以上、斥迷執）という。宗密は、儒道の説く気の生成の世界を、宇宙の本性「真一霊心」が起動した阿頼耶識によって現し出される境の世界にすぎぬと論じたが、宗密の被せんととらえた儒道の気の生成論・自然説は、ハビアンが破せんとしたそれと、奇しくも一致するのである。[10]

それにつけても、右に引いた『原人論』の序も件《くだん》の『老子』四十二章の生成論を踏まえることは明瞭であるが、その『老子』の生成論と『易』の「太極」を折中し一体化しようとするとき、二つの考え方が成り立ち、事実、中国思想史には二つの見解を認めることができる。一つは「太極」を『老子』の「道は一を生ず」の「道」に当てる考え方であり、もう一つは「一」（一元気）に当てる考え方である。ハビアンの、儒教の天道とする、太極に対する位置づけは、前掲の資料（三八頁）で明らかなように、後者の考え方である。それは林希逸の『老子』解釈に依拠し、さらに遡れば右に見た『原人論』序も同様であり、唐初の孔穎達（五七四―六四八）の『周易正義』繫辞上伝「太極とは天地未分の前、元気混じて一たるを謂ふ。即ち是れ太初・太一なり。故に『老子』に云ふ、道は一を生ずとは、即ち此の太極是れなり」もその例である。福永光司氏によれば、[11]前者に立つのは漢代の象数易で、太極を元気（混元の一気）としてそのまま道と同格に見る傾向を顕著に示しているのに対し、魏晋以後の義理の易学は後者に立ち、『老子』の道を『易』の太極の上位に比定する解釈が一般的であった、という。また福永氏は、この義理の易学は、東晋時代において『老子』の道を生滅変化の世界を超えた本体的な「理」として解釈する支道の般若解釈を生み、「理」の哲学を志向する隋唐の仏教学へと展開してゆく、と論じ、さらには「無極而太極」を説く周敦頤（濂渓、一〇一七―一〇七三）の『太極図説』も、「太極」の上位に「道」すなわち無（無極）を置く義理の易学の延長上に位置づけることができるであろう、としている。

かかる、『老子』の生成論と『易』の「太極」との一体化をめぐる中国思想の展開を考えると、ハビアンの「太極」の理解は確かにその一面をとらえてはいるが、他方どうしても疑念が生ぜざるを得ない。朱熹の思想に通じていると思われるハビアンが、何故に朱熹の「太極」の解釈を取りあげないのであろうか。すなわち、周行己の「陰陽は一道なり。太極は無極なり」を引用しながら、「太極」を理、「陰陽五行」以下を気と解して、形而上の理の世界と形而下の気の世界とをはっきり区別しようとする朱熹の考え方（『太極図解』『太極図説解』参照）には言及していない。また朱熹の「雑学弁」を引いて「道」と「陰陽」との関係を問題にしながら、「一陰一陽する所以が道（理）である」として「一陰一陽」という形而下の気をそのまま「道」と解さなかった、程頤（伊川、一〇三三―一一〇七）の説、それを採った朱熹の解釈は問題にされていない。それはなぜか――。因みに「雑学弁」は朱熹三十七歳頃の著作、朱熹の思想の枠組がまだ定まらぬ時期のものである。

二、天地造作ノ主アルコトヲ知ラズ

はたして、第二の問答において、妙秀は「太極ノ図⑿」を取りあげ、その「事ガキ」を問題にして、

此事ガキニハ、中ノ円《まる》ク虚ナル所ヨリ何事モ生ジ、又爰《ここ》ニ帰スレバ、其虚ナル所ヲ、センニ見《(ヨ)》コトイヘルカ様ニ書ツルト覚ヘ侍ル。然バ物ノ生ズル事、只天道自然《じねん》ノ道理ニシテ是非スベキ事ニ非ズ……。陰陽ノ無心無智成《なる》ニヨツテ、是ヨリ物ヲ生ズル事ハ叶《かなう》ベカラズト云フ事ニハ拘《かか》ハリ給フベカラズ。

と問う。これに対して、幽貞はかえって、その「太極ノ図」の「事ガキ」なるものを引用し、

「中間ノ虚ナル所ハ大道ノ惣枢《そうすう》、猶《なお》シ屋《おく》ノ中棟ニシテ、衆木是ニ聚《あつま》ルガ如シ」ナンドヽカケルハ、彼《かの》老子ノ、「道、一《いつ》ヲ生ズ」ト云《いえ》ル、虚無自然ノ所。仏者ノ云フ成ル虚空法界《こくうほっかい》ヲサシタル物ナラズ哉《や》。

と反論する。虚なる白円で存在の根源を示さんとする考えは、しょせん「我心自《みずか》ラ空成《くうなり》ト心得、又空無《くうむ》ヲ以テ万法ノ根源共《とも》シタル物」であって、「智恵智徳ノソナハリタル作者ナクテハ、塵一法《ちりいっぽう》トテモ生ズル事叶《かな》ハヌ事成《なる》ニ、況《いわん》ヤ此天地人物ハ、空無ヨリ自然天然トハ何トシテ生ズベキ哉」と主張するのである。

ここに引かれる「事ガキ」なるものがいかなる解説書であるかはまだ詳らかにしないが、右の「大道ノ惣枢」は朱熹が「無極而太極」に注した「造化の枢紐にして品彙の根抵」と繋がると思われるし、また引用中の「体統一箇ノ太極」「事に一太極・物に一太極」は文脈からして『図説解』の「万物統体一太極」、「一物各具一太極」をふまえると思われ[13]、したがって朱熹の解釈を少なくとも下敷にしていると推測できる。しかし、先の問題と同様に、ハビアンはなぜか、「太極」を「理」としてとらえる朱熹の考えやその『太極図説解』には直接言及していないのである。

続いて、問答は、『易』乾卦彖伝「大なる哉、乾元。万物資《と》りて始む。……」を取りあげる。『易』には、天があるいは天地が万物を生成展開せしめるというではないか――。ハビアンは、朱熹『周易本義』・程頤『易程伝』の解釈を引いてこれを説明し、これもまた「虚無自然ノ無極ヲ根本」とするものにほかならぬとする。

此天地陰陽ト云フ物カラガ、独リ有ベキ物ニ非ズ。万ヅノ物、色形チアルハ、其初メナクテ叶《かなわ》ズ。初メアレバ自《おのずか》ラ初《はじ》マルコトアタハズ。他ノ力ニヨラザレバ生ジサフラハヌゾ。万物ハ天地陰陽ヨリ出来《いでく》ルト云ハヾ、其天地陰陽ハ何《いず》クヨリ生ジタルト思イ《〔ヒ〕》玉フヤ。此所《ここ》ニ至テハ、儒道モ虚無自然ノ無極ヲ根本トセザレバ叶ハズ。

天地陰陽が万物を生成するなら、その天地陰陽はどこから生じてくるのか。ハビアンは、「天地創造ノ主アル事ヲ知《しら》ネバ、虚無ヨリ自然ニ生ジタルトヨリ外ハ云フベキ様ナシ」と述べ、天地の創造主という観念の欠如が、自《おのずか》ラ天地陰陽万物が生じるとする空論を生むとするのである。

ところで、そもそも朱熹は天地万物の生滅をどのように説明しているのであろうか。ごく簡単に見ることにする。

（紙幅の都合上、資料は口語訳のみを示す）

(1)　天地は初め、陰陽の気だけだった。この一気が運動し、磨擦をくり返す。その磨擦が遠くなったとき、多くのかす（査滓）が押し出された。しかし内側には出場所がないので、中央に凝結して地が出来あがった。清んだ気が天となり日月となり星辰となって、いつも外側を回っている。地はまん中にあって動かず、下にあるのではない。（『朱子語類』巻一・二十三条、陳淳録）

朱熹の宇宙論は渾天説の延長線上にあり、[14] 宇宙の生成と構造を一気の回転運動から説明する。いまそれを詳細に述べる余裕を持たぬが、「造化の運動は石臼に似ている。……万物が生まれるのは、石臼の中から粉が撒き散らされるようなものだ」（同巻一・四十二条）ともいうように、石臼が粉を撒き出すさまを思い描けばよいであろう。

(2)　天地の初めに、どうして人間のたね（人種）を求めることができよう。気が蒸れて二人の人間を作りあげてから、はじめて多くの万物を生み出したのだ。だから（太極図・太極図説では）先に「乾道　男を成し、坤道　女を成す」と言ってから、はじめて「万物を化生す」と言ったのである。初めにもしその二人の人間がいなければ、いまどうしてこんなに多くの人がいようか、その二人は、いま人の体につく虱《しらみ》のように、自然に変化して生まれ来たものだ。（同巻九十四・七十条、黄義剛録）

人間の起源・誕生を述べた一条。ふとアダムとイヴの神話を想起させるが、朱熹は、あたかも虱が涌くように、気の運動で自然に生まれたと言い[15]、気をしてそうせしめる者を問題にしていないかのようである。まさに、かかる発言をとらえれば、ハビアンが「自《おのずか》ラ」「自然ニ」という思考を問題にして、儒教（朱子学）批判を行っているのは、それなりに妥当なものと言えよう。しかしながら、万物の生成・存在を論ずるとき、それは気のみで説明されるのでなく、理がかかわってくるのである。

(3) 天地間のものには、理と気があります。理は形而上の道であり、物を生じる根本です。気は形而下の器であり、物を生じる素材です。そこで人や物が生じる際には、必ず理を稟《う》けて、はじめて本性がそなわり、必ず気を稟けて、はじめて形体がそなわります。その本性と形体は別々にあるわけではありませんが、道と器との間には、はっきりとけじめがあって、乱すことができません。（『朱子文集』巻五十八、答黄道夫）

気は物質を形成する根源またその可能性をもつもの。理は事物の存在の原理すなわち存在を存在としてあらしめる原理（所以然の故）であり、事物の当為すなわち道徳の規範（所当然の則）でもある。[16] 理と気とは、一理のない気はなく、気のない理はない」（『朱子語類』巻一・六条）と言うように、同時存在・相互依存の関係にあるとするのが、朱熹の立前、基本的立場であった。だが、理が事物の存在の根拠としての性格をもち、かつ道徳倫理の規範として倫理学・人間学の支柱であることから、朱熹は理を気に優先させざるを得なかった。いわゆる「理先気後」の問題である。例えば、

(4) 問う、「先日、『天地ができる以前には、つまるところ、先ず理がある』と言われましたが、どういうことですか」

先生言う、「天地ができる以前には、つまるところ、理だけが存在する。理があるから、天地がある。もし理がなければ、天地もなく人もなく物もなく、すべてなくなってしまう。理があれば気があり、流行して万物を発育する」（『朱子語類』巻一・一条、陳淳録）

と述べたり、「万一、山河や大地がすべて陥没して消え去っても、畢竟、理はそこにある」（同巻一・十四条）と言い、

あまつさえ、「理が気を生じる」（同巻四・六十五条）といった極端な表現も見られるのである。

ハビアンは、先にも述べたように、太極・無極・道・陰陽などを取りあげ、朱熹の説を引用して万物の生成を論じながら、本来それらの概念と密接にかかわり合っている理には言及していない。「儒道之事」中、唯一の言及の例は、後に見る、朱熹の人性論を引く場合である。ことさらに、と思えるほど、理に対する言及がないのは、いかなる理由によるものか、あるいはそれがわが国における朱子学受容のあり方とかかわってくるものなのか、ということを含めて、今後の課題にしたい。

三、儒者ノ如キハナツウラノ教へ

妙秀と幽貞の問答は、続いて第四に鬼神の問題、第五に魂魄の問題を取りあげる。論駁の対象として朱熹の説が引かれているが、死後の問題は祖先の祭祀と絡んでいることもあって、朱熹の説の中でももっとも矛盾と曖昧さを含んでいる。その点、興味深い問答ではあるが、他の機会に検討することにして、第六の問答――儒者ト道者ノ心得に関する問答を見てゆくことにする。

この問答で、ハビアンは儒・釈・道の三教の内、儒教が優れていると評価するが、儒者についてまず次のように述べる。

儒者ハ今マデ申ツル様ニ、天地陰陽ノ外ニハ、人物ノ根源トモ云フベキハ別《べ》チニナシト見、是ヲ太極トモ天道トモ云イ《〔ヒ〕》、畢竟ハ事々一太極、物々太極トテ、都《すべ》テ万物ニ隔テナシ。天地ニ備《そなわ》ル事理ノ二ツガ和合シテ、人畜草木トモナルニ、理ハ物ニ稟《うけ》テ是ヲ性ト云イ《〔ヒ〕》、事ハ物ニ稟テ気質《きしつ》ト云《いう》。理性《りしょう》ニ隔《へだて》ハナケレドモ、事トナル気質ノ不同アルガ故ニ、人物貴賤ノ隔テアリ。

文中、「事理」は華厳仏教学を想起させる用語であり、「理性」も本性を意味する仏教語であるが、「理ハ物ニ稟《うけ》テ是ヲ性ト云イ」として性即理説を説き、「気質ノ不同」を説くことからも明らかなように、朱子学の人性論による記述である。それにつけても、先に触れたようにここではじめて朱熹の「理」の概念が出てくることに注目しておきたい。以下、ハビアンは、儒者の考え方を朱熹の『大学章句』および『大学或問』に拠って述べている。まず、「大学章句序」の「蓋《けだし》天、生民ヲ降シテヨリ、既ニ是ニアタウルニ仁義礼智ノ性ヲ以テセズト云コトナシ。然《しかれ》ドモ其気質ノ稟《うく》ルコト、或ハ斉《ヒトシ》キ事アタハズ。茲《ここ》ヲ以テ皆其性ノ有スル所ヲ知テ、是ヲ全《まっとう》スル事有事アタハズ」を引き、次に「気質ノ不同」を「大学或問」に拠って説明する。すなわち、気には正（正シキ気）・通（フサガラズ通ル気）・偏（タダシカラズ、ユガメル気）・塞（フサガリタル気）の四種があり、正・通のヨキ気を受けたものは人となり、偏・塞の悪《あし》キ気を受けたものは禽獣草木となる。さらに正の中に美・悪、通の中に清・濁があり、偏・塞の二気にも美・悪・清・濁があり、それによって聖人智者愚不肖の差異、禽獣草木の優劣が生ずる――。次いで、ハビアンは『大学』の三綱領（明明徳・新民・止至善）を「儒者ノ心トスル所」とし、これを朱熹の注解によって説明した上で、「仁義礼楽ヲ以テ天下ヲ治メ人ヲ教《おしゅ》ルガ、儒者ノ心ニテサフラフ」と、儒者の特質をとらえるのである。

そうして最後に、「虚無自然ノ道ニ体《よっ》テ仁義礼楽ヲバ絶《たち》テステ、無為《ぶい》ヲ本《ほん》トシサフラフ」道者に比して、

　儒者ノ如キハナツウラノ教ヘト申テ、性得《しょうとく》ノ人ノ心ニ生レツキタル、仁義礼智信ノ五常ヲ守ルヤウナル所ヲバ、キリシタンノ教ニモ一段ホメラレサフラフ。但《ただし》天地陰陽ヲ太極天道ト見テ、其作者ヲ云ハズ。人畜草木モ気質マデニテ替ハリ、其性ハ隔《へだ》テナシナド云フ様ナルヲバ、マヨイト申侍ル也。

と結論づけている。儒教の人倫五常の道をナツウラ（Natura）の教えすなわち自然法的倫理の教えとして評価しているのである（白石の『西洋紀聞』中に、やはり「儒者自然の学也」の記述があることを想起されたい。四〇八頁参照）。だがハ

ビアンから見れば、しょせん、「造作ノ主」の欠如した教えであり、万物の相違を気質によってとらえる性論は、万物一体を説くものとして否定されるべきものであった[17]。

結びにかえて

以上、ハビアンの儒教（朱子学）批判を、ごく限られた範囲で概観してきた。この問答に示された、「造作ノ主」たるデウスを立てるキリシタンに対して、創成者を介在させることなく天地陰陽万物が自ラ《おのずか》生ずるとする儒者、という発想の相違を、東の自然と西の作為[18]としてとらえることは比較的容易であろう。ただ、それは東西の発想の対比として一応首肯できるにしても、ハビアンの儒教（朱子学）理解・批判に見られる「自然天然」「自然ニ」「自ラ《おのずか》」の観念には、東の自然と言い切るにはいささか検討すべき事柄が存するように思う。すなわち、問題は、日本人ハビアンが中国儒教、なかんずく朱子学の「自然」あるいはオノズカラと訓じた「自」の概念を、日本のそれとは違うものとして把握し得ているか、ということである。

かつて、丸山真男氏は、「歴史意識の『古層』」という論文[19]の中で、世界の諸神話にある宇宙（天地万物人間を含む）の創成論を「つくる」「うむ」「なる」という発想からとらえ、ユダヤ＝キリスト教的な「つくる」論理に対蹠的なものとして、日本の「なる」論理を解析した。丸山氏は、日本人にとってこの世界は、人格的創造神によって一定の目的でつくられた世界ではなく、世界に内在する神秘的な霊力（産霊《ムスビ》）の作用によってまさに不断に成りゆく世界にほかならぬ、とし、日本の歴史意識の底流にある思惟様式を「つぎつぎになりゆくいきおい」というフレーズにまとめている。丸山氏はまた、これにかかわることとして、「自然」が古来「おのずから」と訓ぜられてきたことを取りあげ、次のように言う。

　漢語の自然が人為や作為を俟たぬ存在だという意味では、それは“natura”と同様に、「おのずから」の意に通じている。けれども「自然」にも、natura にも、ものごとの本質、あるべき秩序というもう一つの重大な含意があるのに対して、「おのずから」はどこまでもおのずからなる、という自然的生成の観念を中核とした言葉であって、事物の固有の本質という定義には、もともとなじまない。その点で儒教的自然法だけでなく、他の「諸子」の場合でも、「道者万物之所㆓以成㆒也」（『韓非子』解老篇）とか（中略）いわれるように、自然の道が窮極のイデーとして表象されるかぎり、それは、すべてがおのずからになりゆくところの世界とは到底そのまま合一すべくもなかった。

長い引用となったが、「自然」と「おのずから」の違いを見事に説いていると思われる。[20]

いま、これを敷衍して言えば、中国の「自然」にはある種の規則性・秩序の観念が伴うものであり、とりわけ朱子学は「天地自然の理」「自然の理」というように、その規則性、秩序性は「理」の所為として、人はもちろん宇宙の事物は「理」によって同一世界内に通環しあうのである。さればこそ、ニーダムは「理」を宇宙の秩序化と組織化の原理とし、アリストテレスの「質料」に対する「形相」とみなす説をはじめ、フォルケの「理性」（Vernunft, Reason）という訳語もブルースの法則（law）という訳語も斥けて、有機体の綾なすパターンとしてとらえたのである。[21]

「自然」「おのずから」にまつわる、かかる思想的背景を念頭におくとき、ハビアンの儒教（朱子学）理解・批判に窺われるその観念は、中国的「自然」をとらえ得たものなのか、それとも日本的「おのずから」に沿ったものだったのか。はたまた儒教の人倫五常の道をとらえて「儒者ノ如キハナツウラノ教ヘ」と言うとき、「自然」「おのずから」との違いをどの程度理解した上のものだったのか——。筆者の問題意識の一端はそこにあったが、小論はその入口にとどまった。強いて付言すれば、ハビアンがことさらに朱熹の理あるいは理気説に触れぬことは「おのずから」への傾斜を示すものではないか、と今のところは予想している。

註

（1）アルーペ神父・井上郁二訳『聖フランシスコ・デ・ザビエル書翰抄』（岩波文庫下巻）「書簡第三〇」（岩波書店　昭和二十四年）。

（2）ハビアンの伝記について、詳しくは、フーベルト・チースリク「ファビアン不干伝ノート」（『キリシタン文化研究会会報』第十五年第三号　昭和四十七年）、井手勝美「背教者・不干斎ファビアンの生涯」（『広島工業大学研究紀要』第七巻第二号昭和四十八年）、同「背教者・不干斎ファビアンの生涯（補説）」（『史学』第四十八巻第一号　昭和五十二年）、同「ハビアンと『妙貞問答』」（『季刊日本思想史』第六号　昭和五十三年）、坂元正義『日本キリシタンの聖と俗――背教者ファビアンとその時代』（名著刊行会　昭和五十六年）等を参照。

（3）『妙貞問答』については、上巻は西田長男「天理図書館蔵吉田文庫本『妙貞問答』」（『ビブリア』第五十七号　昭和四十九年）、中巻と下巻は日本思想大系25『キリシタン書・排耶書』（岩波書店　昭和四十五年）所収、海老沢有道校注の神宮文庫本を参照した。

（4）『排耶蘇』中に利瑪竇の『天主実義』を引くことについては、尾原悟「マテオ・リッチ考」（『ソフィア』第三十三巻第一号　昭和五十九年四月）等が言及している。

（5）井手氏は前掲註（2）論文で、ハビアンについて、知の人であっても遂に信の人たり得なかった、世俗化の段階に入った戦国時代末期を象徴する知識人であった、とする。「背教者・不干斎ファビアンの生涯」一五頁。

（6）前掲註（3）日本思想大系『キリシタン書・排耶書』六一四頁、海老沢有道『妙貞問答』解題。

（7）源了圓『徳川合理思想の系譜』（中央公論社　昭和四十七年）二八頁。

(8) 坂元氏前掲註（2）書、二一三〜二五二頁。
(9)『小尾博士退休記念中国文学論集』（教育図書出版第一学習社　昭和五十一年）所収。
(10) 友枝氏もまた前掲（四〇九頁）論文で、『原人論』との一致を指摘する。
(11) 小野沢精一・福永光司・山井湧編『気の思想――中国における自然観と人間観の展開』（東京大学出版会　昭和五十三年）二三六〜二四一頁。
(12) 神宮文庫本について、海老沢氏は「底本余白を置いて図を欠く」と注する（前掲書一一七〜一一八頁頭注）が、西田氏が紹介する吉田文庫本には左の如き図（**図一**）が見えており（七四頁）、これが件の図に相当するものか。因みに朱子学で言う「太極図」とは**図二**のこと。なお東洋文庫14『南蛮寺興廃記・邪教大意・妙貞問答・破堤宇子』（平凡社　昭和三十九年）で海老沢氏は注中に別の図を掲げているが（一五三頁）、その拠る所を知らない。

図一

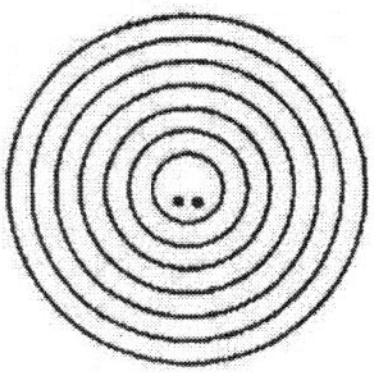

図二

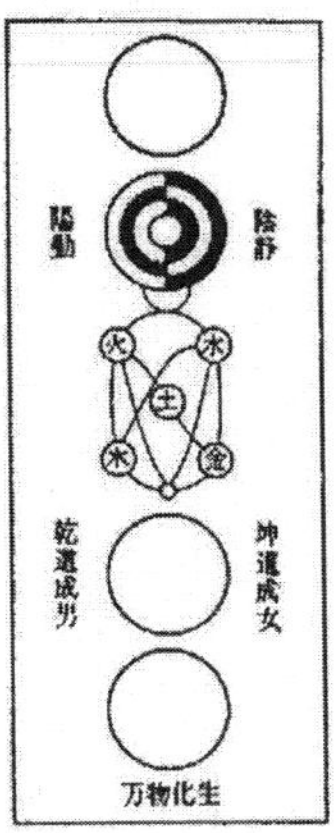

(13)「体統一箇ノ太極」の「体統」を、海老沢氏は「大体、大略の意」と注するが（前掲書一一九頁頭注）、朱熹『太極図説解』「蓋合而言之、万物統体一太極也。分而言之、一物各具一太極也」の「万物統体一太極」に当てて理解すべきかと思う。
(14) 朱熹の宇宙論についての詳細は、山田慶児「朱子の宇宙論」（『東方学報』第三十七冊　昭和四十一年　後に『朱子の自然学』岩波書店　昭和五十三年に所収）を参照されたい。
(15) ものの生成に関して、まず始めに気によって形ある人や物が生じることを「気化」といい、次に「気化」によって出来上がった形ある男女牝牡が交合することによってものを生成してゆくことを「形化」という。朱熹の『太極図解』を参照。また『程氏遺書』巻五「万物の始めは皆気化なり。既に形あり、然る後に形を以て相禅《ゆず》りて形化有り。形化長ずれば則ち気化漸く消す（形化が盛んになると気化はしだいに衰える）」という発言を参照されたい。

（16）理・気については多くの先学の考察があるが、中国思想史上の展開をふくめて、ごく大まかなアウトラインは、伊東俊太郎他編『科学史技術史事典』（弘文堂　昭和五十八年）所収の拙稿「理」「気」の項を参照されたい。

（17）『妙貞問答』下巻に、万物を四種に分けて、セルノ類（天地日月星・金石の類）・アニマーベゼタチイバノ類（非情草木の類）・アニマーセンシチイバノ類（禽獣虫魚の類）・アニマーラショナル（人倫つまり人間）と説くが、その資質の相違の説明には、朱熹が人と草木禽獣との相違を説く発言と類似の視点も見られる。むろん前者のそれは整然と階層立てられた存在の把握であるのに対して、後者はいわゆる万物一体観を根底におくものであることは言を俟つまでもないが、ハビアンの人倫理解を探る上では検討すべきものがあるように思う。この点は他の機会に譲る。

（18）例えば、友枝氏前掲（四〇九頁）論文。

（19）日本の思想6『歴史思想論集』（筑摩書房　昭和四十七年）所収。

（20）漢語としての「自然」という文字《ことば》とその概念の内容について、とくに上代に関しては、笠原仲二『中国人の自然観と美意識』（創文社　昭和五十七年）に詳しい。なお中国の自然観の歴史については、吉田光邦「東洋の自然観——中国人の場合」（岩波講座哲学6『自然の哲学』（岩波書店　昭和四十三年）、とくにその問題と方法をめぐっては、金谷治「中国自然観の研究序説」（『集刊東洋学』第三十五号　昭和五十一年）など、日本の自然（おのずから）・自然観については、相良亨他編『講座日本思想1・自然』（東京大学出版会　昭和五十八年）、『文学』第四十一巻第三号《自然観》（岩波書店　昭和四十八年）、さらに翻訳語としての「自然」をめぐっては、柳父章『翻訳語成立事情』（岩波書店　昭和五十七年）など、の論考がある。

（21）Joseph Needham, "Science and Civilization in China," Vol. II, *History of Scientific Thought* (1956). 寺地遵他訳『中国の科学と文明』第三巻『思想史下』（思索社　昭和五十年）参照。

四　「芭蕉」という俳号をめぐって

――漢文学雑考その一

平成元年は、元禄二年松尾芭蕉の「おくのほそ道」紀行から三百年という節目の年に当ったことから、旅にゆかりのある各地で様々な記念のイベントが催されたことは記憶に新しい。偶々その折に漢文学との関わりをめぐって寄稿を求められ、時おり気になっていたことを考える機会として執筆に応じようとしたが、結局のところその方の専家でもなく十分に責めを果たし得るか逡巡するうち草稿のまま篋底に入れてしまった。その後新しい知見を得たわけでもないが、この夏再びその草稿を思い出すことになった。奇しくも拙稿が取り上げようとする、芭蕉が自らその号の謂れを記した文章「芭蕉を移す詞《ことば》」が元禄五年（一六九二）八月頃に書かれたことに気付き、再度三百年の巡り合せを不思議に思い、専家の批正を仰ぐこととした。すなわち、これは、「儒者に皇国の事をとふには、しらずといひて、恥とせず、から国の事をとふに、しらずといふをば、いたく恥と思ひて、しらぬことをもしりがほにいひまぎらはす」（『玉勝間』巻一）という宣長の批判に対抗しようという類の試みではないことは、言うまでもない。

一

松尾芭蕉、その篤実な同郷の高弟服部土芳の『蕉翁全伝』によれば、金七・半七・藤七郎・忠右衛門と言い、後に甚七郎と改名したという。さらに諸家の説によれば、元服の後あるいは藤堂新七郎家に出仕（多くは十九歳頃と推定する）してからは宗房《むねふさ》と名乗ったとする。今日伝存する制作年次の判明する最古の作品は寛文二年（一六六二）十二月立春に詠んだ句といわれるが、俳号はその名をそのままソウボウと音読して用いたとされる。芭蕉の俳号としては、三十二歳頃から以降その後生涯にわたって使用した桃青と三十八、九歳頃から用い始められてその人の呼称となった芭蕉の号がその代表的なものであるが、芭蕉庵桃青、芭蕉桃青と併用する例も少くない。また釣月軒、坐興庵、華桃園、泊船堂、栩栩斎、芭蕉洞、風羅坊などの庵号・室号や、鳳尾、羊角、杖銭、土糞、素宣などの別号を用いたことも先学によって指摘されているところである。これらの俳号の由来や背景についてはすでに専家に多くの考証の蓄積が存することはいちいち列挙するまでもなかろう。そうした俳号をめぐる問題のうち、芭蕉という俳号の由って来たるところが奈辺にあったかということは、筆者の如き門外漢にとってもいささか気になることがらである。いったい芭蕉の号の使用が蕉風の開拓、確立と時期的に重なるが故に、いかなる思いをこの俳号に寄せているのかを問うことは、当然の問いかけかと思われる。

桃青の俳号は、江戸に出て来た芭蕉が江戸の俳壇においてその地歩を占め出した頃から用いられる。具体的には、延宝三年（一六七五）五月、江戸来遊中の談林派の総師西山宗因を歓迎しての百韻に一座したときが初めての使用とされる。芭蕉の号とともに最も用いることが多かった俳号である。しかし、この号の由来については、李白を意識しての命名とする説をはじめ、いくつかの異説が示されているけれども、(1)そもそも芭蕉自身この俳号の謂れに言及した資料がないことから、つまるところ推論の域を出るものではない。

　これに比して、芭蕉という俳号の謂れはあまりにも有名である。この俳号を用いるきっかけが、門人の李下より芭蕉の株を贈られたことにあることはよく知られている。江戸市中から郊外の深川の草庵に移り住んだ後、植えられたものである。

　　李下、芭蕉を送る。

　ばせを植てまづにくむ荻の二ば哉（続深川集）(2)

そして後年、芭蕉は「芭蕉を移す詞《ことば》」の中で「いづれのとしにや、栖《すみか》を此境《このさかい》に移す時、ばせを一もとを植《うう》。風土芭蕉の心にや叶けむ、数株の茎を備へ、其葉茂重りて庭を狭め、萱が軒端もかくる計也。人呼て草庵の名とす。旧友・門人、共に愛して、芽をかき根をわかちて、処々《ところどころ》に送る事、年々になむなりぬ」と述べるのである。これにより、諸家は庵号を芭蕉庵、俳号を芭蕉としたことを説明するのであるが、そのことに特に異論を挟むものではない。ただ、植えられた一株の芭蕉が命名のきっかけであり、また周囲が草庵を呼ぶことから始まった名であったにしても、芭蕉自身がその呼称を用い、用い続けながらこの俳号に託した思いは何であったか、という疑問を禁じ得ないのも事実である。

　その点、芭蕉が自ら芭蕉の株への思いを記した「芭蕉を移す詞」は極めて興味深い文章である。しかもこの文章は元禄五年八月四十九歳に至って書かれたものである。後述するように、この文章にはさらに二種の異文が伝えられ、芭蕉の胸中にあるものを吐露するのに、少からず推敲を重ねたふしがうかがえる。諸家の中には、芭蕉という俳号を用い出す理由として、この文章の内容をそのまま直結して論ずる向きもあるが、まずは四十九歳の時に書かれたことに着目すべきではないか。私はこの「芭蕉を移す詞」を、芭蕉という俳号を用いながら芭蕉の胸中に培われた、己れの境涯の何がしかを述べた文章として読んでみたいと思う。とくにここでは、芭蕉が憧憬した中国の古人の在り方が意識されていることに着目して検討を試みたい。

二

(1)

まずあらためて、李下より芭蕉の株を贈られそれを庵に植えた前後を辿って、芭蕉がいつ、いかなる形で意識されていくかを確認していくこととする。

延宝八年（一六八〇）冬、三十七歳の芭蕉は、江戸は日本橋に近い小田原町から隅田川の向う岸の深川に居を移した。それはただの転居ではなく、時の俳壇との繋がりを絶つことに等しい退隠であった。この深川隠棲の原因・理由には諸解釈があるようであるが、これを期にその俳風が急激に変化したことは等しく指摘することである。いわゆる蕉風俳諧の樹立が深川隠棲を契機とすると考えるならば、芭蕉の胸の中には一つの境涯が出来つつあったということになる。[3] 芭蕉には、この延宝八年冬の作を推定される作に「柴の戸」がある。[4]

　ここのとせの春秋、市中に住侘て、居を深川のほとりに移す。長安は古来名利の地、空手にして金なきものは行路難しと云けむ人のかしこく覚へ侍るは、この身のとぼしき故にや。

　　しばの戸にちやをこの葉かくあらし哉

この文章では、九年に及ぶ江戸市中の生活をやめて深川に移ったことの感慨を述べるのに、白居易の詩句を引いている。すなわち、「張山人の嵩陽に帰るを送る」雑体の詩（『白居易集』巻十二、感傷四）[5]の「長安古来名利地、空手無金行路難」をそのまま引用することは諸家の指摘する通りである。ただ、この詩句の引用を指摘するのみでは、ここでは不十分である。この詩は、小雪の降る夜、痩せた馬に単の衣の張山人が、白居易のもとに柴門を扣いて別れの挨拶に来たことから述べ始める。[6]酒を買いもてなしつつ、なぜに長安に来たのにまた長安を去るのかという白居易の問いに、張山人が答えるという形で詩は展開する。件の詩句は、四十余月長安に客寓した張山人の長安暮しの感慨を述べるものである。この詩句の「長安」を「江戸」に置き換えて、芭蕉の九年間の江戸暮しの感慨を重ねて見ることは容易である。それは、名利の地である江戸での世わたりの難しさを言うことになるが、この詩句の引用はその思いを伝えるのみにとどまらないように思う。留意すべきは、張山人の感慨として、引用の二句に続いて

　朝に九城の陌《はく》に遊べば、肥馬軽車客を欺殺す。暮に五侯の門に宿せば、残茶冷酒人を愁殺す。

とあることである。九城の陌とは市街の中、五侯の門は貴族の家のこと。市中に遊べば肥馬軽車を駆る権勢富貴の者にあなどられ、貴族の家に宿せば、残り物の茶や冷や酒をあてがわれてすっかり気が滅入る——。都の生活に溢れる虚栄と傲慢、その空しさこそ張山人が長安を立ち去るに際しての感慨であったことを述べている。かくあるならば、芭蕉は「長安は……」の詩句の引用に当り、続くこの詩句をも意識していると解することはできまいか。むしろこの詩句を含めてこそ、名利の世を嫌いこれから離れようという感慨を読み取ることが可能になるのではないかと考えたい。[7]

(2)

深川に移って一年、芭蕉は「月をわび、身をわび、拙きをわびて」（「侘てすめ」詞書）と、「侘び」の生活を以て自

ら認じつつあった。そして自認しようとする「侘び」の生き方を語る文章として次の三つが注目される。「独寝の草の戸」「乞食の翁」「寒夜の辞」で、ともに天和元年（一六八一）秋から冬に作られたものである。この三つの文章に共通するのは、「侘びて住む」さまを古人の詩句に重ねて述べようとする姿勢である。「独寝の草の戸」では老杜（杜甫）・坡翁（蘇軾）、「乞食の翁」では老杜、「寒夜の辞」では杜甫・沙弥満誓・西行・李白の詩句が意識されている。

このうち、特に中心にあるのは杜甫である。

(a)老杜、茅舎破風の歌あり。坡翁ふたたび此句を侘びて、屋漏の句作る。其の世の雨をばせを葉にきて、独寐の草の戸。

芭蕉野分して盥に雨をきく夜哉（「独寝の草の戸」）

(b)窓含西嶺千秋雪　門泊東海万里船

我其句を識て、其心を見ず。その侘をはかりて、其楽をしらず。唯、老杜にまされる物は、独《ひとり》多病のみ。閑素茅舎の芭蕉にかくれて、自《みずから》乞食の翁とよぶ。（「乞食の翁」）

(c)深川三またの辺りに草庵を侘て、遠くは士峯の雪をのぞみ、ちかくは万里の船をうかぶ。（「寒夜の辞」）

(a)(b)(c)ともに、杜甫また杜甫の詩に「侘び」のさまの典型を考え、その心を追慕するかのようである。しかも、これに繋って(a)(b)の文に「芭蕉」の語が見えて来るのである。

(a)の「茅舎破風の歌」とは、「茅屋秋風の破る所と為るの歌」（『杜工部集』巻四）を指し、『古文真宝』（前集巻八　歌類）にも収載する。下文に坡翁蘇東坡が「屋漏の句」を作ったとあるところから、とくに「牀牀の屋漏りて乾処無く、雨脚麻の如くにして未だ断絶せず」との詩句を指摘するのが普通である。また蘇東坡の「屋漏の句」とは、「連雨江漲《みなぎ》る二首」（『蘇軾詩集』巻三十九）の第一首の中、「牀牀漏を避く幽人の屋」の句を意識する。[8] (b)に引く七言の二句は杜甫の「絶句四首」（『杜工部集』巻十三）の第三首の転句と結句。元の于濟撰・蔡正孫補『聯珠詩格』巻一の第二首目に「絶句」としてこの詩を収載する。ただし、原詩は「窗には西嶺千秋の雪を含み、門には東呉万里の船を泊す」とあり、東呉を東海と誤って引く。(c)もまた、この詩句をふまえた表現であることは明らかである。かくして(b)(c)では深川の草庵から見る風景、富士の峰と隅田川の見える風景を杜甫の詩に詠じられた風景に比擬する。それはその草庵の佇まいを象徴すると意識したものであろう。また(a)はその草庵がいかにも茅屋そのものであるのを、杜甫の茅屋そして蘇東坡の住いのありさまに比擬して、とくに屋漏の生活に己れの境涯を重ねようとしている。

ただ、杜甫や蘇軾の詩にその境涯を重ねようとするとき、そもそもこれらの詩句は杜甫のいかなる境涯の中から生まれ、蘇軾のいかなる感慨のもとに作られたかが把握されねばならない。その点、(b)に「我其句を識て、其心を見ず。その侘をはかりて、其楽をしらず」と述べるのは、あながち謙辞ではないように思われる。というのは、これらの詩を生んだ杜甫、蘇軾の境涯には、この時の芭蕉のそれとは別趣の面が存すると思われるからである。

三

(1)

杜甫の「茅屋秋風の破る所と為るの歌」は上元二年（七六一）秋、甫五十歳の作、「絶句」は永泰元年（七六五）五十四歳頃の作で、ともにいわゆる成都時代のもの。安禄山の乱の混乱を契機に各地を転寓することを余儀無くされた杜甫は、乾元二年（七五九）末に成都に着き、翌上元元年（七六〇）、当時の城南約八里浣花渓のほとりに草堂を築いた。四十九歳であった。この二つの詩はその草堂における作品である。

「茅屋秋風の破る所と為るの歌」は秋の大風に草堂の屋根が吹き破れたのを嘆ずる詩であるが、同じ時の作に「柟《なん》樹《じゅ》風雨の抜く所と為るの歎き」と題する詩（『杜工部集』巻四）があり、茅舎破風の歌の詩と同じく、『古文真宝』（前集巻五　七言古風短篇）に収載する。この詩に拠れば、土地の古老が樹齢二百年と言い伝える柟樹（楠）が抜き倒されるほどの暴風であったらしい。はたして茅舎破風の歌の冒頭には、

八月秋高くして風怒号し、我が屋上三重の茅を巻く。茅飛びて江を渡り江郊に灑《ち》る。高き者は長林の梢に挂罥《けいけん》し、下《ひく》き者は飄転して塘坳《とうおう》に沈む。

と、屋根にふいた茅が吹き飛んだ状況を述べる。しかも散乱した茅を村の子供らは公然と盗んでいくが、いくら叫んでも年老いて力の無い自分はそれを制止することはできないと嘆く。かくして風はおさまるが、秋の夜を迎えてその窮状を慨嘆するのである。

布衾多年冷やかなること鉄の似《ごと》く、嬌児悪臥して裏を踏み裂く。牀牀の屋漏りて乾処無く、雨脚麻の如くにして未だ断絶せず。喪乱を経てより睡眠少し。長夜沾《てん》湿して何に由りてか徹せん。

寝床《ベッド》という寝床は、絶え間なく降りしきる雨に雨漏りしてぬれてしまっている。安禄山の乱以来睡眠の少ない身にとって、秋の長い夜をしめった寝床で明かすのはいかにもこたえることであった。しかし詩人は篇末に至って一転、己れ一身の窮状のことより天下の寒士の窮状に思いを致す。

安んぞ得ん広廈千万間、大いに天下の寒士を庇《おお》いて倶に歓顔し、風雨にも動かず安きこと山の如くならん。嗚乎《ああ》何れの時か眼前突兀として此の屋を見ん。吾が盧独り破れて凍死を受くるも亦た足れり。

千万間もある広大な家を得て、天下饑寒の士人をかばい守り、みな顔を喜ばせ、風雨にもびくともしない――、いつの日か眼前に高くそびえた、かかる家屋を見ることができれば、自分の草庵だけが破れて凍死するような目に遭って

も悔いることはない、というのである。この詩がただ自らの窮状を歎くのみならず、かかる時でも、世の混乱に対する憂憤が胸中を離れずにあることに注目しなければならない。

他方、『絶句』の詩は一見、閑静な草堂の情景を詠じているかのようである。

両箇の黄鸝翠柳に鳴き、一行の白鷺青天に上る。
窗には西嶺千秋の雪を含み、門には東呉万里の船を泊す。

成都時代の杜甫を取り巻く状況はけして平穏なものではなく、四川の地の政情も不安定であった。しかし幼なじみの厳武が節度使として成都に赴任して来たことから、その庇護によって、生涯において最も安らぎが得られた数年間であった。広徳二年（七六四）五十三歳、六月には厳武の推薦をもってその幕賓となるが、翌永泰元年（七六五）正月には幕僚を辞し浣花渓の草堂に帰った。そして四月厳武の死と相前後して成都を去り、杜甫は家族とともに揚子江を下って東に向かう。その後五十九歳湖南の舟中で亡くなるまで旅は終らなかった。この「絶句」は永泰元年四月頃の作と推定される。[9] 草堂において短かいながら少しく閑遊することを得ているのを感じさせるが、詩人の胸中にはすでに揚子江を下る万里の旅を間近に決意しているのである。

次に(a)に見る蘇軾の「屋漏の句」について簡単に見ておこう。前述したように「連雨漲江」の詩をふまえているのであるが、紹聖三年（一〇九六）蘇軾六十一歳、嶺南恵州（広東省恵陽）における作品である。すなわち党争に因る政変の結果、蘇軾は落職されさらに流謫せられて、京師より遙か南方、大庾嶺を越えて、恵州の配所にあった。

越井の岡頭、雲《くも》山を出づ。牂牁江《そうかこう》上、水《みず》天の如し。牀牀漏を避く幽人の屋、浦浦家を移す蜑子《たんし》の船。龍は魚鰕を巻きて雨を并せて落す。人は鶏犬に随って牆に上りて眠る。只だ応に楼下階に平《ひと》しき水、長く先生が嶺を過ぐるの年と記すべし。

嶺南の地はもはや風物を異にする蛮夷の地である。しかしこの時期の蘇軾は、避遠の地に追われてある身ながら、もはや自らの得喪に喜憂することはなかった。この詩でも豪雨の情景を躍動感溢れて描写し、その不遇を概歎することはない。むしろ自らを先生と称し、二階家の石段まで達するほどの大水は、この先生が嶺南の地に来ている年のことだと長く記憶せよと言う。からりとして憂いは感じさせない。問題の「牀牀避漏幽人屋」の句もまた杜甫の屋漏の句の表現をふまえるにしても、その興趣は自ら異なる。雨もりをよけて寝床《ベッド》を動かしまわる幽人は蘇軾自身を指すのであろうが、「浦浦移家蜑子船」——船を家とする蜑人たちは入江から入江へとどこへでも住みかを移せるとして、それをうらやましがりながら微苦笑を浮かべている風である。

(2)

これまで見て来たことから、芭蕉の意識する杜甫や蘇軾の詩篇がいかなる境涯において作られたものであるか、ほぼその輪郭は把み得たであろう。それは、芭蕉が深川に居住する状況とは、比ぶべくもない境遇を背景にしている。芭蕉はその具体的事柄をどこまで承知しながら、これらの詩に「侘」を求めようとしているのであろうか。

芭蕉は(a)「独寝の草の戸」の下文において、杜甫そして蘇軾の「屋漏の句」に言及した上で、「其世の雨をばせを葉にききて、独寐の草の戸」と括る。野分の風雨が芭蕉の葉を打ち揺らす音に耳を傾け、「屋漏の句」を詠じた杜甫、蘇軾の心を思い遣っているのである。[10]芭蕉が「屋漏の句」にまつわる杜甫・蘇軾の境遇をどれほど知り得ていたかということを措くとしても、少くとも自らの境涯を、単に雨もりのする草庵に暮すという点において、杜甫や蘇軾のそれと同一視するものではあるまい。「侘びて住む」ことを自覚しつつあった芭蕉は[11]、この野分の夜、芭蕉の葉を打つ雨に感慨を覚え、雨もりにも特別の思いを催した。「侘びて住む」ことを感じ取ったのである。さればこそ「屋漏の句」が意識されるのであり、その詩句の心が求められねばならないのである。そしてここにおいて「芭蕉の葉」は「侘びて住む」ことを象徴するものとなった。いやそれ以上に、「侘びて住む」心を求める上で、杜甫や蘇軾の境涯をもしのぶよすがとなったのである。

(b)の「乞食の翁」は、昭和三十六年八月号『俳句』に懐紙に記された真蹟を井本農一氏が紹介したことにより知られるが、「泊船堂主　華桃青　□（印不明）」と自署する。泊船堂は言うまでもなく、右に見た杜甫「絶句」の詩句に由来する。かく自らの草庵を称しながら、その詩句について、「我其句を識りて、其心を見ず。その侘をはかりて、其楽をしらず」と記す。その上で、「茅舎の芭蕉にかくれて自《みずから》乞食の翁とよぶ」と結ぶのは、はっきりと「芭蕉」が「侘びて住む」ことの象徴として意識されていることを示すものである。それが(a)「独寝の草の戸」と繋がるものであることはあらためて言うまでもない。

かくして一年前、李下から贈られた芭蕉の株は、その後の芭蕉の境涯をさし示して、なくてはならぬものになったのである。「芭蕉」の俳号を用い始めるのも間もないことであったと思われる。[12] また、一年後天和二年（一六八二）十二月末に草庵が類焼、翌天和三年冬に知友門人の尽力により再建されるに際し、自ら「ふたたび芭蕉庵を造りいとなみて[13]」と称するのである。

四

(1)

「芭蕉を移す詞」は元禄五年（一六九二）五月に新しい芭蕉庵が出来上がり、そこに移り住んでまもなく書かれた

（八月頃）と推定される文章である。芭蕉四十九歳、奇しくも杜甫がかの浣花渓のほとりに草堂を築いた年令と同じである。この文章には三種類のものが伝わるが、先学の扱いに従って支考編『三日月日記』稿本所収のものを中心に考え、他の二種類すなわち土芳編『蕉翁文集』・闌更編『蓬莱島』所収のもの（「移芭蕉詞」）と竹山著『芭蕉翁全伝』所掲のもの（「深川の庵再興の記文」）については、必要に応じて言及することにする。

前節末に触れたように、芭蕉が三十七歳の冬移り住んだ深川の草庵は二年後に大火で類焼し、その一年後再び築かれた（四十歳）が、五年有余を経て元禄二年（一六八九）三月初旬人に譲り、同月二十七日「おくのほそ道」の旅に出立したのであった。六箇月になんなんとするその旅の後も客寓生活は続き、江戸に帰ったのは元禄四年（一六九一）十月末であった。ここに門人の助力を得て旧庵のほど近くに草庵を再興したものである。そしてこの三つの庵を一貫するものは他ならぬ芭蕉の株であった。芭蕉は彼その人の境涯を象徴するものであった。

菊は東籬に栄、竹は北窓の君となる。牡丹は紅白の是非ありて、世塵にけがさる。荷葉は平地にたたず、水清からざれば花さかず。

「芭蕉を移す詞」の冒頭は、陶淵明の菊、王子猷の竹、周濂渓の蓮と同様に、自らは芭蕉こその人を象徴することを暗に示す。次いで芭蕉との関わりとその株を移すに至る経緯を記すのであるが、深川において芭蕉と関り合うことを述べた（前掲四二七頁参照）上で、次のように言う。

一とせみちのく行脚おもひ立て、芭蕉庵既に破れむとすれば、かれは籬の隣に地を替て、あたりちかき人々に、霜の覆ひ、風のかこひなど、かへすがへす頼置て、……人々のわかれ、ばせをの名残、ひとかたならぬ侘しさも、終に五とせの春秋を過して、ふたたび芭蕉になみだをそそく。今年五月の半、……人々の契りも昔にかはらず、猶このあたり得立さらで、旧き庵もややちかう、三間の茅屋つきづきしう、杉の柱いと清げに削なし、竹の枝折戸安らかに、葭垣厚くしわたして、南にむかひ池にのぞみて水楼となす。地は富士に対して、柴門景を追てななめなり。浙江の潮、三またの淀にたたへて、月をみる便よろしければ、初月の夕より、雲をいとひ雨をくるしむ。名月のよそほひにとて、先ぼせをを移す。

みちのく行脚に先立って芭蕉庵を打ち捨てる（人に譲る）際には、芭蕉の株だけは打ち捨てることなく、垣の外の隣地に植え替えてその世話を頼んだとする。五年の歳月を経て、まずは旧庵名残のその芭蕉を、新庵に移植するのである。芭蕉に対する思いには並並ならぬものがあるが、新たに芭蕉を移す庵の佇まいに触れ、ここでも杜甫の草堂を意識することにも注目しておきたい。すなわち、「地は富士に対して、柴門景を追て斜めなり」と言うのは、杜甫の詩句を意識するものである。前の句は先に言及した「寒夜の辞」に「遠くは士峯の雲をのぞみ、ちかくは万里の船をうかぶ」と繋げて理解でき、件の「絶句」をふまえるであろうし、後の句は「野老」（『杜工部集』巻十一。『杜律集解』七律巻上）の詩に「野老の籬辺江岸廻る。柴門正しからず江を逐うて開く」とあるのに拠る。「野老」はやはり杜甫の成都時代の作、上元元年（七六〇）草堂を卜築した秋に成る。野老は田野の老人、作者を指す。自分の家の籬のほとりでは江《かわ》（錦江）の岸が曲がっている、だから柴の門も江岸が曲がったままに曲がって開かれてある、という意。この詩は賊が平定されずに客寓の生活にあるのを悲しむものであるが、その詩意の把握の如何に関らず、草庵の佇まいを説明するのに、芭蕉の脳裏に依然として杜甫の茅屋が存することを確認できれば十分であろう。(14)

(2)

さて、「芭蕉を移す詞」は芭蕉の株を移すに至る事のあらましをこのように記したのち、芭蕉の株を愛する理由を述べて結んでいる。陶淵明の菊、王子猷の竹、周濂渓の蓮——古人が草木の花を愛するのにはそれに寄せる思いがあったように、(15)芭蕉の株に自らは何を託して愛好して来たのか。あの「独寝の草の戸」よりこのかた、芭蕉の株に何を求めその何を愛して来たのか、それを自覚的に述懐していると思われる一節である。

其葉七尺あまり、或は半吹折て鳳凰尾をいたましめ、青扇破て風を悲しむ。適々《たまたま》花さけども、はなやかならず、茎太けれども、おのに当らず。彼《かの》山中不材《ふざいの》類木にたぐへて、其性尊し。僧懐素はこれに筆をはしらしめ、張横渠は新葉をみて修学の力とせしとなり。予其《その》二つをとらず。ただこのかげに遊て、風雨に破れ安きを愛するのみ。

芭蕉について、まずその葉を「鳳凰の尾」「青扇」に喩えるのは、諸家も指摘するように『円機活法』（百草門・芭蕉、器用門・扇）などに見えることで、言わば常套の発想の内に入る。それに対して、その花がはなやかでなくその茎が伐採される（つまり用いられる）ことがないとして、『荘子』の不材の大木と類似することに芭蕉の尊さを認めるのは、独特であると思われる。役に立たぬ大木故に伐り倒されずに天寿を全うできたという話は、『荘子』山木篇冒頭のよく知られた説話であるが、不材の木である「櫟《れき》社」に託して無用の用の処世を説き「散木」「散人」を讃える人間世篇の話を併せて理解すべきである（逍遙遊篇末尾の「樗《ちょ》木」も関連するのは言うまでもない）。芭蕉は散木に類するが故に尊いと言うのである。

文章は最後に、二人の古人、懐素と張横渠の芭蕉との関わり方を挙げ、それとの違いを述べる形で自らの思いをしめ括る。唐の書家、懐素が貧しくて紙の代りに芭蕉に書いたという故事もまた、『円機活法』芭蕉の項に見えるもの。北宋の道学者、張横渠のことはその詩「芭蕉」に拠る。『聯珠詩格』巻二所収。『円機活法』芭蕉の項にもその詩句を掲げるが詩題・姓名は見えていない。

芭蕉の心尽きて新枝を展ぶ。新たに新心を巻きて暗に已に随う。
願はくは新心を学びて新徳を長じ、旋って新葉に随って新知を起さん。

張横渠は詩人ではなくその詩篇は十数首のみであり、例えば朱子学において「芭蕉」の詩が殊更に問題にされた訳でもない。芭蕉が特別に意識されて来るとともに、芭蕉にまつわる先人の故事や詩句にも関心が寄せられ、その興趣を吟味して来たということであろうか。ともあれ、芭蕉自身は懐素・張横渠の芭蕉に対する思いとは同じくしないとして、ただ芭蕉の葉かげに遊んで、「風雨に破れ安き」を愛するだけだと言うのである。

それでは、芭蕉の不材つまり散木なることを尊しとし、風雨に破れやすいことを愛するということは、彼のいかなる境涯を述べているのであろうか。端的に言えば、散木を尊しとするのは散人を尊しとすることに他ならぬ。すでに「芭蕉散人」「蕉散人」「芭蕉散翁」と自称した意識に繋がるものである（註（13）参照）が、芭蕉は散人としての生き方を象徴する、と考えているのである。その点、「移芭蕉詞」の冒頭には、

胸中一物なきを貴《たふとしと》し、無能無智を至《いたれり》とす。無住無庵、又其次也。何か無依の鉄肝、鷽鳩の翅《つばさ》にたえむ。

と記し、その理想とする境涯を掲げ示す。そして「無依道人」「鉄心肝」という禅語、かの『荘子』逍遥遊篇冒頭の大鵬と鷽鳩の話をふまえて、一所不住の境涯を自認している。さすれば芭蕉の「風雨に破れ安き」ことこそ、無住無庵、一所不住の境涯を象徴するものであり、それを求めて愛するのである。

芭蕉に「風雨に破れ安き」ことを考えるのは、すでに天和三年頃の作と推定されている「歌仙の讃」に「芭蕉は破れて風飄々」と見えたり、「おくのほそ道」の途次（元禄二年四月黒羽滞在中）、「芭蕉に鶴ゑがけるに」として「鶴鳴くやその声に芭蕉破《や》れぬべし」（曾良書留）と詠んだ句に見える。しかし、その原点は、「独寝の草の戸」に見る杜甫の「茅舎破風の歌」蘇軾の「屋漏の句」に「侘びて住む」ことの心を求めたことにあると考えねばなるまい。野分の風雨が芭蕉の葉を打つ音を聞く心象は、とくに杜甫の「茅舎破風の歌」の「破」の一字に凝集されて持ち続けられて来たとして誤まりではないであろう。[16]「其世の雨をばせを葉に聞きて」と述べ、「我其句を識て、其心を見ず。その侘

をはかりて、其楽をしらず」と記した芭蕉は、十一年の歩みを経て、「唯このかげに遊て、風雨に破れ安きを愛するのみ」と述懐する。まさしく、知天命を前にして、芭蕉に一つの境涯を自覚し得た述懐であった。

この「芭蕉を移す詞」にうかがえる芭蕉の境涯の自覚は、四十七歳元禄三年（一六九〇）七月頃に記された「幻住庵記」が、「予又市中をさる事十年計《ばかり》にして、五十年やや近き身」を追懐し、「終に無能無才にして此一筋につながる」と自認し、庵を「幻の栖《すみか》」とすることを述べるのと一連のものであろう。いかにしてこの境涯が自覚されて来たかという問題を問うことになるが、小論は芭蕉という俳号そのものが彼の境涯を象徴するものであることを確認したことで、一まず筆を擱く。

註

（1）仁枝忠『芭蕉に影響した漢詩文』（教育出版センター　昭和四十七年）所収の「芭蕉俳号考」などを参照。

（2）原典の引用に当っては、日本古典文学全集『松尾芭蕉集』（小学館　昭和四十七年）をもとにし、新潮日本古典集成『芭蕉文集』（新潮社　昭和五十三年）・『芭蕉句集』（同　昭和五十七年）を適宜、併せ用いた。

（3）深川隠栖の原因・理由に関しては、註（2）所掲の『芭蕉句集』に附する富山奏氏の「解説」が要領を得ているように思う。富山氏は「深川隠栖が、行脚漂泊の境涯の第一歩として、自覚されたのである」（同書三二九頁）、「深川隠栖は奥羽行脚と同質の行動であり、延宝八年冬の深川隠栖を以て、旅の俳諧師芭蕉の誕生となし得るゆえんである」（同前）と説明する。

（4）芭蕉の文章の題名については、註（2）所掲『松尾芭蕉集』の扱いに従った。

（5）漢籍については便宜上、今日の一般的な通行本に拠る。芭蕉がいかなる漢籍またテキストを用いたかはそれ自体検討を要することは言うまでもない。ここでは、行論において必要に応じて配慮を加える。以下これに従う。

（6）「送張山人帰嵩陽」黄昏惨惨天微雪　修行坊西鼓声絶　張生馬瘦衣且単　夜扣柴門与我別　媿君冒寒来別我　為君沽酒張灯

火　酒酣火煖与君言　何事出関又入関　答云前年偶下山　四十余月客長安　長安古来名利地　空手無金行路難　朝遊九城陌
肥馬軽車欺殺客　暮宿五侯門　残茶冷酒愁殺人　春明門外城高処　直下便是嵩山路　幸有雲泉容此身　明日辞君且帰去

なお、この詩は元和九年（八一四）から元和十年白居易四十三、四歳頃の作と推定される（朱金城『白居易集箋校』一二）。母の喪があけて閑職にあった時期で、元和十年六月には江州司馬に左遷されることになるのだが、芭蕉はこの詩句の引用に当り、白居易のそうした状況を特に意識してはいないと思われる。

（7）この文章が詞書として添えられている「しばの戸にちやをこの葉かくあらし哉」の句はすこぶる難解な句のようで、専家の諸注釈にも苦心の程がうかがえる。ただ、この文章が「送張山人帰嵩陽」詩をふまえているのであれば、その詩句の中に「柴門」とともに「残茶」の表現が見えることに注目してはどうかと考える。長安を立ち去って嵩山に帰った張山人そのままに、質素な庵ながら、戸外の嵐が木の葉をかき回すなか、（残りものの茶ではなく）茶を立てて飲むという心の安らぎを詠じていると、試みに解してみたい。すなわち、ここでは「茶」をかきたてることは、市中の生活における空しさの象徴である「残茶」とは対照的に、精神的な一応の充足感を表現するものではないだろうか。

（8）諸家の議論の中には異説もあるようであるが、蘇東坡のこの詩句に対する宋代諸家の注解中にはすでに杜甫の「茅屋為秋風所破歌」の件の句をふまえることを指摘している（『王状元集註分類東坡先生詩』巻八参照）。

（9）「絶句四首」の第二首に「欲作魚梁雲復湍　因驚四月雨声寒」と見える。なお、芭蕉が披見したと推せられる『杜律集解』には、簡略ながら杜工部年譜を付する。その永泰元年正月改元の条には、「正月辞幕府、帰草堂。四月厳武卒。五月遂離南下……」とある。

（10）(a)の句「芭蕉野分して盥に雨を聞く夜哉」についてはすでに多くの注解があり、仁枝忠氏には漢詩文との関連を細かに調べた論文もある（「芭蕉野分して」の句について。註（1）前掲著所収）。ここでは、ひとこと蘇軾の「連雨漲江」との関連性についても考慮する必要があることを指摘しておきたい。すなわち、「連雨漲江」第二首は夜、雨の音を聞く感慨を次のように詠ずる。

急雨蕭蕭作晩涼　臥聞榕樹響長廊

微明灯火耿残夢　半湿簾帷浥旧香
高浪隠牀吹甕盎　暗風驚樹擺琳琅
先生不出晴無用　留向空堦滴夜長

榕樹は南方の木、ガジマル。大木である。激しい雨がその樹の葉を大きく揺り動すのを寝ころんで聞いている。そして、寝床《ベッド》を高波がひびき揺らし、甕盎（水がめや鉢）にも吹きかかる、というのである。芭蕉が蘇軾の「屋漏の句」に言及するとき、この第二首の句は全く目に入っていなかったのであろうか。

(11) 天和元年（一六八一）の作に「侘てすめ月侘斎が奈良茶哥」があるのはよく知られる。また句に「月をわび、身をわび、拙きをわびて、わぶとこたへむとすれど、問人もなし。なをわびわびて」という詞書が伝えられている（『一葉集』）のも参照。

(12) 諸家によれば、天和二年（一六八二）三月刊行の大原千春撰『武蔵曲』に初めて「芭蕉」という俳号が見えるとされる。

(13)「あられきくやこの身はもとのふる柏」（続深川集）の詞書。この天和三年五月其角の『虚栗』跋文には「芭蕉洞桃青鼓舞書」と自署する。また、貞享元年（一六八四）『野ざらし紀行』の途次に書き与えた句文には「芭蕉菴桃青」（籾する音）、「蕉散人桃青」（竹の奥）と自署している。

(14)『杜律集解』では「野老」の題下に「流落して帰るを得ざるを述ぶ」と注している。また、「深川の庵再興の記文」では「残夜水楼に四更の雲を吐き」と述べ、杜甫の「月」（『杜工部集』巻十五、『杜律集解』五律巻四）の「四更、山、月を吐き、残夜、水、楼に明らかなり」の句をふまえる。「月」は成都を去って夔《き》州に寓居した時代の作。

(15)「芭蕉を移す詞」では、特に周濂渓の「愛蓮説」（『古文真宝』後集巻二所収）を意識している。

(16) 中国の詩において、芭蕉の雨——蕉雨・芭蕉雨を詠じる作品も少くない。その中には旅先での寂寥感をかき立て帰郷の念を催すものとして歌う例も見られるが、管見では少くとも、芭蕉の葉が風雨に破れるのを愛するという詩境は見られないように思う。

五　浅見絅斎と日本儒学史研究

はじめに

浅見絅斎、承応元年（一六五二）八月十三日生、正徳元年（一七一一）十二月一日没。享年六十歳。その没する日については、『先哲叢談』など「十月朔」とする説と、その墓碑に刻む「十二月朔日」とする説とがあるが、今日、後者に拠るのを適当とする。

平成二十三年先儒祭に当り、絅斎の三百年忌を迎えたことから、記念講演として絅斎について話をするよう要請を受けた。私は絅斎研究の専家ではないが、絅斎及び崎門派の評価がそのまま日本儒学史研究の姿を映し出している点に関心を抱いてきた。[1] とくに先に、大阪大学懐徳堂文庫で大江文城「浅見絅斎事蹟考」の手稿本を目にしたことから、絅斎三百年忌と絅斎研究との関係をあらためて見直すきっかけを持った。ここでは大江のこの『事蹟考』を紹介しながら、いささか感じていることを申し上げてみたい。

一　絅斎二百年祭と二つの絅斎事蹟考

○内田周平「浅見絅斎先生事歴」

今から百年前、絅斎二百年忌は絅斎の表彰の上できわめて重要な意義を有している。明治四十年に山崎闇斎に正四位が追贈されたのに次いで、絅斎が従四位に追贈された報告会が明治四十三年（一九一〇）十二月一日国学院大学講堂において催された。その際、内田周平（遠湖）が浅見絅斎先生二百年祭のために執筆したとするのが、「浅見絅斎先生事歴」である。本「事歴」は四百字詰原稿用紙に換算して二十枚にも満たないが、基本資料として尊重され、次のものに収載もしくは付載して伝わる。

・明治四十四年沼田宇源太編『靖献遺言講義』
・大正三年『絅斎先生遺著要略・絅斎先生二百年祭典紀事』
・昭和十三年伝記学会編『山崎闇斎と其門流』（昭和十八年増訂版　明治書房）

この「浅見絅斎先生事歴」は「一、小伝　二、勤王　三、影響」の三章より構成される。「事歴」と称するも、「小伝」は至って簡略である。

・先生名は安正、重次郎と称す。浅見氏、絅斎は其の号、近江高島郡太田村の人なり、幼より大志あり、学を好めり、初め兄と共に医を業とせしが、後改めて儒に志し、山崎闇斎に就きて学べり。砥行植節、同門其の右に出づる者なし、業成るの後、帷を京都錦小路に下して教授す。著す所甚だ多し、靖献遺言、同講義、忠孝類説、拘幽操附録、不許友以死説、中國辨等は、皆名分大義を鼓吹せるものなり。正徳元年十一月朔日歿す。年六十、京都東鳥辺山に葬る。

・先生の学、闇斎に本づき、朱子を信奉す、初め神道を喜ばざりしが、晩年復た之を講究し、尊王を説き、国粋主義を唱へ、実に王政興復の一大原動力となれり、其の功烈、岳の如く崇く、海の如く豁し、嗚呼盛んなる哉。

前段の「砥行植節……」は『先哲叢談』巻五の記述に見る表現。絅斎の学について尊王（勤王）に焦点を当るのは、第二章に「勤王」、第三章に「影響」を立ててこれを特筆するのと呼応する。内田の絅斎思想評価の眼目がここに存することを如実に示している。また、絅斎の学の変遷をめぐって、「初め神道を喜ばざりしが、晩年復た之を講究し」と述べることもまた、絅斎評価の肯綮に当たる論定としての意識を内含する。

「勤王」の章には、尊王、名分論・正統論・桜井駅訣別の謡の項目を立て、「影響」の章には、㈠水戸学に影響　㈡土佐を感化　㈢秋田藩を感化　㈣宝暦の勤王事件（竹内式部）　㈤頼山陽の勤王思想の源泉　㈥勤王志士梅田雲浜、有馬新七　㈦藤森弘庵、吉田東篁→勤王思想の系統　㈧近古勤王の先駆、王政興復の首唱という、八項目を立てて記述する。

内田がこの「事歴」を通して絅斎を表彰する立場は、絅斎及びその門流を崎門派の正統とみなし、その尊王論が明治維新の原動力となったことを強調し、自らも崎門派を継承する者としてある。

内田の「浅見絅斎先生事歴」を継承するものに、近藤啓吾『浅見絅斎の研究』（「平泉澄序」昭和四十五年京都神道史学会、平成二年増訂版　臨川書店）がある。本書は、絅斎の伝記と資料の収集・整理において最も貢献をしたと、現在も高い評価を受ける。近藤は内田周平の教えを受けた者として、誠実に基本姿勢を受け止める。内田の「事歴」を「絅斎研究の基礎を作った」出色の書物と評している。

絅斎門下の伝へる正しい資料に基づいて絅斎の人物学問の真実を明かにせんとしたものであって、特に影響の章に於ては全国に亙る絅斎学派の系譜を明らかにすることによって、その学問が、いかに明治維新を生む有力な原動力であったかを示してをり、当時の崎門の学問の研究の上に、新しい世界を開いた。（序説九頁）

○大江文城「浅見絅斎先生事蹟考」

絅斎二百年忌に際し執筆された絅斎事蹟考には、もう一つある。大阪大学懐徳堂文庫に大江文城の手稿本として存する、「浅見絅斎先生事蹟考」である。この草稿に「池田草庵先生事畧」「惺窩対文之点の疑獄を読み西村天囚氏を質す」「漢学紀源の誣妄」の原稿、都合四種を合綴したものである。大江は懐徳堂に儒学教授として関わっており、その蔵書が寄贈されている。本手稿本も大江の「万里文庫」の蔵書印があり、「大江倫子氏　寄贈」の受入れの印が捺されている。

件の「事蹟考」は四百字詰原稿用紙に換算して優に七十枚を超える大作である。明治四十三年十一月二十五日稿と明記するが、冒頭に「今年は恰も其没後二百年に相当せり。この十二月一日先生の忌日に生地なる高嶋郡教育会に於いては二百年祭典を挙げられる可く、又……贈位の恩命のあるべしと承る」と記し、絅斎二百年忌を意識してのものである。

さらに本稿には、「浅見絅斎先生事蹟考補遺　望楠軒の事」と題する草稿（明治四十四年三月二十二日稿）を付する。それに拠れば「浅見絅斎先生事蹟考」は「教育評論誌上に投寄せり」と記しているが、当該誌に実際掲載されたのかどうか、確認できていない。ただ、管見の及ぶ限り、これまでの絅斎研究の論著において本稿に触れたものは見当らないでいる。これから紹介するように、その内容からすれば、近藤啓吾をはじめ研究者が必ず言及して然るべきものを具えていた。従って、今般、手稿本に拠って本「事蹟考」を取り挙げることは、相応の意義を有すると考える。

さて、本稿は「事蹟考」の名に相応しい体系立てた構成を有している。

一、緒言　二、少事　三、入学　四、遊従　五、退塾　六、教授　七、述作　八、孝友　九、出処　十、晩年　十一、門流

末尾には、「絅斎先生年譜略」を置く。

特筆すべきは、その体系性とともに論述に用いている資料の有り様である。

思ふに先生の「年譜」「行状」は伝らず。「先達遺事」「斯文源流」「学問源流」「閑散余録」は只逸事の断片を録せるのみ。「先哲叢談」「近世叢談」「事実文編」は伝へて詳しからず。……余は不敏を顧みず、此機会に際して広く古記録を探りて事跡を考定せんとするなり。

ここで「古記録」と言っているのは、具体的には絅斎の語録・雑記を伝える筆録である。実際、駆使している資料として、若林強斎『常話劄記』『雑談筆記』『絅斎語録』、加藤謙斎『夜話』、山口春水『（強斎）雑話筆記』等の名前が見える。これらの資料は後に内田周平、近藤啓吾らが若林強斎の研究と併せて博く資料を収集し活用を図り、整理して行ったものである。今日の整理状況からすれば決して万全ではないが、この時点でかかる方法を以つて絅斎の事跡を考究したことは、注目してよいと考える。(2)絅斎に対して敬意の念を失わないが、まずは端念に資料を検証して事跡を考定せんとする大江の姿勢は、内田らとは明らかに一線を画する。

ここでは、言わばその集約となる「絅斎先生年譜略」を翻字して掲げる。今日、「浅見絅斎年譜」は近藤啓吾作成の年譜（『浅見絅斎の研究』所収）が代表的なものとして目され、これに依拠する者が多い。大江の「年譜略」を近藤の「年譜」と比すると、当時用いた資料の限界もあってか、修正・再考を要する点が二、三存するものの、その視点の取り方や見渡しに遜色はない。かえって、大江のこの「年譜略」が当時から知られていたならば、研究はどのよう

に推移しただろうかと、あらためて思う。

絅斎先生年譜略（大江文城稿）[3]

承応元年（一六五二）一歳

八月十三日近江高嶋太田村に生まる。名は順良、後安正と改む。称は重次郎。絅斎と号す。書斎を錦陌講堂といふ。兄道哲三歳　山崎闇斎は三十五歳　佐藤直方は三歳　伊藤仁斎は二十六歳

明暦元年（一六五五）四歳

闇斎伊勢神宮儀式序を作り神道説を道破す。

明暦三年（一六五七）六歳

闇斎始めて講席を開く。

寛文三年（一六六三）十一歳

三宅尚斎生まる。

寛文五年（一六六五）十四歳

闇斎心を神道に注ぐ。

寛文九年（一六六九）十八歳

闇斎中臣祓を大宮司精長より受く。

寛文十年（一六七〇）十九歳

直方闇斎門下に入る。年二十一。

寛文十一年（一六七二）二十歳
　闇斎吉川惟足より垂加霊社の神号を受く。
延宝五年（一六七七）二十六歳
　蓋し此年の秋闇斎門に入りしものなるべし。
延宝六年（一六七八）二十七歳
　「仁義問目」を草し闇斎賞讃す。
延宝七年（一六七九）二十八歳
　若林強斎生まる。
延宝八年（一六八〇）二十九歳
　尚斎闇斎門下に入る。絅斎は直方と共に崎門を退く。「卦変諸説」成る。
天和二年（一六八二）三十一歳
　闇斎没す、年六十五。
貞享元年（一六八四）三十三歳
　絅斎錦陌講堂を開きしは此年なるべし。「白鹿洞書院掲示考証」成る。「靖献遺言」編述の案を立つ。
貞享三年（一七四六）三十五歳
　絅斎の父没す。
貞享四年（一七四七）三十六歳
　「靖献遺言」成る。

元禄元年（一六八八）三十七歳
　諸生の為に「靖献遺言」を開講す。
元禄二年（一六八九）三十八歳
　「靖献遺言講義」編成る。六月妻井口氏没す。
元禄四年（一六九一）四十歳
　「拘幽操附録」編成る。「四箴附考」編成る。
元禄五年（一六九二）四十一歳
　「氏族弁証」編成る。
元禄六年（一六九三）四十二歳
　従子勝太郎生まる。名は有倫　号は持斎。「六経編考」編成る。
元禄九年（一六九六）四十五歳
　「弁大学非孔書断」成る。
元禄十二年（一六九九）四十八歳
　「大学伝五章講義」成る。
元禄十三年（一七〇〇）四十九歳
　「跡部良顕神道答問書」成る。
宝永元年（一七〇四）五十三歳
　長刀を作り「赤心報国」の四字を篆鐫す。

「白鹿洞書院掲示講義」録成る。

宝永二年（一七〇五）五十四歳

「玉山講義師説」録成る。仁斎没す、年七十九。

宝永四年（一七〇七）五十六歳

勝太郎命名式を行い有倫と名づく。門人強斎に易学伝授をなし其学系を紹がしむ。「西銘解師説」録成る。弟常宅（吉兵衛）の妻吉田氏没す。

宝永六年（一七〇九）五十八歳

「聖学図講義」録成る。大津三井寺大門前別所村に移居す。

正徳元年（一七一一）六十歳

十二月朔没す。京都鳥辺山塋域に葬る。墓碑に「淺見絅斎先生之墓」の八字を刻せらる。

時に兄道哲は六十二歳、弟常宅不詳。直方は六十二歳、尚斎は五十歳、強斎は三十三歳、姪持斎（勝太郎）十九歳。

明治四十三年十一月二十五日於水竹楼舎南窓

大江文城書

なお、大江文城には後年、『本邦儒学史論攷』（全国書房　昭和十九年）の著作があり、崎門学及び絅斎に関する章を設ける。「第五篇　崎門学の展開と門流の向背」に「第一章　崎門学の祖闇斎先生」「第二章　門下の分立と三家の向背」を立てる。その記述の中において、闇斎の神道への関心や絅斎の崎門からの退塾の事情等、右の「事蹟考」の論述の一端が反映されているのを確認できる。ただ、その一方で、絅斎の没月について十月と記したり十二月と記したり、やや混乱もうかがえる。

二　崎門派評価と日本儒学史――「日本儒学の史」と「日本の儒学史」

安井小太郎の遺著『日本儒学史』（冨山房　昭和十四年）の刊行に当り、これに寄せた巻頭の服部宇之吉「序」（昭和十三年三月）に次のように記す。

日本儒学史と云ふ語は二の意義あり。一は日本儒学の史にして他は日本の儒学史なり。儒教東漸夙に吾が国有の皇道を融合し渾然一道を成せり。即ち日本儒教是れなり。……此等（徳川氏）諸派の儒学につき、其の由来特色等を明らかにするものを日本の儒学史と為す。即ち日本に於ける儒学の歴史なり。朴堂安井君は……日本に於ける儒学の歴史を研究すること多年、其の遺稿中に日本儒学史の一篇あり。

日本儒学史をめぐる、服部のこの発言は、日本儒学史研究を通して現れる、二つの立場を鮮やかに抉り出している。当り前のように見えて、今なお本質的な意義を有する指摘のように思う。絅斎を含めて崎門派の捉え方と評価は、まさしく二つの立場によって大きく異なって来た。

安井小太郎の『日本儒学史』は、「日本に於ける儒学の歴史」の観点に立つと位置づけられているが、その『儒学史』の中で「山崎闇斎」の叙述は至って冷やかである。

・儒に帰したる後は程朱の説を篤信せるのみにして経説上自家の意志として観るべきもの少し。（九七頁）

・闇斎は我国唯一の神道に因りて国民の国体観念を強くせんとしたるならんも、其の支那の太極説に類し、又土の訓に本づき敬を説ける説も牽強に渉るを以て、門人中に異論生じ、佐藤直方・浅見絅斎・三宅尚斎等は皆其の門を去れり。然れ共闇斎の主旨とせる国体観念は三人皆之を信じ、益々其発揮に力めたらば、神道説には服せざれど其の精神は善く学びしといふべし。（一〇五頁）

井上哲次郎の日本儒学史研究の三部作『日本陽明学派之哲学』（明治三十三年）、『日本古学派之哲学』（明治三十五年）、『日本朱子学派之哲学』（明治三十九年）は、今日においてもその先駆性と資料的価値を評価する声が残る。その『日本朱子学派之哲学』において、「山崎闇斎」について次のように評する。

・闇斎は朱子学を奉ずと雖も、自ら朱子の如く学理を攻究せんとするものにあらず、単に朱子学を奉じ、此れを以て唯一の真理となし、之れを実行するを以て日常の目的とするものなり、然れども朱子の著述極めて浩瀚にして、其要を得ること難し、故に自ら躬行に適切なりと思惟する部分を抄録し、以て金科玉条となす。彼れが叙述と称するものは、大抵皆抄録の類にして、真に著述として見るべきものは、幾多もあるなし、彼れは忠実に朱子を崇信するものにして、己れが頭脳を以て別に考察する所あるなし、若し、露骨に之れを言へば、彼れは朱子の言説を盲信する精神的奴隷なり、（四一〇頁）

・闇斎は忠実に朱子の学を奉信し随喜渇仰、真に宗教の如きものありと雖も、亦全く日本人としての自立的精神を失ひたるものにあらず、彼れが晩年心を神道に寄せ、遂に垂加神道の一派を開くに至りしも、本と此精神に出づるものなること、復た疑なきなり。（中略）彼れが自立的精神、即ち彼が国家的思想は永く彼れが学派の人によりて継承せられ、遠く維新の大功業にさへ影響する所ありしは、亦実に予想の外に出づるの感なしとせざるなり、（四一六～四一七頁）

「日本における儒学」としては歯牙にかけない、その批判の言辞は酷烈である。裏返して「国家的思想」の評価は、先述の内田周平らの崎門派表彰と通ずるところがあろう。「浅見絅斎」についても、わずかに「殊に靖献遺言を著はして忠孝節義の精神を鼓舞せり、彼れが我名教上に於ける功労、決して看過すべからざるものあり」（四六七頁）と述べるに留まる。

崎門派及び絅斎の日本儒学史における評価の観点は、総じて「日本儒学の史」の立場から照射する面が圧倒的に多いように思う。そうしたなかで、私には「日本に於ける儒学」の観点に繋がるものとして、二人の発言が強く心に残っている。内藤湖南そして阿部隆一の発言である。

内藤湖南に「山崎闇斎の学問と其の発展」と題する講演が残っている。湖南の没する前々年昭和七年十二月二十七日に行ったもので、『先哲の学問』（弘文堂　昭和二十一年　後に『内藤湖南全集』第九巻所収）に収めて伝わる。湖南は、闇斎が朱子学派の著述を斥け朱子の原本のみをよしとした取組みに着目する。より正確に言えば、朱子の原本に注を加え、増補したり敷衍した朱子学派の著述を比較研究した上、朱子の原本をよしとして定めたところに、闇斎の学問の特色を指摘する。湖南はこれを「校勘学」と捉えて評価している。

朱子学をやった闇斎先生を、誰も校勘学者として考へた人はありませんけれども、今日闇斎先生の著述を読んで見ますと、闇斎先生が、朱子学の範囲に於ける校勘学を十分にやって居られる。……何でも朱子の書かれた本・朱子の原本を読んで、その後々に色んな人のやったことは、皆その根本の朱子より劣って居るということを考えられたのであります。（三二七頁）

湖南がここに「校勘学」の語を用いるのは、後の日本の学問の特質を認識してのことである。むしろ、それを視野に入れての闇斎評価であると理解できる。

これは闇斎先生の特色でありまして、それが又後になつて、日本の学者、朱子学の方の日本の学者に、色々本を比較研究する、本当に勇敢な人達が出る根本をなしたのではなからうかと思ひます。支那の学問を日本人がして、支那人と対等、或はそれ以上に行きましたことは、その為にその本を色々比較研究することであります。私どもの方では、それを校勘学と申しますが、校勘学に於ては、日本の学者は、時としては支那の学者以上に出て居ることがあります。（三二六頁）

この、内藤湖南の闇斎学の評価を継承し、闇斎の学風の特徴として解説しているのが、阿部隆一「崎門学派諸家の略伝と学風」（日本思想大系31『山崎闇斎学派』岩波書店　一九八〇年）である。阿部の文章は、湖南の講演ならではの言い回しと自ずと異なるが、その評価の観点と主旨は共通する。やや長文に亙るが繁を避けずに掲げたい。

・剛烈鋭敏な闇斎は末派朱子学に疑問を抱き、朱子の著作そのものを精読比較した結果、朱子後の諸説がいかに卑浅で朱子から外れているかを看取し、また朱子自身の思想そのものに生長形成の階次があり、特に語類はその性格上その時その場その問者の程度の制約のあることに注目し、朱子の定説真面目は奈辺にあるかを追及して、宋元明諸儒の諸書を渉猟比較吟味して、一切の夾雑者を篩にかけ、徹底的に洗浄して、醇乎純正なる朱子の真説を闡明にしようとする、辞句の校勘を超えた思想的判断による批判作業を全程朱学派に対して行ったのである。（五六七頁）

・江戸前期までの我が国の朱子学は殆どが四書集註やその末書、言わば大全を通じての講習であって、純粋に朱子の文集語類を精読検討したわけではない。朱子学末派に対して俊英豪傑の士が慊らなくなるのは当然である。山鹿素行・伊藤仁斎・荻生徂徠は青年時代かかる明の大全風の朱子学を学びその洗礼を受け、而立に達した寛文に至って、それを批判して一家をなしたのである。それは明の大全流朱子学に対する批判と言った方がより正確である。闇斎の学はこの古学復古派の動きとは外面は正反対の如く見えるが、内面はその軌を一にして発した明朱

子学末派に対する復古革新運動と言うべきである。（同前）

三　崎門の四書学と絅斎

如上の内藤湖南、阿部隆一に見る闇斎の学問評価と観点と共通するものに、大江文城『本邦四書訓点並に注解の史的研究』（関書房　昭和十年）がある。本書は、日本における「新注四書」の初伝から説き起こし、特に室町江戸にわたる約四百七十年間、その訓点并に注解の沿革を叙述する。日本の経学史研究の根幹に関わる基礎研究である。今日から見ても労作といってよい。その中で「第五章　崎門の四書并に仮名抄」には、内藤、阿部の論述を理解する上で、有用な証左を含んでいる。

これに拠りながら、「崎門の四書学」の特質を整理しておきたい。その特質として三点挙げることができる。

○朱子成書に対する選択

大江は次のように説明する。

闇斎は、純朱子学を標榜して立ち、同じく朱子の書にても、直録と別録とに分ち、同じく朱子の直録にても、定論と未定論とに分ち、また同じく定論にても語に、精、粗の別を立てて、自らその精粋と認めたものに就いてのみ、反覆講述し、その真意を了解せしめんと努めたのである。（一八二頁）

簡にして要を得た指摘である。ここから、「嘉点四書」十四冊（四書集註、附学庸或問・中庸輯略）の編定刊行は、その取組みの所産として位置づけられる。

四書、大学章句或問序跋、中庸章句或問序跋、論語孟子集註読法序説、此れ朱先生の定本なり。嘉之を校訂し、句読を正し倭訓を改むる者なり。（「文会筆録」一二）原漢文、以下同じ。

○新注末疏を斥く

『四書集註』の和刻本が寛永三年（一六二六）から刊刻を重ねながら、鵜飼石斎点に鼇頭評注を加えた、『鼇頭評注四書大全』が刊行された。この鼇頭評注とは簡単に言えば、宋元諸儒の説の補充と明儒の諸説の追加である。元禄四年（一六九一）にはその「新増本」も刊行された。まさに末疏の尊重を象徴するものである。この状況下で、闇斎も修学し、そしてそこからの脱却を自覚し、末疏を廃斥するに至る。

次の資料はその事情を自ら詳述している。

朱註定まりてよりして真氏に集義有り、祝氏に附録有り。蔡氏が集疏、趙氏が纂疏相継ぎて編を為して、而る後に呉氏が集成出づ。陳氏が発明、胡氏の通は、集成を摭ひて之を為す。倪氏が輯釈は、発明と通とを萃たる者なり。劉氏、輯釈及び数家の書を取りて通義を著す。その後大全成る。大全の後、末疏百を以て数へて、蒙引、其の巨擘なり。林氏が存疑、王氏が便覧は、専ら蒙引に依る。陳氏が浅説は、蒙引・存義を合したる者なり。夫れ陸学者流、朱註に寇する者は、置きて論ずること勿し。大全の若き、蒙引の若きは、朱註を発明せんと欲して、昏塞却って甚だし。大全収むる所の程朱の説は、則ち固より道を害せずと雖も、而れども経註と異なる者間ま之有り。学者先づ経註を熟読して、然る後に程氏朱氏の全書に及ばば、則ち其れ詳かに経註を明らかにし、又別に議論を立て、或いは為にすること有りて発し、或いは未定の説、且つ記録の失、刻板の誤、皆得て之を明辨す可し。（中略）嘉や往時、師友の導き無く、大全を反復し、末疏を追尋す。蒙引を得てより之を尊信すること、朱註の下に在らずして、其の朱註を難ずること有るに於いては、則ち以為へらく、蒙引後に出で、介夫既に先生を宗とす、吾曹曷ぞ之を訝からんと。夫れ書の後に出づる、先に出づるに勝れる者は、他人の賢者の事なり。朱註の如きは、豈に間然すること有らんや。思はざることこれ甚だし。況んや介夫の識、雲峰・定宇と伯仲を相為して、蒙引の書為る、秦延君の三万言なるをや。（「文会筆録」三）

○注解を作らず

崎門派の著述は、闇斎をはじめおしなべて講説とその筆録を特徴とする。絅斎もまた同様である。四書を説くのに、漫然と一書一篇をまるまる説くのではなく、全力をある一点に集中し、その神髄を把握して講ずるものである。従って、注解は作らない。その著述は、講義・講説・口説・師説・筆記と称するものが極めて多い。また、伝写に拠るものが多い。門人が師の講説を伝写し、熟読するという学風の所産の結果である。そこには、師道の厳格さが付きまとう。大江はこれらを「仮名抄」と括って、その性格について、室町期の明経家・五山僧の師説・抄本に模している。

絅斎の学問も、講説を中心とし、著述は筆録とその伝写が資料の大部分を占める。かかるなかで、朱子の言説に戻り精読検証するという取組みを示すものとして、『朱子語類』と『朱子文集』の尊重に注目しておきたい。

『朱子語類』は、『四書輯釈』や『四書大全』『性理大全』に事実上、資料が取り込まれているが、専書としての『語類』の読解が意識されるのは、江戸期に入ってのことと推せられる。[4]和刻本『朱子語類』の刊刻は、寛文八年（一六六八）鵜飼石斎・安井真祐点（一四〇巻六〇冊）を待たなければならない。

絅斎には、宝永二年（一七〇五）十二月十九日に記した「語類会約」が存する。[5]門人に対して、『朱子語類』をどのように精読させようとしたかがうかがえて、興味深い資料である。ここに紹介しておきたい。

朱先生の雅言成説は、固より学者の講磨佩誦する所なり。而して其の面命耳提、当時親炙請問に得る所は、語類より詳らかなるは莫し。惟だ語意喩ると雖も、記録疑はしき或る者、読む者間ま之に苦しむ。因りて諸生をして会講環読し、以て其の説を熟し、其の疑ひを質さ令む。其れ諸生は、謹んで句読を訂し、細かに倭点を正し、其の審らかならざる者は、貼紙を以て之を識し、暇日問ひて以て之を明らかにして可なり。雑談する勿く、克つを要むる勿く、平心執業、麗沢責輔の益を得て、以て相共に朱先生人を導く千載不朽の教門に進む。此れ吾今日会を立つるの意なり。乙酉晩冬十九日識す。絅斎。

また、『朱子文集』の刊刻（一二一巻八〇冊）が、正徳元年（一七一一）八月十三日、すなわち絅斎逝去の数箇月前に成った。元禄四年（一六九一）絅斎四十歳から着手した施点に拠るとされるが、[6]本刊刻本には絅斎の名が明記されず、不明な点が存する。闇斎の『朱子奏劄』や『朱書抄略』のような、『朱子文集』の抄録の刊行に比して、『朱子文集』の施点刊行の持つ意義ははるかに大きい。『朱子語類』にしても、『朱子文集』にしても、絅斎の取組みについてあらためて検証すべき点が残っていることは否めない。大江の時代よりは、はるかに資料の存在が明らかになってきた今日、もう一度資料の中に分け入って精読検証する必要を実感する。

〔本稿は、平成二十三年十月二十三日湯島聖堂にて行なった、平成二十三年度先儒祭記念講演「浅見絅斎と日本儒学史研究」を、そのレジュメ資料に基いて執筆した〕

註

（1）講演の性格上、崎門派研究の全般に亙り、その一一を挙げることは控える。最新の研究史として、『日本思想史学』第四十三号（日本思想史学会　二〇一一年九月）に、清水則夫「闇斎学派研究の諸問題」が載っていることを挙げておく。

絅斎書院（滋賀県高島市新旭町太田）

浅見絅斎墓（京都市東山鳥辺山延年寺旧跡墓地）

（2）昭和前半までの研究において、近藤氏が「広く諸書を探求して得た多くの新資料を挙げて、絅斎伝の研究に実証的な面を開いた」と評価するものに、佐藤豊吉『浅見絅斎先生と其の主張』（山本文華堂　昭和八年）がある。ただ、本書中にも大江の当該論考への記述は見えない。

（3）西暦を加え、適宜、句読を切った。

（4）阿部吉雄氏は、「朱子の思想学説を把握するために、朱子の文集と語類を精密に研究する態度は、わが国では山崎闇斎から始まったといってよいかと思う」という見解を示し、とくに李退渓との関わりから闇斎の『語類』『文集』研究について検討を加えている。『日本朱子学と朝鮮』（東京大学出版会　一九六五年）二八四〜二九五頁。なお、内閣文庫所蔵『朱子語類』に林羅山手沢本の明刊本が存し、まま朱点を加えている。

（5）近藤啓吾・金本正孝編『浅見絅斎集』（国書刊行会　平成元年）所収の『浅見絅斎先生文集』「雑著」所収に拠る。併せて、近世儒家文集集成２『絅斎先生文集』（ぺりかん社　昭和六十二年）巻八「雑著」所収を参照した。

（6）近藤啓吾『増訂浅見絅斎の研究』（臨川書店　平成二年）所収「浅見絅斎年譜」に拠る。

六　井上哲次郎の「性善悪論」の立場
——「東洋哲学」研究の端緒

明治の哲学における明治二十三年

井上哲次郎の「性善悪論」は、明治二十四年（一八九一）一月『哲学会雑誌』第四十七号（六二一～六三二頁）、二月同誌第四十八号（六八三～六九九頁）に連載して発表された論説である。続いてこれをめぐり『哲学会雑誌』上において一つの論争が展開された。同年四月第五十号（八二五～八三七頁）に内田周平の「井上文学士ノ性善悪論ヲ読ム」と題する論評が載り、これに対して井上は直ちに「再ビ性善悪ヲ論ジ併セテ内田周平君ニ答フ」という論説を発表して、前編の脱漏を補うとともに内田の駁論に答えるとした。この反論は同年五月第五十一号（八六七～八八一頁）、七月第五十三号（九九一～一〇〇四頁）、八月第五十四号（一〇七一～一〇八二頁）の三号にわたって連載され、内田のものに比してはるかに長文の反論である。しかも井上は翌二十五年三月に同じ『哲学会雑誌』第六十一号（一～一二頁）に「朱子ノ窮理ヲ論ズ」という論説を発表したが、これも内田の学的立場を非難する意図が極めて濃厚であった。したがって論争と言っても、『哲学会雑誌』に載る論説を見る限り、一方的とも言える井上の所論の開陳である。拙稿は、井上の「性善悪論」の成立事情そしてその学的立場を検証することを通じて、わが国近代の「東洋哲学」研究の端緒の姿を探ってみることにしたい。

この「性善悪論」が発表されたのは、井上哲次郎が明治二十三年（一八九〇）十月ドイツから六年間の留学を終えて帰国し、同月（東京）帝国大学文科大学の日本人最初の哲学教授に任ぜられて間もない時期にあった。ここで井上の経歴を詳述する余裕はないが、安政二年（一八五五）生まれの井上は、明治十年（一八七七）東京大学に開設された文科大学に入学、哲学を専攻してフェノロサに学び、明治十三年（一八八〇）七月岡倉覚三（天心）などと同じく、第一回卒業生となった。次いで文部省編集局で「東洋哲学史」の編纂に従事、明治十五年（一八八二）東京大学助教授となり「東洋哲学史」編纂を継続、大学に新設された科目「東洋哲学」を最初に担当した。そして明治十七年（一八八四）二月文部省より派遣されドイツに留学するが、この留学は哲学科卒業の最初の留学生としてであった。しかも当初予定の三年間の留学期間が終了すると、明治二十年十月からベルリン大学の附属として開設された東洋語学校の日本語講師を勤めた。したがって都合六年を超えるドイツ滞在となった。その帰国は学術研究上、一つの節目となるものであった。

後年、井上は『明治哲学界の回顧』（岩波講座『哲学』所収　昭和七年）において、「明治の哲学、広く云えば明治の思想の潮流を回顧」して三つの段階に分けて考えている。第一期は明治の初年から明治二十三年まで、第二期は明治二十三年から日露戦争の終わりすなわち明治三十八年まで、第三期は明治三十八年から明治四十五年まで、とするものである。明治期の哲学思想を全体的に性格づける試みは、専家によってもまだ必ずしも定論を得ているとは言えないようであるが、井上のこの回顧録は古田光氏に拠れば「実際にその渦中にあった人物による一つの現地報告といった意味をもっている[1]」ということになる。さしあたりここでは、井上が明治二十三年をもって一時期を画していることに注目しよう。井上の説明を見ると、明治二十二年二月十一日に大日本帝国憲法が発布され、翌明治二十三年十月三十日に「教育ニ関スル勅語」いわゆる教育勅語が発布されたこと、しかも井上自身がちょうどこの教育勅語発布と時期を同じくして帰朝し、直ちに東京大学の教授となったことに言及するのである。

教育勅語の渙発せられた頃より東京大学に教授となつて教鞭を執り、三十三年間継続し、其の間、宗教に関しては仏教を中心として比較宗教を講じ、哲学の側に於いては東洋哲学史と共に西洋哲学史を講じ、殊にカントとショーペンハウエルとを講じたのである。そのやうに、西洋哲学としては主として独逸の哲学を紹介し、且つ之を学生に教へこんだのである。（中略）我が国に於いて独逸哲学の重要視せらるるやうになつたのは自分等の努力に依ることが多大である。（「序論」一二）

自ら明言するように、井上は帰国後直ちに東大教授となり、以後大正十二年（一九二三）三月同教授を退職するまで、日本におけるアカデミー哲学の形成に大きな役割を果たし、帝大文科大学の実質的指導者として力を発揮したことは諸家の等しく認めるところである。また彼が自負するように、ドイツ哲学の導入は否定しがたい功績であり、併せて彼においてわが国の近代哲学が仏教・儒教と結びついたことは忽せにできない事実である。

井上は留学前すでに、維新創業期から明治十年代前半にかけての「啓蒙思想」から学界思想界に胎動しつつあった新しい動きに鋭敏に反応し、またそれを担う気鋭の学者であった。そもそも「哲学」の語は明治七年（一八七四）西周がフィロソフィーの訳語として案出し、同十年東京大学に文学部を設置するとき採用されたが、井上は明治十四年（一八八一）四月『哲学字彙』（初版）を刊行した。まさに哲学用語を官学のアカデミー哲学に定着させようというものである。そのほか、大学卒業からドイツ留学まで四年にも満たぬ間の活動はいかにも精力的である。「東洋哲学史」編纂の業務はともかく、明治十四年十月杉浦重剛などと『東洋学芸雑誌』を発刊、同十五年八月『新体詩抄』（外山正一・矢田部良吉と共編）刊行、九月『心理学説』（ペイン心理学の抄訳）、同十六年四月『倫理新説』刊行、同月『西洋哲学講義』刊行(2)、明治十七年二月『巽軒詩鈔』刊行、という有様である。そしてこうした著述において、意欲あふれる彼の基本姿勢を認めることができる。例えば『倫理新説』は元来、大学卒業の翌年（明治十四年）に発表したものに基づくが、[3]その初めに次のように言う。

倫理ノ大本ヲ知ラント要スルニ、東洋西洋論議一ナラズ、大儒小儒、各分派ヲ為シ、師父ヲ誹謗シ、朋友ヲ罵詈シ、孔丘ノ聖ニシテ異端ヲ排シ、歇傑爾《ヘーゲル》ノ賢ニシテ牛董《ニュート》ヲ嗤フヲ以テ、其余ハ益々編曲ニ陥リ、論弁蜂起シ、遁辞百出ス。是ヲ以テ、真理ノ存スル所、得テ討尋スベカラザルナリ。（中略）余ガ如キハ、既ニ哲学士タラント欲スル者ナレバ、必ズヤ倫理ノ大本ヲ講究セザルベカラズ。固ヨリ倫理ヲ首唱センガ為メ、其大本ヲ求ムルニ非ズ、唯道理ヨリシテ果シテ倫理ノ大本トスベキ者アリヤ否ヲ静察セザルベカラズ。

いささか長文の引用は、その自律的な学的意識を示したいためであるが、その姿勢は西洋の知識を体得し単にそれを翻訳紹介する次元にないことは明瞭であろう。ならばこそ明治十五年一月発刊間もない『東洋学芸雑誌』第一巻第四号所載の「泰西人ノ孔子ヲ評スルヲ評ス」において、「泰西人ノ説ト雖モ、唯々泰西人ノ説ナルガ故ニ信ズベカラズ、必ズヤ自己ノ理性ニ質シ、以テ是非ノアル所ヲ求ムベキナリ」と論ずる。渡辺和靖氏が井上の思想史的意義として、「あくまでも西洋思想から一定の距離を保ち、それに対して自らの主体性を確保しようとする。自ら一定の原理（「理性」）を保持し、それによって諸説を取捨選択しようとするのである」と評し、東西の思想を統一して体系化する視点を取りえたと指摘する点である。[4]

井上のかかる学的意識、姿勢は、当時いちばん恵まれた留学であったというドイツ留学においていかなる意味を持ったのであろうか。井上の留学中の自筆日記『懐中雑記』[5]は、明治十七年二月十五日東京を出発するところから筆を起こす。その文中に一詩を賦し、

此れ自り期する所は唯だ一事、西洋の哲学源を窮めんと欲す。（原漢文）

とその感慨を述べているが、井上の留学が西洋哲学の本源を窮め得て、真に東洋と西洋とを自己の中で深く主体的に結びつけることができたかというと、むしろ後世の評価はかなり手厳しいものがある。(6) ただ哲学の方法と自らの学的使命を強く意識したことは疑いを容れまい。すなわち、

（我が日本に於いては）西洋の哲学に関係なきものは哲学でないかの如き考へを抱く。ここに方法論として非常に間違ひがあると思ふ。一体、西洋の哲学者が希臘以来の哲学のみを哲学として考へたのが間違ひである。印度だの支那の哲学も考慮に入れなければならぬ。

この、『明治哲学界の回顧』の「結論――自分の立場」の末尾に哲学方法論として述べる考えは、留学中に強く確信されたものであろう。それ故に「自分は西洋の哲学を攻究すると共に東洋の哲学を怠らず、両者の融合統一を企図することを以て任とするやうに力めた」と自らの方法論を総括するのである。

「性善悪論」について

「性善悪論」は帰朝して間もなく発表された論説であるが、その前書に「此一篇ハ余ガ千八百八十年万国東洋学会ニ於テ独語ヲ以テ講演セシ所ナリ」と記してある。ただこの「千八百八十年」は脱字があるのか、正しくは一八八九年でなければならない。『懐中雑記』に拠れば、明治二十二年（一八八九）九月初めにスウェーデンのストックホルムで開催された第八回万国東洋学会に参会、九月三日の条に「東亜の部尓《に》於て支那哲学家の性善論を読む」と記すのが、これに該当するであろう。万国東洋学会については、これより先一八八六年九月ウィーンでの第七回に参会、その様子を書き送って来て（明治二十年四月『哲学会雑誌』第三号「万国東洋学会景況」）、次のように報告する。

東洋学会トハ日本、支那、印度、亞羅比亞、埃及、波爾斯、等東方諸国ノ言語風俗歴史哲学宗教ニ関スルコトヲ研究センガ為メ設立セシモノニテ、啻ニ学問上極テ重要ナル而已ナラズ、又其東洋政略殖民政略等政治上ニ大関係ヲ有スルコト問ハズシテ知ルベキコトナレバ我輩東洋人ガ身親カラ此会ニ列シ我邦人ヲ代表スルコト、政略上ニ於テモ学問上ニ於テモ頗ル緊要ノ事トス、

第七回の参会で井上はこの万国東洋学会に大いに期するところがあったと思われる。ドイツ滞在が延びて第八回の開催に再び参会する機会に恵まれた彼は、「文部省ヨリ第八回万国東洋学会ニ日本政府ノ代理トシテ参会スベキ依頼ヲ受ク」（『懐中雑記』明治二十二年三月十五日の条）として勇躍ストックホルムに赴いたのである。したがって本学会での講演は特別の意味を持つ記念すべきものであり、彼はそこでこの「性善悪論」を講じたのであった。さすればこの論説は井上のドイツ留学における得意の成果を象徴するものであったろう。

事実、井上は帰国後一ヵ月余り後の明治二十三年（一八九〇）十一月二十六日、哲学会第五十八回にて「性善悪論」を講演した。さしづめ帰朝直後の成果報告の趣きを持ったことであろう。その成稿が本論説になる如上の経緯を辿って来ると、件の前書に込められた矜持はより明らかである。

さて「性善悪論」について見てみよう。冒頭、本論説を表す狙いを説明する――。「人ノ性ハ元来善ナルモノカ、将タ又悪ナルモノカト云フ問題ハ、支那哲学ニアリテハ、極メテ肝要ナル論点」で、孟子・荀子の時から宋代の儒家に至るまでこの問題に論及しない者は極めて稀である。その理由は「元ト支那哲学ハ主トシテ倫理道義ヲ解説スルニアリ、而シテ倫理道義ハ性ノ善悪如何ニヨリテ大ニ其教ヲ異ニスベキモノ」であるからで、性の善悪をめぐり「種々ナル見解」があることから「種々ナル道義哲学」が支那に興った。――こう述べた上で次のように記す。

今此事ヲ詳細ニ歴史的ニ説明スルハ、啻ニ東洋学者ニ裨益アル而已ナラズ、又哲学者ノ大ニ参考スベキモノアリ、

殊ニ西洋ノ哲学者ハ性ノ善悪如何ト云フ問題ニ就イテハ格別精密ナル詮鑿ヲ遂ゲザレバナリ、独リカント氏ハ其著書（Die Religion innerhalb der Grenzen der blosen Vernunft, 1793）中ニ於テ是等ノ事ヲ論弁スルコト頗ル詳ナリトス。

本論の内容は確かに、中国の人性論の諸説を史的に辿ってその要点を論述し、しかも個々の性論について西洋哲学者に類似の発想があればそれを附言するという形を取っている。論中、中国人の人名・書名は孔子《コンツー》、孟子《モアンツー》、朱子《チウツー》、易経《イーチン》、論語《ルンユー》、中庸《チョンヨン》というように、中国語に拠る読み仮名をまま付している。万国東洋学会で独語で講じたということの一端を示すものであろうが、一面従前からの漢学研究とは一線を画して新たな東洋哲学によるアプローチを印象づける。取り上げる性説は、『易経』『詩経』『書経』などに散見する性は善なりの萌芽から説き起こし、孔子・子思・孟子・告子・荀子・董仲舒・王充・劉向・揚子（揚雄）・荀悦・韓昌黎（韓愈）・李習之（李翺）・皇甫持正（皇甫湜）・杜牧之（杜牧）・司馬温公（司馬光）・王荊公（王安石）・蘇東坡（蘇軾）・胡五峯（胡宏）・周子（周敦頤）・張子（張載）・程明道（程顥）・程伊川（程頤）・朱子（朱熹）の順に言及し、朱子より以後は特に新たな性説の展開はなく、陳北渓（陳淳）の『性理字義』、薛敬軒（薛瑄）の『読書録』、胡敬斎（胡居仁）の『居業録』の類はみな程朱の説に基づくと括っている。また行論において、孟子の性善の説と似た説を唱えた西洋哲学者としてセ子《ネ》カ、ルーソーを挙げ、荀子の性悪の論についてはホッブス、ショッペンハウエル、董仲舒の性陽情陰説の説についてはパスカール、朱子の性説をめぐってはカント、シセロ、ギョテ、ダーウヰンについて触れている。

人性論が中国哲学史の中で重要な位置を占めて展開してきたということ、換言すれば、中国の思想において人間観を問題にするとき人間とは何か、その本質は何かということが、性が善か悪かというような問題として取り上げられてきたことは否定できない。またそれは、中国思想が顕著に人間の生き方を主問題として、道徳主義・修養主義の面を濃厚に示すことに繋がることも首肯できるであろう。その点、井上の問題設定はけして見当外れのものではあるまい。なおかつ列挙する性説は、孟子や荀子の性善・性悪の論、揚雄の善悪混ずの論、韓愈の性三品説や李翺の復性説、そして張載・二程・朱熹の宋代新儒学の人性論にとどまらず、その周辺の諸家に及ぶ点、今日のこの種の研究に比して狭いものではない。もとより宋代以降の展開に論が及ばないのは、当時の研究の進展状況を考慮すれば致し方あるまい。むしろこれは後年の日本儒学史研究の先駆的三部作『日本陽明学派之哲学』（明治三十三年）『日本古学派之哲学』（明治三十五年）『日本朱子学派之哲学』（明治三十九年）において評価すべきであろう。その点、井上自らその末尾において重ねて「此篇元ト歴史上ノ事実ヲ明ニスルニアリ」とするということは一応、その姿勢をして認めることができる。ただ本来、性の善悪の議論は性の概念にしても一様でなく、善悪を論ずるにしても何の善悪なのか必ずしも一定していない。井上のこの論説は文字通り性の善悪に関する諸説を示すのに終始し、個々の思想に即した性説の分析がおしなべて不十分である。そもそも性について善悪を論ずることがいかなる意味を持つのか、あるいは善悪を論ずることが可能かどうかという問題意識は胚胎していない。かえって篇末において、諸説を分類して別掲の表にまとめた上で、自らの所見を同じ土俵で付け加えている。

性善悪
- 唯一(Monismus)
  - 善
    - 孔子
    - 孟子
  - 悪―荀子
- 倶有(Dualismus)
  - 董子、揚子、司馬温公
  - 王荊公、李習之、二程子并ニ朱子、
- 倶無(Nihilismus)
  - 蘇東坡
  - 胡五峯

（孔子〜王荊公ほか）荀悦及韓愈

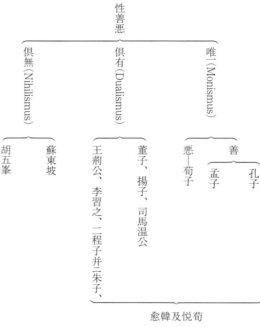

蓋シ人ハ終身全ク善ニシテ、些ノ欠処ナキコトハ、到底希図スベカラズト雖モ、又全ク悪ナルコトモ、社会ニ生存スル限リハ、到底之ナカルベキコトナリ、然ルニ善悪ハ元ト本来ノ性中ニ淵源シ後発表シテ社会ノ現象トナルモノナリ、然レバ人ノ性ニ善悪共ニ存ストセザルベカラズ（傍点は井上、以下同じ）

すなわち「揚子ノ説最モ是正ニ近ク司馬温公ノ言更ニ詳密ニシテ確当ナリトス」と断ずるのである。(7) しかも井上は、こうした揚雄の善悪混ずの説を支持する立場からであろうか、行論中、二程（程顥・程頤）そして朱熹の性説について強引な解説を行い、これに対して内田周平から批判が投げかけられ、さらに井上の反論が繰り広げられることになった。

内田周平の批判

内田周平は安政元年（一八五四）生まれで井上より一歳年長、明治十一年東大医学部入学、のち文学部に転部した学歴の持主。井上円了（一八五八—一九一九）が明治二十年（一八八七）に創立した哲学館の講師として、「儒学」と「審美学」を講じていた。「井上文学士ノ性善悪論ヲ読ム」は哲学会の会員の肩書で発表されている。

内田は井上の論についてその博学見識を認めながらも、その解説に当を得ない点が見え、末尾に付する井上自身の性説に対する断定に同調できないことが存するとして、己の見解を述べて是非をただそうとしている。内田は

君ガ論著ヲ尼山ニ開キ孟荀董揚ヨリ李韓ニ至ルマデ其評論スル所、孟子ガ反其本ノ語ヲ復性説ト為スノ外、大抵皆当レリ、余ハコノ間ニ於テ非議スベキナシ、惟ソノ不当ヲ覚ユル者後半篇程朱ノ本然気質ヲ解説スル処ニ在ルナリ

と総論し、専ら二程と朱熹の性説についての理解に批判を行う。その矛先の中心は、程朱の性説を「善悪倶有」の分類の中に入れて揚雄・司馬光（揚馬と略称する）と並列せしめた点に向けられている。程顥はさておき、朱熹・程頤の性説を揚馬のそれと同列に扱うとなれば、内田ならずとも今日の研究者も目を疑い、その説くところは如何と検証すること必至である。内田が批判を試みようというのは当然と言えば当然である。原文に拠る限り朱熹や程頤が孟子の性善の説を是認しそれを前提におくことはあまりにも明明白白、ここでは揚雄の性説に対する直接的な言及のうち、比較的よく知られる例を参考までに挙げる。

　荀子は極めて偏駁なり。只だ一句の性悪、大本已に失わる。揚子は少過なりと雖も、然れども已に自ら性を識らず、更に甚《なん》の道を説《い》わん。（『程氏遺書』巻十九、『近思録』巻十四）

　荀・揚・韓の諸人はこれ性を論ずと雖も、其の実は只だ気を説《い》い得るのみ。荀子は只だ不好《よくない》人の性を見得して便ち悪と説《い》い做《な》す。揚子は半善半悪の人を見て便ち善悪混ずと説う。韓子は天下に許多般《おおく》の人有るを見る、所以《ゆえ》に立てて三品の説を為す。三子の中に就けば、韓子の説又較《やや》近し。（『朱子語類』巻四・九十二条、徐寓録）

朱熹や程頤の発言に即せば、その性説を揚雄のそれを同じく分類するのは無理がある。問題は井上がいかなる視点に立ってその結論を導き出しているか、またそれに対する内田の批判のあり方である。

まず井上の論を辿ってみよう。井上は、張載が「天地之性」と「気質之性」と区別したことを取り上げ、気質の性は「カラクテル」（即ち資性）、天地の性は程朱のいわゆる本然の性にして「ゲヴィセン」（良心）とし完全に善であると説明した上で、「程朱ハ皆性ニ本然気質ノ二種アリトス」として程顥、程頤、朱熹の順に資料を引きながら解説する。引用する資料をすべて掲げることは紙数の関係で不可能だが、きわめて常識的な資料ばかりである。その中、最も重要な位置にあるのが程顥の次の性論である。内田の批判もその解釈に向けられており、いささか長くなるがそのまま掲げる。

程明道《チヨンミンタウ》曰ク「生之謂レ性、性即気、気即性、生之謂也、人生二気稟一、理有二善悪一、然不下是性中元有二此面物一、相対而生上也。有二自レ幼而善者一、有二自レ幼而悪者一、是気稟自然也、善固性也、悪亦不レ可レ不レ謂二之性一也」（二程全書巻一）[8]ト、然レバ程明道（程顥）ノ説ニテハ、性ト気トハ、全ク同一ノモノニテ、共ニ人ノ生来有スル所ナリ、然ルニ人ハ各々其気稟ヲ発生スルモノナルガ、其天然ノ理（即チ性ノ実体）ニ善ト悪トアリ、然レドモ一人ノ性中ニ素ヨリ善悪ノ両成分アリテ、相対シテ発生スルニハアラズシテ、或ハ幼少ノ時ヨリシテ善ナルモノアリ、或ハ又幼少ノ時ヨリシテ悪ナルモノアリ、是レハ其人々ノ気稟ニ出ヅル自然ノ勢ナリ、然レバ善モ悪モ、何レモ性ト称セザルベカラズ、即チ性ニ善アリ悪アリト謂フベキナリ、

「生をこれ性と謂う」はかの孟子の論敵、告子の語（『孟子』告子上篇）に拠るもので、したがって程顥の性説は、性の善悪という点からすれば単純な性善説ではない[9]。井上の原文解釈は、性と気とは離れて存在しない、相即不離の関係にあることをいう「性即気、気即性」の説明をはじめ、程顥の論理に即した解説という面では粗っぽい。先に、性の善悪に関する言説の如何のみに終始し、個々の思想に即した分析がおしなべて不十分だとする所以である。ともあれ、程顥の性説を「性に善悪あり」とするのは誤まりではなかろう。疑問は井上自身、程頤の説は程顥と同じでないとして、「伊川ハ性ト気トヲ分チテ二トシ……」、「伊川は明道ノ如ク、理気ヲ同一視スルニハアラザルナリ」、「伊川ハ……理ニハ不善ナシトスレドモ、明道ハ理ニ善悪アリトセリ」とその相異を指摘しながら、

二程子ノ言、此クノ如ク同ジカラザル所アリト雖モ、之ヲ要スルニ、共ニ二元論ニシテ性善悪アリト云フニ近シ、但々揚子ノ如ク一人ノ性中ニ善悪ノ両性分アリテ混同スト説カザルナリ、

と二程子の論を括ってしまうことに生ずる。強引にして論証不足は否めない。その傾向は朱熹を論ずるにおいて一層

著しい。

朱子の性説について、「朱子ハ理ノ純金ナル所ト、理気ノ交錯スル所ニ就テ、本然気質ノ両性ヲ論ズ」として、「朱子ノ修徳ノ工夫ハ全ク気質ノ性ヲ抑制シテ本然ノ性ニ反ルニアリ、即チ形而下ヨリ形而上ニ向テ突進スルニアリ、即チ是レ復性ノ説ナリ」と言う。粗い物言いながら少なくとも資料に基づいた議論であるが、一挙に

朱子ノ説ハ、畢竟二元論ニシテ、一人ノ性ニ優等劣等ノ二種アリトスルモノニテ、揚子ノ性善悪混ズト云ヘルト、到底其論ヲ一ニスルモノナリ、

と断ずるに至っては、余りにも論証を欠くと言わなければならない。井上は、シテロが「人心ノ性ニ二種アリ」と「嗜欲」（希臘語ニテハ「ホルメー」ト云フ）・「理性」を言うこと、ギョテが「我胸ニ二種ノ精神アリテ住ス」と言うことを原語を引いて掲げ、ダーウキンの著書中にも「優等劣等ノ性ヲ論ズルコト頗ル精密」と指摘するが、これが論理的な分析や証明となるものではあるまい。なお、「天地ノ性」「気質ノ性」を分析して「気質ノ性ハ現象ニシテ、天地ノ性ハ基本体ナリ、故ニ気質ヲ排除シテ天地ノ性ヲ全ウスルトキハ、現象世界ヲ離レテ、天地ノ本体即チ太極ト冥合スル所以ナリ」と説明する視点には、井上の後年の学説と知られる「現象即実在論」に繋がる問題意識があるいは存するのかも知れないが、本論中で西洋的「実在」と「現象」との関係をめぐる論及は見られない。

内田は井上の件の論が発表される前、明治二十二年（一八八九）八月から翌年九月にかけて『哲学会雑誌』に都合四回（第三十、三十六、四十一、四十五号）にわたって、「宋儒所謂気」と題する論文を発表しており、宋学には詳しかったと思われる。またその研究態度も従来の学問態度を必ずしも墨守するものではなく、「哲学」研究を意図している。実際この「宋儒所謂気」も、明治における学術論文としては初めて「気」について概論したものである。冒頭に「気」の定義を試み、

今コノ気ヲ当今ノ語ニテ言ヘバ即チ物質ナリサレドモココニ注意ヲ要スルハ宋儒ノ気ト曰ヘルハ単ニ物質ノミヲ言フニハアラデ物質ニ附帯シテ物質ヨリ発見スル業力《ハタラキ》マデヲ兼子《(ネ)》包ミテ言フコトナリ業力トハ即チ作用ヲ謂ヒ行為ヲ謂ヒ運動ヲ謂ヒ変化ヲ謂フ

と説明するのは、十分に彼の学的態度の一端を示している。

内田は、井上が気質の性を「カラクテル」、本然の性を「ゲヴィセン」と解したことを肯定する。その上で程朱の説の解釈に不徹底なる点があるとして批判を展開している。その問題視するところは上述した点にあり、その限りでは当を得ている。程朱の性説を揚馬の性善悪混ずの説と同じとすることをめぐり、反証の資料が列挙されるのは当然のことであったが、内田が最も詳論するのは程顥の性説についてであった。井上が程顥の性説を性に善悪ありの説として程頤の説をもそれに括ることへの反論であるが、内田の論は程顥と程頤の性説の違いを説くのではなく、むしろ程顥の性説を朱熹・程頤の性説に同一化するものであった。すなわち程顥の性説を性に善悪ありと解釈することは、程顥の本意を失うとして、その誤解が先掲の原文（四七一頁）の解釈、とりわけ「理有善悪」の一句の誤解に起因すると論ずる。本来、程顥の性論は程頤・朱熹のそれと異なる面を持ち、件の資料はそれが如実にうかがえるものであるが、朱子学においては程朱の学的一体性、連続性を前提にすることから、その異質な面を朱熹の解釈で補正することで同一化して理解して来た。内田もまたつまるところこの程顥の性論を朱熹の解釈に沿って理解せよと論ずるものであった。「人生気稟」を「人ノ気質ノ稟」の意に解し、「理有善悪」の「理」字を「合」字に解して「善悪有ルベシ」と読んで、程顥の性論には見られぬ気質の性・本然の性の性分析を持ち込むのである。かくして内田の論難もまた大きな課題を内含しているものであった。

井上哲次郎の反論

井上の内田に対する反論「再び性善悪ヲ論ジ併セテ内田周平君ニ答フ」は初めに紹介したように三回にわたって連載された長編である。内田の批判の多くは「論理ヲ誤リ、哲理ニ背戻スルモノ」として論弁するものである。ただ本論を見ると連載の一回・二回はまず八箇条に分けて前編を補う形を取りつつ内田に反駁し、三回目に至って内田の最も主要な批判に対して答えているという構成である。総じて言えば、長編ではあるが内田の批判と嚙み合った論述は少なく、顕著なのは井上の学的立場の先進性、世界的視野の誇示であり、内田を旧態依然たる漢学者の蔽風・固陋を脱し切れぬと極め付ける筆鋒の激しさである。

八箇条の補論（第一、第二…と表記する）を簡単に見た上で、内田への反駁をまとめることにする。井上は重ねて中国哲学における性善悪の論を「哲学史上ノ事実ニシテ、歴史上ノ価値アリ」として前編の脱漏を補う意義を強調するが（第一）、その多くは西欧哲学者への言及である。中国については、孟子と李翺の復性説との関連性（第一）、漢代董仲舒・王充・班固の性説に関する資料の補訂と劉勰の性説を補足する（第二）のみである。西欧哲学者への言及は、内田が性善説を取り井上の性善悪混ずの説を批判したとして、「人性ニ善悪ノ両成分アルコトヲ論証セン」と諸家の言説を列挙する――、主な名前のみを記すと、ショッペンハワー、パウルゼン（第三）ショッペンハワー、ハートマン、バイロン、オリギ子《ネ》ス、フフェランド、プラトン（第四）スペンサー、ホッブス、アリストテレス、ダーウィン（第五）。その上で井上は結論する（第六）。

セネカダンテルーソーヂュリング諸氏ハ孟子ト同ジク性善ナリト説ケドモ、ホッブスショッペンハワー諸氏ハ荀子ト同ジク人性ヲ以テ悪トナス、此ノ如ク両説アルトキハ何レニモ多少根拠アルモノナレバ両説ヲ折衷シタル説最モ是ニ近シトス、

そして井上は偏に性善と言うならば「社会の現象ハ解説スベカラズ」[10]（第六）、「徒ニ事ヲ程朱ノ書ニ徴セズ、実際社会ノ現状ニ就イテ之レヲ察セヨ」（第七）と内田を非難し、ついには内田が性善説を聖賢の教として信ずるなら、

孔孟ヲ以テ聖賢トセバ又釈迦、耶蘇、ソクラテス、韓図等ヲモ聖賢トセザルベカラズ、然ルニ韓図ノ如キハ、性中ニ善悪倶ニ存スルモノトセリ、[11]……韓図ノ徳行ハ孔孟ニ劣ラズ、韓図ノ哲学ハ、遙ニ孔孟ニ勝レリ、而シテ其性論ハ最モ精核ナリ、性善ノミニアラザルガ故ニ、

とカントを信ぜよと迫るのである（第八）。

最後に内田が最も問題とした程朱の性説に関する弁明を見よう。井上は前編の説明不足を認めながら、程朱の性説を揚馬の性説とともに善悪倶有論の中に分類することは依然変わらない。両者の性説が異なると言いながら、ともに性に善悪あると認めるものであること、そのことをもって自説の正当性を主張する。揚馬の善悪は同時に人性中に存することから「併在的（neben einander）」、程朱の善悪は「善先ヅ在リテ悪後ニ生ズ」ることから「継在的（nach einander）」と説明する。程朱は本然の性・気質の性に分かち、「本然ノ性ハ善ナレドモ、気質ハ善アリ不善アリ」とするが、気質の性も性である以上、つまるところ「其中（性中）ニ於テ善不善ノ存在ヲ発見」しているから、その性説は善悪の存在を考える二元論だと説く。そして、

倶有トハ、善悪倶ニ性中……併在継在ノ差別ナク凡ソ人性中……ニ現存スルコト

と定義し、自説の根拠づけを図っている。かくして井上は繰り返して主張する。

広ク人性ヲ論ズレバ、性中ニ善悪ノ両成分アルコトヲ主張セザレバ、社会ノ現象ヲ解釈スルコト能ハズ、程朱ハ

性本善トスレドモ、気質ノ中ニ於テ不善ニ流ルル傾向アルコトヲ認識セリ、而シテ気質モ亦性ト名ケタリ、故ニ哲学史上ヨリ程朱ノ性説ヲ分類スルトキハ、之レヲ具有論トスルモ不可ナカルベシ、歴史的ニ古人ノ自ラ唱ヘル如クスルニ及ハズ、吾人ノ意見ニ拠リテ其学説ヲ分類スルコトヲ得ルモノナリ、

かくなればかの程顥の「生之謂性」に拠る性説の検証はさほどの意味を持って言及されない。「君ノ云ヘル如ク朱子ニ従テ、解釈スルヲ可トス」としながら、内田を程朱の学を奉崇するものと非難、「揚馬ノ説ハ却テ真理ニ近ク、韓図ノ説ト符合スル所アリ」と「真理」の断を下すに至っている。

明治二十四年（一八九一）の井上は、九月に政府の意を受けて教育勅語の注解『勅語衍義』を著し、一一二月「教育と宗教との衝突」（『教育時報』）、十一月「宗教と教育に就いて」（『大日本教育会雑誌』）の論説を発表する。井上の国家主義的発想を示すものとして知られるが、それは波紋を投げかけ論争を引き起こした。「東洋哲学」「東洋道徳」の名のもとに新たに国民道徳を論じて、体制教学の責任を担ったとされる所以である。[12]拙稿で取り上げた「性善悪論」の諸篇は、右の論著とほぼ並行して発表され、その「哲学」研究の立場を表明するものであった。内田との論争について故赤塚忠氏は「〈朱熹哲学〉の解釈を続る護教的立場の内田周平と自由研究の立場の井上哲次郎との論争」とし、欧化の風潮の一方で儒教振興の要求されつつあるなか、自由冷静な学術的研究への転換の困難さを示す一事例と捉えている。[13]護教・自由の表現は必ずしもすべてを言い尽くすものではないが、井上の恣意的な論断、粗雑な論証はさておき、西欧哲学を摂取して東洋の哲学をいかに研究の俎上にのぼすかという草創期の姿を認めることができよう。実際、井上はその強弁ぶりとは裏腹に、内田への反論を行う前置として、「性善悪論」がもと東洋哲学史中の一篇の未定の草稿に過ぎぬとする。かの『懐中雑記』中には日本帰国の際に「帰朝以後の要件」を記すなか、「日支哲学史脱

稿スル事」を挙げる。[14]日本そして中国の哲学史研究の課題が自覚されていたことを確かにうかがわせるものである。

註

（1）『哲学思想』（現代日本思想大系二四　筑摩書房　一九六五年）解説「日本の哲学」三一頁。
（2）『西洋哲学講義』全六冊は第四冊まで井上、他の二冊は井上の留学のために有賀長雄の執筆。
（3）『倫理新説』の緒言に「此篇ハ余ガ明治十四年ノ初メ、東京大学ニ於テ演述セシ所ニシテ、嘗テ倫理ノ大本ト題シ学芸志林ニ載セン事アリ」と記す。
（4）渡辺和靖『明治思想史――儒教的伝統と近代認識論』（ぺりかん社　一九七八年）「井上哲次郎と体系への志向」九九頁。
（5）都立中央図書館「井上文庫」所蔵、全二冊。
（6）大島康正氏は「不毛の留学六年」と言う。朝日ジャーナル編集部編『日本の思想家2』（朝日新聞社　一九六三年）「井上哲次郎」九六〜一〇一頁。
（7）井上が論中に引く、揚雄および司馬光の資料を掲げておく。
○人之性也、善悪混。修其善、則為善人、修其悪、則為悪人。（『法言』修身篇）
○夫性者、人之所受於天以生者也。善与悪必兼有之。是故雖聖人不能無悪。雖愚人不能無害。其所受多少之間則殊矣。善至多而悪至少、則為聖人。悪至多而善至少、則為愚人。善悪相半、則為中人。（中略）如孟子之言所謂長善者也。荀子之言所謂去悪者也。揚子則兼之矣。（『司馬文正公伝家集』巻六十六「性弁」）
（8）『程氏遺書』一、『近思録』巻一に所収。
（9）湯浅幸孫氏は、本文に引く程顥の性説について、「善も悪も人間性の深い根源において自然に調和しており、その限りにおいて性は善であるというのが明道の立場である」と説明する。『近思録・上』（中国文明選第四巻　朝日新聞社　一九七二年）三六〜四〇頁。
（10）ここでは具体的に「蕃民ノ情状ヲ察セヨ」として、ゲルランド・アシガス・ダーウィン・エリス・エルスキンの諸氏の報告を列記する。

（11）特にカントの発言として次の原文を掲げる。

So werden wir diesen einen natürlichen Hang zum Bösen, und da er doch immer selbstverschuldet sein muss, ihn selbst ein radicales, angebornes, (nichtsdestoweniger aber uns von uns selbst zugezogenes) Böse in der menschlichen Natur nennen können (Die Religion innerhalb der Grenzen der blossen Verunuft, cap. III)

カントの思想として「性中ニ善悪倶ニ存スル」という理解が適当かどうかについては専家の批評を仰ぎたい。かりにカントの考え方として人間の生まれつきに善・悪の存在を認め得るとしても、カントにおいて善・悪がいかなる思想的背景のもとに説かれるのか、そしてそれは中国における性の善悪の議論といかなる形でその比定が可能なのか、という論及が求められるはずである。残念ながら、この論説の中でその言及は見られない。

（12）「東洋哲学」と体制教学とのかかわりについては、戸川芳郎「漢学シナ学の沿革とその問題点」（『理想』第三九七号　一九六六年）を参照。

（13）『中国文化叢書2　思想概論』（大修館書店　一九六八年）「序論」七頁。ただし、この「性善悪論」に関して直接的な言及はない。

（14）「帰朝以後の要件」として次の九箇条を記している。

第一羅甸語、第二希臘語、第三梵語（此三語ハ益々研究スベキ事）、第四国語ヲ研究スル事、第五支那官語ヲ学修スル事、第六日支哲学史脱稿スル事、第七外交政略ヲ著ハス事、第八新詩派ヲ開ク事、第九如是我観ヲ著ハス事

七　井上哲次郎の「東洋哲学史」研究

井上哲次郎と「東洋哲学」

井上哲次郎（一八五五―一九四四）がわが国近代におけるアカデミー哲学の形成に指導的役割を果たしたことはよく知られる。井上は明治十年（一八七七）東京大学に入り哲学を専攻し兼ねて政治学を修め、明治十三年（一八八〇）卒業。明治十七年（一八八四）二月に文部省より派遣されドイツに留学した。自ら記した「巽軒年譜」に拠れば、「為哲学修業満三ヶ年独逸に留学被仰付」というものであった。次いで明治二十年（一八八七）十月からはベルリン東洋語学校講師を嘱託せられ、明治二十三年（一八九〇）十月に帰朝するまで、都合六年有余のドイツ留学となった。「年譜」には「十月十三日、帰朝。十月二十三日、文科大学教授に任ぜられる。十月三十日、教育勅語煥発せらる」と記すが、後年『明治哲学界の回顧』（岩波講座『哲学』所収、一九三二年）では、この明治二十三年は明治の哲学史上一時期を画しているとして、自らの関わりを次のように述べている。

自分は丁度此の教育勅語煥発の際に独逸から六、七年ぶりに帰朝し、幾くもなく其の教育勅語を解釈し、『勅語衍義』と題して之を世に公にするの光栄を得たのである。それから丁度其の教育勅語の煥発せられた頃より東京大学に教授となつて教鞭を執り、三十三年継続し、其の間、宗教に関しては仏教を中心として比較宗教を講じ、哲学の側に於いては東洋哲学史とともに西洋哲学史を講じ、殊にカントとショーペンハウエルとを講じたのである。そのやうに、西洋哲学としては主として独逸の哲学を紹介し、且つ之を学生に教へ込んだのである。而して哲学及び其の他精神科学研究の為めに西洋に派遣せらるる留学生には主として独逸に往くことを勧誘したのである。我が国に於いて独逸哲学の重要視せらるるやうになつたのは自分等の努力に依ることが多大である。（「序論」二）

井上がこのように概述して自負するように、その後の日本の大学およびその他講壇の側において「哲学を研究する者は孰れも独逸の哲学を主として研究した」（同前）という潮流を作る上で多大な役割を果たしたことは否めない。ただ一方において井上は、「唯だ今日は何うも兎角独逸哲学のみによつて、余りにそれに呑まれ過ごして其の範囲から到底脱却し能はざるやうな状態となつてゐる」と批判し、「そのやうにならないやうに、自分は初めから絶えず東洋の哲学を講じてバランスを保つやうに努力して来たのであるけれども、此の精神を能く汲み取つて呉れる人の甚だ少いのは遺憾に堪へない次第である」と述懐する。また、「結論――自分の立場」と題し、明治年間における自らの哲学研究の概要を述べる末尾に「哲学方法論」の項目を立て、次のように締め括っている。

東洋哲学を研究して西洋哲学と比較対照して、そして一層進んだ哲学思想を構成するといふことは、東洋人としては最もその方法を得たものと考へられる。（中略）殊に、宗教や倫理の範囲に於いては一層東西洋の哲学的史実を頭にもつて、これを咀嚼し、これを消化して、更に前途に発展してゆく抱負がなくてはならぬ。それ故に自分は西洋の哲学を攻究すると共に東洋の哲学の研究を怠らず、両者の融合統一を企図することを以て任とするやうに力めた次第である。

ところで、井上哲次郎が「東洋哲学史」にかかわるのは、大学卒業後、明治十三年十月文部省御用掛、編輯局兼官立学務局に勤務し「東洋哲学史」編纂に従事したことから始まると考えられる。この編纂の仕事は明治十五年（一八八二）に東京大学助教授に任ぜられ文学部に勤務してからも兼務として継続され、明治十六年（一八八三）九月には初めて東洋哲学史の講義を開いている。かくしてドイツ留学に赴くのであるが、井上留学中の自筆日記『懐中雑記』[1]には東洋哲学史を企図していることがたびたび見えている。『懐中雑記』は覚書風の時事要録の性格が色濃いが、明治十七年二月十五日東京を出発するところから筆を起こし、明治二十三年十月十三日日本帰着まで書き記され、さらに同月十四日以降、明治二十五年八月三十一日に至るまでの動向の略記を付載する。

井上は留学中、ドイツ語の修得はもちろんフランス語・イタリア語やギリシア語・ラテン語などの語学の履修に意欲を示し、ハイデルベルク大学でクーノー・フヒッセル（フィッシャー）、ライプツィヒ大学でヴントに哲学の講義を聴いたのをはじめ動物学・物理学など自然科学の講義も聴講している。また当時の錚々たる学者の講義を聴くだけでなく、直接に面談する機会に恵まれている。さらにフランス留学を文部省に願い出て認められ、明治二十年三月末から九月末まで半年間滞在しルナンやラヴェッソンなど多くの学者・名士と面談し、明治二十一年八月にはイギリスに渡りスペンサーと面会する機会を得ている。井上は留学の出立に際し、「此れ自《よ》り期する所は唯だ一事、西洋の哲学源を窮めんと欲す」（原漢文）と詩中にその思いを表明したが、留学三年が終わろうとする明治二十年一月二十二日には、「此日五絶一首ヲ賦シテ志ヲ述ブ」として

幾歳　辛苦を嘗む。工夫漸く深きに入る。新哲学を興さんと欲し、先づ中心自り始む。（原漢文）

と記している。井上の気概はともかく、西洋の哲学の本源を窮め得て、「新哲学」を樹立することができたかということ、後世の哲学徒の評価はかなり厳しいと思われる。[2] 実際『懐中雑記』を通じて、西洋の哲学の源をどのように窮めようとしているのか、その主体的な問題意識や考究の取組みは読み取れない。また、彼の「新哲学」がいかなる内容

のものであるか、具体的な言及はない。『懐中雑記』中、目につくのはいつ誰と会ったのかという記載であり、詳しい記述は専門大家や名士との面会に関するものである。時には面談における相手との意見交換を問答形式で記している。それは学派や学統・学風など外面的知識に属することがほとんどであるが、井上自身の学問研究に関連して東洋哲学・東洋哲学史についての言及がかえって興味深い内容を有する。すなわち、井上が留学前に「東洋哲学史」の編纂に従事していたことを説明するにとどまらず、西洋哲学史に見合う東洋哲学史の述作の必要性を自覚し、それを自らの課題としていく姿が浮かび上がってくる。

ドイツ留学と「東洋哲学史」

次に『懐中雑記』の中から関連する主要な条を取り出してみたい。

○氏余ニ問ヒテ君何人ノ学派ニカ属セラルルニヤト云ハレケレバ、生答ヘテ生ハ何人ノ学派ニモ属スルモノニ非ズ、嚮ニ東京大学ニ在ル六年東西ノ哲学を修メ、卒業後概子《（ネ）》四年間東洋哲学史ノ著ニ従事シ、其業未ダ成ラズシテ当地ニ来リ、淹留二年専ラ西洋哲学ニ従事シ、将ニ自ラ樹立スル所アランヲ欲スル意ヲ述ベタレバ、氏乃チ余ガ意ヲ察シ、且ツ君已ニ東洋哲学史ヲ著ハスノ企アラバ併セテ西洋哲学史ヲ著ハス亦甚ダ妙ナラズヤ云々ト、（明治十九年一月三十一日 Prof.T.Fechner 氏ヲ訪フの条）

○種々談話ノ末余久シク東洋哲学史ヲ著ハスノ志アリ、未ダ成ラズ、他年必ズ稿ヲ脱スベシト云ヒシニ、氏云ク、之アル哉印度哲学ノ如キハ不充分ナガラオルデンベルヒマキスミラー諸氏ノ著アレドモ、支那日本ノ哲学ニ至リテハ著述極メテ少ク、殊ニ日本哲学ノ如キハ絶テ之ヲ知ルモノナシ、君若シ東洋一般ノ哲学史ヲ著ハサバ其功極メテ大ナルベシ云々ト、（明治十九年二月四日リーブマン氏ヲ訪フの条）

○余氏ニ東洋哲学史ヲ著ハスノ志アルコトヲ述ブ、氏云ク、西洋ニモ稍々東洋ノコトヲ極ムルモノアルド（ママ）モ皆充分（？）哲学者ニアラズ、哲学者ハ亦西洋哲学ニ力ヲ尽シ、東洋哲学ニ及ブノ暇ナシ、君ヲシテ若シ之ヲ著ハサバ大ナル利益ヲ生ズベシ云々ト、（明治十九年二月十七日Prof. Wundt氏ヲ訪フの条）

留学して約二年、教授大家との面談の中で「東洋哲学史」著述の志あることを披瀝し、当の一流学者からその意義深さを認められ、自分こそそれをなし得る者であるとの確信を強めて行くのがうかがい知れる。文中に井上が自ら打った傍点は井上の強い自負を表すものであろう。

そうしてフランス滞在中の明治二十年六月六日の条には、ソルボン（ママ）大学のPaul Janetを訪ねた時の問答を載せるが、これが面談の記録として『懐中雑記』の中でもっとも詳しいものである。フランスの哲学界をはじめとして欧州各国の哲学の現況に関する問答が大部分を占めるが、ここでも東洋哲学史に話題が及んでいる。井上は教授歴を問われて「曽テ東京大学尓《に》於て東洋哲学史を講ずること約一年許《ばかり》」と答えた上で、次の問答に及ぶ。

氏云く、日本尓も往古哲学者ありしや、余云く、今より大約二百年前頃哲学者輩出し、往々一家の学を唱へたり、柱下漆園二氏の学の如きハ殆ど之を唱ふるものなく、大抵皆尼山黄城二氏の学尓本きて起れり、然れども亦聞〻自家独得の見無き尓非ず、

日本の哲学者の輩出を江戸時代に認めるもので、続いてパーレンを付して具体的に人物名とその著作名を記すのは、実際にその時の会話中に挙げたものではなく、この『雑記』を記すに際して自らの考えをメモした性格のものであると推測できる。いわば、井上が日本の哲学者として俎上にのぼそうというものの原案である。

（即ち伊藤仁斎　呉廷翰が檟記・甕記・吉斎漫録諸書尓本き仁義即道也之論を唱へ、物徂徠　仁斎と同じく古学を唱ふと雖も、亦大尓其趣を異尓し、半ハ荀子の性悪篇尓半き（本?）、半ハ楊升庵が丹鉛総録尓拠り、弁道・弁名・論語徴を著ハし、礼楽即道也之論を唱へ、貝原益軒　羅正（整）庵尓淵源すと雖も、亦自ら多少一家の見を立て、大疑録を著ハして程朱の説を疑ひ、山崎垂加晩年尓至り、神儒仏と混同し、一種無類の折衷学派を成し、後の大塩平八（郎）余姚の学を奉ずと雖も、亦自ら一機軸を出し、洗心洞箚記を著ハして大虚心説を唱ふるが如きを謂ふ）

伊藤仁斎・荻生徂徠・貝原益軒・山崎闇斎・大塩平八郎を江戸期に現れた哲学者の例と考えているのが分かる。そして井上の「東洋哲学史」とはこれらの人物の哲学を論述することであったと考えられる。後に取り上げる『日本古学派之哲学』『日本朱子学派之哲学』『日本陽明学派之哲学』において主要な位置を占める人物である。

また同年六月二十六日には「前の仏国文部大臣 Julos Simon を訪ふ」として、その面談を記録するが、大学での聴講を尋ねられて「講義を聴けども、是れ固より主要の事尓非ず、生ハ自ら我室尓於て独り研究するを常とす」（傍点は井上）と答えて研究主体の姿勢を強調している。次いで

余又曰く、生曽て日本尓在る時東洋哲学史編纂を思立ち、支那の部ハ成就せり、然ども皆日本語尓て記せることゆへ、他日欧洲の語尓て公尓することあるべし、

とここでも「東洋哲学史」編纂のことに言及し、日本語のみならず欧州の語による公刊をも口にしている。それは、欧州においては東洋哲学に通じた者がいないという認識から生まれている。井上はこの面談で次のように概括している。

（前略）支那日本の哲学尓至てハ欧洲全国一人の精通するもの無きなり、去年維納府東洋学会尓も出で広く万国の東洋学者と会合したれども極東《エキストレームオリアン》諸国の哲学史を知るものを見ざりき、尤も孔子の学ハ少く欧洲尓知れたれ

ども老子尓至つてハ知るもの稍少く其他諸子百家の学ハ未だ欧人の窺測ざる所なり、（傍点は井上）

「去年維納府東洋学会」とは前年明治十九年（一八八六）九月末から十月初めにかけてウィーンで開催された第七回万国東洋学会に参加したことを指す。[3] 欧州の哲学界がおしなべて東洋哲学に無知であると気づいた井上は、もともと留学前に従事してきた「東洋哲学史」の編纂が必要不可欠の事業と意識し得るに至ったと考えられよう。しかも西洋の哲学を修めている自分こそその使命を担い得ると強く自覚したのではないか。

フランス滞在中のこの頃、井上は留学の延長を願い出るが、六月十二日の条には「此頃より長く欧洲尓滞在し専ら学芸に従事し、著作文章を以て家を成さん事尓志す」と記している。九月二十七日ベルリンに帰着した日には五律を記し、その頸聯・尾聯には「光陰何ぞ忽忽たる、落葉人をして驚か使む、此の志遠たりと雖も、今自《よ》り必ず成るを期せん」（原漢文）と賦す。そうして留学延期の願出を送付している最中、十月二日東洋（語）学校講師を嘱託せられる。すでに開講して後、十二月一日に文部大臣より「官費ヲ以テ留学延期ノ儀難聞届、尤満期後私費ヲ以テ滞在シ且其間彼方ノ依嘱ニ応ズルハ特別ノ訳ヲ以テ之ヲ許可ス」の指令を得ることになった。

東洋学校では日本語教師を勤めたが『懐中雑記』中にそれに関する直接的記載は見当たらない。[4] むしろ明治二十一年（一八八八）一月二十八日の条には「東洋学校ニ於テ日本神道ノ事ヲ演説ス、来聴スル者三百余名、講堂ニ充満ス」と特筆している。注目すべきは同年六月三日の条で中国の姚文棟の来訪について

> 姚氏東洋哲学史を披閲して云ふ、重洋万里戸を閉ざして書を著はす、此れは是れ奇境、世を挙げて方に西学に波靡し、而して君は東哲を表章す、隠然として中流に砥柱たるの意有り、亦た奇士と謂ふ可し、（原漢文）

と、東洋哲学を表章する井上の姿勢を評した姚氏の言を載せる。これに拠れば、井上に『東洋哲学史』と称するに足る何らかの著述がこの時に存していることを窺わせるのに十分である。その具体的内容は不明だが、『東洋哲学史』

の一部の草稿もしくは素案が著されていることに注意しておきたい。こうして井上の「東洋哲学史」作成の作業はその後も試みられていたと推せられるが、その成果を公にする絶好の機会に恵まれることになった。ストックホルムで開催された第八回万国東洋学会に「日本政府ノ代理トシテ」（明治二十二年三月十五日の条）参会することになった井上にとっては、はれの舞台を得た思いであったろう。とりわけ五月二十四日には「明年八月を以て日本尓還ること尓決定す」とあることから、大いに期する所があったと思われる。かくして明治二十二年（一八八九）九月三日の条には「東亜の部尓於て支那哲学家の性善悪論を読む」と記す。この万国東洋学会における独語での講演内容は日本に帰国して間もなく明治二十三年（一八九〇）十一月二十六日に哲学会第五十八回で講演され、その後「性善悪論」と題する論説として明治二十四年（一八九一）一月『哲学会雑誌』第四十七号、二月同第四十八号に連載して発表された。しかもこれをめぐり『哲学会雑誌』上において内田周平との論争が展開されることになった。この「性善悪論」および内田との論争については先に小論で整理を試みたことがあるので詳しくはそれを参照されたいが[5]、井上は内田との論争の中で（『哲学会雑誌』第五十一号「再ビ性善悪ヲ論ジ併セテ内田周平君ニ答フ」、以下「再論」と略称）

余ガ性善悪論ハ元ト東洋哲学史中ノ一篇ニシテ、固ヨリ未定ノ草稿ニ過ギズ、然ルニ之レヲ公ニセシハ、曽テ同一ノ事項ニ就キ、万国東洋学会ニ於テ講演セシコトアルヲ以テナリ、

と「性善悪論」が「東洋哲学史」の一篇であることを明らかにしている。「性善悪論」の冒頭には「今此事ヲ詳細ニ歴史的ニ説明スルハ、啻ニ東洋学者ニ神益アル而已ナラズ又哲学者ノ大ニ参考スベキモノアリ、殊ニ西洋ノ哲学者ハ性ノ善悪如何ト云フ問題ニ就イテハ格別精密ナル詮鑿ヲ遂ゲザレバナリ」として、中国の人性論の諸説の展開を史的に辿ってその要点を論述し、個々の性論をめぐり西洋の哲学者に類似の発想があればそれを付言するという形をとっている。内田との論争の中で「未定ノ草稿ニ過ギズ」と言い、留学中は「七年ノ間全ク西学ニ従事シ、東洋哲学史ノ

著作ハ、一旦中絶ノ姿トナレリ」（「再論」）と説明し遺漏のあることを認めながらも、自らの論説が「東洋哲学」の立場にあることを強調する。それは、西洋の哲学を視野に入れて、「歴史上ノ事実ヲ明ニスルニアリ」（「性善悪論」）と意図するものであり、留学の成果そのものであると言って過言ではあるまい。しかし一方において、その完成は帰国後の課題として自覚されていたのも確かであった。『懐中雑記』明治二十三年十月十三日「日本ニ着ス」と記した後には、「帰朝以後の要件」として次の十二箇条を掲げているのである。

第一　羅甸語　第二　希臘語　第三　梵語（此三語ハ益々研究スベキ事）　第四　国学ヲ研究スル事　第五　支那官話ヲ学修スル事　第六　日支哲学史脱稿スル事　第七　外交政略ヲ著ハス事　第八　新詩派ヲ開ク事　第九　如是我観ヲ著ハス事　第十　和漢ノ宗教ヲ講究スル事（神道　仏教）　第十一　学術専攻協会ヲ興ス事　第十二　巽軒詩鈔ヲ増訂再版スル事

『日本陽明学派之哲学』『日本古学派之哲学』『日本朱子学派之哲学』

井上は内田への反論の中で「東洋哲学史」を脱稿し世に公にするのは十有余年の後を期せざるを得ないと述べているが、実際にそれが公刊されたのが、明治三十三年（一九〇〇）『日本陽明学派之哲学』、明治三十五年（一九〇二）『日本古学派之哲学』、明治三十九年（一九〇六）『日本朱子学派之哲学』である。日本儒学史研究の先駆的三部作とされるこの著作こそ、井上が企図してきた「東洋哲学史」研究の結実した姿を示す主著となるものである。「日本陽明学派之哲学序」にも「東洋哲学史」の一環であることを明言する。また、明治三十年（一八九七）パリで開催された第十一回万国東洋学会に参加し、「日本に於ける哲学思想の発達」を講述（独語）したことを発展させたものであると説明している。『日本陽明学派之哲学』凡例に「本書は単なる陽明学の歴史にあらずして陽明学派の哲学思想の史的発展の記述及び評論を主とするもの」と言い、『日本朱子学派之哲学』凡例には「此書は『日本古学派之哲学』及び『日本陽明学派之哲学』等と相竢ちて共に同じく日本に於ける哲学思想の発展を組織的に叙述且つ評論せるもの」と言う。

三部作の刊行順にその学的立場の特質を概括的に探ってみよう。

『日本陽明学派之哲学』

まず初めに陽明学を取り上げたのはなぜであろうか。井上は序文のなかで「維新以来世の学者、或は功利義を唱道し、或は利己主義を主張し、其の結果の及ぶ所、或は我国民的道徳心を破壊せんとす」と述べ、功利主義と利己主義の主張が「国民的道徳心」を破壊し滅することに繋がるものとしている。『明治哲学界の回顧』に拠れば、功利主義、利己主義の思想の系統に立つ人物として、加藤弘之や福沢諭吉を挙げて論難しており、それらの西欧功利正義と対峙して「国民的道徳心」の高揚を目指すものである。「国民的道徳心」は「心徳の普遍なるもの」で「東洋道徳の精粋」であると断言し、本書も「東洋道徳」の何たるかを世界万国に発揚するための一具たらんというのである。明治二十四年九月に刊行された『勅語衍義』において、井上が「教育勅語」の主意を孝悌忠信と共同愛国とを柱にして解説して（「勅語衍義叙」）国民の道徳を明らかにしようとしているのと、軌を一にするのは贅言を要すまい。

井上は日本の陽明学のあり方について、「朱子学が官府の教育主義なるが故に陽明学は主として民間の学者によりて主張せられ、自ら官民の別を成し陽明学は殆んど平民主義の如くになれり。（中略）陽明学は官府の権勢によりて排斥せられ、鬱屈して伸びること能はざりき」（「叙論」）と反官学の性格を指摘する。また、「朱子学派の中時に偉人なきにあらざるも、固陋迂腐の人亦少しとせず。之れに反して陽明学派は其人、比較的に僅少なりと雖も、人物は割合に多く、真に固陋迂腐といふべきもの、殆んど之れあらざるが如し」（同前）と陽明学の人物陶冶に功あることを評価する。さらには「陽明学は（中略）一たび日本に入りてより忽ち日本化し、自ら日本的の性質を帯ぶるに至れり、若し其顕著なる事実を挙ぐれば、神道と合一するの傾向あり。拡充して之を言へば、国家的精神を本とするの趨勢あり」（「結論」）と陽明学の日本化の傾向を強調している。

井上は総じて日本の哲学史を著すに当たって中国の儒教の受容にとどまらず日本人が自家の創見を唱え得たかどうかを評価の基準にしている。したがって陽明学や古学にまず関心が向けられたと考えられる。ことに「国民の道徳」の実践を企及する上で、「陽明派の実行に於て他の学派に優る者ある」（同前）として陽明学の実行を高く評価するのである。そして次のように言う。

> 西洋の倫理は心徳の錬磨を主とするものにあらずして、知的探求を主とするものなり。換言すれば、知的探求によりて道徳主義を確定し、而して後実行せんとするものなり。此両者は合一すべく、偏廃すべきにあらざるなり。若しこの両者を合一せば、東西洋道徳の長処を打ちて一塊となし、古今未曽有の偉大なる道徳を実現するを得べきなり。（「結論」）

まさしく西洋の倫理と「東洋道徳」との融合を目指すのである。

「東洋道徳」の発揚を掲げる『日本陽明学派之哲学』は、キリスト教と陽明学との結びつき、とりわけ内村鑑三らの陽明学理解を否定するものであった(6)。これは、この書が公刊される背景としてゆるがせにできない側面であろう。内村は明治二十四年二月「教育勅語」に対する不敬事件を起こし、「教育と宗教の衝突」論争の遠因となった。すなわち井上は明治二十五年一―二月「教育と宗教との衝突」（『教育時報』）、十一月「宗教と教育に就て」の論説を発表し、「教育勅語」をめぐるキリスト教徒との論争の口火を切り、国家主義的な道徳を前提に「耶蘇教は非国家主義にして、忠君愛国を重んぜず」として、キリスト教を「勅語」の精神と相容れぬと批判した。ここではその論争に立ち入る余裕は持たないが、内村らとの対立は陽明学解釈の対立でもあった。内村は王陽明をキリスト教に最も近くまで達した思想家だと考えていた。(7) また、陽明学の反官学的進歩性を認めていた。

かの旧幕府が自己の保存のために助成した保守的な朱子学とは異なつて、陽明学は、進歩的前望的にして希望に満てるものであつた。それが基督教に似てゐることは、従来一再ならず認められた所である。実際、其事も一つの理由となつて、基督教は此の国に於て禁止せられたのであつた。(『代表的日本人』岩波文庫・鈴木俊郎訳。二二〜二三頁)

その内村は「代表的日本人」五人の中に中江藤樹を挙げており、キリスト教徒側の中では中江藤樹の上帝信仰を唯一神信仰に近いものと見なして高く評価する者があった。(8) 井上は上述のように日本の陽明学の反官学的性格を指摘し、また中江藤樹について「藤樹の学問は又耶蘇教に近似せる所少しとせず。先づ其上帝は天父に比すべし」、「藤樹は人格的の上帝を崇信し、之れを己れの本体とし、之れと合一するを期せり」として、その上帝観念の性格を認めている。しかしその上でヤソ教と混同することを強く否定してやまないのである。

藤樹の学問は能く洙泗の精神を得たるものにして、其主眼は人倫の秩序を正うするにあり。仮令《たと》ひ人類の同等を主張するも、君臣父子等の関係を蔑如するものにあらず。否、君臣父子等の関係を正確にせんと欲するものなり。之れを要するに、藤樹の学問は畢竟世間的なり、現実的なり。時に超絶的の観念ありと雖も、是れ唯〻実践倫理の根底を確定する為めのみ。出世間的の解脱を希求するにあらざるなり。然るに耶蘇は人倫の関係以外に天国を建設し、君臣父子等の関係を蔑如し、独り人類の天父に対する関係のみを尊重し、之れが為めには一家の中は勿論、一国の中と雖も、不和を来たすを意とせざるなり。即ち出世間上の関係の為めに世間上の関係を犠牲に供するものなり。……藤樹にして今日にあらしめば、恰も仏教を排斥せしが如く耶蘇教を排斥せしならん。（第一章「中江藤樹」―第六「批判」）

長文の引用は、まさにこの論難がそのまま「教育と宗教の衝突」論争において井上が展開したキリスト教批判そのものであることを示したいためであるが、これによって『日本陽明学之哲学』の有する性格の一端が明確になったであろう。

中江藤樹の本書における位置は極めて大きく、本論の三割近くを占めている。そもそも井上は陽明学においては大塩平八郎を重要視していたと考えられ（四八四頁参照）、明治二十五年八月『国民之友』第百六十三号には「大塩平八郎の哲学を論ず」と題する論考を発表している。その論述の観点と方法はそのまま『日本陽明学派之哲学』に継承されている。その論中、藤樹について自家の特色と見なすべきものはほとんどないとしていたにもかかわらず、本書が藤樹に紙数を費すのは如上の事情が契機になっていると考えられる。

『日本古学派之哲学』

古学の勃興を「文学復興（即ちルネッサンス）」の結果という表現を取り、「我邦の学者が一時に後世の学問の妄謬を看破せるに本づく」とする（「結論」）。古学派の代表者として山鹿素行、伊藤仁斎、荻生徂徠を挙げ、それを本論三篇に分けて解説するが、古学派は「皆均しく活動主義を主張して宋儒の寂静主義に反抗せり、是れ蓋し日本民族特有の精神にして、此点に於ては、今日と雖も、寸毫も異なる所あるにあらざるなり」と「活動主義」をもって評している。これはとくに伊藤仁斎の学問を解説してやや詳しく触れられ、「世界と人生とを併せて悉《ことごと》く活動的に考察せり」と説く。仁斎が世界を一大活物にして生々已まざるものとしてとらえ、活《い》きた人間、活《い》きた道理を考究する立場であったことは首肯できるが、井上が「活動主義」の今日性を言うのは、欧米各国との競争の時代にあることを意識してのことでもあった[9]。

井上は三者の特色について、素行には「儒学と兵学とを打ちて一丸となす」として特に武士道の鼓吹を称揚し[10]、仁斎には「君子の態度を取り、専ら個人的道徳の実行を期する」として、仁斎の学問の本領が道徳論にあることを指摘している。また徂徠には功利主義の主張を問題にし、仁斎の不足を補充した功績を認めている。徂徠が、道は先王の作為として「制度」を強調したことをもって、「公徳」――社会的道徳を知り得て、仁斎が「私徳」――個人の道徳を主とするのを補ったと捉えている。ただ徂徠の功利主義は利己的なものでなく、利他的功利主義であるとして、先に『日本陽明学派之哲学』で批判したように功利主義を手放しで容認するものではない。

ところで本書を通じて井上の所論として注目すべきはその孔子論である。井上は古学が「単に孔子に復帰するに止まりて遂に其れ以上に出づること能はざりしは遺憾なり」（「結論」）と批判し、孔子のみを唯一の理想的人格として崇拝することを排して、「史的人格」つまり歴史上の一人の人物として評価せよと主張するものである。

> 凡そ学は真理を研究するを目的とす、真理は孔子より貴し、故に真理によりて孔子を批評するを是とし、孔子の言によりて真理を論定すべきにあらざるなり、要するに学としては、孔子に復帰するよりは、寧ろ真理を究明して之によるべきなり、若し事此に出でば、必ず儒教の範囲を超脱して思想独立の端緒を開き国民哲学の基礎を成すを得べかりしならん、

井上の学的姿勢の一面を示すものであるが、かかる孔子論は井上の高弟の蟹江義丸『孔子研究』（明治三十七年）、山路愛山『孔子論』（明治三十八年）などに繋がって行くと考えられる[11]。

『日本朱子学派之哲学』

与えられた紙数もほぼ尽きかけているが、井上が本書を通じて積極的に評価し問題にしようとする点は、他の二書に比べてずっと少ない。朱子学は「儒教の諸派中に於て最も安全にして穏健なる教育主義」と認め、朱子学派について学ぶべきは「其躬行実践の余に成れる崇高清健なる倫理説」にあり、倫理説よりさらに学ぶべきは「其崇高清健なる徳行」にあると評する（「結論」）。そうして「国民道徳」の発展上に多大の影響を及ぼした学派と言いながら次のように総括する。

苟も朱子学の人たらんには、唯〻忠実に朱子の学説を崇奉せざるべからず、換言すれば、朱子の精神的奴隷たらざるべからず、是故に朱子学派の学説は殆んど千篇一律の感あるを免れず、殊に人目を豁にし、人耳を驚かすが如き壮絶快絶の大議論大見識に至りては、朱子学派中に覔《もと》むべきにあらず、此点に於ては朱子学派の古学派及び陽明学派に及ばざること遠し、我邦に於ける古学派の多色多様なるは言ふ迄もなく、陽明学派と雖も、決して朱子学派の如く単調なるものにあらず、（「結論」）

井上自身の三学派を比較した総評とも言うべき性格を有するものであろう。それにしても「単調」をしきりに強調し、「是故に此書を読むものに諗《つ》ぐ、朱子学派の学説の千篇一律の如く単調なるを見て、敢て遽に之を侮蔑することなからんことを」（「叙」）とまで記す。『日本陽明学派之哲学』『日本古学派之哲学』が個々の学説を論述する過程で、西洋の哲学者の諸説を断片的に引いてその類似性を指摘するのがいかにも皮相的、一面的な印象を与えるのと対照的に、かえってすっきりとしてより資料的価値を失わないのは皮肉である。

和辻哲郎は『日本倫理思想史』（下巻）の中で、井上の右の三部作などの著作をめぐり、「江戸時代の儒学の歴史も、西洋哲学の考へ方に習熟した学者が、新しく日本の儒学者の思索を観察し直したといふ趣きは全然なく、依然として学派道統の別に拘泥し過ぎたものである」（七八五頁）と酷評するが、確かにこの三部作が日本の儒教を西洋哲学の立場から理論的に解明したとは言いにくい。ただ日本儒学史として見るならば、井上が朱子学よりも陽明学や古学に積極的な意義を認めそれを称揚しようとしたのは、相応の意味を持ったと考えられるが、それは同時に日本的儒学の表章であり、国家主義的発想を帯びるものであった。つまるところ、井上の立場は、儒教に西洋流の哲学を照射しながら「東洋道徳」を説きその実践面を強調しようとしたもので、その国家主義的道徳思想は明治四十五年（一九一二）『国民道徳概論』で代表される「国民道徳論」の提唱に発展していった。和辻はこれに対して「国民道徳」という概念の曖昧さを問題にし、わが国の道徳の歴史的研究から国民道徳の規範を直接に導き出そうとしたものと批判している（『新倫理講座Ⅴ・世界と国家』所収「国民道徳の問題」）。この三部作が日本儒学史あるいは日本哲学史の史的研究にとどまらず、直接的に「東洋道徳」の発揚を志向する点は、すでにこの批判を浴びる性格を内含するものであった、と言うことができよう。

註

（1）都立中央図書館「井上文庫」所蔵、全二冊。

（2）大島康正は「不毛の留学六年」と言い、「秀才井上は六年も留学して西洋哲学を学びながら、そのあれこれの知識やソフィスティケーションの術以上の一体何を体得してきたのかと、疑わざるを得ない」と批判する。朝日ジャーナル編集部編『日本の思想家2』（朝日新聞社　一九六三年）「井上哲次郎」九四〜一一〇頁。

（3）井上は『哲学会雑誌』第三号（明治二十年四月）に「万国東洋学会景況」と題して、その様子を書き送っている。その中で、伊藤博文総理大臣の紹介状によりウィーン大学教授スタインを訪問、二度にわたり面談し「大ニ東西哲学ノ異同ヲ論ズ」としてその内容を紹介しているが、最終的に「全ク東洋哲学ヲ知ラズ」と断じている。また、『懐中雑記』明治十九年十月三日の条に「スタイン氏ヲ訪ヒ、東西哲学ノ関係差別ヲ論ズ、氏窮ス」と記している。

（4）『懐中雑記』明治二十年十月三十一日の条に「始メテ開講、聴者十五人アリ」とあるのが、目につく程度である。

（5）拙稿「井上哲次郎の『性善悪論』の立場」（『ソフィア』第四十二巻第四号　一九九四年）。

（6）明治期におけるキリスト教と陽明学については、隅谷三喜男『近代日本の形成とキリスト教』（新教出版社　一九五〇年）が詳しい。また、山下龍二『陽明学の研究（成立編）』（現代情報社　一九七一年）もこれに論及している（八六～九二頁）。

（7）註（6）前掲山下『陽明学の研究』八八頁。

（8）海老名弾正「中江藤樹の宗教思想」（『六合雑誌』第二一七号　一八九九年）など。井上がこの海老名の論を批判の対象にしていることは、次の事例がその証左となろう。すなわち、『日本陽明学派之哲学』第一章「中江藤樹」第六「批判」の中で、井上は「耶蘇教徒」とのみ記して海老名の名を明示しないが、海老名の論中の一文を引いて批判の対象としている。

「藤樹の上帝に関する観念此の如く耶蘇教に類似せるを以て、耶蘇教徒は『基督の福音を聞かずして、既に基督教会の長老たり』と云はん。然れども藤樹の学問は決して耶蘇教と混同すべからず。」

（9）井上の『明治哲学界の回顧』（一一～一二頁）に「功利主義思想の沿革」を論ずる中で、次のように言う。

「兎角、儒教の徒は迂濶に流れ、生計を顧みないといふ欠陥を来たした。清貧に甘んずる心は尊いけれども、なかなか欧米各国と競争しなければならぬ時代に際して、昔の儒教徒のやうな迂濶な状態では、到底行かれないやうな時代となつた。」

（10）新渡戸稲造『武士道（*Bushido*）』（一八九九年）において陽明学が武士道に関係すると説き、山鹿素行について一言も触れていないことに、井上は批判を行っている。

（11）蟹江義丸、山路愛山の孔子論については、山下龍二「明治の孔子論」（『新しい漢文教育』第十九号　一九九四年）を参照されたい。なお、山下氏は「孔子を一人の人間として画こうとすることの背景にはイエスの人間化があった」（一三頁）とし、「イエスを神・神の子とみるよりも人間としてみるようになった」著作の一つに、フランスのルナンの『イエス伝』を挙げている。ちなみに井上はフランス留学中にルナンと会う機会を得、『懐中雑記』明治二十年六月六日の条にルナンとの面談を記録していいるが、くだんの『イエス伝』に関して次のように記述している。

「余云く、僕曽て君の耶蘇の伝（……）を読みし尓、行文極めて明瞭尓して、裨益する所多かりき、氏云く、該書尓ハ僕の哲学上の所見を述べず、哲学上の所見を述ぶるものハ哲学問答なり、（此時氏余尓其書を付与す）、」

八　漢文学の在り方——その二重性

はじめに

安井小太郎（一八五八—一九三八）『日本儒学史』（冨山房　昭和十四年）の刊行に当り、巻頭の服部宇之吉「序」は次のように書き起こす。

日本儒学史と云ふ語に二の意義あり。一は日本儒学の史にして、他は日本の儒学史なり。（句読は筆者）

日本儒学の史とは、「儒教東漸夙に吾か固有の皇道と融会し渾然一道を成せり、即ち日本儒教是れなり」とし、他方日本の儒学史とは、「日本に於ける儒学の歴史」と説明する（安井の著は後者の立場とする）。この観点は当り前のように見えて、今なお本質的な意義を有するように思う。

この度、中国において国家的プロジェクトとして「儒蔵」編纂事業が開始された。北京大学「儒蔵」編纂中心《センター》（代表湯一介教授）を統括事務局として、中国国内二十六の大学・研究機関が連携、先秦～清末の儒学典籍を編纂し刊行するものである。二〇一〇年に「儒蔵」精華編（一・五億字）、二〇二〇年に大全編「儒蔵」（十五億字）を完成する計画で、今般その日本における編纂事業の協力について求められている。まずは精華編に韓国・日本・越南の漢文体で撰述された、重要な儒学典籍を加える方針のもと、日本の部分についての協力要請である。

先日、「儒蔵」日本編纂委員会が発足、それに伴って、日本の「儒学典籍」案の選定を試みる作業に関わった。私の脳裏を過ったのは、安井小太郎氏の学的立場であり、服部氏の「序」の言であった。すなわち日本儒学の典籍か、日本における儒学の典籍か、である。どちらに軌軸をおくかによって選定の焦点は自ずと異なってくる。それはどちらも成り立つ観点で、本来的に優劣、是不是の評価を下せるものではない。ただ編纂の主旨と目的によって異なってくるだけのものである。そして日本学としては両者が補い合う関係にあることは言うまでもない。

如上のことは、儒学に限定してのことではない。「漢文学」を問う観点でもある。

一

神田喜一郎「日本漢文学」（岩波書店『講座日本文学史』第十六巻、昭和三十四年。のち、『墨林閒話』所収、昭和五十二年。また、同朋舎『神田喜一郎全集』第九巻、昭和五十九年）は、初めに「日本の漢文学」とは何かについて、次のように記す。

「日本の漢文学」は、本質的には間違いなく日本文学に属する。その作者は日本人であり、その内容に盛られているものは、当然日本人の思想なり感情であるからである。しかし、その一面において、「日本の漢文学」はまた、中国文学という一つの大きな流れから岐れ出たところの支流であることも否定することはできない。日本人は、日本にはじめて中国文学が伝わって以来、これを先進の文学として崇め、その新しい傾向を追いつつ、ひたすら模倣擬作にこれつとめてきた。そうした事情のもとに自然と形成せられてきたのが「日本の漢文学」である。（中略）ある点、「日本の漢文学」は、むしろ中国文学に属せしめて考えるのが適当であり、またそうしてはじめて理解しうるとも言いうるのである。（中略）この二重性格こそ、じつに「日本の漢文学」の持って生れた著しい宿命的な特質にほかならない。

神田氏は「日本の漢文学」のこうした特質から来る当然の結果として、「日本の漢文学」を取扱う学者の態度には、「これを単に日本文学の一環として把えようとするもの」と「中国文学の支流として把えようとするもの」と、相異った二派があったと分析する。そうして次のように続けて言う。

前者の態度をとるものは、「日本の漢文学」の作品に、必ずしも中国の文字や語法の厳密性を要求しない。そうしていわゆる和習の多い作品にも寛大で、はなはだしきに至っては、（中略）近いところでは江戸時代の末期に流行した狂詩のごとき、もともと正格な中国の文章として書くことを意識しないで書かれた作品までも、これを「日本の漢文学」の範囲に攝取しようとするのである。そうして一切の解釈や評価は、純粋な日本文学の一環として行われる。これに対して、後者の態度をとるものは、すべてを中国文学の基準に照して解決しようとする。したがって一概に「日本の漢文学」といっても、それぞれの立場によって、おのずから「日本の漢文学」として取りあげる作品の範囲も異ってくるし、またその作品に対する評価も大きく異ってくる。「日本の漢文学」の問題は、はなはだ複雑といわねばならない。

ここには一一の具体的事例を挙げていないが、この認識は個人的な嗜みの傾向ではなくて、学問の風潮を捉えてのことであろう。その上で、神田氏はこの二つの態度の在り方について、こう断じて自らの立場に言及する。

しかし、この「日本の漢文学」を取扱う相異った二つの態度は次元の異るもので、これを一つに止揚することは、極めて困難である。むしろ不可能といってよいかも知れない。ここにはしばらく中国文学の支流として「日本の漢文学」を取扱うことをゆるされたい。

この、神田氏の「日本の漢文学」は六節から構成されている。

漢文学の黎明
奈良朝の漢文学
平安朝の漢文学
五山文学
江戸時代の漢文学
漢文学の衰滅

叙述の対象となっているのは、そのほとんどが漢詩であり漢文である。所謂漢詩文の展開である。そしてその評価の観点は、先に氏自身が断ったように中国の詩文に純粋性の軌軸をおくものであった。

他方、神田氏には「飛鳥奈良時代の中国学」（近畿日本叢書『大和の古文化』、昭和三十五年。のち『神田喜一郎全集』第八巻「扶桑学志」所収、昭和五十二年）と題する論考がある。前の「日本の漢文学」に比して、飛鳥奈良時代と限っていて短いものだが、その視点の取り方は注目してよい。「日本の漢文学」の中の「漢文学の黎明」「奈良朝の漢文学」とは、異質の内容となっている。ここでは漢詩文ではなくて、我が国で起り発展した中国の学問に焦点を当てている。

わが国におこった中国の学問は、飛鳥時代から奈良朝にかけて、最初はもっとも実用的な医学や天文学、それに法律制度の学が伝はり、やがて本格的な経史の学や文学にまで発展して来たといふことになる。さうしてその間の傾向といふやうなものもほぼ明らかになったかと思ふが、（中略）大宝令によると、奈良朝時代には中央の式部省に属する大学と、地方庁に属する国学とがあって、そこには博士とかが五経を教へ、その他に算術や書道なども教へたことになってゐるが、果してどの程度のものであったらうか。

論の結びの一節であるが、この論考の意図がどこに在ったかは、十分理解できるであろう。

二

神田氏の右の「日本の漢文学」の二年前、倉石武四郎氏は東京大学を定年退官する半歳前に当る昭和三十二年（一九五七）に、「日本漢文学史の諸問題」（東京大学国語国文学会『国語と国文学』第四〇二号）を発表している。この論文は「日本漢文学の諸問題」と題する特輯号に掲載されたもので、本特輯号には十六本の論文が並び、当時の日本漢文学研究に指針を与えるという編集の意図がうかがえる。[1] 奇しくも「日本漢文学史の諸問題」の題目で、倉石氏の論文が巻頭に、山岸徳平氏のそれが掉尾を飾っている。

山岸氏の論文は冒頭、この論文の概要を次のように述べる。

> この題目によって、最初に、上代から江戸時代までの概観を記し、次ぎに、従来、全く顧みられて居なかった諷誦文学と、日支文学の交渉方面の一種として、頼山陽の日本楽府などの類の詩と、江戸の狂詩に関する方面と宮詞とだけを、述べて見ようと思ふのである。

ここでは山岸氏は、「日本漢文学史の対象は、詩や賦などの類と、紀行文や、その他の文学的な散文の両方面に亘って居る。故に、韻文史の範囲に、ほぼ限定する事が可能である」とした上で、新たな研究課題を取り挙げるものである。[2]

それに対して、倉石氏の論文は題目を同じにしながら、山岸氏のそれとは全く異質である。すなわち、この巻頭論文の趣きは余りにも悲観的である。絶学、断子断孫の言辞を以てその状態を評しつつ、「日本漢文学はよい星の下で生まれなかった」と再三、繰り返すのである。倉石氏のこの悲観は大きく二つの認識に基いている。一つは日本漢文学の有する学的性質に対して向けられているものであり、一つは日本の学界の動向、学術研究の体制に対して向けられているものである。

倉石氏は、「漢文学はかつての中国人のあいだに生まれた文学」であり、「それは中国人が自分の言語によって考えたことを、その言語をうつすための文字——漢字によって綴った文学であり、きわめて自然でもある」と定義する。とくに末尾の「きわめて自然でもある」と評するのは、日本の漢文学の特異性、不自然さを意識してのものであることは言うまでもない。すなわち、日本の漢文学について次のように述べる。

> ところが日本の漢文学はこれと性質のちがったものである。日本人は日本語によって考え、日本語によって文学すべきことはいうまでもないが、日本の漢文学は決して完全な日本語によるものではない。といって、これは中国の言語として中国人の思惟構造のままに実践したわけでもない。つまり、それは日本語によって読誦されるが、同時にそこに列ねられた文字——漢字を中国人がよむならばそのまま中国文として理解できるという方法である。

この「一応日本語に直訳して、それを更に反芻するという経過をとる」という方法で漢文を読み、漢文を書き、進んで漢文学を創作するには、なみたいていの訓練では物にならない。これには環境乃至は教育・訓練の力が大きく働いた、と指摘する。と同時に、そこに現われた基本的な方向は、「先進国である中国に傾倒し、その文学を学ぶことであり、それは模擬の一語に尽きる」とし、しかも創作の面でいうならば、詩文の範囲に止まったとする。これを、倉石氏は「創造という名の模擬」と性格づけるのである。

そうして倉石氏は、この論文の末尾を次のように締め括っている。

> 日本漢文学は決してよい星の下に生まれなかった。しかし、日本民族のあいだに長いあいだ移殖され同化されてきた。従ってこれを歴史として研究することは、日本研究にとって重要な課題である。わたくしは京都大学でも

東京大学でも国語国文学の教官にたいし、国文学講座の一つとして日本漢文学史講座を設けるべきではないかと話したことがある。しかし、微に入り細を穿つ国語国文学の畑では、到底そこまで考える暇がなさそうである。といって中国文学科は外国文学として発達しているから、これまたそこに手を出す余力がない。こうしてグレンツにある学問が打ちすてられていくのは、近代分業制の常とはいえ、きわめて遺憾なことである。

日本の戦後の学界における状況をかくも冷徹に言い放っている。ここに「グレンツにある学問」と称するのは興味深いが、「グレンツ・ゲビート」すなわち境界域にある学問とは、必ずしも傍系を意味するものではあるまい。しかしながら、「きわめて遺憾なこと」とする結びの言辞は、言わば狂瀾を既倒に廻らすの認識に立つと言ってよい、諦めの口吻を強くしている。

実際、その後の潮流は、中国学が外国研究の立場を目指すなか、中国学の漢文学への関与はその本業に精力を傾注する傍での関与であった。そしてまた、期待された日本古典研究の陰では、傍系あるいは継子扱いされかねない傾向もうかがえたように思われる。

そうした後、一九八三年十月、「日本古典文学と漢語文化圏の文学および文化との比較研究の進展」を目的として、和漢比較文学会が設立された。神田の中央大学で開催された第一回大会は、その参加者のほとんどが国文学畑の漢文学研究者であった。以来、今日に至るまで会員の趨勢は変らないように見受けられる。この学会の講座的論文集「和漢比較文学叢書」第一期八巻（昭和六十一―六十三年）第二期十巻（平成四―六年）は、「和漢比較文学研究」の指針と輪郭を示すものである。

第一期「和漢比較文学研究の構想」「和漢比較文学研究の諸問題」及び第二期「和漢比較文学の周辺」という、総括的な性格を有する三巻を別にすれば、この叢書は次のような構成をとっている。

第一期　上代文学と漢文学
　　　　中古文学と漢文学Ⅰ
　　　　中古文学と漢文学Ⅱ
　　　　中世文学と漢文学Ⅰ
　　　　中世文学と漢文学Ⅱ
　　　　近世文学と漢文学
第二期　万葉集と漢文学
　　　　記紀と漢文学
　　　　古今集と漢文学
　　　　源氏物語と漢文学
　　　　新古今集と漢文学
　　　　説話文学と漢文学
　　　　軍記と漢文学
　　　　俳諧と漢文学
　　　　江戸小説と漢文学

この学会が中古・中世の古典研究の蓄積を基盤におきながら、日本文学研究として新しい古典文学研究の確立を目指していることが見てとれよう。「和漢比較文学叢書の刊行に際して」として、初めにその基本的な認識と立場について次のように表明している。

日本の古典文学が、大陸の文化や文学のさまざまな影響を受けていることは改めていうまでもなかろう。日本人が中国の文化や文学に強い憧憬を抱き、中国人のように知感し、中国人のように思考し、中国人のように表現したいと考えていた時代もあったのである。われわれは、各時代の日本文学のさまざまな面における大陸の文化や文学の影響を、そのすべてにわたって知りたいと思うし、そうした多方面にわたる深い影響を受けながら、なお独自性を失わない日本文学の特性を、大陸の文化や文学と比較することで、さらに正しく理解したいと思う。

ここでは、先に神田氏が問題にした「日本の漢文学」の二重性格について、「比較」を掲げることで超克しようとする試みに理解できる。これはまた、倉石氏が国語国文学に期待した一つの答えということにもなる。

三

さて倉石氏は、先の「日本漢文学史の諸問題」の中で、昭和二十一年度に東京大学文学部で「本邦における支那学の発達」と題する講義を行ったことに言及している。この表題はその学的立場を自覚的に標榜するもので、「もちろん、その表題の示すごとく、日本漢文学史というのではなしに、これから支那学の路に分け入る人たちの道しるべとしたものである」と、自ら端的に述べる。

「支那学」とは、明治以降の近代的学術研究の歩みの中で、とくに京都大学における中国研究が志向した学的姿勢、方法を指す総称として知られる。この講義が京都大学と東京大学を兼任しその後の東京大学への転任をひかえて、直接には東京大学の「漢学」を意識したものであることは、容易に推し量られる。また、「支那学の発達」と題した意図がただに歴史として講述することに在るのではなかったことは、右の「これから支那学の路に分け入る人たちの道しるべとしたもの」という言で明らかである。学生に対して、目指す「支那学」が由って来た道とその立脚する位置を明示するものである。

倉石氏のこの自筆講述ノートは現在、東京大学東洋文化研究所に収蔵されて伝わるが、今般、二松学舎大学二一世紀COEプログラム「日本漢文学研究の世界的拠点の構築」の二〇〇五年度事業として、本ノートの整理刊行の取組みを行った。(3)「日本漢文学」の学的対象と立場を検証する上で、斯学においてかかる類書の刊行を見ない状況のもと、今なお本質的な問題を提起すると認識してのことである。その整理公刊の作業に参画する機会に恵まれたことは、私事ながらこの講義が行なわれた年に生をうけた者として感慨深いが、日本漢文学の学的在り方について核心に繋がる問題を抱かざるを得なかった。

この刊行に際し、講述の内容をふまえて、次の通り、各章の表題を付してみた。

一　大陸文化の受容
二　平安期の中国学藝の受容
三　博士家の学問と訓法の発達
四　遣唐使廃止後・鎌倉と日宋交流
五　宋学新注と五山文学、書物の印刷
六　惺窩新注学、羅山点と闇斎点
七　仁斎と徂徠
八　七経孟子攷文・蘐園学派、唐話学と長崎通事
九　江戸期学藝のひろがり、白話小説・戯曲

十　幕末明治の漢詩文と学藝
十一　漢学・東洋史学
十二　京都支那学
十三　諸帝大の支那学・東洋史学・支那語学

この構成を一見すれば、詩文・文学のみならず広汎な文化現象をふまえた学藝・学術を対象として、通時的にその展開を辿っていることが理解できよう。概して「日本漢文学史」が文学を、それも漢詩文を中心にする傾向が強いのとは、明らかに異なった立場にある。その学的立場を具体的に対置して示しているとも言える。それは対象領域の拡がりという次元に止まらず、視点の在り方に関わることである。従って、漢詩文のことを述べるにも日本の漢詩文の創作活動、作品に考察の主眼をおくのではなく、中国の詩文の読解と研究を俎上にのぼしている。「日本漢文学史」が漢詩・漢文の作品と作者の創作活動を詳述するのとは、対照的である。それに対して、本講述ノートが一貫して重視するのは、「語学」と文献（漢籍）である。

「語学」の重視は、講述者の「支那学が外国文化の研究に属する限り、その第一着手として、語学の研究がとりあげられるのは当然」という、基本的な考え方に基づくものである。さらに、我が国における中国文化の吸収において、文字に表現されたものすなわち文献（漢籍）が重要な役割を果たしたことから、「語学」の研究も勢い、言語そのものについての問題よりも、漢籍の読み方に関わって来ることが多い。講述者はそのことを明確にしながら、学術における「語学」の歩みとその意義を簡明直截に述べている。「音読・訓読」「呉音・漢音」「四声点・訓点」の問題はもちろんのこと、鎌倉・室町期の博士家の点法と五山学僧等の学術の有り様を講ずるのにも、この視点が充分に生きている。江戸期においては、唐話学のみならず、学藝全般に亙ってこの視線が注がれている。さらには、唐話学からの連続性を押えながら、幕末から明治・大正・昭和に至る「支那語」確立に及んでいる。

倉石氏には昭和二十三年度京都大学文学部の講義「中国目録学」の草稿をもとにした講述書、『目録学』があるのは周知の通り（東京大学東洋文化研究所附属東洋学文献センター「東洋学文献センター叢刊第二〇輯」昭和四十八年。のち、汲古書院「東洋学文献センター叢刊影印版1」）。中国の学術の流変を考究するに当って、文献（漢籍）がどのように位置づけられ伝播したかを意識することは必須の要件であり、「目録学」は中国以外にはない特有の基礎学として重視される。そして「我が国における支那学」の流変を問題にする上においても、このことが強く意識されることは言うまでもない。従って、文献（漢籍）の研究の有り様が重要な位置を占めることになる。いかなる漢籍を講じまた読んだか、またどのように位置づけられたかが、一貫して問題の対象とされている。しかもここでは、日中文化交渉史ともいうべき可能性を念頭においている。

倉石氏は、先に取り挙げた「日本漢文学史の諸問題」の中で、この問題に言及して、「中国の学術や文献が日本に伝えられるあいだにおこした作用、またはその反作用」という言辞を以て注意を喚起する。ここに称する「反作用」とは、中国で佚した文献が日本に伝存し、それが中国に船載されて中国学界に与える学的聳動を指している。山井鼎『七経孟子攷文』の例はその典型である。

四

「本邦における支那学の発達」の講義の三年前、倉石氏には同じく東京大学文学部で、昭和十八年度に行った「支那学の発達」と題する講義があり、その講義原稿が残っている。表題からして両講義が対をなすものとして企図されたかのように受け取められる。少くとも、「支那学の発達」を承けて、「本邦における支那学の発達」の講義があったということは、学的立場、学的対象を理解する上で留意しなければならない。

「支那学の発達」については、『中国文化叢書9　日本漢学』（大修館書店　昭和四十三年）所載「日本漢学研究の手引き」のうち、頼惟勤氏による「工具書」「主要書目」に用いるのを承知する。斯学を学び始めたとき、まさに手引きとして参照した漢籍に係る文献案内が、倉石氏の講義に由来することは、「主要書目」の凡例に「漢籍の部は、倉石武四郎先生の昭和十八年度の講義『支那学の発達』の書目による」と記すことが目に止まり、以来この講義に関心を抱いたまま記憶に残った。

この「支那学の発達」の講述ノートについても、その翻字転写と整理の取組みが現在行なわれていることについて、戸川芳郎氏からうかがった。そして幸いにして第二次整理中の翻字打印本のコピーを資料として頂戴した。未定稿ながら、その要諦は十分把握できるものである。目次は次の通り――。

第一講　中国の文化
第二講　目録の学
第三講　経学
第四講　清朝の経学（漢学）
第五講　小学
第六講　清朝の小学（音韻学史をふくむ）
第七講　史学
第八講　清朝の史学

第九講　地理の学
第十講　典章制度（官制）
第十一講　典章制度（政書・食貨）
第十二講　金石の学
第十三講　哲学・思想（諸子学）
第十四講　中国仏教・宋明理学
第十五講　韻文文学
第十六講　詞・曲・小説・音楽・演劇
第十七講　書道・絵画・美術・工芸
第十八講　科学・技術
第十九講

この目次の表題は、整理過程の仮のものと推せられる。例えば、第一講は「中国の文化と支那学」、第十九講は「類書・叢書・叢刻」とすることができるし、第十五講には散文も加わり、第十八講には「天文算法・医書・農書」を附記した方が講述の内容に相応しい。しかしながら、ここに示しているもので、講述者の意図している基本的方向性が十分にうかがい知れる。すなわち初めに目録学をふまえて中国の学術の体系と変遷について鳥瞰する方法を提示し、その上で経部・史部・子部・集部及び叢書部の学術分類を以て枠組みとして、変遷と進展を講述するものである。

講述者は中国文化の停滞性、その学問の停滞性を認識しながらも「支那文化がたえず発展し、支那学もたえず発達してきたことを確信する」として、その主張の表明として「支那学の発達」と題したとする（第一講）。さすれば、ここに用いた講述の枠組と方法そのものが、講述者の主張を実証するための最も有効な道として自覚的に展開するものである。

整理途上の、未公刊の段階でその内容に立ち入ることは控えるべきであるが、私がここで注目しておきたいのはその学的立場、学的対象の問題についてである。それは、「本邦における支那学の発達」の立場と視点をより鮮明にすることに繋がるからである。この講述ノートでは、中国と日本との相互関係がなみなみならぬものとの認識を前提に、次のように述べている。

支那という国家において、支那人という民族がいかなる文化をもち、それがいかに発展されてきたかということは、それだけの意味においてもわが日本の学術の一科としてとりあげられるべきことであり、さらに、それがわが日本においていかに影響し、いかに吸収され、またはいかにそれを発展せしめたかということは、ほとんどわが国学の重要なる課題の一つとして提起されてよいことである。

ただし、この広い意味における国学が、純粋に日本的なるものとしからざるものとをさらに分析するとき、支那の文化と関係する部分は古くから漢学と呼ばれている。漢はもちろん支那という意味である。この種類の学問が、わが日本の文化を理解し、その発展をこいねがう意味において、きわめて重要なことは今さらいうまでもなく、われわれは今日における漢学の衰微についてきわめて深刻な憂慮をいだくものであるとともに、支那自体の文化をば日本人としての立場で研究すべき支那学が、今なお十分に成長していないことは遺憾とせざるを得ない。(4)

（第一講）

文中の「わが国学」「この広い意味における国学」とは日本学の意味で理解すべきで、江戸期における漢学に対する国学ではない。むしろ日本学における漢学つまり日本における漢土の学問・中国の学問という視点を採ることに留意したい。講述者は日本学における重要性の観点から、昭和十八年明治以後七十有余年の時点で、漢学の衰微という現状を前にして、それへの憂慮とともに、「支那自体の文化をば日本人としての立場で研究すべき支那学」の確立を促している。

講述者がかく言う支那学は、既述のように、日本人にとって外国文化研究としての中国学を意味することは容易に理解できる。と同時に、右の講述の文脈からすると、日本における中国文化の研究すなわち新たな漢学（日本漢学）へのまなざしを感じ取るのは、決して見当外れの妄想ではあるまい。

事実、講述者は、続けて次のように述べる。

漢学の中に孕まれていたものの一つが支那学として生み落とされ、これのみは一般学問の近代化と呼応して、将来あるものと嘱望されている。もしその母胎であった漢学も、すでに生み落とした以上、自分はもっぱら国学の一支として、また支那学との合理的連関のもとに進んでゆくならば、古くしてしかも新しき学問として、これまた将来をもつべきものであるが、（略）。

しかも支那学の立ちばからいえば、その母胎たる漢学が今日に至るまで曖昧なる存在であり、世間から侮られているために、いきおいその連累として種しゅの迷惑を蒙るのみならず、その温床が荒らされる一方、新しき温床がむかしの温床とちがって独自の培養力を発揮するまでの時日をもたぬため、一面においては、過去の漢学時代の真のよさを失おうとする危険もないではない。

講述者がこの時、「支那学」を説くに際して、漢学に対して古くて新しき学問としての将来に言及し、「国学の一支として、また支那学との合理的連関のもとに進んでゆく」という方向性を提示しているのは、注目に値しよう。この「国学の一支」もまた日本学の一分野に属するの意味であることは明らかである。すなわち将来の漢学の在り方を、

「日本学にして、かつ中国学との合理的連関」という方向で展望していたと理解できるのである。

私は倉石氏のこの発言を目にして、少なからず驚きと疑念を感じざるを得なかった。驚きとは、倉石氏について「支那学」の実践者としての言動が強く先入主としてあり、ややもすると漢学を排したとの印象を抱いていたからである。また、疑念とは、今日に至る漢学・漢文学の推移とその状況を検証する立場に立てば、この新たな展望を開くうねりがなぜ本格化しなかったのかと問うてみたいからである。恐らくは、「支那学」の確立と実践、その基盤を固めることを第一とした結果と思われる。ならばこそ、「本那における支那学の発達」もまた、十分に「日本の支那学（中国学）」の内実を具備しながら、「これから支那学の路に分け入る人たちの道しるべ」を企図することによって、明らかに「支那学」に傾斜した色合を濃くしている。

今日、国際化の中、漢文学・漢学があらためて日本学としてその再構築を目指すとき、倉石氏在りなば、「本邦における支那学の発達」をどのように講述されるであろうか。まずは、「これから漢文学（日本漢学）の路に分け入る人たちの道しるべ」として、問い直してみたいと思う。

結びにかえて

平成十年（一九九八）に『漢文學　解釋與研究』と題する小誌を刊行、今年度第九輯を発刊するに至る。私がこの刊行に踏み切ったのは、平成の大学改革における学部・学科再編の中で、中国関係の諸学科が従来以上に中国学の方向を取ろうとする傾向が強くなったのに起因する。

今日、中国哲学（中国思想）・中国文学・東洋史等は、基本的に外国文化の研究としての中国学の意識と方法に立って進められている。それを強化することは首肯できるものの、漢文学はこれら中国研究と併行する固有の領域を持った学問分野を構成している。中国学においても、その必要性を看過すべきでないと考える。他方、国文学における漢文学へのアプローチは、「文学」の枠組みの意識のもと、詩文及び小説を対象とすることが圧倒的に多い。しかし漢文学においては、「漢」の諸領域が本来的に中国学からの展開としての性格・内容を強く有することからすれば、決して「文学」のみに限定されるものではない。また「和」から「漢」に関わる方向からだけでは、不十分であることは否めない。その点においても、中国学があらためて明確な学的意識のもとに、「漢」への積極的な連携が必要ではないか――。

かかる現状認識のもとに、「漢文学」の名称を掲げることについて、私は次のように説明してきている。

> 漢文学とは日本漢学の謂いであって、国文・国語・日本思想を含む日本学の一分野に属する。その内容は、日本において言語・文学・思想の面にわたり、その源流・母体となりかつ源泉として作用し続けた外来文化たる中国文化の受容と摂取のあり様について考究するものである。具体的には日本において移入された漢籍古典の受容と展開を問うものであり、その古典籍がいわゆる経・史・子・集の諸分野に及ぶことからすれば、決して文学のみに限定されるものではない。また、近年、日中の比較文化、比較文学・思想の立場を意識的に標榜することがあるが、漢文学は上述の性格からして当然のことながら比較文化としての視点を持つものである。

今般、倉石氏の「本邦における支那学の発達」の整理・刊行に関わり、その「解説」を記すことを通じて、戦後の漢文学（日本漢学）の原風景を目の当りにする機会に恵まれた。それも、古くて新しい「日本漢文学研究」の再構築に向けての作業としてである。これは取りも直さず現在の自己確認を伴う基礎作業でもある。ついては「解説」と重なる点も含むが、未刊行の「支那学の発達」等を資料に加え、さらに現状を照射しようと試みた。大方のご意見を賜らば幸甚である。

註

（1）執筆者として、倉石氏・山岸氏の他に、種々の分野から次の方々が論考を寄せている。特輯号として広く「日本漢文学」の可能性を問おうとする配慮がうかがえて、興味深い。
杉本行夫、松浦貞俊、中沢希男、秋山虔、大曽根章介、山中裕、高橋貞一、石山吉貞、右川謙、山田俊雄、築島裕、芳賀幸四郎、山田英雄、阿部吉雄

（2）山岸氏の論文は次の三章から成っている。一、漢魏六朝と唐との詩　二、四六文の流行と謎と江戸の詩　三、諷誦と楽府と狂詩及び宮詞

（3）倉石武四郎講義『本邦における支那学の発達』（二松学舎大学21世紀COEプログラム「日本漢文学研究の世界的拠点の構築」研究成果報告書　二〇〇六年三月）整理・校注担当者：大島晃・河野貴美子・佐藤進・佐藤保・清水信子・戸川芳郎・長尾直茂・町泉寿郎。

（4）講義原稿の翻字に当って、「支那」は「中国」に改めた由、本稿では「本邦における支那学の発達」の整理の方針に沿って、原稿の「支那」に戻して引用する。

（平成十八年十一月三日稿）

付　『漢文學　解釋與研究』編集後記

第一輯（平成十年十一月二十日発行）　本書あとがき（六二〇～六二一頁）参照。

第二輯（平成十一年十一月三十日発行）

まず最初に、本誌第一輯発刊について寄せられた激励と支援の声に対して謝意を表したい。とりわけ本誌が『漢文學』を標榜し、かつ「解釋與研究」を誌名に附した、その学的立場と方法とについて、期待と支持のご意見を多数いただけたことは、何にもまして心強いものであった。今日の学界の状況下において大海に投ずる一石がいかほどの波紋を描けるかと危懼していただけに、今後に向けてあらためて確信を持てる思いであった。それだけに古典学の一分野として一石〳〵を奇をてらうことなく投じて行くことが責務と考え、自重自戒して取り組みたい。

また刊行後、入会等の問い合せをいただいているが、本誌の目指す姿勢と現状についてここに記しておきたい。本誌は基本的に同人誌ではなく、開かれた学術誌を志向しているが、諸般の基盤を整えながら徐々に論文公募の枠を拡げる方法を取ることにしたい。現状でも論文の掲載に当って当然のことながら査読を経てその可否を決定しているが、体制の確立を図るのにしばらく時間を必要とする点、ご理解とご猶予とを賜りたい。ただ一方においては、斯界の第一線の方に論文の寄稿を依頼することによって、内容の拡充を図って行くこととした。

本輯では石川忠久、山内弘一の両氏に論文を依頼した。石川先生には本誌発刊時からご助言を忝くしているが、重職の激務の中、二松学舎大学で取り組まれた三島中洲の総合研究の成果の一端をご執筆いただけた。また、本学史学科の山内教授には、研究発表をうかがう機会を得て、早速にその原稿執筆をお願いしたもので、朝鮮・中国・日本の学術の交渉に切り込む視点は斬新である。両氏のお力添に厚く御礼を申し上げたい。本誌第二輯発刊に当り、重ねてご批正とご支援を賜らば幸甚である。

最後になるが、頼惟勤お茶の水女子大学名誉教授が本年七月に逝去された。斯学の泰斗のお一人として心ひそかに仰いで、本誌の内容が先生の評価に堪え得ることを目指していただけに、痛惜の極みである。発刊直後に先生より頂載した「学的立場と方法との御宣告、我が意を得、快哉を叫びたく…」との書状を励みにして行きたい。心よりご冥福をお祈り申し上げる。

第三輯（平成十二年十二月十五日発行）

平成十五年度実施の高等学校新教育課程・指導要領改訂を受けて、そのための教科書作成も、平成十三年度春には初年度使用開始分の受付が予定されることから、具体的な形で編集スケジュールも進行しているものと思う。

国語について、全体的に領域構成を「話すこと・聞くこと」「書くこと」「読むこと」及び「言語事項」の三領域一事項に変更したこと、図書館・コンピュータ・情報通信ネットワークの活用等々とともに、古典の指導において、古典に親しむ態度を育成することを一層重視する、という点が要点に挙げられている。「古典に親しむ」という目標実現に伴って、〔古典講読〕においては、古典としての古文と漢文を読むことによって、我が国の文化と伝統に対する関心を深め、生涯にわたって古典に親しむ態度を育てる、とその狙いを説明している。現行の「読解し鑑賞する」が

「読む」に改められ、「生涯にわたって」の語句が挿入されている。またカリキュラム自由化の中で、一年次にも履修可能な（特に古文、漢文が両方入った）教科書が期待されている、とも聞き呼ぶ。

高校の教育課程や国語・古典教育が、そのまま大学の教育や研究にすべて直結するものではないことは承知しているが、といってその在り方、内容を看過し傍観するわけには行くまい。今日の学生の理工科系離れに直面し、その復活に向けて底辺から掘り起しに取り組み始めているが、それは決して他人事ではあるまい。現行の国語教科書が、現在の国文学・国語学・漢文学の学的有り様の多くを投影していることは言うまでもない。その編集・作成の担い手として関与し、また教授者・実践者は現在の学的体制と意識のもとに育成された者である。その功罪に深く関わっているのである。

その最も問題視すべき点の一つに、分野相互の有機的連関の欠如が挙げられる。教材の定番化・固定化が著しいなか、古典と非古典との垣根は、古典文学専攻者と近現代文学専攻者との専門意識に比例して高くなり、古典においては古文と漢文との意識の共有も覚束ない。その付けが次代に及ぶことのないよう、今般の教科書の改訂に期待するが、現実やいかに――。

本誌も種々の専攻・領域の方からご関心を寄せていただき、何よりの励ましと受け取めている。取り組んでいる企画もあるが拙速を戒めて、古典学として日々の工夫（手間ひま）を重視し続けたい。

第四輯（平成十三年十二月十日発行）

本誌が「漢文學」の名称を掲げ、かつ「解釋與研究」を附する意図については、創刊第一輯の編集後記に記した。繰り返すと、中国哲学（中国思想）・中国文学・東洋史等、基本的に外国文化の研究としての意識と方法に立って進められる中国学に対して、漢文学はこれら中国研究と併行する固有の領域を持った学問分野を構成する。その内容は、日本においてその言語・文学・思想の面にわたり、その源流・母体となりかつ源泉として作用し続けた外来文化たる中国文化の受容と摂取のあり様について考究するもので、国語・国文・日本思想を含む日本学の一分野に属する。こうした学的立場について、その必要性と意義に多くの支持と期待とを寄せていただいていることは、本誌の支えとなっている。とくに現在、日本文学科や国語・国文学科に籍をおく中国学出身者の中堅・若手の研究者の方々から、共鳴の意見を聞くことは心強いが、そこには重ねて記したい問題が存している。

中国学に関わる固有の学科・専攻を持つ国立大学は、従来から決して多くはない。戦後の新制国立大学においては、文系学部に一人配置されたり、教育学部国語科に配置されることが少くなかった。私学においても独立した学科を設置する大学は限られており、日本文学科・国文学科に一員として所属する方がはるかに多かったように思う。こうした場合、中国学とともに漢文学の科目を担当することになるが、その担い手はほとんど中国学専攻出身者に依拠してきており、国文学畑の漢文学研究者が担う場合は限られている。この状況は、中国学出身者がその本業の方に精力を傾注する傍での関与である一面、日本古典研究の陰では継子扱いされかねない面もうかがえた。

一九八三年秋に国文学畑の漢文学研究者を中心に和漢比較文学会が発足し今日に至るが、気鋭の若手・中堅研究者が出て来ていることは期待を抱かせる。しかし漢文学においては、「漢」の諸領域・部門が本来的に中国学からの展開としての性格・内容を強く持つ以上、「和」から「漢」に関わる方向からだけでは、不十分であることは否めない。その点、中国学においてもあらためて明確な意識のもとに、「漢」への積極的な連繫が必要ではあるまいか。第二輯に続いて朝鮮史の専家山内弘一教授に、「中国学・日本学の研究者にむけて」として寄稿を依頼したのも、そうした意図に因る。山内氏の協力に深謝したい。

第五輯（平成十四年十二月十二日発行）

今般、拙誌刊行の取組に対して、漢字文化振興会（会長三重野康氏）より平成十四年度漢字文化奨励賞が与えられ、十月二十七日石川忠久専務理事からその授与があった。第五輯刊行を迎えたばかりの若くて未熟な歩みからすれば、まさに思いもかけぬことであって、我々後進の者に一層の精励を期待するものと受け取め、深謝申し上げたい。

この第五輯の企画として、以前より福永光司先生の御高論をいただくべく準備していたが、その具体的打合せに入る前、昨年十二月二十日突然の訃報に接することになった。またここに公私に亙り御指導を賜った師を失なった。福永先生の謦咳に接する機会を得たのは、先生が京大から東大に転任されたのがきっかけであったが、一年目の夏、まだ兼任であった京大人文研の研究室で終夜、書物と向き合う生活の一端を目の当りにした印象は、今なお鮮明である。中国学の私が漢文学にも手を染めることについて、最もよく知る助言者の一人であって、何より新進の学徒と語ることを喜ばれ、しばしば声援を送って下さった。一周忌を目前にし、先生を追慕する思いはますます募る。

今年は、恩師山井湧先生が平成二年四月十六日に逝去されて十三回忌を迎えた年でもあった。平生、先生ならどうされるかと自ら反問することが多い。書物を読むことにおいてはなおさらである。「私にはそうは読めない」と言われた時に流れた、背筋の冷汗の感触は強く残ったままである。いつのまにか自らが先生と出会ったときのその年令を過ぎ、牛歩の歩みとさえ評せぬ、自分の乏しさにあらためて愕然とする。狭心症で二度の入院をされた先生の復帰後の受業生となるが、摂生を心掛けられながらも研究と教育にはその体力のぎりぎりまで無理を重ねて来られた。大学や学会の要職を担うなか、授業は勿論のこと御自身の多くの時間を割いて、私どもとの原典読解の機会を与えて下さった。人は称して「読書の種子を絶やさず、育くむ」という指導に相当しよう。ただそのことについて特段言挙げしたことはなく、他に衒うことはなかった。当り前のことを当り前に実践されたということなるが、その背中の追うべく、歩み続けることを目指したい。

世に三号雑誌というが、多数の励ましのもと第五輯のハードルを越えた。種々に輪を拡げることは常に念頭にあるが、源頭活水を目指すには源泉をしかとすることが必須である。諸事、一歩一歩である。

第六輯（**平成十五年十二月十日発行**）

七月下旬、中国の張横渠裔孫第二十八代張世敏氏と、しばし歓談の席をともにする機会に恵まれた。張載の故地、陝西省眉県横渠鎮に張載祠を維持整備し、張載紀念館館長の任にある。張載の関係資料の収集、展示に当るとともに、国際関学学術研討会の開催に尽力するなど、張載の学問を始め関学の伝統とその意義を明らかにすべく、研究活動にも意欲的である。今回の来日も、北海道大学で開催された国際易学会に招かれ、研究発表を行うためであった。私の張載に関する研究を承知されていて、先の関学学術研討会にも案内をいただいて来た。今般短い滞在日程の中でかかる場ができたのも、日本の張載研究に関心を持たれてのことと推せられた。

東京の予定は二泊と聞き、是非行きたい所はと尋ねると、直ちに「書院」と答えられる。張氏の張載祠は張載の講学の地に「横渠書院」とともに建てられたものである。書院は祖先を敬する祭祀の場であり、先学に学ぶ学問修養の場であって、張氏の関わる張載祠と紀念館は現在の横渠書院と言ってよい。少くとも張氏はそれを強く意識し、ならばこそ日本においても儒学の展開があった以上、当然のことながら、今でもそれが残存することを期待したものであろう。が今日、我が国においてこの「書院」の語をいきなり耳にするのは、とまどわせるのに十分であった。

翌日早く、張氏を湯島聖堂に案内し、大成殿を参観することで、張氏の希望に応えることとした。話の中で張氏が、京都の古義堂をはじめ江戸期に存した私塾の有り様に、「書院」の関心を重ね合せようとしていることが印象に残った。それは取りも直さず私の理解している以上に、江戸の儒学に対する強い興味に起因するものであった。これは、この数年来中国の研究者に顕著になって来ていることではなかろうか。例えば、昨年秋には、金沢大学の李慶氏が上海で刊行された『日本漢学史』第一部「起源和確立」が届いた。六〇八頁の大冊であるが、第一部とするように全五部の一冊にすぎぬ。その取組みに注目し、完結に期待を抱く。

折しも朝鮮史の山内弘一教授から韓国の遯巖書院主催の国際学術会議に参加された報告を伺う機会があった。席上長期に亙り調査、収集された書院関係の資料を拝見した。朝鮮儒学のみならず日本・中国の儒学の有り様を考える上でも書院の把握は必須のこと、因って山内教授に連載を慫慂した次第。引き続き期待したい。

第七輯（平成十六年十二月十日発行）

事上磨錬とは言いながら、今日の大学改革の波に心身を擦り減らすことが多い。平成の大学改革は、平成三年七月の「大学設置基準の大綱化・簡素化」が制度改変の具体的第一歩と考えれば、すでに十三年を超える。国立大学の独立行政法人化の実施を迎え、これに伴う政策評価として、六年を目安とする中期目標の設定の取組が開始された。本格的嵐を迎える正念場はこれからの五年から十年であろう。

今日の「競争的環境のもと個性輝く大学」の謳い文句の現実はいかに――。ＣＯＥ、ＧＰのプログラムは勿論のこと、科学研究費等競争的資金の獲得状況が指標化され、それを評価の物指として独り歩きすることは、すでに多くの方が指摘するように弊害も多い。個性と特色を自覚させ伸張する努力を促すことに主眼があると承知するが、採択と獲得とを自己目的とする性急な特化は、ゆがみとひずみを生み、時に却って持てる多様な可能性を切り棄てかねない。

何より次代を担う新進の育成を図るための基盤作りが後回しになって、目前の成果・実績を示す（あるいはととのえる）ことに傾きがちである。折角の研究員・助手制度も、成果作りのスタッフと化しては、本末転倒の懸念を抱かせる。

古典学にとって最も大切な基盤作りは、原典読解のいかんに在る。その取組は至って地味で一朝一夕で培えるものではない。その基盤が脆弱になっては、根無し草を生む。かの大学紛争の時に学生時代を送り、気ままな雑読と思索は相応に行ったが、原典を読む訓練不足のつけは後にいやというほど味わった。それを補う取組はずっと長く続いた。そうした私にとって、授業以上に鍛えてくれた場は、師とともにする読書会であった。休暇中も関係なく、一年を通して毎週一、二度、ときには合宿も行った読書会は、理工学部で言えば、毎日の実験の積み重ねに相当する。

湯川氏も山内氏も専門を異にするが、その読書会の一つ「朱子研究会」に参加し、ともに本を読んできた同学の士である。ウィトゲンシュタインを研究し、ドイツ語の専家である湯川氏は、程朱学に関心を寄せ論考ものされている。雑務繁多の中、「西周と江戸漢学」という求めに、二年がかりで応じて下さった。山内氏は前輯の続稿となるが、長年に亙る調査資料を用い、第一線の朝鮮史家として、氏ならではのテーマである。両氏の寄稿も得て、ここにまた一歩、自ら信ずる形で歩を進めることができた。

第八輯（平成十七年十二月十五日発行）

先日、某新聞の文化欄で「心を添削、磨いた文体」の見出しが目に入った。三浦哲郎作家活動五十年を伝える記事であったが、この見出しは三浦氏の執筆態度に対する文芸評論家秋山駿氏の発言に由来する。

「一字一句が、抜き差しもならず、改変もならず、すべてそのままに生きている。句読点までもが、そうである。

こういう文章は、作者の、心の形そのものである。だから、それを文体という」。その文体を磨くため「三浦さんは、心を添削しながら生きてきた」。

秋山氏はかつて新聞で文芸時評を担当していた時、文体という言葉を作るのをやめた。新人作家から文体が消えたからだ、という。

小説家は書くしかないんだとすれば、古典学の徒もまた書くことが求められる。考拠と論理のはざまで一言一句に神経を擦り減らす。その意味では右の問題はそのまま深く響く面も存するが、文を書くことと一貫する、文を読むことの方に重ねて問い直してみたくなる。今、前にする原典は、その多くが文を書く意識が強く働いている。まさに古人の心の添削の反映を感じさせるのに十分な程、文への拘わりがある。

太宰春臺は、『文論』において「学びて以て古に及ぶ可き者は、文辞より近きは莫し」と論ずる。それは学の方法の核心として主張し、取組んだ道である。文に三要（体・法・辞）、法に四法（篇法・章法・句法・字法）有りとするのは、観念的な総括ではない。「諸子各々に法有り」と言い、「六経より以下、戦国秦漢の作者に至るまで、各々に一家の辞有り」と言うのも、空論ではあるまい。この文辞への沈潜こそ春臺の「論語前後編説」を導くが、そこで文の在り方を人体に比擬して説くのを、印象深く記憶する。すなわち、人に男女の定形があるのと各自顔面を異にするのを以て、文の大体における同一性と章・句・字法の節目における個別性に譬える。文を書くことの相違が顔の相異なるのと同様だという認識を示すのは、当り前のように思えて、容易なことではない。この認識が、書くことのみを前提におくものではなく、古文を読む、ことに向けられているからである。

今日、索引・引得類が整備され、電子機器による用例・典拠の検索の活用が話題になる。その一方で、文辞をその固有の文脈の中で捉えて、その面《おもて》が相異なることを読みきれる力のいかんが問われていると実感する。

第九輯（平成十八年十二月十五日発行）

学生時代、所謂研究の手引としてまさに導かれたものに、市古宙三氏「近代中国研究の手びき」（『近代中国の政治と社会』付論　一九七一）があるが、それと並んで「日本漢学研究の手引き」（『中国文化叢書9　日本漢学』附録　一九六八）があった。「日本漢学研究の手引き」は、図書館の現況と利用のしかた、草書・公私文書・手紙を読むための手引、古文献の写真複写法、工具書、主要書目の五節で構成され、直接原典資料に誘うのに実践的である。このうち、工具書、主要書目の部分は、頼惟勤氏が担当されている。工具書の在り方が名実ともに身について行くのには、これが基本になった。今から見ても、その目配りは要諦を得ている。

この主要書目については、以前から、二つの点が気にかかっていた。書目は漢籍と国書とに二大別し、それぞれ編集方針を異にし（凡例）、二つの問題もそれに沿ったものであった。漢籍については、「倉石武四郎先生の昭和十八年度の講義『支那学の発達』の書目による」とする事情を知りたいと思っていたが、これは今般、明確になった。二松学舎大学COEプログラムの事業として、倉石氏の昭和二十一年度東京帝国大学文学部講義「本邦における支那学の発達」の自筆原稿を整理公刊する作業に参画、併せて昭和十八年度同文学部講義「支那学の発達」の講述原稿の存在を知るとともに、整理中の翻字打印資料を見る機会を得た。頼氏の漢籍書目の意義を明らかにするためにもこの公刊が待たれる。

もう一点は、国書の部に示された頼氏の苦心と工夫の継承についてである。本書目は全分野に亙って日本漢学の重要書を挙げることは至難のこととして、漢詩文別集を挙げる。按排は次の通りとしている。（イ）『内閣文庫国書分類目録』上冊二九六〜三一八頁、漢文別集の書目を取捨する（約三分の二）。（ロ）次に『近世漢学者著述目録大成』によってそれ以外を拾う。（ハ）取捨は、『読史総覧』の「儒者系図」に収める者を目安とする。（ニ）排列は生年順とした。

その後、「詞華集日本漢詩」「詩集日本漢詩」「近世儒家文集集成」や個別の全集の刊行はあったものの、頼氏の国書の書目の規模を具現化した別集影印叢書には程遠い。今日、「韓国歴代文集叢書」の例を挙げるまでもなく、国際化の中で日本学の基本資料として整備が必要不可欠である。それを待望するとともに、乏しきながら、頼氏が斯学に示そうとした道筋をたどって継承したい思いを強くする。

第十輯（平成二十年三月十五日発行）

なまじ人並に、第十輯記念号という色気が頭を持ち上げた分だけ、初めて刊行が年を越し三月にずれこんだ。意余って力足らず、以て自戒したい。拙誌の発刊に際し、学界の趨勢からして、「滔滔たる者皆是れなり」の言を以て揶揄もされたし、「狂瀾を既倒に廻らす」の辞を以て激励も受けた。自らは可も無く不可も無しとありたいものの、後進の者を巻き込んでその将来を狭めることだけを危惧したが、かえって毎輯懇切なる批正を忝なくして来た。深謝の一言に尽きる。

いつも概評を下さる一人、伊東倫厚大兄が平成十九年一月六日逝去された。伊東兄は最終講義で「力足らざる者は中道にして廃す」を座右の銘と紹介し、「力足らざる凡人こそ道半ばにして倒れてもいい、到達できなくても努力する過程が大事だ」との解釈を示して終えた。その思いに共感を覚える。

ところで、中国の「儒蔵」編纂事業の一環として、日本・韓国・越南の儒学典籍を加える方針のもと、「儒蔵」日本編纂委員会が発足、日本の「儒学典籍」案の選定に関わった。先学の種々の著作や叢書を検討の俎上にのぼす過程で、嘗て日本経解の構想を目にしたことを思い出した。内野台嶺「日本経解に就いて」（『近世日本の儒学』所収　昭和十四年）に拠ってであった。寺田弘（望南と号す）編『大日本経解目録』一巻、重野安繹の校閲を経、井上哲次郎が重野の「目録」を借りて写したとされる一本が、都立中央図書館「井上文庫」に伝わる。寺田は重野と同郷、薩摩の人。欧州に五年遊学の経歴を持つも声利を好まぬ性格であったらしい。また、林泰輔編纂の『日本経解総目録』四巻が在するが、今般、無窮会所蔵鈔本影印を手にすることができた。

寺田の目録所載部数は合計約一三六〇部、林のは合計約二四五〇部、体裁・部数ともに後者の方が完備する。瑕疵を指摘するのは比較的たやすいが、その作成の過程・方法に思いを致せば、まずは志を継いでいかに活用するかを考えたくなる。林の『総目録』は多年にわたる日本経解類の著述の蒐集を伴うものであった（『支那上代之研究』瀧川亀太郎序文参照）。今、林泰輔、重野安繹、井上哲次郎そして寺田弘の諸氏在りなば、『儒蔵』編纂事業にいかに対したであろうか。勇躍、「日本経解」編纂の好機として臨んだに違いあるまい。林の好著『四書現存書目』を補うことすらまだできぬ者にとって、課題はあまりに大きいが、具現化に向けて歩を進め次へ継承する責務を自覚しないわけにはいかない。

第十一輯（平成二十一年九月十五日発行）

江戸後期、各藩各地の名所図会が編まれたが、薩摩藩が編纂した『三国名勝図会』は、島津氏の三州統一にかかる薩州・隅州・日州の地誌である。玉里文庫所蔵の清書本は、先行の「名勝志」の上に成り立つもので、内容にふさわしい風格ある大本である。桂菴玄樹の五百年忌にめぐり合ったことから、この『名勝図会』をひもとく機会に恵まれた。

『三国名勝図会』巻二十二「薩摩国　揖宿郡　山川」の仏寺に「海雲山正龍寺」の記事を載せる。伊集院広済寺の末寺にして臨済宗、とその興廃を記すが、唐土・琉球への海港ともなった山川港に面して立つ寺は、ときに交易・交流の窓口を担った。薩摩に招かれた桂菴はこの寺とも関わり、桂門の儒僧が代々正龍寺の席を主ったという。慶長元年（一五九六）藤原惺窩は渡明を決意するも鬼界島（硫黄島）に漂着、その夢を果せなかった。『図会』は「藤原惺窩事跡」として、この後の顚末を記す。すなわち惺窩は鬼界島から山川港に来て正龍寺を訪れ、桂菴伝授の四書和訓と家法倭点を得たという。惺窩の四書訓点剽窃にまつわる伝承である。『漢学紀源』正龍三十七に収載する記事と同じくするものの、時の正龍寺住職問得和尚との出会をめぐり、惺窩の詩について「吾藩の旧説に」として説き明かすのは面白い。そのうちの一首。「逢関西故人」と題する作、惺窩より問得和尚に贈ったと伝える。

杏壇春暮事吟遊　今日関西有孔丘　傾蓋相逢非邂逅　三生石上旧風流（『惺窩先生文集』巻二）

昨年三月初旬、赤目浦から久志浦、泊浦、坊浦いわゆる坊津を経て、山川港に至ったときは、夕暮れであった。港を懐くような地形は天然の良港を思わせるのに十分で、小高い斜面には民家が立ち並び、正龍寺跡を探すのも容易と思えたが、見つからぬ。坊津の一乗院跡が小学校に仁王像と上人墓地を残石とするのを見て来ただけに覚悟はしたが、幕末まで藩の外港の寺であったはず。道を尋ねた人は偶然、その祖が琉球貿易商人で、正龍寺に墓石があった由。荒廃するままに棄て置かれ、雑木雑草の中に墓石の残滓が隠顕するのが、寺の存在した証しか。わずかな平地に歴代住持の墓石の一部が並ぶ前に及べば、凄然たる気に戦いた。『名勝図会』所載のこの寺の挿絵を重ねるには衝激が大き過ぎた。これが廃仏毀釈の跡か——。多くの史料が断絶したのは明らかである。

十輯を節目として悩んだが、内外に輪を拡げて第二期を目指したい。発刊が遅れ、お詫び申し上げる。

第十二輯（平成二十三年九月二十日発行）

清の紀昀は、中国の儒学の変遷について六変したとして、漢以後の時代の順に「拘・雑・悍・党・肆・瑣」と評する。その時の学問が陥った弊害の面から捉えた評語である（『四庫全書総目提要』巻一「経部総叙」）。頼惟勤氏が江戸儒学を講ずるに当り、この六変説を用いた視点を提示されている。

日本に中国の学問が入って来たのは二変の時期からで、奈良・平安期に「雑」の学問が輸入された。鎌倉・室町期は三変の「悍」、四変の「党」の学問を入れた時期となる。そして江戸に入り、初めのうちは「党」の継承、間もなくして「肆」の学問、さらに六変の「瑣」の学問になって行った――。「悍」とは悍猛、たけだけしい意で、宋学が相当する。「党」とは朋党、徒党を組む意で、宋末・明初の学。「肆」とは放肆、好き勝手の意で、明学。「瑣」は瑣末、くだくだしい意で、清学が相当する。これはもちろん、日本の儒学が果たしてその通りであったかどうか、検証するための物差しの提示である。実際に、例えば五変については、「江戸ともなると、儒学は単なる中国からの輸入ではなく、日本の中での独自の展開をも示す分だけ、単なる五変とは違った学問になったのではないか」と投げかけて、その慎重な検討を期待している。

この、頼氏の発言は、昭和六十二年度放送大学「漢文古典1」のための印刷教材『江戸時代後期の儒学』（昭和六十二年三月　日本放送出版協会）の冒頭、「開講に当たって」と題する前書の中に見えている。『著作集』にも収載されない小文ながら、日本儒学史を問う上で最も基本的な視点を提示していて、共感を覚えている。因みに頼氏は、清朝滅亡以後の学問を七変とするならば、その弊害は「夸誕」（ひけらかす）の語を以て評するということとなるとする。七変について直接、日本に言及することをしないが、日本における七変にもこの弊害は決して無縁ではあるまい。

頼氏のこと、最新号『東方学』第百二十二輯（平成二十三年七月　東方学会）に、座談会「先学を語る――頼惟勤先生」（石川忠久　佐藤保　戸川芳郎　直井文子　藤山和子　松本昭　水田紀久　平山久雄）を載録する。通読しながら、日本儒学における六変説について、さらにお伺いすることがかなわぬことを、あらためて残念に思う。

前輯の刊行から二年後の発刊となった。年刊誌としながら、第十輯から刊行が乱れ、慙愧に堪えない。

Ⅳ　先学の風景——人と墓

一　藤原惺窩

京都市上京区の万年山相国寺は夢窓疎石を開山とする、京都五山の第二に列せられる一大禅林であるが、その山下塔頭寺院の一つ、林光院の墓地に、藤原惺窩の墓はある。

藤原惺窩（一五六一―一六一九）、名は粛、字は斂夫、惺窩はその号で、謝上蔡の「常惺惺法」に取ることは、姜沆の万暦己亥（一五九九年、慶長四年惺窩三十九歳）「惺斎記」に述べられ、惺窩の人物とその学問の志向するところをこれによって明らかにしている。

惺窩は元和五年九月十二日卒するが、その死を追悼する門人知友の詩文九種を『惺窩文集』続巻三に収めて伝える。そのうち、木下長嘯子（勝俊）の弔文には、次のように記す。

ちかく又背の山人といへる人なむ、もとやはらける五のとしの長月中の二日はかり、をはりとりたまひ、はかなきかすに入給ふめるそ、いひてもあまりある、あたらはかせそかし、ひつきは定家卿のふるき跡、時雨の亭とかやいへる所におさめはうふりつ

また、菅得庵（玄同）の挽詩の一篇中にも「定家卿の後、斯の人在り。墳墓は隣をトす時雨亭」とあって、定家ゆかりの時雨亭の跡に葬むられたことを知る。因みに林羅山の「惺窩先生行状」末尾には「此の歳某月某日を以て、先生を万年山相国寺某院某地某林に葬り、石を畳みて之を封樹す」と記したままである。

惺窩の禅学上の師承は、少年期龍野景雲寺時代に師事した東明宗昊、文鳳宗韶も相国寺に係る禅僧であり、十八歳上洛の際に頼った叔父の清叔寿泉も相国寺普広院の住職であった。惺窩が相国寺で学んだことは明らかであるが、誰に学んだかなど詳細は定かでない。従って、『京都府寺志稿』巻四十二「陵墓　相国寺上」に「初メ粛、僧トナリ、本寺ノ泉長老ニ従学シ、林光院ニ居ル」の記述について、先学は臆説の域を出ぬとしている。

ただ、曽孫の藤原為経の手になると思われる系譜資料の一つに、「元和元年己未秋九月十二月卒。五十九歳、葬於万年山相国寺林光院也」と明記するものがある。「延宝戊午冬十一月十一日　左近衛権中将藤原朝臣為経」と識す写本の、惺窩に関わる箇所の影印資料は、今から二十年前に当時韓国慶北大学校教授の宋兢燮氏が東大に在外研究で来た際に入手し、姜沆ら朝鮮朱子学者と惺窩との交渉をテーマとして研究発表した配付資料の一部であった。その原資料を直接確認できないままに今日に至っているが、惺窩の墓地を辿ろうとするとき、再度その資料の検証の必要性を感じる。

なお、藤原定家の墓は相国寺本山墓地にあり、もと普広院より移したとされる。足利義政の墓を挟んで左側に定家の、右側に伊藤若冲の墓が並ぶ。定家の墓は尋ねる人もいるせいか、相国寺承天閣美術館の受付には墓地の当該箇所の略図が用意されていた。それと対照的に惺窩の墓の所在を尋ねても、定家と混同しているのかと言わんばかりの怪訝な面持と向き合うことになる。

惺窩の墓は、相国寺の東門を出てまもなく林光院墓地の一画、墓地の入口の施錠をはずし、側道をわずかばかり歩んだ、他と別に区画する奥まった地にある。

現在の墓石は、墓の裏面に「明治二十一年　以恩賜金建之碑集石川凹之字」と三行に刻し、また右側面には「明治二十六年十二月二十七日　特者贈正四位」と二行に刻む。高さ約一・二メートルの墓石と、石川丈山の字を集字したとする「惺窩先生墓」の五文字は、瀟洒で典雅である。洒落の境地を好んだ惺窩にいかにも似つかわしく覚える。初めて墓前に立った五月下旬は、墓の裏の紫陽花が咲いていて、それを供えることができたが、今般訪ねた七月下旬は何もなく、花立の松もすでに枯れていた。京都特有の蒸し暑さの中、この墓は閑寂な佇まいそのままである。

惺窩の墓は通りから望むと、薩摩藩の「甲子役　戊辰役　薩藩死者墓」という、幕末の蛤御門・鳥羽伏見の義戦で死亡した薩摩藩士七十二名の巨大な墓碑の裏手になる。薩藩の墓碑のことはその傍に案内があるが、惺窩については何も記すものはない。惺窩は慶長元年（一五九六）三十六歳、明に渡ることを企図し薩摩の山川津に到る。しかし明への出帆も暴風のために鬼界ヶ島に漂着、結局志を実現できないまま翌年帰洛する。時あたかも秀吉の朝鮮再征、明再征が議せられている最中であった。惺窩と薩摩の縁を思い起こしながら、あらためて惺窩の洒落の境地の底に流れる熱情にも注目したい気に駆られるのである。

二　吉田素庵

吉田素庵（一五七一―一六三二）すなわち角倉素庵の墓は二つある。一つは京都嵯峨野の奥、化野の念仏寺に、一つは同じく嵯峨野の小倉山二尊院にある。化野念仏寺は付近から出土した八千体の石仏・石塔が境内に立ち並び、その有様は西院の河原と言われるように、古来京の葬地とされる化野の死者を弔う寺としてこの寺特有の性格を有する。他方、二尊院は嵯峨天皇の勅願により円仁が開山、後に法然が再興、土御門天皇ほか三帝陵として勅使の参拝があった寺。境内には法然上人の廟があり三条家をはじめこの寺を支えた貴顕の墓が並ぶ。藤原定家の小倉百人一首で知られる小倉山荘時雨亭の跡もその一隅にある。念仏寺と二尊院、由緒と性格とがいかにも異なる二つの寺に、何ゆえにそれぞれに素庵の墓があるのだろうか。

念仏寺の墓は寺の奥、六地蔵尊に通じる竹林道の左手竹林の中にある。念仏寺に詣でた者は石仏の埋め尽くすこの地が信仰と救済の祈りに満ちていることを感じながら、境内の奥に歩を進めて竹林道に至り、一転その竹の緑に引き込まれて写真を撮る者が多い。道の柴垣は竹林と調和しその風情は嵯峨野の竹林の風景の中でも確かに格別である。素庵の墓は残暑の陽光も竹の葉に遮られる山の斜面にあって、竹林道からは望み見ることはできない。すでに寺の参詣者にも公開されなくなったという墓には、寺僧に案内されて竹林に入り、竹林の枯れ葉がうめる山の斜面を上がることになったが、竹林に分け入ってすぐに僧の所作にここすべてが葬地であったことをあらためて感じとった。

墓は思っていたより大きかった。竹林の斜面に一つだけ立つ墓石は初めからこの寺の中でも確かに隔絶しているだけに、小さな墓石を予想していた目には、妙に大きく感じた。墓石の形はいたって簡素で「貞子元之墓」と中央に大きく刻まれる。そしてその下には「子元吉田素庵／之字也諱順」と左右二行に刻む。この大字と小字とはまことに不思議な感を抱かせる。貞子元とは姓氏を示さず、言わば知る人ぞ知る呼び名のみを刻むものである。貞子元という名のみを墓表に刻むのは、その故人の個の生の証しを世に留めるだけで、姓氏には関わらぬということである。それに対して「子元は吉田素庵の字なり、諱は順」と附しているのは、明らかに「貞子元」とのみ墓に刻む姿勢と交錯する思いがここには存する。故人を当世にしかと存せしめかつ後世に伝えしめんとする最小限の配慮がある。しかもその配慮は「貞子元」とのみ記す意志を充分に忖度した上でのもののように受け止められる。それゆえに最小限と感ぜられるのであり、その分かえってこの墓表に刻まれた思いに深く重いものを実感するのである。墓石の大きさもまたそこに関わるものであって、幽邃な竹林の中にも埋もれることのないようにという、せめてもの配慮によるものであろう。

　この場所にこの墓を作ることが故人の指示であったことは、堀杏庵の「吉田子元行状」（『杏陰集』巻十七）に拠って知り得る。寛永九年（一六三二）三月病に臥し、「訓戒を作り二子に遺して曰く、我死するときは則ち西山の麓に葬り、貞子元之墓と書せと云ふ」と記し、六月二十二日に没したという。この「行状」は翌寛永十年四月に素庵の二子（玄

紀、厳昭）の手で木に刻まれ、嵐山の千光寺大悲閣に「儒学教授兼両河転運使吉田子元行状」として今日に伝わる。その木刻の「行状」碑文には、この訓戒の言に附して「地理之書風水之術以兼学之故也」と記しているが、この墓に見られる思いはこの理由だけでは説明しきれない。

そもそも素庵の病死に至る経緯について、杏庵「行状」は元和七年素庵五十一歳の頃に「不幸にして宿疾に罹り、源公屢々《しばしば》召すも至らず」と書き記し、寛永四年五十七歳には「大井川宅を厳昭に譲り、財産は宗族親戚に頒つ。唯だ蔵書数千巻のみ。清涼寺の西隣に卜居し、貧に安んじ道を楽しむ。又達徳録に増註し、未だ全書を成さずして失明す。嗚呼、命なるかな。然り而して素志を遂げんが為に、門人に口授して之を筆せしめ、篇章捜索して已まず」と退隠して庵居の生活に入り、病の症状が進む中、特に『文章達徳録』増註に没頭する姿を記している。この失明にまで進行した病について、医者でもある杏庵はこのようにのみ記すのであるが、この記述中の「嗚呼、命哉」に杏庵の思いが託されているように読みとれる。すなわち、この一句は、『論語』雍也の一章をふまえるものであろう。「伯牛疾有り。子之を問ふ。牖《まど》自り其の手を執りて曰く、之を亡せん、命なるかな。斯《こ》の人にして斯の疾有り、斯の人にして斯の疾有り」の一章は、孔門の四科十哲に徳行の士として挙げられた冉伯牛を孔子が見舞った際の、永訣の言として解されて来た。『白虎通』寿命に「冉伯牛は危言正行にして、悪疾に遭ふ」と言うように、かかる人にかかる悪疾があるはずがないのに、現に悪疾に遭遇した運命のいかんともし難いことを痛惜する故事として後世に伝わる。「嗚呼、命哉」の句に素庵の悪疾が冉伯牛と同じ性格のものであることを暗示していると思われる。

さらに素庵のこの晩年の生活を記したものに、人見竹洞（一六三七―一六九六）の日記がある。「寛文六年丙午添長日録」（『竹洞人見先生後集』冊之三）に寛文六年（一六六六）十二月丁巳の条に、野間三竹（一六〇八―一六七六）と自宅で面晤の機会を得た折に、三竹が素庵を語ったのを書き留めている（原漢文）。

嵯峨大井川上に隠士素庵有り。氏は角倉と曰ふ。書を善くす。羅山文集に所謂田玄之といふ者は是れなり。後に悪疾有り。山居を清涼寺畔に占む。柴門竹径、茅屋数間、蔵書庫両廂有り、三架を為りて群書を聚む。傍に文具の架有り、凡案硯筆各々備る。書筴の大小なる者数十其の傍に在り、五色の牋紙を壁に掛く。其の廂の一間に紙衾を置き、之を宿客に備ふ。傍に一室を構へ、悪疾有るを以て、常に紙帳の中に坐し、人と相面せず。平生侍史をして書を読ま使めて之を聞き、或いは書を紙帳の中に観る。初め藤惺窩に従ひて字を問ふ。我嘗て友とし善し。一日我其の居を訪ふに、素庵帳に坐し、侍史に口授して本朝文粋の訓点を改め、其の外堂の傭書者をして惺窩編む所の文章達徳録を書せ使む。其の人と為り淡泊にして隠士の風有り。

実際に素庵のもとを訪れた三竹が目の当りにした庵居のさまを語っているが、この茅屋の中でも悪疾を以て自らを隔絶する姿は生々しく、その中で書物と向き合い、人をして「其の人と為り淡泊」と言わしめる心境は何と表現すべきか。森銑三氏は「素庵角倉与一」（『歴史と地理』昭和七年一月号、『森銑三著作集』第二巻〈一九七一年〉所収）の中で、写本の『竹洞全集』によってこの日記を読み、これによって素庵の晩年の姿と人柄が窺い知れるとして、初めて本資料を紹介されたが、今は『人見竹洞詩文集』（汲古書院、一九九一）影印のテクストに拠る。

念仏寺の素庵の墓に、かかる素庵晩年の庵居のあり方がそのまま投影されていることは疑うべくもないが、後事を託された玄紀と厳昭の二子の思いもそこに確かに交錯している。そうであるからこそ、素庵没後七年、寛永十六年

（一六三九）堀杏庵は「文章達徳録綱領序」において、「文章達徳は、吉田素庵の、予が師惺窩先生の命を受けて輯録する所の書たり」と書き起こし、長子玄紀が素庵の志を継いでこの『綱領』を刊行することを特筆するのであろう。杏庵の「子元行状」と相俟って経緯を知る者ならではの思いが存する。

二尊院の墓もまた素庵への思いが受け継がれて作られたと察せられる。四基の墓石を一つの礎石に築いた墓は向かって左に角倉了以夫妻、右に素庵夫妻を並べるが、明暦二年（一六五六）素庵の妻の死後に作ったとされる。墓石の文字はほとんど磨滅しているが、角倉の姓を刻んでおり、京の角倉家の基盤を築いた父子に対する敬慕の思いを見てとれる。墓前に「贈正五位角倉貞順墓」と示すが、森銑三氏の先掲論考に、昭和六年（一九三一）京都で素庵の三百年祭が営まれた際に新たに素庵に正五位が贈られたことを新紙が報じていた、と附記している。格式の感じられる二尊院の開山堂の右手に角倉一族の墓は並ぶが、了以と素庵らの四基の墓はいかにも清雅で相互に調和がとれている。因みに後に素庵の子孫が交遊した堀川古義堂の伊藤仁斎・東涯ら伊藤氏の墓は、角倉家の墓の下の墓道に並んでいる。

素庵は寛永七年（一六三〇）七月了以の十七回忌に林羅山に了以の碑銘の文章を請い、それを嵐山大悲閣に石碑として建てている。今、大悲閣に残る「河道主事嵯峨吉田了以翁碑銘」（『林羅山文集』巻四十三「吉田了以碑銘」）がそれであるが、ここにも素庵の思いを感じないわけには行かない。疾が進む中、吉田（角倉）家そして先考に対する子としての最後の使命感とも言うべきものであろうか。羅山はその家系を「了以、姓は源氏、其の先は佐々木の支族、吉田と号する者の宇多帝の後なりとしか云ふ。世々江州に住す。五代の祖徳春、城州嵯峨に来りて因りて家す。其の居る所は乃ら角の蔵の地なり。洛の四隅に各々官倉有り。西に在るを角の蔵と曰ふ」と述べ、四伝して了以に至るまでを記す。この家系の記述はそのまま杏庵の「子元行状」にも見えるが、素庵の姓名をこの「行状」によって記せば、「公、姓は源、氏は吉田、諱は玄之、後貞順に改む。字は子元、小字は与一、別に素庵と号す」という。

初秋、嵐山の大悲閣を訪れたとき、嵯峨野や渡月橋附近のにぎわいとは別天地で、ただ一人であった。杏庵の「子元行状」の碑を見たいという筆者の参詣の目的を知った住職は、その木刻碑を指し示すとともに、素庵の唯一の評伝（林屋辰三郎『角倉素庵』朝日評伝選19、朝日新聞社、一九七八）をはじめいくつかの資料の名を挙げ、知るところかどうかを尋ねられた。室内には寺に関わる書籍や記事を集輯し、それを以てこの寺の歴史を伝えようとする思いで満ちあふれていた。「子元行状」の訓みをめぐって一しきり談笑した後、保津川を眼下にはるか大文字まで京の市街を一望できる眺望はまさに絶景であった。あの『細雪』の中で大悲閣は花見の際に弁当を開いた場所の一つであったが、先代の住職が病床に臥すうちに荒れてしまったらしい。しかし今日、手作りで再建に取り組む壮年の住職が素庵を大事に語っていたのには、熱く嬉しいものがあった。念仏寺の素庵の墓は、林屋氏が展墓に訪れたときとは違った管理になった由、寺僧がこれから先の荒廃の懸念をもらしたのと対照的であった。素庵の最後の読書堂は大悲閣のある嵐山山腹の麓、幽深な旅館の程近くかと住職は説明してくれた。帰路、保津川を渡し舟で一人、対岸に渡り、振り返れば、「気象巌中秋水漲る　亀蒙山上暮靄横たはる」（石川丈山「遊観音堂」）の風情そのままであった。

三　堀　杏庵

藤原惺窩の門下の所謂四天王については二説あるが、堀杏庵は林羅山・那波活所とともに共通して称せられる。惺窩が元利五年（一六一九）五十九歳で没したとき、その門人たちは吉田素庵五十歳、菅得庵は三十九歳、石川丈山三十七歳、羅山三十七歳、杏庵三十五歳、活所二十五歳、松永貞徳の子尺五は二十九歳であった。『惺窩文集』の編纂は没後まもなく羅山そして菅得庵を中心に進められ、杏庵が「惺窩文集序」（寛永四年）を、得庵が「続惺窩文集序」（同年）を記したことは、羅山・得庵そして杏庵の、当時の惺窩門における位置を象徴するであろう。因みに羅山が惺窩の「行状」を記したことについては、「玄同（得庵の名）家兄に請ひて先生の行状を撰せしめ」（林永喜「惺窩先生文集跋」）と伝えている。

堀杏庵、天正十三年（一五八五）五月二十八日に生まれ、寛永十九年（一六四二）十一月二十日に没する。「堀頤貞先生年譜稿本」（東京大学史料編纂所蔵。末孫の第一高等学校教授堀鉞之丞所蔵本に拠る写本〈明治三十八年〉。以下、「年譜稿本」と称する）には、「先生、姓菅原、堀氏、諱は正意、字は敬夫、杏庵と号す。杏陰・敬庵・蘇庵・茅山山人は皆其の別号なり。近江の人」（原漢文。以下同じ）と記す。私諡して頤貞先生という。近江安土に生まれ、十歳の時、南禅寺帰雲院梅心正悟長老に従って書を読み字を学ぶ。以後、父徳印と同じく曲直瀬正盛門に医を学びまた儒学の書を修む。「年譜稿本」には慶長十年（一六〇五）二十一歳の項にすでに「人　目するに儒医を以てす」とあるが、慶長十八年（一六一三）二十九歳には法橋、寛永三年（一六二六）四十二歳には法眼に叙せられ、世に「儒にして医」を以て鳴った者の典型であろう。惺窩には、二十二歳の時、「惺窩先生に従い、道徳性命の説を聞く」（「年譜稿本」）を伝えることからすれば、「儒医」としての方向が固まってからの従学と推せられ、惺窩によって宋学、とくに性理学に触れたことになる。

杏庵が「医」であることは惺窩は勿論、羅山も丈山も周囲ともに認めるところであった。その、杏庵の学の有り様をめぐり、羅山が書簡の中で忠告したことがある。

足下の稟賦、天　意有るか。技芸に溺るること勿れ。孫真人医を以て名を貶さず、趙松雪書を以て名を損せず。足下以て如何と為す。孔子曰く、芸に遊ぶと。溺するの謂ひに非ず。足下の衛生に於ける、亦た宜しく然るべし。余が言、狂に非ず。足下之を三復せよ。若し言はんと欲する所有らば、則ち必ず余に告げよ。幸ひ為らん。足下に益無ければ、必ず我に益有らん。（『羅山文集』巻五「示堀正意書」第一書）

時に引用される資料だが、杏庵から借覧した、明の汪道昆の『南明文選』を還すに際しての書簡に付記して伝わる。この書簡では「文章」について歴代の古文家を辿って明の古文辞派と唐宋派に及び、羅山の「道外無文、文外無道」の主張を示している。言わば、新たに目にした『南明文選』の評価を通して、「文」の本質を論じあっている。これに右の忠告を付記していたとすれば、いかにも羅山は杏庵の才能を評価して医術に傾くことを抑制せしめんとするものである。ただ、「溺する勿れ」とする自らの発言を「狂に非ず」として、杏庵の存念を告げよと続ける言辞は、杏庵の出処進退に関し具体的に案じているかのようである。

『羅山文集』は「示堀正意」書簡を収めるのに、杏庵の履歴について次のように注記する。

江州の産にして洛陽に住す。儒医を兼ね学び、杏庵と号す。初め紀州浅野氏に仕へ、後尾張の亜相に事へ、法眼に叙す。

紀州浅野幸長に仕えるのは、慶長十六年（一六一一）二十七歳のときからである。浅野幸長は惺窩を遇すること篤く、惺窩は杏庵が入門した慶長十一年に幸長の招聘に応じ和歌山に赴き、その後も紀州に赴くことは続いた。杏庵は入門した年に紀州に出向いており（「年譜稿本」）、惺窩と幸長との関係からすれば、両者の信任を得て仕えたことになる。慶長十八年幸長が死去、それを嗣いだ長晟に仕え　元和五年（一六一九）安芸に移封されるのに従った。元和八年（一六二二）三十八歳尾張徳川義直の求めに辞し難く、それに応じて徙仕した。右の履歴はこのことを略述したものであるが、義直の信任厚く、それに従って江戸に在ることも多かった。その死去した地も江戸で、幕命を受けて、羅山の『寛永諸家系図伝』編修を支援し、その担当の稿を成した数箇月後に没した。五十八歳。

「年譜稿本」には「江戸城の西、金地院の塋域に葬むる」と記すが、その墓は東京都港区芝の勝林山金地院の墓地に存する。金地院は臨済宗南禅寺派の塔頭寺院。徳川家康の信望のもと幕政に参与して、黒衣の宰相とまで言われた以心崇伝が、京都の他、駿府に次いで元和四年（一六一八）に江戸にも開いた寺である。杏庵がここに葬られたのは、南禅寺ゆかりの者として厚く遇せられたことを知る。芝公園は増上寺の西、東京タワーと道路を隔てて北に位置する。東京タワーに上れば、その足元を見る位置になる。通りの喧騒も寺の境内に入ると一変し、瀟洒な佇いの中、その塋域に歩を進めれば、整然と管理の行き届き、静寂である。

杏庵の墓碑は域内の中央やや右側の一画に存し、三基の墓石の中央に立つ。高さ約一・四メートルの碑は大きくは感じさせず、碑面は蒼然として歳月を思わせるも、決して風化はしていない。表には「杏庵正意法眼」とのみ刻し、その裏面には「寛永十九壬午年十一月二十日」と刻す。堀氏の字も刻まず、頤貞先生の諡名を用いることもしていない。「法眼」の二文字が「医」であったことの、それも昇りつめた者であることを明示する。それが「儒医」であったことの証しにしても、この二文字は唐突に官を感じさせないではない。ただ、墓は今、その違和感を解消させるに十分な簡潔さを漂わせている。因みに、杏庵の墓碑に向かって右側には、「年譜稿本」の所蔵者であった「堀鉞之丞之墓」が存し、その裏面には「正四位勲四等理学士前第一高等学校勅任教授……」と刻んでいる。

ところで、杏庵には三子あって、長子正英（立庵）は安芸に、次子貞高（忘斎）・三子道隣（孤山）は尾張に仕え、その学を継いで後に及ぶ。とくに杏庵の曽孫（立庵の孫）に堀景山（正超）、堀南湖（正修）が出て、杏庵の人と学問が推賞されていることは興味深い。次の二つの記事は、後に『先哲叢談』（巻二）にも収められる。

堀景山（一六八八―一七五七）は本居宣長が従学したことでも知られるが、享保十一年（一七二六）に荻生徂徠と書簡を往復する。徂徠六十一歳、景山三十九歳。景山からの問いに徂徠が答える形で往復した四通の書簡は、「屈物書簡」として伝わり、徂徠の学問の立場と方法を真向から論戦したものとして重視される。とくにその「答屈景山書（第一書）」は後に『徂徠先生学則』付録に収載される書簡であるが、その冒頭に次のように記す。

余不佞、髫年の時、之を先大夫に聞けり。昔、洛に惺窩先生といふ者有り。其の高弟子、羅山・活所諸公の若き者五人、名海内に聞え、皆務めて弁博を以て相高くす。屈先生は独り温厚の長者為りて、乃ち四人の間に詘然とし、退譲して自ら将《おこな》ひ、名高きを求めず。其の東都に来るや、先大夫も亦た嘗て一二接見すと云ふ。夫れ儒者断断たるは、古自り然りと為す。而るに乃ち能く爾る者は、千百人中一人のみ。

先大夫すなわち父荻生方庵から、子供の頃に聞いた話として記してはいるが、惺窩門の中で屈先生すなわち杏庵を温雅、謙譲の人として称賛するものである。方庵が将軍の奥医となり法眼に叙せられた者であること、また徂徠自身弁博を以て相高しとすることを余儀無くされた者であることを考えれば、格別の思いを感ずる。「儒者」の在り方を評してかく記すのは、景山に対する儀礼的配慮からだけではあるまい。

また、堀南湖（一六八四―一七五三）の求めに応じて、室鳩巣が正徳五年（一七一五）に記した「杏隠先生詩二集序」（『後編鳩巣先生文集』巻十二）もまた杏庵の学問と略歴を記すことから、引かれることが多い。

先生少くして惺窩先生の門に遊び、学博くして聞多し。凡そ礼楽刑政、典章人物、請求して其の道を明らかにせざる無し。其の文章の文章為る所以の者に於て、蓋し深く之を知る。故に其の辞簡易平実、自ら条理有り。豈に今世の文、務めて粉飾を為して以て時好に投ずる者の若くならんや。

鳩巣はこの序の中で「文章」の在り方を論じており、「剽掠潜竊して以て工みと為す者有り」として徂徠の古文辞を論難することに主眼を置いて、杏庵の「文章」を推称する。右の文中の「務めて粉飾を為して……」との非難もその方向にある。それにしても、徂徠にしても鳩巣にしても、杏庵の「医」についての言及はここにはない。鳩巣は杏庵の略歴を記すのに、「尾張源敬公、尊賢好士、聞先生為一世名儒……」と書くも「医」の記述はない。

さて、南禅寺の塔頭寺院の一つ、帰雲院は前述のように杏庵の勉学の出発地であるが、堀家累代の塋域は帰雲院にあって今に残る。「年譜稿本」には記さぬが、杏庵の墓はここにも存する。すなわち杏庵の墓は二つ存することになる。

南禅寺から永観堂の辺りは紅葉の名所として知られ、少しでも色づく風情を求めて、十一月初めから人出が多い。

帰雲院は側道に入った分だけ人の往来が少くなるが、寺院内の立入りを禁じて門を閉じており、さすがに門を叩く者もいない。案内を請うて方丈の庭に入ると、たちまちにして凛として禅院ならではの清気の中に包まれる。庭を横切って進むと、琵琶湖からの疏水の下に隧道が一つ設けられている。門扉を開けて隧道を通り抜けると、とたんに墓域が存する。山麓の緑樹に囲まれ、疏水の堤で隔絶され、小さな隧道のみで通ずる墓域である。緑の濃さは苔むすには恰好の地で、その分歳月の経過が凝縮して満ちている。

堀家の墓碑は山側に十三の碑石が並ぶが、他にも隧道の口に数十の碑石が集められており、これらはあるいは移されたものと推せられる。杏庵の墓碑は十三基の左端（北側）に、その夫人の墓と並び、西面して立っている。後方の山の草が墓石まで迫り、まさに掃苔の感を強くする。表に「杏庵正意墓」、その側面に「寛永十九年十二月二十五日」と刻すが、その文字は摩耗しつつあり、とくに側面の字は苔むして見えにくい。これに拠れば、江戸の金地院に葬った後、帰雲院にも墓を立てたことになろう。高さ約一メートル、金地院の墓碑に比して一回り小さいが、注意を引くのは大きさではなく、その墓碑の文字である。すなわちここには「法眼」の二字は刻んでいない。

杏庵が自らの境涯を鮮明に述べた詩文について、まだ精査していないが、最晩年の詩句を今後の検討のために挙げておきたい。

杏庵は寛永十七年（一六四〇）、六月から四箇月程、京都に滞在し、九月七日には石川丈山とともに松永尺五が創立した講習堂を訪問し、九月二十四日に尾張に帰国した。丈山はその送別に当り「送医正意帰尾陽」の詩（『新編覆醤集』巻二）を作り、「学は騶軻の気を養ひ、術は盧扁の伝を包む」の句を贈っている。「騶軻」は鄒の孟軻のこと、「盧扁」は扁鵲のこと、つまり杏庵の「儒にして医」であることを称えたものであろう。それに対して『杏陰集』巻五に収める詩に、「寛永十七年六月、自関左旋洛、会于諸友。九月廿四日出洛還尾陽、石丈山作詩送之。余於途中贈答、序属初冬」とする作があり、丈山への答礼の詩と考えられる。その詩句の中に、

　吾が生本より寄するが如し　人世孰れにか萍浮する
　泉石其の潔きを与にし　市朝共にする儔莫し
　貧に安んじて北院を軽んじ　養ふ所は東丘を主とす

の表現を見出せる。この二年後に杏庵は没することから、丈山とは最後の別離になったと推せられ、この詩句はその死を予感するかのように自らの生き方を総括している。「北阮」は『世説新語』任誕「北阮皆富、南阮貧」の故事をふまえ、従って「安貧軽北阮」の句は陶淵明「詠貧士詩」の「安貧守賤」などを意識しよう。また「東丘」は東家丘、孔子のこと、孔子の教「儒」を指すのは疑いを容れまい。陶淵明そして「儒」こそ杏庵が志向し続けるものであることを、丈山に吐露した、――この詩句はこのように読み取れるように思う。

そもそも「杏庵」の号は、「医」としては三国呉の董奉の「杏林」の故事を想起させるが、それと同時に王維「田園楽」第三首「杏樹檀辺漁文　桃花源裏人家」を想起させる。『荘子』漁父に記す故事とかの「桃花源記」をふまえるが、「杏樹」の句は杏の樹のある高みにて孔子が漁父に教えを乞うたとするのを指す。「杏庵」の号そのものが「儒にして医」であることをうかがわせるが、その根底にあるものが「儒」にあり、しかもその追慕するものはこの王維

の詩の二句に集約されるのではないか。帰雲院の苔むす「杏庵正意墓」の字を前にその念を強く抱かせた。

それにしても、帰雲院の杏庵の墓碑とともに並ぶ十三基の碑石の中、最も小さな墓石が前列中央に存する。杏庵の墓石の約半分の高さで、最も苔むして刻字を見えにくくさせているその碑面には、「景山堀氏正超之墓」と刻す。杏庵の墓石とともにその墓石の清雅さは際立って、その人となりを偲ばすにはおられなかった。

四　松永尺五

松永尺五（名は昌三　一五九二―一六五七）の墓も二つある。尺五の墓もというのは、前輯までに取りあげた吉田素庵、堀杏庵の墓を念頭においてのことである。ただ、墓が二つ存することは、それぞれその生き方と後世（子孫）との関わりを示すものであって、ともに藤原惺窩の有力な門人といってもその有り様は一様ではないように、墓の有り様にもその姿が反映されているように思う。

松永尺五の墓は、京都の本圀寺と実相寺に存する。ともに日蓮宗の寺院である。日蓮宗の寺は決して珍しいことではないが、歴史の渦の中にあった寺である。

本圀寺は、日蓮の法華堂に始まる鎌倉の祖跡寺を、一三四五年足利尊氏が叔父四祖日静の力により京都堀川に移したのに始まるとされ、その後京都の日蓮宗大本山となった。寺域は今の西本願寺の北、柿本町一帯に存したが、現在の西本願寺駐車場・淳風小学校・東急ホテルから北側、五条通を越えて堀川通に沿う辺りを中心とする寺域と知れば、寺内町が形成される程の大寺院であったことが実感できる。天文四年（一五三五）天文法華の乱により焼失した後に再興される。戦国の激動の中、永禄三年（一五六〇）本圀寺で天下太平の祈願をした足利十三代将軍義輝は、永禄八年三好三人衆に殺され、その三年後永禄十一年（一五六八）に織田信長が上洛、本圀寺は将軍義昭の仮御所となるが、翌年一月には三好三人衆が義昭を襲撃する本圀寺の変が起った。まさに本圀寺は大波乱の舞台であった。尺五の一族の松永久秀（一五一〇―一五七七）は、三好三人衆とともに一代の謀略家として波乱の主役を演ずる一方、本圀寺の檀徒として寄進をするなどこの寺に大きく関わる者であった。

　ところで本圀寺は現在、下京区柿本町にはなく、一九七一年退去して山科区御陵大岩に移っている。寺にとっては開創以来の一大変動であったと容易に察せられる。本圀寺の墓域は今の寺域にもあるが、尺五の墓はそこにはない。すなわち移されずにそのまま在る。先に本圀寺に存すると記したが、正確には下京区万寿寺通堀川西入柿本町「妙恵会墓地」に存している。その墓地内の中央に設けられた小堂の壁面には、由来を次のように記す。

　足利十三代将軍義輝執権三妙長慶の執事松永弾正久秀の屋敷跡、本圀寺の元塔頭であった戒善院の檀徒で、天正年間、松永家の先祖の菩提のため、本圀寺の元塔頭寺院の墓地として寄進。江戸時代以降、元塔頭寺院が年番で管理し、四百年以上になる……。大正十一年妙恵会を組織、墓地の維持管理に当る。

　松永久秀の縁の地で、その寄進を受けて本圀寺の塔頭寺院の墓域となり、一九二二年から十八の塔頭寺院が妙恵会を組織し、維持管理に当って来たことを知る。墓域中央には塔頭寺院の祖師に関わる塋域があり、香煙が絶えず、供花は新しい。あらたに手を加えて画一的に整えてはいないが、その分あったものはあったままにという配慮をうかがわせる。

　実際に、墓地の前の、墓守りをつとめると思える家の女性は、松永久秀と松永尺五の墓の所在について確かめたのに対して、直ちに久秀の墓に案内し、ほかの松永氏の墓はこの辺りかと漠然と指さしたにもかかわらず、『京都名家墳墓録』（大正十一年刊）に、久秀墓について「北部墓域中、東より第十二墓列の、南端に位し、南面す」と記し、尺五堂墓について「北部墓域中、東より第十三列の、南より二十七歩の処に位し、南面す」と記すのを手掛りに、容易に探しあてることができた。最も変じ易き墓がかかる形で維持されたのは、塔頭寺院の年番制が有効に機能したことによると推せられるが、久秀の寄進が報われたとも言える。「松永家骨塚」と刻す墓石もあって、松永家累代の塋域であったことを、今もとどめている。

尺五の墓は、二重の台石の上に墓碑が立ち、従って墓碑そのものは約一・二メートルにもかかわらず、高大に見える。並立する附近の墓石が小碑な分だけ、なおのこと大きく感じるが、決して他を威圧する佇いではない。表面には「尺五堂恭倹居士」と刻むが、その文字と相俟って簡雅である。裏面には「明暦三丁酉年六月二日」と刻す。

尺五堂とは、慶安元年（一六四八）五十七歳、後光明帝が御所の南に地を下賜され、京都所司代板倉周防守重宗の援助を得て、新しく講堂を開いたことに因る。寛永五年（一六二八　三十七歳）西洞院二条南に春秋館を作り、寛永十四年（一六三七　四十六歳）板倉重宗の援助で堀川二条南に講習堂を創立したのに続く講学の場である。その名号は祝賀の宴における石川丈山の言葉に拠るとされる。「題講習堂并序」（『新編覆醤集』巻三　七排）の序に言う——。

慶安戊子の夏、昌三教授、板廷尉の縦臾に儴《よ》って、廼ち恩旨有り。象魏の外に於て、環堵の室を剏む。結構已に成り、適《たま》たま招邀に応ず。宴語談笑、情盤歓を尽す。幸に此の地を得て、天を去ること尺五、謂ひつべし栄路の階、吉祥の宅なりと（以下略）

象魏の外とは宮闕の門の外の意。下賜された地が御所の南に隣することを指して、丈山が「此れ所謂城南韋杜の家、天を去ること尺五なる者なり」と言った（昌琳「尺五堂恭倹先生

行状」）のを裏付けるが、後に滝川昌楽が加筆した「行状」当該箇所に「老杜が詩に、去天只尺五といふは是なり」と附加したように、杜甫の七律「贈韋七賛善」の第四句「時論回帰尺五天」自注に「俚語曰、城南韋杜、去天尺五」とあるのをふまえる（因みに丈山も尺五も好んだ邵傅『杜律集解』七言巻下に所収）。韋杜とは唐代の名家の韋氏・杜氏、天子に極めて近い高貴な立場にあるのを喩えるが、丈山は御所の南間近に講堂を設けることの栄誉を賀したものであろう。それにしても、杜詩に因む語をこの講堂の号にするところに、尺五の好尚の一端がうかがえる。

墓表にはこの「尺五堂」の文字とともに、「恭倹居士」の諡を刻む。「恭倹」は『論語』学而「子貢曰く、夫子は温良恭倹譲、以て之を得たり」に拠ると思われ、孔子が周遊した国々から相談を受けたことについて、子貢が孔子のかかる人柄・人徳に起因すると評した言葉。この語を以て諡するのは、尺五の人となりが敬慕されたことを明示し、かつ「居士」とは生涯一貫して官には就かずに終った読書人であることを明確にする。「行状」には尺五の処世観を次のように記すが、それを墓前において思い浮かべて違和感は覚えなかった。

> 常に曰く、吾は富貴に至らずと雖も、貧窶を忘れて、忮《そこな》はず求めず。蔵書万巻、詩文三千篇、此の外又た願ふ無しと。

尺五にとって、その生き方において最も長くかつ大きく関わったのは、父松永貞徳（一五七一—一六五三）であったことは言うまでもない。激変する時代にあって、学術・文芸の広汎な分野に亙って活動した第一級の人物であると同時に、それを野に在り続けて成し遂げた処世もまた第一級である。長命であった貞徳が承応二年（一六五三）に八十三歳で没したとき、尺五はすでに六十二歳であった。尺五が六十六歳で没したことを考えあわせれば、尺五の生涯は常に貞徳とともにあったといってよい。両者の関わりは小高敏郎『新訂松永貞徳の研究』（一九八八年復刻版　臨川書店）が詳しい。

とくに父貞徳の尺五における関与を示す象徴的な事件に、寛永十年（一六三三　四十二歳）貞徳より、大蔵経を通覧し仏教を該貫せよとの命を受けて、建仁寺に入りそれを実行したことがある。自らは「道同じからざれば、相為に謀らず」（『論語』衛霊公）としながら、「然れども家君の命違ふ可からず」と受けとめてのことである（「行状」）。すでに春秋館を開設し、惺窩門の俊才として声望を得ている尺五に対して、父貞徳の意図するところは、学問上の大成を期待するにしても、京都での講学において五山の理解と支持は不可欠との配慮が働いたに違いあるまい。翌三月、一年余りにしてそれを成し遂げて、「一挙にして二美備はる。一は以て父の志を養ひ、一は以て博蒐に便せり」と序し、自らの感懐を七律に詠ずる（『尺五先生全集』巻二）。

蔵輪随転す一霜の半　　電矚功成って養志加はる
七百余函恵日を開き　　三千世界迷霞を払ふ
該観荊公が学を慕ふと雖も　　実理聊か張載の嗟きを思ふ
法樹禅林春色の裏《うち》　　東山猶ほ発《ひら》く鷲峰の花

父の意向に従う尺五の人柄を如実に示した事例ではあるが、一面においてこの詩に、王安石（荊公）の博学を慕いながらも張載の嗟嘆を思うとする境涯は、儒学とくに道学を標榜する者において独自の学風を生むのではないか、と注目してみたい。

尺五のもう一つの墓は、貞徳の墓のある実相寺に存する。南区上鳥羽鍋ヶ淵町にある実相寺は、久世橋通旧千本の交差点からさらに旧街道を南に下って右側にあるが、街道からは奥まっている上に、通りには寺名の表示がないために分かりにくい。門をくぐって境内に入っても古い寺院としかと実感できぬままに、本堂の南側と西側に立ち並ぶ墓域に足をふみ入れることになる。とくに明瞭な区画のない墓域に立つ墓碑は決して多くはなく、半信半疑のままに一巡し、本堂東南に貞徳と尺五の墓を見つけて一瞬とまどいを覚える——。それは、それ程そっけなく立っている。

貞徳の墓石は台石も厚く際立って高く、かつ石の白さが先ず印象的である。対するに、その北側（右手）に並ぶ尺五の墓石はその半分の高さにも及ばず、かつ石の灰色の濃さが対照的である。貞徳の墓の表面には、中央に「逍遥軒貞徳居士」と大字で刻み、その右上方から「南無妙法蓮華経」、その左中央から「承應二癸巳年十一月十五日」と小字で刻む、尺五の墓碑は七十センチメートル余り、表面に「松永昌三之墓」、裏面に「明暦三年六月二日」と刻す。あくまでも子として、父貞徳の傍に従うかのようである。実相寺は日蓮宗不受不施派の寺であった。不受不施派は幕府の禁ずるものであったことからすれば、不受不施派の寺の波乱を経て、今無造作に立つ墓は、かえってその強い信念を垣間見る思いがする。

翻って、貞徳の墓は本圀寺にはない。本圀寺すなわち妙恵会墓地の松永氏の墓は、久秀の墓を別にすれば、尺五の墓を第一として立ち並んでいる。その北側に松永昌易、松永永三の墓を並べ、附近には一族の他の墓石が相並ぶ。言わば、尺五が開いた講習堂を子孫が代々継持して明治に及んだ跡が、この墓地に刻まれているのである。それは貞徳の期待でもあったろう。

尺五の墓に参った十一月初め、旧本圀寺寺域に残る塔頭寺院の一つ、真如院は折しもその庭園を特別公開していた。真

如院は将軍義昭の宿院として、上洛した信長が庭園を造って義昭を招いたとされる。その庭園は決して広くはないが、鱗形の石を並べて水の流れ・小浪を表した枯山水に特色がある。白砂や小石を用いる枯山水とは違った独特の表現法をとっている点、「この枯山水は、平安時代の池庭―枯山水（白砂）―枯山水（小石）―枯山水（鱗石）―江戸時代の池庭と元の池庭に戻っていく道筋とも考えられる」と解説する。鱗形を表す緑青色の小板石に格別の趣きを感じながら、室町期から江戸期への学術の展開における尺五の存在とその役割に、思いを致さずにはおられなかった。井上哲次郎『日本朱子学派之哲学』が「第一篇　京学及び惺窩系統」を藤原惺窩・林羅山・木下順庵……として記すのは当然のように見えて、大江文城『本邦儒学史論攷』が「第三篇　京学の首倡と林家松門」と、京学の祖惺窩・林家の祖羅山・松門の祖尺五の三者を並べる方が的確ではないか。尺五を表章する者は、その門人に木下順庵・安東省庵・貝原益軒・宇都宮遯庵・野間三竹らを輩出したことを捉えて、教育者として優れていた点を指摘するが、その学問の方法・内実との関わりをもう一度再検証してみたい思いにあらためて駆られた。

五　鵜飼石斎

鵜飼石斎（名は信之　一六一五―一六六四）の墓は移っていた。しかも同じく移された中村惕斎（名は之欽　一六二九―一七〇二）の墓碑とともに並んで立っている。かく移されたのは昨年暮のことという。所在地は京都市左京区一乗寺小谷町、瑞巌山圓光寺である。

石斎は藤原惺窩門下の那波活所（道圓）に師事している。前輯までに惺窩、素庵、杏庵、尺五のことを取りあげた流れからすれば、石斎の代に入る前にまだ掃苔すべき人物が多多存する。実際そのつもりで計画していたにもかかわらず、一転して石斎の展墓を思い立ったことから、奇しくも世の移ろいの程をまざまざと目にすることになった。

寺の案内に拠れば、圓光寺は、開山が閑室（三要）元佶、開基が徳川家康。慶長六年（一六〇一）家康が三要元佶を伏見に招いて建立したところから始まるが、その後相国寺内に移り、さらに寛文七年（一六六七）に現在の地に移転した経過がある。貞享三年（一六八六）に黒川道祐が著した京都の地誌『雍州府志』には、圓光寺について次のように記す（巻四寺院門上、愛宕の郡）。

一乗寺村に在り。元、足利の学校、閑室元佶の寺にして相国寺の中に在り。近世、故有りて此の地に移る。二百石の寺産有り（宗政五十緒校訂岩波文庫本に拠る）。

閑室元佶は駿府圓光寺の開山でもあるが、『府誌』の中にも言及されるように、下野（栃木県）の足利学校第九代庠主であった。家康の厚い信任を得て、金地院の以心崇伝と同じく、宗教・文教政策に多大の影響を有した。川上廣樹『足利学校事蹟考』（一八八〇年刊）の関連記述を参照してみたい。

第九世閑室和尚、諱は元佶、一名は三要。世に佶長老と称せらる。肥前小城郡の人。年幼にして圓通寺に祝髪し、奇才有り、学内外に通じ、神祖に遇せられ、金地院本光国師伝長老と同じく諸寺諸祠を総管し、十刹に班次し、五山を歴し紫を賜ふ。又南禅に昇り采邑を賜ふ。神祖伏見に在りて、命じて孔子家語・貞観政要・武経七書等を印行せしむ。嘗て二百余部、又活字板を賜ふ。関原の役に、従って軍中に在りて、常に著策を執り、占事を告ぐ。地を京師に賜ひ、寺を建て圓光寺と号し、以て養老の地と為す。附するに田地二百石を以てす。慶長十七年壬子五月二十日、駿府に卒す。年六十五。庠に在ること十六年。（中略）師嘗て肥前に帰郷し、州主鍋島氏帰依し、之が為に三岳寺を建て、師を以て開山祖初と為す。附するに田地二百石を以てすと云ふ。（原漢文。以下皆同じ）

慶長前半、家康が京都伏見において元佶に命じ、木活字を以て『孔子家語』『六韜三略』等を出版させたことは、所謂伏見版という古活字本で知られる。圓光寺には現在五二三二〇本の古活字を伝えるといい、寺内に伏見版と古活字の一部を展示する。寺の歴史は元佶とともに歩み出し、相国寺の境内に移ったのも家康の格別の厚遇がうかがえる。因みに慶長十年（一六〇五）林羅山二十三歳の時、家康に二条城で見え、その学識が認められる場には相国寺元佶長老が侍していたことを伝えている（『羅山年譜』慶長十年の条）。

さて鵜飼石斎が没したのは寛文四年（一六六四）七月二十一日であった。従って、圓光寺が相国寺から一乗寺に移ったのが寛文七年であることからすれば、もともと石斎を圓光寺に葬ろうとしたものではあるまい。実際、後に詳述する石斎の墓碑に刻む墓誌銘には、

諸孤卜して洛東新黒谷山塔の北百五十歩に葬り、兆域を為りて以て安厝す

と記す。その墓誌銘は寛文四年甲辰仲秋上浣三日すなわち一六六四年八月三日に撰したと明記している。ここには圓光寺との関係はうかがえないし、石斎が生前においてこの寺と特段の繋りがあったとの材料も持たない。従って圓光寺とは関わりなく、まさにその地を卜して定めたものであろう。ただし、墓の傍に置かれた石版の「鵜飼石斎府君墓誌」には「甲辰仲秋上浣三日」と刻むとともに、さらにあらためて「延寶五年丁巳十一月十二日改葬圓光寺」と刻んでいるのを確認できる。十年前、一六六七年にこの地に移って来た圓光寺の塋域として、一六七七年十一月十二日改葬したことをこの時に刻んだものと推せられる。

圓光寺は近年、紅葉の名所としてシーズンには夜間ライトアップされる。しかし附近の詩仙堂や曼殊院に比べればまだまだその名は知られていない。この寺を主要な目的地として訪れるよりも、散策コースの一つとして立ち寄ることの方が多いだろう。今回、初めから行く先を圓光寺と告げてタクシーに乗車したが、中年を過ぎた運転手からは初めて寺の前まで乗せて来た旨、降車の際に告げられた。折りしも秋のしぐれは雨脚が強くなるなか、寺の門をくぐった。拝観の受付に墓の所在の確認を求めたところ、寺の住職夫人が応待して下さり、直ちに石斎と惕斎との墓がそろって移されたことを知った。

雨の中、案内の労に深謝しながら、導かれるまま庭を通り抜けて境内の墓地に出た。そこには歴代住職の墓をはじめ墓石が立ち並んでいる。しかし目指す石斎らの墓はそこにはなくて、境内の墓地の北側、寺の本堂等の後山中腹を整地した、まさしく高台に墓碑は並んで立っていた。そこは徳川家康墓所として「東照大権現」の石碑が立てられている左手に当る。家康の歯を葬るという家康の墓碑と並んでいて遜色がないほど、周囲を整えて然るべき配慮のもとにきちんと立っている。向かって右側に「惕斎先生仲君之墓」と刻む墓碑が、左側に「鵜飼石斎墓」と刻む墓碑が立っている。ともに南向す。石斎の墓石は灰色、惕斎のは赤茶色で、墓石の大きさは石斎の方が惕斎より一回り大き

く、高さ約一・二メートル、巾約〇・三六メートル。本来、別々にあった二つの墓碑が今、このように並ぶ佇いに違和感はない。恐らくは関係者の相応の配慮と細かな配地の工夫がなされたのに違いあるまい。

移設前の墓地跡を尋ねる道は、確かにもはや人の踏みしめることがなくなった、雑木の混じる杉林の小さな山道を登るものであった。まだ降りしきる山道にもかかわらず、住職夫人は案内を続けて下さった。歩くこと数分、道の左手、山側の空間を指さして、石斎の墓があったのはこの辺りかと言う。確かにそこだけはまだ樹木が生い茂っておらず、しかも山の斜面に石を並べて段状にした石積が残る。北に登る石段からすれば、墓は今と同じく南向して立っていたと確信する。惕斎の墓の跡はそこから数分、しだいに小道は荒れて行き止まりと思われる辺りであった。かろうじて石片がその名残りかと疑わせるだけで、倒木も存する場所は完全に林の中に同化していて、見分けがつかない。墓が埋もれてしまうという状況のもと、墓を移したとする説明は、雨が倒木や落葉を濡らすなか侘しくもあったが、かかる形で墓が移り残ったことに、石斎や惕斎は何を思うかとしばし感慨にふけった。

中村惕斎の墓については、門人増田立軒の「惕斎先生行状」に「洛の艮隅、一乗寺村圓光寺の後山、方丈を距つること東北百八十歩許の処に葬る」と記す。『京都名家墳墓録』（一九二二年刊）には、「一乗寺村、（圓光寺の）庭前より後山に入る、約三町処に在り、一域を劃し東西一間南北三間石欄を構へ、中に円形に石も囲み、墓標とし其前に一碑を建て…

…」と説明する。柴田篤『中村惕斎』（叢書・日本の思想家11所収・一一二頁。明徳出版社　一九八三年）の中に惕斎の墓の写真（平凡社刊『日本博物学史』より）を掲げており、それを参照すればその原形を概ね偲ぶことができよう。

石斎の墓石には、碑の左右の側面と碑陰に、陳元贇（一五八七―一六七一）撰の「貞節先生藤原鵜飼信之墓志銘」を刻む。その初めには出自と学統を次のように記す。

　貞節先生は藤原氏、鵜飼諱は信之、字は子直、別に石斎と号す。其の先は江州甲賀の人なり。父名は真元、母は中路氏、元和元年正月十五日先生を武州江戸に誕ず。幼にして聴敏、長じて学を嗜み、質直にして義を好み、那波道圓を師とす。博く六籍を綜し旁く百家を捜し、硯田に朝夕し芸圃に寒暑す。故に又自ら称して心耕子と為す。

貞節先生とは、孟東野の私謚貞曜と陶淵明の朝謚靖節の両字に取り、貞節と謚するもの。陳元贇はその銘文に、『易経』坤、節、豫三卦の爻辞を以て貞節に込める意味を示している。

　坤の六三に曰く、章を含みて貞にす可しと。節の六四に曰く、節に安んず。亨ると。豫の六二に曰く、石に介すと。惟れ其の石に介す。是《ここ》を以て貞に節なり。嗚呼、先生の道は易に合せり。

石斎の号に含む操守堅貞の姿勢こそ、貞節の由来するところだとし、その生き方について進退の時宜を指し示す易の道を体現したと称える。日本に亡命して来た陳元贇は時に七十七、八歳、親子ほども離れて交わり、五十歳で没したこの後輩の生き方を、墓誌銘とは言えその文辞は心からの共感を抱いて記しているように思う。

石斎の出処と平生について、墓誌銘は次のように述べる。

> 摂州尼崎城主青山公聞きて礼して之を致し、遂に禄を受く。時に正保三年なり。既にして先生仕ふるを樂《ねが》はず、進みて禄を万治三年に辞し、而して京国に退居す。一に徒に授くるを以てし、和訓の述作を事と為し、箪瓢屢しば空しと雖も、恬如たるなり。其の生平の点釈並びに著述鋟梓して以て世に行はれ、段々後学を迪くこと数百千巻なり。蓋し将に此れを以て自得して足れりとせんとし、其の名利紛華に於けるや泊如たるなり。

十五年に亙る出仕の事跡よりも、退隠して貧窮にあって講学と述作の生活をよしとする姿勢を強調するのは、石斎が本来、仕に恬淡たる生き方を志向したことを示すのであろう。そして石斎のもっとも精力を傾注した成果として、「和訓述作」「点釈并著述」を挙げ、その多さを数百千巻と記して後進に稗益した大きさを評するのは、あらためて注目したい事業である。このことの有する意義の重要性はいかほどか。後に『先哲叢談続編』巻一にはかく記述する。

> 万治寛文の間、学者有りと雖も、書を獲るに艱み、経史百家と医卜釈老とを論ぜず、概ね舶来の者を以て、其の考援に充つ。故に之を翻刻する者も、元禄宝永以後の手を下し《（ママ）》易きに及ばず。石斎能く時態を識り、有力の書を翻刻するを以て先務と為す。

所謂和刻本の刊行すなわち原書の覆刻とともに訓点を付するという翻訳の要素を併せ持つ漢籍の刊行は、学問の基盤の整備と普及において多大の役割を果たした。石斎はその必要性を認識し、書肆の求めに応じて刊行に尽力した。言わば時代の転換に関わったことになる。しかも評価すべきは書物の多さだけではなく、その訓点の質の高さにある。

私が鵜飼石斎の名を意識したのは、『朱子語類』の和刻本に拠ってであった。大学院に進んで『朱子語類』を授業で読む際、その旧白話の文章をこなす上で、江戸の唐話学の成果を参照することがある一方、和訓の読解における不十分さと瑕疵をあげつらう例が多くあったのは、已むを得ないことであった。しかしながら、江戸初期にあって『語類』に訓点を付した学者の読解力は、もとより並大抵のものではないと印象づけられた。その後、明の蔣之翹注『柳河東集』『韓昌黎集』や邵寶注『杜詩分類集註』袁黄『歴史綱鑑補』等々の石斎の訓点本を見ては、そのすごさを痛感し、『詩林広記後集』を見ては石斎の業が鵜飼錬斎に継承されたことを実感した。さらに石斎が関わったとされる『鼇頭評注四書大全』の訓点とともに、頭注を支える読書の質と量とに強く興味が引かれた。

羅山の諺解に石斎が増補した『古文真宝諺解大成』は今なお価値を失わぬとされるが、石斎の没する前年、寛文三年（一六六三）七月と明記する石斎の「古文真宝諺解大成跋」の終りには、自らの増補の態度を次のように説明している。

或るひと謂へらく、子の輯する所は、羅山に別たず、且つ引拠広からず。未だ全備せざるに似たるは、何ぞや。答へて曰く、余の得る所は、則ち羅山の失ふ所なり。必ずしも其の説を執拗せず。蓋し将に其の許す所に在らんとす。我は只だ其の章句を成し、道理を壊すこと莫からんとするのみ、何ぞ更に多岐亡羊して、人の視聴を糊せしめんや。夫の文中に意を生じ、言外に味を覓むる若きは、則ち自得すれば可なり。

石斎の訓点の確かさを支えている、見識の一端がうかがえるように思う。しかも「心耕隠客　鵜信之書」と識す。さればこそ、あらためてこの人物の人となりと学問を表章したい思いに駆られるのである。

吉川幸次郎氏は石斎の訓点の正確さを推奨するに際し、「陳元贇の直接あるいは間接の助力によるものと想像する」と記したことがあるが（『吉川幸次郎全集』第十七巻、「受容の歴史」三十一頁）、今、陳元贇の撰する墓誌銘を目の当りにして、石斎との繫がりを一層強く感ずる。それと同時に若年より培って来たその「読書」の学を強く再評価してみたい。

圓光寺の境内は、洛北で最も古い庭池とする栖龍池を中心にすがすがしい。また長く南禅寺派尼寺であった歴史を有するせいか、どこか優しく和いだ雰囲気も漂う。現住職は十五年前に、荒廃しつつあった寺を再興すべく、請われて肥前三岳寺より来られた由。三岳寺は前述のように三要元佶の開山、まさにその縁によってである。

今、石斎・惕斎の墓は眼下に京洛を一望する高台に立つ。墓前に香を供えれば、雨は上がり日が射してきた。その眺望は格別である。近くの金福寺の後山、波切不動の裏手にある石川丈山の墓は本来、眺望のよい地に立つが、現況は樹木の中にあって見晴らしはきかない。金福寺内、芭蕉庵からの眺めは知られていて、蕪村には「冬ちかし時雨の雲もここよりぞ」の句が存する。また高浜虚子は境内の蕪村の墓に参った折の句として、「徂《ゆ》く春や京を一目の墓どころ」の句を残す。発句の心得なき者のつらさ――。されば、両句に借りて、

冬ちかし京を一目の墓どころ

鵜飼石斎（補遺）

前輯「鵜飼石斎」において、京都一乗寺の圓光寺に存する鵜飼石斎の墓の現況について記した。その展墓の直後、墓碑の傍に墓誌を刻む二枚の石版の詳細を知りたく、圓光寺古賀住職に問合せたところ、拓本を取る予定と伺った。四箇月後実際に忝くもその送付に与った。ただ不馴れな方の手になるということもあって不鮮明であったが、それを手懸りにして翻字を試み、その上で再度圓光寺を訪れて石版を確認した。ただ、それでも欠損して判読できぬ文字も存している。

縦約〇・三三メートル、横約〇・六〇メートルの二枚（便宜上（A）（B）とする）の石版のうち、（A）には一行十六字の行格で十六行、石斎の事跡を刻み、末行に「甲辰仲秋上浣三日」に誌すとある。寛文四年（一六六四）八月三日である。寛文四年七月二十一日に没した石斎を、「洛東新黒谷山塔の北百五十歩に葬むる」際の墓誌であることに疑問の余地はあるまい。ただもう一枚（B）は体裁は全く異なっていて、中央に「鵜飼石斎府君墓誌」と大きく刻み、向かって右には「延寶五年丁巳十一月十二日改葬圓光寺」と刻し、左には草体で「後乃世に山くつれ墓やふれ／この石あらはれなはあはれ／みておほひたまへ」と三行に刻する（読解に当り、白石智津子氏を介して書家の山澤幸子氏のご教示を恭くした）。寛文七年（一六六七）圓光寺が移ってきた後、延宝五年（一六七七）十一月十二日に改葬したことを記す。山中にあることから、後世における崩壊を懸念して墓を整備したことをうかがわせる。

二枚の石版は石斎の墓誌としてもともと墓の中にあったもので、墓が樹木の根によって崩れかかって移築されたことから、目にし得ることになった。墓誌としての役目はまさにここに存したと言ってもよい。これによって石斎の墓の来歴を確認し得る。

この「墓誌」は、陳元贇撰の『墓誌銘』とともに、石刻資料に拠る以外、今日他に所謂碑誌伝状の文を伝えていないことから、石斎の伝記資料として基礎資料となろう。因って「鵜飼石斎墓誌」として石版(A)を掲げることにする。本文中の空格はそのまま尊重するが、碑面の行格には従わず、適宜句読を付した。また、陳元贇の手になる「墓誌銘」は寺田貞次著『京都名家墳墓録』(大正十一年)五五六〜五五七頁に全文を収めているが、文字(翻字?)の脱誤があって、文意が通らない箇所が存する。碑面の見にくさにも起因すると推せられ、実際筆者も同じく見誤り、今般拓本と照合することによって誤りを正せた文字もあった。従って、この「墓誌銘」についても、石斎の伝記資料としては一級資料と目せられることを勘案し、あらためて全文を掲げる。墓碑の左右の側面と碑陰に刻む。碑面本文の行格は一行三十字であるが、それには従わず、適宜句読を付した。

圓光寺住職古賀慶信師のご高配に深謝申しあげたい。

〔鵜飼石斎墓誌〕

公姓藤原氏鵜飼、諱信之、字子直、石斎其号也、或称心耕叟。其先江州甲賀人也。考名真元、妣中路氏、元和乙卯正月十五日産於武州江府。壮娶湯本氏之女、有三男、伯俊仲昌季泰。公性直而無屈、学而不怠、多閲経史、能属詩文。且所加訓点之書殆千巻、所述作者亦数十巻、鋟梓而共行於世。公之有功於闔?國之諸生也不少矣、其名鳴盛世。初仕尼崎城主青山氏、後有故而去、病没於京師。實寛文甲辰七月廿一日也。行年五十。相議私謚　貞節。遂葬洛東新黒谷山塔北百五十歩。悲夫、何假年之尠、而使我輩哀悼。嗚呼。誌曰、

命哉無奈　嗟埋玉樹　勿発勿毀

貞節之墓

甲辰仲秋上浣三日　□?菴長澤堅節謹誌

〔貞節先生藤原鵜飼信之墓誌銘〕

貞節先生、姓藤原氏鵜飼、諱信之、字子直、別号石斎。其先江州甲賀人也。父名真元、母中路氏。元和元年正月十五日誕生於武州江戸。幼而聡敏。長而嗜学、質直而好義。師那波道圓、博綜六籍、旁捜百家、朝夕硯田、寒暑藝圃。故又自称為心耕子。寛永十八年辛巳娶湯本氏幸勝之女為妻、生三男、伯俊仲昌季泰。仲昌篤志於学、有父風、継志述事、咸属望焉。久之先生学彌精、声益著。摂州尼崎城主青山公聞而礼致之、遂受禄焉。時正保三年也。既而先生不楽仕進、乃辞禄於万治三年、而退居京国、一以授徒、和訓述作為事。雖箪瓢屢空、恬如也。其生平点釈并著述、鋟梓以行於世、而啓廸後学不下数百千巻。蓋将以此自得而足、其於名利紛華泊如也。寛文四年甲辰季春、先生病瘇、更数医不効。卒於七月廿一日正寢。享年五十。凡属同袍者、靡不悲悼。諸孤卜葬於洛東新黒谷山塔之北百五十歩、為兆域以安厝焉。諸孤門人私謚為貞節、欲題於石、誌而銘之、為変遷慮。以賛与先生久要友也、乞

銘志於余。余蹙然謂之曰、昔孟東野之卒也、門人私謚貞曜、陶元亮之卒也、朝命公謚靖節。今合二先賢公私之謚為先生謚。此不特士林之美称、亦知己之願望也。贇雖不斐、可無銘乎。

銘曰、是刻古鏤今、嘉恵後学之君子。是難進易退、不佞於時之正人。是出不希寵、処不憂貧之高士。坤之六三曰、含章可貞。節之六四曰、安節、亨。豫之六二曰、介於石。惟其介于石。是以貞而節。嗚呼、先生道合於易。

旹

寛文四年甲辰仲秋上浣三日

大明虎林既白山人陳元贇謹撰

六　宇都宮遯庵

七月下旬岩国の錦川は水嵩を増し、錦帯橋の附近も濁流と化して、鵜飼を行うには程遠い状況にあった。午前中までは豪雨と突風が吹き荒れたと聞けば、得心が行ったが、この激流に掛かる錦帯橋の強靭さもまた目の当りにした。周防岩国は錦川城山の景勝と錦帯橋の奇観で知られ、この日も観光客で賑わうが、まずは岩国城下の地形の骨格を確かめたい想いに駆られた。

岩国は関ヶ原の戦の後、吉川広家が岩国を城地と定めてその経営を始めたときから歩み出すが、山上に城郭を築くことが認められたのは僅かの間で、結局岩国を貫流する右岸横山に居館・治所を設け、左岸錦見に侍屋敷・町屋敷等城下町が広がった。錦帯橋は横山と錦見との間に架かる橋であって、この城下町の要衝である。橋脚の構造に工夫を凝らし五橋の反橋を繋ぐ錦帯橋の構想に、三代藩主吉川広嘉《よろよし》が招いた黄檗僧独立と独立が所持した『西湖志』が関わったという説を承知はしていたが、いかにもこの藩の治政を象徴するものであったことが実感できる。

錦帯橋を渡って横山に入ると、城山との間には吉香公園を中心として旧吉川邸・吉川家墓所を始め史跡が整備され、老樹の緑も深く堀が残り、当時の区割りの名残りと佇いを感じさせる。ロープウェーを使い城山に登れば岩国城が復元されており、眼下に旧城下の地を一望できる。錦川の流れを間にして城山と岩国山とが対峙するという山川の形勢は、この地の景観を支える骨格である。しかし横山の地に比して対岸錦見から岩国山への一帯は、一目見て開発の波がかなり及んでいる。

宇都宮遯庵の晩年の文章に「極楽寺亭子記」がある。横山の南端、万黒谷にあった極楽寺からの眺望を記す。[1]「宝永三年（一七〇六）歳次丙戌夏五月中浣　宇遯庵的　行年七十四載　病中に筆を把る」と識すこの文章は、錦帯橋（凹凸橋）のさまと岩国山方面の城下の風景を述べる。遯庵の筆も冴え当時の情景を髣髴とさせてくれる。

川の左右両堤の下、小文石磊々として玉を散すが如し、平白砂明々として銀を鋪《し》くがごとし。其の潔清なるや、筵席無くして坐すべし。堤畔人家に傍《そ》ひて松杉花竹を植ゑ、雑然として画本の如し。尤も奇なる者は凹凸橋なり。長さ七百尺強、大石を畳み、木板を架し、以て激湍の上に通ず、其の両端わづかに柱を用ゐる。橋形高低あり、渡る者雁歯を踐みて升降す。之を凹凸と謂ふは、模様の似たるを以てなり。また錦帯橋と曰ふは、錦見の里に近きを以てなり。此の橋、闔閭各地の中間に在るが故に、輿馬人民の往来絡繹たり。彼の崔嵬魏業なる者は磐国山なり、万葉集以来の歌詠載せて陳編に在り。山の半腹に神宮あり、山足に華表を建つ。華表より神宮に距《いた》る登陟の路、長坂両行に樹《う》うるに桜木を以てす。春艶錦屏に向ふが如し。花表以南は士庶商賈の家、門々相並び軒々相接す。山の東方は則ち海なり、島雲陰晴し変化窮まらざるなり。山の西面は、則ち君公の殿堂倉廩府庫、及び諸臣の第宅等あり。（原漢文、以下同じ）

この記には、続いて夏の夜に錦帯橋附近で涼しさを求めて興ずる人達の様子にも言及する。今は鵜飼舟を浮かべて遊ぶが、夏の夜を楽しむ姿を想い描くことができて面白い。

もしそれ開花の時、積雪の朝、其の興尠なからず。なかんづく人の慰悦を同じくする者は、風涼の夕、晴月の夜なり。是の時に当りてや、凹凸橋辺河東河西の水際、浩々たる砂石の上、貴賤老少、涼に乗じ遊遨する者、幾多の人なるかを知らず。行厨行竈《あんちうあんそう》、杯盤狼籍たる中、歌謡の発する処あり、糸竹の響く処あり。

宇都宮遯庵、寛永十年（一六三三）二月晦日生、宝永四年（一七〇七）十月十日没。後に言及する墓誌銘に拠れば、諱は由的、一名は三近、遯庵と号し、藤原姓である。号は他に頑拙を用いる。十七歳より京都に遊学、松永尺五に師事、明暦三年（一六五七）君命により藩に帰り、吉川広純（広嘉と改む）に従った。広嘉は寛文三年（一六六三）家督を相続するが、この間、遯庵は広嘉の病気療養に従い、京都に上る機会もあったらしい。延宝三年（一六七五）頃、その著『日本古今人物史』中の中川清秀伝に因り忌諱に触れ、謫居を命ぜられる。その後、赦されて京都に上って講学と著述の道を歩む。元禄四年（一六九一）帰郷、横山に家屋敷を拝領、藩主に学を講じまた家塾で郷党子弟を教えた――。その略歴は以上のようなことであるが、不明な点も少くない。

さて、遯庵の墓は、錦見琥珀の普済寺にある。老舗のホテルに着いて早々に寺の所在を若い従業員に尋ねたが不明、事前に調べた地図を便りにタクシーに乗車、今度は簡単に寺の前に着いた。錦帯橋から徒歩約二十分程の距離。ただ寺の塋域には、山門の前から横手、そして裏手一帯小高い丘に至るまで墓石が広がっている。本堂は新しく、建て直されたことをうかがわせるが、林立する墓石の数に圧倒される。本堂入口に「普済寺喚鐘銘　宇都宮遯庵由的」の案内が掲げられていて、この寺と遯庵との関わりに不安感は消えかかったが、遯庵の墓の所在は見当もつかない。生憎、寺の住職も家人も不在で確認のすべもないままに、夕暮れの蒸し暑さの中、墓域の四方を探し回る。だが、その手掛りすらつかめず、他の墓域にまで足を踏み入れる始末、蒸し暑さはひとしおであった。

翌朝、再び寺を訪ねると、庫裏の入口に老婦人がすでに立っていた。前夜、ホテルから電話で墓の位置を尋ねたのに対して、快く案内に応じていただけたものだが、門口に立っての出迎えに直ちにその人柄に触れる思いがした。実際、普済寺の秋本康子師は、寺の由来によく通じ、またそれを大切に伝える思いに溢れた人であった。秋本師が平成十三年四月一日某誌に寄稿された「岩國山普済寺と塋域の由来」と題する約一千字ほどの記事には、寺の建立を次のように説明する。

普済寺山は全光公（吉川広家）が森脇飛弾守春方に賜った所で山下に無量寿山という古刹があった。いまの普済寺はその大寺の再興と伝える。当時は七堂伽藍を備えていたが荒廃し住職は洲鶴和尚であった。寺の用材は飛弾守春方の家の用材に転用されたと思われる。（中略）飛弾守春方は慶長六年二月（一六〇一）その地に小庵を建立開基となる。元和年間（一六一五頃）岩国山普済寺と寺号を申請、また藩祖に請うて藩士の墓地とした。春方は随浪公（吉川元春）父子に従って屢々奇功をあらわし岩国城本丸の城代となり老後剃髪して玄角と名乗る。

秋本氏は私を本堂に誘い、その入口左上半鐘を指さし、遯庵撰述の「普済寺喚鐘銘」のことを説明される。とくに自らその訓釈に取り組まれたとし、書写した写しを示された。貞享元年（一六八四）七月哉生明（三日）と末尾に識す銘文を訓ぜられた筆跡は、篤実以外の何者でもなかった。

遯庵の墓は寺の周囲に広がる墓群の中ではなく、寺の塋域としては入口左手小道沿いの小高い林の中、斜面を一気に登って行った先にあった。後に普済寺山の南端の丘、家老今田氏一族の墓地がある「射場ヶ岡」の一角になることを知った。遯庵の墓石は宇都宮氏一族の墓石とともにあったが、ほぼ中央に「遯庵宇都宮先生之墓」と刻まれた墓碑はすぐに目に入った。やや右に傾いてはいるが、他の墓碑に比して、最も鮮明で、かつ隷書体の文字は特有の品格を

感じさせるのに十分であった。墓碑の側面と碑陰には墓誌銘が刻まれていたが、それを読み出したとたんに蚊が押し寄せて来た。しばし我慢しようと思ったが無理であった。そもそも昨晩の電話で訪問の時間を打合せる際に、日中の暑さを慮って午前の早い時間を口にしたが、言下に蚊の多さを注意されたことを思い知るはめになった。十時過ぎではあったが、蚊は容赦はなかった。それでも墓石の前で、引き上げるのを逡巡する私に、秋本師は「ゆっくりしたいのなら冬二月」と言われ、坂を降り始められた。心残りながら、真夏の展墓に蚊が大敵となることをあらためて思い知らされた。

「遯庵墓誌銘」は「宝永四年（一七〇七）十一月二十九日京師松崎祐之謹銘并書」と識すが、松崎祐之（号蘭谷）は伊藤仁斎の門人である。ここに遯庵の墓誌銘を記すに当り、「祐之や先生に於いて弟子の礼を執る者なるも、今其の親戚の求むる所に因りて、敢へて辞せず」と述べる。遯庵は子の三的（字は文輔、圭斎と号す）を元禄十四年（一七〇一）伊藤仁斎に従学させた。仁斎は宝永二年（一七〇五）に没するから最晩年の門人となる。松崎蘭谷がここに墓誌銘を記すのはかかる交渉も反映するのであろうか。因みに子の宇都宮圭斎は享保九年（一七二四）四十八歳、京都で客死、伊藤東涯がその墓碑に記したことは『先哲叢談』にも載る。圭斎の墓碑については後に言及する。

その墓誌銘中に、遯庵について次のように記す。

其の平生他の嗜好無し。盛暑厳寒と雖も、手巻を輟めず。故に聖賢百氏の文章議論より詩賦歌詠稗雑の説に至るまで、修めて覈せざるなし。学邃く才宏くして、当世推して和漢の通儒と為す。晩に州に帰り、君禄を加ふること若干、其の資用を助く。其の性仁厚楽易にして、未だ曽て物に忤はず。貧富歓戚悉く之を心に置かず。所謂有徳の君子なる者なり。著はす所数万言、世に行はる。（原漢文）

ここには、遯庵が読書博学の人であり、温和にして富貴に恬淡、有徳の君子とするが、「徳有る者は必ず言有り」（『論語』憲問）の通り、著書の多さに言及する。私はこの墓誌の文章中、とくに「修めて覈せざるなし」とする「覈」の字こそ、遯庵の学問の性格と著述の特質を示すものとして注目する。遯庵は「覈」すなわち研覈の人と称して言い過ぎではあるまい。それは博学にして著述の多さを支えるものとして作用するだけでなく、著述の有り様にこそ反映されているのではないか。

『頭書錦繍段抄』の評価の高さはすでによく知られる。今、架蔵する遯庵の著書を挙げて行くと、『鼇頭評註古文前集』（寛文五年八月跋）『鼇頭近思録』（延宝五年四月跋）『小学句読口義詳解』（延宝六年九月跋）『蒙求詳説』（延宝八年六月跋）『七才子詩註解』（元禄二年二月序）等、初学者の入門書また基本図書の詳細な註解と考証の書である。すでに中国の学者が注解を附した書についてさらに註を増補し考証を加え、版面の上欄に細字を以て附する体裁をとる。「標註由的」「蝨《しらみ》先生」と称せられる所以である。『先哲叢談』四に所載する一条はそれを記してよく引かれるもの——。

遯庵は博学にして著書多し。四子及び諸書に於いて標註を著し以て初学に便す。時に標註由的と号す。又或いは蝨先生と称す。蓋し其の標註皆な蝿頭の細字、猶ほ蝨の衣に著するがごとしとしか云ふ。

遯庵の著述の有り様に対するかかる揶揄については、周防に隣する岩見国津和野出身の森鷗外が、次のように弁護することで十分であろう。

作者の名の為めに作らずして道の為めに作るや、論を須たず、されば述者たらんものも、道の為めに述ぶといふことを忘るべからず。宇都宮由的なりきと覚ゆ。多く頭注の書を著して世の人に謗られたり。されどそを謗りし人の中には、実は彼《かの》頭註の書を帳中に蔵したりしもありきぞ。さらば由的たるものは、謗らると雖《いへど》も憂へずして可ならん。（『心頭語』二一・明治三三・二・八、『鷗外全集』巻二十五所収）

「曲れる作者たらんよりは寧ろ直《すぐ》なる述者たれ。拙き著者たらんよりは寧ろ巧なる翻訳著たれ」（同前）と記す鷗外にとって、遯庵の「頭註」の事業は、述べて作らずの典型として意識されている。

明和六年（一七七〇）刊『古今諸家人物志』は遯庵に次いで毛利貞斎を並べるが、『古今諸家人物志』を訂正増補する寛政四年（一七九三）『諸家人物志』は同様に二人を並べるとともに、毛利貞斎の条に次のように説明する。

（貞斎は）諸書俚諺抄ヲ著シテ梓行スルニ皆自ラ筆ス。其敦厚ナルヲ見ツベシ。著述甚タ富ミテ、業　宇遯庵ト雁行ス。

遯庵と貞斎を並べるのは明確な意図を有しており、その「業」を同等と評価するのは、単にその著述が多いことを指すのではなく、貞斎の俚諺抄と遯庵の標註という著述の有り様を捉えてのことである。前輯に鵜飼石斎の「和訓の述作」の意義と諺解の質の高さを表章し、それを支えた「読書」の学を再評価したいと述べたが、遯庵と貞斎についてもその述作の意義と質の高さを重く位置づけたい。

元禄十六年（一七〇三）正月、遯庵の晩年の刊行になるが、『頭書童蒙須知』という僅か十四丁より成る小冊子がある。その奥付には

朱考亭の童蒙須知は、子弟日に之を用ゐて欠く可からざる者なり。余常に講じて以て家訓と為す。（原漢文）

と識す。『童蒙須知』は朱熹の撰とされるが、本来いつ刊刻されたのか不明であり、かつ短小の一篇で単行本はほとんど見ない。元に編纂された『居家必用事類』甲集「為学」の冒頭に収めるのが代表的なもので、『居家必用事類』は寛文十三年（一六七三）に和刻本が出版されている。衣服冠履・語言歩趨・灑掃涓潔・読書写文字・雑細事宜の五つから構成される。児童の飲食・言語・行動・学習等、日常の基本的事項の心構えを説く入門書である。遯庵のこの書は「頭書」とあるように、他の標註と同様の体裁で述作する。『童蒙須知』を家訓とまで重視して用い、しかも遯庵の述作の特徴とする「頭書」を附して単行したのは、遯庵の学問を考える上で注目に値しよう。そもそも朱子学の

受容、学び方という点からも、遯庵が『童蒙須知』を尊重したことは留意しておかねばなるまい。『童蒙須知』の中で学問に直接関わるのは読書写文字の条である。とくに読書においては、朱熹のよく知られる言葉を掲げている。

古人ノ云ク、読書千遍其ノ義自ラ見ルト。読ミ得テ熟スルトキハ、則チ解説ヲ待タズ、自ラ其ノ義ヲ暁ルコトヲ謂フナリ。余嘗テ謂ク、読書ニ三到有リ。心到・眼到・口到ヲ謂フ。心此ニ在ラザルトキハ、則チ眼子細ヲ看ズ、心眼既ニ専一ナラザレバ、却テ只ダ漫浪ニ誦読スレバ決シテ記スルコト能ハズ。記スレドモ久シキコト能ハズ。三到ノ中、心到最モ急ナリ。心既ニ到ラバ、眼口豈ニ到ラザランヤ。（原漢文）

遯庵はこの冒頭の「古人云」に頭書して、「性理大全。朱子曰、書只貴読。読多自然暁」と注する。「書ハ只ダ読ムコトヲ貴ブ」とは簡明直截、遯庵の子弟に対する教示が集約されているように思う。

それにしても、松永尺五に学んだ遯庵が、『童蒙須知』刊行の二年前、子の三的を伊藤仁斎に従学させた理由は那辺に存したのであろうか。遯庵は仁斎とどのような交渉を持っていたのだろうか。遯庵の交遊関係をあらためて調査する必要を感じながら、冬もう一度遯庵の墓に香を供えたい思いを強くする。

遯庵に関する右の小文を記し終って入稿後、京都に客死したその子の圭斎の墓のことが気になり、急遽京都に出かけた。このことが結果としてまた世の転変に立ち会う予感となって作用した。

圭斎の墓は百萬遍知恩寺にある。京都市左京区田中門前町、京都大学の北側、今出川通をはさんで北に位置する。御影堂の裏に法然上人の廟すなわち圓光大師廟があり、独特の念字門を入口にして静粛な雰囲気を漂わせる。墓域は御廟を真ん中にして東西に拡がっている。圭斎の墓は東部墓域、寺田氏の『京都名家墳墓録』（一九二二年）には、「第十七墓列東端より第三墓列の南道より北へ二十四歩の処に位し東面す」と記し、また同所、圭斎の墓の北にはその子玉山の墓も立つと記す。

墓列を数えて墓碑を確認して行くが見つからず、何度も往復する。墓列の対象を拡大して、東部墓域の半ば以上の墓石を見るも一向に手掛りが得られない。江戸の年号を刻む墓碑もあり、碑の表や陰が剝落した墓石がある一方、平成の新たな墓石も混在して立っている。伊藤東涯が墓碑銘を撰した享保元年の原芸庵の墓石は確かに立っているが、同じく東涯の撰した墓碑銘を刻む享保九年の圭斎の墓は失われたのか――。一時間をはるかに超える墓列の中の行きつ戻りつは、終に徘徊に近くなった。最後に、東端の北隅と南隅に集められた墓石の山に目をやった。寺の言う「無縁さん」の墓石であるが、その数は少くない。そして圭斎の墓はその中にあった。北隅に集められた墓石群の中に「圭斎」の文字を発見したとき、失望は忽ち衝撃に変った。

重なり合った墓石の中にある墓碑は、傍の石片を動かすと、「圭斎宇都宮」までは読める。墓碑の表には「圭斎宇都宮君之墓」と刻むはずである。また碑陰と側面には東涯の墓碑銘を刻むはずであるが、側面には確かに文字を刻むも、刻むことを確認できるのが精一杯である。この墓石がさらに奥の中にあったら、また墓石が小さかったら、埋没したまま

に目にすることができなかった――、そう思えば、今私がこの機会に恵まれたのも、遯庵と東涯とに導かれた小さな縁の糸に依ってである。

　東涯の「圭斎宇都宮君墓碑銘」（『紹述先生文集』巻十三）は次のように書き起す。

　享保九年甲辰八月二十日、宇都宮君文甫京師の僑舎に卒す。年四十八。月踰えて子由己も亦た殞す。唯だ遺孫有り、希道と曰ふ。生れて僅かに半歳、親朋適〻京に在る者相与に後事を経紀し、小石碑を立て銘を予に問ふ。

（原漢文、以下同じ）

圭斎の子の由己も圭斎の死の僅か一箇月後没し、孫の希道のみが遺されたことを知る。由己については、この墓碑中に「飯田氏の子を養ひて嗣と為す」とあるが、『京都名家墳墓録』には由己の墓に「玉山宇都宮君之墓」と刻むこと、また左側面に「君　諱は由己、字は文平、玉山と号す。周防岩国の人。享保九年九月二十四日京師に卒す。享年三十」と刻むことを記す。しかしこの由己の墓石は今は見当たらぬままである。遡ってこれより六年前、由己に先立って知方が夭逝したことを、やはり東涯の撰した「〇〇《ママ》宇都宮生碑陰銘」（『紹述先生文集』巻十四）に拠って知る。「君諱は知方、字は文蔵、姓は宇都宮氏、防州の産、遯庵先生の孫なり。父文甫に随ひて遊学して京に在り。材あって学を嗜み、将に祖武を縄《つ》がんとす。今や夭す。噫《ああ》。時に享保三年戊戌九月二十六日なり。享年二十二」と。遯庵はその学問の後継者として期待した子の圭斎、孫の由己・知方を相継いで失ったことになる。

ならばこそ、この墓碑に刻む圭斎と由己の死に対する東涯の哀惜の辞は、まさに沈痛無念の思いそのものである。

　惟れ昔遯庵先生は松永の門に学び、経を講じて徒に授く。久しく輦下に在り、人の師尊する所となる。君（圭斎）夙に家庭の訓を承け、兼ねて先子（仁斎）に従ひて遊ぶ。天資楽易にして、善く人と交はる。家世〻吉川家に防州岩国に臣事す。郷人学に嚮ふに、君　力有り。近ごろ痞積の疾を患ひて、医に京師に就き由己を携して来たり。予に従ひて学ば使め、日々親炙して志鋭に業勤む。其の克く祖武を縄ぎて以て偉器を成さんことを庶幾す。意はざりき相継ぎて淪謝せんとは。聞く者惋惜せざること莫し。君の墓に銘ずるも亦た由己の志なり。因りて系くるに銘を以て曰く、華京に生まれ、華京に終る。周防に家し、周防に宦す。一経尚ほ存す、遺孤藐たり。芳躅を訪はんと欲せば、此の岡阡を視よ。

東涯からすると圭斎は数歳下の弟と言ってよい歳の違い、由己や知方はさらにその末弟とほぼ同年に当る。仁斎亡き後、東涯は弟たちの師でもあった。仁斎の学派は東涯によって充実、発展して行ったと言ってよい。遯庵が圭庵を仁斎に従学させた意図は、東涯と交わらせ、切磋琢磨することを期待してのことではなかったのか。知方の字は文蔵――、伊藤の五蔵と称され、東涯ら兄弟がともに「蔵」を以て字することに重ねたくなる。圭斎が疾を得て由己を伴い京に上り東涯に従学せしめたのは、由己の大成を東涯に託したものと理解できる。東涯の墓誌銘は、遯庵から圭斎、圭斎から由己に期待された学問の継承とその取組を知り、それと密接に関わった者の文章である。銘文は明らかに生まれて六箇月の由己の遺児に三代の思いを託して記すが、「芳躅を訪はんと欲せば、此の岡阡を視よ」と結ぶのは、何という言葉か。この墓碑こそが幼い者へ父祖の行跡を伝え続けるということになる。

墓碑の末尾には「孝孫希道　伊藤長胤謹撰」と刻するとは『京都名家墳墓録』の記録に基くが、それを確認するには、墓碑の大部分は他の墓石の中に隠れている。密に重なり合った墓石の中で、圭斎の墓石の右には、偶然か地蔵菩薩が並んでいる。頭部の欠損した岩肌の白さが痛々しいが、その表情は心打たれる優しさである。御廟の方向、西方を向いて地蔵とともにある圭斎の墓碑には、十一月にしては暑さの覚える西日が射していた。

註

（1）　桂芳樹『宇都宮遯庵』（岩国徴古館　一九七八年）に、岩国熊谷家所蔵の遯庵自筆の掛物によって「極楽寺亭子記」を紹介されており、それを参照した。

七　山井崑崙

下津町には紀勢線の駅が二つある。加茂郷と下津である。海南市を南に下ってまもなく、車窓の両側には蜜柑畑の木々の緑が目に入り出す。善福院の釈迦堂は、加茂郷駅からタクシーを使えば十分もかからぬ距離だが、山の頂き近くまで開かれた蜜柑畑の谷を奥深く入るかのような気分になる。実際、梅田の里と呼ばれるのにふさわしい。加茂川を遡り、小さな扇状地の奥の阪を少し登ったところに善福院はある。

善福院は栄西により創設されたとする広福禅寺五箇院の一院、今はこの善福院のみが天台宗の末寺として存する。その釈迦堂は鎌倉円覚寺舎利殿と同じく、鎌倉期の禅宗様式の典型として国宝に指定される。しかし、無造作に入口を開け放ったままの建物は、国宝という響きの荘厳さとは一切無縁であって、驚くほど質樸である。公道からすぐ、決して多くはないが急な石段があり、山門との組合せがこの寺の品を感じさせる。釈迦堂の二重屋根が、均斉のとれた落ち着きと広がりのある風格を与えている。

山井崑崙の墓は釈迦堂の裏手、墓域が広がる山の斜面をやや上った場所に立つ。西向きに立つ墓石と正対すると、右側は切り立った地勢の端で、釈迦堂を裏面から見下ろすことになる。これはこれでこの建築のよさを十分現している。

七月初旬、崑崙の墓に初めて香を供えに参ったとき、猛暑の日で陽が最も高い時であった。二重の台石の上に立つ

山井昆侖墓左側面から

山井昆侖墓

墓石は、小さいがそこだけは静閑であった。主石の高さは五〇センチメートルに満たないが、大字で「山井昆侖墓」とのみ刻む。「昆侖」の字に作るのが鮮明に残る。石の右側面に「享保十三戊申年」、左側面に「正月二十八日」、背面に「建立之　山井善右衛門」と刻んでいる。周囲の墓の多くは新しく、崑崙の墓の位置は、住職の案内がなければ容易には分らない。

四箇月後、再び墓参に訪れたとき、墓地にまで迫って植えられた蜜柑の木々が、蜜柑色というのにふさわしい早生の実をつけている。その中に存する墓石の佇まいは、蜜柑の木に対する気になる先入感は払拭されて、穏やかにして爽やかである。崑崙の墓の周囲にはとくに関わりのあるものは一切ないが、釈迦堂前の境内右傍に「昆侖先生墓表」の石碑が立っている。一行十八字の行格で十三行の漢文を刻み、末尾に「昭和十一年十月　後学　多紀仁撰并書」と刻む。そこには崑崙の略歴を次のように記す。

山井昆侖先生は加茂郷小南の人なり。名は鼎、君彝と字し、善六と称す。父周庵は医を以て業と為す。先生　初め藩儒蔭山東門に就き、後伊藤氏の古義塾に学び、既にして物徂徠の名を聞きて、往きて従ふ。其の学の淵源する所、以て知る可きなり。徴されて西條侯の文学と為る。曽て下野の足利学校に入り、宋本群経を讎校すること三年、七経孟子攷文を著はす。流伝して西土に至り、浙江学政阮元、獲て大いに悦び、序を作りて刊行す。其の十三経校勘記を著はすに、頗る材を此に取ると云ふ。
先生　積労多年、病を獲て郷に帰り、而して没す。実に享保十三年正月二十八日なり。享年三十有九。釈迦堂の後邸に葬むる。

昆侖先生墓表

碑文は、前年（昭和十年）の冬、同志と相謀って墓域を修し祀典を挙げ、後世に伝えるべくこの墓表を建てたと、その建立の経緯を記して終っている。

山井崑崙の名は『七経孟子考文』の事業を以て特筆されるが、その事跡を伝えるものは少なく、伝記を詳述した資料に乏しい。そうしたなか、昭和六年～八年、武岡善次郎氏が「西條文学山井鼎君事跡考」等、数篇の事跡調査の成果を公表したのを機に、森銑三氏がこの機運を助成する意図のもと、昭和八年「崑崙山井鼎事歴」（後に「山井鼎とその七経孟子考文」として昭和十八年『書物と人物』に所収。また、昭和四十六年『森銑三著作集』第八巻に所収）を発表している。これよりやや早く、狩野直喜氏が「西條侯の裔孫某子爵の旧蔵にして山井の手定献進本」を購得したのを機に大正十四年「山井鼎の七経孟子考文に就て」と題して講演、翌年「山井鼎と七経孟子考文補遺」（『内藤博士還暦祝賀支那学論叢』所収、後に昭和二年『支那学文藪』に所収）として発表している。また、昭和十二年には和歌山県教育会編『南紀先賢列伝』第一篇に「山井崑崙」の条がある。この墓表の建立による崑崙の称揚も、これらの研究のうねりと波動をともにするように推せられるほど、石碑の建てられた時期に興味を覚えた。

崑崙その人の人となりについて、同門の筆になる記事も極めて少ない。享保二年（一七一七）、太宰春台・安藤東野とともに根本武夷の生家を訪ねて、鎌倉に遊んだ折の紀行記は、崑崙の素顔の一端をのぞかせるものとして、専家が多用する資料となる。私はその中で、東野が崑崙の三癖として、とくに「古墓癖」を指摘するのに関心を禁じえない。

蓋し生三癖を居有す、而して古墓癖最も膏肓に入る。路に一葯蕘一農圃に遇へば、必ず古墓有るか否かを問ひ、而して後敢へて行く。好古の迂は、吾曹病を同じくすと雖も、而も余と太宰と、将に三舎を避けんとするなり。

（『東野遺稿』巻中「遊湘紀事」鎌倉諸遊第三）

これを目にすると、こうして先学の墓石を尋ねて、いま崑崙の墓の前にある私もまた、泉下の崑崙先生に「未だし」と笑われている思いがする。

崑崙の生年には諸説が存し、享保十三年（一七二八）の没年は動かぬものの、年齢は三十九歳から五十九歳までの幅が生じてしまう。私は元禄三年（一六九〇）生、三十九歳説を支持するが、ただし従来の研究以上に新出の材料を持つものではない。これに従えば、右の「古墓癖」を評される崑崙は二十八歳である。その十年後、享保十二年（一七二七）崑崙は紀州に帰った。折しも徂徠の側近くにいて、徂徠と崑崙との交渉を知り、崑崙の学問の有り様に関心を寄せ、その質の高さを敏感に感じ取っていたのは、宇佐美灊水（一七一〇―一七七六）であったと思われる。徂徠と縁故のあった灊水が徂徠のもとに入門したのは、前年の享保十一年十七歳のこと。灊水の「雑著」（『灊水叢書』所収、『近世儒家文集集成』第十四巻）は、この一年程の交りしかなかった先輩の崑崙について言及することが、明らかに目立っている。

灊水は『訳文筌蹄』の刊行の過程とその意義を述べるのに続けて、次のように記し始める。

紀州城下ノ山井鼎字君彝号崑崙仮称善六初メ京師ニテ東涯ニ従テ学問セシカ、訳文筌蹄ヲ見テ始テ大ニ驚キ、千里独歩シテ東都ニ来リ、徂徠先生ノ門ニ至リテ、弟子ノ班ニ列センコトヲ請フ。（中略）蘐塾ニ寓居ス。

記事は、徂徠の慫慂により根本武夷と足利学校に行き、三年に及ぶ讎校を経て『七経孟子考文』を著し、その進献に至るまでを記すが、次いでその帰郷と死去を記す。

翌年（享保十二年）母ヲ帰省シテ紀州ニ行ク。徂徠「与君彝書」コノ時ナリ。余　品川マテ行キ送リキ。ソノ翌年正月二十六日紀州ニテ没ス。赴　蘐園ニ来ル、徂徠ノ没スルニ後ルルコト七日、諸友甚惜メリ。

徂徠が没したのは享保十三年正月十九日、また崑崙の墓石に刻す死去の日は正月二十八日。ただ、この灊水の記事のいずれを疑うよりも、「諸友甚惜メリ」の一句を重く受けとめたい。それは、崑崙の死が徂徠一門にとって大きな損失であったことを意味する。そしてそのことを最もよく知る立場にあった者は、崑崙の帰省を品川まで見送った灊水であったと推せられる。

灊水は、続けて崑崙死去後に自らが従事した『七経孟子考文』の再校と徂徠の著述の校定のことを記す。ともに崑崙の学問の本領を追体験する作業であることに他ならなかった。『七経孟子考文補遺』に至る再校の記事も詳しいが、ここでは後者に関わる記事を掲げたい。

始　君彝カ考文ヲ献スルノ後、徂徠君彝ニイヘルハ、辨道・辨名・論語徴・大学解・中庸解既ニ成ルトイヘトモ、爾来著書多クシテ再閲ニ及ハス。記憶ノママニテ本書ヲ検セス。又齟齬セルコトトモアラン。子　校セヨ、余又閲セント。君彝諾ス。於是五書ヲ悉ク写ス。自書シ、或ハ人ヲ雇フテ写サシム。余モ亦少シク助ケテ写セリ。写シ畢テ紀州ニ帰リ、帰リ来テ校セントイヘリシカ、ソノ前ヨリ病ヲウケテ愈ズ、紀州ニテ死セリ。ソノ五書ハ、余　買求メテ蔵ス。生存シテ校ヲ終ヘ、徂徠再閲セハ遺憾ナカランニ、師弟千里ヲ隔テ、同月ニシテ没セリ。可恨可悲。ソノ後　二辨・徴ハ、門人校シテ刊行セリ。然レトモ疏漏ママアリ。学庸解ハ、門人　徂徠未定ノ書ナリトイハレシトイフテ、刊行セサリシカ、余思フニ、徴ナトヨリハ却テ定書ナリ。疑フヘカラストイフテ、余独リ二書ヲ校シテ刊行ス。

灊水は入門してわずか三年で徂徠の死を迎えることになったが、その晩年をよく知る者であった。『七経孟子考文』の作成、献進を終ったばかりの崑崙に、徂徠の主著ともいうべき五書の校定を依頼したのは、その学殖と精密さを信頼してのことであろう。何より「紀人神生、夙有好古癖」（「七経孟子考文叙」）と、徂徠が崑崙を評したのは、単なる好古趣味の性癖の次元ではあるまい。かの「述而不作、信而好古」にも繋がる学癖であって、それこそ徂徠の拘わるものであったはずである。言わば学の根底に対する確信があるからこそ、主著の校定を託したのだろう。灊水は徂徠の側にいてそれを目の当りにし、崑崙の病を押しての準備作業の一端に自ら触れている。しかもその準備のための書を買い求め、所蔵した。灊水が後に行った徂徠の著述の校定、出版は、まさに崑崙の取組を意識し、それを目指しての事業ではなかったのか。

灊水は、この長い一条を次のように記してしめくくる。

七経孟子考文ハ、十三経注疏ヲ蔵スル人ノナクテ叶ハサルモノナリ。余カ十三経注疏ニハ、残ラス考文ノ異同ヲ写ス。異同ノ中、君彝カ考文ハ精密ニシテ、異同誤リナシ。補遺ニ異同ヲアケタルハ、アケマシキ足利本ノ誤字ヲ挙ケタルコト多シ。春台、余ニ語ラレシ。社中ニテ懼ルル者ナシ、崑崙カ生存セハ懼ルヘキ者ナリト。

ここには崑崙の学問に対する、自らの検証に基く評価と信頼がある。灊水自身が従事した『補遺』の意義すら否定して見せるほど、崑崙の『考文』を再確認して得た絶対的確信がある。崑崙は幸いにして、灊水という己を知る後進の徒を得たと言うべきか。あるいは、崑崙の学は灊水に継承されたとするのは、言い過ぎであろうか。

山井崑崙が手校した『十三経注疏』嘉靖中福建刊本は現在、京都大学人文科学研究所に所蔵される。狩野直喜氏が東方文化研究所所長時代に購入された手校本の輪郭は、吉川幸次郎氏の「東方文化研究所善本提要」所収の当該書提要（『吉川幸次郎全集』巻十七所収）で知り得るが、最近、人文研の「東方学デジタル図書館」にて公開されたことを、麥谷邦夫教授より聞いて知った。早速、画面を通して崑崙の篤実にして精密なる作業の跡を辿る機会を得た。一百五十冊に及ぶ一葉〱を辿ることは、崑崙の費した精力と時日を思えば何でもないことだが、崑崙の息遣いに触れるための歩みがやっと始まったばかりである。それにしても有難い情報公開であった。

その閩刻の『十三経注疏』本には崑崙の手識とともに、山井璞助の手校の筆が加わっている。山井璞輔（一八二二～六二）、号は介堂、松崎慊堂門人。もと渡辺氏、西條藩主松平頼学の命により山井家を嗣ぐ。璞輔が山井家を嗣ぐ経緯とその事業については、璞輔の養子として後を嗣いだ幹六（一八五二―一九一二、字は善輔、号は清渓）のための「清渓山井先生墓碑銘」（『清渓先生遺集』巻首）の中に次のように記している。

> 昆侖没し、弟善右衛門嗣ぐも、未だ幾くならずして致仕す。西條の山井氏、嗣を絶つこと百余年、西條侯頼学、一士人礼服を穿ちて来謁するを夢む。侯之に問ふ。曰く、臣山井善六なりと。覚めて左右に問ふに、其の姓名を識る莫し。旧記を撿し始めて之を獲。再び其の家を興さんと欲し、諸を慊堂に謀る。乃ち介堂を薦めて祀を奉ぜしむ。以て侯は昆侖遺す所の二礼・二伝・爾雅を足利学校に校勘するを命ず。擢きて儒員兼侍講と為す。介堂

公事煩劇にして、又善く病む。文久二年没す。

璞輔（介堂）は百十余年を経て崑崙の校勘の事業を継続したことになる。「清渓山井先生墓碑銘」は安井小太郎（号は朴堂　一八五八―一九三八）の撰。小太郎の父は幕末維新の志士で獄死、息軒の外孫として安井氏を称する。清渓も息軒に学び、息軒の三計塾を継承した。小太郎（朴堂）とともに第一高等学校教授に任ぜられ、二人は兄弟の如くに親しく交った。朴堂は介堂・清渓が崑崙の学統を継承することを熟知する人であったと思われる。

清渓山井先生墓表

「清渓山井先生墓碑銘」は、昭和三年多摩墓地に改葬されるに当り、石碑として建てられた。いま霊園二区の通りに面し、成長した樹木の葉陰が碑面を暗くするが、堂々たる巨碑である。「門徒三千人を下らず」と刻むのを得心させる。介堂と清渓の墓は、そこからやや離れた墓域の一画にあり、「介堂山井先生之墓」「清渓山井先生之墓」と刻む。

我が師山井湧先生は、自らはその多くを口にされなかったが、小誌『漢字漢文』第十八巻三十一号（一九八六年）の「漢文を家学とする人々」に求められて、その家系を「鼎……璞輔―幹六―（良）―湧」と略記されている。御尊父については、「字は子駿。鹽谷時敏の次男、温の次弟、幹六の養子、大坂商船株式会社に勤務、船長」と紹介されている。（良）と示すのは、学究を意識してのことであろう。春台が崑崙を「読書自若」と評した姿を、先生の日常に重ねてみたくなるほど、原典の読解を第一とし、その学問は精覈であった。先生が崑崙に対する敬慕の念をのぞかせたのは、昭和五十五年台湾に『朱子文集固有名詞索引』の校正に行った時のことであった。故宮博物院を参観した際、文淵閣四庫全書の一本を特別閲覧できることになり、先生は即座に『七経孟子考文補遺』を希望された。今、私の手元には、その時先生の指示で撮った数葉の写真が残る（掲載写真）。先生は急逝される三週間前、平成二年三月末に伊予松山を訪れたが、当地に所蔵される『七経孟子考文補遺』の原刊本を確認することを意図してのことであった。

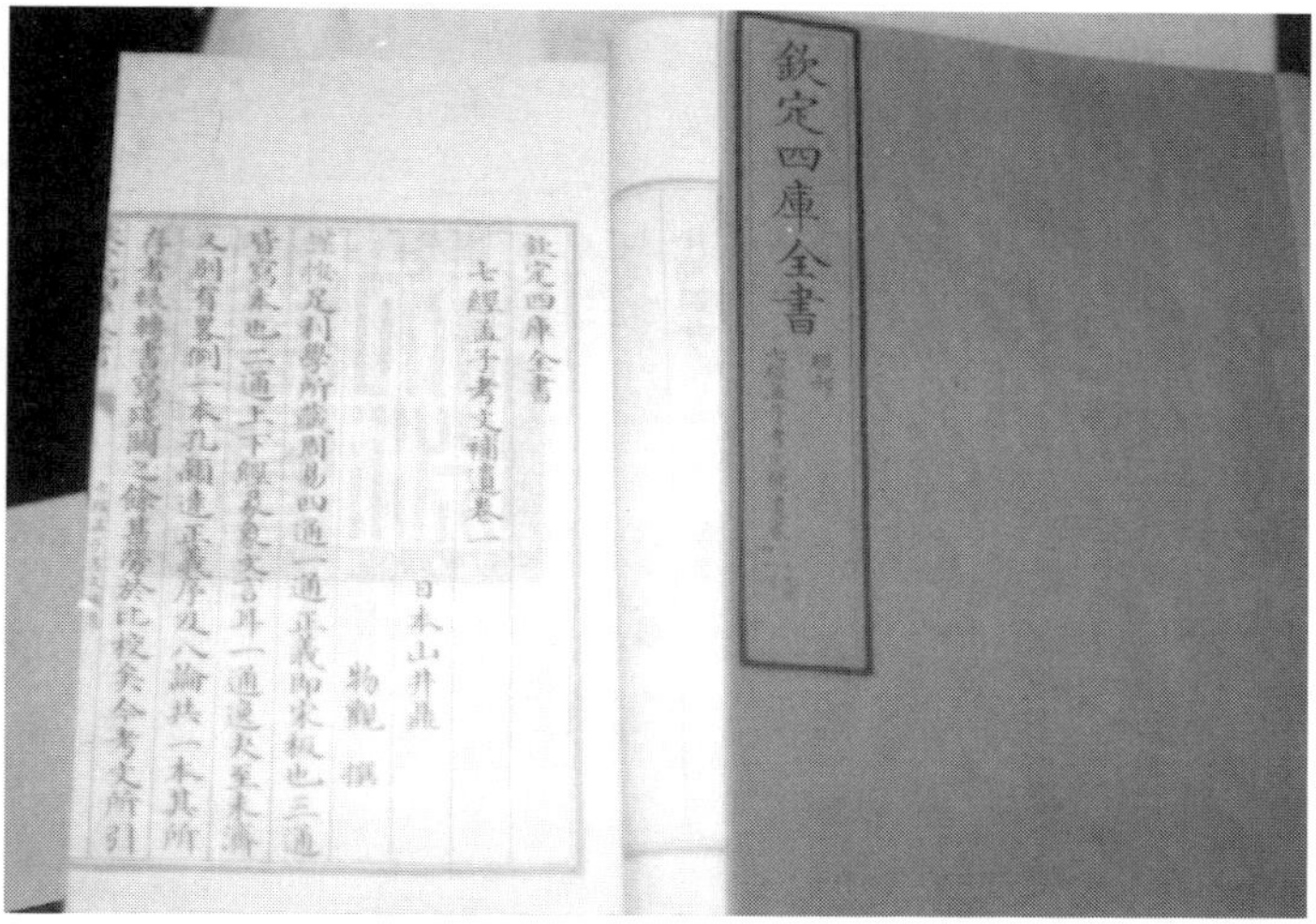

文淵閣四庫全書『七経孟子考文補遺』

展墓の後、海の眺望と下津港の全景を確認するために、タクシーの運転手に案内を請うた。万葉の歌碑のある大崎の荒磯からは、右手に海南港を見て、正面に和歌浦を間近に望み、和歌山城もあの辺りかという距離である。そして下津港は外海が狭い入り江になって深く入り込み、水深も至って深いと聞けば、天然の良港であることを実感した。

帰路、和歌山に向かわずにやや南下して湯浅に降り立った。熊野古道の宿場町湯浅は醤油と味噌で知られるが、我が国の径山寺味噌発生の地である。湯浅たまりも径山寺味噌の溜った汁から生まれたとあって、昔ながらの醸造を守るとする店が残る。多くが金山寺とするなかで径山寺の名を掲げ続ける店もあって、古来の風味と称するのも肯けた。温州蜜柑、径山寺味噌、ともにこの紀州に伝わり、育くまれた。あるいは崑崙が嘗めた味噌の味かも知れぬと勝手に思いながら、それぞれいかにも伝統の味を競い合う店の戸を開けた。老婆が一人、仕込んだ大樽の中から、直接容器に味噌を入れるが、丹念に何かを選んでいる。それが瓜や茄子などであることを知ったのは、老婆の答えによってであった――、「この味噌は七月十五日に仕込んだものです」という説明に、「例年七月十五日ですか」と尋ねると、「うりができるのに合せるのです」と答える。創業四百年の店先は、店というには老婆の横に大樽一つ。味噌樽の中をのぞいていると、変らぬ味をいかにも感じさせるものであった。

八　羅山長子　林　叔勝

林羅山の長男、林叔勝（字は敬吉、一名左門）は、慶長十八年（一六一三）五月一日駿府で生まれ、寛永六年（一六二九）六月十九日江戸で没した。享年十七歳、先学というには夭逝し、将来を嘱望されたものの講学上の業績を残す者ではない。時に羅山四十七歳、子を失った親の悲痛な思いに変りはないものの、その表出は儒者としての在り方が問われ、またそれを認識するものであった。ここに先学の風景というのは、羅山のそれをめぐってのことである。まず、叔勝の略歴について、鵞峰『羅山年譜』から関係記事を抄出して示そう。

慶長十八年（一六一三）1歳　五月　駿府に生まる。

元和　二年（一六一六）4歳　四月　家康没し、叔勝、母と京に帰る。

元和　六年（一六二〇）8歳　十一月　叔勝・長吉・春勝の三兄弟、天然痘に罹る。長吉は没するも、外祖父荒川宗意の力と母の看病で、叔勝と春勝（鵞峰）は回復する。

寛永　元年（一六二四）12歳　正月　羅山とともに、八瀬の采地に遊ぶ。

寛永　三年（一六二六）14歳　二月　羅山、家光の鷹狩に従い、川越の菅神（天神廟）に叔勝の病気平癒の祭文を献ずる。

寛永　四年（一六二七）15歳　　叔勝、羅山に九条の質問を寄せ、羅山喜びて「答叔勝問」を送る。
寛永　五年（一六二八）16歳　　九月　羅山、京に人を遣し、羅山の実父林入の様子を問いながら、叔勝を迎えに行かしむ。
　　　　　　　　　　　　　　　十月　叔勝、江戸に来る。
　　　　　　　　　　　　　　　　　　羅山、叔勝に蔵書を読ましむ。
寛永　六年（一六二九）17歳　　五月　叔勝、病に因り久相津（草津）温泉に行くが、病ますます重く、六月六日江戸に帰る。
　　　　　　　　　　　　　六月十九日　叔勝没す。

鵞峰の筆を借りれば、叔勝は、「聡明恵好読書、然多病」（『羅山年譜』寛永三年の条）、「学問不懈、頴悟超群」（『羅山文集』巻三十二「答叔勝問」附言）と評せられる。学問に専念する姿勢について、何より「読書」への志向を以て性格づけるのは、羅山の学の本領に他ならない。それ故、羅山の学を正しく襲う可能性を十分に期待できるものであった。しかも確かな手応えを感じさせる成長であったが、病気がちでもあった。

叔勝の学才の片鱗をうかがわせるものとしては、右の略年譜十五歳時の「答叔勝問」（『羅山文集』巻三十二）や、その二年前十三歳時の「答叔勝問」（同）があり、また『羅山詩集』に十三歳からの歳旦詩他、若干の詩篇を収載するが、それにしてもあまりにも乏しい。叔勝の人と為りや学問の姿は、つまるところ羅山の「林左門墓誌銘」（『羅山文集』巻四十三　以下、「墓誌銘」と示す）によって記されることになる。

墓誌銘は碑誌伝状の文の一種として、故人をしのび称える文章であることは詳述するまでもないが、多くの場合故人と親しかった人のなかから適当な人物に執筆を依頼する。ときに特異な例もあって、韓愈が左遷中に、その十二歳の四女を病死させた自責の念を、「女挐壙銘」や「祭女挐文」に記したのもその一例であろう。羅山が叔勝のために書いたこの「墓誌銘」も、羅山自身の悲哀の思いで溢れている。と同時に「墓誌銘」では、「儒名を慕ひ儒行を仰ぐ」(『羅山文集』巻四十「祭河越菅神文」)とする叔勝の言辞が、臨終に至るまで儒者の意識を貫くものとして記述されている。それはそのまま、父羅山の悲哀の表出もまた儒家の在り方を強く意識することを反映する。この「墓誌銘」における冢墓の形状をめぐる記述は、『古事類苑』礼式部三十に収載されるように、一つの典型を示そうとしていると言ってよい。一千一百字に及ぶ「墓誌銘」そのものが、儒名を慕い儒行を仰ぐ者の典型としての性格を色濃く有しているということになる。

「林左門墓誌銘」の冒頭は次の文章から始まる。

子死して哭せざるは乃ち豺狼なり。然らず、虎狼に仁有り、父子相親しむ。況んや人に於てをや。於乎《ああ》叔勝、我に先だちて歿しぬ、悲しいかな。孔門の槨無く、顔路の車を請ふ、卜家の明を喪ふ、延陵の三たび号す。古へ猶ほ之れ有り。今に于ても亦た然り。(原漢文、以下同じ)

顔路が顔淵の死に際し孔子の馬車で槨を作りたがった話(『論語』先進)や卜子夏の喪明(『礼記』檀弓上)、季札の三号(同檀弓下)の故事を引きて、子を失った父の悲痛さを重ね合わせるが、ここではまさに劈頭「子死不哭乃豺狼也」の一句に注目したい。この句は大慧宗杲(一〇八九―一一六三)の発言として扱われるが、現行の『大慧書』『大慧語録』に見えず、『荘子鬳斎口義』至楽篇の林希逸注解中に見える。

李漢老、子を哭するに因りて大慧に問ひ、以て情を忘るる能はざるがために、恐らくは道に近づけずと言ふ。子死して哭せざるは、是れ豺狼なりと。此の老の此の語極めて見識有り。其の他の仏を学ぶ者、若し此の問に答ふれば、必ず是れ胡説乱道せん。

荘子が妻の死に当り、哭せずして盆を鼓して歌い、生死が造化にすぎぬと説く至楽篇の一話は、生死の理をめぐる議論に深く影響を及ぼした。この注解は当該『口義』に引く一節である。林希逸はこの鼓盆の話も死生一貫の理を発明するための寓言に他ならないと捉え、かかる振舞も矯世厭俗のための過当の挙と解する。そして原壌が木に登った貍首の歌（檀弓下）の故事をこれと同一視し、親故の死に人心を失うことは豺狼に他ならぬと説く。それ故に大慧の「子死不哭、是豺狼也」の言を評価するのである。

本来、大慧の意図するところは、子との死別における哭泣を頭から斥けず、そこから無煩悩・無思量の世界に導き入れようとするものである。「思量せんと要せば、但だ思量せよ。哭せんと要せば、但だ哭せよ。哭し来り哭し去り、思量し来り思量し去って、蔵識中の許多の習気を科擻し尽くす時、自然に氷の水に帰するが如くにして、我が箇の本来、煩悩も無く思量も無く、憂ひも無く喜びも無き底に還り去るのみ」（「答汪内翰第三書」）と、子を失った士人に書き送っている。これに対して羅山の意識は、この大慧の意図とは異なる方向にある。

羅山は、叔勝の死を悼んでくれた藍渓禅師への返礼の中で、次のように書き送る。

> 嘗て禅者の説に云はく、父母親に非ず、何者をか親と為さん、須らく父母未だ生まれず、児孫未だ生まれざる以前、如何と究むべし、況んや其の他人をや。親しむ可き所に非ず、而して之を哀惜するは何ぞやと。然らず、夫れ親の子に於ける、子の親に於ける、其の愛惟れ同じ。設《も》し羅睺羅をして瞿曇に先んじて死せ使めば、則ち以て如何と為さんや。妙喜老、子死して哭せざるを以て、之を豺狼に喩ふ。豈に人情ならんや。今　大和尚枉げて人情に随ひて、叔勝を追悼せ被る。是に於て天理人情の実、揜ふ可からず、已む可からず、而して後に自ら然る者の益〻以て見つ可し。（『羅山詩集』巻四十一「次韻答藍渓禅師被悼叔勝」）

この文中の後半、妙喜老は大慧のこと。ここでは禅僧が叔勝の死を悼む有り様を人情の自然と認めるべく、件の「子死不哭乃豺狼」の句を引く。この句は、林希逸の『口義』と同じく、仏への方向を誘うものでなく、むしろ反転して儒の天理人情の世界に通ずるものとして、羅山は援用している。それにしても、藍渓禅師の慰問に対してかく説解する言辞は、すでにただの謝辞ではない。死といかに向き合うかに関わる己の言動とその認識の披瀝である。しかも事実上、禅者のそれを斥ける形で行っている。

このように見れば、「墓誌銘」の初めに「子死不哭乃豺狼也」の句を掲げることは、子供と死別した親の恩愛の必然性を強く訴えるだけではなく、羅山の叔勝に対する哭泣が儒の天理人情の自然に他ならぬことを表明したことになる。言わば死に対して儒として向き合うことの表明である。

「墓誌銘」は叔勝について、まず修学の過程を述べることから始める。

八歳始めて大学を読む。既にして論孟中庸通誦せり。十歳にして我（羅山のこと）口づから春秋左氏伝若干巻を授く。一過して能く誦す。是に於て兼ねて五経を読む。十一歳、東山に遊び、唐詩・蘇黄が詩集及び古文等を読む。又我が家蔵の群書を閲し、頗る歴代の編年実録通鑑綱目洎《および》楚辞・文選・李杜韓柳の集を渉猟す。且つ本朝の書紀、国俗の演史小説の類、殆ど窺見せり。十四、五歳にして濂洛関閩の性理の書曁び薛氏読書録を読み、儒学に志有り。孔孟を尊び程朱を敬し、常に異端を排して象山・陽明の言を好まず。日夜孳孳として机案の間に従ふ。未だ嘗て世間の童児の疾走に誇るが如くなるを見ざるなり。

堀勇雄氏はこれを「当時儒学を学ぶ者が、どんな書籍を、どんな順序で読んだかを示す好例である」と解説するが（人物叢書『林羅山』一九六四年）、この読書の歩みは羅山が求める修学の在り方であったろう。その姿は羅山その人の読書の姿と重なって見える。

前の略年譜に見るように、寛永五年十月叔勝は江戸に来る。叔勝の「多病」と「読書」――、羅山の気掛りはそこにあったが、「墓誌銘」は次のように記す。

我常に叔勝の多病なるを恐れ、是に於て之が薬療を勧む。叔勝も亦た能く慎めり。一夕試みに大学の章句を講ぜしむ。早く文義に通ず。我喜びて寐ねず。周礼・儀礼・公羊・穀梁・春秋外伝を東武の家塾に読む。我屢〻疑義を問ひて之を試む。叔勝文章を作為して答ふ。議論尤も正し。時に我偶〻人の求めに応じて周易伝義及び南華の口義を講ず。叔勝側に在りて誾誾如たり。叔勝　我に代りて諸生を聚めて孟子を講ずること日有り。我　壁後に之を聞き、欣然として自負し、以為へらく、我に是の子有り、我死すとも恨みずと。

叔勝の「読書」は、後継を得たとの確信を抱かせるまでに進む。この、叔勝の学問に対する期待と喜びは、羅山が自らの学問を家学として確立しその継承を意識してのことであった。叔勝の死去後に、羅山は残った幼き弟二人に、「我不幸にして敬吉を喪ふ。唯だ家業の絶えんことを恐る。二子其れ勉めよや」とことあるごとに諭したという（「読耕子年譜」寛永六年）。しかし、「読書」の進展とは裏腹に、「病」は好転せず、草津の療養も効果なく、かえって病は進んだ。寛永六年六月六日「医薬験無し、……我、意を刻《はげま》し力を竭《つく》すと雖も、之を如何ともする無し。我、黙して昊天后土と国神とに禱る」という状況を迎える。

かくして「墓誌銘」は、叔勝の臨終に至るさまを記すが、そこに列挙されるのは、死を前にした儒の在り方を体現せんとする叔勝の言葉である。

○叔勝、我に謂ひて曰く、今、疾此くの如し。是れ又不幸なるか。我之を慰めて曰く、疾病は聖賢と雖も免るること能はず。何為れぞ不孝ならんや。

○十七日、我に謂ひて曰く、叔勝幼き自り粗ぼ書を読みて、名を世に揚げんと欲す。然れども今疾病甚だ急なり。

人の将に死なんとするときに、其の言や善し。吾が気猶ほ正に吾死とす。請ふ、二幼弟を択びて以て之を教養せよ。子孫無きは則ち善事に非ず。

○少しありて又曰く、吾死して、浮屠の礼義を用ふる勿れと。又我に謂ひて曰く、曽子簀を易ふとは何の謂ひぞやと。我対へて曰く、語は礼記に在り。今は只だ宜しく気を平らかにして以て安寝すべし。多事を憶ふこと莫れと。叔勝曰く、唯だ望むらくは其の簀を易へて正しきを得るが如くにして可ならんことをと。

○十八日、叔勝、我が手を執りて我が肩を撫して以て怨慕す。……左右語つて曰く、母堂洛に在り、若し焉《ここ》に在ら令めば、則ち須らく恃頼《たのみよる》こと有るべしと。叔勝曰く、思はざるに非ず、而れども父在《い》ます。吾何ぞ他に求めんやと。叔勝初め病に嬰《かか》るや、乃祖（祖父林入のこと）の洛に寝疾するを聞きて、甚だ之を憂ふ。永喜（羅山弟）来りて叔勝の疾を問ふに、叔勝必ず乃祖如何を訪《と》ふ。其の孝心見る可し。

次いで「墓誌銘」は臨終の日、六月十九日の朝、石鼓の足にあるのを夢見た叔勝が、石鼓文を見るべく『韓昌黎集』『東坡集』を開かせたことを記す。ここには「読書」への執着を最後まで示す叔勝の姿があるが、篤実というには凄絶ささえ感じられる。そして永訣の瞬間がついに訪れる。

永喜来訪す。叔勝問ひて曰く、吾が祖如何と。対へて曰く、今晨、人洛自り来りて曰く、以て異なる無しと。叔勝曰く、嬉嬉と。其の声漸く嗄《か》る。……叔勝屢〻我を見る。既にして言《ものい》はず。日将に午ならんとするとき、乃ち瞑す。於乎悲しいかな。叔勝年纔かに十七歳、時に寛永六年己巳夏六月十九日なり。於乎痛いかな、命なるかな。

我　哭して慟す。

叔勝の死を看取った羅山は、まさに「哭而慟」と哭泣する。「哭して慟す」とは、顔淵の死に際して示した孔子の悲痛さの表出――。「慟すること有るか。夫《か》の人の為に慟するに非ずして、誰《た》が為にかせん」（『論語』先進）という、哭泣とは言いながら慟を伴う異例となる烈しい悲しみの表出を指すことは、詳述するまでもない。羅山が自らの哭泣をこの孔子の哭泣の姿に重ねるのは、叔勝の死を顔淵のそれに重ねることになる。これは、家学の確かなる継承者を失った痛みをかく比擬したと同時に、この烈しい哭泣の表出こそ儒の悲哀の象徴として意識しよう。

「墓誌銘」は先掲の冒頭に「於乎叔勝先我而歿、悲哉」と記し出したが、右の臨終に於て「於乎悲哉」「於乎痛哉命矣哉」と重ねて記す。これが「哭」の表出であることはもはや言うまでもない。しかもその重出は、ただに悲しみの深さを強調するだけの言辞にとどまるまい。儒の悲哀の表出を自覚し、それを体現することを志向する、思想的営為の表出を記すものである。

「墓誌銘」は叔勝が海禅寺内の一小丘に葬られたことを記して終るが、墓誌銘に埋葬の地を記すことは多くあるものの、この「墓誌銘」の記述は特異であると言ってよい。その喪礼と冢墓のことに及び、とりわけ冢墓の記述は具体的である。

我　明衣を披き、薄奠を供ふ。薌を焼き酒を灌ぎ、以て祭文を誦し、后土を祠り、楮幣を焚きて之に告ぐ。啼哭して止むこと能はず。左右扶けて之を去らしむ。……嗚呼哀しいかな悼しきかな。是に於て工に命じ石を削りて方墳を築く。高さ三尺径《わたり》五尺五寸、環亀にして堆《うづたか》し。碣を其の上に立

於乎林左門之墓

て以て之を表す。円首方趺に象るなり。其の樊《かこひ》には栗柱六十株を用ひ、立てて貫列す。其の末を鋭くし、且つ其の出入する所を鎖鑰す。嗚呼悲しいかな。碣に題して、於乎林左門之墓と曰ふ。

この記述が、儒のかたちを意識することは明白である。すなわち、儒葬のかたちを志向し、そのかたちを示す意味合いが色濃いことは否定できない。それにつけても、ここでも「嗚呼哀哉悼哉」「嗚呼悲哉」と繰り返し、そして墓石に「於乎林左門之墓」と題したことを言う。「於乎」――、つまるところ、羅山の哭泣の深さはこの「於乎」の二字に凝縮されたことになる。換言すれば、「於乎林左門之墓」と墓石に刻む「於乎」こそ、「墓誌銘」を通底する儒の「哭」を象徴する言辞に他なるまい。それは死者に対する儒のかたちを、世に標榜するものでもあったはずである。

羅山は、翌寛永七年「庚午正月十九日左門の牌に対す」（『羅山詩集』巻四十一）として二首を詠ずる。

○去年今日　此の人在り　　今年今自　此の人無し
　今朝涙を垂れて神主に向ふ　　浮屠を用ひず　只だ儒を用ふ
○我が子早く亡して名久しく存す　　木牌独り対して泣きて猶ほ怨む
　題名　異端を攘斥し了る　　喚びて秀才林左門と作す

羅山の叔勝への思いは、儒礼に徹することで、その悲哀を昇華しているかのようである。

ただし、この「儒」の表明には、その直前旧臘十二月三十日に、永喜とともに法印位を授ったことも作用していよう。この叙位は羅山の地位を高めたが、「儒」であろうとする者が僧位「法印」を受けることは、本来よしとすることではなかったろう。ならばこそ、「儒」であることの矜持は一層強くなる。

因みに、寛永十二年（一六三五）六月十九日、叔勝七周忌に次のように記す（『羅山詩集』巻四十一）。

筆、涙と倶に落つ。噫、痛いかな。その命に臨んでは浮屠の礼儀を用ふること勿れと言ふ。然らば則ち儒は七年忌を言はず。而も今　之を祭奠するは、則ち枉げて世情に随ひ、聊か其の母の心を慰すとしか云ふ。
ここでは儒の理を掲げながらも、「母心」を理由に七周忌を営む親の顔ものぞかせる。

林叔勝の墓は、現在、市谷山伏町の国指定史跡「林氏墓地」の中にある。この墓地は元禄十一年（一六九八）林家三世林鳳岡（信篤）の時に牛込に移ったことに由来するも、明治以降次第に縮少されかつ荒廃の期間を経て、昭和五十年三月、国・都の補助を得て新宿区の所有となって、今日に至る。墓石の修復を含めた環境整備が行なわれ、林羅山を一世とする林家十二世までの墓碑、読耕斎を祖とする第二林氏そして第三林氏の墓碑を中心に、八十一基の墓碑が立っている。八世述斎以下十一世復斎までの四代の墓は儒墓の形をとどめているとされるが、塋域の元の姿は一部にその面影を残すにすぎない。昭和五十一年度・五十二年度に新宿区文化財総合調査委員会が実施した調査結果が、『国　史跡林氏墓地調査報告書』として昭和五十三年三月に刊行されているのは周知の通り。またその整備をうけて、毎年十一月初めに一般公開が行なわれている。

私が初めて林氏墓地を訪れたのは昭和五十六年、その関心は墓域の現状と羅山の墓石にあった。その後も数回訪れる機会があったが、羅山の展墓が目的であり、また弟永喜、鵞峰、読耕斎の墓誌の確認と、八世述斎の儒墓の様式を念頭におくものであった。今年の公開日を確かめるとき、その目的は叔勝の墓に在った。

墓地を訪れたのが正午前ということもあってか、公開日初日にもかかわらず、入口に担当職員が一人のみ、塋域には誰もいなかった。叔勝の墓石は、羅山の墓石に向かって右手、隣にと言うには遠く離れて立つ。羅山の墓石の左手には、隣にやや下がって永喜の墓石、さらにその隣、前方に読耕斎の墓石が並ぶ。羅山の墓石を中心にして、左右に分れてと言うには、整然と対象をなすものではない。羅山をはじめ永喜・読耕斎の墓碑はほぼ東南を向いて立ってい

貞毅先生読耕斎林君之墓

文敏先生羅山林君之墓

るが、叔勝の墓碑は西南を向いて立っている。つまり、羅山の墓石に向かって立っている。それが元の位置なのかは確かめるすべはないが、私には意図的な配慮のように見えて、いかにも叔勝の心に叶ったものとして感じられる。

その叔勝の墓碑はあの「於乎林左門之墓」の文字を刻み、裏面には「寛永六年己巳夏六月　日　林道春記」と刻む。「墓誌銘」はそこにみることはできないが、私には「於乎」と刻むこの七文字で十分なように思われた。墓碑は台石を設けないが小さくはない。『調査報告書』には「法量　高さ一二〇センチ　幅三十六センチ」と記すが、永喜の墓碑銘（一二〇センチ　四五センチ）に並ぶ大きさである。ただ墓誌銘を刻まぬ分だけ、簡素さがその大きさを印象づける。「文敏先生羅山林君之墓」（七七センチ　二三センチ）、「貞毅先生読耕斎林君之墓」（七七センチ　二三センチ）、「文穆先生学士林君之墓」（八〇センチ　二三センチ）と刻む墓表は台石の上に立つものの、一様に大きさを誇るものではない。むしろその名を知る者からすれば、あまりに普通である。

この「於乎林左門之墓」の墓石に件の「墓誌銘」に記す冢墓の形を重ねて見ようとしても、それを彷彿とさせるものは見当らない。この墓碑一基のみであるが、それでもこの墓石は、儒葬の形をとどめているとする四基の墓よりも、儒の思いを訴えて来る。石の大きさはそれを伝えるに相応しいように思える。

ところで、前述のように叔勝を失った年の暮、羅山と弟永喜は法印位に叙せられた。翌年には上野忍岡南端に土地を与えられ、並びに金二百両を賜り庠序（学校）を開く。別荘（別業）と称する地に、二年後寛永九年冬には、尾張の徳川義直から先聖殿（孔子堂）を賜わり、明けて二月初めて釈菜を行った。林家の私祀・私塾とは言え、儒のかたちを確実にする歩みであった。さすれば、叔勝の喪礼は悲しみを伴うものではあったが、儒のかたちの宣揚において大きな節目にあったと言ってよい。

寛永十五年（一六三八）弟永喜が没し、その「刑部卿法印林永喜碑」（『羅山文集』巻四十三「刑部卿法印永喜碑銘」）には、「於乎哀哉。藁裡于先聖殿之北隅、不用異教也」と刻む。次いで明暦三年正月（一六五七）羅山が没するに際し、「文敏先生羅山林君之墓」の墓碑には「葬於別墅艮隅」と鵞峰は刻む。「羅山年譜」（万治二年――一六五九年）には、羅山の喪礼が朱子の『家礼』等に倣うことを記し、その墳墓のことに及んだ末尾には「順淑孺人の墓及び永喜・叔勝の墓も亦た其の辺に在り」とある。これより前、羅山は慶安四年（一六五一）六月十九日、叔勝没して二十三年の忌日に、「向陽（鵞峰）函三（読耕斎）、別業に赴き、香炧を敬吉の墓に設く」と記す（『羅山詩集』巻四十一）。従って、叔勝の墓は羅山が没する前にすでに上野忍岡の別荘の艮隅に設けられていたと推せられる。ただ「墓誌銘」に記す「海禅寺内の一小丘」に葬った地から移った経緯は定かでない。

元臨済宗妙心寺派の大雄山海禅寺は、現在台東区松が谷三丁目にあるが、明暦の大火の後にこの地に再興したものである。江戸四個寺の一つとされた寺域は、今日その一画を残すのみかと推せられるが、近年建て直された寺の佇いにもその格式の高さが伝えられている。寺は当地に中興される前には、湯島妻恋坂に在ったので、叔勝のことはその頃に関わるが、今はその地に立っても空しく坂の名を胸に歩を進めるしかない。上野忍岡の別業の跡は何も残存しないなか、叔勝の墓石は永喜、羅山の墓石よりも、儒墓の地歩を固める過程を経て来たことになる。「於乎」――、叔勝の墓碑の前で、もう一度この字に目をやり、有為転変を問うてみた。

九　桂菴玄樹

加治木の安国寺に、桂菴三伝の弟子に当る南浦文之（一五五五―一六二〇）の墓を目指したときは八月初めの正午過ぎ、南国の日射しがきつかった。ただ、空港から乗車したタクシーの運転手が運よく加治木の人ということもあって、農道というより畦道に近い小道を辿りながらも、場所を尋ね回ることもなく、その墓は見つかった。寺域の西側にやや離れて、歴代住職の墓石が十基ほど並ぶ右端に、文之の墓はさらりと立つ。供えられた形跡は何もないが、「墓は昭和十一年（一九三六）九月三日国指定の記念物（史跡）として指定された」と傍に案内板を立てる。文之は元和六年九月三十日この安国寺で亡くなった。夏草の緑も蒸し暑く覚えるなか、この墓の閑雅な佇いだけが「加治木の安国寺」の風格をうかがわせる。後日、毎年九月三十日には追悼法要を続けていることを知った。

高速道を走って薩摩吉田を過ぎる頃から、山の端に黒雲が墨を翻し始めると、たちまち白雨が車窓に珠を跳らせた。かかる激しい雨はあまりないと運転手は言うものの、鹿児島北Ｉ・Ｃを出る頃には小降りになって明るさが戻り、ほっと安堵した。伊敷の桂菴公園という目的地を探すのにやや手間取ったが、国道に幸い標柱があって、それが無ければ車を入れるのに躊躇する路地である。「桂菴小路」という、その狭く、坂になった路を上ったところに、公園というには小さい広場があって、その背後の高台に桂菴玄樹の墓はある。他に墓石はなく、桂菴の墓としてのみ存している。新しくはないが、手厚く切り花が供えられているのがまず印象的である。

墓銘は、「正興三十九世前南禪桂菴玄樹大和尚禪師墓」と刻み、「永正五戊辰年六月十五日寂　世壽八十二歳　東歸庵開山也」と記す。正興とは大隅の国分正興寺（今は廃寺）に住したことに拠る。東帰庵は桂菴が晩年退居した庵、永正五年（一五〇八）六月十五日ここで示寂、墓はその旧地に在るという。桂菴の事跡は右傍に立てられた碑文「桂菴玄樹碑銘」に示される。

四半世紀前、『桂菴和尚家法倭点』について拙論に言及して以来、気にかかっていた桂菴の展墓に恵まれたのもつかの間、突如猛烈な豪雨に襲われた。傘は何の役にも立たず、気になる碑銘の確認も思うにまかせない。ついに大きな心残りを抱えて墓をあとにした。

翌日午前、昨年度から開講した「造士館夏期集中講座」で、求められるまま「薩南学派　桂菴玄樹の学問」を講じた。昨日の掃苔の顚末に及ぶと、受講者の中に墓の事情を知る方がおり、桂菴の命日には町内の児童によって花を手向けるなど、有志の方々が保存の環境を整えている由、墓前の切り花のことも得心が行った。さらに、二〇〇八年が桂菴没後五百年の節目を迎えることから、桂菴顕彰の気運を醸成しようという思いも感じとれた。午後、再び桂菴の墓を訪れた。すると、墓前の花は片付けられている。この日、有志の方が清掃されたものかと察せられた。周防山口の人である桂菴がこの地に眠り、国史跡とは言いながらかく墓を見守る人がいることにあらためて感慨を催した。

南浦文之墓

桂菴玄樹墓

同右

南禅寺で学んだ桂菴は四十歳にして遣明使に随行して入明した。明に在ること七年（実質足掛け六年）、文明五年（一四七三）帰朝、応仁の乱を避けて石見に移居した。その後九州の豊後、筑後に遊んで肥後の菊池氏に招かれ、尋いで文明十年（一四七八）二月島津氏に招聘されて薩摩に赴いた。爾来約三十年、島津氏のもとで学を講じた。とくに桂菴の学に由来する薩摩・日向の儒学を薩南学派と称するのは周知の通り。我が国で最初の『大学章句』の梓行がこの地でなされたことは、桂菴の朱子学鼓吹を象徴することとして言及される。文明十三年（一四八一）刊『文明版大学』の再刊、すなわち延徳四年（一四九二）刊『延徳版大学』が一本のみ伝わって、大阪大学懐徳堂文庫に所蔵される。この『延徳版大学』の発掘と表章は、そのまま後世における桂菴その人の湮滅と顕彰を映し出す。墓にも有為転変があったと推せられる。

墓石には側面に文字を刻むも、苔も濃く不分明である。いま、西村天囚（時彦）『日本宋学史』の「桂菴の墓」の記述に拠る。

師之墓。嘗有大杉樹。近年樹亡。株痕僅存。殆乎泯没其處矣。故立石識之。

于時享保七年壬寅十一年十日現住大龍寺六世判山叟宗玉書

これによれば、冢に有った杉が亡失し、その冢の所在を知る痕跡さえ失いかねないため、今の墓石を立てたことを知る。享保七年（一七二二）十一月、桂菴没後二百十年以上を経過している。さらに天保九年（一八三八）造士館教授市来政正ら同志数十人が相謀って墓を修し、石燈を立て、守墓の人をおいたという。折しも同志の一人伊地知季安（一七八二―一八六七）は『延徳版大学』を偶然入手（男季直が書肆に得たという）、天保十一年（一八四〇）『延徳版大学』及び『漢学紀源』を江戸の佐藤一斎に送付、桂菴の碑文を請うた。ここに天保十三年（一八四二）佐藤一斎撰「桂菴禅師碑銘」は桂菴の墓側に立てられた。

天保十二年（一八四一）、一斎は「題延徳板大学鈔本後」（内閣文庫蔵『延徳版大学鈔本』。また『愛日楼全集』巻三十一）に次のように記す。

大学本文・章句並に大字にして、板様古朴なること敬す可し。巻末に文明辛丑重貞鋟梓、延徳壬子桂樹禅院再刊と記す。案ずるに文明は後土御門天皇の年号に係り、実に東山義政の盛時為《た》りて、今を距つること適に三百六十余年、因りて原本の本邦新註を刻するの嚆矢為《た》るに驚くなり。漢学紀源を読むに及べば、則ち薩人寔に肇めて宋学を伝へ、遞に相授受し以て今に至るを知る。其の言娓娓として以て証を取るに足れり。此の本再刻は桂樹禅院為り、而して所謂桂樹とは、即ち釈桂菴　字玄樹是れなり。……本邦　宋学の盛興は、惺窩・羅山両先生の時に在りと雖も、而も其の我に入るの始めは、則ち尚しきこと夐かに百有余年前に在り。而して薩は殊に先鳴を為すなり。但だ其の南裔に僻在するを以て、京畿の人文の盛んなるに如かず。其の学存すと雖も、而も之を継ぐ者、或いは人に乏しからん。遂に亦た是くの如きの寥寥たるなり。

ここに、埋没していた『延徳版大学』の存在の認知と桂菴の日本朱子学史上の公認がなされたと言ってもよい。惺窩・羅山から始まるとする日本宋学史を書き換えんと言わんばかりの言辞は、決してためにするものではあるまい。一斎はこの題跋の末尾に、『文明版大学』の刊行が文明辛丑の歳であることに着目、自らの跋が天保辛丑の歳の辛丑の日に重なったのに、歴史の証人となったような巡り合せを強調している。

大学文明初刻、歳辛丑に在り。今年も亦た歳辛丑に在り。余　今日此の跋を作る。偶《たま》たま暦本を検するに、此の日も亦た辛丑為り。奇なるかな。後に書す。

右の一斎の跋文でも明らかなように、『延徳版大学』の発掘はもとより、桂菴の表章もまた伊地知季安『漢学紀源』に拠ることが大きい。『漢学紀源』は近年、東英寿氏が新たに季安自筆本を発見し、諸本との関係を明らかにされている。「新出伊地知季安自筆本『漢学紀源』について」（『汲古』第40号、平成十三年十二月）、「『漢学紀源』の諸本について」（同第42号　平成十四年十二月）参照。ここでは便宜上『続々群書類従』本に拠ってその構成を見る。

〔巻一〕「儒教第一」至「義堂第二十二」、〔巻二〕「岐陽第二十三」至「桂菴第二十八」、〔巻三〕「桂門第二十九」至「南浦第三十六」、〔巻四〕「正龍第三十七」、〔巻五〕附録

本書の「漢学」とは「儒教第一」と掲げるように儒学のことで、しかも「新註第十九」「宋学第二十」を立て「崇信第二十一」以下我が国における宋学（朱子学）に主眼をおく。日本儒学の淵源を闡明にする「日本儒学史」というよりは、宋学の淵源と伝統とを示す「日本宋学史」の性格が色濃い。因みに、この著に先立ちて「宋学伝統系図」の草稿が存する（西村天囚『日本宋学史』附載「宋学考余録　伊地知潜隠伝」）。起源から説き起し時代を降るも、宋学の源委は学統を強く意識し人の事跡を以て記述される。就中、桂菴玄樹を源委の眼目にすえ、その流伝を明示する儒林伝である。結果として一見、薩摩道学伝（すなわち薩南学派伝）と受けとめられる。しかし薩摩宋学称揚の意図は鮮明であるものの、この学統の存在を提示することは今なお、それ以上に刺激的な種子を含んでいる。

ところで件の「延徳版大学」は林家による影写本として内閣文庫に所蔵されて伝わるが、伊地知季安が寄示した原本は今日、存否不明である。東京大学史料編纂所所蔵の旧島津家編輯所所蔵本の中には伊地知家の『漢学紀源』関連資料が含まれているにもかかわらず（東氏前掲論考）、この原本が佚するとはいかなる原因によるものか。『延徳版大学』は重ねて数奇な運命を辿り、再出現することになる。それはまた桂菴を宋学の首倡と位置づける上で、重要な契機になったと考えられる。前述の懐徳堂文庫に現在所蔵する『延徳版大学』は、西村天囚が明治四十一年（一九〇八）春、郷里種子島に帰省の際に、種子島月川より贈られたものであるという。

戊申の春郷里に帰省せし時、予の再従兄弟にして潜隠先生（伊地知季安）の孫女夫なる月川種子島氏は、予に贈るに禅師刻する所の延徳大学一冊を以てせり。予は拝して而して之を受くと共に、自ら予に一大責任あるを感じたり。（『日本宋学史』緒言）

続けて天囚は、自らの責任の由って来たるところを次のように集約している。

第一は如竹が予の隣島（屋久島）に出でし関係より、第二は文之が予の祖先を顕彰せし関係より（『鉄砲記』に先祖の織部丞時貫の名があるのを指す）、第三は桂菴が薩摩文学の祖にして、予輩後学も亦其の余沢に浴する関係より、宋学伝来の淵源に遡りて、四書流行の沿革を研究し、以て一には先生の功績を発揮し、一には教化の万一に資するは予の責任にあらざるか。（同前）

天囚のこの使命感は、直ちに具体的な取組として体現されて来る。奇しくもこの歳は桂菴没後四百年に当っていた。天囚は大阪で桂菴四百年祭を修めるとともに、夏には薩摩に桂菴・文之の遺蹟を訪ね、また如竹の逸聞を屋久島に求めさせるなど、資料蒐集に専念している。十月には上村観光の協力を得て『禅宗』第一六三号附録に『桂菴和尚家法倭点』活版を附し、自らその解題を記す。明けて明治四十二年（一九〇九）一月一日より二月二十六日まで「大阪朝

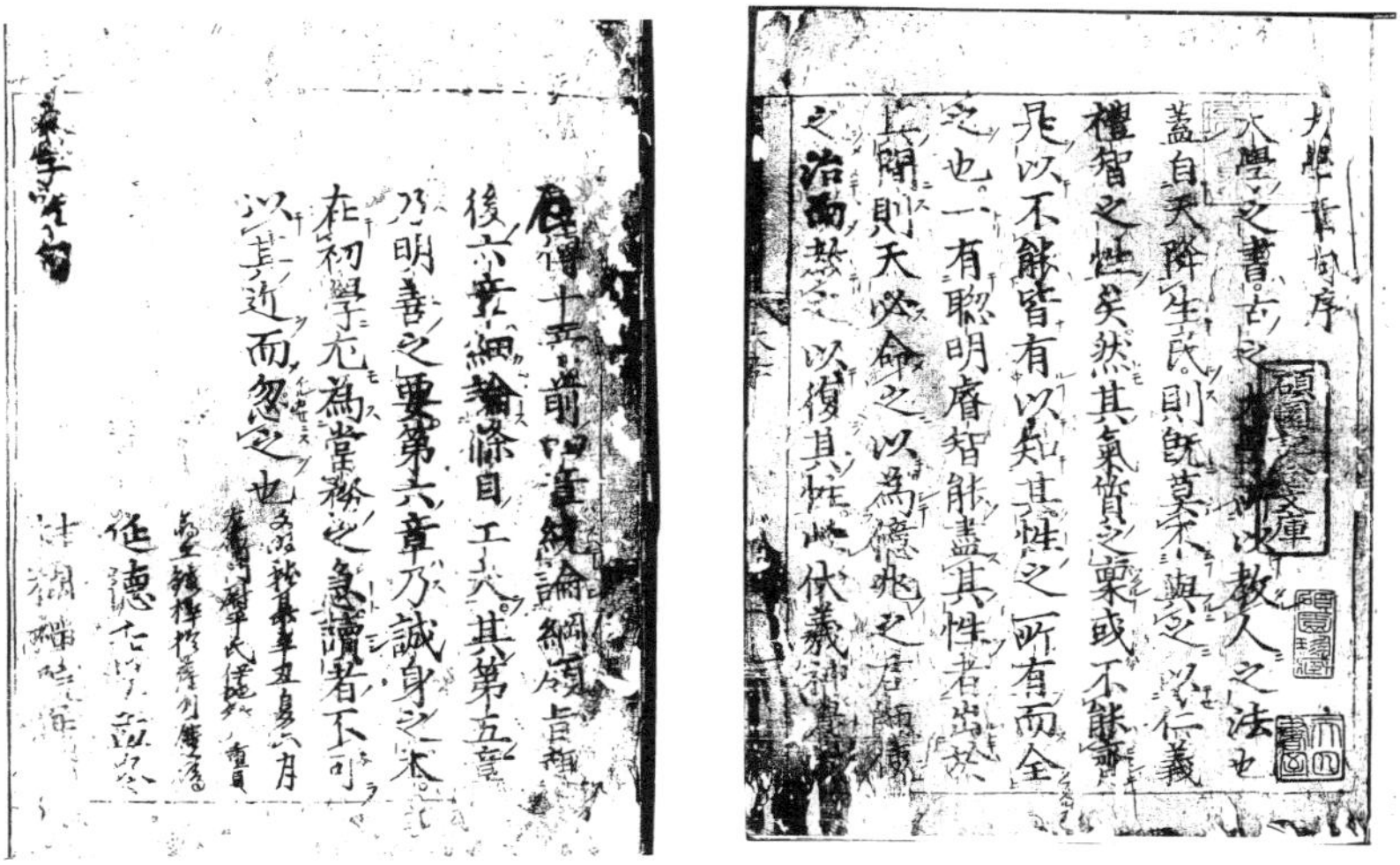

大阪大学附属図書館・懐徳堂文庫蔵『延徳版大学』首（右）・尾（左）

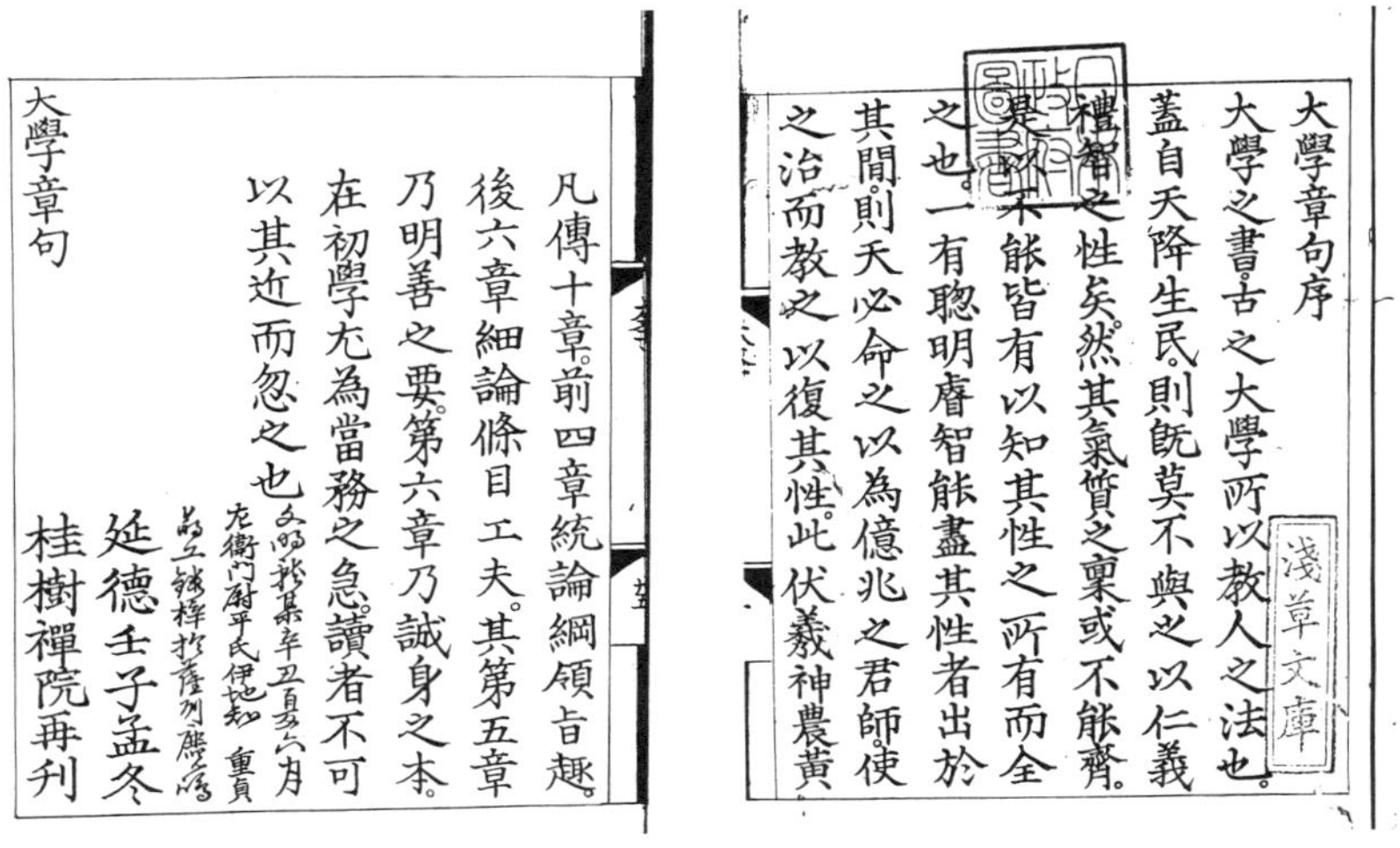

大學章句序
大學之書。古之大學所以教人之法也。
蓋自天降生民。則既莫不與之以仁義
禮智之性矣。然其氣質之稟或不能齊。
是以不能皆有以知其性之所有而全
之也。一有聰明睿智能盡其性者出於
其間。則天必命之以為億兆之君師。使
之治而教之以復其性。此伏羲神農黃

大學章句

凡傳十章。前四章統論綱領旨趣。
後六章細論條目工夫。其第五章
乃明善之要。第六章乃誠身之本。
在初學尤為當務之急。讀者不可
以其近而忽之也

延德壬子孟冬
桂樹禪院再刊

内閣文庫蔵『延徳版大学鈔本』首（右）・尾（左）

日新聞」に「宋学の首倡」を連載、同年九月修補改題して『日本宋学史』として出版した。刊行に当りその師重野安繹が「引拠確当、文辞精美、天下有益之御書」と評した書簡を冒頭に掲げるが、私には約四十年後昭和二十六年（一九五二）朝日文庫として再版された際に、武内義雄「解題」に「特に精神のこもった傑作」と評したのが印象深く残っている。あらためて依頼した懐徳堂文庫『延徳版大学』原本の複写を手に、いま初めて桂菴の墓石の前に立つとき、四百年後の天囚を駆り立てた精神の源泉に触れる思いがする。それが伊地知季安の『漢学紀源』から天囚の『日本宋学史』に歩を進めさせた源泉に他なるまい。

天囚は、大正十三年（一九二四）四月種子島月川より贈られた『延徳版大学』を百部影印、解題を附して刊行した。その巻末に附す大正癸亥（十二年）六月の跋文に、如上の都合二本の『延徳版大学』について、

厥の後、先生（伊地知季安）の原本も亦た佚す。而して其の旧蔵の別本に慶長十一年の跋有る者（内閣影鈔本、之れ無し）、其の孫女夫の種子島君月川の有に帰す。月川は彦（時彦＝天囚）の再従兄たり。十数年前、彦に贈るに此の書を以てす。

と記す。前掲『日本宋学史』緒言「戊申の春……」と月川より『延徳版大学』一本を贈られたと記すのと符合するものの、二本の存否、所蔵に係る証言はあまりに簡に過ぎる嫌いを拭い切れない。「先生之原本亦佚」とはすでに伊地知の『延徳版大学』が佚したことを受けての文章――、明らかに一斎に寄示した一本は佚したとの認識に立っているが、その判断の根拠は示していない。そして月川に係る一本について「其旧蔵之別本」と記すのは、今日現存の一本だけに重要視されて当然だが、旧蔵すなわち季安旧蔵の別本とのみ記すのはあまりに素気ない。季安は前者について、「今の天保己亥を距つること三百四十八年なり。愚嘗て遺本を求めて獲ること無し。去歳仲冬、男委直偶たま之を市に得」（『漢学紀源』巻二「桂菴第二十八」自注）と入手の経緯を記して伝える。これに比して「別本」の入手に一言も残さぬのには疑念を残す。

大正十二年九月影印の作業は装綴を前に震災に燬く。あらためて珂羅版を用いて翌年四月に刊行した。しかして天囚はこの影印の刊行と前後して歿した。

それにしても現存の『延徳版大学』はかくも珍重されるまでに、時にはぞんざいな扱いを受けて来たものらしい。その奥書には

此一冊サ州羽月村大聖寺従／住持被下候持主同村号若王寺／住僧東持院頼伝之　慶長十一年丙午霜雨八日給之

とあって、慶長十一年（一六〇六）薩摩の伊佐郡羽月村の大聖寺に伝存したことを知る。年紀を明記した識語を有することは伝本の一過程を示してきわめて興味深い。ただ、遺憾ながら決してきれいな本ではない。手にした原本の複写を一見すれば、まずは戯画も含むいたずら書きに驚かされる。天囚をして「約四百二十年の星霜を経たれば、蠧蝕に加ふるに頑童の塗抹を以てす。善本に非ずと雖も、罕覯の霊物、宝護せざる可からず」（『日本宋学史』下篇「日本最初の大学刊行」）と言わしむる所以である。天因が刊行した影印本は原本を損なうことなく、さりげなく「頑童の塗抹」を消している。天因の配慮が働いているように察せられる。

これに関連して、鹿児島の渡辺正氏が『国語鹿児島17号』（昭和五十五年）「延徳版大学章句を読む」の中で、種子島月川の子息、種子島洵氏を訪ね、聞いた話を紹介しているのは興味深い。『延徳版大学』が月川の手に入った経緯を次のように言う。

月川の妻は伊地知季安（潜隠）の子、徳四郎の長女カネであるが、明治三十年台であろうという、洵氏が生まれる前、月川が鹿児島市加治屋町の自宅の襖を自分ではるため、下張の紙を舅の徳四郎に所望、貰った反故の中に延徳版があったのである。月川はすぐそれに気づいて保存しておき、大正七、八年頃天囚が月川宅に来た折、これを示したところ、天囚は貰い受けて（以下略）

襖の下張に用いんとする反故扱いとは眉をひそめようが、かえって私にはこの一本の来歴を実感できるようにも思われる。ならばこそ、天囚は「旧蔵の別本」とのみ記したと、推測を逞しゅうする。なお、この紹介記事に拠れば、「種子島月川は、名を虎之介、安政七年（一八六〇）一月生、昭和十一年（一九三六）十一月没。天囚と親しく、天囚より五才年長。鹿児島師範学校を卒業、小学校教員を務めるかたわら、文検で中等教員免許を取得。宇宿小、中洲小校長（兼任）の後、鹿児島商業の国漢教師を長年務めた。一中の国漢教師で陽明学者の高野竹隠に就いて漢詩を学び、日本画もよくしたという。因みに、種子島洵氏は明治三十六年生、七十六歳」と記している（種子島洵氏は今はすでに逝去されている）。

さて、佐藤一斎撰「桂菴禅師碑銘」は墓石に向かって右側に立つ。その作成過程に係る季安・一斎の書簡類は『漢学紀源』巻五に収録、また東英寿氏の論考もある（「伊地知季安と佐藤一斎――桂菴禅師碑銘作成過程に着目して――」九州大学中国文学会『中国文学論集』第二十五号、平成八年）。一斎は「桂菴禅師碑銘」の草稿を送るに当って、「若し貴意に不応候事は其文御増損有之候ても不苦候、遠方之事故往復手間取可申候付、御勝手次第に可被成候」と書状に書き添える（天保十三年八月二十二日）。これを受けて季安の修文案の提示とそれへの一斎の承諾を得るための努力が数箇月の間になされる。一斎の体面を傷つけずに短期間に期待する完成稿を実現するのは、生易しいことではない。残された書簡には季安をはじめ関係者の並々にならぬ苦心の様子がうかがえる。かくして完成稿に至っている。

ただ、『日本教育史資料』巻十二「旧鹿児島藩」所載の「桂菴禅師碑銘」は右の完成稿に相当するが、他方『大日本資料』第九篇之一に所載のそれは『漢学紀源』を出所としてその草稿を取る。すなわち一斎の『愛日楼全集』巻二十所載の碑銘の文と同じである。この両『資料』はともに今でも基本文献として用いると承知するだけに、私には違和感が感ぜられていた。両者の異同は二つを比べなければ気付かない。しかも『日本教育史資料』収載の翻字には、数箇所の魯魚の誤りが存するように見える。今般、直接に石碑のそれを確認したい気持もあって、再度墓に趣いたものである。

石碑は「桂菴禅師碑銘」と篆額し、碑文の末尾には「天保十三年歳次壬寅下澣／昌平學教官佐藤坦撰」、さらに「道光廿三年龍集癸卯三月上浣／中山正儀大夫鄭元偉書」とその字を書く者を刻する。往復の書簡において、碑銘の書は一斎の求めに因りて、能書家で知られる琉人鄭元偉に書せしめたと記すことと一致する。碑面の文章を追えば完成稿を石に刻むと判断できる。草稿と完成稿とを比べれば、単純な文字の異同にとどまらず、補筆は桂菴の事蹟として瑣末なものではない。一に建仁寺の惟正、東福寺の景召に就いて四書を学んだこと。二に明応九年の釣帖を奉じての入洛と帰国について。三に延徳四年の『大学』再版について。四に訓読（国読）の見直しについて。五に桂菴の著作について。これはいずれも重い事実に属する。とくに延徳四年の桂樹院での『大学』再刻を明記することは、『延徳本大学』の表章に関わる不可欠の加筆であったのに違いあるまい。資料の事情を考慮して、この拙稿の末尾に、現に石に刻む「桂菴禅師碑銘」を掲出し、あらためて一斎草稿（『愛日楼全集』所収碑銘）との異同を示す。併せて訓釈を付して参考に資する。

なお、八月の展墓の後、鹿児島の渡辺正氏より『鹿児島市漢文碑選』（昭和六十三年三月一日）所収「20　桂菴禅師碑銘（伊敷町二二四）」の恵送を受けた。また、造士館講座の運営に当る岡崎弘也氏を介して、受講された女性の方が碑面の文字を写し取って送って来られた（本人の意向により名前は控える）。ともに労作である。苔の緑の深い部分はなかく〱見にくい。両氏の資料によってより確信が持てた文字も少くない。講座が取り持つ縁もまた、桂菴の掃苔に導かれての縁と言うべきだろう。初日の豪雨も法雨のようにも思われる。ここに関係諸氏に深甚なる謝意を表する。

飫肥行きを計画するも台風で二度挫折、やっと実現したのは十二月初旬、日向路は晩秋というのに相応しい風情である。国の「重要伝統的建造物群保存地区」に選ばれ、小京都と冠して城下町の佇いを町並に残す町も、ＪＲ日南線の飫肥駅を降りる客は休日にかかわらず思いの外少ない。飫肥は戦国期、長らく島津氏と伊東氏との係争の地。天正十六年（一五八八）秀吉が伊東氏を飫肥に封じてより、飫肥城は伊東氏の居城である。整然と並ぶ旧武家屋敷通りも町割りも江戸の姿をとどめている。「ひ」の字を書くように酒谷川が流れ、その内側に飫肥の町が開けると紹介するのを、雑誌で目にしたことを記憶する。あるいはこの輪郭だけは戦国期も変わらぬかと推測する。柳田国男が二度飫肥を訪れ、酒谷川の水煙に飫肥の風土を賞でているのが、成程と感ぜられる。

桂菴は長享二年（一四八八）飫肥に赴き安国寺を董し、以来しばしばこの地を訪れた。ただ、今はその安国寺は無い。従って文字通り、安国寺跡に立って足跡を偲ぶこと、そのことのみを目指しての旅である。飫肥駅から散策の街路に通じる稲荷下橋に向かわず、北に今町橋を渡って五分、今町から西に少し行ったところに願成就寺がある。参道の石段は三十段ほどであるが、古寺特有の晩秋の趣が際立っている。藩士の談義所でもあった寺は廃仏毀釈に遭い、大正末再興された由。石段は元禄初期のものを残すと知れば、心引かれたのも得心が行く。この寺の奥に安国寺跡があると調べて行ったものの標示もない。寺の尼僧が指さした方向に小道を二、三度折れながら歩いて行くと、墓石があり、さらに進むと一転、前面に墓地が広がる。しかも奥へ行くほど墓石は多くなり、密集している。

墓地内に「日向国安国寺跡」と書す案内板を見つけ、目的地に立ったことを確信する。案内板は一見、錆が目立って古いのかと思わせたが、「平成十五年　日南郷土史会」とあって殊の外新しい。

室町幕府将軍足利尊氏は、暦応元年（一三三八）以降全国六十六ヶ所に戦死者供養の為安国寺を創設した。日向国安国寺は、北郷郷之原に嵩山居中を開祖に応永元年（一三四二）開かれた。文明十八年（一四八六）伊東氏の飫肥城攻めの戦火により焼失し、その後飫肥城主になった島津忠兼《ママ》は当寺の荒廃を惜しみ長享元年（一四八七）寺地を飫肥板敷中島田に移し、薩摩国から薩南学派の祖桂菴玄樹を招いて中興した。当時遣明船・琉球渡海船の寄港地として開かれていた南郷外之浦・油津の港を往来する船・積荷・人の警護を幕府は島津家に依頼したり、時には遣明船の副使として乗船するように要請した。また安国寺の僧は簡読（通詞）の役目も担っていた。（略）

あるいは飫肥の地に現在、桂菴の名を記すのはこれのみかと推するも、この文章は桂菴が安国寺を再興する経緯とその期待された役割を的確に記している。島津氏の領する大隅・薩摩・日向三州には有力な海口が存するが、遣明勘合貿易において堺から土佐沖を通る南海路の航路上に連なる港である。入明の経歴を有する桂菴に寄せた外交上の期待は大きいものがあったのに違いない。またその期待に十分応えたことは桂菴はもちろんのこと、その後継となった、月渚英乗――二州一翁――文之玄昌が安国寺を中心に同様の役割を担い続けたことが証左になろう。この薩南学派の系譜は儒学・訓法の授受として論じられるが、外交僧として明人・琉人と接触し続けたなかで醸成した感覚を問い直してみたい衝動にかられる。それは学派の根底を貫く、最も重視すべき要素ではなかったのか。墓地内には、島津忠廉とともに桂菴に弟子の礼を執り、また月渚とも関った、忠廉の子忠朝の墓が残る（天文九年＝一五四〇没）。その墓石に礼し、戦国期の安国寺を確かめた思いとともに、海の方向に目をやった。

飫肥は日南海岸から七キロほど内陸にある。日南線で油津まで二駅十分足らず、南郷へはさらに二駅、平日の車内は乗客もまばらで、日中わずか数本の電車にもかかわらず、南郷駅で降りたのは三人。駅から外浦《とのうら》港は車で十分、波穏やかな海である。埋立てと防潮堤の工事で港の形は当時と変貌していると聞き、湾の骨格を眺望できるという茶碗山の展望台を目指すことにした。湾は観音崎に沿って湾口を南東に開いており、いかにも天然の良港であることが理解できる。南郷外の浦——、文之が南浦と号するのはこれに因むが、文之の父は河内の人、乱を避けて日向福島に寄寓し、里人の女を娶って文之が生まれた。文之を継いだ如竹は屋久島の人で、琉球に遊んだ。桂菴の学統は航路が育くんだ学統でもある。

茶碗山の傍、夫婦浦の道の駅には、南郷の地物を並べる。なかに沖縄のシークワーサーの栽培を試みたとするものが見える。五百年前、明人や琉人の船が行き来した港、その人と物との往来を想像しながら、やや小ぶりの青い実をかじってみた。

桂菴禅師碑銘

〔石刻碑銘〕＊行格は碑面に従うも字体は印刷字体に拠る。

室町氏之季文学掃地搢紳博士遮世衰替而浮屠氏専秉文柄是以
遣明之使率在五山僧徒且当時博士家厳守漢註不許濫用新説則
世欲講程朱之学者必遡入緇流髡其顱而儒其学者往往而有之在
昔薩摩国有一禅師曰桂菴字玄樹号島陰本貫①周、防、山口郙人不詳
俗族童丱往洛龍山従雙桂和尚受内外学嘉吉二年師齢十六削髪
登戒壇②儒、書、則③依、遵、宋説④時聞東山惟正慧山景召並講四書禅余往
学得益不尠又能文詩応仁紀元師中選使明国入見憲宗宴賚頗渥
居凡七年遊蘇杭間親従鉅儒攻朱氏⑤経学、尤邃書蔡氏伝其於詩章
則与彼土文士相頡頏毎一詞出藝林伝誦称其有盛唐之風文明五
年帰報使事当是時　京師兵燹騒擾不能譚学於是暫避跡石州亡
幾又赴西州是時東肥菊府新賓饗館崇儒学師往而客之既而薩摩
国龍雲玉洞禅師曁其国老数輩薦師於　国主公　公乃厚聘請師
十年二月師遂来薩摩始謁　公於市来　公一見服其雅量特加礼
敬⑥明、年、　命剏一寺於麑府住師於此因号其寺曰島陰院曰桂樹十⑦

〔『愛日楼全集』所収碑銘〕

①防、州、
②儒、学、
③篤、信、
④（傍線部二十二字無し）
⑤経説、
⑥乃、

三年夏師又与国老伊地知⑧左、衛、門、尉、重、貞、胥議始刊大学章句於⑨麑
府実
皇国印行新註之嚆矢也長享二年遷寺於城西為今城北射圃阪地
初寺瀕海岸善為風潮所堕至是更地称呼如故十月奉　命適日州
飫肥董安国席先是明商貢船多舶飫肥　公遺族人⑩忠、廉、鎮其土使
師兼掌簡牘自後数往数還⑪弟子益衆時新刻大学盛行板亦漫漶至
延徳四年師再栞諸桂樹禅院明応九年⑫如洛欽奉
鈎帖主建仁寺尋転南禅寺⑬未、幾、辞、職、明、年、帰、薩、⑭嘗精訂国読以授其
徒至是別著一書辨経註漢宋之同異⑮崇依宋説又以国字解朱註例
定国読式⑯皆梓行之既乃築方丈於伊敷邨名曰東帰菴⑰⑱而自老焉、以
永正五年六月之望溘然示寂於東帰菴寿八十二掩骸於菴地⑲所著
書有島陰漁唱及文集雑著若干巻曩者薩藩士伊地知小十郎季安
遠寄其所著禅師伝且謂桂菴雖浮屠而於吾藩則為儒学之宗矣星
霜已久人莫能知其由因与同志者⑳相、謀将戮力樹一碑以伝其跡碑
記之筆敢以為請顧余不文固宜辞而詞意懇款遠方辱嘱不容峻拒

⑦（傍線部四字無し）
⑧周、防、守、重貞善因
⑨（傍線部三字無し）
⑩忠、廣、
⑪（傍線部二十八字無し）
⑫（傍線部二字無し）
⑬居、週、期、辞、帰、於、薩、
⑭（傍線部十二字無し）
⑮（傍線部四字無し）
⑯（傍線部四字無し）
⑰「菴」字の下に、「薦弟子釣雪使之代董安国席」の十二字有り。
⑱而自老於菴、
⑲（傍線部十六字無し）

乃漫撮其一二経緯之余嘗為禅師像賛今復書之於此以代銘曰

吾道一貫　無隠乎爾　身披禅衣　心服闕里

洛派東漸　寔自師始　心月千古　桂影遠被

㉑天保十三年歳次壬寅七月下澣

㉒昌平学教官佐藤坦撰

㉓道光廿三年龍集癸卯三月上浣

㉔中山正儀大夫鄭元偉書

⑳胥、諆

㉑（傍線部十三字無し）

㉒（傍線部九字無し）

㉓（傍線部十三字無し）

㉔（傍線部十字無し）

〔訓　釈〕

室町氏の季《すゑ》、文学地を掃ひ、搢紳博士、遯世衰退し、而して浮屠氏専ら文柄を秉る。是を以て遣明の使、率ね五山の僧徒に在り。且つ当時博士家、漢註を厳守して濫りに新説を用ゐるを許さざれば、則ち世に程朱の学を講ぜんと欲する者は、必ず遯れて緇流に入り、其の顱を髠る。而して其の学を儒とする者、往往にして之れ有り。在昔薩摩の国に一禅師有り。桂菴と曰ひ、字は玄樹、島陰と号す。本貫は周防山口邨の人なるも、俗族を詳かにせず。童丱洛の龍山に往き、雙桂和尚に従ひて内外の学を受く。嘉吉二年（一四四二）師齢十六、削髪して戒壇に登る。儒書は則ち宋説に依遵す。時に聞くならく、東山の惟正・慧山の景召並に四書を講ずと。禅余に往きて学び、益を得ること尠からず。又文詩を能くす。応仁紀元（一四六七）師選に中り明国に使ひす。入りて憲宗に見え、宴賚頗る渥《あつ》し。居ること凡そ七年、蘇杭の間に遊び、親しく鉅儒に従ひて朱氏の経学を攻め、尤も書蔡氏伝に邃《ふか》し。其の詩章に於ては、則ち彼の土の文士と相頡頏す。一詞出づる毎に藝林伝誦し、其の盛唐の風有るを称《たた》ふ。文明五年（一四七三）帰りて使事を報ず。是の時に当り、京師兵燹騒擾にして、学を譚ずる能はず。是に於て暫らく跡を石州に避け、幾《いくばく》も亡《な》くして又西州に赴く。是の時東肥の菊府新たに黌館を賁き、儒学を崇ぶ。師往きて之に客たり。既にして薩摩の国龍雲の玉洞禅師曁《およ》び其の国老数輩、師を国主公に薦む。公乃ち聘を厚くして師を請ふ。十年（一四七八）二月　師遂に薩摩に来り、始めて公に市来に謁す。公一たび見て其の雅量に服し、特に礼敬を加ふ。明年（一四七九）命じて一寺を麑府に剏し、師を此に住せしむ。因りて其の寺に号して島陰と曰ひ、院を桂樹と曰ふ。十三年（一四八一）夏　師又国老伊地知左衛門の尉《じよう》重貞と胥《あひ》議し、始めて大学章句を麑府に刊す。実に皇国新註を印行するの嚆矢なり。長享二年（一四四八）寺を城西に遷す。今の城北射圃阪の地為り。初め寺は海岸に瀕して、善く風潮の隳つ所と為る。是に至りて地を更ふも、称呼故の如し。十月命を奉じて日州飫肥に適き、安国の席を董す。是れより先、明の商貢船飫肥に舶すること多し。公　族人忠廉を遣はして其の土を鎮せしめ、師をして兼ねて簡牘を掌ら使む。自後数々《しばしば》往きて数々《しばしば》還る。弟子益々《ますます》衆し。時に新刻の大学盛んに行なはれ、板も亦た漫漶す。延徳四年（一四九二）に至って師再び諸を桂樹禅院に栞す。明応九年（一五〇〇）洛に如《ゆ》き欽《つつし》んで釣帖を奉じ建仁寺に主し、尋《つ》いで南禅寺に転ず。未だ幾ならずして職を辞して、明年（一五〇一）薩に帰る。嘗て国読を精訂し以て其の徒に授く。是に至りて別に一書を著し、経註漢宋の同異を辨じ、耑ら宋説に依る。又国字を以て朱註を解し、例して国読の式を定む。皆之を梓行す。既にして乃ち方丈を伊敷邨に築き、名づけて東帰菴と曰ふ。而して自ら焉に老ふ。永正五年（一五〇八）六月の望を以て溘然として東帰菴に示寂す。寿八十二。骸を菴地に掩す。著す所の書に島陰漁唱及び文集雑著若干巻有り。曩者《さきに》薩摩藩士伊地知小十郎季安、遠く其の著す所の禅師伝を寄せ、且つ謂へらく、桂菴は浮屠と雖も、而れども吾が藩に於ては則ち儒学の宗為り。星霜已に久し、人能く其の由を知る莫し。因りて同志の者と相謀り、将に力を戮《あは》せて一碑を樹《た》て、以て其の跡を伝へんとす。碑記の筆、敢へて以て請ふことを為すと。余が不文を顧みて、固より宜しく辞すべきも、而も詞意懇款にして、遠方より嘱を辱くし、峻拒す容《べ》からず。乃ち漫《みだ》りに其の一二を撮《と》り之を経緯す。余嘗て禅師の像の為に賛す。今復た之を此《ここ》に書し、以て銘に代へて曰ふ。

　吾道一貫　爾《なんぢ》に隠すこと無し　身は禅衣を扱《き》るも　心は闕里に服す

　洛派東漸　寔れ師自り始まる　心月千古　桂影遠く被ふ

天保十三年（一八四二）歳次壬寅七月下澣

昌平学教官佐藤担撰

道光廿三年（一八四三）龍集癸卯三月上浣

中山正儀大夫鄭元偉書

あとがき

一

本書は、『日本漢学研究試論――林羅山の儒学』と題した。その意図するところを述べて、「あとがき」としたい。

本書に収載した論考のうちには、林羅山に関するものが多い。それを、『林羅山の儒学――日本漢学研究試論』としなかったのは、羅山の一連の論考も「日本漢学研究」を意識したものであることを強く表明したいためである。

私が「日本漢学」という名称を意識したのは、学生時代、大修館『中国文化叢書』において、中国思想・中国文学等と並んで、「日本漢学」の名称のもと一巻を立てたのを目にしたのに始まる。ただ、自らが積極的にこの名称を用いるまでには、紆余曲折を経て来た。とくに一つには、明治以来の中国学研究の展開における「漢学」をめぐる議論・評価をじっくり検証することが必要と思われた。また一つには、「中国学」（中国哲学）出身の私が、上智大学文学部国文学科に赴任し、その「漢文学」の教育研究を担当する中で、中国学と漢文学との関係と違いを否応なく問うことになった。

上智では、大学以後博士課程まで国文学・国語学・漢文学が鼎立された教育姿勢を持っていたことに教育研究の実践において、強く責任を感じた。その漢文学にこだわっているうちに、十数年経ち、「漢文学」専攻の院生が生まれそだち、思いきって大学・学部とは関係なく、自ら漢文学研究会の名のもと、平成十年（一九九八）秋、『漢文學　解釋與研究』を刊行、広く世に問うことにした。国内の中国学の関係学科が自覚的に外国研究との立場を鮮明にし、他方、国文学科（日本文学）の担う漢文学が漢詩文に傾きがちであることをふまえて、あらためて「漢文学」についてささやかな自己主張を試みるものであった。

『漢文學　解釋與研究』の発刊に当り、その「編集後記」に次のように記した。

本誌が「漢文學」の名称を掲げ、かつ「解釋與研究」を附するのは、当然のことながらその学的立場と方法とを意識してのことである。

漢文学とは日本漢学の謂いであって、国文・国語・日本思想を含む日本学の一分野に属するものであることは言うまでもない。言い換えれば今日、中国哲学（中国思想）・中国文学・東洋史学は、基本的に外国文化の研究としての中国学の意識と方法に立って進められており、漢文学はこれら中国研究と併行する固有の研究領域を持った学問分野を構成しているはずである。その内容は、日本においてその言語・文学・思想の面にわたり、その源流・母体となりかつ源泉として作用し続けた外来文化たる中国文化の受容と摂取のあり様について考究するものである。具体的には日本において移入された漢籍古典の受容と展開を問うものであり、その古典籍がいわゆる経・史・子・集の諸分野に及ぶことからすれば、決して文学の面のみに限定されるものではない。また近年、日中の比較文化、比較文学・思想の立場を意識的に標榜することがあるが、漢文学は上述の性格からして当然のことながら比較文化としての視点を持つものでもある。

次に「解釋與研究」として、あえて「解釋」を明記するのは、漢文学は古典学であるとの認識に立ってのことである。古典学は古典の読解と解釈を基盤にすることは言を俟たない。中国古典研究は旧来の曖昧模糊たる、ときには教学臭がつきまとう漢文・漢学意識を払拭しながら進められてきているが、近年の大学の学部・学科の再編成のなかで、中国関係の諸学科が従来以上に中国学の方向を取ろうとする傾向が顕著である。そのことを首肯する一面、漢文学専攻者の必要性はかえって重視されねばなるまい。今日、学際化の進行と周辺領域との交流は斬新な発想をもたらす一方、精密な原典読解と広範な読書力の必要性があらためて課題になって来ているように思う。このことは、中国学においてと同様に、明治に至るまでの我が国の長い中国古典の受容と研究の歴史に分け入って行く上で、先ず自覚すべきことであろうと考える。

本誌は今後、毎年一回発行の予定。小さな流れではあるが、斯学を志す気鋭の研鑽の場として泉源が尽きることのないよう努めたい。大方のご批正とご支援を賜らば幸いである。

本誌は第十二輯（二〇一一年九月刊）まで刊行を重ねてきたが、この間、内外の多くの方々から小誌の取組みと方向性に関心を寄せていただいた。前述の「日本漢学」の編集担当者、頼惟勤先生からその創刊号に「快哉を叫ぶ」と激励の書状をいただいたのは、心強かった。

平成十六年―平成二十一年二松学舎大学ＣＯＥプログラム「日本漢文学研究の世界的拠点の構築」に事業推進者として参画することになった。率直に言って、ＣＯＥプログラムに「日本漢文学」が採択されたこと自体が、画期的とも受けとめられよう。これを機に「日本漢文学（漢文学）」の在り方をどう捉えるか、問い直す機運が起こったのは何よりのことであった。とくにこの事業の一つとして、倉石武四郎氏の講述ノート（昭和二十一年東京大学文学部）「本邦における支那学の発達」を翻刻する作業を担当したことは、少からず得る所があった。すなわち「支那学」をリードした倉石氏が、この講述に示した視点は、一般の「漢文学」研究とは別趣のものであった。私は「解説」を書くに当ってこの点に注目するとともに、小論「漢文学の在り方」（本書第Ⅲ部第八章）として捉え直してみた。日本における中国の学芸の受容としてみたとき、従来の「漢文学」研究に見られる二重性を再確認するとともに、倉石氏の視点をその一つの立場として位置づけるものである。これを「漢文学」の称を用いずに言うなら「日本漢学」として展開する方向を有するといってよい。従って、私は倉石氏の講述が「これから支那学の路に分け入る人たちの道しるべ」（倉石武四郎「日本漢文学史の諸問題」）とするものの、十分に「これから日本漢学に分け入る人たちの道しるべ」として展開できるものとして評価を試みた。私が『漢文學　解釋與研究』で提起してきたことと重なるものがあることに確信が得られた。

近年、中国では「域外漢学」の名称を用いる。「域外」すなわち中国以外で展開してきた「漢学」、すなわち漢土（中国）以外の学芸を総称するもので、日本のそれもその一つとして認識され、「日本漢学」となろう。「日本漢学」の名のもと、明治以来の中国学の展開を対象とする著作さえもある。ただ、日本の学界においては、この名称を用いていない。従って、国際学会で日本の中国学研究者が「日本漢学」の名称を用いられ、戸惑う向きも少なくない。虚を衝かれた格好である。

私は「日本漢学」を問い直すに当り、まずは、次の三つの視点を重視したいと考えている。

一つは、従来の「漢文学」という枠内にとどめずに、日本の学術の形成と展開として捉える視点。

二つは、その歴史的な展開を辿るとともに、近代の学術の形成と確立にいかに関わって今日に至るかという視点。

三つは、日本学であると同時に、東アジアの学術の形成と展開、交渉という中で捉える視点。

二

羅山の研究には各分野から多様なアプローチがある。私が意識的に羅山を対象にしたのには、中世・近世といった区分を前提にせずに鎌倉室町期から江戸中期を通して、宋元明の中国の学芸の受容と展開を捉えたいという思いがあったからである。羅山はまさに室町・江戸の接点の人であった。そして歴代有数の読書の人であり、典籍の読解を通してその学問を形成し、その表現も身につけた。その範囲は漢籍・国書を広く渉猟し、中国・朝鮮さらには西欧の思弁にも触れた。宋元明の諸書の受容は明末期刊行の書物にも及んでいる。羅山を出発点にしながら、宋元明の諸書をどのように受容したのかの推論を心掛けつつ、中国の学芸の受容とその展開を捉え直すことを意識したのである。

いったい、中世・近世・近代の区分の有効性はともかく、近世・近代の区分のもと、江戸期・明治期を截然と分けて見るのと同様に、中世・近世の区分を前提に江戸期を切り離して見るならば、最初から自ら壁を作ることになりかねない。

日本儒学史研究の先駆的業績、井上哲次郎の『日本陽明学派之哲学』『日本古学派之哲学』『日本朱子学派之哲学』は、日本と銘打つものの、いかにも江戸以来の儒学史である。江戸を大きな節目とすることは、いかにも当り前のように受けとめられてはいる。しかしながら、井上が江戸以降を対象にせざるを得なかったのには、時代区分の問題とは別趣の事情があったように思われる。とくに江戸期以前を問題にするに当って、当時、中心となる二つの資料群が不足、未開拓であったことにも遠因があるように推せられる。五山禅林の学芸いわゆる五山文学関係資料と、博士家関係資料である。

五山文学関係資料については、井上の三部作と前後して、上村観光の五山文学に関する著作が刊行されたことが新局面を拓いた取組みであった。関連して西村天囚の『日本宋学史』が出たことも注目される。実際、井上は後に『日本朱子学派之哲学』の増補改訂の中で、上村や西村の著作等を参考に、補訂を行っている。

一方、博士家資料については、抄物資料への注目、古写本・古版本への関心・収集が深まって行くに伴い、漸次博士家資料の所在が知られるようになる。

昭和七年、足利衍述『鎌倉室町時代之儒教』は、そうしたなかで出された、五山資料・博士家資料を中心にした本格的な鎌倉室町時代の儒教史である。その資料の渉猟と注解・考証の積み重ねは、労作以外の何物でもない。

その後、五山文学については、戦後、玉村竹二氏によって、資料の収集・整理が進められた。ただ国語学を中心とする抄物資料の整理と研究は大きく進展し、書誌学の成果と相俟って、博士家資料についてもより知られるようになってきた。しかし、なお率直に言って、儒学史については、足利氏の後、いくつかの著作が出たが、結局のところ今日にいたっても足利氏の著作の記述から出発せざるを得ない状況にあるように思う。

羅山から溯って鎌倉室町期を通して、宋元明の中国の学芸の受容と展開を捉えようと取組んできたとき、あらためてこのことを痛感させられる。二松のＣＯＥプログラムの取組みを契機に、清原宣賢漢籍抄の研究会を継続し、その基本資料の翻印の公刊に着手しているが、まさに足利氏の取組みが検証の出発点になることが少くない。

三

今、宣賢の漢籍抄を読みながら、私のここに集めた拙稿は、まさに試論以外の何物でもないと認識せざるを得ない。所期の目的からすれば、やっと研究は緒に着いたばかりである。ただ思想史研究はある意味、己の今の自己研究の作業でもある。本書を出すことも、自らの思想史研究の自己確認である。

本書の構成は、次の大きく四部に分けてみた。

Ⅰ　林羅山の「文」の意識

Ⅱ　林羅山の朱子学――『大学諺解』『性理字義諺解』

Ⅲ　日本漢学諸論

Ⅳ　先学の風景――人と墓

（以下、原稿なし。未完）

【編集後記】

「あとがき」の原稿は、右に見るごとく完成することなく途絶えている。

大島晃先生は、平成二十七年（二〇一五）十二月一日に病のため六十九歳にして他界された。一周忌に際してご自宅に伺った際に、奥様より先生が病床で執筆された本書の「まえがき」と「あとがき」、そして目次の草稿を託された。見慣れた先生特製の淡緑罫二百字詰の原稿用紙二十二枚に、鉛筆のいささか弱い筆致で書かれてあった。

「あとがき」にある通り、書名も目次も先生自らが定められ、載せるべき論考の全てがすでに発表済みであるので、本書は先生の企図通りに編集された著書ということになる。論考については、発表後に先生が訂正を施された抜刷がご自宅に保管されていたので、それに拠って訂正を加えた箇所があるが、このほかには魯魚亥豕の誤を改めた以外の改変はない。

本書を構成する諸論考の初出は、以下の通りである。章題は、初出時の論文タイトルとは異なるが、先生の目次案に従って、かく改変したものである。

Ⅰ　林羅山の「文」の意識

一　「読書」と「文」（『漢文學 解釋與研究』第一輯所収　一九九八年）

二　藤原惺窩『文章達徳綱領』の構成とその引用書――『文章欧治』等を中心に（『同前』第二輯所収　一九九九年）
三　文評――「左氏不及檀弓」の論（『同前』第三輯所収　二〇〇〇年）
四　「書、心画也」の論（『同前』第四輯所収　二〇〇一年）

Ⅱ　林羅山の朱子学――『大学諺解』『性理字義諺解』

一　『大学諺解』の述作の方法と姿勢（『漢文學 解釋與研究』第七輯所収　二〇〇四年）
二　『性理字義諺解』の述作の方法と姿勢（『同前』第五輯所収　二〇〇二年）
三　林羅山『性理字義諺解』と松永尺五『彝倫抄』（『斯文』第一一一号所収　二〇〇三年）
四　『性理字義諺解』と朝鮮本『性理字義』の校訂（『漢文學 解釋與研究』第六輯所収　二〇〇三年）
五　朝鮮版晋州嘉靖刊本系統『北渓先生性理字義』五種対校略考（『同前』第八輯所収　二〇〇五年）
六　ハーバード大学所蔵朝鮮版『性理字義』――その林羅山旧蔵本説をめぐって（『同前』第十二輯所収　二〇一一年）
七　『性理字義』の訓点を通して見たる羅山・丈山の読解力（『同前』第九輯所収　二〇〇六年）

Ⅲ　日本漢学諸論

一　桂菴玄樹の四書学と『四書詳説』（『漢文學 解釋與研究』第十一輯所収　二〇〇九年）
二　江戸時代の訓法と現代の訓法（明治書院『講座日本語学7 文体史Ⅰ』所収　一九八二年）
三　「なる世界」と「つくれる世界」――不干斎ハビアンの朱子学批判をめぐって（『ソフィア』第三三号所収　一九八四年）
四　「芭蕉」という俳号をめぐって――漢文学雑考その一（上智大学『国文学科紀要』第一〇号所収　一九九三年）
五　浅見絅斎と日本儒学史研究（『斯文』第一二一号　二〇一二年）
六　井上哲次郎の「性善悪論」の立場――「東洋哲学」研究の端緒（『ソフィア』第一六八号所収　一九九三年）
七　井上哲次郎の「東洋哲学史」研究（『ソフィア』第一七九号所収　一九九六年）
八　漢文学の在り方――その二重性（上智大学『国文学科紀要』第二四号所収　二〇〇七年）

付　『漢文學 解釋與研究』編集後記

Ⅳ　先学の風景――人と墓

一　藤原惺窩（『漢文學 解釋與研究』第一輯所収）
二　吉田素庵（『同前』第二輯所収）
三　堀　杏庵（『同前』第三輯所収）
四　松永尺五（『同前』第四輯所収）
五　鵜飼石斎（『同前』第五輯所収）
六　宇都宮遯庵（『同前』第六輯所収）
七　山井崑崙（『同前』第七輯所収）
八　羅山長子　林叔勝（『同前』第八輯所収）
九　桂菴玄樹（『同前』第十輯所収）

校正に従事した門下および再伝の門下は、以下の通りである（五十音順）。

浅山　佳郎　　井草　吉識　　瀧　康秀　　長尾　直茂
中村　唯　　永由　徳夫　　比留間健一　　山川　剛人

巻末とはなったが、先師の遺稿集を刊行することを肯われた汲古書院の三井久人社長、そして編集・校正の作業に当たって下さった柴田聡子氏に深甚なる感謝を申し上げる。

平成二十九年重陽の日に

編集代表　長尾　直茂

著者略歴

大島　晃（おおしま　あきら）

昭和21年（1946)、栃木県に生まれる。昭和45年（1970)、東京教育大学文学部漢文学専攻卒業。同51年（1976)、東京大学大学院人文科学研究科中国哲学専門課程博士課程修了の後、東京大学文学部助手を経て、同54年（1979)、上智大学文学部国文学科専任講師に着任。以後、定年退職に到るまで同大学において教育・研究、大学行政に従事し、学生部長・文学部長等の要職を勤める。その傍ら漢文学研究会を主宰して平成10年（1998）から研究誌『漢文學 解釋與研究』を第12輯まで刊行。同24年（2012)、上智大学を定年退職と同時に名誉教授号を授与される。その後、東京国際大学教授、二松学舎大学特任教授を勤めるも、同27年(2015）病気のため死去。享年69歳。

主要著書

『中国の古典4 孟子』（学習研究社　1983年）

『中国名言名句の辞典』（共著　小学館　1989年）

『朱子学的思惟――中国思想史における伝統と革新』（共著　汲古書院　1990年）

『三省堂　中国名言名句辞典』（三省堂　1998年）

『倉石武四郎講義 本邦における支那学の発達』(共著　汲古書院　2007年)

『清原宣賢漢籍抄翻印叢刊1 大学聴塵』（共著　汲古書院　2011年）

日本漢学研究試論
――林羅山の儒学

二〇一七年十二月九日　発行

著者　大島　晃

発行者　三井久人

製版印刷　(株)ディグ

発行所　汲古書院

〒102-0072 東京都千代田区飯田橋二-五-四

電話　〇三（三二六五）九七六四

FAX　〇三（三二二二）一八四五

ISBN978-4-7629-3636-4　C3091